KB083143

에도의 독서회

회독會讀의 사상사

에도의 독서회 **회독會讀의 사상사**

초판 인쇄 2016년 6월 20일 **초판 발행** 2016년 6월 25일
지은이 마에다 쓰토무 **옮긴이** 조인희 · 김복순 **펴낸이** 박성모 **펴낸곳** 소명출판
출판등록 제13-522호 **주소** 서울시 서초구 서초중앙로6길 15, 1층
전화 02-585-7840 **팩스** 02-585-7848
전자우편 somyungbooks@daum.net **홈페이지** www.somyong.co.kr

값 28,000원
ISBN 979-11-5905-054-1 93830

READING
CIRCLES OF
EDO PERIOD

에도의 독서회

| 회독會讀의 사상사 |

마에다 쓰토무 지음
조인희 · 김복순 옮김

소명출판

EDO NO DOKUSHO-KAI
By Tsutomu MAEDA

Originally published in Japan by Heibonsha Limited, Publishers, Tokyo.
Korean translation rights arranged with
Heibonsha Limited, Publishers, Japan through BESTUN KOREA AGENCY, Korea.

차례

제4장 **번교藩校와 사숙私塾**

제5장 **회독의 변모**

제6장 **회독의 종언**

서론

메이지의 자유민권운동 시대가 '학습열의 시대'였다고 평한 것은 민중사상사의 선구자라 할 수 있는 이로카와 다이키치色川大吉이다. 이름이 판명된 것만 해도 2,000여 개가 넘는 1880년대의 민중결사民衆結社에서는 연설회나 토론회가 개최되어, 국회 개설을 위한 정치활동을 하였을 뿐만 아니라 정기적으로 독서회도 개최되어 정치, 법률, 경제 등과 관련된 서구 근대 사상 번역서들을 읽고 격론을 벌였다. 그 시대 민중결사의 대부분은 '학습결사적인 성격'을 띠고 있었던 것이다.[1] 머리를 자른 지 얼마 안 된 부시武士나 조닌町人, 농민들은, 연설회나 독서회 등을 통하여 서구 근대의 자유나 평등사상을 배워 자신들의 머릿속에 새로운 국가의 방향에 대해 생각하며, 그 틀이 될 헌법의 초안도 작성

---

1 色川大吉, 『自由民權』, 巖波書店, 1981.

하고 있었다. 그러한 개인적인 헌법 초안들 중에서도 이로카와 다이키치가 사료를 통하여 발굴해 낸『이쓰카이치 헌법초안五日市憲法草案』(『일본제국헌법日本帝國憲法』)은, 다수의 인권 관련 조항을 명기하고 있다는 점에서 고치高知의 우에키 에모리植木枝盛의『동양대일본국국헌안東洋大日本國國憲案』에 비견되는 뛰어난 성과라고 할 수 있다.

이『이쓰카이치 헌법초안』이 탄생된 이쓰카이치에서는 '이쓰카이치 학술토론회五日市學術討論會'라는 '토론' 결사가 만들어져 5일, 15일, 25일 매월 3회씩 "정치, 법률, 경제 그 외 제반 학술상 의미가 심원하여 쉽게 풀 수 없는" 주제에 대해 토론하기로 정하고 있었다. 그 주제는 "자유를 얻는 빠른 길은 지력에 있는가, 완력에 있는가?", "귀족(제)을 폐지해야 하는가?", "여제를 옹립해야 하는가?", "불치의 환자가 고통을 참지 못할 때 의원의 판단으로 안락사藥殺시켜야 한다는 명문을 법률 조항에 넣어야 하는가?", "이혼을 허락해야 하는가?" 등 실로 다양한 분야에 걸쳐 있었다. 이 토론회에서는 "의논이 백중하여 찬반이 뚜렷한 테마를 일부러 선택하여 철저히 토론했다. 최초에 발의한 자는 반대론자들의 말에 호응하는 듯한 말을 해서는 안 되며 어디까지나 자신이 최초에 주장한 논지를 관철하여 답변해야 했다. 일종의 토론 형식이다. 회원자격에는 엄격한 조건을 걸고 있었다. "오로지 허심탄회하게 토론하는 것을 목적으로 하며, 결코 난폭하고 방만한 행위를 해서는 안 된다고" 자제를 촉구하고, 그것을 지키지 못하는 자는, 회원의 과반수의 동의하에 탈퇴시킨다"고 정해져 있었다.[2] 또한 이쓰카이치 근교의 미나미타마군 쓰루

2 新井勝紘,「自由民權と結社」, 福田アジオ 編,『民衆・結社の日本史』, 山川出版社, 2006 수록.

카와무라南多摩郡鶴川村의 세키젠카이責善會라는 학습결사의 규칙(메이지 11년 5월)에 의하면, 두 번째 일요일을 회합일로 정하여, 평등주의를 원칙으로 하며 서로 비평하여 정정하는 토론 방식을 취하기로 하는 등 토론의 방법을 세세하게 규정하여 자유롭게 토론할 수 있도록 노력하였다.

메이지의 자유민권운동 시대에는 이처럼 정치적 테마를 논의, 토론하는 학습결사가 전국 각지에 탄생하였다. 예를 들어, 오다현小田縣(현재의 오카야마현岡山縣의 일부)의 '아메이군蛙鳴群'이라는 결사도 그러한 학습결사의 하나였다. 이것은 메이지 7년(1874)에 자유민권운동의 출발점이 된 민선의원설립건백서民選議院設立建白書가 제출된 해에 구보타 지로窪田次郎가 근처의 동지 19명과 함께 결성한 학습결사였다. 구보타는 이전부터 각 부현府縣에 민선의회를 두고 그것을 전국적인 국회로 연결시키려는 장대한 정치구상을 바탕으로 지방의원회 개설운동에 진력하였던 지방명망가였다. 그는 그 운동에서 산하의 지방의회를 열의의 장으로 만들기 위해서는 사람들의 자기 계발이 필요하다고 생각하였다. 구보타에 의하면, "무지한 평민"은 "무지무식하고 비천한 야인이라는 것을 잊고, 마치 천지를 주재하는 것처럼 자임"하여 고상한 논의만 할 뿐, "도리를 알아 세태에 통하는 자가 없기" 때문이다. 스스로 그 "무지한 평민" 중 한 사람이라는 자각 아래 구보타는 '아메이군'이라는 기묘한 이름의 학습결사를 창설한 것이다. 이 이름은 자신들이 나고 자라난 오다현의 논밭에서 울고 있는 한낱 개구리에 지나지 않으며 화려하고 큰 말을 삼가지만, 말해야 할 것은 분명히 말할 것이라는 강한 의지를 표명한 것이었다.

'아메이군'의 규약에 의하면, 월 1회 회원들은 주간에 모여 오전 10

시부터 12시까지 2시간에 걸친 독서회에서 '법률독서회'를 행하며, 오후부터는 "잡다한 것에 관한 이야기를 나누는雜鳴" 토론회를 열기로 되어 있었다. 집회일에는 각자 도시락을 지참하며 집회 중에는 연초, 전병, 약 이외에는 먹고 마시는 것은 엄히 금지되었고 술이 덜 깬 채 출석하는 것은 있을 수 없었다. 여기에서도 회원들 사이에는 평등주의 원칙이 관철되었다. 그것은 집회의 규약에 단적으로 표현되어 있다. 5명의 간부들은 중앙석에 앉으나 그 외의 회원들은 "나이와 신분의 비천을 가리지 않고, 모두 다 둥글게 앉을 것"(제10조)이라고 되어 있어 신분과 존비의 차별 없이 평등하게 모여 앉기로 정하고 있다.

오후의 토론회에서는 여러 가지 주제가 거론되었다. 「오다현 아메이카이 숙제小田縣蛙鳴會宿題」에는, 월 1회의 집회일 이전에 제출된 '숙제宿題'가 기록되어 있는데, 메이지 8년(1875) 후반기를 살펴보면 7월 '조세개정론租稅改正論', 8월 "연혁과 변혁 중 실질적으로 어느 것이 옳은가?", 9월 "민권은 어디로부터 발생하는가에 대한 답", 10월 "교육사회 방법 및 규칙의 초안", 11월 "현縣하의 병원 및 중학교의 설립은 아직 시기상조인가, 아니면 이미 가능한가?", 12월 "지폐론紙幣論"이다. 세금, 지폐, 민권과 같은 전국적인 경제 정치문제로부터 현하의 병원이나 중학교 문제와 같은 것까지 이쓰카이치 학술토론회와 마찬가지로 여러 가지 주제가 토론되고 있음을 알 수 있다.

이러한 학습결사의 토론은 Speech를 '연설演說', Debate를 '토론討論'이라고 번역한 후쿠자와 유키치福沢諭吉 등이 중심이 된 메이지 초기의 메이로쿠샤明六社나 미타三田의 연설회에서 탄생한 것이라고 이해되어 왔다. 그 때문에 이쓰카이치 학술토론회와 같은 "민주적인 운영방법"과 "토론방법"은 "유학의 학습방법과는 크게 다른" 것이었으며 "구래의 유교주의적 교양에 물든 호농층에게는 지금까지 없었던 참신한 학습방법"이었다고 해석되었다.[3] 분명히 연설은 메이지 시기의 새로운 퍼포먼스로서 높게 평가받아야 하나, "디베이트라는 일종의 형식"의 토론회는 정말로 메이지 시기로부터 시작된 것일까?

여기에서 시사하는 바는 아메이군이 오전 중 '법률서 회독'을 계획했다는 점이다. '회독會讀'은 정기적으로 모여 복수의 참가자가 책을 한 권 정하여 토론하면서 읽는 공동 독서법이며, 에도 시대에 전국 각지의 번교藩校나 사숙私塾 등에서 널리 행해진 극히 일반적인 것이었다. 일반적으로 민권기의 학습결사가 독서회를 할 때에는 회독을 통하여 참가자들이 서로 토론하면서 서구의 번역서 등을 함께 읽었다. 「이쓰카이치 헌법초안」과도 관계가 깊은 다마多摩 지역의 학습결사 중 하나에서도 '회독'을 명기한 다음과 같은 회칙이 존재하였다.

> 본회는 정사政事, 법률, 경제 등의 학과를 수련하는 것을 주로 삼고, 앞에서 언급한 책들에 근거하여 회독會讀 질의를 행하며, 또한 학술상의 연설과 토론 활동을 하기로 정한다. (「多摩講學會規則」, 明治 16年 10月 10日)

회독은 메이지 10년대에는 매우 보편적인 독서 방법이었다. 그러나 그럼에도 불구하고 연설회와 같은 참신한 퍼포먼스의 그늘에 가려 오늘날 관심을 가지는 사람은 별로 없다. 심지어 회독이라는 독서방법이

---

3 渡邊奨, 『村落の明治維新研究 ― 豪農民權の原流と文明開化』, 三一書房, 1984.

존재했다는 것조차 잊히고 있다. 그 때문에 연설회나 토론회와 마찬가지로 참가자가 대등하게 토론하며 텍스트를 함께 읽는 독서회가 갑자기 메이지 시기에 들어와 탄생하였다고 생각하게 된 것이다.

생각건대 이와 같은 근거 없는 판단을 조장하는 요인 중 하나는 원래 회독이라는 공동 독서 방법이 『논어論語』나 『맹자孟子』와 같은 유학 경서를 읽기 위한 것이었기 때문이었을 것이다. 오늘날 많은 사람들이 생각하는 유학이란 군신, 부자, 부부의 상하귀천의 명분을 가르치는 고루하고 수구적인 교학 체계이기 때문에 자유와 평등을 외치는 자유민권 사상과는 대극적이라고 생각하고 있다. 사실 메이지의 계몽사상가의 희망이었던 후쿠자와 유키치는 일생 동안 사람들의 가슴 속에 깊이 스며든 "유가적 혼儒魂"이라는 "감상에 빠지는 것惑溺"과 싸우지 않으면 안 되었다. 이러한 유학의 독서방법이 존 스튜어트 밀John Stewart Mill의 「자유론自由之論」(中村敬宇 譯) 등을 함께 읽었던 자유민권운동의 학습결사로 이어질 것이라고는 생각하지 못했던 것이다.

그러나 그렇게 생각해 버리는 사람은 유학의 학습방법에 대하여 잘 모르는 것은 아닐까? 유학의 학습방법이라고 한다면 소독素讀과 강석講釋만을 생각하고 있는 것은 아닐까? 나이도 먹지 않은 어린 학생들이 불편한 기색으로 선생의 앞에 앉아, 선생이 말하는 것을 따라하며 "공자께서 말씀하시길, 배우고 때때로 그것을 익히면 기쁘지 아니한가. 벗이 먼 곳에서 찾아오니 또한 즐겁지 아니한가?"라고 복창하는 소독素讀, 그리고 위엄 있는 선생이 정좌한 학생들 앞에서 유학 경서의 문장의 의미를 풀어주며 학생들은 선생의 한 마디 한 마디를 놓치지 않고 필기하는 강석講釋, 이것이 유학의 학습방법에 대한 대체적인 이미지일 것이다.

분명히 소독素讀과 강석講釋은 선생으로부터 학생에게 전해지는 일방적인 교수, 학습방법이며 상하 귀천의 신분적 질서와 충효도덕忠孝道德을 가르치는 유학에 어울린다. 그런데 회독은 그러한 상하관계가 분명한 교수방법이 아니라 기본적으로 학생들이 대등한 입장에서 서로 토론하면서 텍스트를 함께 읽는 것이었다. 선생은 학생들의 토론을 지켜보며 판정하는 제3자적 입장에 있는 것이 통례였다. 이러한 독서방법이 에도 시대 번교나 사숙에서 융성하였으며 토론이 민주적으로 활발하게 행해졌다는 사실은 의외로 잘 알려지지 않은 것은 아닐까? 그 때문에 서로 대등한 입장에서 토론한다는 민주적 행위는 문명개화기에 이입된 서구의 새로운 퍼포먼스라고 생각해 버리는 것은 아닐까?

물론 유학 관련 서적들을 읽는 것과 서구 사상서들을 읽는 것은 비록 같은 방법을 쓴다 하더라도 양자의 내용을 살펴보면 하늘과 땅만큼 차이가 있다. 그러니 유학 텍스트를 토론하면서 읽는 독서회와 정치적 문제를 논하는 민권결사의 연설회와 토론회 사이에는 큰 차이가 있다고 해도 좋다. 그러나 그렇다 하더라도 서구의 법률학이나 경제학의 서적을 읽거나 정치적인 연설이나 토론을 하는 것은 에도 시대 이래의 공동독서 = 회독의 장에서의 경험을 빼고는 생각할 수 없을 것이다. 오히려 그러한 경험, 전통이 있었기 때문에 서구의 새로운 학문이나 연설 등의 퍼포먼스를 받아들이는 것이 가능하지 않았을까?

본서에서는 회독하는 공동 독서회가 에도 시대의 언제 생겨났는지, 그리고 그 뒤, 사숙이나 번교에서 어떻게 전개되어 미토번水戸藩의 후지타 도코藤田東湖나 조슈번長州藩의 요시다 쇼인吉田松陰 등의 지사들이 존왕양이尊王攘夷나 공의公儀 여론을 제창하며 번이나 신분의 틀을 넘어 횡의, 횡행하는 막말에 이르렀는지, 또한 메이지 시기의 새로운 '학제學制'하에서 전국 각지에 건설된 소학교나 자유민권기의 학급결사에 어떻게 이어졌는지를 분명히 하고자 한다. 바꿔 말하자면, 유학 서적의 독서회에서 정치적인 토론의 장이 나타나는 과정을 밝히는 것을 목표로 하고 있다. 이러한 의미에서 본서는 회독이라는 관점으로, 에도에서 메이지로 이어지는 정치, 교육사상사를 검토해 보고자 한다.

이러한 공동독서회로부터 정치적 토론의 장으로의 변화는, 유명한 독일의 정치철학자 위르겐 하버마스가 말하는 공공성의 문제와도 연결되어 있다. 하버마스는 18세기 유럽 세계의 살롱이나 커피 하우스에서 문예작품에 대하여 서로 토론하는 문예적 공공성이 나타났으며, 그 안에서 정치적 토론을 통하여 국가에 대항하는 정치적 공공성이 출현했다고 논하고 있기 때문이다. 하버마스에 의하면 "공권력의 공공성이 개인들의 정치적 논의의 표적이 되어 그것이 결국은 공권력으로부터 완전히 탈취되기 이전에도 공권력이 가진 공공성의 우산 아래에서 비정치적 형태의 공공성이 형성된다. 이것이 정치적 기능을 가진 공공성의 선봉이라 할 수 있는 문예적 공공성이다."[4] 이러한 하버마스의 테제를 받아들여 독서회의 역할을 강조한 것은, 스테판 루드비히 호프만Stefan-Ludwig Hoffmann이었다.[5] 호프만에 의하면 18세기로부터 19세기에 걸쳐 서구 세계에는 독서 서클이 생겨났다고 한다. 절대왕정의 시대, 자유와 평등을 추구했던 사람들이 독서 서클이라는 자발적인 서클을 만든 것이다. 호프만에 의하면 "로제 샤르티에Roger Chartier가 강조했던 것처럼, 유럽

---

4 Jurgen Habermas, 細谷貞雄・山田政行 譯, 『公共性の構造轉換』, 未来社, 1973.
5 Stefan-Ludwig Hoffmann, 山本秀行 譯, 『市民結社と民主主義』, 巖波書店, 2009.

어디에서도 이러한 독서 서클이나 협회의 회원들은 비록 신분이 달랐어도 서로 평등했다. 그들은 보다 문명화되고 수준 높은 단계에 도달하기 위하여 서로 협력하기를 바랐으며, 국가의 틀을 넘어선 새로운 사회공간을 만들어냈다. 이러한 새로운 사회공간에서 유럽 계몽사상의 텍스트나 이념이 유통되고 비판적으로 논의되었다"고 한다. 이러한 공간은 독서협회나 프리메이슨의 집회소와 같은 네트워크뿐만 아니라 커피 하우스나 살롱과 같은 비공식적인 사교 형태로 유럽 세계 전체에 확대되었다.

호프만은 이러한 자발적인 결사Association가 영국이나 미국, 프랑스와 같은 강력한 중산계급 = 부르주아지가 존재하지 않았던 중앙 유럽이나 러시아에도 존재했던 것을 논하고 있으나, 본서의 목적은 에도 시대의 회독하는 독서집단으로부터 어떻게 메이지 시대의 민권결사와 같은 정치적 문제를 토론하는 자발적인 결합체가 탄생하였는지 그 과정을 살펴봄으로써, 유럽뿐만 아니라 동아시아 구석에 위치한 섬나라 일본에서도 독서회가 큰 사상적 역할을 수행했다는 것을 보여주는 것에 있다.

제1장
회독의 형태와 원리

1. 에도 시대에 왜 유학을 배우려 했는가?

에도 시대에는 『논어』나 『맹자』 등의 유교 경전들을 읽는 것, 즉 독서를 한다는 것은 곧 학문을 한다는 것을 뜻했다. 이 시대에 유학과 관련된 서적들 이외에도 불교 서적, 신도神道 서적, 병학 서적 등의 딱딱한 내용을 담은 서적에서, 상업, 농업 등의 실용서, 우키요조시浮世草子[1] 기뵤시黃表紙[2] 요미혼讀本[3] 등의 연파軟派 서적까지, 다양한 서적들이 목판으로

---

1 【역주】 에도 시대에 탄생한 전기 문예의 양식 중 하나.

2 【역주】 에도 중기 이후 유행하였던 오락, 흥미 본위의 문예 양식인 쿠사조시草双紙 중 한 양식으로 일종의 그림책이다.

3 【역주】 에도 중, 후기의 소설 양식 중 하나. 쿠사조시가 그림을 위주로 한 서적이었다면 요미혼은 문자 중심의 서적이다.

출판되었다. 물론 연파 서적들은 오로지 오락과 흥미본위의 서적이었으며, 학문을 하는 것과는 관계가 없었다. 역시 학문은 고상한 것이었다. 그러한 점에서 천하와 국가를 다스리는 정치와 일신을 다스리는 도덕을 가르치는 유학 서적들의 독해는 그야말로 학문 그 자체였다.

에도 시대에 이처럼 딱딱한 유학 서적들을 부시武士뿐만 아니라 조닌町人이나 백성들까지 탐독하여 학문에 정진하였던 점은 주목할 만하다. 곤다 요조今田洋三의 『에도의 서점』[4]에 의하면, 유학서에는 일정한 독자층이 있었다. 특히 『오상훈五常訓』, 『양생훈養生訓』 등과 같은 통속적인 서적들의 교과서라 할 만한 가이바라 에키켄貝原益軒의 십훈十訓(소위 益軒本)은, 무라村의 쇼야庄屋[5]들에게도 널리 읽혔다. 에도 후기에는 히라가나에 의한 의미와 읽는 방법을 간결하게 보여준 다니 세손渓世尊의 『경전여사經典余師』를 읽고 사서四書, 오경五經을 스스로 배우고 익히며 소리 내어 읽는 자까지 나타났다.[6] 그렇다면 왜 에도 시대의 사람들은 그토록 고상한 유학 서적들을 읽으며 학문을 하려 했던 것일까? 이 문제에 대하여 생각해 보자.

입신과 출세를 위한 학문–중국, 조선

중국이나 조선에서는 그 답은 허망할 정도로 간단하다. 한 마디로 하자면, 유학을 배움으로써 입신 출세할 수 있기 때문이다. 원래 유학에

4 今田洋三, 『江戸の本屋さん』(NHKブックス, 1977), 平凡社ライブラリー, 2009.

5 【역주】 에도 시대 지방 행정 단위인 무라村나 조町의 야쿠닌役人을 가리키는 말로 무라나 초를 대표한다.

6 鈴木俊幸, 『江戸の讀書熱』, 平凡社選書, 2007.

는 "입신하여 도를 행하고, 이름을 후세에 세움으로써 부모를 드러내는 것이 효의 끝이다"(『효경孝敬』)라는 말이 있는 것처럼, 입신하여 출세하는 것은 자신의 명예뿐만 아니라 훌륭한 아들을 낳아 기른 양친의 명예를 세간에 널리 빛나게 하는 것은 부모에 대한 효도로서 칭송되었다. 중국이나 조선에서는 고급 관료가 되는 것이 이러한 입신과 출세의 최종 목적이었다. 기본적으로는 만인에게 개방되었던 관리 등용 시험이었던 과거가 이것을 제도적으로 보장하였다. 즉 유학을 공부하여 전국 통일 시험이라 할 수 있는 과거에 멋지게 합격해 고급관료가 됨으로써 사회적 명예와 부를 얻는 것이 가능하였다. 이것이 중국이나 조선에서 유학이 보급된 최대의 이유였다.

실제로 중국에서는 황제 자신이 분명하게 권세와 부유라는 효용성에 근거하여 학문을 장려하고 있었다. 송대의 제3대 황제 진종眞宗은 학문을 권하는 문장에서(『古文眞寶前集』 卷1, 勸學問) 다음과 같이 논하고 있다.

> 집안을 부유하게 하기 위하여 좋은 밭을 사는 것은 소용없다, 책 안에 자연히 천 되의 곡식이 있으니
>
> 거처를 편안하게 하기 위하여 집을 높게 짓지 마라, 책 안에 자연히 황금의 집이 있으니
>
> 문을 나서는데 따르는 사람이 없는 것을 원망하지 마라, 책 안에 수많은 수레와 말이 모여 있는 것과 같으니
>
> 아내를 맞이할 때 중매가 좋지 못함을 원망하지 마라, 책 안에 있는 여인의 얼굴은 옥과 같으니
>
> 남아가 평생의 뜻을 이루고 싶다면 부지런히 육경을 창 앞에 두고 읽어라

공부하면 부도, 호화로운 저택도, 지위도, 미녀도 모두 손에 넣을 수 있다. 입신하고 출신하여 뜻을 펼치고자 한다면, 오직 경서를 공부하라. 즉, 입신과 출세야말로 학문의 큰 목표였다. 에도 시대의 대표적인 유학자 오규 소라이荻生徂徠의 후계자인 다자이 슌다이太宰春臺가 "대개 중화의 풍습이란, 예로부터 지금에 이르기까지, 학문의 재능에 의해 입신하였으며, 서민의 자식도 작위와 봉록을 얻어 부귀해질 수 있었으므로, 사람들은 경쟁하여 학문을 하였던"[7] 것이라고 간파했던 대로였다.

그러나 곤란한 점이 한 가지 있었다. 원대元代 이후 과거의 시험 문제가 된 주자학이 '성인聖人'을 지향하는 학문이었다는 점이었다. 주자학에서는 권세나 부유함, 더 나아가서는 아름다운 미녀를 얻으려 한다는 등의 더러운 욕망은 하늘의 이치에 어긋나는 인욕으로서 비난받았다. 과거 합격을 위하여 학문을 하는 것은 암기나 문장을 가지고 노는 '기송사장記誦詞章'(『大學章句』 序)과 같이 경멸해야 할 학문에 지나지 않았다. 빈곤한 나머지 지저분한 뒷골목에서 죽은 공자의 애제자 안연顔淵처럼 사람에게 알려지기 위한 것이 아니라 "자신을 위하여 하는"(『論語』 憲問編) 학문이야말로 요, 순의 성왕으로부터 공자, 맹자로 이어지는 '도통道統'을 잇는 도학자가 추구해야 할 길로 생각되었다.

그러나 아무리 '기송사장'의 학문이라 경멸받아도 과거의 수험과목이었기 때문에 그것을 위하여 공부하는 자가 많았던 점은 어쩔 도리가 없었다. 어릴 적부터 유학 경서를 통째로 암기하여(경서의 正文만으로도 57만 자에 달한다) 과거에 사용되었던 독특한 문체였던 팔고문八股文을 작

---

7 太宰春臺, 『經濟録』 卷6.

문하는 능력을 닦아, 주州에서 행하는 해시解試, 나라의 관청이었던 예부에서 행하는 성시省試, 황제가 행하는 전시殿試라는 극도로 어려운 세 가지 시험을 돌파해 과거에 합격해 고급 관료가 됨으로써, 권학문에 나와 있는 것처럼, "천 되의 곡식", "황금으로 만든 집", 많은 '거마車馬', 옥과 같은 미녀를 얻을 수 있었다. 이 즈음의 중국의 정세에 관하여, 간세이寬政의 삼박사三博士[8] 중 한 명인 고가 세이리古賀精里의 장자이자 사가번佐賀藩 고도칸弘道館[9] 교수였던 고가 고쿠도古賀穀堂(1777~1836, 안에이安永 6년~덴포天保 7년)는 다음과 같이 이야기하고 있다.

> 학문의 도는 『대학大學』의 8조에서 말하고 있는 것처럼, 수신으로부터 치국평천하에 이르는 과정을 알고 행하는 것으로, 그 이외의 명리에 매달린다 한들 의미가 없다. 그러나 말세의 풍속 때문인지, 고대와 비교하여 심히 경박해져, 명리를 떠나 학문을 하는 자는 "천 명 중 한 명, 만 명 중 한 명"에 지나지 않는다. 중국에서 학문이 성행한다고 이야기되는데, 문장과 시부文章試賦에 의하여 과거에 급제하여 관도에 나서 크게 입신하고 출세하는 것이 가능했기 때문에, 누가 권하지 않아도 자연히 천하에 학문이 흥하게 되었으며, 인의의 도도 행하기 쉽게 되어 문명의 풍속도 만국의 으뜸이 된 것이다(『學政管見』, 1809).

명리에 구애받지 않는 이상적인 학문과 명리로부터 출발하는 현실적인 학문을 분리한 다음, 그렇다고 하여 명리를 추구하는 것을 부정하지

---

8 【역주】 간세이의 삼박사란 간세이 시기에 막부 직할의 교학 기관인 쇼헤이자카가쿠몬조昌平坂學問所에서 교관으로 일했던 세 명의 유학자, 고가 세이리古賀精里와 비토 지슈尾藤二洲, 시바노 리쓰잔柴野栗山을 가리킨다.

9 【역주】 사가번에서 번사의 자제들을 교육시키기 위해 설립한 번교藩校다.

않고 과거에 의하여 결과적으로 학문이 성행해 풍속도 문명화된 것이라고 말하는 부분은 "국가에 유용한 인재"(『學政管見』, 1809) 육성을 목표로 한 사가 번의 번교 개혁을 진행한 고쿠도다운 현실주의적인 견해였다. 그렇다고는 해도 "자신을 위하여 하는" 것을 신조로 하는 주자학자 중 학문의 본당이었던 중국에서조차 명리를 떠나 학문을 하는 사람은 천 명에 한 명, 만 명에 한 명이라고 한 부분은 분명 선구자적인 견해였다.

과거가 없는 나라의 학문

에도 시대의 유학에 대해 생각할 때 우선 고려하지 않을 수 없는 점은 에도 막부가 명예나 이익을 학문의 동기로 삼는 과거제를 실시하지 않았다는 점이다. 뒤에 서술할 것처럼, 18세기 후반 간세이寬政 연간에 막부에서도 소독음미素讀吟味나 학문음미學問吟味 등 과거와 닮은 제도를 만들어내지만 그것은 관리등용을 위한 것이라기보다 학문을 장려하기 위한 편법에 지나지 않았다. 여기에 합격하여 어느 정도의 명예를 얻을 수 있을지는 몰라도 영달의 길이 한 번에 열리는 것은 아니었다. 가로家老[10]의 아들은 가로, 하급 부시武士의 아들은 하급 부시였으며, 아무리 공부하며 학문에 힘써도, 중국이나 조선처럼 고급 관리가 되는 기회가 주어지지는 않았다. 그 때문에 에도 후기에도 교토京都의 유학자 이카

10 【역주】 무가武家의 가신단 중 최고위에 위치한 이들을 가리키는 말.

이 게이쇼猪飼敬所(1761~1845, 호레키寶曆 11년~고카弘化 2년)는 다음과 같은 절실한 질문을 제자로부터 받지 않으면 안 되었다.

중국 사람은 학문을 한 뒤 마지막에는 임금에게 사관仕官하여 천하의 정치를 맡아 천하를 안정케 하고자 합니다. 이는 일반적인 것입니다. 이 중에는 뜻을 이루는 자도 있고 그렇지 못한 자도 있었습니다. 임금을 섬겨 뜻을 이룬 자도 있었으며 섬기지 않고 죽은 자도 있었습니다. 임금을 섬기지 않고 죽은 자들 중 현명한 자도 있었을 것입니다. 위로 요순이 나타났다면, 출사하여 임금을 섬겼을 것입니다. 우리나라의 사람들은 학문을 하더라도 출사하여 국정을 잡는 이는 번국에도 적습니다. 하물며 천하의 정치는 어떠하겠습니까? 다만 기실記室[11](右筆),[12] 강관講官, 구두사句讀師가 될 뿐입니다. 벼슬을 한다 하더라도 유교를 업으로 삼는 사람은 시문과 풍류를 논하는 무리가 될 뿐입니다. 하물며 무뢰한 일을 행하는 문인 시객들은 논할 가치도 없을 것입니다. 경서에서 말하는 도리를 관철해 실학을 행하는 이라도 그 문인들을 교유하는 한편, 저술을 생애의 업으로 할 뿐이며 저희 집의 경우에도, 작은 집을 겨우 다스릴 뿐입니다. 덕업德業도 공덕도 시행할 곳이 없습니다. 비록 문인이 수백이라 하더라도 유용한 실학을 하는 사람이 극히 적으며, 열국列國의 정치를 도울 덕망 있는 자도 없습니다. 불교가 어리석은 습속을 교화시키는 것에 비하여, 그 공덕이 얕고 적은 것은 어째서입니까? (『猪飼敬所先生書柬集』 卷1)

---

11 【역주】 중국의 관직명으로 후한 때 설치되었으며 장관의 밑에서 문서의 기록 및 관리를 수행하였다.

12 【역주】 유히쓰右筆란 중세, 근세 무가의 집에서 비서 역할을 하던 문관을 가리키는 말이다.

분명히 에도 후기가 되면, 번교의 교관講官, 句讀師으로 취직할 수 있었으나, 번에서 주는 급료에 의지하지 않으면 안 되었다. 영국의 사회학자 R. P. 도어Ronald Philip Dore는 에도 시대의 번교 교사의 봉급을 조사하여, "일반적으로는 이들(번교의) 전문 학자들의 신분은 낮았다. 교무를 맡는 이들의 장長이 받는 급여는 겨우 300석이 보통이었는데 이것은 통상 중급 부시의 봉록에 상당하는 것이었다. 다른 교사들은 일반적으로는 하급 부시—번주藩主를 직접 만날 수 없는 자들—라고 생각되는 신분에 해당됐다"고 결론지으며, "학식의 시장가격은 세월이 흐르며 계속 하락하고 있었다고 생각되는데 그것은 아마도 수요의 신장이 공급의 그것을 상회하고 있던 것을 반영했던 것이다"[13]라고 덧붙이고 있다. 그 때문에 심한 경우에는 "아들이나 동생 중 학문을 좋아하는 자가 있으면, 부모나 형이 그것을 두려워하여 지금 유학자가 가당키나 하냐면서 그것을 경계하는 지경에 이를"[14] 정도였다고 한다. 이러한 현상에 분노하여 "무뢰한 일을 행하는 문인시객"이 되어 세간을 백안시하던가, 혹은 "문인을 교유하는 한편, 저술을 생애의 업으로 삼으며 자신의 경우, 작은 집을 다스리는" 학자 생활에 만족하든 어느 쪽이라 하더라도 과거가 존재하는 중국처럼 "임금에게 사관하여 천하의 정치를 맡아 천하를 안정케" 하는 대망을 품었다 한들 그런 꿈을 실현하는 것은 불가능했다. 물론 이러한 청빈한 삶의 방식은, 원래 "자신을 위하여 하는" 학문을 목표로 한 이상 당연하다고 파악할 수도 있겠으나, 인간인 이상 그렇게 일이 간단하지는 않았을 것이다. 중국에서도 명리에서

---

13 Ronald Philip Dore, 松居弘道 譯, 『江戸時代の教育』, 巖波書店, 1980.
14 安井息軒, 『睡余漫筆』 卷上.

이탈하여 학문을 하는 기특奇特한 자는 천 명 중 한 명, 만 명 중 한 명이 아니었는가.

에도 시대에 왜 유학을 배우려 했는가?

혹시 그렇다고 한다면, 경제적 이익이나 사회적 권세를 얻을 수 없음에도 불구하고, 유학에 힘쓴 사람들이 에도 시대에 왜 나타났느냐에 대한 문제는 결코 풀어낼 수 없는 수수께끼로 다가올 것이다. 실은 이 문제는 에도 사상사에 관련된 큰 문제 중 하나이다. 그렇기는 하지만, 이 문제에 대한 대답이 자명하다는 반론도 존재하고 있다. 에도 시대는 강고한 신분제도 사회였기 때문에 상하귀천의 신분질서를 정당화하는 체제 교학인 유학이 늘어난 것은 당연하다는 것이다. 이러한 견해로 본다면 주자학의 "상하를 나누어 정하는 이치上下正分の理"는, 상하 귀천의 신분질서를 천지와 자연의 이치와 인간의 본성인 이理, 性卽理라는 이중적 의미로 근거 짓는 교설로서, 가장 먼저 비난의 도마 위에 오르게 된다.[15] 그러나 정말 그러한 것일까?

일찍이 유학을 싫어했던 쓰다 소키치津田左右吉가 "유가의 도덕적 가르침道德教은 예부터 지금에 이르기까지 우리 국민의 도덕생활을 지배한 적이 없었다"[16]며 유학은 단순히 지식으로서 수용되었으며 감정을 동반하여 실생활에까지 침투되지 않았다고 지적한 것은 널리 알려져 있다.

---

15 丸山眞男, 『日本政治思想史硏究』, 東京大學出版會, 1952.

16 津田左右吉, 『儒教の實践道德』, 巖波書店, 1947.

에도 시대의 유학과 에도 사람들의 실생활 사이에는 큰 괴리가 있었기 때문이다. '인仁'과 함께 유학에서 중시한 '예禮'(일상의 법식이나 의례로부터 정치제도에 이르는 외적 규범)는 실생활에서 실행되지 않았다. 예를 들어 유학의 근본도덕이라 할 수 있는 부모에게 효도하는 '예禮'의 일종이라 할 수 있는 3년간 상복을 입는 유가의 관습이 있다. 3대 쇼군 이에미쓰家光 이래, 크리스트교 탄압을 위하여 데라우케 제도寺請制度[17]가 실행되었던 근세 사회에서는, 3년 동안 직장이나 가업을 방기하고 상을 치르는 금욕적인 생활을 영위하는 것은 불가능했으며, 또한 당시의 사람들의 상식을 초월하는 기이한 행위였다. 그러므로 유학이 신분질서를 규정했다고 간단히 이야기할 수는 없다.

쓰다는 또한 에도 시대에 학자들 사이에 지식과 실생활의 분리가 발생하여 그 간극을 줄이고자 풍속론風俗論이나 양자론養子論 등 여러 가지 논의가 발생하였으나 결국 "이러한 논의는 실생활에 일절 저촉되지 않는 것이며 따라서 추호도 세상을 움직이는 것이 아니니, 지식에 의해 실생활을 움직이는 것이 불가능하다고 한다면, 사상, 혹은 문자로 현실의 사회를 지식 형식에 끼워 맞추려는 것은 일반적으로 유학자들에게는 최소한의 심심풀이 정도였으므로, 그것은 조금만 전도되면 지식상의 유희로 타락할 위험성이 있다. 번거로운 명분론 등이 그 일례일 것이다"[18]라고도 이야기하고 있다.

쓰다가 말하는 "사상, 혹은 문자로 현실의 사회를 지식의 형식에 끼워

---

17 【역주】 도쿠가와 막부의 종교 통제 정책(특히 크리스트교)의 일환으로 일반 백성들이 사원으로부터 크리스트교가 아니라는 證文을 받게 할 것을 의무화한 제도다.

18 津田左右吉, 『文學に現はれたる我が國民思想の硏究－平民文學の時代』, 洛陽堂, 1918, 第1篇 第20章.

맞추려는" 시도가 와타나베 히로시渡邊浩가 풍부한 자료를 근거로 상세히 밝혀낸 근세 사회에서 드러나는 유학의 부적합성일 것이다.[19] 예를 들어 학자들은 '봉건封建', '사농공상士農工商', '화이華夷', '사士', '가家', '예禮' 등의 유학의 기본적 용어를 현실의 도쿠가와 막부에 끼워 맞추고자 고심하였다. 원래 그것들은 고대 중국의 용어이며 쓰다가 말하는 것처럼 "중국인의 특수한 민족성과 사회상태로부터 발생한 사상"[20]이기 때문에, 시대도, 국가도 다른 도쿠가와 사회에 맞추려 고심했던 것이다. 그러나 역으로 에도 사상사에는 이러한 중국이나 조선에는 없었던 지식과 사회 간의 차이가 있었기 때문에 "소수이기는 해도, 송학宋學을 사상으로서 받아들여 진솔하게 자신의 정신과 행위의 규범으로 하였으며 정치와 사회의 원리로 삼으려는 자들이 나타날 때 여러 모순, 알력, 충돌이 발생하는 것이다."[21]

그렇다면 유학이 체제 교학이었느냐는 점은 일단 제쳐두고서라도 이러한 "모순, 알력, 충돌"에도 불구하고 소수이기는 해도 진솔하게 유학을 배운 자들이 있었다면 그들이 유학을 배운 이유는 무엇이었을까?

그 하나의 이유는 말 그대로 진심으로 성인聖人이 되는 것을 목표로 했기 때문일 것이다. "배우면 성인聖人이 될 수 있다"는 슬로건이 있는 것처럼, 누구나 성인聖人 = 완벽한 인격자가 되는 것이 가능하다는 주자학의 가르침은 "평범한 속인俗人이라도 성인이 될 수 있다는 자신이 넘치는 주장"[22]이었으나 에도 시대의 유학자들은 하늘로부터 부여받은

---

19 渡邊浩, 『近世日本社會と宋學』, 東京大學出版會, 1985.

20 위의 책.

21 위의 책.

22 Ronald Philip Dore, 松居弘道 譯, 『江戸時代の教育』, 巖波書店, 1980.

본성으로서의 천리를 믿었으며 이러한 슬로건을 삶의 목표로 삼았다.

예를 들어, 오우미세이진近江聖人이라 불렸던 나카에 도주中江藤樹(1608~48, 게이초慶長 13년~게이안慶安 1년)가 있다. 그는 젊은 시절에는 동료에게 '공자님孔子殿'[23]이라고 주변사람들로부터 야유 받으면서 상하귀천의 신분질서 속에서 스스로를 갈고 닦는데 최선을 다했다. 실제로 불평등한 신분제도의 세계 속에서 만인에게 동등하게 부여된 본성에 관하여, 인간은 평등하며, 사람은 누구라도 성인이 될 수 있다고 생각하는 것은 매력적이었다. 오우미세이진 나카에 도주, 이토 진사이伊藤仁齋, 아라이 하쿠세키新井白石 등은 모두 이러한 목표에 매료되었을 것이다. 도주는 이를 알았을 때의 감동을 다음과 같이 전하고 있다. 11세에 도주는 『대학』의 "천자로부터 서민에 이르기까지 예외 없이 모두 자신을 갈고 닦는 것을 근본으로 한다"는 구절을 읽고 "배워서 성인이 될 수 있다니 경탄할 만한 말이다. 천하 백성들을 위하여 이 경전을 남겼다니 이 얼마나 큰 다행인가! 너무 감격하여 눈물이 소매를 적시기를 그치지 않는다. 지금부터 성인이 되기로 뜻을 정하였다"[24]고 한다. 또한 나카에 도주의 저서 『옹문답翁問答』을 읽고 분발했던 것이 "쇄국하의 대표적인 지식인"(加藤周一)이었던 아라이 하쿠세키(1657~1725, 메이레키明曆 3년~교호享保 10년)였다.

17세가 되던 해, 여느 날과 마찬가지로 부름을 받고 와카자무라이若侍[25]를

23 川田剛, 『藤樹先生年譜』, 1893.

24 東敬治 編, 『藤樹先生行狀』, 1917.

25 【역주】 ① 젊은 사무라이를 가리키는 말. ② 구게公家나 부케武家에서 일하는 사무라이를 부르는 말이다.

찾아갔는데, 책상 위에 책이 있어 살펴보니 옹문답翁問答이라는 제목이 붙어 있었다. 어떠한 내용을 담을 것이라 생각하여, 허락을 받고 빌려 집에 가져와 보니, 처음으로 성인聖人의 도라는 것이 있다는 것을 알게 되었다. 이때부터 절실히 도라는 것에 뜻을 두고자 하였으나 스승으로 삼을 만한 자가 없었다. (『折りたく柴の記』 巻上)

또한 세키몬심학石門心學의 창시자로서 알려진 이시다 바이간石田梅巖(1685~1744, 조쿄貞享 2년~엔쿄延享 1년) 역시 성인聖人을 지향했던 사람이라고 말할 수 있을 것이다. 도주를 비롯한 위와 같은 사람들은 "문인門人들을 가르치는 한편, 저술을 생애의 업으로 하여 작은 집을 겨우 다스리는" 검소한 생활을 할지라도 도덕적으로 완벽한 인격자 = 성인聖人이 되는 것을 일생의 목표로 하였다. "자신을 위하여 하는 학문", 즉 진실한 학문을 추구하였던 것이다.

에도 시대에는 유학을 배워도 아무런 물질적 이익이 없었다. 그러나 역설적으로 그렇기 때문에 순수하게 주자학이나 양명학을 배워 성인聖人을 지향했었다고도 말할 수 있을 것이다. 유학을 배웠다 하여 경제적이나 사회적 이득이 없음에도 불구하고 유학을 배우려 했던 것은 그만큼 성인聖人이 되고자 하는 욕구가 강했기 때문일 것이다. 그것은 엄격한 종적 신분질서 속에서 평등을 원하는 간절한 바람이었다고 바꿔 말할 수 있을 것이다. 그러나 그렇기 때문에 "모순, 알력, 충돌"을 일으킬 수밖에 없었던 것이다.

유학을 배운 또 하나의 이유는 언젠가 정치를 담당하게 될 기회가 오기를 꿈꾸며 경세제민의 사업을 배우고 단련하는 것을 자신의 사명이

라고 생각했기 때문일 것이다. 원래 유학에는 수기修己-道德와 치인治人-政治이라는 두 가지 초점이 있는데, 성인聖人이 되는 것을 지향한 도주나 바이간이 전자에 기울어졌다고 한다면, 성인聖人이 되는 것을 부정하고 주자학의 "자신과잉의 설自信過剰の說"을 산산이 분쇄한 오규 소라이荻生徂徠(1666~1728, 간분寬文 6년~교호享保 13년)는 후자의 측면을 강조했다고 할 수 있을 것이다. 소라이에 의하면 성인聖人은 중국 고대의 요, 순과 같이 천하국가를 다스리는 예악형정禮樂刑政을 만들어낸 선왕들을 가리키는 것이며, 평범한 사람들이 배워 다다를 수 있는 도덕적인 목표가 결코 아니다. 소라이의 후계자 다자이 슌다이太宰春臺(1680~1747, 엔포延寶 8년~엔쿄延享 4년)는 성인聖人의 도란 천하국가를 다스리는 정치의 도라는 소라이의 입장을 바탕으로 현실세계는, 중국도 일본도, 그러한 "선왕의 도"가 실현되지 않았다 한탄하며, 혹시 지금 "영웅호걸이 있어, 위에 봉직"하여 "선왕의 도"를 실행할 수 있다면, 만민이 그 은택을 누리는 것이 가능하다고 서술했다. 물론 이 '영웅호걸'이란 슌다이 자신이지만 지금은 때가 아니라 분개하며, "배워 특기라 할 만하나 쓸모가 없는 용을 죽이는 기술學ビ得タル屠竜ノ藝"[26]을 장난스럽게 "흙 속에 진주가 되어야 해 아쉬워土中ノ物トナルベキモ惜" 하며, 적어도 "붓으로 기록하여 장筐 안에 넣어야겠다"고 서술하며 에도 후기의 대표적 경세론이라 할 수 있는 『경제록經濟録』을 저술하였다.

왜 유학을 배우는가에 대하여 지금까지 거론한 두 가지 이유는 유학

---

26 【역주】 도룡의 기술屠竜の技,屠竜の藝이란 장자莊子 열어구列禦寇에 나오는 말로 배워도 실제로는 쓸모가 없는 기예를 가리킨다.

사상의 의미, 내용과 관계되어 있다. 즉 유학자의 텍스트를 숙독, 정독精讀하여, 그 의미와 내용을 내재적으로 이해하는 방법으로, 에도 시대의 유학의 존재의의를 분명히 하려는 목적과 관련되어 있다. 성인聖人이 되고자 한 것을 관철한 나카에 도주를 예로 들어 그가 유학의 어느 부분에 매력을 느꼈는지 살피면, 도주의 독특한 유학 이해방식 뿐만 아니라 사람들이 에도 시대에 유학을 왜 배웠는지도 알 수 있을 것이다. 마찬가지로 오규 소라이나 다자이 슌다이가, 위에 선 자가 자신을 갈고 닦아 도덕적인 정치를 행한다면 자연히 밑의 백성들도 그에 따라 교화될 것이라는 주자학의 낙천적 정치론에 만족하지 않고, 중국 고대에 만들어진 "성인聖人의 도"를 추구한 것은 어째서인지, 그 정치론의 특색은 어떠한지, 그러한 특색 있는 정치론을 형성할 수 있었던 사상적 자원은 어디에 있었는지도 알 수 있을 것이다. 혹은 근세 일본의 주자학자나 양명학자의 사상과, 중국의 주자학, 양명학 사이에는 어떠한 편차가 있으며 그러한 편차가 왜 발생하였는지도 알 수 있을 것이다. 이러한 문제를 분명히 하여, 와타나베 히로시가 말하는 "여러 모순, 알력, 충돌"의 드라마를 재현해 보면 에도 시대에 유학이 보급된 이유도 알 수 있을 것이다. 이러한 유학 텍스트의 이해 방법은 그 자체로 흥미로운 것이다. 나도 이러한 내재적인 내용 이해 방법을 사용해 근세 일본의 국가가 부시武士, 軍人가 지배하는 병영국가였다는 점에 주목하여 그것을 합리화하는 병학사상과의 관계 속에서 에도 시대 유학의 특징을 고찰한 적이 있으나,[27] 본서에서는 다른 관점으로 도전해 보고 싶다.

---

27 前田勉, 『近世日本の儒學と兵學』, ぺりかん社, 1996; 前田勉, 『兵學と朱子學・蘭學・國學』, 平凡社選書, 2006 참조.

왜 학문을 하는가—다른 접근 방법

후쿠자와 유키치福沢諭吉(1835~1901, 덴포天保 6년~메이지明治 34년)의 『후쿠옹자전福翁自傳』 에피소드는 이에 대해 시사하는 바가 있다. 『후쿠옹자전』은 후쿠자와 유키치가 "문벌제도는 아버지의 적"이라고 말한 것으로 잘 알려져 있다. 후쿠자와의 부친은 부젠노쿠니豊前國(현재의 오이타현大分縣) 나카쓰번中津藩의 하급 부시로 오사카大坂 구라야시키蔵屋敷[28]의 관리였다. 그는 학문을 좋아하고 능력 있는 인물이었음에도 문벌제도 때문에 한평생 미천한 관리에 만족할 수밖에 없었다. 차남이었던 후쿠자와를 절에 넣으려 한 것도 승려가 될 경우 비록 하급 부시 출신이라도 상당한 사회적 지위를 손에 넣을 수 있었기 때문이었다. 후쿠자와는 하급 부시였기 때문에 "허무하게 불평을 삼키며 세상을 떠난" 아버지의 심정을 짐작하여 "문벌제도는 아버지의 적"이라고 단정하였다. 실제로 후쿠자와는 『구번정舊藩情』에서 나카쓰 번의 문벌제도를 기술하고 있는데, 그에 의하면 부시 중에도 조시上士(상급 사무라이)와 가시下士(하급 사무라이)가 있어 그 사이에는 큰 벽이 있으며 하급 부시로부터 상급 부시로 상승한 자는 250년간 손에 꼽을 정도였다고 한다. 하급 부시는 상급 부시를 도로에서 만나면 비가 오더라도 "게타下駄를 벗고 엎드려 절平伏"하며, 나누는 말도, 사는 집의 현관도 모두 정형화되어 있었다.

후쿠자와는 나카쓰 번의 '문벌제도' 속에서 장난꾸러기로 유소년기를 보냈는데, 14, 15세가 되자 근처의 다른 사람들은 모두 책을 읽고 있

28 【역주】 구라야시키蔵屋敷란 에도 시대에 다이묘大名가 쌀이나 영내의 특산품을 팔기 위해 설치한 창고 겸 저택을 가리키는 말이다.

는데 자신만 읽지 않는 것은 평판에 좋지 않을 거라 부끄럽게 생각하며 한학숙漢學塾에 다니기 시작하였다. 그런데 한학숙에서는 천부적인 재능이 있어 '견습 한학자' 정도였다고 한다. 후쿠자와는 특히 역사를 좋아하여 『춘추좌씨전』은 11번이나 통독했다고 호기롭게 이야기하고 있다.

저자가 주목하고자 하는 점은 이 한학숙이 '문벌제도'가 지배하는 실생활과는 별다른 공간이었다는 점이다. 후쿠자와에 의하면 실생활에서는 "나 같은 것은 상급 부시에게 "당신께서 어떻게 하라 말씀하시면, 그렇게 하겠습니다"라고 말하면, 상대는 "너는 그렇게 하고 이렇게 하라"는 식으로 만사가 흘러가며 별 것 아닌 어린 아이들의 장난에도 문벌적인 요소가 개입되어" 있는데, "그런 버릇을 가져 너는 어떻게 하라며 운운하는 상급 부시들의 자제들과 학교에 가 독서, 회독會讀 같은 것을 하면 언제나 이 쪽이 이긴다. 학문만이 아니라 완력으로도 지지 않는다. 그런데 교제할 때 친구들끼리 노는 어린아이들의 장에도 문벌 운운하는 것을 옆에서 불어 넣으려 하는 것이 지극히 심하니, 그 유치함에 화가 나 참을 수 없다"고 하였다. 한학숙에서의 '독서회독'에서는 상급 부시도 하급 부시도 없이 승부하여 승패가 분명했다. 후쿠자와에게 주쿠塾는 언제나 이길 수 있어 울분을 토해낼 수 있는 장이었다. 물론 주쿠塾에서 한 걸음 나가면 일거수일투족 모두 '문벌제도'에 따르지 않을 수 없었고, 그러한 굴욕감이 후쿠자와가 '문벌제도'에 대한 반감을 갖고, 더욱 분개하게 된 계기가 된 것은 말할 필요도 없다. 여기에서는 '독서회독'의 장이 문벌제도의 실생활과 달리 실력으로 승부할 수 있는 장이었던 것이 중요하다.

이 '독서회독'은 『후쿠옹자전』에서 한 번 더 나온다. 오사카의 난학숙蘭學塾인 오가타 고안緒方洪庵의 데키주쿠適塾에서 열심히 공부했던 시대를 회상하는 부분이다. 자유를 찾아 나카쓰를 탈출한 후쿠자와는 오가타 고안의 데키주쿠에서 네덜란드어를 배우고 네덜란드 원서를 회독했다. 나카쓰 번의 한학숙에서와 마찬가지로 데키주쿠에서도 똑같이 회독이 행해지고 있었던 것이다.

회독 때문에 주쿠塾의 학생들이 절차탁마하는 모습은 『후쿠옹자전』에 생생하게 묘사되어 있다. 데키주쿠에서 오가타가 실시한 수업 방식은, 네덜란드어의 초급 문법서를 소리 내어 읽고 그 뜻을 해석하는 단계가 끝나면, 원서를 회독시키는 방법이었다. 후쿠자와에 의하면 "회독이라는 것은, 학생이 10명이면 10명, 15명이면 15명 중 회두會頭가 있어, 그 회독을 하는 것을 들으며 제대로 하느냐 못하느냐에 따라 백옥白玉과 흑옥黑玉을 가려내는 것 같은 방식"이었으며, 회독 전에 예습을 할 때는 "회독본의 의심스러운 글자 하나라도 다른 사람에게 물어보는 것이 허락되지 않았으며, 질문을 하려는 비열한 자"도 없었다 한다. 그 때문에 월 6회 행해지는 회독 전날에는 "아무리 나태한 자라도 대개 잠을 자지 않았다. 즈후 헤야ヅーフ部屋[29]라는 사전이 있는 방에 다섯 명, 혹은 열 명씩 무리를 지어 말없이 사전을 찾아가며 공부하였다"고 한다. 회독의 장에서는 네덜란드어로 된 서적의 독해능력을 다투었으며, 후쿠자와는 그곳에서 두각을 드러냈다. 회독에서는 이처럼 "실질적인 실력"만으로 평가되었다.

후쿠자와의 회상이 시사하는 것처럼 학문의 장은 '문벌제도'라는 실

29 【역주】 네덜란드어 사전 *Doeff-Halma Dictionary*을 두었던 방을 가리키는 말이다.

생활과는 떨어져 있었으며 유학, 보다 넓게 이야기하면 난학을 포함한 학문을 왜 배우는가라는 문제에 대한 답에 대한 힌트를 제공하는 것은 아닐까? 과거를 위하여 유학을 한 것이 아니라, 신분제도가 지배하는 실생활이 너무나도 억압적이었기 때문에 학문을 한 것이다. 학문을 통해 사회적 권위나 부를 추구하려 해도 근세 일본에서는 그것을 획득하는 것이 불가능했다. 그럼에도 불구하고 학문을 배운 것은 학문의 장이 '문벌제도'의 실생활과는 다른 공간, 자신의 "실질적 실력"만을 다투는 공간이었기 때문은 아닐까?

또한 후쿠자와의 회상에서 보다 중요한 것은 이러한 "실질적 실력"을 다투는 학습방법이 '독서회독'이었다는 점이다. 회독이란 하나의 텍스트를 복수의 사람이 서로 토론하며 읽는 공동 독서 방법이기 때문에 "실질적 실력"이 토론의 과정에서 나타난다. "자네가 어떻다는 둥 말하는 상급 부시의 자제라도, 학교에 가 회독을 하게 된다면 언제나 이쪽이 이기는" 것이 가능했던 것이다.

회독–공동의 독서방법

본서는 유학 텍스트의 의미와 내용에 관한 것이 아니라, 어떻게 서적들을 읽었는지 그 형식적인 독서법에 주목하고자 한다. 이에 관하여 독서의 사회사를 제기하고 있는 로제 샤르티에Roger Chartier가 "읽는다는 행위는 단순히 추상적인 지적 행위가 아니다. 그것은 신체를 사용하는 행위이며 공간의 뒤에 남은 흔적이고, 자신, 혹은 타자와의 관계 속에 있다"[30]고 하며, "혼자서 은둔하며 내밀히 행하는 독서와, 공개적인 곳에서 행하는 독서와의 차이"[31]에 대하여 주의를 기울인 것은 잘 알려져 있다. 현대사회에서 "독서는 극히 내적인 행위"이나, 유럽 세계에서는 16세기부터 19세기 사이에 "마차부터 선술집에 이르기까지, 살롱으로부터 학회에 이르기까지, 친구와의 회합으로부터 가정의 모임에 이르기까지, 다른 사람을 위하여 낭독하는 것이 일반적인 것"[32]이었다고 그는 지적하고 있다.

이처럼 "공개적인 곳에서 행하는 독서"와 관련해서는 지금까지도 소리를 내어 책을 읽는 음독의 문제가 주목되었다. 일본에서도 메이지 초기까지 묵독이 아니라 음독을 행했으며, 이는 고독하고 내밀한 근대독자와는 달리 서적을 향수하는 방법을 표현하고자 했던 것이었다.[33] 그러나 "공개적인 곳에서 행하는 독서"라는 관점으로부터 본다면 흥미로운 것은 이 묵독-음독 문제와 함께 에도 후기에는 혼자 읽는 것과, 공동으로 읽는 것 중 어느 것이 좋은지 보다 극명하게 문제시되었다는 점이다. 유학자이며, 한시인으로도 유명한 에무라 홋카이江村北海(1713~88, 쇼토쿠正德 3년~덴메이天明 8년)의 『수업편授業編』에는 "책을 읽을 때 소리를 내는 것이 좋은지, 입을 다물고 읽는 것이 좋은지 묻는 사람이 있었다"라는 묵독-음독 문제와 함께 "책을 읽을 때 혼자서 읽는 것이 좋은지, 다른 사람과 함께 읽는 소위 회독이라는 것이 좋은지 묻는 사람이 있었다"는 질문을 실어 혼자 읽을 것인가, '회독'할 것인가에 대한

30 Roger Chartier, 福井憲彦 譯, 『讀書の文化史』, 新曜社, 1992.
31 위의 책.
32 위의 책.
33 前田愛, 『近代讀者の成立』(有精堂, 1973), 巖波現代文庫, 2001.

문제를 보다 직접적으로 드러내고 있다.

현대의 우리들은 소리 내어 읽고 그것을 풀이하는 방법에 대해서는 어느 정도 상상할 수 있으나 공동 독서 방법인 "세상에서 말하는 회독"은 교육사의 연구자 이외에는 잘 모른다. 그런데 에도 시대에 이 회독이라는 공동 독서 방법은 민간의 자주적인 독서회, 사숙私塾, 번교藩校에서 아주 일반적인 것이었다. 또한 앞에서 살펴본 것처럼 에도 시대뿐만 아니라 메이지 시대에 와서도 성행하여 자유민권기의 학습결사에까지 보급되었다. 그러나 메이지 중기에는 급속하게 쇠퇴하여 혼자 묵독하는 독서 방식이 당연해졌다. 대체 회독은 에도 시대에 왜 유행했으며 메이지 시기에 들어서 급속히 쇠퇴했던 것일까? 본서의 과제는, 회독이라는 "모습을 감춘 관행을 재발견하는 임무"[34]를 달성하는 것이다.

2. 세 가지 학습 방법

후쿠자와 유키치가 다니며 배웠던 오가타 고안의 데키주쿠는 네덜란드어 습득을 위한 사숙이었으며, 여기에서는 소독素讀, 강석講釋, 회독을 학습방법으로 사용했다. 에도 후기가 되면 유학을 가르치는 전국 각지의 번교나 사숙에서도 소독素讀과 강석講釋, 회독이라는 3가지 학습방법

34 Roger Chartier, 福井憲彦 譯,『讀書の文化史』, 新曜社, 1992.

이 확립되어 단계적으로 행해지게 되었다. 데키주쿠는 이러한 유학의 일반적인 학습방법을 그대로 네덜란드어 서적에 적용한 것에 지나지 않았다. 물론 난학을 가르치는 번교에서도 마찬가지였다. 예를 들어 막말 조슈번의 번교 메이린칸明倫館 내에 설치된 요가쿠쇼洋學所[35]였던 하쿠슈도博習堂(이곳은 데키주쿠에서 배운 오무라 마스지로大村益次郎가 교수를 맡고 있었다)에서는 네덜란드어 문법서 텍스트 『오란다문전전편和蘭文典前篇』을 통해 "우선 소리 내어 읽어素讀 기억하게 하고, 그 뒤에 분명히 그 문장의 뜻을 강의하여 풀이했고講釋", 문장론에 대한 텍스트인 『오란다문전후편和蘭文典後篇』을 통해 "한 차례 소리 내어 읽은 뒤 강의하여 풀이하기로" 정해져 있었으며, 이것을 숙달한 뒤에 '회독규칙'에 따라 회독을 하였다.[36] 난학뿐만 아니라 국학도 마찬가지였다. 이렇게 본다면 난학이나 국학의 학습방법은 관행화된 유학의 학습방법을 준용한 것이었음을 알 수 있다.[37] 그렇다면 우선 난학이나 국학에도 적용이 가능했던 유학의 세 가지 학습, 독서 방법에 대해 살펴보자.

소독素讀

소독은 구독句讀, 송독誦讀이라고도 불린다. 일본어로는 "스요미・소요미すよみ・そよみ"라고 읽으며 한문으로 쓰인 번교의 규칙 등에서는 구

35 【역주】 도쿠가와 막부의 양학 전문 연구기관.
36 『日本教育史資料』 2冊 763頁. 이하 책 번호와 항수를 간단하게 표기.
37 武田勘治, 『近世日本の學習方法の硏究』, 講談社, 1999.

독, 혹은 송독이라고 썼다. 독서의 초급단계로서, 7, 8세부터 시작하며 한문의 의미와 내용을 해석하지 않고 다만 소리를 내어 문자만을 읽고 배우며 암송하는 것을 목표로 하였다. 구체적으로는 선생이 한 사람 한 사람 앞에서 각자의 진도에 맞춰 텍스트의 한자 한 글자 한 글자를 '지시봉字突き棒'으로 가리키면서 천천히 읽고, 학생들은 그것을 복창하였다. 다음 수업까지, 그날 배운 부분을 암송해 와서 선생 앞에서 술술 실수 없이 읽을 수 있다면 다음으로 나갈 수 있었다. 혹시 잘못 기억했다면 다시 한 번 앞으로 돌아가 바르게 읽을 수 있게 된 다음에 다음으로 진행하였다. 이렇게 하여 텍스트를 통째로 암기하였던 것이다.

물론 의미와 내용을 해석하지 않는다 하더라도 가에리텐返り点[38]이나 오쿠리가나送り仮名[39]가 있는 텍스트를 훈독하여 읽었기 때문에 전혀 의미를 이해할 수 없었던 것은 아니었다. 『논어』를 예로 들면 "공자께서 말씀하시길, 배우고 때때로 그것을 익히면 또한 기쁘지 아니한가子曰わく、學びて時にこれを習う、また說ばしからずや"라고 읽었으며 중국어로 읽지는 않았다. 거기에 함의된 심원한 의미까지는 모른다 하더라도 어느 정도는 이해할 수 있었을 것이다. 다만 소독素讀의 단계에서 이해도는 부수적인 것이었으며 오직 암송하여 텍스트를 통째로 암기하는 것을 목적으로 하였다.

암기해야 할 텍스트의 순서는 주자학에서는 『대학』→『논어』→『맹자』→『중용中庸』(이상 四書)이었다. 이 사서 외에 『효경孝經』『소학小學』

---

38 【역주】 일본에서 한문을 훈독할 때 한자 오른편 밑에 붙이는 기호로 훈독의 순서를 나타낸다.

39 【역주】 ① 한자와 가나仮名를 섞어서 쓸 때, 어형語形을 분명하게 하기 위하여 그 뒤에 다는 가나. ② 한문을 훈독하기 위하여 오른쪽 밑에 작게 다는 가나.

『근사록近思錄』, 더 나아가 『삼자경三字經』 등을 사용하는 번교도 있었다. 배워야 할 텍스트의 순서는 반드시 고정적인 것은 아니었다. 예를 들어 유학을 배울 때 초심자들에게 가르쳤던 『수업편』에서 에무라 홋카이는 처음에는 문자의 수도 적고 어려운 글자도 없기 때문에 읽기 쉽고 기억하기 쉬운 『효경』부터 시작하라고 이야기하고 있다. 또한 텍스트 중 본문의 문자가 크고, 주석도 달리지 않아 아동이 읽기 쉬운 것을 사용하라고 주의하고 있다. 『대학』은 『효경』을 숙달한 이후에 접해야 할 것이라고 하였는데 그 이유 역시 문자가 적고 아이들이 질리지 않을 거라 생각했기 때문이었다. 그는 학문을 막 시작한 소독 단계에서 가장 중요한 것은 독서를 "꺼려하고 미워하는 마음"을 가지지 않게 하는 것이라고 주의를 하고 있다(『授業編』 卷1). 다만 『대학』을 숙달한 이후의 순번은 『논어』 『맹자』 『중용』이었으며 차이는 없었다. 그리고 사서가 끝난다면 『소학』을 읽을 수 있게 되었다.

홋카이는 『대학』의 문자수가 적다고 하였으나 가이바라 에키켄貝原益軒(1630~1714, 간에이寛永 7년~쇼토쿠正德 4년)에 의하면, 『대학』의 문자수는 총 1,851자로 상당한 양이다. 또한 『논어』는 12,700자, 『맹자』는 34,685자, 『중용』은 3,568자로, 사서四書만으로도 52,804자다. 하루에 100자를 숙송熟誦한다면, "암송空讀み하고 외워 쓰는데空書き" 전부 다 해서 5,280일이 걸린다. 이를 달로 환산하면 17개월 18일이기 때문에 1년 반에 달성할 수 있다고 한다. 여기에 오경五經 중 『서경』의 "순수한 수편數篇", 『시경』과 『역경』은 전문, 『예기禮記』 99,000자 중 '정요精要한 문자' 3,000자, 『춘추좌씨전春秋左氏傳』의 '가장 필요한 수만 가지

글'을 일과를 정해 100편 숙독하면, "문학을 함에 있어, 아마도 전례가 없는" 일일 것이라고 이야기했다(『和俗童子訓』 卷3).

18세기 초의 에키켄에게 이것은 '세상에 유례가' 없는 일로 학자가 지향해야 할 목표였으며, 모든 사람들에게 요구되는 것은 아니었다. 그러나 막말幕末에 이르면, 이는 단순히 노력해야 할 목표가 아니라 도달해야 할 의무가 되었다. 예를 들어 막말 안세이安政 원년(1854)에 설립된 빈고노쿠니備後國(히로시마현廣島縣) 후쿠야마 번福山藩의 번교 세이시칸誠之館의 경우, 소독素讀하여 암송해야 할 내용은 나이에 따라 정해져 있었으며 그러한 기준에 얼마나 도달했는지 시험을 치렀다. 연 4회, 3, 6, 9, 12월 7일에 '구독고시句讀考試', 즉 소독시험이 행해졌다. 그 시험에서 8세에 『효경孝經』을 졸업하지 않으면 안 되었다. 처음 2, 3엽葉(4~6항)씩 시험을 봐 한 번도 읽는데 잘못이 없다면 상이 내려졌다. 단 학력에 따라 처음부터 책의 절반, 혹은 책 전체를 범위로 시험을 치러도 상관없었다. 10세 때에는 『논어』, 11세에는 『맹자』를 졸업하지 않으면 안 되었다. 『논어』(10卷, 4冊), 『맹자』(14卷, 4冊)의 경우, 각각 1책씩 4번 중 2번 이하의 잘못이 있었다면 상이 내려졌다. 이렇게 사서四書를 졸업하면 그 다음에 오경五經을 시작했다. 12, 13세에 『역경』, 『시경』, 『서경』, 『춘추』를 졸업하고, 14세에 『예기』를 졸업했다고 한다(資料2冊, 641頁). 8세부터 14세까지 7년간 사서四書, 오경五經을 통째로 암기했다.

후쿠야마 번의 사례는 번주 아베 마사히로阿部正弘가 주도한 학문장려책의 성과로, 모든 번이 위와 같았던 것은 아니다. 많은 번에서는 사서四書까지만 학습하거나, 『논어』 정도에 그쳤던 것이 실정이었다. 가령 사서四書까지 학습했다 하더라도, 과거가 없는 일본에서는 이를 이용해 입신출세할 수 있는 길이 열렸던 것이 아니었다. 후쿠야마 번의 사례가 보여주는 것처럼, 상이라는 것도 겨우 반지半紙 한 묶음에 지나지 않았다. 이러한 기념품을 노리고 암기하더라도 평범한 사람들은 금방 잊어버렸을 것이다. 7, 8세부터 소독素讀을 시작하여, 25, 26세까지 사서四書, 오경五經을 끝낸다 하더라도 "시간은 쏘아진 화살과 같아" 이러저러 하는 사이에 아내를 맞이하고, 아이가 생기고 '가사 걱정'에 독서도 하지 못하고 '야쿠기役儀'[40]에 힘써 "이런 저런 고심"을 하는 사이, "처음에 배운 사서四書는 드문드문 기억하고 있는 부분도 있으나, 오경五經에 이르면 완전히 잊어버리고 마는"(正司考祺, 『經濟問答秘錄』 劵4) 것이 현실이었다.

때문에 히젠노쿠니肥前國 아리타有田의 상인 쇼지 고키正司考祺(1793~1857, 간세이寬政 5년~안세이安政 4년)는 "처음 소독素讀하여 온갖 고생을 해도 힘만 들고 공功이 없다"(『經濟問答秘錄』 劵4)고 단정하고 있으나, 소독素讀도 결과적으로 인격형성에 적극적인 의미를 지닌다는 해석도 설득력이 있다. 현대의 근세 일본교육사학자 쓰지모토 마사시辻本雅史에 의하면, 소독素讀의 의의 / 의미란, 텍스트를 통째로 암송하여 몸에 집어넣는 "텍스트의 신체화"라고 한다. 이 신체화된 언어는 자신의 언어와 일체화되어 소유됨으로써, 자신의 사고와 언어에 활용할 수 있게 된다고 한다.[41] 그러나 이는 이상론이며, 암기에 서투른 일반인들에게는 고통일 뿐이었을 것이다. 그래도 유소년기에 이러한 고통이나 고난을 극복한 경험 자체가 장래의 인격형성에 큰 양식이 되며, 이것이야말로 소독素讀

40 【역주】 자신이 맡고 있는 임무, 혹은 조세 부담과 관련된 일을 가리킨다.

41 辻本雅史, 『思想と教育のメディア史』, ぺりかん社, 2011.

을 하는 이유라는 다소 무리한 해석도 있을 것이다. 뒤에 서술하겠지만 그것은 "고의로 만들어 내어, 제멋대로 정한 고난—즉 그것을 넘어섰다는 사실이 이를 해결했다는 내적 만족 이외에 어떤 이점도 없는 고난—을 해결하는 기쁨"[42]을 동반하는 것이기 때문이다. 그러나 이는 의도되지 않은 결과이며, 유학을 배우는 본래의 목적은 당연히 아니다.

강석講釋

소독素讀의 단계가 무사히 종료되면 15세 전후로부터 이를 강의하고 해석하는 것講釋이 시작되었다. 선생이 학생들 앞에서 경서를 한 장, 혹은 한 절씩 강해講解하여 들려주는, 구두 위주의 일제 수업이다. 에무라 홋카이의 『수업편授業編』에 의하면, "강석講釋이란, 그것이 어떤 것이든, 강의하는 책의 본문, 주해를 이용하여 그 글자와 문장의 뜻을 해석하여 들려주어 그 요점을 분명하게 돌아보는" 것이라고 한다. 또한 그는 "무릇 한 장章, 혹은 긴 글이라면 반 장, 짧은 글이라면 2, 3장에 달하는 글자와 문장의 뜻을 자세히 풀어 해석하여 평범한 사람들이 이해하기 쉽게 오늘날의 인정과 세태에 맞춰 듣는 사람의 수준에 맞춰 이득이 있을지언정 해가 되지는 않도록 해야 하며, 그렇다고 해서 익살스러운 이야기, 바사라婆娑羅[43]어, 천한 속담 등을 사용해서는 안 되며, 또한 강담講

42 Roger Caillois, 清水幾太郎・霧生和夫 譯, 『遊びと人間』, 巖波書店, 1970.

43 【역주】 14세기 남북조시대南北朝時代에 유행했던 언어의 양식이며, '바사라'란 산스크리트어로 다이아몬드를 의미한다. 신분질서에 대한 무시 등 당시의 권위에 저항하는 성격을 지녔다.

談을 하는데 시세를 비방하거나 다른 학파를 배척하는 것을 경계하여 이야기해서는 안 된다"(『授業編』 卷4)고 주의를 주고 있다.

에도 시대에 이 강석講釋은 야마자키 안사이山崎闇齋 학파 안에서 많이 행해졌다. 야마자키 안사이(1618~82, 겐와元和 4년~덴와天和 2년)는 근세 일본의 대표적인 주자학자인 동시에 스이카신도垂加神道라는 독특한 유가신도儒家神道를 창시한 것으로도 알려져 있는데,[44] 그가 강석講釋을 행한 이유는 안사이의 학문이 가진 성격과 깊은 관계가 있다. 안사이는 주자의 학문에서 "전하되 짓지 않는다述而不作"(『論語』 述而編)는 정신을 배워, 주자朱子가 되는 것을 목표로 삼았던 인물이다. 그 때문에 주자 그 자체가 되었다(고 자인한) 안사이는, 중국 고대의 성현들로부터 주자에게 이어졌다는 '도통道統'의 체현자가 되어 강석講釋하였다. 때문에 제자들은 안사이의 말 한 마디, 구절 한 마디를 살아 있는 성인의 말로 받아들이지 않으면 안 되었다.

안사이의 강석講釋은 엄격하기로 유명했다. 그 엄격함 때문에 제자들은 이를 두려워했다. 안사이가 강석講釋할 때에는 "말씀하시는 것이 종소리와 같고, 얼굴은 (항상) 화가 나 있는 것 같아", 청강하는 학생들은 얼굴을 들어 바라보는 것조차 불가능했다. 학생들은 은밀히 "눈을 감고 선생을 한 번 생각하면, 욕념欲念이 곧바로 사라진다"고 이야기를 주고받았다고 한다(『先哲叢談』 卷3). 이 준엄한 선생은 살아있는 동안 자신의 영혼을 스스로 받들어, 스이카레이샤垂加靈社라는 신이 되어, 자신이 신도神道들에게 강석하는 자리에 나타낼 때에는 방울을 들려 마치 살아있

---

44 前田勉, 『近世神道と國學』 ぺりかん社, 2002.

는 신이 나타나는 것 같은 무대장치를 두고 제자들 앞에 나타난 적도 있었다. 제자들이 선생의 말을 한 마디도 놓치지 않고 필기한 것도 당연한 일이다.

안사이가 강석하는 풍경은 극단적이기는 하나, 위로부터 아래로의 설교라는 강석의 본질을 잘 나타내고 있다. 여기에서는 좀 더 이해를 높이기 위해 오규 소라이의 강석 비판을 소개하고 싶다. 소라이는 "나는 강講하는 것을 싫어한다. 항상 학자들로 하여금 경계토록 하여, 강講하는 말을 들려주지 않도록 한다"(『譯文筌蹄初編』 卷首)고 스스로 서술하고 있는 것처럼, 강석講釋을 싫어했다고 알려져 있다. 소라이의 초기 작품 『역문전제초편譯文筌蹄初編』의 제언에는 강석講釋의 해를 10항목에 걸쳐 논하고 있는데, 그중 중요한 것은 청강자가 스스로 '생각하는' 것, 고찰하는 것을 하지 않게 된다는 점에 있었다. 소라이에 의하면 강석講釋하는 측도 '자고字詁 / 구의句意' '장지章旨 / 편법篇法', '정의正義 / 방의旁議', '주가註家의 동이同異', '고사故事 / 가화佳話' '문자의 내력' 등, 무릇 본문에 관계된 것이라면, 가게를 열어놓은 것처럼 쭉 펼쳐놓고 하나라도 모자라는 부분이 있으면 그것을 부끄럽게 여기게 된다. 또한 청강자가 질려버리지 않을까 걱정하여 좋은 말로 기쁘게 하거나 때로는 우스운 이야기를 교환하면서 졸지 않도록 하기 때문에, 듣는 사람이 스스로 아무것도 생각할 수 없게 되는 것은 당연하다. 이해를 돕기 위해 친절하고 용의주도하게 하려는 노파심이 학습자에게는 오히려 역효과를 일으키고 마는 것이다.

단 여기에서 주의해야 할 점은, 소라이는 학문을 배우기 위해 전문가들을 대상으로 한 강석의 유효성을 비판한 것이며, 무지한 자들을 도덕적으로 교화시키기 위해 강석講釋하는 것을 부정한 것이 아니라는 점이

다. 소라이에 의하면 중국의 이른바 '강講'은 일본 불교인들의 '설법說法'에 가깝다. 문장의 의미나 문자의 세세한 점에 매달리지 않고 비유적인 말譬え話을 이용하거나 사례를 들어 도덕이나 인의를 납득시켜 청자를 감동시킴으로써 선행을 촉진시키는 것이다. 소라이에 의하면, 이는 뛰어난 인물을 가르치기 위한 것은 아니나 배울 시간이 없는 위정자나 학문을 하지 않는 자들에게 행하기에는 적합하다.

소라이가 말하는 '강講', 즉 승려의 설법과 같은 강석은, 번교에서는 월병강석月並講釋라고 불렸던 것에 해당된다. 이는 매달 정해진 날에 번내藩內 사람들을 위하여 열린 유학 서적의 강석이었는데, 에도 막부에서는 5대 쇼군將軍 도쿠가와 쓰나요시德川綱吉의 시대에 하야시 라잔林羅山의 손자 하야시 호코林鳳岡의 반관반민半官半民 사숙私塾 쇼헤이코昌平黌에서 행해졌다. 학문을 즐겼던 쇼군 쓰나요시는 겐로쿠元禄 4년(1691)에 그때까지 우에노시노부가오카上野忍岡에 있었던 하야시가林家의 주쿠塾를 간다유시마神田湯島로 이전시켜 성당聖堂[45]과 학사[46]와 교코몬御高門을 건설했다. 겐로쿠 5년(1691)에, 이 교코몬의 동사東舍에서 호코가 처음으로 유학 서적을 강석한 이래, 이곳이 공개적으로 강석을 행하는 곳이 되었다. 또한 8대 쇼군 도쿠가와 요시무네德川吉宗는 교호享保 2년(1717) 9월부터 교코몬의 강석을 일강제日講制로 하여, 휴일 없이 매일 오전 10시부터 12시까지 하야시 가문의 사람에게 강석을 행하게 했다. 부시였든 서민이었든 자신이 시간이 되는 날에 듣고 싶은 강석만을 자유롭게 선택하여 들을 수 있었다.

---

45 공자를 받들어 봄과 가을 두 차례의 척전釈奠과 공개 강석講釋을 행하기 위한 시설.
46 하야시 가문의 사숙.

소라이가 비판하고 있었던 것은 이처럼 학문을 모르는 불특정다수의 청중들에게 들려주는 설법講釋이 그대로 학문을 하는 사람들의 학습방법으로서 무지각하게 사용되는 점이었다. 소라이의 고찰에 의하면, 학문은 스스로 의문을 가지고 주체적, 능동적으로 생각하는 것이 중요하였으며, 친절하게만 교습되어서는 안 되는 것이었기 때문이다. 이것은 소라이 특유의 학문관인데 뒤에서 좀 더 자세히 서술하겠다.

이러한 소라이의 비판에도 불구하고 에도 시대에 학문을 위한 강석뿐만 아니라 도덕적 교화를 위한 강석설법은 막부는 말할 것도 없고 번교에서도 줄어든 적이 없었다. 예를 들어, 가나자와번金澤藩의 메이린도明倫堂가 간세이寬政 연간에 창설되었을 때 번사藩士뿐만 아니라 영내의 조닌, 백성들에게까지 청강을 허락했던 것은 여기에서 행해지는 강석이 도덕적인 교화를 목표로 하고 있었기 때문이었다. 초대 번교 교수로서 초빙된 것은 교토의 유학자 아라이 하쿠가新井白蛾(1715~92, 쇼토쿠正德 5년~간세이寬政 4년)였다. 하쿠가는 단기본談義本[47] 『노자형기老子形氣』의 저작자이기도 했는데, 도덕적인 교훈을 평이하게 설명하였다고 한다.

에도 시대에 이시다 바이간石田梅巖(1685~1744, 조쿄貞享 2년~엔쿄延享 1년)은 교토에서 출입이 자유로운 강석을 행했던 것으로 유명하다. 그는 자신이 깨달음을 얻은 체험을 바탕으로 불특정 다수의 사람들에게 강석을 행했다. 그의 강석은 유학의 경문이나 주해를 바탕으로 한 것이었으나, 그에 관한 일화나 비유를 잘 사용하여 교훈을 주는 방식이었다. 바이간의 제자 데지마 도안手嶋堵庵 이후로는 구화口話 중심으로 한 도와道話[48]

---

47 【역주】 18세기 중, 후반에 유행했던 풍자적인 소설 양식.

48 【역주】 에도 시대 심학자心學者들이 주로 사용했던 이야기 방법으로, 예를 들어 교훈을

가 행해져 전국의 심학 강사講舍에서 널리 행해졌다. 또한 "태평기太平記 읽기"와 신도강석神道講釋도 제재가 『태평기』든, 신도든, 학문을 배우지 못한 부시나 서민들을 교화하는 강석이었다는 점에서 차이는 없었다. 전자의 '태평기 읽기'의 자료가 됐던 것이 『태평기비전이진초太平記秘傳理盡鈔』였으며[49] 후자의 신도강석의 대표자가 교호享保기의 교사카京坂 지방에서 활약했던 마스호 잔코增穗殘口(1655~1742, 조오承應 4년~간포寬保 2년)였다. 또한 절충학자折衷學者 호소이 헤이슈細井平洲(1728~1801, 교호享保 13년~교와享和 1년)가 농민, 조닌을 대상으로 하여 평이한 말로 행했던 강석도 불특정 다수를 대상으로 하고 있었다. 덴메이天明 3년(1738)에 나고야名古屋에서 행해졌던 헤이슈의 강석에는 무려 2,400명의 청중이 운집했다고 한다.

회독會讀

15세쯤에 강석과 병행하거나 혹은 그 이후에 행해졌던 것이 본서에서 주안점을 두고 있는 회독이다. 회독은 소독素讀을 종료한 정도의 학력을 지닌 상급자가, "한 방에 모여 경전의 특정 장구章句를 중심으로 서로 문제를 제기하거나 의견을 다퉈, 집단으로 연구하는 공동학습의 방식"[50]이다. 회독에는 텍스트를 읽는 회독과 강講하는 회독이 있었는

주는 방식이다.

49 若尾政希, 『'太平記讀み'の時代』, 平凡社選書, 1999.

50 石川謙, 『學校の發達』, 巖崎書店, 1951.

데(이 점은 후술하겠다), 여기에서는 번교에서 일반적으로 행해졌던 강講하는 회독인 윤강輪講에 대해서 살펴보겠다.

윤강은 7, 8명, 많게는 10명 정도의 학생들이 하나의 그룹이 되어 그 날의 순번을 제비籤 등으로 정하여 순번대로 지정된 텍스트의 해당 부분을 읽고, 강의를 하는 방식이다. 그 이후에 다른 사람이 읽은 부분이나 강술에 대하여 의문을 제기하거나, 문제점을 질문하거나 했다. 강의를 한 사람은 거기에 대답하고 적극적으로 토론을 행했다. 이를 강의하는 부분과 사람을 바꿔 순차적으로 반복하며, 선생은 토론 도중에는 침묵을 지키고 있다가 의견이 대립하거나 의문이 해결되지 않을 때 판정을 내리는 정도였다. 즉 기본적으로 학생들 간의 절차탁마切磋琢磨가 요구되었다. 회독의 과정을 기록한 번교의 규칙을 거론하자면 다음과 같다.

> 회독의 방법은, 매회 학생들이 추첨으로 당첨된 대로 순서를 정하여, 순차적으로 강의를 하며, 서로 어려운 질문해 대하여 논의하고, 뜻이 의심스럽거나 자세하지 못한 부분은 교사가 하나하나 그 뜻을 말해준다. 또한 책을 사용할 때 동시에 서경書經 이하의 서목書目을 강講해서는 안 된다. 한 책을 끝낸 다음에 다른 것으로 옮겨가는 것을 원칙으로 한다. (舊柳川藩, 傳習館, 資料3冊, 48頁)

회독은 이른바, 차좌車座[51]의 토론회였다. 그 모습은 오다큐 전철小田急電鐵의 창시자인 도시미쓰 쓰루마쓰利光鶴松(1863~1945, 분큐文久 3년~쇼와昭和 20년)가 메이지明治 초기의 한학숙漢學塾 수업시대를 회상한 부분

51 【역주】 둥그렇게 둘러앉는 것을 말함.

에 묘사되어 있다. 도시미쓰 쓰루마쓰는 오이타 현大分縣에 있었던 자신의 가난한 집을 나와 한학숙에서 살았던 고학생이었다. 그 시대의 한학숙은 수업료나 보수 없이 목욕물을 데워 주거나風呂焚き 그 밖의 가사, 잡무를 봐 주며 주쿠塾에 거주하면서 학생으로서 공부하는 것이 가능했기 때문에 그러한 일을 맡았던 것이다.

도시미쓰는 한학숙의 학습풍경을 다음과 같이 회상하고 있다.

> 윤강이란 토론회와 같은 것으로, 같은 계급의 학생들이 둥그렇게 모여 앉아, 그중 한 명이 미리 정해진 책의 어떤 부분을 강의하면, 그것이 끝나기를 기다려 다른 사람이 교대로 질문을 해 서로 잘못된 부분을 논하며 학문을 하는 방법이다. 윤강의 회두會頭는 회두석에 앉아 그 토론을 듣고, 끝낸 이후 각자의 말을 비판하여 그 옳고 그름을 심사하여 선고한다. (『利光鶴松翁手記』, 小田急電鐵株式會社, 1957)

회독은 메이지 시기 이후에도 전국 각지에서 지속되고 있었다. 이 사실 자체가 논해야 될 문제이나, 여기에서는 회독이 '토론회'였다는 점에 주목하고 싶다. 번교에서는, 토론의 방법이 상세히 규정되어 있었다. 그중에서도 가장 자세한 가나자와 번 메이린도의 「입학생학적」의 일절을 소개하겠다. '학적學的'이란 교칙이다.

> 회독의 방법은 필경 도리를 논하여 명백하게 낙착落着[52]하기 위하여 서로

52 【역주】 낙착らくちゃく, 落着이란 본디 에도 시대에 쓰였던 사법 관련 용어로 어떠한 사건의 재판이 마무리되는 것을 뜻한다. 현대에 들어와서는 어떤 사안이 해결되었을 때 사용된다.

허심虛心하게 토론해야 하는데, 그중에서는 피아를 구분하여 서로 우열을 가리고자 하는 마음이 강하여 말끝을 붙잡고 다투고 자세히 따져서 묻거나 신중히 생각하기 위해 노력하지는 않으며, 망령되게 자신을 옳다 하고 다른 사람을 그르다 하니 보기 흉한 일이다. 또한 자신이 무언가를 안다 하여 이를 과장해 드러내 보이는 것, 다른 사람이 드러낸 소소한 허물을 망령되게 비웃는 것, 자신의 잘못됨을 꾸며 다른 말에 뇌동雷同하는 것, 경솔하게鹵莽 무언가를 깨달았다면서 다른 말을 겉으로 듣고 흘려버리는 것, 무릇 자신을 옳게 보아 의심하지 않는 것, 의심해야 할 것이 있는데도 멋대로 해석하고 안심하는 것, 다른 사람을 번뇌하게 할 것을 우려하여 질문하지 않는 것, 미숙함을 부끄럽게 여기며 말을 하지 않는 것 등등과 같은 것이 하나라도 있다면 발전上達의 길은 없을 것이니, 자신을 성찰하여 엄히 살필 것.[53]

회독을 할 때에는 도리를 논하여 명백한 결론에 도달하기 위해 서로 허심하게 토론해야 한다. 그런데 피아의 우열을 가리고자 하는 경쟁심을 불태워 말한 것의 말초적인 부분을 문제 삼아 다툼을 일으키며, 자세히 조사하고 물어보거나 삼가 신중히 생각하는 일(『中庸』)도 하지 않는 자가 있다. 또한 망령되게 자신의 의견을 옳다 하고 타인의 의견을 그르다 생각하는 것은 보기 흉한 것이다. 또한 자신이 한 가지를 깨달았다고 긍지 섞인 표정을 드러내는 것, 다른 사람의 소소한 잘못을 비웃는 것, 다른 사람의 말에 부화뇌동하는 것, 경솔하게 깨달았다는 표정으로 다른 사람의 말을 표면적으로만 듣는 것, 자신이 옳다 하여 의심을 가지지 않는 것, 의심스러운 것이 있는데도 멋대로 해석

53 資料2冊, 194頁.

하여 안심하는 것, 다른 사람을 번거롭게 할 것을 꺼려 질문하지 않는 것, 미숙한 것을 부끄러워하여 말을 하지 않는 것, 이와 같은 것이 하나라도 있으면 발전의 길은 없으니 자신을 성찰하여 깊이 삼갈 것.

이 「입학생학적」의 일절은, '도리'를 탐구하여 '토론'하는 회독의 장이, '우열'을 다투는 경쟁에 빠져버리기 쉬운 점, 그렇게 되지 않가 위하여 자신의 의견을 완고하게 주장하지 말고, 다른 말도 받아들이는 '허심虛心'을 요구하는 점 등 회독의 원리적인 문제와 관련된 것들을 말하고 있다. 이에 대해서는 후술하기로 하고 여기에서는 회독이 활발한 '토론'의 장이었다는 점을 확인해두고 싶다. 실로 "윤강이란 토론회와 같은" 것이었다.

단계별 학습 텍스트

이상으로 소독素讀, 강석講釋, 회독이라는 3가지 학습 방법에 대해 개략적으로 소개하였다. 다음으로 학습 텍스트에 관해 첨언하자면, 연령과 학력의 진전과 함께 소독素讀으로부터 강석, 회독에 이르기까지 단계적으로 학습방법을 바꾸는 것과 동시에 텍스트도 보다 난해한 것으로 옮겨갔다. 예를 들어 마에바시 번前橋藩의 하쿠유도博喩堂의 경우, 구독句讀 = 素讀에 사용되는 책은 앞에서 본 것처럼 소학小學, 사서四書, 오경五經이었는데, 강해講解 = 講釋에 사용되는 책은, 소학小學(本注), 사서四書(章句, 集註), 근사록, 시경集傳, 서경集傳, 역경本意, 효경孝經, 刊誤, 태극도설太極圖

說, 통서通書, 서명西銘, 백록동서원게시白鹿洞書院揭示, 문공가례文公家禮였으며, 소독素讀 단계에서 암송했던 사서四書, 오경五經을, 주자학의 역주를 근거로 하여 강석을 행했다.

또한 윤강(講하는 회독)에서 사용되는 책은, 춘추胡傳, 춘추좌씨전杜註, 예기集說, 역학계몽易學啓蒙, 몽구蒙求였으며, 회독(읽는 회독)에 사용되는 책은 삼례三禮, 鄭註, 의례경전통해儀禮經傳通解, 대재례大載禮, 춘추公羊傳, 穀梁傳, 공자가어孔子家語, 국어國語, 사기史記, 전한서前漢書, 후한서後漢書, 삼국지三國志, 통감강목通鑑綱目, 당감唐鑑, 정관정요貞觀政要, 송명신언행록宋名臣言行錄, 이락연원록伊洛淵源綠, 주정장주지서周程張朱之書, 대학연의大學衍義, 대학연의보大學衍義補, 문장궤범文章軌範이었다(資料1冊, 573頁). 읽는 회독에서는 역사서 중심의 텍스트가 선택되는 경향이 있다.

지금까지 서술한 세 가지 학습방법 중 아마도 소독과 강석에 대해서는 어느 정도 알고 있던 사람이 많을 것이다. 또한 회독에 대해서는 혹시 알고 있다 하더라도 위에서 다뤘던 후쿠자와 유키치가 생생하게 묘사한 오가타 고안의 데키주쿠의 광경을 통하여 이것이 난학의 전매특허였다고 치부하고 있을지도 모르겠다. 상하귀천의 신분질서를 절대적인 것으로 간주하는 것이 유학의 체제이므로 학생들이 대등하게 토론하고 절차탁마하여 서로 배우는 회독은, 후쿠자와 유키치처럼 네덜란드 서적을 공부하는 개명적인 난학에 걸맞다고 생각할 수 있다. 그런데 앞에서 서술했던 것처럼, 후쿠자와 유키치는 고향 나카쓰中津의 한학숙에서 '독서회독'을 했으며 (따라서 그에게 회독은) 데키주쿠에 입학하여 처음으로 경험하게 된 기묘한 학습, 독서방법이 아니었다. 반복하여 말하지만 데키주쿠는 유학의 학습, 독서방법을 활용한 것에 지나지 않았다.

사숙私塾, 번교와 데라코야寺子屋

지금까지 소독-강석-회독이라는 세 가지 학습 방법을 살펴보았는데 한 가지 단정해 두고 싶은 것이 있다. 그것은 이 세 가지 학습방법은 기본적으로 사숙이나 전국의 번교에서 행해진 것이었으며, 서민들이 다니는 데라코야寺子屋, 手習塾의 읽기, 쓰기, 주판셈算盤의 학습방법은 아니었다는 점이다.

원래 에도 시대의 부시武士들의 교육기관인 번교와 농민, 조닌 등 서민들의 교육기관인 데라코야는 다른 계통의 기관이었는데, 본서는 줄곧 전자만을 대상으로 하고 있으며 후자는 언급하지 않고 있다. 그 이유는 매우 단순하다. 데라코야에서는 회독이 행해지지 않았기 때문이다. 데라코야에서도 읽기를 할 때 유학 텍스트를 소독하는 일이 있기는 했지만, 주 텍스트는 상매왕래商賣往来, 백성왕래百姓往来 등의 왕래물往来物[54] 이었다. 또한 상급자들을 위한 학습방법인 회독까지 행하기에는 6~8세에 입학하여 2, 3년이라는 짧은 기간 취학하는 것만으로는 거의 불가능했다. 이에 반해 번교의 경우 입학 연령은 7~8세로 같지만 졸업 연령은 명확하게 정해져 있지 않았다. 보통 15세 이하가 전체의 29%, 20세 미만이 50%, 20세 졸업까지 넣으면 63%라고 지적되고 있다.[55] 이런 의미에서 본다면, 본서는 에도 시대의 교육 전체를 다루는 것이 아니라 주로 부시들의 교육을 부분적으로 다루어 고찰하는 셈이다.

---

54 【역주】 에도 시기에 왕래물往来物, おうらいもの이란 단어는 특정 대상에 대한 일종의 초급 교과서들을 총칭하는 말로 사용되었다. 예를 들어 상매왕래商賣往来는 상업 활동에 필요한 기초적인 어휘 및 지식에 대한 에도 시기의 초급 교과서다.

55 石川松太郎, 『藩校と寺子屋』, 教育社, 1978.

에도 후기에는 전국에 수만 개의 학교가 있었다. 이시카와 겐은 메이지 16년 문부성이 부현府縣에 명령하여 행한 조사보고를 정리한 『일본교육사자료日本教育史資料』를 근거로 총 11,237개라고 하나 다카하시 사토시高橋敏는 이 숫자에 일부 조사가 누락되어 사실은 그 몇 배가 될 것이라고 추정하고 있다.[56] 수만 개의 학교에서 데라코야의 존재를 다루지 않는다 해서, 데라코야의 교육적 역할, 예를 들어 서민의 식학력識學力 획득을 평가하지 않는다는 것은 아니다. 그러나 근세로부터 근대로의 연결이라는 점에서 본다면, 데라코야 이상으로 번교의 역할은 결정적으로 중요했다고 생각한다.

그 이유는 번교 교육이 메이지 시기에 서구의 학교체계를 받아들일 때 기반이 되었기 때문이다. 이 점에 대하여 일본교육사 연구자들은 다음과 같이 지적하고 있다. "계몽학자들에 의해 서양 각국의 '학교'라는 교육기관이 메이지 시기의 일본에 새롭게 소개되었을 때, 그것을 이해하고 잘못 없이 도입할 수 있었던 것은 번교라는 부시 학교의 전통이 있었기 때문이라고 해도 과언"이 아니며, 뒤에서 서술하겠지만 일제 수업, 시험이나 일상 성적에 의하여 진급을 결정하는 등급제, 학교 체계를 초등부터 고등까지 서열을 매겨 편성하는 사고방식 및 고정된 작은 교육장에서 수업을 하는 형태 등은 이미 번교에서 행해졌으며, "막말幕末의 번교는 많은 점에서 구미 근대국가의 학교의 그것과 큰 차이가 없었던" 것이다.[57] 근대 일본 학교의 기점이었던 메이지 5년(1872)의 '학제' 또한 교육방법이라는 점에서 본다면, 회독 = 윤강을 채용하고 있었

---

56 高橋敏, 『江戸の教育力』, ちくま新書, 2007.

57 勝田守一・中内敏夫, 『日本の學校』, 巖波書店, 1964.

다. "동시대 일본인이, 수입된 서양의 근대학교 속에서 번교를 바탕으로 즉 후자의 정신으로 전자를 동화시켰던 것은 극히 자연스러운 흐름이었다"[58]고 말하는 이유가 이 때문이다.

이러한 근대 일본의 학교체계가 번교로부터 연속되는 것이라고 한다면, 우리들이 데라코야의 교육방법에 향수를 느끼는 것도 어느 정도 납득할 수 있을 것이다. 가난하기는 하지만 다정한 스승들이 아이들 한 사람 한 사람의 나이나 학습진도에 맞게 개별 지도를 해, 개개인의 개성이나 학력을 무시하는 듯한 일제수업一齊授業은 행해지지 않았다. 그 때문에 스승과 학생의 사이에는 자연스럽게 인간적인 애정이 생겨나 자주적이고 개성이 풍부한 교육이 전개되었다. 와타나베 가잔渡邊崋山이 그려낸 데라코야의 풍경은 이처럼 편안하게 학습하는 모습을 남김없이 전해주고 있다. 이와 같은 향수에 시스템화 된 현대교육에 대한 반발이 잠재되어 있다는 점은 쉽게 알 수 있다. 그로부터 현대에 실종된 것을 찾고 있다고 봐도 좋을 것이다. 원래 우리들이 역사에 매료되는 이유 중 하나는 잃어버린 것의 재발견에 있기 때문에, 이러한 데라코야 찬미도 그러한 것 중 하나라고 할 수 있다. 그러나 잃어버린 것은 데라코야뿐만이 아니다. 부시 교육 기관이었던 번교 또한 그러하다. 번교가 근대 일본의 학습체계와 연결되는 부분이 있다 하더라도, 뒤에서 서술하겠지만 당연히 단절된 부분도 있다. 어쩌면 거기에 일본이 근대에 접어들어 데라코야가 소멸하면서 잃게 된 것(그중 하나가 교육할 때에 이루어지는 인격적인 교류)을 살펴보는 것과 같은 맥락에서 현대의 우리들

58 위의 책.

이 다시 살펴봐야 할 것이 있을지도 모르겠다.

서적의 보급이라는 조건

번교와 데라코야의 차이와 함께, 또 하나 첨언하고 싶은 것이 있다. 그것은 회독이 성립하기 위한 전제 조건이 서적의 보급이라는 에도 시기 사회적, 문화적 현상이라는 점이다. 제 사본寫本의 교합 또한 회독에서 행해졌으므로, 전부 다 그런 것은 아니라고는 해도 인쇄 기술이 향상됨에 따라 대량으로 인쇄된 서적을 쉽게 손에 넣을 수 있었던 것이 회독의 전제조건이었다. 회독 전에 예습을 하기 위해서도, 또한 회독에서 토론할 때 참가자 한 사람 한 사람이 같은 텍스트를 함께 읽기 위해서도 각자 텍스트를 소지하지 않으면 안 됐기 때문이다. 물론 『해체신서解體新書』처럼 귀중한 책을 공동으로 회독하는 경우에는 인쇄본이라고 해도 다수의 사람들이 소지하기는 어려웠을 것이다. 그러나 그렇다고는 해도 네덜란드의 서적이 바다를 건너와 나가사키長崎를 경유해 에도에 거주하는 일개 의사에게까지 도달할 수 있었던 것도, 비록 서적의 보급이라는 점이 반드시 양적인 보급을 의미하지는 않지만 에도 사회의 세계성을 보여주는 것이라고 할 수 있을 것이다.

3. 회독의 세 가지 원리

소독, 강석, 회독 중 본서에서 초점을 맞추고 있는 회독에 대해 조금 더 살펴보자. 회독은 복수의 사람이 정기적으로 모여 하나의 텍스트를 토론하면서 함께 읽는 독서, 학습방법이다. 이 방법에는 상호 커뮤니케이션성, 대등성, 결사성結社性이라는 세 가지 원리가 있었다. 지금까지 이미 이 세 가지 원리를 지닌 회독의 장이 문벌제도로 이루어진 근세 일본 국가 속에서 극히 특이적인 공간이었다는 점을 시사했는데, 이 점에 대해서 고찰해 보고 싶다.

상호 커뮤니케이션성

회독의 제1원리는 가나자와 번의 메이린도에서 드러나는 것과 같이 참가자 간의 '토론'을 적극적으로 장려하는 상호 커뮤니케이션성이다. 이 원리가 특필되어야 하는 이유는 근세 일본 국가가 상의하달의 일방향적이고 종적인 인간관계를 기본으로 하고 있기 때문이다.

상의하달이라는 종적인 인간관계가 기본적이었던 이유는 근세 일본 국가가 병영국가였으며, 군대조직이 질서의 모델이었던 점에 기인한다.[59] 원래부터 근세 일본의 국가는 전국시대의 군대조직을 그대로 동

---

59 前田勉, 『兵學と朱子學・蘭學・國學』, 平凡社選書, 2006,

결시킨 체제였다. 그 때문에 명령-복종이라는 군대조직의 원리가 그대로 천하와 국가를 다스리는 원리로서 통용되었다. 쇼군을 정점으로 하는 통치자의 명령은 절대적이었으며, 비판은 일절 허가되지 않았다. "부케武家는 그 무력으로 천하를 얻었으니, 줄곧 무위를 펼치고 닦아 하민下民을 위협하고, 압박하여 복종시키고, 국가를 다스릴 때도 오직 위광과 격식 두 가지만을 믿고 정사를 행했던"(堀景山, 『不盡言』) 것이다. 쇼군의 '위광御威光'과 '무위武威' 앞에서는 모든 사람들이 다만 엎드려 예를 표할 수밖에 없었다. 막부의 기본법이었던 최초의 무가제법도武家諸法度에는 "평화로울 때에 혼란스러울 때를 잊지 말고 수련에 힘쓰지 않으면 안 된다"고 경고하며 "법은 예절의 근본이다. 법으로는 이치理를 부술 수 있으나, 이치로는 법을 부술 수 없다. 법을 저버리는 자들의 그 죄는 가볍지 않다" 하여 '이치'보다도 '법'을 우선하는 위압적인 문구가 포함되어 있다. 오대 쇼군 도쿠가와 쓰나요시德川綱吉가 내린 쇼루이아와레미노레이生類憐みの令가 인간보다도 동물의 목숨이 소중하다니, 바보 같고 도리에 어긋난다고 생각하더라도 그것을 입 밖으로 내지는 못한 채 쇼군의 명령인 이상 따를 수밖에 없었다. 만약 따르지 않는다면 무조건 벌을 받았다. 실제로 이 악법에 의해 죄를 얻은 사람은 수십만에 달한다고 한다(新井白石, 『折りたく柴の紀』 券中). 쇼군을 정점으로 하는 쇼군→다이묘大名→번사藩士→백성, 조닌町人으로의 일방향적 명령-복종의 종적 인간관계, 후쿠자와 유키치가 말하는 "권력의 편중"이, "교제할 때 크고 작은 것에 영향을 미쳐, 크고 작음, 공과 사를 가리지 않고 만일 교제가 있다면 권력 편중이 일어나지 않는 경우가 없었던"(『文明論の概略』 卷5) 상황이 일본 열도 전체를 뒤덮고 있었던 것이다.

이러한 병영국가 속에서는 "도리를 논하여 명백하게 낙착落着하기 위하여, 서로 허심虛心하게 토론하는"(『文明論の概略』 卷5, 明倫堂入學生學的) 것, 즉 '도리'를 찾아 서로 '토론'하는 것은 일상적인 행위가 아니었다. 오히려 '토론'을 피하고 잠자코 있는 것에 익숙했다. "말을 하면 입술이 차가운 가을바람을 맞은 듯하다物いえば脣寒し秋の風"[60] (바쇼芭蕉)[61] "입은 화의 근원", "적은 지혜를 지닌 자는, 당대에 재앙의 근원이 된다. 입을 놀리는 것을 즐기는 자는 선세善世에는 등용되고, 악세惡世일 때는 죽음을 모면하는 자다"(『葉隱』, 聞書一)라고 이야기되는 것처럼, 쓸데없는 말을 하지 않고 묵묵히 참고 복종하는 습관이 정신의 근저에 침투해 있었다.

그런데 회독의 장에서는 침묵하지 않고 입을 열어 토론하는 것이 권장되었다. 이는 "서로 허심하게 토론해야 할 것"이라 한 가나자와 메이린도에서 특별히 권장했던 것이 아니라, 번교에서는 일반적이었다.

> 회독의 자리에서는 먼저 책을 숙독하고, 그 뜻을 깊이 생각하여 뜻에 의심가는 바가 있으면 지첨紙簽을 붙이고 모임에 참석해서 질문해야 한다. 선배는 자세히 이를 알려주고, 다른 사람들은 이를 잘 듣고, 그 질문이 일천하다 하여 비웃어서는 안 된다. 초학이라 하여 부끄러워하며 질문을 피해서는 안 된다. 같은 동료라면 서로 논변할 때 조금이라도 겸손하게 사양하는 바가 없어야 하며 절차탁마해야 한다. 단 뇌동雷同하여 분명하지 않은 말, 자신의 뜻을 다투는 마음 등은 깊이 경계해야 할 것이다. 또한 회를 마친 이후에 다시 한 번

---

60 【역주】 남의 단점을 말하거나 쓸데없는 말을 하면 나중에 후회하게 된다는 뜻.

61 【역주】 에도 시기의 하이카이시俳諧師 마쓰오 바쇼松尾芭蕉를 가리키는 말. 하이카이俳諧란 에도 시기 일본 문학의 양식 중 하나다.

글을 읽어본다면, 이득이 되는 바가 적지 않을 것이다. (伊勢, 久居藩校, 學則, 資料1冊, 103頁)

회독, 윤강은 모름지기 힘을 다해 어려운 문제를 논하고 연구해야 한다. 경經을 이용해 회강할 때, 의심하는 바가 있으면 반드시 질문하고, 질문이 있으면 반드시 궁구하며, 깨우치지 못한다면 그만두어서는 안 된다. 무릇 학자의 근심이란 자신이 잘 모르는 것을 부끄러워하는 것에 있다. 의심을 품고도 묻지 않는 것은 대개 마음이 풀어진 것이다. 때문에 강학講學이란 오직 논하고 궁구하기 위한 것이다. 논하고 궁구하면 곧 사물을 적당히 이해하는一知半解 일 없이 아직 생각지 못했던 뜻을 얻거나, 언외言外의 의미를 잘 볼 수 있다. 무릇 말하고자 하나 말에 대답하지 못하는 자는 반드시 잘 대답하게 된 다음에 멈춘다. 인仁에 이르러서는 스승에게도 양보하지 않는다. 사제 간의 난문 토론은 말소리와 얼굴빛이 모두 격해지더라도 책망할 수 없다. 다만 힘써 승리하려는 마음을 버리고, 잘못됨을 깨달으면 즉시 승복한다. 이것이야말로 실로 군자의 다툼이다(浜松藩, 經誼館掲示, 資料1冊, 340頁).

과업으로서의 예습에 충실하며, 또한 각자 업본業本을 확실히 지참해 업業에 임하며, 결코 숨어서 침묵하지 말고 서로 의문을 토론하는 것을 왕성히 할 것. (米澤藩, 當直頭申合箇條追加規則, 資料1冊, 773頁)

물론 시선을 조금 비틀어보면, 이토록 토론을 권하는 것은 '숨어서 침묵하는 것隱默之體'이 많았음을 반증한다는 해석도 가능하다. 토론은 겉치레에 지나지 않으며 실제로는 그다지 활발한 토론은 없었다는 반론도 가능할 것이다. 유감스럽지만 어느 정도로 토론이 진행되었는지는 토론장에 없었으므로 알 수가 없다. 그러나 백보 양보해서 가령 그렇다 하더라도 (물론 그렇지 않았겠지만) 토론이 겉으로나마 정면으로 제시되고 있다는 점이 중요하다. 전술한 것처럼 통설적으로 '토론'은 메이지 시기에 서구로부터 유입된 외래의 커뮤니케이션 형식이라고 생각되고 있기 때문이다.

후쿠자와 유키치가 메이지 6년(1873)에 『회의변會議辯』을 저술하여 Speech를 '연설', Debate를 '토론'이라고 번역한 것이 계기가 되어 의논이 서로 대립하는 '토론'이 근대 일본에 소개되었다. 마루야마 마사오丸山眞男는 다음과 같이 말하고 있다.

> "우리들은 토의가 정치활동의 노상을 가로막는 장해물이라고 보지 않고 오히려 현명하게 행동하기 위해 불가결한 전제라고 본다"고 아테네 민주정치의 최전성기에 페리클레스는 과장되게 선언하고 있다. 열린 사회를 닫힌 사회로부터 구별하는 가장 큰 표지는 자유로운 토의, 자주적 집단의 형성 및 그 사이에서 발생하는 경쟁과 투쟁이다. 주지하고 있는 것처럼 우리나라에서 (사용되는) 토의, 연설, 회의, 가결, 부결, 경쟁이라는 번역어는 모두 유신維新 당시에 후쿠자와 유키치 등 양학자들이 고심해서 만들어낸 말이며, 그러한 언어가 그때까지 없었다는 점은, 바꿔 말하면 그에 상당하는 사회적 실체가 광범위하게 결여되어 있었다는 것을 이야기하고 있다. (「開國」(『講座現代倫理』 11, 1959), 『忠誠と反逆』, 筑摩書房, 1992 수록).

뒤에서 살펴보겠지만, 에도 시대에 무라村 간 회합에서는 반대 의견을 표명해 반박하는 토론을 피하고 있었다. 때문에 토론 등은 에도 시대에는 없었다는 통설은 충분히 설득력이 있지만, "회독의 방법은 필경 도리를 논하여 명백하게 낙착落着하기 위하여, 서로 허심虛心하게 토론해야 한다", "사제 간의 난문토론은 말소리와 얼굴빛이 모두 격해지더라도 책망할 수 없다", "결코 숨어서 침묵하지 말고 서로 의문을 토론하는 것을 왕성히 해야 한다" 등의 말이 존재하며, '토론'의 권장이 엄연히 사실로서 존재하는 이상, 위와 같은 것들을 권장하는 회독의 존재는 에도 사상사 속에서 주목하지 않을 수 없다.

대등성對等性

회독의 두 번째 원리는 '토론'을 할 때 참가자의 귀천이나 존비의 구별 없이 평등한 관계에서 진행한다는 대등성이다. 앞에서 소개한 도시미쓰 쓰루마쓰가 말하는 '차좌車座'는 대등성을 상징적으로 구현한 것이라고 할 수 있을 것이다. '차좌'와 관련된 자료를 하나 더 살펴보자. 히젠肥前 오기번小城藩의 교칙 중에 "회독은 교유敎諭 앞에서 구미組의 모든 학생들이 둥그렇게 모여앉아團坐, 추첨하여 한 명 혹은 몇 명으로 하여금 미리 정해진 장章을 읽고 그 의의를 강하게 한 뒤 서로 비판하여 교유의 판정을 구한다"(資料3冊, 161頁)는 부분이 있다. 학생은 '단좌團坐', 즉 둥글게 앉아 서로 대등한 입장에서 상호 비판하는 것이다.

이와 같은 대등한 토론은 학생들 사이에서뿐만 아니라 "사제 간의 난문토론은 말소리와 얼굴빛이 모두 격해지더라도 책망할 수 없다"(資料3冊, 經誼館掲示)는 부분에서 알 수 있는 것처럼 사제 간에도 마찬가지였다. 강講하는 회독 = 윤독에서 선생은 제3자의 입장에서 학생들 간의 토론을 지켜보고 마지막으로 판정을 내리지만, 읽는 회독에서는 사제의 관계 그 자체가 사라지며 참가자 전원이 대등했다(읽는 회독讀む會讀과 講하는 회독講ずる會讀의 차이에 대해서는 후술). "선생春臺[62]이 소라이와 강론하면 반드시 여러 번 논변하여 (뜻이) 분명해질 때까지 그만두지 않았다"(『紫芝園稿』 附錄, 松崎惟時, 「春臺先生行狀」)는 말에서 알 수 있듯이 스승인 소라이와도 '논변'한 다자이 슌다이의 읽는 회독에서는 "존비와 선후先後를 가리지 않고" 질문을 던지는 것이 규칙화되어 있었다.

> 군자의 회업會業은 모름지기 마음을 다하여 강습하는 것을 요要로 해야 한다. 혹시 책 한 권을 읽으면, 반드시 윤번으로 한 사람이 이를 읽고, 다른 사람들은 주의 깊게 그것을 들어야 한다. 혹시 뜻에 의심 가는 바가 있다면, 무릇 일절이 끝나기를 기다려 이를 강구해야 한다. 존비와 선후先後에 구애받지 않고 모두 의문을 던질 수 있어야 한다. 단 반드시 겸손해야 한다. (『春臺先生紫芝園後稿』 卷15)

회독의 장은 이처럼 대등하게 실력만이 시험받는 곳이었다. 앞에서 소개한 오가타 고안이 세운 데키주쿠의 회독에서 네덜란드어 원서의 독해력만을 겨루어 "진정한 실력"에 의해 평가가 이루어졌던 것처럼, 회독의 장에서는 오로지 실력에 의해서만 평가되었다. 이것은 '문벌제도'라는 실생활과는 다른, 대등한 인간들의 장이었다.

---

62 【역주】 오규 소라이의 제자 다자이 슌다이太宰春臺를 가리킨다.

앞에서 살펴본 것처럼, 과거가 없었던 근세 일본에서 유학을 배웠던 이유 중 하나는 성인聖人에 대한 강한 희구였다. "일반적인 속인俗人이라도 성인聖人이 될 수 있다는 자신감이 과잉된 이야기"(Dore)인 주자학을 배우는 이유였다. 예를 들어 나가사키의 조닌 학자 니시카와 조겐西川如見(1648~1724, 게이안慶安 1년~교호享保 9년)은 "필경 인간의 근본에는 존함과 천함이 있을 도리가 없다. 게이세이傾城[63]는 대부분 천한 출신이지만, 어렸을 때부터 풍류를 갈고 닦기 때문에, 뭇 사람들을 홀릴 정도로 아름다워진다. 그러할 진대 인간의 본심에 어찌 귀천의 차별이 있겠는가?"(『町人嚢』 卷4)라고 이야기하고 있다. "인간의 본심"이 평등하다는 입장을 바탕으로 "구게公家, 부케武家", "고귀한 사람", "귀인의 혈통"에 대비되는 "아름다운 조닌, 백성의 아들" "비천한 토민의 아들", "평범하고 천한 혈맥"에도 인간적인 성장의 가능성이 있다고 인정하고, 아무리 신분이 낮은 자라도 도덕적으로 완벽한 인격자가 될 수 있다고 주장한 것이다. 물론 이러한 인격자는 '충의', '효행'을 실천하는 자이며, 신분질서에 반하는 것은 아니었다. 그러나 그렇다 하더라도 누구보다 훌륭한 인간이 되려 했다는 점에서 신분질서 속에서 굴절된 평등화에 대한 희구였다고 할 수 있을 것이다.

이와 같은 평등화에 대한 희구심을 상기하면, 참가자 대등한 입장에서 토론하는 회독의 장은 가장 직접적으로 평등화를 실현할 수 있는 곳이라고 말할 수 있을 것이다. 회독의 장은 후쿠자와 유키치가 "그렇다 하더라도 지금 네 녀석貴様이 어쩌고 하는 상급 부시들의 자제와 학교

---

63 【역주】 유녀遊女를 가리키는 말. 원래는 절세의 미녀를 가리키는 말이나 헤이안平安 시대에서 에도 시대에 이르는 시기에 유녀의 속칭으로 쓰였다.

에 가서 독서 회독이라는 것을 하게 되면 언제나 이쪽이 이긴다"고 말한 것처럼 '문벌제도'하에서 집안이나 신분에 얽매여 있는 실생활과는 다른 "진정한 학력"으로만 말할 수 있었던 특별한 곳이었다.

회독의 대등성에 관하여 『특명전권대사미구회람실기特命全權大使米歐回覽實記』의 저자 구메 구니타케久米邦武(1839~1931, 덴포天保 10년~쇼와昭和 6년)가 경험한 나베시마 간소鍋島閑叟의 일화를 소개해 보겠다. 구메 구니타케의 『미구회람실기米歐回覽實記』는 메이지 초기의 이와쿠라 사절단巖倉使節團의 공식 보고서로 유명하다. 구메는 사가 번佐賀藩 출신이었다. 메이지 신정부를 담당했던 것은 사초토히薩長土肥[64]라고 하는데, 히젠 사가 번은 에토 신페이江藤新平, 오쿠마 시게노부大隈重信, 후쿠시마 다네오미副島種臣 등 많은 준걸들을 배출했다. 구메 구니타케도 그중 한 사람으로 뒤에 동경제국대학 교수가 되는데, "신도神道는 제천祭天의 옛 풍속古俗"이라고 논한 것이 문제가 되어 사임한 것으로도 알려져 있다.

막말幕末의 사가 번이 이처럼 우수한 번사를 배출할 수 있었던 것은 영명한 번주 나베시마 간소가 번교 고도칸弘道館에서 전국의 모든 번 중에서도 가장 격렬한 회독과 경쟁을 시켰던 것에서 기인한 것이라고 말해도 좋다. 번교에서의 성적이 나쁜 자는 직職이 주어지지 않을 정도로 엄격했다. 간소 자신도 회독을 행했는데, 여기서 주목하고 싶은 일화란 그가 직접 출석한 회독에서의 사건이다.

그때 회독의 구성원은 간소 이외에도 간소의 아들, 번의 중역, 그리고 번교 고도칸으로부터는 조교와 선발된 우수한 학생들(구메도 그중 한

64 【역주】 사쓰마번薩摩藩, 조슈번長州藩, 토사번土佐藩, 히젠번肥前藩의 네 번藩을 가리키는 말.

명)이었다. 『당감唐鑑』을 회독했으며 "파격적인 언동"도 허락되었다고 한다. 구메에 의하면 "번의 법무法武에서는 번주의 기거와 태도에 대해 가까이서 모시는 자들조차 다른 이들에게 누설하지 않겠다고 맹세하고, 필적은 태워 없애며, 면전에서는 고개를 숙이고 엎드려 그 얼굴과 용태를 보는 것이 불가능했으나, 회독에서는 열석의 국로國老[65]는 옆에, 국주國主[66]와 그 아들은 직면하여 말과 의견을 교환했기 때문에 공公의 진면목을 접할 수 있었다"고 한다. 회독에서 '공公이 다스리는 봉건군현의 득실에 관한 질문', '후세의 유학 논설은 심리心理에 치우쳐 변용한 것이라는 것에 관한 의논', '주공周公이 예문禮文을 지은 것에 대한 득실론', '겐페이源平 흥폐론', '해방론海方論' 등등 여러 가지 논제가 의논되었는데, 해방론에 대하여 토론할 때 구메 구니타케가 "일본과 같은 섬나라는 멀리 떨어진 섬까지 방어하는 것은 불가능하다. 때문에 그것들은 일시적으로 양보하고, 그들이 중요한 해안에 접근해오는 것을 물리칠 방법을 방비하는 것이 좋다"라고 말했는데, 간소는 구메의 말이 끝나기를 기다려 큰 소리로 "뭐라고, 멀리 떨어진 섬을 적에게 넘기라고 말하는 것인가, 이오지마伊王島에는 포대도 있고 그곳을 지키는 병사戍衛들도 있다. 그것을 이국선에 넘기는 것은 말도 안 되는 일이다"고 질책했다. 회독이 끝난 이후, 번의 중역이 회독의 회두會頭를 맡고 있었던 고도칸의 조교에게 "오늘 쿠메의 잘못된 답이 공公을 분노케 한 것은 제가 사과드린다"고 친절하게 말했는데, 회두는 "서생이 회독에서

---

65 【역주】 각 번의 나이 많은 중신, 혹은 번주藩主가 자리를 비울 때 번의 정사를 돌봤던 중신들을 가리킨다.

66 【역주】 고쿠슈다이묘國主大名의 준말로 일국一國 이상의 토지를 가진 다이묘를 가리키는 말.

잘못된 대답을 했다고 사과할 것은 없습니다"라고 대답해 별 일 없이 끝났다고 한다.[67]

번주와 번교 학생 사이에서, 간소가 화가 나 구메에게 반론했던 것처럼, 대등한 토론이 이루어졌다는 점은 주목할 만하다. 그리고 "서생이 회독에 잘못된 대답을 했다고 해서 사과할 필요는 없다"고 의연히 대답한 회두는 이 대등한 회독 공간의 독립성을 선언했다고 봐도 좋을 것이다.

결사성結社性

세 번째 원리는 독서를 목적으로 하여 기일을 정하고 일정 장소에서 행한다는 것을 규칙으로 정하고, 복수의 사람들이 자발적으로 집합한다는 결사성이다. 결사란 규칙을 지키는 자발적인 집단이다. 다자이 슌다이는 '시시엔규조紫芝園規條'를 만들었으며 난학자 아오치 린소靑地林宗(1775~1833, 안에이安永 4년~덴포天保 4년)는 동호인들을 모아 네덜란드어의 번역어에 대해 토의하기 위한 동지회를 결성해 규약을 만들었다(후술). 이러한 회독에 참가하는 자신들의 집단을 '샤추社中'라고 불렀다. 예를 들어 오규 소라이의 문인들은 소라의 집이 가야바초茅場町에 있었기 때문에 가야茅의 별자 겐蘐을 따서 '겐엔샤추蘐園社中'라고 불렀다. 마찬가지로 '난학샤추蘭學社中'는 네덜란드어 서적을, 모토노리 노리나가의 '스즈노야샤추鈴屋社中'는 일본의 고전을 읽는 결사다.

67 『久米博士九十年回顧錄』, 早稲田大學出版社, 1934.

번교에서 회독이 학습방법으로서 받아들여지게 되자 날짜를 정해 번교의 교사도 출석하는 공적인 회독과 동시에 학생들 간의 사적인 회독도 용인되어 적극적으로 장려되었다. 이와 같은 사적인 회독 집단 또한 '사社'라고 칭하는 경우가 있었다. "독서의 이득은 오직 회독, 윤강에 있다"고 말한 시오노야 도인塩谷宕陰(1809~67, 분카文化 3년~게이오慶應 3년)의 하마마쓰번 게이기칸에서는 "관중館中의 회일會日에는 각자 사社를 결성하여 강습할 것"이라 하여 번교 내에서의 자주적인 결사를 촉구했다.

또한 회독 = 윤강을 교육방법의 중심에 둔 히로세 단소廣瀨淡窓(1782~1856, 덴메이天明 2년~안세이安政 3년)의 사숙 간기엔咸宜園에서도 학생들 간에 자주적인 결사를 만들 것을 요구했던 적이 있었다. 규슈 각지의 천령天領[68]을 통괄지배했던 히타군다이日田郡代에 의해 성적평가나 교원 인사에 대한 노골적인 개입사건이 있었을 때, 단소는 그러한 간섭에 대항하는 수단으로써 학생들 간에 결사를 만들도록 지도했다.

(天保 5年 7月) 21일, 처음으로 관부官府로부터 숙정塾政 개혁이 있어 구법을 모두 폐하여 인심이 흉흉해지고 제대로 일이 돌아가지 않았다. 그날 입실한 자들을 불러 나의 뜻을 효유하기를, 재액을 만났다 하더라도 뜻을 꺾지 않고 스스로 힘써야 한다고 말하며 사적으로 사社를 결성하여 출정出精해야 한다는 뜻을 전했다. 뭇 사람들이 그 뜻을 이해했다. 그날 宗仙을 장으로 하여 다섯 명이 뜻을 함께 하기로 약속하며 사社를 결성했다. 부르기를 日新社라 하였다. 22일, 廻瀾社가 만들어졌다. 來眞을 장으로 했다. 사社에는 4명이 있었다. 24일,

68 【역주】 에도 시기 쇼군將軍의 직할령을 가리키는 말.

> 必端社가 만들어졌다. 勳平을 장으로 했다. 동맹한 자가 4인이었다. 三省社가 만들어졌다. 龍信이 수장이었다. 사社에 8명이 있었다. (『懷舊樓筆記』 卷34)

7월 21일에 5명의 동지가 모여 '日新社'가, 같은 달 22일에 4인이 모여 '廻瀾社'가, 같은 달 24일에는 4인이 동맹하여 '必端社'와 8인으로 구성된 '三省社'가, 다음 달 4일에는 세 명이 동맹하여 '克己社'(『懷舊樓筆記』 卷34)를 결성했다. 단소는 군다이郡代에게 평가와 인사의 전권을 빼앗긴 시점에서 학생들 간에 자주적으로 결사를 만들게 하여 "재액을 만났다 하더라도" 독립된 배움의 장을 확보하려 했던 것이다.

18세기부터 19세기에 걸쳐 근세 일본에서는 여러 곳에서 '○○社', '○○連'와 같은 살롱이 개최되었다.[69] 이비 다카시揖斐高는 "그러한 살롱에서는 도시적인 자유를 공공의 기반으로 하며 지연적, 혈연적인 공동체의 규제로부터 해방되어 사농공상이라는 봉건적인 계급으로부터도 일탈된 장이 형성되었다"[70]고 지적하고 있다. 회독 결사 또한 근세 일본에 총생한 여러 살롱의 하나라고 말할 수 있는데, 뒤에서 살펴볼 것처럼 한시나 교카狂歌[71]와 같은 놀이의 성격을 지니고 있었다는 점은 중요하다. 당시의 한시문의 결사 유행에 대해서는 물론 비판도 있었다.

> 그와 같이 그들의 신상身上에 관계된 일이니 사社가 모이면 분을 참지 못하고 팔을 걷어붙이는攘臂扼腕 일도 있을 것이다. 지금의 귀요貴要 및 그에 아첨

---

69 田中優子, 『江戸ネットワーク』(平凡社, 1993), 平凡社 ライブラリー, 2008.
70 福田アジオ 編, 「近世文人とその結社」, 『結衆, 結社の日本史』, 山川出版社, 2006.
71 【역주】 일본의 와카和歌의 한 형식으로 사회 풍자적인 내용을 주 소재로 하고 있다.

하는 자에 대해 동사同社를 오당吾黨이라 말한다. 그렇게 되면 곧 사람들의 곁눈질을 받는다. 칠자七子 등이 말한 바는 이와 같은데 실로 그러하다. 그것조차 시문으로 말하는 것은 좋지 않다. 하물며 우리나라의 태평한 시대에 태어나 귀천貴賤이 모두 인성仁聖의 정화를 받아 즐기고 있다. 어디에 팔을 걷어붙일 일이 있단 말인가? 곁눈질을 받을 것이 조금도 없다. 평생 친한 자들에게가 아니라 가끔 연회하여 그 자리에 섞여서 길거리에서 사람을 만나는 것과 같이 교우하면서도 오당이라고 말하며, 서생 동지들이 스승의 집에서 열리는 강석講席에서 얼굴을 기억하고 있을 뿐인 자들에게까지 오당, 오당이라고 말하는 것은 실로 경박하기 짝이 없는 일이다. (清田儋叟, 『藝苑談』)

칠자七子란 "문文은 반드시 진한秦漢, 시詩는 반드시 성당盛唐"이라는 슬로건을 내건 명明의 고문사파古文辭派의 이반룡李攀龍, 왕세정王世貞, 서중행徐中行, 종신宗臣, 양유예梁有譽, 오국륜吳國倫, 사진謝榛의 7명을 가리킨다. 오규 소라이가 이반룡, 왕세정의 책을 읽을 수 있었던 것을 "하늘의 총령寵靈"(『弁道』)이라고 말할 정도로 고문사파에 경도된 이후, 에도나 교토에서 성당시盛唐詩를 모방한 겐엔파 시문샤추詩文社中가 생겨났다. 고문사파를 비판하고 명나라 사람 서문장徐文長이나 원중랑袁中郎으로부터 배운 단소儋叟의 입장에서 본다면 "태평한 시대"에 태어난 겐엔파의 사람들이 "서생 동료"들끼리 서로 중국식으로 오당, 오당이라고 부르는 것은 경박한 행동이었다. 그러나 이와 같은 단소의 비판은 또한 '오당'이라 부르는 결사가 정치적인 문제에 대해 "팔을 걷어붙일" 가능성이 있음을 시사한다. 여기에서는 시문결사가 비판받고 있는데, 원래 회독에서 함께 읽는 텍스트는 주로 천하국가를 지향하는 유학이었기 때문에 단순한 놀이의 영역을 넘어 필연적으로 교육이나 정치에 관계될 가능성을 지니고 있었으며, 사실 에도 후기에는 정치적인 붕당으로 변화했다. 이러한 점에서 회독 결사는 한시, 교카 서클에는 없는 사상적인 잠재력을 지니고 있었던 것이다.

잘 알려진 것처럼, 에도 시대에 백성 잇키一揆 등 도당을 결성하는 것은 엄히 금지되고 있었다. 이러한 대원칙 속에서 하이카이 모임이나 교카 모임 등 '렌連', '샤추社中'는 금지되지 않았다. 그 이유는 그것들이 유희였기 때문이다. 독서회, 회독 모임이 도당으로 간주되지 않고 금지되지 않았던 것도 학문도 한시, 교카와 같은 수준의, 즉 일종의 유희라고 생각되고 있었기 때문이다. 확실히 그와 같은 유희적인 측면을 무시할 수는 없으며, 후에서 서술할 것과 같이 적극적인 의의도 있지만, 유학 경서를 읽는다는 명확한 규칙을 가진 회독 결사의 경우 그곳으로부터 정치적인 붕당이 탄생했다는 점에서 단순한 시문결사와는 다른 사상적인 가능성을 지니고 있었다.

본서는 지금까지 서술한 상호 커뮤니케이션성, 대등성, 결사성을 원리로 하는 회독의 독서회가 에도 시대의 어디에서 탄생했는지, 그리고 난학이나 국학에 어떻게 수용되어 어떻게 발전했으며, 막말幕末, 메이지 시기가 되어 어떻게 되었는지 그 역사를 살펴보는 것을 과제로 삼고 있다. 맨 앞에 서술한 것처럼, 그것은 한마디로 말하면 참가자가 대등한 입장에서 유학 경서를 서로 토론하며 읽는 공동독서회가 정치적인 문제를 테마로 하는 "차좌의 토론회"가 되어, 정치적인 결사가 되어가는 과정을 분명히 하는 것이다.

'사社', '오당吾黨'이라는 말, '불녕不佞'이라는 일인칭 대명사, '제군자諸君子'라는 이인칭 대명사는 당시 소라이학이 유행하고 있었음을 말해준다. 이는 난학샤추는 소라이학파의 읽는 회독에 모인 동지들이 만든 샤추의 연장선에 있다는 것을 의미한다고 할 수 있다. 읽는 회독의 이념형理念型이라고도 할 수 있는 난학의 회독은, 네덜란드어, 영어, 프랑스어에 독일어 책까지 번역의 범위를 넓히고 있었다. 막말幕末에는 더 이상 난학이라는 범주에 묶어둘 수 없으며 양학洋學이라고 부르는 것이 타당해지지만, 회독은 변하지 않았다. 기본적으로는 난해한 책을 읽는다는 학술 공동연구의 범위를 벗어나지 않았다. 환언하자면 회독의 장은 어디까지나 외국 서적을 함께 읽는 것에 머물렀으며, 정치적인 의논, 토론의 장으로 이행하는 경우는 없었다고 할 수 있다. 정치적인 의논의 가능성을 시사하는 와타나베 가잔을 필두로 한 '반사蠻社' 그룹은 난학샤추의 주류라고는 할 수 없다. 회독의 장에서 학술 공동 연구를 하는 자들이 주류였다. 이 점은 난학자蘭學者 = 洋學者들이 기본적으로 의사, 천문학자 등 기술자 혹은 자연과학자였던 것과 관계있을 것이다. 정치적인 의논보다도, 보다 우수한 의료 기술의 습득을 우선시했던 것이다. 그러나 역으로 그렇기 때문에, 난학의 정통 후계자들은 회독이라는 공동독서회의 한계를 보다 강하게 자각하게 되었으며, 뒤에서 살펴보겠지만 회독을 스스로 부정하게 된다.

제2장

회독의 창시

1. 타자와 의논하는 자기수양의 장 – 이토 진사이伊藤仁齋의 회독

오카야마岡山의 번사藩士 유아사 조잔湯淺常山(1708~81, 호에이寶永 5년~안에이安永 10년)의 『문회잡기文會雜記』에는 오규 소라이의 겐엔파와 그 주변의 에피소드가 실려 있다. 그중 회독이 중국에는 없는 일본만의 독특한 독서방식이라는 기사가 있다.

> 책을 회독하는 것은, 중화에는 결코 없었다고 이노우에井上叔는 말했다.

이노우에는 이노우에 란다이井上蘭臺이며, 하야시 호코의 문인門人이자 "란다이의 학문은, 약간 소라이와 닮은 점이 있다"(『先哲叢談』 卷8)라고 평가받았던 유학자다. 과연 이와 같은 란다이의 인식이 옳은지, 중국에는 정말로 회독이라는 공동 독서 방법이 없었는지 검토의 여지가 있다. 이 문제는 후에 주자의 '강학'에 대해서 언급할 때 다루겠으며, 여기에서는 에도 시대의 유학자들이 회독은 중국에는 없는 것이라고 인식하고 있었던 것만을 확인해 두겠다.

일본에 한정해 이야기하자면, 언제부터 회독이 행해지게 되었을까? 이미 에도 시대 이전에 공자에게 제사를 지내는 석전釋奠 후에, 의례적으로 행해진 '강론', 혹은 '의논'이, 회독輪講의 연원이라고 할 수 있을지도 모르겠다. 만약 그렇다면, 헤이안 시대로부터 그 기원을 찾지 않으면 안 될 것이다. 이외에 불교 사원에서도 교의에 관한 '강론'이 행해지고 있었다. 그러나 이것들은 소위 회독의 전사前史라고 해야 할 것이다. 회독의 근원을 찾는 것은 흥미로운 문제이나, 본서에서는 에도 시대에 한정해 연원을 찾고자 한다. 회독이 광범위하게 보급된 것이 에도 시기이기 때문이다.

그렇다면 에도 시대에 누가 최초로 회독을 시작했는가? 이것은 상당히 어려운 문제다. 교육사의 연구에 의하면 오규 소라이 그룹이 최초라고 한다. 뒤에 서술하겠지만, 소라이 그룹, 즉 겐엔샤추에서 회독이 성행한 뒤 회독이 유행하게 된 것은 확실하다. 실제로도 에도 시대 후기에는 그렇게 인식되었다. 예를 들어 막말幕末에 회독이 성행했던 가나자와 번의 번교 교사는 다음과 같이 말하고 있다.

> 본방本邦에서 회독이 시작된 것은 소라이부터라고 들었다. 규소鳩巣 등 제노배老輩들도 모두 가르치기를 독서하는 일은 그 사람에 맞춰 스승으로부터

> 부과되는 것이라 하였다. 당토唐土[1]에도 학생들을 가르치는데 회독과 같은 방법을 쓴다는 말은 일찍이 들어본 것이 없다. 벗들과 서로 강구하고 토론하는 것은 아주 특별한 것이다. (嘉永元年, 資料2冊, 564頁)

무로 규소室鳩巢는 가나자와 번에 출사한 적이 있었던 주자학자이므로 규소에게 힘을 실어주고 싶으나, 중국에도 없는 회독을 시작한 것은 주자학을 비판한 오규 소라이라고 인정하고 있다. 그러나 "회독을 처음 시작했다고" 생각됐던 소라이 이전에 '회독'을 행했던 사상가가 있었다. 자신가自信家 소라이가 존경할 만한 인물이라고 인정했던 이토 진사이伊藤仁齋였다.

오경五經의 회독—도시카이同志會

이토 진사이(1627~1705, 간에이寬永 4년~호에이寶永 2년)는 오가타가尾形家(고린光琳, 겐잔乾山과는 먼 친척), 사토무라가里村家(진사이의 모친은 렌카사連歌師 사토무라조하里村紹巴의 손녀다), 스미노쿠라가角倉家 등과 친척이었으며, 17세기 중반 교토의 상층부 조닌町人들으로부터 문화적 영향을 받으며 자랐다. 진사이는 15, 16세에 벌써 '성현의 도' = 학문에 뜻을 두어 침식을 잊을 정도였다고 한다. 그런데 가업이 쇠락함에도 학문에 몰두하는 진사이를 보고 주위의 사람들이 그를 비난하기 시작했다. 후에 당시의 고

1 【역주】 중국 당나라를 말함.

충을 진사이는 "나를 사랑하는 마음이 매우 깊은 자는 나를 비난하는 일에 더욱 힘썼다"(『古學先生文集』 卷1, 送片岡宋純還柳川序)고 회상하고 있다. 자기의 뜻과 주변 사람들의 가지는 기대의 차에 "나를 사랑하는 마음이 깊은 자는 곧 나의 원수였다"(『古學先生文集』 卷1, 送片岡宋純還柳川序)고까지 생각할 정도로 통절한 체험이었다. 이 때문에 진사이는 눈앞의 사람을 백골이라고 상상해 욕망을 억제하는 선종의 백골관법白骨觀法을 실천하였으며, '세속'으로부터 떨어진 곳에서 노이로제에 걸렸다고 한다. 젊은 날의 진사이는 자신의 몸이 백골로 보였을 뿐만 아니라, 다른 사람과 이야기할 때에도 백골과 이야기하는 것과 같은 상태였다.

나중에는 진사이도 욕망을 부정하고 '세속'으로부터 이탈하는 것은, 산림에 틀어박히는 선종과도 같은 이단에 빠지는 것이라고 이와 같은 인간 혐오를 반성했다. 그렇게 생각한 진사이는 '세속'으로 돌아와 『논어』, 『맹자』를 철저하게 읽어 나감으로써 자기의 학문을 모색하기 시작했다. 그 성과가 죽을 때까지 개정을 계속한 『논어고의論語古義』, 『맹자고의孟子古義』였다.

이와 같이 모색을 시작할 즈음 진사이는 동지들과 '회독'을 시작했다. 진사이의 『고학선생문집古學先生文集』에는 오경의 '회독'을 행했다고 스스로 서술하고 있는 부분이 있다("일찍이 동지들과 오경을 회독했다." 『古學先生文集』 卷3, 詩說, 寬文 3年 5月). 그에 따르면, 진사이는 '동지'들과 함께 『시경』부터 시작해, 『서경』, 『역경』, 『춘추』, 『주례』, 『의례』, 『대재례』 순으로 읽고 있었다. 진사이는 소라이보다도 전인 간분寬文 연간(1660년대)에 이미 '회독'을 행하고 있었다. 다른 서간인 '가타오카 소준片岡宗純에게 보내는 글'에 따르면, 당시 '오경의 회독'이 이미 『시경』, 『서경』을 끝내고 『역경』까지 진행되어 있었던 점, 적어도 진사이 이외에 두 사람이 때때로 모임을 가져 '토론'하고 있었던 점, 진사이가 다른 사람들로부터 부탁을 받아 '진강'하고 있었던 점을 알 수 있다(『古學先生文集』 卷1).

'세속'으로 돌아온 진사이가 '동지'들과 함께 '오경의 회독'을 행한 것은 유학의 기본 텍스트를 다시 읽어 유학을 근원적으로 이해하기 위함이었다. 다만 이 시점에서는 자신이 읽어야 할 경서가 『논어』, 『맹자』인지 확신이 서지 않았기 때문에 오경을 읽었던 측면도 있을 것이다. 그러나 그 이상 주목해야 할 점은, '세속'으로 돌아간 진사이가 홀로 방에 틀어박혀 고독하게 책을 읽은 것이 아니라, '동지'들과 함께 공동 독서 = '회독'을 행했다는 점이다. "동지들과 오경을 회독"했을 때 무엇을 토론했는지 그 내용이 신경 쓰이기는 하지만, 여기에서는 이 모임의 운영방법에 주목하고 싶다. 실마리가 되는 것은 '동지'라는 말이다. 이는 당시 진사이가 운영했던 '도시카이同志會'와 관련이 있다.

도시카이는 간분 원년(1661)에 진사이의 주재로 결성되어 호리카와堀川에 있는 진사이의 집을 "회집會集하는 장소"로 하여 매월 3회 회합해 1673년까지 지속되었다. 「동지회적신약同志會籍申約」(『古學先生文集』 卷6)이라는 도시카이의 규약에 의하면, 학문의 요는 '여택麗澤의 득'에 비할 것이 없다. '여택'이란 『역경』의 "여택이란 태兌이다. 군자는 벗과 강습한다麗澤, 兌. 君子以朋友講習"란 말로, "두 개의 못이 수맥을 통해 서로 침윤하고 있다. 군자는 이 괘의 상象을 본떠, 벗과 서로 의논을 주고받으며 학습하는 것에 의해 서로 이로움을 얻을 수 있다"[2]는 것을 의미한다. 진

2 本多濟, 『易』 下(中國古典選 2), 朝日新聞社, 1978.

사이는 독학이 아닌 벗과의 강습을 위해 도시카이를 결성했다. 이 점에 대해 고야스 노부쿠니子安宣邦는 "도시카이의 특징은 지도자를 전제로 한 교육조직이 아니라, 학습자들 간의 학습조직이라는 점이다"[3]라고 지적하며 높게 평가하고 있다.

원래 공자의 제자 증자曾子는 "군자는 문文으로 벗을 만나며, 벗으로써 인仁을 보완한다"(『논어』 顔淵篇)고 말하며, 문사文事로 벗을 모으고 벗을 통하여 인덕仁德을 수양하고자 했다. 벗은 오륜의 하나인데, 다른 네 가지, 군신, 부자, 부부, 형제가 수직관계인 것에 비해, 유일하게 수평관계다. 도시카이는 벗들이 서로 도덕적 수양을 목적으로 만나 책을 함께 읽는 모임이었다. 의논하여 선善을 찾고자 한 모임이었으며, 이를 위해 경서를 함께 배웠다고도 할 수 있을 것이다.

도시카이의 회식會式

좀 더 자세히 도시카이에 대해 살펴보자. 도시카이의 구체적 운영 방법을 기록해 놓은 「동지회식同志會式」(『古學先生文集』 卷6)에 의하면, 북쪽 벽에 〈역대성현도통도歷代聖賢道通圖〉를 걸어놓은 진사이의 방에서 모임이 시작되면, 먼저 최초로 '선성先聖, 선사先師의 위전位前'에 무릎을 꿇고 예를 갖춘 뒤 회약會約을 함께 읽었다고 한다. 공자, 성인聖人의 도를 배우는 것을 확인하기 위함이다. 이와 같이 '선성先聖, 선사先師의 위전

3 子安宣邦, 『思想史家が讀む論語』, 巖波書店, 2010.

位前'에 배례하는 것은 '세속'으로부터 분리된 이차원적 공간을 만들어 내기 위한 의례였다고 할 수 있을 것이다. 이에 대해서는 뒤에서 서술하겠다.

'선성先聖, 선사先師의 위전位前'에 참가자 전원이 배례한 뒤에, '강론하는 자'가 앞으로 나서 다시 한 번 배례한 뒤 '책을 강론했다.' 그 뒤 참가자가 '의심스러운 부분을 질문'했다. 혹시 '강론하는 자'의 답변에 "뜻이 통하기 어려우며 이치에 어긋한 부분"이 있다면 '회장會長'이 이를 절충했다. '강론'이 끝난 이후, 다음으로 '강론하는 자'가 나서 전과 마찬가지로 강의한 뒤 다시 질문을 했다. 그 뒤에 '회장'이 '책문', '논제'를 내, '제 학생'들이 제출한 논책을 비평했다. 단, 이때 이에 대해 '갑을甲乙'로 평가하지는 않았다.

모임 내부의 '강의', '논책'은, 각자가 정리하여 그것을 서로 돌려가며 보완하고 베꼈다. 또한 '문답'하는 와중에, '경요經要를 발명發明'한 부분이나, '학문의 긍계肯綮'에 해당되는 말은 모두 기록해 두어, 뒤에 서로 협력해 교정해 하나의 책으로 만들었다. '강론의 장'에서는 아래와 같은 것들이 금지되어 있었다. 웃으며 잡담하는 것, 다른 사람이 보고 듣는 것을 방해하는 것, 부채를 저어 좌중을 소란스럽게 하는 것, 그리고 "세속적인 이해, 가문의 장단長短 및 부귀함, 먹고 마시는 것, 혹은 복장服章에 관한 것" 등, 즉 일상생활에 대한 관심은 가장 경계해야 할 것이라고 인식되었다.

도시카이의 회식에서 주목해야 할 점은, 첫째로 '회장'과 '강론하는 자'가 따로 있었다는 점이다. '회장'은 어디까지나 '강론하는 자'와 참가자 간의 문답에서 '이치'에 어긋난 말이 있을 때 그 궤도를 수정할 뿐

기본적으로는 제3자의 입장이다. 둘째로, '강론하는 자'가 복수였다는 점이다. 단, '강론하는 자'를 사전에 정해 놓았는지는 알 수 없다. 후에 회독 = 윤강에서 종종 행해졌던 것처럼, 담당자를 사전에 정하지 않고 당일에 추첨으로 정했는지는 알 수 없다. 그러나 '강론하는 자'가 순번대로 돌아갔다는 점은 중요하다. 이것은 강의 후 질문과도 관련된 문제인데, '강론하는 자'와 청중이 역할을 바꾸는 것이 전제되어 있다는 것을 의미한다. 환언하자면 '강론하는 자'가 고정되어 있었던 '강석講釋'과는 달랐다. 만약 그렇다면, 스승이 제자에게 '강론하는' 일방적인 강석이 되어버리기 때문이다. 도시카이에서는, '강론하는 자'와 청중이 바뀜으로써 참가자의 대등성이 담보되었다. 셋째로, 도시카이는 "회약을 세우고 극론숙강極論熟講하는 과정 속에서 그 같고 다름을 하나로" 하고자 하여(「同志會籍申約」), '회약'을 만들어 '강론하는 자'와 청중 사이에서 일정한 규칙 아래, 의문을 주고받았다는 점이다. 이러한 세 가지 사실로부터 회독의 상호 커뮤니케이션성, 대등성, 결사성의 원리가 진사이의 도시카이 속에 이미 실현되어 있었다는 점, 혹은, 도시카이가 위와 같은 원리를 실현시키려 했다는 점을 알 수 있다.

공동 독서의 의의

이와 같은 도시카이의 '회독'은 강의 중심의 회독이었다고 할 수 있을 것이다. 시미즈 도오루清水徹는 이것이 윤강은 아닐까 주장한다.[4] 메이지 시대의 자료이긴 하지만, 윤강을 설명할 때 진사이를 인용한 것도 참고가 될 수 있을 것이다. 사토 진노스케佐藤仁之介는 『속성응용한학첩경速成應用漢學捷徑』(1910)에서 한학의 강독법으로 강석, 회독, 윤강의 3가지를 거론하면서, 회독이란 "연구를 목적으로 몇 명 이상의 사람들이 서로 만나 토론하는 강서법講書法"이며, 윤강이란 "연구를 지망하는 동지들이 서로 만나 서로 강설講說하는 것"이라고 이야기하면서, 후자에 진사이의 윤강의 '품제식品題式'(『古學先生文集』)을 그 모범으로 제시하고 있다.

시미즈 도오루는 또한 "지극히 가장 뛰어난 우주 제일의 책"(『童子問』 卷上)으로 간주한 『논어』의 주석서 『논어고의』, 즉 진사이가 여러 번 고쳐 쓴 책에 대하여 그 교본 작업은 단독으로 행한 것이나 그 내용, 발상은 서생들과의 윤강을 통해 얻은 것은 아닐까 지적하고 있다.[5] 일찍이 진사이 연구자 이시다 이치로石田一良도, 진사이는 도시카이를 통해 연구와 저작을 지속하는 태도를 일생 동안 견지했다고 지적하면서, 그 증거로 『동자문童子問』의 다음과 같은 일절을 인용하고 있다.[6]

나는 문인과 소자小子의 말이라도 취해야 할 것이 있으면 이에 따른다. 논어, 맹자를 해석하는 것도 모두 이와 같다. 즉 문인들과 서로 상의하여 중의衆議를 정해, 그 이후 이를 책에 쓴다. 만약 이치에 맞지 않는 것이 있다면 이를 물리친다. 이것이 아이들이 알아야 할 것이다. 만약 사심으로 이러한 것을 비난하고 사설私說로 이를 어지럽힌다면, 내가 말하는 바를 받아들이기를 원치 않는

---

4 清水徹, 「伊藤仁齋のおける'講學'」, 『日本歷史』 687호, 2005.8.

5 위의 글.

6 石田一良, 『人物叢書－伊藤仁齋』, 吉川弘文館, 1960.

것이다. 후세에 도를 아는 자가 나타난다면 반드시 내가 한 말이 부절符節을 맞춘 것과 같다 할 것이다. (『童子問』 卷下, 45章)

진사이는 문인, 혹은 젊은이의 말이라 하더라도 취할 바가 있으면 이에 따라 "문인들과 서로 상의하여, 중의衆議를 정해, 이를 책에 썼다"고 한다. 이외에도 도시카이와의 연관성을 엿볼 수 있는 진사이의 말이 있다. 예를 들자면 진사이는 학문을 할 때 '이기고자 하는 마음勝心'이나 '말이 많은 것多言'을 경계하고 있다.

학문을 할 때에는 실로 이기고자 하는 마음을 크게 경계해야 한다. 내가 이기고자 하는 자를 보건대, 그 말은 의리義理로 꾸며진 것 같지만 그 모든 것이 이기고자 한 마음에서 온 것이므로, 그 말은 부지불식간에 발전하여, 더욱 이해할 수 없게 된다. 학문을 닦으면 닦을수록 사심邪心 또한 커진다. 의논이 능숙하면 능숙해질수록 사심邪心 또한 깊어진다. 때문에 학문을 할 때에는 실로 이기고자 하는 마음을 가장 크게 경계해야 한다. (『古學先生文集』 卷5, 同志會筆記).

정도正道에는 많은 말이 필요 없다. 말을 많이 하면 정도正道를 어지럽힌다. 올바른 이치에는 많은 말이 필요 없다. 많은 말은 반드시 올바른 이치를 해친다. 때문에 도道를 닦으면 닦을수록 말은 점점 더 적어진다. 이치가 점점 더 분명해지면, 말은 점점 적어진다. (『古學先生文集』 卷5, 同志會筆記)

이 두 가지 말은 둘 다 「동지회필기同志會筆記」로부터 인용한 것이다. 앞에서 본 것처럼 도시카이의 석상에서 학문에 유익한 말은 남겨두었다. 그렇다고 한다면, 이와 같은 경계의 말은 도시카이의 석상에서 진사이가 한 말이라고 추정할 수 있을 것이다. 이 말로부터 역으로 상상해 보면, 도시카이의 석상에서는 '다언多言'이 종종 있었으며, 벗들 사이에는 상대를 패배시키고자 하는 '승심勝心'에서 비롯된 격렬한 논의가 있지는 않았을까? 때문에 이를 묵과할 수 없었던 진사이가 "의논이 능숙해지면 능숙해질수록 사심私心 또한 깊어진다"고 변죽만 울리는 '의논'을 비판한 뒤, 학문의 목적이 어디에 있는지 경계토록 한 것은 아니었을까? 또한 진사이는 다음과 같은 것에도 주의하고 있다.

> 벗의 강습은 자신을 잊고 뜻을 지워 기氣를 죽이고 말은 따뜻하게 해 서로 이끌고 장려하여 함께 도道로 나아가는 것을 권면하는 것이다. 지금의 벗은, 도의道義를 강하여 이름을 날리고자 하는데, 사실은 자신을 가지며 지혜를 통해 다른 사람 위에 올라서려 한다. 도의道義를 강講하는 것이 여기 어디에 있는가? 경계하지 않을 수 없는 일이다. (『古學先生文集』 卷5, 同志會筆記)

일반적으로 "도의道義를 강講하여 이름을 날리고자 하는" '강습'은 호리카와 하나를 두고 떨어진 곳에 주쿠塾를 열고 있었던 안사이의 학문에 대한 비판이라고 생각되는데, 진사이는 자신의 현명함을 과시하여 다른 사람 위에 올라서려는 것은 남의 일이 아니라 '도시카이'에도 존재했던 문제라 생각하고 있었다고 봐야 할 것이다.

여기에서 "자신을 가지는 것"을 경계하는 말의 뜻은, 진사이가 '인仁'을 말할 때 자신을 부정했던 점을 이해하는 것에서 그 실마리를 찾을 수 있지 않을까 생각된다. 진사이의 경우, '극기복례克己復禮'(『논어』 顔淵

篇)는 주자학적인 천리-인욕의 대립이라는 개개인의 마음 속 문제가 아니라 간주관적인 문제였기 때문이다. 이는 또한 회독을 하며 발생하는 자신과 타자와의 문제로 이해할 수 있을 것이다. 그 이유는 회독을 할 때 타자에게 어떻게 대응해야 하는가라는 근원적인 문제와 연관되어 있기 때문이다. 진사이에 의하면, 지금의 학자는 자신과 논의가 맞지 않으면 학문하는 방법이 다르다 하여 교섭을 멈춰버리는데, 이는 '통환通患', 즉 공통의 문제였다.

> 묻건대, "요즘의 학자들을 보건대, 자신과 논의가 맞지 않는 것을 보면, 반드시 학문하는 방법이 다르다 말하며 서로 교통하지 않는다. 어째서인가?" 답하건대, "자신과 논의가 같음을 기뻐하고 자신의 의견과 다른 것을 좋아하지 않는 것은 학자의 통환通患이다. 학문을 함에 있어 절차탁마하는 것을 귀히 여긴다. 자신의 의견과 다른 자에 따라, 자신을 버리고 마음을 평온하게 하여 절차탁마하는 것보다 나은 것은 없다. 소위 다른 사람으로부터 취하는 것을 즐거워한다는 것이 이것이다. 자신에게 유익하다면 반드시 다른 사람에게도 유익하다. 이를 양익兩益이라 부른다. 혹시 자신과 의논이 같은 것을 기뻐하여 항상 혼자 강습한다면 영원히 옛 식견을 고치지 못하여 새로운 이로움을 얻을 수 없다. 독학과 다르지 않다. 자신에게 이득이 없고, 또한 다른 사람에게도 이득이 없다. 이것을 양손兩損이라 부른다. (『童子問』 卷中, 47章)

자신의 의견과 다른 자와 의논하는 것이 자신에게도 또한 유익하다는 뜻이다. 생각건대 이론異論과 부딪치며 의논하는 진사이의 태도는 "나를 사랑하는 마음이 깊은 자는 즉 나의 원수다"라고 할 정도로 자기와 타자 사이의 골을 자각하고 있었던 것에서 비롯된 것이라고 해도 좋을 것이다. 히라이시 나오아키平石直昭가 "다른 사람과 나와, 몸을 다르게 하며 기氣를 다르게 한다. 그 고통은 서로 관계하지 않는다. 하물며 사람과 만물은 종류를 달리하며 형태를 달리한다. 어찌 서로 간섭하겠는가?"(『童子問』 卷上, 21章)라고 말하며 진사이에게는 자기와 타자가 분리되어 있었다는 감각이 존재했다고 지적한 점은 중요하다.[7] 자기와 타자가 분리되어 있기 때문에, 자신과 같은 의견에 기뻐하고, 역으로 다른 의견에 기뻐하지 않을 것이다. 그러나 "자신과 의논이 같은 것을 기뻐"하기만 한다면 홀로 공부하는 것과 다를 바가 없으며, 일생 동안 스스로의 고루한 사고방식을 고치는 것도 불가능하다. 오히려 이론異論과 접해 절차탁마하는 것이 유익할 것이다.

진사이는 이처럼 자기와 다른 타자와 '의논'하는 '회독' = 윤강이라는 공동 독서 속에서 자기수양이라는 적극적인 의의를 도출하고 있다고 할 수 있다. 이것이 가능할 수 있었던 것은 원래 동지였던 자들과의 관계가 '세속의 이해관계'와는 전혀 달랐기 때문이었다. 서로 "선善이 있으면 이를 권하고 잘못이 있으면 이를 깨우치게 하며, 환난에 서로를 긍휼히 여기고 근심과 고통을 서로 위로하며 중인衆人들의 마음을 자신의 마음으로 삼고자 하며, 일가一家가 함께 인덕을 수양코자 하여"(「同志會籍申約」) 성현을 목표로 하는 '동지'들의 유대는, "세속의 이해관계 일체"와는 다른 생각으로 가득찬 '인仁'의 세계였다. 이러한 의미에서 도시카이의 유대는 "다른 사람과 나와, 몸을 달리하며 기氣를 달리하는"

7 平石直昭, 『日本政治思想史－近世を中心に』, 放送大學教育振興會, 1979.

사람들이 서로 생각해주며, "자신의 의견과 다른 것에 따라 자신을 버리고 마음을 평온하게 하여 절차탁마"하는 것이었으며, 진사이에게는 "필경 사랑이 그치지 않는" '인仁'(『童子問』 卷上, 45章)의 이상적인 형태였다.

2. 제 군자의 공동번역-오규 소라이荻生徂徠의 회독

이토 진사이 이후 회독 문제에 있어 중요한 인물은 오규 소라이(1666~1728, 간분寬文 6년~교호享保 13년)이다. 소라이는 에도사상사의 거인이다. "교호 중년中年 이후에 실로 일세를 풍미한"(那波魯堂, 『學文源流』) 소라이학의 출현에 의해 에도의 사상계는 전혀 새로운 국면을 맞이하게 되었다. 사상사 연구분야에서도 당연히 소라이는 에도사상사의 분수령으로서 다양한 각도에서 논해졌다. 전후 사상사 연구의 출발점이 된 마루야마 마사오의 『일본사상사연구日本思想史研究』(東京大學出版會, 1952)에서 소라이가 큰 위치를 점하고 있는 것은 잘 알려져 있다. 마루야마는 도덕과 정치의 연속으로부터 분리로, 자연으로부터 작위로라는 도식에 의해 주자학으로부터 소라이학으로의 전환을 선명하게 그려냈다.

회독 문제에 있어서도 소라이가 큰 전환점이 된 것은 분명하다. 후세에 "본방本邦에서 회독의 시작은 소라이로부터라고 들었다"고 인식될 정도로 소라이 이후 회독이 유행했기 때문이다. 소라이 이후 에도 후기에는 여러 장소에서 여러 사람들에 의해 회독의 형태를 뜬 독서회가 무리지어 생겨났다. 이 점에 대해서는 뒤에서 살펴보기로 하고, 여기에서는 소라이가 왜 독서회에서 회독이라는 형식을 추천했는지 검토해 보도록 하겠다. 이것은, 앞 절에서 살펴본 진사이학과 마찬가지로, 회독에 초점을 맞춰 소라이학을 다시 읽는 작업이기도 하다.

소라이는 간분 6년(1666) 에도에서 조町의 의사 오규 호안荻生方庵의 아들로 태어났다. 14세 때 아버지가 주군 다테바야시후 도쿠가와 쓰나요시館林侯徳川綱吉(후의 5대 쇼군)로부터 에도 추방형에 처해져, 25세까지 오규 일가는 가즈사노쿠니上総國를 전전하여 괴로운 생활을 이어나갔다. 에도에 돌아온 후에는 시바芝에 위치한 조조지增上寺 앞에 주쿠塾를 열었으며, 31세에는 쇼군 쓰나요시의 총신 야나기사와 요시야스柳澤吉保에게 출사해 쓰나요시에게 학문을 가르치는 일에 종사하기도 했다. 오이시 구라노스케大石內藏助 등 아코번赤穗藩의 유신遣臣 47명이 기라 고즈케노스케 요시히사吉良上野介義央의 수급을 벤 아코 사건 때, 막법幕法에 반하여 오이시들에게 명예로운 죽음인 할복을 명한 막부의 결정에는 소라이의 생각이 반영되었다고도 이야기된다. 호에이 6년(1709), 44세 때, 쓰나요시의 사후, 가야바초茅場町에 사숙 겐엔을 열어 많은 문인들을 키웠다. 주저主著로는 고문사학古文辭學의 방법론으로 주자학을 비판해 새로운 유학 체계를 전개한 『변도弁道』, 『변명弁名』, 『논어징論語徵』이며, 이외에 8대 쇼군 도쿠가와 요시무네의 하문에 답해 제출한 막정개혁서 『정담政談』이 있다.

회독의 효용

소라이가 '회독'에 대해 언급한 내용은 에도로부터 멀리 떨어져 있었던 '원인遠人'들에게 자신의 학문을 소개한 『소라이선생답문서徂徠先生答問書』(1727, 교호 12년)에 있다. 이에 따르면 소라이는 데와노쿠니出羽國 쇼나이번庄內蕃 가로家老 미즈노 모토아키라水野元郞에게 회독을 권하고 있다. 학문은 홀로 하는 것보다 복수의 벗들과 하는 것이 좋다는 내용이다.

> 동향에서 벗들을 모아 회독을 한다면, 동쪽에 대한 말을 듣고도 서쪽을 이해할 수 있다고도 하는데, 멀리 떨어진 벗들의 도움 없이 학문은 진척되지 않습니다. 독학을 할 때에는 점이 찍히지 않는 것을 보고 학습하는 것에 비할 바가 없습니다. 점이 찍힌 것을 끝낸 이후에 점이 찍히지 않는 것을 끝내라고 말씀드리지 않는 것이 아닙니다. 눈에 나쁜 버릇을 들이고 있으므로 점이 찍히지 않은 것을 읽어서는 안 된다는 것입니다. 고통을 견뎌내 버릇을 고칠 때까지만 그렇게 하시면 됩니다. (『徂徠先生答問書』 卷下)

"동쪽에 대한 말을 듣고도, 서쪽에 대해 납득한다는" 소라이의 말은 이해하기가 어렵다. 동쪽에 대한 말을 듣고 동쪽에 대해 납득한다면 당연한 일이나, 소라이는 동쪽에 대해 이야기를 듣고도 반대쪽인 서쪽의 일을 알 수 있다고 말한다. 여기에는 소라이의 두 가지 생각이 내포되어 있다. 하나는, 타자의 이론異論을 통해 처음으로 자기를 인식할 수 있다는 생각이다. 역으로 말하면 자기 자신을 인식하기 위해서는, 서쪽을 '납득'하기 위해서는 이질적인 타자인 동쪽을 접하지 않으면 안 된다. 벗과의 회독에 의한 토론은 이러한 기회를 주는 절호의 장소이다.

소라이에 의하면 사람은 각자 타고난 성질에 따라 얼굴이 다르듯이 소견 또한 다르다. 자신의 견해는 다양한 의견 중 하나에 지나지 않는다. "성인의 도는 심히 깊고 광대하여, 좁처럼 학자의 견식에 따라 정해지는 도리道理로는 볼 수가 없기" 때문이다(『徂徠先生答問書』 卷下). 그러나 자신의 의견을 굳게 믿어 타자의 이견異見과 접하지 않으면, 자신이 모른다는 사실조차 알 수 없다. 그 때문에 타자와 질문을 주고받는 것이 중요하며, 벗과의 절차탁마가 요구된다.

> 사람의 마음은 얼굴과 같아 그 기호嗜好가 각각 다르다. 그렇기는 하지만, 스스로만을 믿고 묻지 않는다면 대체 무엇을 가지고 지금까지 모르던 것을 알아 자신의 견식을 넓힐 것인가. 때문에 학문의 도道에서는 묻는 것을 중요시 여긴다. 묻는 것은 제자의 일이다. 어려운 것을 서로 묻고 따지며 절차탁마하는 것은 벗의 일이다. (『徂徠集』 卷27, 答屈景山)

> 예로부터 사우師友라는 말이 있는데, 스승의 가르침보다는 벗과의 절차탁마에 의해 지견을 넓힘으로써 학문을 진척시킬 수 있다는 뜻입니다. 지금 다이묘와 같은 높은 위치에 있는 분들의 학문이 진척되지 않는 이유는 좋은 스승을 두어 배우기는 하지만 신분이 높아 벗이 없어 그 성취가 명확히 증명되는 수준에 이르지 못하기 때문입니다. 벗과 교류하며 문풍文風에 젖는 것이 가장 중요한 일입니다. (『徂徠先生答問書』 卷下)

벗이라는 대등한 관계 아래, 여러 가지 의견을 주고받음으로써 자신의 한계를 인식하는 것도 가능하며, 자기의 '지견'을 넓힐 수도 있다. 소라이의 경학의 계승자 다자이 슌다이가 학문을 함에 있어 존경할 만한 '스승'과 함께, 언제나 '강습하고 토론'할 수 있는 '벗'이 중요하다고 말하고 있는 것도 이 '지견'을 넓힐 수 있기 때문이다.

> 무릇 학자는 스승이 없어서는 안 된다. 또한 벗이 없어서도 안 된다. 스승에게 도道를 묻거나, 스승으로부터 과업을 받아 의혹을 풀 수는 있지만, 존엄한 존재는 평소의 도움이 되기 어렵다. 벗과 만나 강습하고 토론하면, 가장 크게 문견聞見을 넓힐 수 있다. 벗들 중 선배가 있다면, 서로 돕고 이끌어 도道로 이끌게 할 직무가 있다. 때문에 오직 스승에게만 배우고 벗의 도움이 없는 자는 학업을 성취하기 어렵다. 이는 증자가 군자는 문文으로 벗을 만나, 벗으로 인仁을 보완한다(『논어』 顔淵篇)고 말한 바와 같다. 학기學記에는 독학을 하고 벗이 없으면 고루하여 듣는 바가 적다(『예기』)고 말하고 있다. 위와 같이 고서를 읽어야 하는데 벗이 없는 자는 한漢의 손경孫敬처럼 문을 닫아걸고 읽어야 한다. 벗이 있는 자는 한 곳에 모여 회독하는 것보다 나은 것이 없다. (『倭讀要領』 卷下)

슌다이에 의하면, "벗과 만나 강습하고 토론하는" 회독은, "문견聞見을 넓히는데 가장 크게 도움이 된다"고 한다. 이처럼 '지견'을 넓히는 것을 학문의 한 의의로 두는 것은 "학문은 비이장목飛耳長目의 도道라고 순자도 말했습니다. 이 나라에 있으면서, 보지 못한 이국의 일을 듣는다면, 귀에 날개가 달려 날아다니는 것과 같으며, 지금 세상에 태어나 수천 년 전의 일을 지금 눈으로 보는 것과 같이 하니, 긴 눈을 가진 것과 같다고 말씀드리는 것입니다"(『徂徠先生答問書』 卷上), "학문의 도는, 학문은 일상의 것과 다르다고 구별하면서, 세상에 도움이 된다고 생각되는 것도, 도움이 되지 않는다고 생각하는 것도, 의심스러운 것도, 진실 같아 보이는 것도, 고르지 말고 모두 뱃속에 넣어 쌓아 두어야 한다. 세월이 오래 지나면 후일에는 도움이 되지 않는다고 생각되었던 것도, 의심했던 것도 모두 하나가 되어 내가 이해하는 바도 옛날과는 변해가며, 지혜가 발동하여 자연스럽게 성인聖人의 도道를 따르게 된다"(『太平策』) 고 말한 것처럼, 학문이란 여러 사상을 지식으로서 자신의 안에 축적해 시간적, 공간적으로 시야를 넓혀 나감으로써 자기 자신을 상대화해 "지혜의 발동"을 활발하게 할 수 있다는 독특한 학문관이었다는 점을 추가해 두도록 하겠다.

자신을 이해시키는 것

다른 한쪽인 "서쪽을 이해하는 것"이 함의하는 내용은 자기 자신을 납득시키는 것의 중요성이다. 소라이는 의심을 가지고 스스로 생각하여 "스스로를 이해시키는 것"을 강조했다. 이론異論과 접하는 회독은 '이해'하는 것의 전제라 할 수 있는 의심을 품을 수 있는 기회를 준다. 소라이가 강석을 비판한 것도 이러한 점과 연관이 있다.

> 무릇 학문이라는 것은 자신을 납득시키는 것에 이르는 것이라 할 수 있습니다. 공문孔門의 가르침도 모두 이러합니다. 말세에 이른다 하더라도, 가르치는

법, 배우는 법 모두 이와 같을 것입니다. 지금의 강석講釋 등은 오로지 자리에 앉아 잘 말하는 것을 중히 여기기 때문에 의심이 생기지도 않으며 얻는 바는 더욱 적습니다. 이것이 오랫동안 계속된다면 일종의 고루한 이치에 사로잡힐 것이니 그 해가 심히 클 것입니다. (『徂徠先生答問書』 卷下)

소라이의 눈앞에 있었던 "지금의 강석講釋"은 "상세히, 명쾌히 말하여 한 자리에서 청중들을 이해시키도록 힘쓴다"(『太平策』). 그 때문에 그것을 듣는 사람은 의심을 가지지 못하게 된다. 선생이 무엇이든 자세히 가르치고 알기 쉽게 설명하기 때문이다. 소라이에 의하면, 이런 식으로 배운 '이치'는 결국 도움이 안 되는 '임시방편付け焼き刃'이다.

무릇 성인의 가르침은, 어떠한 방법으로 가르쳐 그 도리를 가르치는 것이 아니며, 어쩌다가 도리를 말하더라도 그 끝부분만을 말하고 듣는 사람이 스스로 깨달을 때까지 기다린다. 그 이유는 사람에게 가르칠 수 있는 이치란 모두 임시방편에 불과해 도움이 되지 않기 때문이다. 그 어떤 것도 자신의 것으로 만들지 않고 그 이치를 아는 경우는 결코 없다. 잘 가르치는 사람은 어떠한 법칙에 구속되지 않으며, 듣는 사람이 이해해야 할 이치를 생각하여 한 곳만을 열어둔 채 그 뒤는 스스로 통하게 하는 자이다. 이럴 경우에는 모두 자신의 마음으로부터 우러나 (깨달음을) 얻을 수 있기 때문에, 알고 싶어 하는 것을 모두 자신의 것으로 삼을 수 있어 쓸모가 있다. (『太平策』)

경서를 읽는 경우에도 그러하다. 알기 쉽게 가에리텐返り点이나 오쿠리가나送り仮名를 적은 훈독법으로 읽을 것이 아니라 한자만 쓰여 있는

무점본無点本으로 읽어야 한다고 소라이는 말한다.

> 요즘 강석을 통해 학문을 하는데, 무리하게 설명을 붙여 그럴 듯한 말로 말씀을 드리므로 의심이 생기지 않습니다. 본문을 읽되 문자 하나하나를 따지지 않고 쉽게 끝내 버린다면, 책읽기를 잘 끝냈다고 말씀드릴 수는 없습니다. 그 부분도, 점이 없는 책을 보고 스스로 판단할 수 있게 되지 않는 이상은, 끝내서 평안해졌다는 말은 삼가야 하지 않겠습니까? (『徂徠先生答問書』 卷下)

점이 찍히지 않은 책은 아무것도 설명하지 않는다. 우리 앞에 던져져 있다. 의문을 가지고 질문하지 않으면, 아무 말도 해주지 않는다. 원래 성인의 도란 '물物'(『弁名』 卷下)이었다. 소라이에게 '물物'이란 육경이었다. 역, 서, 시, 춘추, 예, 악의 육경을 읽는다는 것은 '물物'과 싸우는 것을 의미했다. '물物'은 이쪽에서 질문을 던지며 생각함으로써 처음으로 그 의미를 내보인다. 『논어』의 "분해하지 않으면 열림이 없고, 표현을 하지 않으면 일깨움이 없다"(述而編)는 말이 지니는 중요성도 여기에 있다.

> 때문에 선왕의 가르침은, 예악은 말이 아닌 행사를 치러 이를 보인다는 것이었다. 공자는 분해하지 않으면 열림이 없고, 표현을 하지 않으면 일깨움이 없다고 하였다. 어찌 그렇지 않겠는가? (『弁道』)

스스로 의문을 가지고 고민하여 절실히 탐구하는데, 잘 되지 않아 입을 다물고 우물우물 거리고 있으니, 처음으로 공자가 단서를 제시하며 "학문의 도道는 스스로 깨닫는 것이다"(『論語徵』 卷丁)라고 말했다고 소라이는 주장한다. 소라이는 육경 = '물物'과의 싸움을 통해, 스스로 생각하여 "자신을 이해시키는 것"을 추구했다.

이러한 소라이의 회독관을 같은 시대를 살았던 야마자키 안사이의 강석과 대비하여 생각해 보자. 『안사이선생연보闇齋先生年譜』(메이레키明曆 원년, 안사이 38세)에 "다른 사람을 가르칠 때, 항상 지팡이를 짚고 강좌를 열었는데, 그 목소리가 종소리와 같았다. 안색이 매우 엄하여 듣는 사람은 그 위엄에 압도당해 고개를 들어 보지도 못했다. 그 뜻을 풀 때에는 대략의 요령을 통해 쉽게 풀어 해석할 뿐이다"라는 부분이 있다. 소라이가 '요즘의 강석'을 비판할 때에는, 바로 이 안사이를 염두에 두고 있었다고 할 수 있다. 선생 한 사람이 다수의 제자들에게 강의를 하는 강석에서는, 선생은 천리天理의 체현자라는 점이 전제된다. 때문에 학생에게는 선생의 말을 한 마디도 놓치지 않고 필기할 것이 요구된다. 소라이는 이를 다음과 같이 야유한다.

> 스승이 중히 여기는 부분을 제자가 본받는다. 옆에서 붓을 들어, 강의할 때 스승이 한 말을 기록해 전후로 한 자도 틀림이 없다. 심한 경우에는 "스승이 이 부분에서 한 번 기침했다", "이 구문에 이르러 지팡이를 한 번 내리쳤다"는 부분까지 있다고 한다. 그 목소리를 배우고, 그 용모를 헤아린다고 운운하니……. (『譯文筌蹄初編』 卷首)

앞에서 소개한 것과 같은 안사이의 강석은, 선생의 권위가 지나쳐 발생한 희극이지만, 강석을 할 때 선생에게 제자 이상의 권위가 없으면 강석 자체가 성립되지 않는 것도 사실이다. 소라이는 말한다.

스승은 존귀하고 제자는 천하기 때문에 스승에게 권위가 없다면 가르침이 성립되지 않는다. 이와 같이 강석소講釋所에 나가 단지 일로서만 가르친다면 스승에게 권위가 없다. 이는 또한 도리에 어긋나는 것이므로 가르친다 하더라도 이득이 되는 바가 없다. (『政談』 卷4)

그러나 현실에는 권위가 있는 선생만 있는 것이 아니다. 강석소에서 강석하는 '역할'을 맡을 뿐인 선생에게 배운들 아무런 효과도 없다. 소라이는 이러한 말을 통하여, 유시마湯島에 있는 쇼헤이코의 교코몬仰高門 강석을 비판했다. 안사이 학파의 강석이 안사이 개인의 권위가 지나쳐 스스로 생각하여 "자신을 이해시키는 것"을 불가능하게 만든다고 비판받은 반면, 이쪽은 권위가 너무 없어서 문제라고 비판받은 것이라 할 수 있다. 어느 쪽이든 회독처럼 이질적인 타자와 만나 스스로 의심을 가져 자신을 이해시킬 수 없다는 점에서는 동전의 양면과 같다고 할 수 있다.

회독의 규칙 – '시시엔규조紫芝園規條'

이와 같은 소라이의 생각을 계승한 소라이의 제자 다자이 슌다이는 회독의 명확한 규칙을 만들었다. '시시엔규조紫芝園規條'가 그것이다. 여기에는 회독이 '의혹', '문답'이라는 학문방법에 적합한 것이라고 명기하고 있다. 조금 길기는 하지만, 소라이나 슌다이의 회독관을 알기 위한 중요한 자료이므로 인용해 보도록 하겠다.

一. 제 군자의 회업會業은, 오로지 강습을 그 요要로 해야 한다. 책 한 권을 읽을 때에는 윤번으로 한 사람씩 이를 읽으며, 나머지 사람들은 주의 깊게 이를 들어야 한다. 혹시 의심 가는 바가 있다면, 한 절이 끝나기를 기다려 이를 강구해야 한다. 신분의 고하와 선, 후배에 구애받지 말고, 모두 질문을 할 수 있어야 한다. 단 모름지기 겸손해야 한다. 함부로 남의 말을 훔쳐 자신의 말로 하거나 남의 말에 부화뇌동해서는 안 된다. 예사스러운 말로 이를 어지럽혀서도 안 된다. 또한 다른 사람과의 사적인 대화를 삼가야 한다. 강습이 끝나 여유가 있다고 바로 담소를 나누는 일이 있어서는 안 된다. 헛되이 담소하는 것을 좋아하고, 마음을 독서에 쏟지 않는다면, 회업會業의 뜻에 어긋나는 것이다. 모이지 않느니만 못하다.

一. 무릇 회독은 모름지기 책을 숙독하여 그 뜻을 깊이 생각해야 하며, 의혹이 있다면 첩황貼黃[8]하여, 모임을 기다려 여러 선배들에게 물어봐야 한다. 후생과 초학들이 의심 가는 바를 선배에게 물어본다면, 선배는 이에 상세하게 답해야 한다. 다른 사람들은 허심하게 이를 들어야 한다. 질문의 수준이 낮다고 하여 이를 비웃거나 해서는 안 된다. 초학은 말하기 거북할지라도 비웃음을 사는 것을 수치스럽게 여겨 이를 참고 묻지 않아서는 안 된다. 군자는 의심하고 생각하고 질문해야 하며, 질문하여 알지 않으면 안 된다. 초학은 더더욱 질문하는 것을 꺼려서는 안 된다. 그 선배도 또한 그 질문의 수준이 낮다고 비웃어서는 안 된다. 높은 곳에 올라가려면 낮은 곳부터 시작해야 하니, 아는 것이 천근淺近하다 생각해서는 안 된다. 예기에 이르기를 교학상장敎學相長이라

8 【역주】 중국에서는 당대唐代의 경우 조칙詔勅을 내릴 때, 혹은 거기서 잘못된 부분을 고칠 때 황색 종이를 사용하였으며 송대宋代의 경우 상소를 올린 후 미진한 부분이 있으면 역시 황색 종이를 사용해 이를 보충하였다.

하였는데, 이것이 바로 이러한 뜻이다(『예기』). 모임을 끝내고 다시 내용을 읽는다면, 이득이 되는 바가 있을 것이다. (『春臺先生紫芝園後稿』)

회독에서는 우선 "뜻이 의심되는 바"를 묻는 것이 요구되었다. 다른 사람의 말을 훔치거나 부화뇌동하지 말고 스스로 의문을 가질 것, 여기에 그 의문을 자기 안에 가둬두지 말고 '선배'에게 물어볼 것이 요청되었다. 회독의 장에서는 의문을 말하는 것이, "신분의 고하나, 선, 후배의 관계에 구애받지 않으며", 학문을 처음 배우기 시작한 사람이라도 가능하며 오히려 적극적으로 요구되었다. 부끄러워하여 의문을 그대로 놔두는 것은 부정되었다. 또한 회독에 참가한 '다른 사람들滿座'은, 그러한 의문이 처음 학문을 하는 사람의 유치한 발상이라 할지라도 '허심'하게 들어야 하며, '일상적인 말'이나 '사적인 말'은 금지되었다. 이 규칙은 이와 같은 '일상적인 말'과 '사적인 말'을 배제하여, "신분의 고하나 선, 후배의 관계에 구애받지" 않는, 일상생활과는 다른 장소를 의도적으로 만들기 위한 규칙이라 할 수 있을 것이다. 회독의 장은 이 규칙을 지키는 사람, 즉 '군자'만이 참가할 수 있는, 일상생활과는 동떨어진 공간이었다. 그들의 동료의식, '오당吾黨', '샤추社中'라는 의식도 여기에서 발생하였다.

번역을 위한 독서회

이번에는 무엇을 위한 독서 = 학문인가라는 측면에서 소라이의 회독에 대해 생각해 보고자 한다. "성인聖人은 배워 다다라야 한다"는 슬로건을 내세우는 주자학에서 독서는 성인聖人이 되기 위한 '격물궁리格物窮理'를 위한 가장 중요한 방법이었다. 그런데 소라이는 "성인은 배워 다다라서는 안 된다"(『弁道』)고 단정했다. 소라이에게 성인聖人은 치국평천하治國平天下를 위한 도道를 만든 요堯, 순舜, 우禹 등 고대 중국 선왕들이었으며, 사람들이 배워 도달할 수 있는 도덕적이고 완벽한 존재가 아니었다. 소라이는 "보통의 속인이라도 성인聖人이 될 수 있다는 자신감이 과잉한 설"(Dore)이라는 생각을 산산이 부숴버린다. 그렇다면 소라이에게 독서란 무엇을 위한 것이었을까? 이 점에 대해 살펴보기 위해서는 소라이의 학문방법인 고문사학古文辭學을 검토하지 않으면 안 된다.

소라이에 의하면 "세상은 말로 바꾸며, 말은 도道를 통해 바뀌고"(『學則』), 언어는 시대와 함께 변천하는데, 경서는 이국의 언어인 중국어로 쓰여 있다. 이 시간적, 공간적인 차이를 무시하고 일본에서는 나라奈良시대의 기비노 마키비吉備眞備 이래, 레텐レ点이나 이치니텐一二点 등의 가에리텐이나 오쿠리가나를 붙여 '화훈회환和訓廻還'(『譯文筌蹄初編』)하는 훈독법으로 고대 중국의 텍스트를 읽어 왔다. 이 때문에 텍스트의 이질성을 의식하지 않은 채 마음대로 해석해 왔다. 이렇게 생각한 소라이는 중국의 텍스트를 중국어 원음口語으로 읽어 이것을 이질적인 언어인 일본어로 번역하는 것을 지향했다. 이러한 의미에서 소라이에게 독서란 '번역'이었다.

> '역譯'이라는 한 글자는 독서의 진정한 비결이다. 무릇 책은 모두 문자이며 문자는 즉 화인華人의 언어다. 네덜란드荷蘭 등 제 나라는 성품이 전혀 달라 실로 알기 어려운 언어이며, 마치 새가 울고 짐승이 울부짖는 것 같아 사람의 모

습과는 거리가 먼 부분이 있다. 그런데 중화와 우리나라는 그 정태情態가 아주 똑같다. 고금의 사람들이 서로 이르지 못한다고 하는데, 나는 삼대 이전의 책을 읽는데 그 인정人情과 세태가 마치 부계符契를 맞춘 것과 같았다. 그 인정과 세태를 통해 우리나라 말을 짓는다. 더 풀기 어려운 문제가 어디에 더 있겠는가? (『譯文筌蹄初編』)

중국어는 네덜란드어처럼 "새가 울고 짐승이 울부짖는" "알기 어려운 말"이 아니라, "인정과 세태가 부절을 맞춘 것과 같기" 때문에 '번역'하는 것도 어렵지 않다. 소라이에게 독서는 '화인華人의 언어'를 일본어로 '譯' = 번역하는 것이었으며, 회독은 번역을 위한 공동작업이었다.

소라이가 '야쿠샤譯社'라는 이름의 그룹을 결성한 것도 번역을 위한 것이었다. 여기에는 자발적 결사의 요건이라 할 수 있는 규칙들이 분명히 정해져 있다. 소라이는 쇼토쿠正德 원년(1711) 10월 5일에 우시고메牛込에 있는 자신의 집에서 '야쿠샤'를 결성하여, '야쿠샤약譯社約'(『徂徠集』 卷18)을 작성했다.

야쿠샤는 일찍이 나가사키의 당통사唐通事(중국어 통역관)였던 오카지마 간잔岡島冠山을 '역사譯師'로 하여, 소라이와 사제舍弟 오규 홋케이荻生北溪와 이 하쿠메이井伯明의 3인이 발기하여 "사社를 결성해 모임을 가졌다"(「譯社約」). 야쿠샤약에 따르면 "무릇 모임의 담譚(話)의 요要는, 하夏를 이夷로 바꾸는 것에 있다. 세속적인 것으로 아름다움을 흔드는 것은 용서할 수 없다"고 중국어 서적을 번역하는 목적으로 결사를 만들었음을 밝히고 있다. 5일과 10일이 정례일이었으며, 오전 중에 시작되어 저녁때 끝났고, 회원은 줄어드는 일은 있어도 늘어나는 일은 없도록 정하고 있었다. 이시자키 마타조石崎又造의 『근세 일본의 지나속어 문학사近世日本における支那俗語文學史』(清水弘文堂書房, 1967)에 따르면, 야쿠샤의 텍스트는 『수호전水滸傳』, 『서상기西廂記』 등 희곡소설이었으며, 오카지마 간잔이 편찬한 『당화류찬唐話類纂』, 『당화찬요唐話纂要』, 『당화편용唐話便用』, 『당음아속어류唐音雅俗語類』, 『우해편람宇海便覽』『당역편람唐譯便覽』 등의 중국어학서는 이 야쿠샤를 위해 제작된 입문서라고 추정되고 있다.

이 야쿠샤의 참가자로는 다자이 슌다이, 안도 도야安藤東野, 오규 홋케이 이외에도, 히젠肥前 류신지滝津寺의 다이초 겐코大潮元皓, 미야기宮城 다이넨지大年寺의 고코쿠 도렌香國道蓮 등의 승려도 끼어 있었다. 이러한 점에서 불교를 '이단'으로 배척하여 승려와 서간을 주고받는 것조차 혐오했던 사토 나오가타佐藤直方와 같은 안사이 학파와는 대조적이었다. 야쿠샤의 참가자는, 유학이나 불교가, 학문, 종교(신조)의 차이를 넘어서 번역이라는 하나의 연결고리로 묶여 있었다. 이러한 의미에서 야쿠샤는 도덕적인 수양과는 무관하였으며, 어디까지나 번역을 위한 결사였다. 다시 말하면, '성인聖人의 도道'를 목표로 하여 훌륭한 성인聖人이 되기 위해 모두가 노력하는 도덕적인 수양단체가 아니라 중국어를 번역해 문장을 배우기 위해 회독하는 자발적인 결사였다.

'제군諸君'이라는 호칭

겐엔샤추에서 소라이가 '불녕不佞'이라는 일인칭을 사용했던 것은 잘 알려져 있다. 소라이 이후 '불녕'은 중국 문물에 빠진 유학자, 시인들이 애용하는 일인칭 대명사가 되었다. 여기에서 주목하고자 하는 점은, '불녕'에 대한 이인칭 복수대명사다. 구체적으로 말하자면 '제군'이라는 말이다.[9] 소라이가 쓴 내용 중, '左史會業引', '六經會業引', '四子會業引', '韓非子會業引'(『徂徠集』 卷18)이라는 문장이 있다. '인引'이란 서문과 비슷한 것이며, 회업(회독)을 시작하기 이전에 해당 텍스트에 대해 소견이나 주의사항을 기술한 것이다. 그 제목으로부터 소라이가 『춘추좌씨전』, 육경, 사서, 『한비자』를 회독했다는 것을 알 수 있는데, 주목해야 할 점은 소라이가 회독을 하는 와중에 그 참가자들을 '제군'이라고 부르고 있다는 점이다.

> 제군諸君에게 왕좌王佐(之才)를 바라지 않는다면, 이는 성인聖人을 모욕하고 학자를 속이는 것이다. 내가 어찌 감히 그럴 수 있겠는가? (『徂徠集』 卷18, 六經會業引)

> 때문에 나는 제군諸君들이 육경六經을 통해 사자四子를 보기를 바라며, 사자四子를 통해 사자四子를 보지 않기를 바란다. (『徂徠集』 卷18, 四子會業引)

제군이란 제군자의 약칭으로, 회독 참가자를 군자로 보고 존칭을 붙이고 있다. 슌다이는 '시시엔규조'에서 보다 직접적으로 '제군자의 회업'이라고 말하고 있다. 소라이학에서 군자는 소인에 대비되는 말이며 사람들을 다스리는 위정자를 가리키는데, 지위가 없다 하더라도 "그 덕

---

9 참고로, 겐엔샤추 내에서 사용된 이인칭 단수대명사는 '족하足下'였다.

이 다른 사람의 위에 서기에 족하다면"(『弁道』 卷下) 군자라고 칭할 수 있다. 'あなた', '貴様', 'おまえ'와 같은 일본어 대명사는 상하존비라는 인간관계를 전제로 하고 있기 때문이다. 후쿠자와 유키치가 나카쓰번中津藩의 조시上士와 가시下士, 사족과 평민들 간의 정태를 보고하고 있는 『구번정舊藩情』에서, "그 호칭을 부를 때 나이의 구별 없이 아이들까지도 상급 사무라이가 하급 사무라이에게 貴様라고 부르면, 하급 사무라이는 상급 사무라이에게 あなた라고 말하며, 이리 오라来やれ 말하면 가겠습니다御いでなさい라고 말하며, 아시가루足軽가 히라자무라이平士의, 가치徒步[10]가 대신의 이름을 부르지 못하고 어르신旦那様이라고 부르니, 그 교제란 그야말로 주인과 종의 관계와 같았다"고 기술하고 있는 것처럼, 에도 시대의 이인칭 대명사는 상하존비의 관계를 전제로 하고 있었다. 이 때문에, 현대에도 이러한 상하존비의 인간관계를 함유하는 '貴様'라든가 'あなた'와 같은 이인칭 대명사를 가능한 피하여, '아버지おとうさん', '어머니おかあさん'와 같은 친족명이나 '선생', '야오야상八百屋さん'[11]과 같은 직업명을 부르는 경우가 많다.[12] 이러한 당시 상황을 감안하면, 친족이나 직업과 상관없는 회독이라는 자리에서 대등함을 나타내는 이인칭 복수 대명사 '제군'은 아주 적절한 말이었다고 생각된다. 이 점은 회독의 장에서 이루어진 연설과도 관련이 있는데, 이에 대해서는 후술하겠다.

---

10 【역주】 가치사무라이徒侍(かちさむらい)의 약칭으로 말을 탈 수 없는 하급 신분의 사무라이를 말한다.

11 【역주】 야오야八百屋(やおや)란 과일, 채소를 주로 파는 가게를 가리키는 말.

12 鈴木孝夫, 『ことばと文化』, 巖波書店, 1973.

3. 놀이로서의 회독

에도 시대에 진사이와 소라이에 의해 회독이 시작되었다. 단, 그 양상은 달랐다. 이 차이에 대해 에도 시대 번교의 학습방법을 논해 선구적인 업적을 남긴 다케다 간지가 회독에는 강론하는 회독과 읽는 회독이 있다고 지적하고 있다는 점을 참고로 할 수 있을 것이다.[13] 다케다에 의하면, 강론하는 회독에서는 텍스트의 뜻을 정확하게 설명하는 것뿐만 아니라 강론하는 자나 논란論難하는 자의 태도도 문제가 된다고 한다. 이 때문에 뒤에서 서술하겠지만 도덕적인 수양인 번교에서는 이와 같은 강론하는 회독이 다수 채용되었다. 이에 비해 읽는 회독에서는 텍스트의 정확한 해석이 가능한가가 문제가 되었으며, 강론하는 회독처럼 딱딱한 분위기가 아니었다고 한다. 또한 텍스트의 종류도 차이가 있는데, 강론하는 회독에서는 사서, 오경과 같은 "의리義理의 강구를 필요로 한 경전"을 주로 삼은 것에 비해, 읽는 회독에서는 "넓게 읽어 지知를 넓혀 식견을 높이기 위한 사서류나, 문학적 교양을 중심목표로 한 시문집"을 주로 삼았다는 점에서 차이가 있다고 지적하고 있다. 본서에서도 이와 같은 다케다의 주장을 바탕으로, 강론하는 회독은 윤강이라고 불러 구별해 두고자 한다. 앞서 소개한, 사토 진노스케가 메이지 시대에 간행했던 『속성응용한학첩경速成應用漢學捷徑』에서도, 한문 강독법으로 강석, 회독, 윤강이 거론되었는데, 회독이란 "연구를 목적으로 수인數人 이상이 서로

13 武田勘治, 『近世日本學習方法の研究』, 講談社, 1969.

만나 토론하는 강서법講書法"이며, 윤강은 "연구를 지망하는 동지들이 서로 만나 강설講說하는 것"이라고 구별되어 있었다.

다케다 간지의 분류에 따르면, 진사이의 경우에는 강론하는 회독을 위한 윤강이라는 측면이 존재했던 반면, 소라이의 경우에는 어려운 책을 읽는 회독이라는 측면이 강했다. 물론 이러한 차이가 있다 하더라도, 앞에서 언급했던 세 가지 원리(상호 커뮤니케이션성, 대등성, 결사성)는 공통되어 있다. 본절에서는 진사이와 소라이의 회독, 강론하는 회독 = 윤강과 읽는 회독을 구별하면서도, 좀 더 다른 관점에서 회독의 성격을 고찰해 보고자 한다.

읽는 회독이라는 놀이

앞에서 살펴본 것처럼, 과거가 없었던 근세 일본에서 학문은 실리를 동반하지 않았다. 쓰다 소키치가 "유가의 도덕적 가르침은 고금을 막론하고 우리 국민의 도덕 생활을 지배했던 적이 없었다"[14]고 지적했던 것처럼, 유학은 지식으로 수용된 것이었으며 실생활에까지 침투하지 않았다. 그 때문에, 쓰다에 의하면 "실천實踐과 궁행躬行을 목적으로 하면서도 그것이 불가능한 학문은 자연스레 학문 그 자체를 유희적으로 만든다"[15]고 하며, 말뿐인 공허한 놀이에 불과하다고 한다. 지식과 실생

---

14 津田左右吉, 『儒教の實践道德』, 巖波書店, 1947.

15 津田左右吉, 『文學に現はれたる我が國民思想の研究ー平民文學の時代』, 洛陽堂, 1918, 第2篇 第14章.

활의 "모순, 알력, 충돌"(渡邊浩)의 드라마도 결국 "지식상의 유희다"라고 단정 짓는 쓰다의 학설은 지나치게 노골적이긴 하지만, 사실이라고 볼 수 있는 점도 있다. 단, 이는 '놀이'라는 한 마디로 단정 지을 문제만은 아니다. 오히려 와타나베 히로시가 말하고 있는 것처럼, 에도 시대에 유학은 "유예遊藝, 무예武藝에 못지않았기 때문에 보급된 측면"[16]이 있으며, 이에 따라 여러 흥미로운 현상도 발생한 것이 아니었을까? 중국이나 조선처럼 학문이 입신출세와 연관되어, 유교 도덕이 현실 사회를 속박하는 규범으로서 작용하지 않았기 때문에 역으로 발생될 수 있었던 것이 아니었을까? 이것이 근세 일본의 지적知的 세계를 풍부하게 했던 것은 아니었을까?

이러한 관점에서 본다면, 다케다 간지의 다음과 같은 지적은 시사하는 바가 크다. 다케다는, 읽는 회독과 강론하는 회독 = 윤강을 대비하여 "회독(읽는 회독)이라는 방법에는 주쿠塾에서 교육하는 것과 같은 교육적인 측면과, 홋카이나 노리나가와 같이 학문을 좋아하는 사람들끼리의 모임이라는 취미적인 측면이 존재했으며, 윤강은 학교교육과 유사한 것이었다"고 말하며, "주쿠塾에서 교육하는 것과 같다는 것은, 규칙이 엄격하고 질서정연하며, 엄숙한 상태에서 수업하는 것이 아니라 사제와 학우들이 모여 담소를 나누며 공부하는 모습을 염두에 둔 표현이며, 주쿠塾의 교육은 대개 그런 경향이 있었다. 반드시 모든 주쿠塾가 그러했던 것은 아니다. 회독이란 원래 이러한 분위기에 적합한 것이므로, 민간에서 학문을 좋아하는 사람들이 때때로 모여, '책 읽는 모임'을

16 渡邊浩, 『日本政治思想史』, 東京大學出版社, 2010.

즐길 때에는 '회독을 한다'고 하였다. 회독은 대개 소라이에게서 파생된 것이었으며, 동료들 중에 감정의 골이 있는 자들이 서로 이야기를 하다 보면, 때때로 싸움이 일어나는 일도 있었다"고 부연하고 있다. 소라이 학파의 회독에 즐겁게 '책을 읽는 모임'이라는 측면이 있었다는 점은 경청할 만하다.

원래 하나의 텍스트를 빙 둘러앉아 대등한 관계하에 토론하는 것 자체가 어른의 놀이가 아니었을까? 그렇게 생각한다면, 몇 가지 사실이 깨끗하게 해석될 수 있다. 놀이에 대해 이야기하자면, 유희에 인간의 본질적 기능이 있다는 『호모 루덴스*Homo Ludens : a study of the play element in culture*』(1938)의 저자인 네덜란드 역사학자 요한 하위징아Johan Huizinga의 다음과 같은 정의를 들지 않을 수 없다.

> 그 외형적인 측면에서 관찰한다면, 우리들은 놀이를 총괄하여 그것은 "진심으로 그러고 있지"는 않은 것, 일상생활의 바깥에 있다고 느껴지는 것이라고 말할 수 있다. 그럼에도 불구하고 놀이를 즐기고 있는 사람을 마음의 저변에서 확실히 붙잡아 버리는 것도 가능한, 하나의 자유로운 활동이라고 부르는 것도 가능하다. 이 행위는 어떠한 물질적 이해관계와도 상관없으며, 그로부터 어떠한 이득도 발생하지 않는다. 그것은 규정된 시간과 공간 속에서 정해진 규칙에 따라 질서 정연하게 진행한다. 또한 그것은 비밀에 둘러싸이는 것을 좋아하며, 일생생활과는 다른 것이라는 점에서 자칫하면 변장의 수단으로써 이를 특별히 강조하는 사회 집단을 만들어 내기도 한다. (高橋英夫 譯, 『호모 루덴스』, 中公文庫, 1973)

놀이는 "어떠한 물질적 이해관계도 상관없으며, 그로부터 어떠한 이득도 발생하지 않는" "자유로운 활동"이라는 점, 여기에 회독을 이해하는 실마리가 있지 않을까? 이러한 시각에서 소라이 학파의 읽는 회독을 되돌아보면, 그것이 "일상생활의 바깥"에 있는 일종의 놀이였다는 점을 찾을 수 있다.

예를 들어, 소리이의 애제자인 히라노 긴카平野金華(1688~1723, 겐로쿠元禄 1년~교호享保 17년)와 다자이 슌다이(1680~1747, 엔포延寶 8년~엔쿄延享 4년) 간에 있었던 일을 거론할 수 있다. 히라노 긴카는 개성 넘치는 겐엔샤추에서도 "가장 기이한 인물"(『蘐園雜話』), 방탕하고 무뢰한 시인이라고 알려져 있으며, 다양한 일화를 남기고 있다. 예를 들어 미카와노쿠니三河國 기리야번刈谷藩에서 일하고 있었을 때, 번藩의 경사스러운 일에 때 묻은 옷을 입지 말고 새 옷을 입고 출사하라는 명령을 받은 적이 있었다. 그때 긴카는 아내의 기모노를 입고 출사했다고 한다. 번의 관리가 이를 책잡자, "봉록이 적어 가난한 소신小臣이라 신품을 준비하는 것이 불가능합니다. 그러나 명령에는 거역할 수 없었던 차, 우연히 아내의 새 기모노가 있어 입고 왔습니다"라고 담담히 대답했다고 한다(『先哲叢談』 卷7). 이러한 긴카에 비해 슌다이는 준엄하고 각 잡힌 성격으로, 예의에 반하는 일에 대해서는 아무리 신분이 높은 자라고 해도 용서하지 않았던 엄격한 사람이었다. (둘의) 재능을 사랑하는 소라이의 밑에서, 이처럼 대조적인 두 사람이 겐엔샤추의 회독에 동석하여 서로 말을 주고받았다. 『훤원잡화蘐園雜話』에는 다음과 같은 일화가 있다.

平子和(平野金華)는 겐엔샤추에서 때때로 슌다이를 업신여겼侮慢다. 회독을 하며 의논을 하는데, 다자이의 말을 억누르며, 확론이 있어도 무리하게 거짓말을 섞어 설복시키려 해 그를 곤란하게 했다. 그 때문에 둘은 평생 동안 사이가 나빴으며, 때때로 있지도 않은 책의 이름을 대며 있지도 않은 이야기를 해 그를 설복시키려 했는데, 슌다이가 달아올라 그 책을 (찾고자) 천착하여 2, 3일이 지난 뒤, "족하足下가 말한 것을 찾을 수가 없다. 어디에 있는가?"라고 물으면, "그것은 내 뱃속의 이야기다. 족하足下의 말이 사실은 맞는 이야기確論이다"라고 말하며 그를 괴롭히고는 했다. (『蘐園雜話』)

회독의 장에서 긴카는 슌다이의 말을 억누르기 위해, '허담虛談'을 섞어, '있지도 않은' 책이나 말을 언급했다고 한다. 긴카는 슌다이가 알지 못하는 거짓 경문經文을 꺼내들어 그를 놀렸던 것이다. 그러나 성실한 슌다이는 분명 2, 3일간 긴카가 말한 책을 찾기 위해 몇 번이고 뒤적였을 것이다. 열심히 찾은 뒤, "그것은 내 뱃속의 이야기다"라는 이야기를 들었을 때 슌다이의 기분은 어땠을까? 『선철총담先哲叢談』은 이외에도 자칭인 '노老'를 둘러싸고 긴카와 슌다이 사이에 있었던 일을 전하고 있다. 연하의 긴카가 '우로愚老'라고 자칭하는 것에 대해 슌다이는 '우로愚老'라는 말이 얼마나 '예'에 어긋나는지 간절하고 정중하게 주의시켰다. 긴카는 이에 대해 '감사의 한 마디'로만 일관했다고 하니, 가볍게 "주의시켜 줘서 고맙다"라고 가볍게 한 마디를 한 정도였을 것이다. 슌다이는 다시 『예기』의 경문을 인용하면서, '노老'를 자칭으로 쓰는 것이 얼마나 '중니仲尼를 따르는 자'에게 어울리지 않는지 타이르고 있다.

『훤원잡화蘐園雜話』에서 언급된 두 사람 간의 사건은 '회독할 때'의 '의논'에서 이기기 위한 일탈이었다는 측면이 있기는 하지만, 회독이 놀이의 일종이라는 일면을 보여주고 있다 할 수 있을 것이다. 한 걸음 더 나아가자면 놀이 중에서도 경쟁이라는 놀이라고 할 수 있지 않을까? 하위징아는 "놀이와 가장 긴밀하게 연결되어 있는 것이 이긴다는 개념이다. 단, 혼자 하는 놀이인 경우 놀이의 목표를 달성했다고 해서 이겼다고는 하지 않는다. 이 관념은 다른 사람을 상대하며 놀 때 처음 나타난다"[17]라고 말하며 경쟁과 놀이와의 관계를 논하고 있다.

하위징아의 놀이론을 놀이의 다양성을 강조함으로써 더욱 발전시킨 것이 로제 카이와Roger Caillois이다. 카이와에 의하면, 놀이의 주요 항목은 4가지로 구분된다고 한다.[18] 축구나 체스, 구슬놀이 등과 같은 아곤Agôn(경쟁), 룰렛이나 제비뽑기와 같은 아레아Alea(우연), 해적놀이를 하거나, 네로, 햄릿 등을 흉내내며 노는 미미크리Mimicry(모방) 회전이나 낙하 등 급격한 운동을 통해 스스로를 혼란스럽고 낭패스러운 유기적 상태에 빠뜨리는 일링크스Ilinx(현기증)가 그것이다. 회독은 이 중에 경쟁이라는 형태를 띤 놀이인 아곤에 해당된다. 유아마 조잔의 『문회잡기文會雜記』에서 전하는 겐엔파의 회독은 실로 아곤의 장이었다고 할 수 있다.

> (井上) 子蘭은 고집이 센 사람이다. 글을 곧잘 읽고 해석했다. 『세설世說』을 읽는 모임에서, 슌다이와 늘 경쟁하였는데, 슌다이조차도 크게 경탄했다고 한다.

---

17 Johan Huizinga, 高橋英夫 譯, 『호모 루덴스』, 中公文庫, 1973.
18 Roger Caillois, 清水幾太郎・霧生和夫 譯, 『遊びと人間』, 巖波書店, 1970.

회독은 실로 '경쟁하는' 승부의 장이었다.

> 소라이의 집에서 모임을 가질 때, 뭇 사람들이 의심 가는 바를 질문할 때 어떻게 답해야 할지 아직 정해진 바가 없으면, 난카쿠南郭[19]의 견해를 따랐다. 언제나 뭇 사람들보다 앞서가는 바가 있었다.

카이와에 의하면, "경쟁이란 승자의 승리가 분명하며 그 승리에 누구도 불만을 제기할 수 없을 정도의 가치를 지니는 이상적인 조건하에서 경쟁자들이 다투며, 인위적으로 공평하게 기회가 설정되는 투쟁이다"라고 한다. 여기에서는, "그 분야에서는 자신이 우월하다는 것을 다른 사람으로부터 인정받으려는 욕망"이 원동력이 된다. 회독에서는, 핫토리 난카쿠服部南郭가 '뭇 사람들'보다 우월하며 다른 참가자들로부터 그 우수성을 인정받았던 것처럼 자신도 그렇게 되고 싶다고 바라기 때문에 공부를 하게 되었던 것이다.

혹시 소라이의 회독이 아곤이었다고 한다면, 앞에서 살펴본 슌다이의 '시시엔규조'는 아곤이라는 놀이에서 "공평한 기회"를 인위적으로 설정하기 위한 시도였다고 할 수 있을 것이다. 하위징아가 "모든 경기의 시작에는 놀이가 있다. 즉 제한적인 공간, 시간 속에서 특정 규칙, 형식에 따라 긴장을 해결하기 위해 일상생활의 흐름 바깥에 있는 것을 만들고자 하는 협정이다"[20]라고 논하고, 카이와가 "놀이를 문화적 색채가 풍부한 도구로 바꾸는 결정적인 요소는 규칙이다"[21]라고 논하고 있는 것처

19 【역주】 핫토리 난카쿠服部南郭를 가리킨다.
20 Johan Huizinga, 高橋英夫 譯, 『호모 루덴스』, 中公文庫, 1973.

럼, 놀이에는 규칙, 룰이 없으면 안 된다. 특히 아곤(= 경쟁)으로서의 놀이에서는, 참가자가 정해진 규칙을 따름으로써 처음으로 "같은 출발점에서 시작한다는 기회의 평등"[22]이 설정된다. 경쟁이 시작하기 전부터 참가자들 중 누군가가 유리한 위치에 선다면 경쟁은 성립되지 않기 때문이다. 이 때문에, "격이 다른 플레이어들 간에는 핸디캡을 두어야 한다. 즉, 최초로 설정된 기회의 평등이라는 틀 내에서, 참가자의 상대적인 능력이라 볼 수 있는 요소에 비례하여 불평등을 만드는 것이다."[23]

룰과 이차원 공간

사실 진사이의 도시카이나 소라이학파의 회독에는 명확한 '회약'이 있었다. 진사이에 의하면, 앞에서 본 것과 같은 '여택麗澤의 득'이 있다 하여 벗과 강습하려 해도, "길이 멀고, 눈과 비가 방해하여", 혹은 "이런 저런 세상 일이 있어" 모이기가 어렵다. 때문에 '회약을 두어' 정례화 했다(『古學先生文集』 卷6, 同志會籍申約). 또한 진사이의 도시카이에서는 '선성先聖, 선사先師의 위전位前'에 무릎을 꿇고 배례하며 '회약'을 읽었다고 한다. 이와 같은 장엄한 행위는 "일상생활의 흐름 바깥 속에 있는 것을 만들어내려는"(하위징아) 시도였다고 할 수 있을 것이다. 이 때문에 '강론할 때' 다음과 같은 사항이 금지되었다. 웃으며 담소를 나누는 것, 다

21 Roger Caillois, 清水幾太郎・霧生和夫 譯, 『遊びと人間』, 巖波書店, 1970.
22 위의 책.
23 위의 책.

른 사람이 보고 듣는 데 소란스럽게 하는 것, 큰 부채를 휘저어 좌중을 소란스럽게 하는 것, 여기에 "세속적인 이해, 가문의 장단長短 및 부귀함, 먹고 마시는 것, 혹은 복장服章에 관한 이야기"는 가장 엄히 경계해야 할 것이라고 치부되었다.

"선성先聖, 선사先師의 위전"에 대한 배례는, '세속'의 이해, 혹은 '세속'에 대한 관심으로부터 분리된 이차적인 공간을 만들어내기 위한 의식이었다고 할 수 있을 것이다. 진사이를 위시한 동지들은 이를 진지하고 장엄하게 행했으나, 제3자의 입장에서 보면 매우 불가사의한 광경이었을 것이다. 공자 등 다른 나라 사람을 존숭하며, 『논어』는 "지극히 가장 뛰어난 우주 제일의 책"이라고 평가하는 진사이와 그 동료들의 행위는 주변 사람에게는 매우 이상한 일이었을 것이다.

진사이에게 신성함과 경쟁은 동전의 앞뒷면 같은 것이었으나, 소라이의 경우 신성함이라는 측면은 사라져 버리고 놀이의 본질이 좀 더 분명히 드러난다. 슌다이의 '시시엔규조'에서 도시카이에서 행하는 "선성先聖, 선사先師의 위전"에 대한 배례와 같은 의식은 없으나, 윤번제, '존비와 선, 후배 관계'에 구애받지 않고 질문을 적극적으로 던지는 점, '일상적인 이야기', '사적인 말'을 차단하고 있다. 이러한 규칙(룰)을 정함으로써, '일상적인 이야기', '사적인 말'이 오가는 일상 세계와 시간적, 공간적으로 다른 놀이 = 경쟁의 공간을 의식적으로 만들어내려 했다고 말할 수 있을 것이다. 도시카이에서 "세속적인 이해, 가문의 장단長短 및 부귀함, 먹고 마시는 것, 혹은 복장服章에 관한 이야기"를 금한 진사이 또한 마찬가지다.

회합寄り合い과 회독

회독이 놀이로서의 성격을 지니고 있다고 한다면, 회합에서 오가는 말과의 차이도 분명해질 것이다. 민속학자 미야모토 조이치宮本常一는 『잊혀진 일본인忘れられた日本人』에서, 무라村의 회합이 어떠했는지 전하고 있다. 미야모토는 쓰시마의 집락에서 고문서를 발견해 그것을 차용하고자 할 때 그 허가 여부가 무라의 회합에서 여러 의제들 중 하나로 선택되어 그 찬부를 투표에 부치게 되었다. 회합에서는 하나의 안건에 대해 자신들이 보고 들어 알고 있는 사례들이 이야기되며, 도중에 다른 화제를 섞으면서 출석자들이 느긋하게 서로 이야기한 뒤 주최자가 결론을 내 참가자 전원이 찬동하여 가부를 결정했다. 미야모토는 말한다.

> 이러한 장에서의 대화는 오늘날처럼 논리적인 대화라는 측면에서 접근해서는 수습하기 어려운 경우가 많았을 것이라 상상된다. 이런 곳에서는 비유, 즉 자신들이 체험한 것에 기대어 이야기하는 것이 다른 사람이 이해하기도 쉬우며, 말하기도 쉬웠을 것이 틀림없다. 그리고 대화 중에 달아오른 분위기를 식힐 시간을 두며, 반대 의견이 나오면 그대로 놔두고, 그 뒤에 찬성 의견이 나오면 그것도 그대로 두어 문제에 대해 모두가 함께 생각해 마지막에 최고 책임자가 결정을 내리게 한다. 이런 방법이라면 좁은 무라 안에서 매일 얼굴을 마주한다 하더라도 서로 기분 나쁠 일은 적을 것이다. 또한 동시에 회합이라는 것에 권위가 있었다는 것을 잘 알 수 있다. (『忘れられた日本人』(未來社, 1960), 巖波文庫, 1964)

회합을 할 경우 좁은 무라 안에서 참가자 각자의 생각이나 이해가 복잡하게 얽히게 되므로, 참가자 전원이 몇 가지 화제에 대해 이야기하면서 납득할 때까지 서로 의견을 주고받는 형식이 사용되었다. 이러한 방식은 "무라의 구성원 모두가 소외감을 느끼지 않도록 하기 위한 배려"였으며, "모든 사람이 그 구성원으로서 안주할 수 있도록 계획된", "공동체적 평형감각이라 부를 수 있는 의식, 무의식적, 배려"[24]가 작동하고 있다고 해도 좋을 것이다. 이와 같은 1950년대 무라의 회합은 미야모토에 의하면 "최근에 시작된 것이 아니다. 무라의 회합에 대한 기록들 중 오래된 것은 약 200여 년된 것도 있다"고 하므로, 이와 대비하여 에도 시대의 회독을 대비해 봐도 좋을 것이다.

무라의 회합과 비교하자면, 회독은 경제적 이해를 바탕으로 하지 않은 학문의 세계에서 이루어진 것이므로 순수하게 '논리를 세우는' 토론이 가능했다고 할 수 있다. 회독에서는 의도적으로 "세속적인 이해, 가문의 장단長短 및 부귀함, 먹고 마시는 것, 혹은 복장服章에 관한 이야기"를 금지하였으며, 일상생활과 차단되어 있었기 때문에 "자신들이 체험한 것에 기대어 이야기할" 필요도 없었으며, 반대 의견을 내고 토론하는 등 대결을 회피하는 일도 없었다. 오히려 부끄러워하며 의견을 내지 않는 것이 비난받았다. 또한 회독의 장은 시간과 공간을 제한하고 있었기 때문에, 결론이 날 때까지 몇 시간, 혹은 며칠 동안 느긋하게 이야기하는 일도 없었다. 이것만 보더라도 회합과의 차이는 명백하다.

이러한 차이 이상으로, 회합이 촌락 공동체 구성원들 간의 이야기였

---

24 取正男, 『日本的思考の原型』, 平凡社ライブラリー, 1995.

다는 것에 반해, 회독은 자발적이고 임의적인 결사 내에서 이루어진 토론이었다는 점은 중요하다. 회합의 참가자는 무라로부터 빠져나가는 것이 불가능하나, 회독의 경우에는 그만두는 것이 가능했다. 진사이의 호리카와주쿠堀川塾, 古義堂에서도, 소라이의 겐엔주쿠蘐園塾에서도, 싫다면 가지 않을 자유도 있었다. 그러나 지연, 혈연으로 복잡하게 얽힌 무라에서는 그렇게는 할 수 없다. 이러한 점만 보더라도 회독과 회합의 차이는 명확하다.

참고로 후쿠자와 유키치가 "일본에서는 옛날부터 세상의 이치에 대해 사람들이 모여 이야기할 때, 그 이야기에 체재體裁가 없어 좌우간에 정리가 되지 않는다"고 비판하며 『회의변』을 저술했을 때, 변혁해야 한다고 상정했던 것이 무라의 회합이었다. 이것은 '집회를 여는 수순'의 구체적인 의제로서 예로 들고 있는 것이, 무라의 도로 보수普請였다는 점에서 명백하다. 후쿠자와는 "쓸데없이 시일을 소비해 비용을 까먹으니, 이 때문에 이뤄야 할 일도 이루지 못하는 경우가 많은" 무라의 회합을, 일정한 수순에 따라 동의, 반대하는 의결을 거쳐 정해진 시간 내에 순서에 따라 진행시키는 '회의'로 바꿔야 한다고 주장했다. 앞에서 본 것처럼, 후쿠자와가 토론이나 연설이 없다고 한탄한 것은 무라의 회합밖에 경험해보지 못한 사람들을 의식한 것이었다. 그러나 후쿠자와가 말한 '의논의 본위'(『文明論の概略』 巻1), 즉 누구를 향해, 어떠한 목적으로 토론이 진행되는가를 분명히 하지 않으면, 에도 시대의 사람들 사이에 '토론' 같은 것은 없었다고 안이하게 논할 수는 없다.

제3장

난학蘭學과 국학國學

1. 회독의 유행

히라도 번주藩主 마쓰라 세이잔松浦靜山의 수필 『갑자야화甲子夜話』에는 그가 보고 들은 흥미로운 일화나 사건이 다수 기록되어 있다. 그중에 18세기 중반 호레키寶曆 연간(1751~64), 주자학자 나카무라 란린中村蘭林이 막부의 오쿠유샤奧儒者[1]였을 때, 에도 성내에는 누구 한 사람 경례하는 자도 없었으며, 당직을 서게 되면 젊은 고난도슈小納戶衆[2]들로부터 "공자의 부인은 그 용모가 아름다운가 추한가?"와 같은 질문을 받는 등 조롱을 당했다고 한다(卷4). 또한 엄한 검약령儉約令이 내려졌던 메이

1 【역주】 에도 시대 쇼군將軍의 시코侍講를 맡았던 직책.
2 【역주】 고난도小納戶란 쇼군의 신변 잡무를 맡는 직책의 하나.

와明和, 안에이安永 연간(1764~81)에도 막부의 사쿠지부교作事奉行[3]로부터 "쇼헤이의 성당은 가장 쓸데없는 건물이니 마땅히 부숴야 한다"고 건의하니, 와카도시요리若年寄[4] 미즈노 다다토모水野忠友가 이를 듣고 쇼군 도쿠가와 이에하루德川家治에게 보고하라고 도리쓰기슈取次衆[5]에게 전했는데, 도리쓰기슈는 성당이 무엇인지 알지 못하여 오쿠유히쓰구미가시라奧右筆組頭[6] 오마에 마고베에大前孫兵衛에게 "성당에 안치되어 있는 것은 신神인가 부처인가?"라고 물었다고 한다. 그러자 그는 "본존은 공자라고 합니다"라고 답했다. 도리쓰기슈가 "그 공자라는 자는 누구인가?"라고 물었더니 오마에는 "논어 같은 책에 나오는 사람이라고 알고 있습니다"고 답했다. 그러자 도리쓰기슈는 그제야 고개를 끄덕이며, "아, 이제야 알겠군, 그래서 성당을 무너뜨리겠다는 이야기를 듣고 하야시林 대학두大學頭가 외국(중국)에 나쁜 소문이 일 것이라고 말했구나"라고 말해, 성당을 무너뜨리는 일은 보류되었다고 한다(卷4). 세이잔은 "이런 시절도 있었다니 놀랍다"고 적고 있기는 하지만, 18세기 중엽 막부 야쿠닌役人들의 유학에 대한 인식이 어느 정도였는지를 우선 확인해 두고자 한다. 지금부터 언급할 회독의 유행은 유학이 광범위하게 퍼져 있었기 때문에 일어난 것이 아니라, 역으로 그렇지 않았기 때문에 발생했던 현상이었기 때문이다.

---

3 【역주】 막부 및 제 번藩의 역직으로 주로 토목공사와 관련된 일을 맡았다.

4 【역주】 막부의 최고 역직役職인 로주老中 다음가는 직책으로 막부의 정책 전반에 관여했던 직책.

5 【역주】 도리쓰기取次란 원래 양자 간을 중개한다는 뜻이며 여기에서는 막부의 가신들과 쇼군 사이에서 연락을 담당했던 인물들을 가리킴.

6 【역주】 오쿠유히쓰奧右筆란 쇼군과 관련된 문서의 작성, 관리를 맡았던 사람을 가리키며 구미카시라는 그들을 관리하는 장長을 말한다.

에도, 가미가타上方[7]에서의 유행과 지방으로의 보급

소라이학이 일세를 풍미해 "세상 사람들이 그 말을 기꺼이 배우는데 실로 미친 듯했던"(那波魯堂, 『學問源流』, 安永 5년) 18세기 중반의 사상계, 문학계에서는 회독이 에도, 가미가타에서 유행했다. 당시 "강講하는 것을 가볍게 여기고 이를 대신해 회독이라는 것을 한다"고 겐엔파의 회독을 야유한 절충학자折衷學者[8] 이노우에 긴가井上金蛾의 『병간장어病間長語』나, "소라이학을 하는 자의 상투는 금붕어 같고, 몸은 대구포棒鱈 같다. 양춘백설陽春白雪[9]을 가지고 콧노래를 부르고, 술독과 기녀를 끼고 회독을 하며, 족하足下라고 부르면 불녕不佞이라고 답한다. 문집을 내 享保先生과 어깨를 나란히 하려 한다"(『寢惚先生文集』 卷2, 水懸論, 明和 4年)고 하며 겐엔파를 비웃은 오타 난포大田南畝를 통해서도 이를 알 수 있다(不佞과 足下에 주목하라). 이와 같이 소라이파를 희롱하는 글들은 에도에서 회독이 유행했음을 시사한다. 이 시기 풍속을 전하고 있는 『요시노조시よしの冊子』(~由라고 문장이 끝나므로, 『よしの冊子』라는 제목이 붙었다)에는

> 요즘 세상에 책을 읽는 일이 많으며 한비자 같은 글을 회독하는 일이 유행했습니다. 하라다세이에몬原田清右衛門 같은 자는 한 글자도 읽지 못하는데 한비자의 회독을 시작하기로 했습니다. 이외에도 위와 같은 바보들이 있었습니

---

7 【역주】 오늘날의 오사카, 교토 지역을 가리킨다.

8 【역주】 절충학折衷學이란 이름 그대로 고학古學과 양명학陽明學, 주자학朱子學 등을 절충해 보다 온당한 학설을 찾으려 한 유학의 한 일파를 가리킨다.

9 【역주】 초楚에서 유행했던 고상한 가곡. 고상한 노래를 콧노래로 부르는 소라이 학파가 저속하다고 비꼰 것이다.

다. (『よしの冊子』 一, 天明 7年 御初年也).

라고 하여 문자도 읽지 못하는 '바보'도 『한비자』의 회독을 시작했다고 전하고 있다. 이와 같은 임시방편적인 공부가 유행하게 된 배경에는, 마쓰다이라 사다노부松平定信가 추진한 간세이寬政의 개혁 때 나타난 학문 장려 풍조가 있었을 것이다. 또한 오사카의 가쿠몬조學文所 가이토쿠도懷德堂의 주변에서도 후에 간세이 이학의 금異學の禁[10] 시기에 주도적인 역할을 수행한 비토 지슈尾藤二洲, 라이 슌스이賴春水, 고가 세이리古賀精里 등 젊은 주자학자들이 "풍속이 점점 천박해지는" 것을 개탄하여, "지금의 학문을 잠재우기 부족하다는 것을 깨닫고 함께 분연히 뜻을 모아 정학正學을 강講하는 것에 힘쓰기"(『正學指掌』) 위해, 주자학과 관계된 텍스트를 회독하고 있었다. 거기에서 그들은 함께 절차탁마했던 것이다.

志伊(尾藤二洲)는 지난번에도 서명西銘(宋나라 張橫渠 著)의 회독에 참가했는데, 그림이나 가나仮名를 쓰는 것에도 능하니, 실로 불세출의 인재다. (安永 7年 2月 9日付, 賴春水書狀).

회독은 에도, 오사카와 같은 대도시뿐만 아니라, 지방에도 보급되어 있었다. 분고豊後 구니사키國東[11]에서 독창적인 조리철학條理哲學[12]을 수

10 【역주】 마쓰다이라 사다노부松平定信가 1787~93년에 도쿠가와 막부德川幕府의 재정난과 도덕적 위기상황을 타개하기 위해 실시한 일련의 보수적인 조치인 간세이 개혁寬政改革의 하나로, 주자학 의외의 양명학·고학古學 등은 이학으로 금지당하였다. 이 책의 제4장 4절 참고.

11 【역주】 현재의 오이타현大分縣 동북부

12 【역주】 조리철학, 또는 조리학條理學은 자연 생성 운동의 법칙이나, 자연현상의 관찰을

립한 것으로 알려진 미우라 바이엔三浦梅園이 메이와明和 3년(1786) 정월에 만든 '숙제塾制'에도, 매월 1, 5일에는 회독을 하기로 정하고 있었다(『梅園全集』 卷下). 이 바이엔의 가르침을 받은 기쓰키성杵築城[13] 밑의 부상富商들은 실제로 『공자가어孔子家語』를 회독하고 있었다(「須磨屋源右衛門」書狀, 『梅園全集』 卷下).

이와 같은 회독의 전국적인 보급, 유행이라는 배경이 있었기 때문에 독서는 홀로 해야 하는가(獨看이라고 불렀다), 아니면 회독을 통해 다른 사람들과 함께 해야 하는가에 대한 의문이 제기되었다. 진사이나 소라이 등은 복수의 사람들과(벗이면 더욱 좋다) 함께 하는 공동독서를 추천하고 있는데, 정말로 그래도 좋은지 의문이 발생했던 것이다.

> 책을 읽는데 혼자 읽는 것이 좋은가, 다른 사람과 읽는, 세상에서는 소위 회독이라 하는 것이 좋은지 묻는 사람이 있었다. 내가 답하기를, 혼자 읽는 것이 좋다. 그렇지만 다른 사람과 회독하는 것이 좋을 때도 있다. 평소에 책을 읽을 때에는 혼자 읽는 것이 좋다. 그 이유는, 회독을 하려면 다른 사람의 집에 가든, 우리 집으로 다른 사람이 와 모이든, 쓸데없는 말과 잡담을 해 시간이 소비되므로 책을 읽는 것이 잘 되지 않는다. 그렇지만 문자의 같고 다름을 생각해, 잘못된 것을 진단해 고쳐 뜻을 파악하지 못했던 것을 이해하는 일 등에는, 회독도 도움이 되는 바가 크다. 즉 홀로 열심히 책을 읽고, 의심이 가는 바를 종이에 써 내 학문을 받아줄 사람에게 가져가 상세히 질문하는 것이 독서할 때 가장 중요한 것이다. 회독은 책을 읽어 깨달음을 얻은 뒤에 동지들과 약속

중점으로 한 미우라 바이엔의 사조를 가리킨다.

13 【역주】 현재의 오이타 현 기쓰키 시杵築市 부근이다.

해 날을 정해 학문을 하는 사람들과 모여 한 달에 6일, 혹은 8, 9일, 12일 등, 너무 많이 하는 것을 바라지 말고 열심히 노력하는 것이 좋다. 지금의 서생이란 자들은 스스로 책을 읽지 않고 회독을 통해 독서를 하려 한다는데 나는 아직도 그 말이 무슨 말인지 모르겠다. 어쨌든 독서 외에 학문을 하는 방법은 없다는 옛 말은 참으로 길고 멀게 느껴진다. 그렇지만 그 요결을 논하자면 한 마디에 지나지 않으니, 백편의 글을 읽으면 그 뜻은 자연히 통한다는 것이 그것이다. (『授業編』 卷2, 讀書第三則).

에무라 홋카이의 답은 "혼자 읽는 것이 좋다. 그렇지만 다른 사람과 회독하는 것이 좋을 때도 있다"는 것이었다. 회독은 "쓸데없는 말과 잡담을 해 시간이 소비되므로 책을 읽는 것"이 잘 되지 않기 때문이다. 진사이나 슌다이는 이러한 '쓸데없는 이야기나 잡담'을 금지하고 있으나, 실제로는 잘 되지 않았던 것 같다. 역으로 그렇기 때문에 다자이 슌다이는 명확히 이를 규칙으로 정했다고 할 수 있을 것이다. 이것이 카이와가 말하는 시간과 공간을 한정짓는 놀이로서의 회독이 성립하기 위한 절대적인 조건이었기 때문이다.

주목할 점은, "백편을 읽으면, 그 뜻이 자연스럽게 통한다"며 텍스트를 반복하여 숙독할 것을 권하는 홋카이에게는 특히 더 괴로운 일이겠지만, "스스로 책을 읽지 않고 회독을 통해 독서를 하려 하는" 자들이 나타나기 시작했다는 점이다. 이 와중에는 다케다 간지가 "민간에서 호학하는 사람들이 때때로 모여 '책 읽는 모임'을 할 때에는 '회독했다'고 말하게 되었다. 이 회독은 대개 소라이 학파에서 실시한 회독과 유사하며, 동료들 사이에 감정의 골이 있는 자들이 섞여 있으면 때때로 싸움도 발생했다"라고 지적한 것과 같은 사태도 발생했을 것이다. 이러한 현상이 발생하는 것은 회독하는 내용이 반드시 재미있었던 것은 아니었기 때문이라고 생각된다. 오히려 "동지들과 약속해 날을 정해" 모여, 토론하는 것 자체에 흥미를 느끼지 않았을까 생각된다. 회독에는 아곤(투쟁)으로서의 놀이라는 특징이 있었기 때문이다.

아곤agon과 루두스ludus

앞에서 살펴본 것처럼, 소라이 학파의 회독은 읽는 회독이었다. 읽는 회독은 난해한 책을 함께 읽는 것을 지향하고 있다. 뭇 사람들의 지혜를 모아 난해한 책을 함께 연구(공동 번역)하는 것이었다고 말할 수 있을지도 모르겠다. 이 점에 대해 『문회잡기文會雜記』에서는 소라이 학파에 속했던 시인 핫토리 난카쿠(1683~1759, 덴와天和 3년~호레키寶曆 9년)의 다음과 같은 말이 기록으로 남아있다.

> 난카쿠의 집에서 의례儀禮를 회독했다. 주注와 소疏까지 자세히 살펴보게 되었다. 이는 다른 곳에서는 없는 일로, 근래에 이 모임에서 시작하게 되었다. (…중략…) 이것도 회독을 할 때 함께 살펴보았다. 의례를 세세히 읽는다는 것은 실로 용을 죽이는屠龍 기술이기는 하지만, 옛 것을 좋아해 긴 시간을 들여 삼례(『의례』『주례』, 『예기』) 모두를 끝내야겠다고 생각하게 되었다. 또 가공언賈公彦(唐代의 유학자)의 소疏(『의례소儀禮疏』) 등을 살펴 그 필체가 조법에 맞지 않는 곳, 분명하지 않은 곳을 주자의 경전 통해를 통해 자세히 살펴

보았다. 이를 통해 주자의 학문이 매우 건실하다 생각하게 되었다. 후세의 이학가理學家 중에도 이를 따를 자가 없다. 임희일林希逸[14]이 저술한 『고공기해考工記解』도 있었는데 이도 함께 살펴봐야겠다고 생각하게 되었다. 또 명조明朝에 이르러 그 과거에 응시하여 글을 쓸 때 모두 주자의 주를 근거로 한 송학宋學에 의거하는데, 『예기』만큼은 정현鄭玄의 주를 사용했다. 옛 주注와 소疏만으로는 『예기』를 끝마칠 수 없다고 난카쿠는 말했다. (『文會雜記』 卷2 下)

'용을 죽이는 기술屠龍之技'이란 『장자莊子』에 나오는 말로(列禦寇), 세상에 쓸모가 없는 명기名技를 의미한다. 원래 『의례』는 관혼상제와 관련된 세세한 기술이므로, 유학의 경서 중에서도 난해한 책이다. 예기를 독해한다 하더라도 세상에는 아무런 도움도 되지 않는다. 그러나 "실로 용을 죽이는 기술이기는 하지만, 옛 것을 좋아하여" 『의례』에 주석을 다는 일을 시도했다고 한다. 이미 고주古注(鄭玄注, 賈公彦 疏)나 주자의 『의례경전통해儀禮經典通解』가 있기는 하지만, 명대明代의 과거에도 『예기』는 옛 주注를 사용했으므로 굳이 주석을 다는 일을 시도했다고 한다. 여기에서 『의례』가 난해한 텍스트이기 때문에, 또한 본가원조라 할 수 있는 중국에서조차 경원시되는 "다른 곳에서는 없는 일"이었기 때문에 이에 도전하려고 했던 그의 의욕 넘치는 태도를 알 수 있다.

『문회잡기文會雜記』에는 또한 『의례』를 회독할 때 인형을 사용했다고 기록하고 있다(卷1 上). 책에 기록된 내용만으로는 의례가 어떻게 진행되었는지 구체적인 이미지를 그려내기가 어렵다. 때문에 의례 장면을

14 【역주】 송대宋代의 이학자理學者. 주요 저서로 『考工記解』 등이 있다.

인형을 사용해 재현하여, 서는 위치나 걷는 순서 등을 검증했을 것이다. 다 큰 어른들이 인형을 둘러싸고 『의례』에는 이렇게 쓰여 있으니 이런 식으로 움직였을 것이다, 그게 아니라 여기에선 이렇게 움직였을 것이다, 라며 기탄없이 토론하는 모습은 매우 이상하고 웃음 짓게 하는 광경이었을 것이다.

『의례』와 같이 읽기 어려운 경서에 도전하는 회독은 앞서 서술한 것처럼 누가 가장 잘 책을 잘 읽는지 서로 겨루는 경쟁의 놀이(아곤)의 장이었으며, 카이와가 말하는 루두스가 아니었나 생각된다. 루두스란 아곤을 비롯한 네 가지 놀이의 기본범주[15]와는 다른 차원의 범주다. 루두스란 "일부러 만들어내 멋대로 정한 곤란함—즉, 그것을 넘어섰다는 사실이 그것을 해결했다는 내적 만족 이외에 어떤 이득도 수반하지 않는 곤란함—을 해결하는 기쁨"[16]을 수반하는 놀이다. 회독은 경제적인 이해를 수반하지 않으며, 그러한 의미에서 순수한 놀이다. 또한 타자와의 경쟁과는 다른 형태의 장해와 싸우는 장이다. 그 장해란 어려운 책 그 자체다. 그 장해를 넘어서 난해한 책을 읽어내는 기쁨이 독서 = 학문을 촉진하는 것이다. 카이와는 "크로스워드 퍼즐, 수학 퍼즐, 애너그램, 각종 자운시字韻詩, 리들Riddle, 謎詩,[17] 추리소설에 적극적으로 도전하는 것" 등을 "루두스의 가장 보편적이고 순수한 제 형태다"[18]라고 말하고 있는데, '용을 죽이는 기술'이라 할 수 있는 『의례』의 해독은 루

15 【역주】 카이와는 규칙성의 유무에 따라 paidia와 ludus를 구분하고, 놀이의 속성에 따라 agon경쟁놀이, alea우연놀이, mimicry역할놀이, illinx현기증으로 구분한다.

16 Roger Caillois, 清水幾太郎・霧生和夫 譯, 『遊びと人間』, 巖波書店, 1970.

17 【역주】 여기서 말하는 리들Riddle이란 단순한 수수께끼가 아니라 의미가 불분명한 옛 영시英詩들을 가리킨다.

18 Roger Caillois, 清水幾太郎・霧生和夫 譯, 『遊びと人間』, 巖波書店, 1970.

두스의 순수한 형태였다고 할 수 있을 것이다.

실제로 읽는 회독은 루두스였다. 루두스와 아곤은 깊은 관계가 있으며, "같은 놀이가 때로는 아곤으로서, 때로는 루두스로서 나타나는 경우도 있기 때문"이다.[19] "사람은 놀이를 하며 자신에 대한 경쟁심을 불태우며, 그것에 익숙해져 있는 과정을 알아가면서 같은 취미를 가진 다른 사람들에게 긍지를 가질 수 있게 되기"[20] 때문이다. 역설적이기는 하지만, 당시가 에도 시대였기 때문에 학문은 순수한 놀이로서 존재할 수 있었다. 입신과 출세와 상관이 없었기 때문에 "자신을 위해 하는" 학문이 가능했으며, 책을 퍼즐처럼 풀어나가는 회독이 놀이로서 존재할 수 있었다.

그렇다면 구체적으로 읽는 회독은 소라이 학파 이후에 어떻게 발전했을까? 구분하자면 크게 두 가지 방향성이 있었다고 생각된다. 하나는 난학蘭學, 또 하나는 국학國學이다. 이 두 가지 학문은 문헌실증주의라는 점에서는 공통점이 있지만, 전자가 네덜란드어 원서를 회독했던 것에 비해, 후자는 『고사기古事記』, 『일본서기日本書記』, 『만엽집萬葉集』 등 고대 일본의 텍스트를 회독했다는 점에서 달랐으며, 텍스트에 대한 태도, 입장에도 차이가 있었다. 난학의 경우, 소라이가 "새가 울고 짐승이 울부짖는 것 같아 사람의 모습과는 거리가 먼 부분이 있다"고 말한 것에서도 알 수 있듯이, "이해하기 어려운 말"(『譯文筌蹄初編』 卷首)인 네덜란드어에 도전하여 번역하는 것을 목적으로 하고 있다. 난학자들은, 소라이가 먼저 시작했던, 외국 서적 번역을 위한 독서회를 열어 보다 어려운 책에 도

19 위의 책.
20 위의 책.

전했다. 이에 비해 국학의 경우, 고대 일본 텍스트의 해독, 예를 들면 한자로 쓰인 『고사기』를 야마토고토바大和言葉로 번역하는 모토오리 노리나가의 『고사기전古事記傳』과 같은 시도가 난해한 작업이었다는 점은 틀림없으나, 국학자들은 단순히 이에 그치지 않고 일본 고대 텍스트들에 분명히 드러난 고대 일본 사람들의 생활 방식을 배우고, 그것을 따라해 그로부터 자신이 어떻게 살아야 할지를 배우려 했다. 이와 같은 양자의 사상 내용을 분석하는 것은 실로 흥미 있는 일이지만,[21] 여기에서는 난학과 국학을 공부하는 학자들이 공통적으로 행했던 회독을 중심으로 살펴보도록 하겠다.

2. 곤란한 공동번역—난학의 회독

난학은 마에노 료타쿠前野良澤(1723~1803, 교호享保 8년~교와享和 3년)와 스기타 겐파쿠杉田玄白(1733~1817, 교호享保 18년~분카文化 14년)의 『해체신서解體新書』를 출발점으로 하고 있다. 물론 아라이 하쿠세키나 아오키 곤요青木昆陽도 무시할 수 없으나, 료타쿠나 겐파쿠의 동지들이 네덜란드 서적에 도전해 이를 번역, 간행한 『해체신서解體新書』가 새로운 시대를 열었다는 점은 틀림없다.

21 前田勉, 『兵學と朱子學・蘭學・國學』, 平凡社選書, 2006 참조.

'フルヘッヘンド'를 넘어서다

번역을 하게 된 계기가 되었던 것은 에도의 고즈카하라子塚原 형장에서 시체를 해부하여 구분할 때였다. 형장에서 그들은 눈앞의 실물과 비교하여 『타펠 아나토미아*Anatomische Tabellen*』, 독일인 쿨무스Johann Adam Kulmus의 『해부학표解剖學表』 제3판(1732)을 네덜란드인 딕슨Gerard Dicten이 네덜란드어로 번역한 책(1743)에 실린 동판화의 정확함, 정밀함에 놀랐다. 그들은 돌아가는 도중에 번역할 생각을 품게 되어, 다음날 마에노 료타쿠의 집에 모여 『타펠 아나토미아』의 번역을 시작했다. 그러나 이 시점에서 료타쿠 이외에 네덜란드어를 접했던 사람은 없었다. 겐파쿠 일행은 알파벳조차 몰랐다. 그 말도 안되는 모험심에 놀랄 따름이다. 스기타 겐파쿠의 다음과 같은 생각은 충분히 상상의 여지가 있다.

> 그 타펠 아나토미아란 책을 접했는데, 실로 노와 키가 없는 배를 타고 바다에 나간 것 같으니, 멍하니 의지할 곳 없이 다만 질린 채 있을 뿐이었다. (『蘭學事始』 卷上)

번역에 착수한 메이와 8년(1771) 3월 5부터 번역을 완성하는 안에이 3년(1774) 8월까지 그들은 료타쿠의 집에 정기적으로 모였다. 겐파쿠는 이를 '회업會業' 즉, 회독이라고 부르고 있다.

> 이와 같은 생각으로 한 달에 6, 7회 모여 노력하여 정력을 쏟아 부으며 온갖 고생을 했다. 정해진 날을 거르는 일 없이 각자 모여 회의하며 함께 책을 읽는

데, 실로 깨우친 자는 그 도리를 깨달아, 대략 1년이 지나면 번역할 수 있게 된 단어도 점점 늘어났으며, 자연히 (그) 나라의 사태도 이해하게 되었는데, 나중에는 장구章句가 적은 부분은 하루에 10행, 혹은 그 이상도 별 고생하는 일 없이 이해할 수 있게 되었다. (『蘭學事始』 卷上)

혼자서는 독해할 수 없는 책을 "같은 취미를 가진 사람들이 더해지고 모여들어"(『蘭學事始』 卷下) 함께 연구하는 회업은, 크로스워드 퍼즐이나 수학 퍼즐을 푸는 것과 같은 '루두스'의 '가장 순수한 제 형태'라고 할 수 있을 것이다. 여기에는 정해진 스승이 없다. 료타쿠에게 약간 네덜란드어 지식이 있었기는 했지만, 충분하지는 않았다. 대등한 관계에서 각자가 의견을 내 토론하면서 퍼즐을 풀 듯 번역을 진행했다. 그런 와중에 한 단어의 번역을 해냈을 때의 기쁨은 어떤 보물과도 바꿀 수 없었다고 겐파쿠는 말한다.

어느 날 코를 설명하는 부분을 번역하는데, フルヘッヘンド한 것이라는 단어에 이르러 그 뜻을 알지 못했다. 이게 무슨 뜻인지 함께 생각하였으나 어찌해 볼 도리가 없었다. 그때에는 ウヲーデンブック(釋辭典)이 없었다. 얼마 뒤 나가사키로부터 료타쿠가 간략한 소책자를 구해 돌아와 그것을 뒤져보았는데, フルヘッヘンド를 설명하는데 나뭇가지를 자르면 그 흔적이 フルヘッヘンド하다고 하며, 또 정원을 청소하면 진토가 フルヘッヘンド하다라고 쓰여 있었다. 이것은 또 무슨 의미인지 생각하며 억지로 갖다 붙이려 했으나 그 뜻을 판별하지 못했다. 이때, 翁(겐파쿠)가 생각건대, 나뭇가지를 자른 부분이 다시 자라나면 볼록이 솟아나오며, 또한 청소를 해 진토가 모이면 이것도 볼록해진다. 코는 얼굴에 있으면서 솟아올라 있으니, フルヘッヘンド란 堆(ウヅタカシ)란 뜻이다. 즉 이 말은 솟아 있다고 번역하면 어떤가라고 말하니, 각자 이를 듣고 그럴듯하다 말하며 솟아 있다고 번역하면 맞을 것 같다 결정했다. 이때의 기쁨이란 따로 비유할 바가 없었으니 실로 연성옥連城玉[22]을 얻은 듯 하였다. (『蘭學事始』 卷上).

실로 이것은 카이와가 말하는 곤란을 해결하는 기쁨, 즉 루두스였다.

아직 신서新書를 졸업하기 이전에 이와 같이 약 3년 동안 공부해 점차 그 사체事體를 이해할 수 있게 되니, 마치 사탕수수를 깨무는 것과 같은 감미로움에 젖어들었으며 이로서 천고의 잘못됨도 풀렸는데, 그 이치를 분명히 깨닫는 것이 즐거워 회독을 하는 날의 전날 밤에는 날이 밝는 것을 기다리지 못했으니, 마치 아녀자들이 축제를 보러 가는 것과 같은 기분이었다. (『蘭學事始』 卷下)

회독을 하는 날에는, 전날부터 밤이 밝아오는 것을 기다리지 못해 "마치 아이와 부녀자들이 축제를 보러 가는 것과 같은 기분"이 들었다. 이와 같이 즐겁게 회독하는 모임에서 활동할 수 있다면 얼마나 행복했겠는가?

『해체신서解體新書』의 번역을 계기로 앞에서 살펴본 소라이徂徠의 회독을 다시 한 번 생각해 볼 수도 있을 것이다. 소라이에게 육경이라는 텍스트는 네덜란드어 서적 『타펠 아나토미아』와 마찬가지로 미지의 세계였다. 한자밖에 없는 무점無点 텍스트는 알파벳이 나열된 텍스트와 마찬

22 【역주】 연성옥은 연성連城의 보배란 뜻으로, 연성벽連城璧이라고도 한다. 여러 성과 맞바꿀 만한 가치를 지닌 진귀한 옥이란 뜻으로 화씨벽和氏璧을 달리 부른 말.

가지로 우리들의 앞에 '물物'로서 존재한다. 이는 우리들의 자의나 해석을 거부하는 '물物'로서, 타자로서 존재한다. 그런데 중국어가 아니라, 가에리텐이나 오쿠리가나를 붙인 '화훈회환和訓廻環'(『譯文筌蹄初編』 卷首), 즉 한문 훈독으로 읽는다면 이와 같은 텍스트의 타자성을 인식할 수 없다. 소라이가 비판한 것은 이와 같은 텍스트의 타자성을 자각하지 못하는 것이었다. 『타펠 아나토미아』를 알파벳을 따라 읽는다 하더라도 이는 음성에 불과하며 그 의미는 전혀 알 수 없다. 네덜란드어로 읽는다면 누구라도 알 수 있는 사실이 한문에는 훈독이라는 기술이 있기 때문에 감춰져 버리는 것이다.

그러나 『해체신서解體新書』를 번역함에 있어 한문 텍스트와 달리 텍스트의 타자성 = '물物'이라는 성격이 분명해졌다 하더라도, 한문 훈독의 기술이 번역을 하는데 전혀 도움이 되지 않았던 것은 아니다. 그들은 구문歐文을 훈독할 때 어순을 바꿔 번역했기 때문이다. 훈독법은 번역기술이라는 측면에서는 그들에게 유익했다. 난학자들은 여러 분야의 네덜란드어 서적을 번역했다. 의학, 천문학, 물리학, 화학 등의 자연과학, 측량술, 포술砲術 등의 제 기술, 서양사, 세계지리 등의 분야의 서적을 번역하고 있었다.

난학자들의 회독 작법

겐파쿠와 그의 동지들은 『해체신서解體新書』 간행 후에도 회독을 했다. 예를 들면 겐파쿠는 자신의 반생을 회상한 『형영야화形影夜話』(1802

년 완성)에서 "그 후 소년들과 외과정종外科正宗[23]을 회독하였는데, 실험이 착실한 부분도 많았다"고 기술하고 있다. 회독은 난학자들의 기본적인 독서, 학습방법으로 자리 잡았던 것이다. 몇 가지를 소개해 보자면, 난학 제2세대라 할 수 있는 오쓰키 겐타쿠大槻玄澤(1757~1827, 호레키寶曆 7년~분세이文政 10년)는 나가사키에서 유학하는 도중에 회독을 하고 있었다. 겐타쿠가 나가사키에서 유학한 목적 중 하나는 하이스테리Lavrentii Heisteri의 외과 서적을 번역하기 위해 필요한 네덜란드어를 습득하기 위함이었는데, 나가사키에서는 아란타통사阿蘭陀通詞 모토기 요시나가本木良永와 함께 회독을 하고 있었다. 또한 겐타쿠가 열었던 에도의 난학주쿠蘭學塾 시란도芝蘭堂에서도 "옹玄澤, 30년이 지나 지금은 노경老境에 접어들었음에도 본업을 하는 것 이외에 매월 회업(회독)하는 날을 정해"(『蘭譯梯航』 卷上) 겐타쿠는 제자들과 회독을 하고 있었다. 오사카의 오가타 고안(1810~63, 분카文化 7년~분큐文久 3년)의 데키주쿠에서 행했던 회독은 앞에서 살펴본 바와 같다. 또한 도시의 난학자뿐만 아니라, 지방의 소위 재촌 난학자들도 회독을 하고 있었다. 예를 들면 히타치노쿠니常陸國 고가와무라小川村의 의사 혼마 겐타쿠本間玄琢 등은 무라의 의사들이 의서를 회독해 의료 수술 방법을 연수하기 위한 향교를 지어줄 것을 미토 번에 건의하여, 분카 원년(1804)에 게이이칸稽醫館이 설립되었다. 게이이칸의 정례 집회일은 매월 5일과 20일이었으며, 텍스트로 사용할 의서 등은 근처의 부호들로부터 기부 받았다고 한다.[24] 이와 같이 난학사추에서 회독은 상례화 되어 있었다.

---

23 【역주】 명明의 저명한 의술가 진실공陳實功이 저술한 의학 서적.

24 青木歲幸, 『在村蘭學の硏究』, 思文閣出版, 1998.

난학샤추에서 회독이 상례화 되어 있었기 때문에 역으로 그 어려움을 잘 알 수 있었다고 생각된다. 난학의 제3세대(마에노 료타쿠, 스기타 겐파쿠가 1세대, 오쓰키 겐타쿠가 2세대)인 아오치 린소青地林宗(1775~1833, 안에이安永 4년~덴포天保 4년)의 '도시카이同志會'의 규약이 이를 보여주고 있다. 린소는 덴포 2년(1831) 11월에 난학 동호인들을 모아 네덜란드어 번역어에 대해 토의하기 위한 도시카이를 결성하여 규약을 정했다.[25] 조금 길기는 하지만, 흥미로운 자료이므로 인용해 보도록 하겠다.

> 요즘 태서泰西의 의서가 우리나라에 전해지고 있는데, 그 양이 대단히 많다. 한 사람의 힘으로 번역할 것을 정해 망라한다면, 쉽게 이룰 수가 없다. 또한 각자 번역을 한다면, 편집偏執되어 스스로에 갇혀 버리는 폐단으로부터 벗어나기 어렵다. 이러한 이유로 동지들이 서로 약속하여 함께 번역을 한다면, 번역이 진행되는 것이 보다 빠를 것이다. 이 모임은 번역을 목적으로 한다. 번역을 할 때에는 세심하게 심사하고 검토할 것이 요구된다. 혹시 뜻이 의심되어 해석하기 어려운 부분이 있다면, 모임에서 서로 상의하여 반드시 마땅하다는 합의를 얻어야 하며, 이러한 일로 서로 유감스러워 해서는 안 된다. 혹시 거짓되거나 잘못된 부분이 있다면, 즉시 모두 함께 지적하여 이를 용서해서는 안 된다. 무릇 번역이란 그 내용이 많더라도 일일이 준비하여 자세히 밝혀내는 것을 모범으로 삼아야 하며, 뭇 사람들의 평론을 듣고 정해야 한다. 즉 저자와 역자, 교정하는 자를 거쳐 그 잘못된 부분이 고쳐져 책 한 권이 완성되는 것이다. 저술할 때 약명藥名과 술어術語는 선배가 먼저 정해놨을 경우 계속 이를 사용하며,

25 池田逞, 『青地林宗の世界』, 愛媛縣文化振興財團, 1998.

의논해야 할 부분은 모임에서 이를 논해 옳은 것에 따른다. 새로이 나오는 말은 통사通社를 사용한다. 또한 우리들이 방술方術을 실험할 때에는 자세히 살펴 잘못되지는 않았는지 자세히 기록한다. 일정한 논의를 기다리며, 또한 동지를 고무하여 번거롭게 할 것 없이 가만히 내버려둔다. (『日本洋學編年史』)

혼자서 번역을 확정하는 일은 쉽게 할 수 있는 것이 아니다. 뭇 사람들의 지혜를 모아야 하나, 각자의 견해는 "편집偏執되어 스스로에 갇혀 버리는 폐해"에서 벗어나기 어렵다. 이를 피하기 위해서도 도시카이에서 규약을 만들지 않으면 안 되었다. 번역하기 어려운 부분이 있다면 모임을 가질 때 의논하여, 옳고 그름을 정했다. 이 규약에는 모임이 번역을 목적으로 한 기능집단임을 명확히 밝히고 있다(소라이의 '야쿠카이'를 상기하라). 때문에 모임의 의논은 어디까지나 보다 좋은 번역과 번역어를 만들어내는데 있으므로, 자신의 의견이 채용되지 않는다 하더라도 이를 원망하거나 유감스럽게 생각해서는 안 되며, 잘못된 부분이 있다면 이를 용서하지 않았다. 즉 도시카이의 규약에는 모임이 개인적인 감정과는 분리된 공공적인 공간이었다는 점이 분명히 드러나 있다고 할 수 있다.

학술 공동연구의 장

난학샤추란 난해한 타자인 네덜란드어 원서를 번역하는 기쁨을 공유하는 동지들이었다. 겐파쿠는 회독에 모인 동지들을 '난학샤추'라고 자칭하고 있다.

지금 세상에 통칭 난학蘭學이라고 하는 이름도 당시 샤추社中에서 때때로 사용되던 것에서 기원한다. (『蘭學梯航』 卷上)

참고로 '샤추社中'라는 말은 겐파쿠와 그의 동지들의 주변에서도 사용되고 있었다. 일례로 겐파쿠의 동지 히라가 겐나이平賀源內(1729~79, 교호享保 14년~안에이安永 8년)를 들 수 있다. 겐나이는 호레키 12년(1762) 10월에 내년에 에도에서 물산회를 열 것임을 알리며 전국의 동호인들에게 출품할 것을 요청하며 광고를 보냈는데, 여기에서 '社'라는 말을 사용하고 있다.

정축년, 제 벗들과 약속하여, 약물을 가져와 만난 것은 이를 위한 것이다. 사우社友 마쓰다松田 씨 및 불녕不佞은 그 모임에서 (이런 저런 것을) 배우며, 뒤이어 모임을 가진 것이 전후 네 차례. 옛날에는 없었던 것이 지금은 있으며, 옛날에는 몰랐던 것을 이제는 알게 되었다. (…중략…) 아직 오당吾黨의 숙원이 이루어지지는 못했다. 불녕不佞은 요즘 은밀히 샤社와 모의하여 내년 초여름에 만나려 한다. 간절히 바라건대 더욱 더 알지 못하는 것을 알 수 있기를. 엎드려 청하건대 동호同好하는 내해의 제 군자들이여, 각자 사는 곳의 산물 및 원래 보관하고 있었던 것을 가지고 우편으로 송치해 주기를. 이것이 불녕不佞의 바람이다.

'샤社', '오당吾黨'이라는 말, 거기에 '불녕不佞'이라는 일인칭 대명사, '제 군자'라는 이인칭 복수대명사는 당시 소라이학이 유행했음을 말하고 있다고 할 수 있다. 이러한 의미에서 본다면 난학샤추는 소라이학파의 읽는 회독에 모인 동지들이 만든 샤추社中의 연장선상에 있다.

읽는 회독의 이념형이라고도 할 수 있는 난학의 회독은 네덜란드어에 영어, 프랑스어, 독일어까지 번역의 범위를 넓혀 갔다. 막말幕末에는 난학이라는 범주에 포함시킬 수 없으며, 양학洋學이라고 부르는 것이 더 적합해지나, 회독은 변하지 않았다. 기본적으로는 난해한 책을 읽는다는 학술 공동연구의 범위를 벗어나는 경우는 없었다. 환언하자면, 회독의 장은 어디까지나 외국 서적을 함께 읽는 것에 머물렀으며 정치적인 의논, 토론의 장으로 이행하는 경우는 없었다는 것을 의미한다. 회독의 장에서의 주류는 학술공동 연구였다. 이 점은 난학자洋學者들이 기본적으로는 의사, 천문학자 등 기술자, 자연과학자였다는 점과 관계가 있다. 이들은 정치적인 의논보다도 우수한 의료 기술의 습득을 목적으로 했다. 그러나 역으로 그렇기 때문에 난학의 정통 후계자들은 회독이 공동 독서회에 불과하다는 점을 보다 강하게 자각하게 되었으며, 뒤에서 살펴보겠지만 회독을 스스로 부정하게 된다.

3. 자유토구討究의 정신–국학國學의 회독

난학과 함께 18세기의 신사조新思潮, 국학도 또한 회독의 장에서 발생했다. 국학의 대성자大成者 모토오리 노리나가本居宣長(1730~1801, 교호享保 15년~교와享和 1년) 또한 회독을 경험했다. 이세노쿠니伊勢國 마쓰사카松坂의 상인 오즈가小津家의 아들이었던 모토오리 노리노가는 장사에는 재

능이 없었으며, 우아한 왕조 세계를 동경하는 문학청년이었다. 어머니 가쓰かつ는 그러한 노리나가의 성향을 알고 한방의 수행을 위해 교토에 유학을 보냈으나, 노리나가는 유학 중에 소라이와 친했던 호리 게이잔의 주쿠塾에서 회독을 했다.

노리나가의 회독론

『재경일기在京日記』를 보면, 노리나가는 『역경』부터 시작해 오경의 소독을 하는 것과 동시에, 호레키 2년(1752) 5월에 『사기史記』와 『진서晋書』의 회독에도 출석했다. 이후에도 노리나가는 호리주쿠堀塾에서는 『춘추좌씨전』이나 『한서漢書』의 회독에 참가하였으며, 그에게 의학을 가르친 다케가와 고슌武川幸順의 밑에서 『본초강목本草綱目』과 『천금방千金方』의 회독을 행하는 한편, 호레키 5년(1755) 9월로부터 매달 5월 10일에는 이와사키 에이료巖崎榮良, 다나카 인사이田中允齋, 시오노 모토다테塩野元立, 시미즈 기치타로清水吉太郎 등의 동료들과 자주적으로 『장자』의 회독을 했다. 노리나가는 교토에서 대부분 회독하며 공부했다.

게이잔과 같은 유학자들 외에도, 에도의 국학자 가모노 마부치賀茂眞淵(1697~1769, 겐로쿠元祿 10년~메이와明和 6년)의 아가타이문縣居門에서도 회독을 행하고 있었다. 예를 들어 에도 18대통大通의 한 사람이며 가인歌人이기도 한 무라타 하루미村田春海(1746~1811, 엔쿄延亨 3년~분카文化 8년)는 스승 마부치의 회독에 참가하고 있었다. 다나카 고지田中康二에 의하면, 하루미는 19세가 되던 메이와 원년(1746)에 아가타이의 모임에서 『고사기』를 회독했으며, 덴리 대학天理大學 부속도서관에서 소장하고 있는 『무라타하루미자필서입고사기村田春海自筆書入古事記』 표지 안에는 "메이와 원년, 아가타이에 모인 벗은 야마오카 슌메이山岡俊明, 후지와라 미키藤原美樹, 구사카베 다카요日下部高豊, 다치바나 치카게橘千蔭, 후지와라 후쿠오藤原福雄, 그리고 나의 아버지와 형 하루사토春郷이다"라고 기록되어 있다고 한다.[26] 또한 지방인 아가타이문에서도 제자들이 회독을 행하고 있었다. 마부치의 고향인 도우토미遠江에서는 사이토 노부유키齋藤信幸의 학사에서 아가타이문의 우치야마 마타쓰內山眞龍와 구리타 히지마로栗田土滿(이 두 사람은 뒤에 노리나가의 문인이 된다)가 『고사기』와 『만엽집』의 회독을 행하고 있었다.

그러나 노리나가는 반드시 회독을 중시했던 것은 아니었다. 노리나가는 수필집 『다마카쓰마玉勝間』에서 강석講釋과 회독의 우열론에 대해 이야기하면서 당시 회독 유행을 비판하는 한편, 오히려 강석講釋의 유익함을 어느 정도 인정하고 있었다. 이에 따르면 강석講釋에 대해서는 "스승이 말하는 것만을 의지하는데, 스스로 생각을 가지고 고민하지 않으면 이치를 배우는데 아무런 도움도 되지 않으니, 지금의 유자儒者들은 좋지 않은 방법이라 한다"며 소라이 학파의 강석講釋 비판을 소개한 뒤, 회독에 대해서는 "강석과는 달리 각자 스스로 고민하고 생각하여 깨닫는 방법을 실천하려 하며, 알기 어려운 부분은 물어 듣고 반성도 하며 서로 의논하는 방법"이라 하며 "실로 학문을 하는데 좋은 방법이라고 들었는데 꼭 그렇지만도 않다"면서, 노리나가는 스스로 생각하는 것, 자신의 생각

26 田中康二, 『村田春海の研究』, 汲古書院, 2000.

을 말로 말하는 것, 모르는 것을 물어 서로 의논하는 것도 가능한 회독은 언뜻 보면 좋은 방법이지만 꼭 그렇지만도 않다고 말했다.

노리나가에 의하면, "세상에서 이런 방법(회독)을 행하는 것을 보건대" 대개 시작할 때에는 "이러저런 질문을 주고받으며, 논하는 등 이상적으로" 보이지만, 횟수를 거듭하면 "자연스럽게 나태해지며, 한 쪽이라도 더 읽어나가기 위해 더 생각할 부분이 있어도 대부분 주의를 기울이지 않고 넘겨 버리는 습관"이 생겨 결국에는 혼자 독서하는 것과 별반 다르지 않게 된다고 한다. 또한 노리나가는 처음 학문을 하는 사람들은 "스스로 생각할 수 있는 능력이 없으므로 아무 것도 알지 못하는 상태인데, 질문하는 것을 삼가 그대로 넘겨버리고는 금방 (학문을) 그만두어 버리기" 때문에 처음 학문을 하는 사람들을 위해서는 오히려 강석이 좋다고 말한다. 물론 강석도 "단지 스승의 말에 의지하여 스스로 노력하여 생각하지 않고, 듣는 것을 그대로 받아들이면 말한다 한들 효과가 없으며 입만 아픈 일이다"라고 한다. 더 나아가 그는 미리 읽어 예습해 "처음부터 능력이 되는 한 스스로 여러 가지로 생각하며, 알기 어려운 부분은 특히 주의하여 반복해 읽어 둔다면, 강석을 들을 때 마음에 (더욱) 와 닿을 것이므로 깨닫는 바가 더 없이 많을 것이며 잘 잊지도 않을 것이다"라며 강석의 결점, 즉 스스로 생각하는 것이 결여되어 있는 부분을 보완할 것을 주장하고 있다(『玉勝間』 巻8, こうさく講釋, くわいどく會讀, 聞書).

이와 같은 우열론은 마쓰사카에 돌아간 이후에 이루어진 회독 경험에서 비롯된 것일지도 모르겠다. 노리나가는 몇 번 회독을 시도했기 때문이다. 노리나가는 안에이 6년(1777) 1월부터 간세이 원년(1789) 9월까지 13년간 『만엽집』의 회독을 160여 차례 행했다.[27] 구체적으로 말하면, 노리나가는 마쓰사카에서 『만엽집』의 강의, 회독을 한 번씩 하여 2회 종료하고, 세 번째에는 중간까지만 했다. 매월 4일 밤을 정회일로 하였으며, 첫 번째는 강의 형태로 진행되었는데 호레키 11년(1761) 5월 24일에 시작되어 안에이 2년(1773) 12월 14일에 끝났으니 전후 약 12년 반이었다. 두 번째는 회독이었는데, 안에이 4년(1775) 10월 24일에 시작되어 덴메이 6년(1786) 10월 12일에 끝났다. 전후 약 11년이었다. 세 번째는 덴메이 6년(1786) 10월 12일에 시작되어 만년에 이르고 있다. 노리나가는 간세이 2년(1790) 이전에는 대부분 회독을 행했으나, 간세이 2년 3월 10일부터 강의로 바꿨다.[28] 야마나카가 말하는 『만엽집』 회독 160회는 이 2회와 3회의 최초 부분에 해당한다. 간세이 2년 이후에 강의로 수업 형태를 바꾼 이유는 『다마카쓰마』에 기록된 것과 같은 힘든 경험이 있었기 때문은 아닐까?

스승의 말에 집착하지 않는 것

야마나카 요시카즈山中芳和에 의하면 『만엽집』의 회독에 출석했던 자들은 마쓰사카에 거주하고 있었던 문인들로 4명에서 6명 정도가 모여 회독을 행했으며, 수가 많을 때에는 10명에 달했다고 한다. 이 자리에서는 가모노 마부치나 게이추契沖[29]의 주장이 주로 참조되었으나, 지방

27 山中芳和, 『近世の國學と教育』, 多賀出版, 1999.
28 村岡典嗣, 『增補 本居宣長』 1, 平凡社東洋文庫, 2006.
29 【역주】 에도 중기 진언종眞言宗 승려이자 국학자.

인 스즈노야문鈴屋門[30]의 제자들의 주장도 소개, 검토되었다고 한다. 또한 여기에서는 사제 간의 토의가 행해졌다. 이러한 노리나가의 회독을 전하는 자료도 있다. 여기에서 노리나가는 "스승이 그 말을 하고 좌중에 (내 말이) 어떠한가 하며, 모두 각자 분별해 보라 했다. 쓰네오常雄,[31] 다카카게高蔭,[32] 오히라大平[33]가 그 말에 따르지 않았다"며 자신의 견해가 옳은지 문인 오히라大平들에게 판단을 요구했다 한다.[34]

이러한 사제 간의 토론은 노리나가만이 행했던 것이 아니라, '고학의 도古學の道'를 연 '우시(大人이라 쓰고 うし라 읽음)' 가모노 마부치문에서도 행해졌다. 마부치는 『가나서고사기仮名書古事記』를 저술한 메이와 5년(1768)에 『고사기』의 회독을 행했는데, 그때 마쓰사카에 있었던 노리나가에게 자신과는 다른 의견을 구하고 있다.

> 고사기를 보면 안案과 부합하는 것, 또는 안案 이외에 적당한 것도 보일 것이네. 또한 안案과 서로 다른 경우도 반드시 있을 것이네. 그 다른 부분을 자세히 말해 주었으면 하네. 때때로 회독을 하기는 하지만 잘못된 부분도 많아 지금 다시 보아 고치려 하니, 서로 (의견이) 다른 것이 (오히려) 좋은 것이라 할 수 있네. 반드시 글로써 보여주게. 또한 이외에도 생각해 봐야 할 것이 있다면 말씀해 주시게. (宣長宛賀茂眞淵書簡, 明和 5年 正月 27日).

---

30 【역주】 스즈노야鈴屋란 모토오리 노리나가가 자신의 집에 붙인 이름이다. 이 때문에 모토오리 노리나가를 중심으로 한 문인들을 스즈노야학鈴屋學 혹은 스즈노야문鈴屋門이라 부르게 되었다.

31 【역주】 노리나가의 문인 하세가와 쓰네오長谷川常雄를 가리킨다.

32 【역주】 노리나가의 문인 미쓰이 다카카게三井高蔭를 가리킨다.

33 【역주】 노리나가의 문인이자 후일 노리나가의 양자가 된 이나가케 오히라稲懸大平를 가리킨다.

34 山中芳和, 『近世の國學と教育』, 多賀出版, 1999.

잘 알려진 것처럼 노리나가는 와카和歌나 신도神道의 비전 전수를 거부했다. 그가 비전 전수를 거부한 것에도 회독이 하나의 계기로 작용한 것이 아닐까 생각된다. 자기와 '서로 다른' 의견을 노리나가에 구했던 가모노 마부치도 한 사람의 의견만으로는 잘못된 부분이 많기 때문에 기탄없이 의견을 말하도록 요구했기 때문이다.

고사기의 하권을 이번에 보내네. 이전에 상권과 중권의 안案과 다른 것이 여기에 있네. 이것을 받아주었으면 하네. 이러한 것은 홀로 봐서는 잘못된 점이 많으니 충분히 살펴본 뒤에, 기탄없이 (의견을) 말해주길 바라네. 함께 생각하여 고치는 것이 마땅하다 생각되네. 근년에 이르러 각자 떨어져 공부하게 되었네. 지금으로부터 10년 전에는 아직 충분치 못한 것이 많았네. 고사기도 지금 다시 새로이 살펴보려 하나 여유가 없으니 참으로 한스러운 일이네. 다행히 귀형貴兄의 생각을 말씀해 주실 수 있다면 크나큰 기쁨일 것이네. (宣長宛賀茂眞淵書簡, 明和 5年 3月 17日).

이와 같은 '배우는 일'에 대한 마부치의 진지한 자세는 그대로 노부나가의 유명한 "스승의 말에 집착하지 않는 것"으로 연결되고 있다.

무릇 옛 것을 생각하는 일은 한 두 사람의 힘으로 분명하게 밝혀지는 것이 아니며, 훌륭한 사람의 말이라고 해서 그 많은 것들 중에 잘못된 것이 없는 것도 아니니, 반드시 잘못된 것이 섞여 있지 않을 수 없다. 또한 스스로 지금은 옛 사람들의 생각은 모두 분명해졌다. 이를 제외하면 진실이 있을 리가 없다고 생각해버리는 것도, 다른 사람과 차별된 좋은 생각을 할 수 있는 방법이다.

> 많은 사람들의 손을 거치면, 앞서 생각했던 사람들보다 더욱 더 좋은 생각을 할 수 있어 점점 더 상세해 지므로, 스승의 말이라 하여 반드시 그에 집착해 지킬 필요는 없다. 좋고 나쁨을 말하지 않고 일관되게 옛 말을 지키는 것은 학문을 하는 도에는 적합하지 않은 일이다. (『玉勝間』 卷2)

노리나가 연구의 고전 『모토오리 노리나가本居宣長』의 저자 무라오카 쓰네쓰구村岡典嗣는 스승의 말이라도 비판해야 한다는 생각을 "플라톤Plato은 사랑받아 마땅하다. 진리는 더욱 사랑받아 마땅하다"는 옛 말을 인용하여 비전의 전수를 거부한 것을 자유토구의 정신이라 높게 평가하고 있다.[35] 참고로 에도 시기 사람들에게 강석講釋을 통해 국학의 저변을 넓힌 히라타 아쓰타네平田篤胤(1776~1843, 안에이安永 5년~덴포天保 14년)도 또한 노리나가의 "스승의 말에 집착하지 않을 것"이란 말을 인용하면서 "지금의 한학 선생들"이 제자의 반론을 허락하지 않는 점을 "마음이 깨끗하지 못하다"고 비판하며 제자가 "진심으로 스승을 존경해, 의심스러운 부분을 몇 번이라도 묻고 궁구하며, 따르기 어려운 점은 서로 논하면서 힘써 학문에 임하는 것이야말로 좋은 배움의 자세라고 해야 하지 않겠는가!"(『氣吹舍筆叢』 卷上)라고 이야기하고 있다.

'스승의 말'이라도 비판해야 한다는 생각은 무라오카 쓰네쓰구가 말하는 '자유토구의 정신'이었다. 이것은 단지 국학의 특권적인 정신이 아니라 회독이라는 장으로부터 생겨난 또 다른 쌍생아라 할 수 있는 난학의 저변에도 함께 흐르고 있던 정신이라 할 수 있다. 18세기 중반, 회

35 村岡典嗣, 『增補 本居宣長』 1, 平凡社東洋文庫, 2006.

독을 하는 민간의 자주적인 독서회가 자연적으로 출현하여 서로 토론하며 일본 고전이나 네덜란드어 서적을 읽기 시작했다. 이러한 의미에서 본다면, 소라이로부터 출발한 읽는 회독은 두 가지 새로운 조류, 즉 난학과 국학의 요람이기도 했다.

4. 난학과 국학의 공통성

읽는 회독의 장에서 겐파쿠는 네덜란드어 서적을, 마부치와 노리나가는 일본 고전 서적을 읽었다는 점에서는 다르지만, 공동 독서라 할 수 있는 회독의 장에서 새로운 사상을 만들어냈다는 점에서는 공통되는 부분이 있다. 18세기 중엽, 자발적으로 민간 독서 서클을 만들어 회독을 하며 함께 무언가를 달성하려 했던 사람들이 출현하기 시작했던 현상을 어떻게 이해하면 좋을까? 이 점에 대하여 이미 회독이 장이 그들에게 놀이의 장이었다는 점을 지적했다. 카이와의 아곤과 루두스라는 개념을 빌려 말하자면, 난학과 국학자들이 주도하여 만들어낸 공동 독서의 장은 입신출세와 관계없을 뿐만 아니라, 서로 독해력을 겨루는 놀이(아곤)의 장이었다. 그곳에서는 지금까지 누구도 읽을 수 없었던 어려운 서적들을 번역하는 어려움을 극복하는, 즉 마치 "연성옥을 얻은 것과 같은" 기쁨(루두스)을 느낄 수 있었기 때문이었다.

초목처럼 쇠하지 않는 '이름名'[36]

우리가 주의하지 않으면 안 되는 점은 이러한 회독의 장에 참가하는 사람들의 정신이다. 어떤 생각을 가지고 그들은 회독이라는 놀이에 참가했는가? 아마도 참가라는 표현으로는 그들이 회독에 쏟아 부은 정열을 설명할 수 없을 것이다. 과장해서 말하자면 그들은 자신의 인생을 걸었다고 할 수 있다. 그들은 자신의 모든 정력을 쏟아 부어 진지하게 유희를 즐겼다. 도道나 국익을 위해서 회독을 행했다는 점은 그들에게는 어디까지나 부가적인 요소였다. 자신의 행위를 뒷받침하기 위한 것이었으니 당초부터 고매한 이상을 지녔다고 볼 수는 없을 것이다. 그에 우선하는 내재적 요인이 있었을 것이라 생각된다.

먼저 상기해 두고자 하는 점은 난학자나 국학자에게는 자신의 '이름名'을 남겨두고 싶다는, 살아온 흔적을 세상에 남겨두고 싶다는 생각이 있었다는 것이다. 그러한 생각에서 비롯된 초조감은 "초목草木과 함께 쇠하다"(『後漢書』「朱穆傳」)는 상투적인 구절로 표현되었다. 마에노 료타쿠는 약간 괴짜 기질이 있었는데, 그는 숙부에게 "한물갔다고 생각되는 예능"을 배워두었으며, 그러한 예능 중에서도 모두가 하는 것이 아닌 "당시 사람들이 포기하는 특별한 것을 배워, 세상을 위해 후세에 남겨야 한다"(『蘭學事始』 卷上)고 주장했다. 또한 스기타 겐파쿠는 『해체신서

36 【역주】『後漢書』 卷43, 「朱穆傳」 중 주목朱穆의 『崇厚論』에 나오는 구절이다. 주목은 후한後漢 당시의 경박한 시대 풍조를 개탄하며 『崇厚論』, 『絶交論』 등을 저술하였다. 원문의 구절은 彼與草木俱朽, 此與金石相傾로 대구를 이루는데 여기에서 彼는 경박하다는薄 의미로, 此는 두텁다厚는 의미로 사용되었으며, 相傾은 『老子』에서 유무상생有無相生의 원리를 설명할 때 세상 만물이 조화를 이루고 있다는 뜻인 高下相傾이라는 구절에서 유래되었다.

解體新書』의 출판을 주저하는 동지들에게 반대하며 이를 서두르는 이유에 대해 "무릇 장부는 초목과 함께 쇠해서는 안 된다. 여러분들은 몸은 건강하고 나이는 젊으나, 옹翁은 병도 많고 나이도 먹었다. 이 길을 계속하여 크게 성공했을 때에는 만나기 아주 어려울 것이다. 사람이 나고 죽는 것은 미리 알기 어렵다. 먼저 태어나는 자는 다른 사람들을 제어하며, 후에 태어난 자는 다른 사람에게 제어 당한다. 이 때문에 옹翁은 서둘러야 한다고 말하는 것이다"(『蘭學事始』 卷下)라고 말하며, 짧은 인생을 살면서 "초목과 함께 쇠하지" 않음으로써 다른 사람보다 앞설 것을 이야기했다. 이러한 료타쿠나 겐파쿠의 생각을 대변하고 있는 것이 겐파쿠의 '현玄'과 료타쿠의 '택澤'을 합쳐 자신의 호로 삼은 오쓰키 겐타쿠大槻玄澤가 난학 입문자들을 위해 저술한 『난학계제蘭學階梯』(1788)의 일절이다.

> 실로 나는 태평한 세월의 은택에 젖어 잘 먹고 지내며, 옷은 풍족하고 음식은 감미로우니 초목과 함께 쇠하는 것은 실로 장부의 수치다. 여기에 학문을 권하는 네덜란드어 격언이 있다. "사람은 살기 위해서는 먹지 않으면 안 되나, 먹기 위해 사는 것은 아니다"라고. (『蘭學階梯』 卷上)

여기에서 초목과 함께 쇠하는 것을 거부하고 이 세상에 태어난 흔적을 남기고자 하는 생각(절망, 원망願望, 희구)을 엿볼 수 있다. 겐타쿠는 이러한 생각을 바탕으로 난학에 뜻을 둔 사람들에게 학문에 힘쓸 것을 촉구했다. "초목과 함께 쇠하고" 싶지 않은 생각은 단순히 수사적, 상투적인 표현으로 이해할 것이 아니라 겐타쿠 개인의, 그리고 넓게는 "우리

들의 직무는 오늘날 이 세상에 태어나 살아온 흔적을 남겨 이를 후세의 자손들에게 널리 전해야 하는 것이다. 이 임무 또한 중요하다"(『學問のすすめ』 九編)고 말한 후쿠자와 유키치에까지 이어지는 난학자들의 공통적인 생각이라 할 수 있다.

노리나가의 술회述懷

"초목과 함께 쇠하고" 싶지 않다는 생각은 국학자 모토오리 노리나가에게도 있었다. 『스즈노야문집鈴屋文集』의 하권에는 「술회라는 제목에 대하여述懷おいふ題にて」라는 글이 있다. 조금 길지만 노리나가의 절실한 생각이 표출되어 있음으로 인용해 보겠다.

> 어제는 오늘의 과거이고, 속절없이 흘러가는 이 세상에 대해 깊이 생각해 보면 내 삶도 그저 흘러갈 뿐이다. 손꼽아 세어 보면 벌써 서른이 되고도 남음이 있으니, 수명이 길어 일흔, 여든까지 살 수 있다 하더라도 벌써 절반은 지났다 생각하니 집에 틀어박힌 몸으로 어디로 가야 할지 몰라 마음이 놓이질 않는다. 이처럼 부질없이 마음이 없는 풀과 나무, 새, 짐승과 마찬가지로 무얼 하려 하지도 않고 그저 해가 뜨고 지는 것에 따라 살아가다가 이룬 것도 없이 이끼 밑에 스러진다면, 무언가 실마리를 찾아보려 해도 어쩔 도리가 없다고 생각되지만, 만사에 임함에 있어 비록 비루한 몸이라도 힘을 다해 세상 사람들에게도 인정받아 후세에도 잊히지 않도록 이름을 남겨야겠다는, 점차 나에게 걸맞지 않은 어리석음이 생겨나 슬프고 근심스러울 따름이다. 그렇다고는

해도, 몸을 쓰지도 않고 내버려 두었다가 죽을 수도 없으니 이와 같이 졸렬하고 어리석은 마음을 품은 채로 어떤 방법이라도 써서 태만하지 않고 일에 정성을 다해 힘쓰고자 하는데, 마지막에는 한 가지 이유를 붙여, 평범하지 않은 절도 그렇지 않다고 생각하는 등 기대해서는 안 되는 생각을 하곤 한다.

"서른이 되고도 남음이 있다"는 말에서 미루어 보건대, 본문과의 관계는 알 수 없으나, 『고사기』 연구를 목표로 한 시점일 것이라 생각된다. '술회'라는 제목으로 글을 쓴 것은 겐엔파의 시문으로부터 영향을 받았을지도 모르나, "무얼 하려 하지도 않고 그저 해가 뜨고 지는 것에 따라 살아가"는 것을 경계하며 무언가 살아온 흔적을 남기고자 했다는 점에서는 난학자들과 공통점이 있다. 노리나가뿐만이 아니라 노리나가로부터 가르침을 받은 이들 역시 그와 마찬가지로 생각했다. 히라타 아쓰타네나 아쓰타네의 문하생 중 오시오 헤이하치로大鹽平八郎의 난에 호응해 봉기했던 이쿠타 요로즈生田萬 역시 자신이 살아온 흔적을 남기고 싶다는 이야기를 남겼다.[37]

참고로 노리나가의 자화상도 이러한 이유에서 만들어졌다. 노리나가는 몇 장의 자화상을 그렸다. 인생의 고비마다 그는 자화상을 그려 남겼다. 그중 가장 유명한 것은 〈시키시마敷島의 야마토고코로大和心를 묻는다면 아침에 풍기는 산앵화山櫻花의 향기〉라는 제목의 노래가 첨가되어 있는 61세 때의 자화상이다. 또한 44세 때 그려진 자화자찬상像에는 벚꽃과 문궤를 배경으로 노리나가 자신이 고안한 스즈노야후쿠鈴屋服를 입

37 前田勉, 『近世神道と國學』 ぺりかん社, 2002.

은 모습이 묘사되어 있다. 이는 와카和歌와 『고사기』로 상징되는 그의 일생을 그린 것이라고 할 수 있다. 이러한 자화상을 남기는 일은 살아온 흔적을 남기고 싶다는 노리나가의 '술회'로부터 온 것임을 시사한다.

참고로 자화상에서 노리나가가 입고 있는 옷은 그가 스스로 디자인한 것이다. 헤이안 시기의 우아함을 동경하는 국학자다운 복장이다. 이와 같이 가장假裝, 변장하는 노리나가의 모습은 카이와가 말한 놀이의 유형 이론을 빌리자면 미미크리mimicry에 가장 가깝지 않을까 생각된다. 미미크리란 "자신을 만들어내고 바꾸면서 세계로부터 탈출하는" 놀이이다.[38] 이러한 놀이를 하는 인간은 "자신의 인격을 일시적으로 잊고, 가장하고, 버리고 다른 인격을 가장하며",[39] "자신이 환상 속의 등장인물이 되어 그러한 존재로서 행동한다."[40]

노리나가는 다른 사람을 따라하고 가장假裝을 하며 놀았던 것이다. 어린 여자 아이가 엄마가 하는 일을 따라하며, 엄마놀이, 요리놀이, 세탁놀이를 하는 것처럼 노리나가는 왕조 시대 사람을 따라했던 것이다. 노리나가가 미미크리에 열중했다고 생각한다면 그가 일생 동안 매일 와카를 부른 것도 충분히 이해할 수 있지 않을까? 그는 와카를 부르며 '모노노아와레もののあはれ'[41]를 감득하여 중세 왕조 사람들을 흉내낸 것이 아닐까? 그는 적어도 정신적, 감정적으로 왕조 사람이 됨으로써(가장, 변장하여), 에도 후기의 마쓰사카에서 의사로 살아가며 "사회적 역할

---

38 Roger Caillois, 清水幾太郎・霧生和夫 譯, 『遊びと人間』, 巖波書店, 1970.

39 위의 책.

40 위의 책.

41 【역주】 모노노아와레もののあわれ(物の哀れ)라고도 한다. 모노노아와레란 헤이안 시기 문학의 특질을 이해하고자 모토오리 노리나가가 고안해 낸 미적 관념이다. 문학 작품이 가지고 있는 고유의 미적 감수성을 중요시했다.

을 감추고 진짜 인격을 해방하여, 그 결과로 얻을 수 있는 자유로운 분위기를 이용"[42]하려고 한 것은 아닐까 생각한다.

공동으로 검증되는 '발명' = 진리를 발견하는 기쁨

회독에 참가했던 난학자와 국학자들에게 자신들이 살아왔다는 증거를 세상에 남기고 싶다는 강한 충동이 있었다는 점은 분명하다. 그러한 생각이 회독에도 충만하였을까? 도道를 위해 진력한다는 진리 추구의 정신이 회독의 전제조건이었다는 점은 분명하다. 그러나 그것만으로는 이야기가 지나치게 추상적이다. 좀 더 회독의 장에 근접하여 살펴보지 않으면 안 된다.

노리나가가 "스승의 말에 집착하지 않을 것"을 말한 것처럼, 원래 학문이란 "무릇 옛 것을 생각하는 것, 또한 한 사람 두 사람 힘을 모아 포기하지 않고 끊임없이 정진하는 것", "하나씩 하나씩 꼼꼼하게 살펴봐 가는 방법"이다. 학문의 세계에서 진리란 어느 지점에서 홀로 실현 가능한 것이 아니며, 많은 사람들이 저 먼 곳에는 진리를 실현하기 위해 한 단계씩 차근차근 밟아 가는 것이다. 이는 새로운 지견을 넓혀 그것을 반복해야 한다는 생각에 근거했다. 읽는 회독의 토론에서 분명해진 점이 바로 이와 같은 새로운 지견知見이었다. 새로운 지견은 '발명'되었던 것이다. 지금까지의 해석에서 잘못된 점을 고쳐 새로운 지견을 제출

42 Roger Caillois, 清水幾太郎・霧生和夫 譯, 『遊びと人間』, 巖波書店, 1970.

하는 것도 '발명'이었다.

회독의 장에서는 이와 같은 개인의 '발명'이 함께 토론되었다. 공개적으로 진행되는 토론 속에서 그 '발명'이 얼마나 진리에 가까운지 시험받았다. 개개인의 내성적인 생각이 얼마나 주관적인 것(진리의 체득)이 아니라 객관적인지 여러 사람들과 토론하여 검증받았던 것이다. 혹시 그것이 검증되어 정당하다고 인정되면, '발명'자의 기쁨, 자부심은 얼마나 컸을까? 국학자라면 그 '발명'이 『고사기』에 쓰인 한 단어의 해석일지도 모르겠다. 혹은 『만엽집』에 실린 노래의 한 구절일지도 모르겠다. 난학자라면 네덜란드어 한 단어일지도 모르겠다. 그러나 그 한 단어의 해석, 번역을 '발명'한 자에게 그 기쁨은 무엇과도 바꿀 수 없는 것이었을 것이다. 겐파쿠는 『해체신서解體新書』를 번역하는 도중 단어 하나의 의미가 분명해졌을 때의 기쁨을 기술하고 있는데 이는 실로 "연성옥連城玉을 얻은 것 같은 기분"(『蘭學事始』 卷上)이었다.

회독의 장은 그러한 기쁨의 장이었다. 그렇기 때문에 놀이로서 성립할 수 있었다. 또한 그곳은 참가하는 사람들이 자신의 '발명'을 남길 수 있는 장이기도 했다. 그 '발명'은 한 단어의 해석일 수도 있다. 그러나 그 해석이 많은 사람들에게 진리라고 인정받아 후세의 사람들에게 답습된다면, '발명'자에게는 얼마나 큰 기쁨이었을까? 진리를 실현하는 과정에 조금이라도 참여했다는 자신감과 자부심은 아무런 것도 이루지 못하고 "초목과 함께 쇠"하여 일상생활 속에 매몰되어 가는 것과 비교하여 얼마나 삶에 의미를 부여해 줄 수 있었을까? 회독의 장은 이와 같은 삶의 기쁨을 얻을 수 있는 장은 아니었을까? 도道를 위한다는 대의명분에 의해 표현되기는 했지만, 그곳에는 작은 '발명'을 통하여 얻을 수 있는 기쁨이 있지 않았는가? 예를 들어 야마가타 반토山片蟠桃의 저서 『유메노시로夢の代』를 살펴보면, 그는 자신이 '발명'한 것으로 무귀론無鬼論을 들며 자랑하고 있다.

> 태양명계太陽明界의 설, 및 무귀론無鬼論은 내가 발명하지 않았으면 없었다. (『夢の代』 凡例)

이 '발명'은 경쟁 속에서 얻을 수 있었다. 자신의 새로운 지견은 동지들과 경쟁하는 과정 속에서 도출되었다. 타인과는 다른 지견을 제출한다. 그것이 독단이나 억지 주장이 아니라 진리로서 인정받기 위하여 토론에 부쳐진다. 그곳에서 경쟁자들에 의하여 진리로 인정받는다면, 그 기쁨은 컸을 것이다. 노리나가가 『만엽집』를 어떻게 회독했는지 그 실태를 소개한 야마나카 요시카즈가 "노리나가가 말하는 '다툼'이란, 타자와의 우열을 다투는 '경쟁'이 아니라 진리의 해명에 함께 힘쓰는 것이며, 진보를 위하여 '논쟁' 이외의 방법은 없었다"[43]고 말한 것은 정곡을 찌르고 있다. 난학의 회독도 실로 이와 같은 '논쟁'의 장이었다고 말할 수 있을 것이다.

읽는 회독의 장은 자기가 '발명'한 것을 내놓아 살아온 흔적을 남길 수 있는 창조적인 장이었다고 할 수 있을 것이다. 난학자들과 국학자를 막론하고 민간에서 자주적으로 회독을 할 수 있었던 것은 이러한 회독의 장이 신분제도의 사회와는 다른 공간이었기 때문이었다. 살아온 흔

---

43 山中芳和, 『近世の國學と教育』, 多賀出版, 1999.

적을 남기고 싶다는 생각은 신분제도하에서 자신의 재능을 신장시킬 수 없었기 때문에 나타났다. 태어날 때부터 삶의 방식이 정해져 있었던 그들은 "초목과 함께 쇠하는" 것을 거부하고 일상적인 매너리즘으로부터 탈출하여 회독의 장에 모였던 것이다.

제4장
번교藩校와 사숙私塾

1. 학교의 두 가지 원리

18세기 중엽이 되면, 유학을 배우기 위한 번교가 전국 각지에 건설되었다. 19세기 초엽에는 앞서 소개한 것처럼, 마쓰라 세이잔이 호레키 연간(1750년대)을 돌아보며 "5, 60년 전에는 온 세상에 문맹인 자들뿐이었던 사실"에 놀랄 정도로 이미 유학은 부시들에게 필수적인 교양이 되어 있었다. 이 시기에는 안에이安永 8년(1779)에 마쓰라 세이잔이 창설한 히라도번平戸藩의 번교 이신칸維新館을 포함, 전국 각지에 번교 창설 붐이 있었기 때문이다. 메이지 2년(1869), 당시 번교 수는 총 276개였는데, 이 중 자료가 없어 불분명한 번藩과 메이지 시대에 접어들어 번교가 만들어진 57개 번藩을 제외하면 219개 번藩에 번교가 있었다.

이 중 85%에 달하는 187개의 번교가 호레키로부터 게이오慶應 연간(1751~1868)에 이르는 117년 동안 설립되었다.[1] 호레키가 '교육 폭발'[2]의 시대라고 간주되는 이유가 여기에 있다.

'속성'과 '실적'

제 번藩의 번교, 여기에 막부의 쇼헤이자카가쿠몬조나 사숙을 포함한 에도 후기 학교들 중 오규 소라이 식의 읽는 회독이나, 이토 진사이 식의 강講하는 회독 = 윤강은 어떻게 행해졌을까? 구체적인 사례를 보기 전에 먼저 학교에서 회독이나 윤강을 실시하는 의의에 대해 논해 보도록 하겠다.

영국의 사회학자 로널드 P. 도어Ronald Philip Dore에 의하면, 에도 시대의 신분제도하에서 학교에는 원칙적으로 두 가지 주요한 변수가 있었다고 한다. 즉 '속성'과 '실적'이다. 도어는 "첫 번째는 사회에서 신분과 권력을 배분하는 기초가 되는 속성의 원리이며, 또 다른 하나는 실적을 표창하는 방법을 발견하고자 하는 교사의(적어도 학문의 道에 자신의 지적 생명을 걸고 있는 교사의) 자연스러운 경향이다. 두 가지의 변수 간의 모순에 대면하여 각 학교에서는 타협안으로서 여러 가지 제도 장치를 고안하고자 했다"[3]고 지적하고 있다. 이 두 가지 변수는 마루야마 마사

1 國立教育硏究所 編,『日本近代教育百年史』3, 教育硏究振興會, 1974.
2 辻本雅史,『近世教育思想史の硏究』, 思文閣出版, 1990.
3 Ronald Philip Dore, 松居弘道 譯,『江戸時代の教育』, 巖波書店, 1980.

오가 말하는 "그러한 것である事"(= '속성')과 "하는 것する事"(= '실적')이라고 봐도 좋다.[4] 마루야마에 의하면 근세 일본의 사회는 '그러한 것'의 논리의 전형이었으며, "그곳에서는 출생, 가문, 연령과 같은 요소들이 사회관계에서 결정적인 역할을 맡고 있으며, 그것들은 어느 것도 현실의 행동에 의해 그 의미가 바뀌지 않는다. 따라서 이러한 사회에서는 권력 관계나 도덕적인 판단조차 일반적인 사고방식 위에, 즉 무엇을 하느냐는 것보다 무엇인가라는 것이 가치 판단의 기준이 된다. 다이묘나 부시는 백성이나 조닌들에게 무언가를 서비스하므로 그들에게 지배권을 행사할 수 있다고 생각하는 것이 아니라, 다이묘 혹은 부시라는 신분적인 '속성'을 가지고 있기 때문에 당연히 — 선천적으로 — 지배권을 행사할 수 있다고 생각하는 것이다"라고 말한다. 원래 번교는 '그러한' 논리를 관철하는 세습 신분 제도 속에서 살아가는 부시들을 교육하는 기관이므로 "속성의 원리"가 침투했던 것은 당연하다면 당연한 일이었다. 그러나 그뿐만이 아니다. 도어가 지적하는 것처럼, "적어도 학문의 도道에 자신의 지적 생명을 걸고 있는"이란 조건이 붙어 있다고는 하지만, "교사의 자연스러운 경향"으로 "하는 것"(= '실적')을 표창하는 경향이 있었기 때문이다. 번교의 교사들은 앞서 서술한 것처럼 "아들과 동생이 학문을 좋아하면 부모와 형은 이를 두려워 하니, 지금은 유학자가 되려고 해도 이를 경계하기에 이른" 비학문적인 환경 속에서 자신의 '실적'에 의해 직업을 얻었으므로, '속성'보다 '실적'을 중시하는 것은 "자연스러운 경향"이었으며, 학생들도 그러한 교사들의 기대에 부응해

---

4 丸山眞男, 『日本の思想』, 巖波書店, 1961.

'실적'을 올리려 하는 자들이 출현했다.

여기에서 주목하지 않으면 안 되는 점은 '속성' 뿐만 아니라 '실적'을 중시하는 학교가 '문벌제도'라는 신분제 국가 질서 속에서 평등화를 실현할 수 있는 장이었다는 점이다. 이 점은 아무리 강조해도 지나치지 않다. 오규 소라이가 "학문을 하는데 귀하고 천함, 작위를 따지는 것은 예가 아니다"(『太平策』)라고 말한 것처럼, 학교에서는 이념적으로는 '귀천貴賤과 작위'가 없었기 때문이다. 이처럼 학교 내에서 평등을 실현한 예로, 오사카의 유력 조닌 '다섯 동지五同志'가 출자하여 창설한 가이토쿠도懷德堂에서 정하고 있는 "서생 간의 교류는 귀천貴賤과 빈부貧富와 관계없이 모두 동등한 입장에서 할 것"이라는 말은 매우 유명하다.[5] 물론 막부로부터 공인받았다고는 하나, 가이토쿠도는 민간의 학교였으므로 평등화가 가능했다는 점은 고려해야 한다. 그러나 번교 내로 한정하기는 했지만, 학생들 간에 평등해야 한다는 원칙을 두었던 번교도 있었다. 예를 들어 다쓰노번龍野藩의 게이고칸敬樂館에서는 번주藩主 스스로가 작성한 다음과 같은 '조약'(덴포 5년, 1843)이 강당에 걸려 있었다.

> 작록과 나이는 존귀하며 중요한 두 가지 요소이나, 본 관에서는 (학)업이 정밀한지 그렇지 못한지, (학문을 하는) 방법이 능숙한지 그렇지 못한지를 기준으로 그 사람의 기량의 차등을 논하며, 특히 학문이 뛰어난 사람을 존귀하게 여긴다. 진심으로 본 관의 사범들을 숭경崇敬해야 한다. 이것이 도道를 중히 한다는 것의 본의다. (資料2冊, 523頁)

---

5 テツオ ナジタ, 子安宣邦 譯, 『懷德堂－18世紀日本の'德'の諸相』, 巖波書店, 1992.

또한 마쓰다이라 사다노부가 창설한 시라카와번白河藩(이후 구와나번桑名藩)의 릿쿄칸立教館에도 비슷한 규정이 있다.

학교에서는 귀천貴賤으로 좌석을 논하지 않으며, 윗사람과는 친하게 아랫사람과도 가깝게 지내며 수행할 것. (立教館令條, 文化 6年, 資料1冊, 91頁)

물론 태어나면서부터 지니고 있는 '작위, 나이'라는 '속성'으로부터 완전한 해방은 이상에 가까우며, 신분제도가 존속하는 한 번교가 현실적으로는 '속성'의 원리를 근본으로 하고 있다는 점은 말할 필요도 없다. 그러나 그렇다 하더라도 세월이 지날수록 점차 신분의 '속성'보다도 '실적'을 중시하게 된 것은 분명하다. 지금부터 그 과정을 살펴보게 될 것인데, 이와 같은 와중에 본 책의 주제인 회독에 초점을 맞춘다는 것은 어떤 의미일까?

회독과 신분제도와의 알력, 타협

학교가 '실적'을 중시하고 평등화를 실현하려고 할 때 필연적으로 발생하는 문제가 있다. 단적으로 말하자면 경쟁이라는 문제다. '귀천貴賤'이 없는 학교에서는 신분의 '속성'에 안주하는 것은 용납되지 않으며 데키주쿠에서 배운 후쿠자와 유키치가 말하는 "진정한 실력正味の實力"이 시험받는 장소가 되기 때문이다. 이 과정에서 다쓰노번의 번교 게이고칸의 규약에서 말하는 "(학)업이 정밀한지 그렇지 못한지, (학문을 하

는) 방법이 능숙한지 그런지 못한지를 기준으로" 다투는 경쟁이 발생한다. 지금까지 봐 온 것처럼 대등한 자들이 서로 토론하는 자리인 회독은 이러한 경쟁의 장이었다. 이 점에 대하여 도어는 "다수의 학교에서는 상급자들의 집단토론—능력의 차가 명백히 드러나는—은 필수가 아니었다. 학교에 따라 이와 같은 토론을 장래의 전문가라 할 수 있는 기숙생들에 한해 실시하거나, 능력에 자신이 있는 통학생들이 임의로 참가하도록 제도적으로 규정한 곳도 있었다"[6]고 말하며, '집단 토론'이 능력차를 드러낸다는 회독의 본질적인 문제를 지적하면서 회독이 한정적으로 보급되었음을 지적하고 있는데, 반드시 그렇지만도 않았다.

다케다 간지에 의하면, 『일본교육사자료日本教育史資料』에 기재된 번교 240여 개 중 윤강과 회독을 동시에 채용한 곳이 70여 곳, 윤강만을 채용한 곳이 마찬가지로 70여 곳, 회독만을 채용한 곳이 30여 곳이었다. 즉 240여 곳 중 170여 곳, 약 70%의 번교가 윤강, 회독을 실시하고 있었다. 윤강과 회독을 실시하지 않았던 나머지 70여 개소도 "회강會講, 강회講會, 강습, 강구회, 질강質講 및 윤강 및 회강으로 분류되는(혹은 이들과 명칭만 다를 뿐인)" 회업會業이 있었거나 있었던 것 같다"[7]고 지적하고 있다. 이처럼 압도적 다수의 번교에서 윤강과 회독이 실시되고 있었던 점은 도어가 말한 것처럼 비록 회독과 윤강이 상급자들에게 한정되었으며 필수적인 것이 아니라 할지라도 이 두 가지가 번교 교육의 중핵을 담당했던 교습, 독서방법이었다는 점을 말해준다.

그러나 회독의 장은 "진정한 실력" = '실적'을 원리로 하고 있기 때문

---

6 Ronald Philip Dore, 松居弘道 譯, 『江戸時代の教育』, 巖波書店, 1980.

7 武田勘治, 『近世日本學習方法の研究』, 講談社, 1969.

에 당연히 '속성'을 원리로 한 신분제도와 대립, 충돌이 발생하게 되었다. '속성', 즉 신분제도가 엄연히 존재했기 때문에 도어가 지적하고 있는 것처럼 "능력차가 분명히 드러나는" 집단토론인 회독을 행하더라도, 그 차이가 겉으로 드러나지 않도록 배려하는 것도 필요했다. 이 때문에 '속성'의 원리와 타협하지 않으면 안 되는 일들이 발생하게 되었다.[8] 이 점에 대해서는 뒤에서 가나자와번의 메이린도에서 발생한 사례를 근거로 살펴보기로 하고, 여기에서는 먼저 사숙의 회독을 살펴보도록 하자. 사숙은 신분제도의 '속성' 원리로부터 상대적으로 자유로웠기 때문에 회독의 세 가지 원리(상호 커뮤니케이션성, 대등성, 결사성)가 번교에 비해 분명히 드러났기 때문이다. 아마노 이쿠오天野郁夫에 의하면 사숙이라는 "자유로운 학습의 장"은 "젊은이들이 연령과 신분에 구애받지 않고 서로의 능력을 신장시켜 주고 한 편으로는 능력을 다투는 경기장"이었으며, 이 "지력에 의한 경기장은 다름 아닌 윤강이나 회독 자리에서 펼쳐졌다."[9]

이미 히로세 단소廣瀨淡窓의 간기엔咸宜園이나 오가타 고안의 데키주쿠, 요시다 쇼인吉田松陰의 쇼카손주쿠松下村塾와 같은 사숙이 얼마나 신분제도 바깥에 존재했던 자유로운 공간이었는지에 대해서는 여러 차례 논의되어 높이 평가되어 왔다.[10] 이에 비해 관립인 쇼헤이자카가쿠몬조나 번교는 수구파의 아성이었으며 자유를 억압하고, 개명開明에 대해 보수적이었다는 등 도식적으로 논해진 느낌이 있다. 그러나 번교에서 "능

---

8 天野郁夫, 『教育と選抜』, 第一法規出版, 1982.

9 天野郁夫, 『増補 試験の社會史』, 平凡社ライブラリー, 2007.

10 R. Rubinger, 『私塾』, サイマル出版, 1982; 海原徹, 『近世私塾の研究』, 思文閣出版, 1983; 沖田司, 『藩校, 私塾の思想と教育』 日本武道館, 2011.

력의 차가 분명히 드러나는" 회독이 채용됨으로써 세습제도와의 모순이 발생한 측면도 있다. 단 그러한 내부의 알력, 타협은 다방면에 걸쳐 있으며 세세한 논의로 이어지기 때문에 분명히 밝혀지지 않았다. 이 책의 목적은 그러한 내부의 알력이나 타협을 분명히 하는 것인데, 우선 사숙을 본 다음 쇼헤이자카가쿠몬조나 번교의 회독을 살펴보도록 하겠다.

2. 사숙의 회독과 논쟁

사숙이란 막부가 건설한 쇼헤이자카가쿠몬조나 번교 등 "지배 권력과는 관계없이 설립된 교육기관이며, 민간 지식인의 자택이 교육 장소로 사용되어 그에 속하는 학파, 유파 독자의 교육방침에 따라 일반적으로 자제子弟의 신분에 구애받지 않고 자유로운 교육"이 행해진 학교[11]이다. 이토 진사이의 고기도古義堂나 오규 소라이의 겐엔주쿠가 이 범주에 속한다. 단 그들로부터 회독 유행이 시작된 뒤 18세기 중엽 이후 사숙의 경우, 학습 내용이나 방법이 쇼헤이자카가쿠몬조나 번교와 크게 다르지는 않았으며 어떤 의미에서는 상호보완적이었다. 뒤에서 살펴보겠지만 사숙이 그대로 번교로 바뀌는 경우도 있었으며(예를 들면 후쿠오카번福岡藩), 번교에 입학할 자격을 얻기 위해서 사숙에서의 교육이 전제

11 『日本思想史辭典』, ぺりかん社, 2001, '私塾'の項, 川村肇 執筆.

되는 경우도 있었다(예를 들면 미토번水戸藩). 만약 학습내용이나 방법이 달랐다면 이와 같은 현상은 일어나지 않았을 것이다.

그렇다면 양자의 차이는 무엇일가? 단적으로 말하면 번교가 취학을 강제하는 경우가 있었던 것에 반해, 사숙은 자발적으로 입학했다는 점이다. 또한 전자가 원칙적으로는 입학 자격이 부시에게 제한되었던 것에 반해, 후자는 부시 이외의 서민들에게도 문호를 개방하여 봉건적인 할거주의를 넘어서 있었다는 점에서도 큰 차이가 있다. 번교는 번藩 내의 부시만이 입학할 수 있었던 것에 반해, 유명한 사숙의 경우 전국 각지에서 학생들이 모여 들었다.

이 때문에 사숙에서는 '진정한 실력' = '실적'을 다투는 경쟁을 하더라도 '속성'을 중히 여기는 번교에 비해 어려움이 적었다. 대등한 학생들 간의 회독은 이러한 경쟁의 장이었다. 도어가 주목하고 있는 것처럼, 지금부터 소개할 가메이 난메이亀井南冥의 사숙에서 회독을 하는 와중에 경쟁이 일어난다는 것이 확실히 드러난다. 단 도어는 "윤강에 경쟁이라는 요소를 집어넣은 점에서는 예외적이라 할 수 있다"[12]며 이러한 경쟁을 예외적인 것으로 보고 있으나, 본서를 통해 결코 그렇지 않다는 것이 분명해질 것이다.

---

12 Ronald Philip Dore, 松居弘道 譯, 『江戸時代の教育』, 巖波書店, 1980.

경쟁심에 호소하는 '교습 기술'

가메이 난메이(1743~1814, 간포寬保 3년~분카文化 11년)는 후쿠오카번의 교육과정에 회독을 도입한 소라이학파의 유학자다. 소라이학파에 속하는 승려 다이초 겐코大潮元皓에게 사사받은 난메이는 메이와 원년(1764)에 사숙 히에이칸蜚英館을 열고 회독을 채용하였으며, 20년 뒤 덴메이 4년(1784)에 후쿠오카 번교 간토칸甘棠館, 西學文所에서 가르칠 것을 명받은 뒤에는 간토칸에서도 회독을 행했다. 구마모토번의 지슈칸時習館과 함께 소라이학파의 회독 본위의 학습법을 가장 빨리 번교에 도입한 사례로 알려져 있다. 우선 사숙 히에이칸에서 이루어진 회독이 어떤 형태였는지를 살펴보자.

『히에이칸 학규蜚英館學規』에서는 회독을 "제 학생들이 모여 함께 독서에 임해 그 뜻을 강구하는" 장이라고 정의하며 토론의 판정자, 문답 형태, 성적 계산법 등을 명문화하고 있다. 이에 따르면 판정자인 사장舍長은 학생들이 경서에 관해 쓴 문장에 대해 묻고 답하게 한다. 이때 질문하는 자와 답하는 자 중 어느 한쪽이 논파될 때까지 논쟁은 계속되었다고 한다. 단 승부가 나지 않을 경우 사장이 승부를 내리며 학생에게 각각 비점批點(●印)과 권점圈點(○印)을 찍었다고 한다.

난메이의 아들 가메이 쇼요亀井昭陽(1773~1836, 안에이安永 2년~덴포天保 7년)의 『성국치요成國治要』(1791)에서는 히에이칸에서 이루어진 회독의 양상을 전하고 있다. 그에 따르면 회독의 장은 실로 '사려師旅'(군대)에 비견될 만한 진검 승부의 장이었다는 점을 알 수 있다. 그중 한 구절을 인용해 보자면, "각각 자신의 견해를 중히 여겼다. 슌카春華가 그 의견이 잘못되었다면서 끝까지 캐물으며 각각 자신의 의견이 옳다고 서로 힘써 비판하고 논파하면서 주먹을 쥐니 손톱이 살 안으로 파고들었는데도 알지 못했다. 이는 북소리가 울리고 처음 만나 만기萬騎가 크게 서로 부딪쳐 무예를 떨치며 서로 부딪치는 것 같지 아니한가?"(卷下)고 한다. 쇼요는 토론이 비등한다 하더라도 서로 이야기가 계속되면 자연스럽게 이치가 분명한 자와 그렇지 않은 자가 분명해 지며, 사람들은 이치가 분명한 자에게 감복하여 "함께 의견을 구하며, 다른 의견은 서로 완화되었다"고 한다.

회독을 통해 승부가 갈리면, 사장은 명부에 기록된 비점과 권점의 수를 세어 권점이 많은 성적순으로 다음 회독의 순서를 결정했다. 즉 회독의 장에서의 순서는 '전殿'(下功)과 '최最(上功)', 즉 성적이 우수한 정도에 따라 정해졌다.

> 숙생塾生들은 나이로 위아래를 정하며, 밖에서는 작위를 바탕으로 위아래를 정한다. 나이와 작위가 동일한 경우에는, 누가 먼저 입문했는지를 기준으로 한다. 혹시 다른 사람을 높이고 스스로를 낮추는 경우에는 반드시 위아래를 고칠 필요가 없다. 단 회독을 할 때의 전殿과 최最는 그때의 이기고 짐에 따른다. (『蜚英館學規』)

즉 학생들은 보다 위로 올라가기 위해 서로 전력을 다해 노력해야 했다. 난메이는 자리를 쟁탈하는 것이 "의義에 반하는 것"임을 부정하지는 않았으나, 그렇다고 해서 회독이 경쟁의 장이라는 것도 부정하지 않았다. 이 점에 대하여 난메이는 다음과 같이 변호하고 있다.

논어에 말하기를 "군자는 다투지 않는다君子無所爭"(「八佾編」)고 하였다. 지금 회강에서 승부를 내고자 그 자리를 다투는 것은 의에 반하는 것이다. 그렇기는 하지만 중고中古 시기에 수교讎校라는 말이 있었다. (서로 마주앉아) 책 두 권을 교합하여 교정하는 모습이 마치 원수를 대하는 것 같다는 말이다. 강서講書의 어려움을 알 수 있는 말이다. 중국인도 이러했다. 하물며 우리 동인東人의 후손들은 어떻겠는가? 연소한 자가 진 것에 분해하는 것은 인정상 당연한 일이다. 진 것에 분해한다면, 이를 통해 승리하고자 노력한다. 승리하고자 노력하면, 스스로 떨쳐 일어나고자 한다. 그러하면 강해지며, 강해지면 (학업이) 진척되고, (학업이) 진척되면 즐거워지며, (학업이) 즐거워지면 지속되고, 지속되면 자연히 성취하게 된다. 성취하게 되면 자연스럽게 수양하게 되는데 이를 막을 수 없다. 이를 가르침의 기술이라 말한다. 무릇 공자는 활을 쏘는 것을 가리켜 군자의 다툼이라 했다. 이러한 가르침을 바탕으로 승자를 원망하지 않고 스스로를 바르게 하고자 노력해야 한다. 나의 회강에서는 이에 따른다. (『蜚英館學規』)

학습자가 경쟁을 통해 스스로 분발해 학력을 쌓는 것을 '가르침의 기술'이라고 표현한 것은, "선생의 도道를 옛 사람들은 도술道術이라 말했다"(『弁道』)고 주장한 소라이학에 적합하다고 말할 수 있을 것이다. 구체적으로 말하자면, 히로세 단소는 난메이를 평하며 "선생은 매우 교육에 능하셨다. 아마 천성적으로 사람의 재능을 사랑하는 것이라고 생각된다. 사람에게 한 가지라도 잘 하는 것이 있으면 그것을 버리려 하지 않으셨다. 중행中行(中庸)을 지키는 자라 하더라도 이를 좋아하셨다. 광간狂簡한 자라도 좋아하셨다. 사람을 볼 때, 오직 좋은 점만 보고 나쁜 점은 보려 하지 않으셨다. 나와 같은 자는 나태하여 스스로 노력하는 것에 능하지 못하다. 그런데 선생은 나를 격려하시면서 멈추려 하더라도 불가능하다고 하셨다. 그 가르치고 인도하는 방법의 억양抑揚을 가늠하기 어려웠다. 요컨대, 사람이 분발하고 용약하는 것은, 스스로 멈추기 어렵다는 뜻이다"(『懷舊樓筆記』 卷8)라고 말했다. 이는 학습자가 자기도 모르는 사이에 학문에 힘쓰게 하려는 술책이기도 하지만, 그의 말은 오규 소라이의 제자 다자이 슌다이가 경쟁심에 대해 말한 바를 상기시킨다.

> 무릇 천하의 사람들 중 경쟁하고자 하는 마음이 없는 자는 없다. 경쟁이란 싸우고 다투는 것이다. 다툰다競는 것은 다른 사람에 대항하여 겨루는 것이다. 다른 사람과 다투어 다른 사람에게 이기고자 하며, 다른 사람과 경쟁하여 다른 사람에게 뒤처지지 않고자 생각한다. 이것이 사람의 정리다. 또한 여름에는 서늘한 곳을 좋아하며, 겨울에는 따뜻한 곳을 좋아하며, 영리榮利와 관련된 일이라면 다른 사람을 제치고서라도 앞으로 나아가고자 하며, 괴로운 일은 다른 사람을 내보내고 자신은 빠져나가려고 생각하며, 다른 사람과 무언가를 나눌 일이 있으면 자신이 조금이라도 더 좋은 것을 조금이라도 더 많이 얻으려 하며, 이익을 취하는 일에는 파리靑蠅가 고기에 모여들 듯 모여들며, 해가 되는 바는 청사靑蛇를 두려워하듯 하며 모두 다른 사람을 고려하지 않고 일신의 편리함을 추구하고자 하는 마음을 가지니, 이것이 천하 사람들의 실정이다. 이러한 마음은 현명한 자에게도 어리석은 자에게도, 군자에게도 소인에게도 똑같이 존재한다. 만약 그러한 마음을 억제하여 그대로 버려둔다면 천하의 어지러움은 멈추지 않을 것이다. (『聖學問答』 卷上)

슌다이는 천하의 사람들이 모두에게 '경쟁심'이 존재하며 이것이 '사람의 정리'라는 것을 인정하고 있었다. 주자학에서처럼 "다른 사람과 다투어 다른 사람에게 이기고자 하며, 다른 사람과 경쟁하여 다른 사람에게 뒤처지지 않고자 생각하는" '경쟁심' 자체를 부정하는 것이 아니라 그것을 올바른 방향으로 인도하고자 했던 것이다. "연소한 자가 진 것에 분해하는 것은 인정상 당연한 것이다. 이러한 가르침을 바탕으로 이기고자 한다"고 말했던 난메이의 '가르침의 기술'은, '경쟁심'을 '인정'이라 전제하는 슌다이와 마찬가지라는 의미에서 매우 소라이학파와 닮았다고 할 수 있을 것이다. 이 점은 도어가 지적하는 것처럼 "송학파宋學派의 관점으로부터 보았을 경우 발생할 수 있는 이와 같은 방식(회독)의 결함은, 그것이 경쟁이라는 요소를 도입했다는 점에 있었다. 지위, 명예를 위해 다른 사람과 다투는 것은 사회 질서를 파괴하는 것이며, 또한 올바른 학문의 목적에 유해한 동기다. 이와 같은 동기로부터 발전한 학문은 주자가 경계한 '명리'의 추구라는 함정에 빠지고 만다. 난메이는 이와 같은 의논이 있다는 것을 알고 있었으며, 이에 대해 반론을 시도했다"[13]고 할 수 있다.

위에서 본 바와 같이, 소라이학파에 속하는 가메이 난메이의 회독에서는 경쟁이 학습 효과를 높일 수 있다고 생각되어 용인되었다는 것을 알 수 있다. 단 이 때문에 회독에서 경쟁의 문제가 현저해진 것도 사실이다. 이미 진사이의 도시카이에서도 '이기고자 하는 마음勝心'이 비판된 바 있었다. '벗'이라는 대등한 인간관계하에서 회독을 할 때 경쟁이

13 위의 책.

발생한다. 어려운 책을 토론하면서 협력하는 것보다 서로 누가 더 신기한 논의('발명')를 하는지 겨루게 되는 것이다. 단 다른 한편으로, 앞에서 서술한 것처럼 회독을 경제적인 이해관계나 사회적인 권세와 결부되지 않는 아곤(경쟁)으로서의 놀이라고 한다면, 여유가 있고 생산적이고 무엇보다 "진정한 실력"만으로 순서가 정해지는 회독의 장이 '속성'을 원리로 하는 후쿠오카번 내에서 이질적인 공간이었음은 분명하다.

히로세 단소의 삼탈법三奪法과 월단평月旦評

에도 시대의 사숙들 중 회독을 하며 경쟁할 것을 적극 추진했던 사람이 난메이의 아들, 가메이 쇼요의 주쿠에서 공부한 히로세 단소였다. 분카 14년(1817) 단소가 창설한 간기엔(이전의 이름은 成章舍, 桂林園)에서는 철저한 실력주의 아래 회독이 교육의 중심으로 자리잡았다. 히로세 단소(1782~1856, 덴메이天明 2년~안세이安政 3년)는 규슈九州 천령天領의 중심지였던 분고노쿠니豊後國 히타日田에서 유력 상인의 아들로 태어났다. 천성적으로 병약해서 후루카와 데쓰시古川哲史에 따르면 "단소의 생애는 병의 연속이었으며, 75년 중 2 / 3에 해당하는 50년은 병, 혹은 수면 때문에 침상 위에서 소비되었다고 봐도 좋지 않은가!"[14]라고 이야기할 정도였다. 이 때문에 그는 가업인 상업이 아니라 학문과 교육에 뜻을 두었다. 간세이 9년(1797)에 16세가 되었을 때, 단소는 가메이 쇼요에

14 『広瀬談窓』, 思文閣出版, 1972.

게 입문하여 전장과 같은 회독을 거치며 단련되었다. 가메이주쿠의 회독은 3일에 한 번 밤에 행해졌으며, 출석자는 14, 5명 정도였다고 한다. 아무리 단소라도 "처음에 왔을 때에는 그 풍속에 익숙해지지 않았다. 좌절하는 경우도 많았다"고 한다. 그러나 "다음 해 귀성할 때 선생이 내게 말하기를, 자네가 처음 왔을 때에는 심히 평범했다. 지금은 크게 성장했다 하셨다"(『懷舊櫻筆記』 卷上)고 말할 정도로 반년 뒤에는 크게 학력이 신장되었다고 한다.

가메이주쿠에서의 회독 경험을 살려 단소가 창설한 삼탈법三奪法과 월단평月旦評은 실력주의를 보장하는 독특한 제도였다. 삼탈법이란 입문할 때 연령, 학력, 문지門地를 백지로 돌리는, 즉 '속성' 원리를 완전히 부정하는 제도였다.

> 내 문하에 들어오는 자는 삼탈三奪의 법法을 지켜야 한다. 첫째로 아버지로부터 받은 나이를 빼앗아 어린 자의 밑에 두며, 누가 먼저 입문했는지를 바탕으로 장유長幼를 따진다. 둘째로 스승으로부터 받은 재주와 학식을 빼앗아 불초不肖한 자와 나란히 하며, 과정을 얼마나 이수했냐로 우열을 따진다. 주인이 준 계급을 빼앗아 비천한 자들과 섞으며, 월단月旦의 높고 낮음에 따라 존비를 따진다. 이것이 삼탈三奪의 법法이다. (『燈火記聞』 卷2)

입문자들은 이 삼탈법에 의해 '아버지' '스승' '주인'이라는 '속성'의 속박에서 풀려나 자유가 되었다. 나이에 상관없이, 이전에 누구로부터 얼마나 배웠는지, 부시나 서민이라는 관계에 상관없이 자신의 실력만으로 시험받았다. 즉 간기엔에 입문할 때 학생들은 새로운 출발점에 서게 되었다. 학생들에게 "출발점에서 평등한 기회"(Caillois)가 주어진 것이 간기엔이 '간기咸宜'(『시경』 商頌에 나오는 단어) 즉 '모두 좋다'고 명명된 하나의 이유였다.

단소가 간기엔을 주재했던 시대의 입문부에 따르면, 교와 원년(1801)으로부터 안세이 3년(1856)까지 56년 동안 입문했던 2915년 중, 부시가 165명(5.5%), 승려가 983명(33.7%), 서민이 1667명(60.8%)이었다.[15] 압도적으로 조닌, 백성 출신이 많았지만 부시도 어느 정도 섞여 있었다. 이러한 의미에서 간기엔은 부시를 교육하는 번교와도, 서민을 교육하는 데라코야와도 다른 중간적인 교육기관이었다고 말할 수 있을 것이다. 이 때문에 삼탈법의 제도(룰)에 의해 분명히 신분제도가 굳건한 사회와 단절할 필요가 더 있었다고 할 수 있다.

이와 같이 초기화된 뒤 학생들은 한 달에 한 번 엄정하고 객관적으로 평가받는 월단평에 의해 무급으로부터 시작해 1급으로부터 9급(각 급마다 上下가 있어 총 19급)까지 한 단계씩 승급했다. 근대의 학교에서는 학력의 발달에 따라 몇 가지 단계를 겨져 아랫단계로부터 윗단계로 승급할 때 시험을 치르거나 혹은 일상의 성적을 감안한 등급 제도를 거치게 되는데, 간기엔은 이러한 등급제를 먼저 도입해 오로지 '실적'만으로 평가하는 근대적인 학교제도를 실행했다는 점에서 선구적이라고 할 수 있을 것이다.

---

15 井上善巳, 『日本教育思想史の研究』, 勁草書房, 1978.

회독 = 탈석회奪席會라는 시스템

간기엔에서는 회독이 중요한 위치를 점하고 있었다. 또한 회독은 자리를 빼앗는 탈석회奪席會라고도 불리고 있었다. 탈석회, 즉 회독에서는 단소가 3일치 강의한 책의 내용이 텍스트가 되었다. 텍스트에 따라 차이는 있지만, 하루 6매를 강의했다면 3일분은 18매가 되는 식이었다. 이 제한된 텍스트에 대한 단소의 해석이 회독을 할 때 토론의 기준이 되었다. 출석하는 학생들은 10인에서 12명씩 그룹을 나누었으며, 7급 이상의 학생들이 회두가 되어 모임을 주재했다. 우선 회두가 상좌에 앉아 첩부帖簿에 학생들의 이름을 쓴 뒤 지난 번 모임 때의 성적에 따라 학생들을 두 열로 나누어 앉혔다. 즉 순위에 의해 좌석이 결정되었다.

그 뒤에 회독이 시작되었다. 맨 처음 2위에 해당하는 학생이 1위인 학생에게 텍스트의 내용 중 해석하기 어렵다고 생각하는 곳 중 두 구절 이하의 짧은 곳을 찾아 질문했다. 1위인 학생이 이를 명확히 말할 수 있었다면 회두의 상대석으로 올라가 책상 위에 책을 펼쳤다. 다음으로 3위인 학생들이 해석이 어려운 20자를 1위인 학생에게 질문했다. 또 다시 1위인 학생이 분명히 대답했다면, 이번에는 4위인 학생이 해석이 어려운 20자를 질문했다. 이에 대해서도 분명히 대답했다면, 1위인 학생은 상점으로 3점을 획득할 수 있었다.

다음으로 1위인 학생이 5위인 학생에게 짧은 구절, 혹은 한 구절을 질문했다. 5위인 학생이 이를 설명하는 것이 가능했다면 5위인 학생이 상대석에 올랐으나, 1위인 학생은 최상위인 갑석甲席을 유지할 수 있었다.

단 1위인 학생들이 맨 처음 2위 학생의 질문에 대답하여 상대석에 오른 뒤 3위 학생의 질문에 답할 수 없었다면, 3위인 학생이 상대석에 오를 수 있었다. 이를 탈석奪席이라고 한다. 이 경우 1위인 학생은 상점도 획득할 수 없었다. 2위인 학생이 1위인 학생에게 질문한 것은 간단한 단구短句였으므로 상점을 획득할 정도의 가치가 없었기 때문이다. 만약 1위 학생이 3위 학생의 질문에 대답한 뒤 4위 학생의 질문에 답할 수 없었다면 4위 학생이 상대석에 올랐다. 이 경우 1위 학생은 처음으로 상점 1점을 획득할 수 있었다. 4위 학생의 질문에 대답했다면 앞에서 서술한대로 3점을 획득할 수 있었다. 이 경우에는 맨 처음 질문에 대답한 것도 점수로 인정되었다.

이처럼 순차적으로 질문을 했는데, 질문자와 응답자 모두 명료하게 이야기하지 못한 경우에는 다른 학생들이 해설하는 것도 가능했다. 이 경우에는 해설을 한 학생이 상대석에 올랐다. 또한 이야기가 길어져 출석자들을 한 번 돌아도 마땅한 해설이 없는 경우에는 갑석에 앉아 있는 학생에게 다시 대답할 기회가 주어졌다. 이때 그 해설이 정확한 경우에는 상점이 주어졌다. 이와 같이 순차적으로 질문하는 과정은 처음 시작할 때와 마찬가지로 진행되어 문답이 세 번 오가면 폐회했다.

히로세 단소가 회두일 경우에는 특별히 승점이 가산되었다. 이 경우 텍스트로 삼은 책의 난이도에 따라 승점 1점으로 치는 동그라미 표시 하나가 3점, 어떤 경우에는 5점, 10점도 되는 경우도 있었다고 한다. 이상이 『남가일몽초록南柯一夢抄錄』에서 전하는 회독 = 탈석회의 모습이다.

간기엔에서 행해진 회독도 가메이주쿠의 그것과 마찬가지로 진검승부의 장이었다. 때문에 자리를 빼앗긴 자는 이를 갈며 팔을 움켜쥐고 눈물을 흘리며 회독할 때 들어온 곳과는 다른 곳으로 나갔다고 한다.

상위자와 하위자의 출구가 달랐기 때문이다. 간기엔의 교육은 철저한 실력주의를 관철했으며, 이와 같은 실력주의는 순서를 빼앗은 경쟁과 표리일체라 할 수 있었다. 간기엔에서 불려진 〈이로하우타以呂波歌〉[16] 중 다음과 같은 것이 있다.

언제까지나 아랫자리에 있을 것이라 생각하지 마라. 자리 순서라는 것의 의미를 잘 알아야 한다. 6급도 7, 8급도 뛰어올라 9급에 다다른 자여 실로 훌륭하다.

처음부터 다른 사람 위에 서기는 어려우니, 세상일이 다 그러하다는 것을 알라.

실로 대단한 상승 욕구다. 그러나 이와 같이 경쟁을 학문의 세계로 끌어들이면 본래 "자신을 위해 하는" 학문이 "남을 위해 하는" 학문으로 변질되는 것은 아닌가, 실력을 다투는 것에 집착해 자기의 도덕성을 함양한다는 학문의 본래 목표를 잃어버린 것 아니냐는 비판이 당연히 일어나게 된다. 동시대의 번교, 예를 들면 요네자와번의 번교 고조칸興讓館에서는 "후세 말학의 유폐流弊"란 "학업을 다른 기예와 마찬가지로 생각해 학력의 우열을 다투는 것이 기예의 우열을 다투는 것 같다"(莅戸以德, 『學要辨』, 文化 10년, 資料1冊, 752항)고 비난하고 있었다. 또한 도학자 정이천程伊川[17]은 학교는 '예의'를 중시하는 곳임에도 학생들을 경쟁시키는 것은 '교양의 도道'가 아니라고 말했다(『小學』 外篇, 立敎). 간기엔의

16 【역주】 히라가나平仮名 47자를 1번씩 사용해서 지은 노래.

17 【역주】 북송北宋의 유학자 정이程頤를 말한다. 이천伊川은 호.

'주쿠의 법塾法'은 이러한 정이의 생각에 반하는 것은 아닌가라는 질문이 단소에게 던져졌다.

단소는 이에 대해 중국과 일본의 사회적, 역사적 차이를 근거로 다음과 같이 말하고 있다. 단소에 의하면 중국에서는 공경과 사대부는 세습이 아니었으며 과거에 의해 필부로부터 대신까지 입신출세하는 것이 가능하기 때문에, "인심이 흉흉하여 명리를 다투는 것이 불이 타오르는 것 같아" 학문을 하는 자는 "학문으로 명리를 낚으려" 했다. 이 때문에 "마음에 도의가 있는 자"는 백 명 중 한 명 정도에 지나지 않거나, 한 명도 없는 경우도 있었다(앞에서 본 고가 고쿠도古賀穀堂의 인식과 마찬가지). 이러한 현황을 우려하여 정이천은 "힘써 다투는 마음을 억누르고 침잠하는 생각을 집중"시키기 위해 학교 내에서의 경쟁을 부정했다. 그런데 우리나라는 중국과는 정반대다. 부시는 모두 세습해 녹을 먹으니 "어질다 해도 뜻을 펼칠 길이 없으며, 어리석다 하더라도 물러날 방법이 없다. 사람의 마음이 오만하고 나태하여 꽉 막혀 있으니 학업에 맞지" 않다. 때문에 "월단평을 두어 이를 보임으로써 영예와 치욕을 주어 (학업을) 고무하는 것"이다(『夜雨寮筆記』 卷3). 이와 같은 주장으로 그는 간기엔의 수업 방식을 정당화했다. 세습 제도가 존재했기 때문에 경쟁은 학문에 대한 동기를 유발하는 유효한 수단이라는 것이다. 역으로 말해 과거라는 시험에 의해 필부로부터 대신까지 출세하는 길이 열리면, "명리를 낚는 도구"가 되어, 깊이 "침잠하여 생각"하지 않아 타락할 것이다. 단소의 이와 같은 말은 학문이 입신출세의 자본이 된 메이지 시대에 중요한 의미를 전하게 되었다.

데키주쿠適塾의 회독

그런데 히타의 간기엔으로부터 오사카에 있는 오가타 고안의 데키주쿠에 입학한 자가 있었던 것도 그들이 이러한 경쟁을 견뎌내는 강한 향상심을 가지고 있었기 때문이었다. 간기엔에 1년간 머무르며 권4급까지 승급한 막말幕末, 메이지 시기의 탁월한 군사지휘관 오무라 마스지로大村益次郎(1825~69, 분세이文政 8년~메이지明治 2년) 등이 유명하며, 이외에도 구루미久留米의 난방의蘭方醫[18] 마쓰시타 겐보松下元芳나 후쿠오카의 난방의 다케야 히로유키竹谷祐介 등이 있었다. 그들은 완벽히 데키주쿠에 적응할 수 있었다. 덴포 9년(1838)에 오가타 고안이 오사카에 연 데키주쿠에서도 간기엔과 마찬가지로 학력에 따라 8, 혹은 9등급의 등급제를 두어 문법을 배우는 초급부터 시작해 네덜란드어 원서를 회독하는 상급 과정에 이르기 까지 과정을 나누어 놨기 때문이었다.

텍스트는 당시의 난학주쿠蘭學塾와 마찬가지였으며 문법은 『오란다문전전편和蘭文典前篇』(1842년 간행, 미쓰쿠리 겐포가 번역한 통칭 『그라마티카』 Granmatica of Nederduitsche Spraakkunst), 문장론은 『오란다문전후편和蘭文典後篇』(1848년 간행, 통칭 『신택시스』 Syntaxis of Nederduitsche Woordvoeing)을 사용했다. 주쿠塾의 학생은 이 간본(간본이 없으면 사본)을 사용해 초학자들은 우선 『그라마티카』의 소독을 하며 선배의 강석을 들었다. 『신택시스』 역시 마찬가지로 소독과 강석講釋을 통해 배운 뒤 문장이 통하게 되면 원서의 회독을 했다. 데키주쿠의 소독, 강석講釋, 회독이란 학습방법

18 【역주】 네덜란드로부터 수입된 의학에 정통한 의사들을 가리키는 말.

은 당시 번교, 사숙에서 유학자들이 사용한 학습방법과 다르지 않았다. 오히려 우미하라 도오루海原徹는 한학숙漢學塾에서도 회독에 중심을 둔 간기엔의 "실력 중심의 승급 시스템"을 행했으며 이것이 난학숙蘭學塾에 끼친 영향이 컸다고 지적하고 있다.[19] 또한 우미하라에 의하면 데키주쿠의 시마이주쿠姉妹塾라 할 수 있는 오가타 이쿠조緒方郁藏(고안의 義弟)가 만든 도쿠쇼켄주쿠獨笑軒塾의 '계급과업차제階級課業次第'에도 1급에서 6급까지 등급이 있어, 6급의 경우 '문법서소독생文法書素讀生'이라 하여 처음에는 소독素讀을 했으며, 5급이 되면 '문법서전편회독文法書前篇會讀'을, 4급이 되면 '문법서후편회독文法書後篇會讀'을, 3급이 되면 '만리궁리서회독萬里窮理書會讀'을 했다고 한다.[20] 이와 같은 도쿠쇼켄주쿠의 등급제는 데키주쿠를 모방한 것으로 생각된다.

후쿠자와 유키치의 회상은 앞서 소개한 바 있다. 데키주쿠의 회독은 급수 별로 매월 6회(1, 6일, 혹은 3, 8일)행해졌다. 인원은 급수 별로 10명에서 15명 정도였으며, 급마다 회두가 있었는데 급수에 따라 숙두塾頭, 숙감塾監, 1급 학생 등이 이를 맡았다. 텍스트로는 주쿠에서 소장하고 있는 원서를 사용했는데, 개수가 적어 주쿠의 학생들은 각자 1회 분량에 해당하는 3~5매 정도를 필사해 예습했다. 텍스트에 관해서는 불명한 점이 있더라도 단 한 자도 타인에게 질문해서는 안 됐으며, 자신의 힘으로 즈후Doeff방에 놓여 있었던, 네덜란드어 사전『즈후・하르마자서ヅーフ・ハルマ字書, *Doeff-Halma Dictionary*』[21]를 사용해 회독을 준비하기 위해 예

---

19 海原徹,『近世私塾の研究』, 思文閣出版, 1983.

20 위의 책.

21 【역주】『즈후・하르마자서ヅーフ・ハルマ字書, *Doeff-Halma Dictionary*』란 당시 네덜란드의 상관장 헨드릭 즈후Hendrik Doeff가 일본 통사들과 함께 편찬한 네덜란드어 사전이다. 이

습했다. 후쿠자와가 회상하고 있는 것처럼 "아무리 나태한 학생이라도 졸처럼 자는 법이 없었다. 즈후방이 불리는 자전字引이 있는 방에 5명, 10명이 무리를 지어 아무 말 없이 자전을 찾으며 공부했다"고 한다.

우메타니 노보루梅溪昇에 의하면, "괴로움의 연속인 예습을 한 뒤 맞이하게 되는 회독의 모습은, 당일에 그 장소에서 참가자들이 제비를 뽑아 자리 순서를 정해 그 순서에 따라 몇 줄씩 네덜란드어를 해석했다. 그러면 다음 사람이 질문하는 식으로 진행되었다. 회두는 잠자코 그것을 듣고 있다가 옆에서 질문을 시켰다. 모르는 것이 있으면 토론을 시켰다. 이렇게 순차적으로 진행되어 회독이 종료되면, 그날에 성적을 회두가 채점하여 자신이 분담한 곳을 완벽하게 해석한 자는 △표시를, 토론에서 정답을 말한 자, 즉 승리한 자는 ○표시를, 패자에게는 ●표시를 했다. △표시는 ○표시의 3배 정도의 성적으로 평가받았다고 한다. 이와 같은 1개월 간의 성적을 조사하여 우수자를 상석에 앉혔으며, 3개월 간 수석인 자는 승급시켰다"[22]고 한다. 이와 같은 회독의 승부에 대하여 안세이 5년(1858)에 후쿠자와 유키치가 에도로 떠난 뒤 데키주쿠의 주쿠의 장塾頭이 된 나가요 센사이長與專齋는 다음과 같이 회상하고 있다.

> 윤강의 승패는 일신의 면목이 걸려있어 (서로) 치열하게 경쟁하였으며 각각 사전을 사용해 말을 만들었는데, 한 단어 한 구절이라도 몰래 다른 사람에

전에 프랑스인 프랑소와 하르마François Halma가 일본인 난학자들과 편찬한 네덜란드어 사전 『하르마화해ハルマ和解』를 원본으로 하여 출간했기 때문에 위와 같은 이름이 붙었다.

22 梅溪昇, 『緒方洪庵と適塾』, 大阪大學出版會, 1996.

게 가르침을 받는 것 같은 비열한 짓을 하지 않고 각자 스스로의 힘으로 노력하여 학력을 다투었다. (『松香私志』, 平凡社東洋文庫, 『松本順自傳・長與專齋自傳』)

주쿠塾 내 다다미畳 한 장을 한 자리로 하여 그 안에 책상과 침구 및 그 밖의 도구들을 놓고 거기에서 일어났다 누웠다 하면서 몹시 거북했다. 그중에서도 오가는 곳이나, 벽에 면한 자리에 배정되면 밤에 다른 사람에게 밟혀 깨거나, 낮에 촛불을 밝히고 독서하는 것이 곤란했다. 따라서 매달 말에는 자리를 바꾸었는데 윤강의 자리 순서에 따라 상위에 속한 자는 보다 좋은 자리에 배정받았으므로, 1점이라도 앞선 자는 뒷사람을 물리치고 자리를 점할 수 있었다. (『松香私志』, 平凡社東洋文庫, 『松本順自傳・長與專齋自傳』)

위에서 알 수 있는 것처럼, 데키주쿠의 두드러진 특징은 신분・지역에 관계없이 "학력을 다투는" 공간이었다. 실력이 있는 자만이 좋은 장소에서 잘 수 있었다. 말 그대로 보다 좋은 장소를 점할 수 있었던 것이다. 실로 경쟁이란 이념이 형태로 실현된 것이라 할 수 있다.

후일의 일이기는 하지만, 메이지 초년의 미쓰쿠리 린쇼箕作麟祥의 교기주쿠仰曦塾에서도 번역 실력만으로 평가하는 회독을 행하고 있었다. 교기주쿠에서는 초단부터 9단까지 급을 나누어, 초단부터 3단까지의 학생은 하등생도, 4단부터 6단까지는 중등생도, 7단부터 9단까지는 상등생도라 했으며, 등급의 승진은 서양 원서의 독해력만으로 평가되었다. 그 학칙에는 "주쿠塾 내의 학생들은 귀천과 장유는 물론 사농공상士農工商의 구별 없이, 학술의 고하에 따라 좌석의 순서를 정하는 것을 원칙으로 한다. 자리 순서를 정하기 위해 매월 실시하는 윤강의 우열에 따라 매월 삭일 그 자리를 바꾼다"[23]고 되어 있다. 난학, 양학숙은 회독 = 윤강의 실력을 본위로 한 장이었던 것이다.

자유, 대등한 장에서의 공부

가메이 난메이의 히에이칸, 히로세 단소의 간기엔, 오가타 고안의 데키주쿠는 회독을 통해 경쟁심을 부추겨 학습의욕을 높였으며 동시에 철저히 실력본위 원칙이 지켜진 곳이었다. "지배 권력기구와 관계없이 설치된 교육기관"이었던 사숙이었기 때문에 가능했던 것임이 틀림없다. 확실히 사숙은 회독의 원리인 대등성을 관철하기 쉬운 장소였다. 실제로 모든 '속성'을 빼앗은 간기엔의 삼탈법은 가문이나 신분을 초월한 대등성을 제도화한 것이었다. 또한 뒤에서 살펴볼 요시다 쇼인吉田松陰의 쇼카손주쿠松下村塾처럼 쇼인 한 명의 카리스마적 매력 덕분에 대등성이 담보되어 자유롭고 활발하게 회독이 행해진 경우도 있었다. 어느 쪽이든 대등한 인간관계하에서 '실적'을 본위로 한 경쟁이 발생함에 따라 학력을 쌓는 것이 가능했다.

말을 바꾸어 설명하자면 사숙의 회독은 "지력에 의한 경기장"(天野郁夫)이었다. 즉 앞서 서술한 것처럼 카이와가 말한 아곤(경쟁)이라는 놀이의 장이라고도 할 수 있다. 이 경기장에는 경제적인 이익이나 사회적

23 「築地仰曦塾學則」, 國立教育研究所 編, 『日本近代教育百年史』, 1974 所引.

인 권세가 동반되지 않았기 때문이다. 아마노는 간기엔에서 일어난 격렬한 경쟁과 시험이 "졸업 후 어떤 자격이나 영달과도 결부되지 않는, 어디까지나 주쿠塾 내부에 한정된 경쟁"이며, "그것은 현세적인 이익 때문이 아니라, 월단평의 최상석에 이름을 올리고자 한 '명예'를 목적으로 한 경쟁이었다"[24]고 지적하고 있다. 데키주쿠의 회독도 마찬가지였다. "윤강의 승패는 일신의 면목이 걸려 있는 격렬한 경쟁"(『松香私志』)이었는데 그 '경쟁'은 "주쿠 내 다다미 한 장"이라는 점유지를 다투는 것이었으며, 주쿠 내의 '명예'를 목적으로 한 것이었다.

그러나 그렇기 때문에 사숙 안에서 성실하게 공부했다고도 할 수 있다. 이 점에 대해 미야카와 야스코宮川康子는 『후쿠옹자전福翁自傳』에서 후쿠자와가 특별한 목적이 있어 공부한 것이 아니었기 때문에 성실히 학업에 임할 수 있었다는 점을 들며, 에도 시대의 오사카가 '자유학문도시'였다고 논하고 있다.[25] 이 지적은 후쿠자와가 배운 데키주쿠뿐만 아니라 좀 더 넓게 부연할 수 있을 것이다. 후쿠자와는 다음과 같이 말하고 있다.

> 이 때문에 오가타의 서생이 수 년 공부해 훌륭한 학자가 되더라도, 실제의 일과는 연이 없다. 즉 입고 먹는 것과 연이 없다. 연이 없으므로 연을 구한다고 말하려는 생각이 들지 않기 때문에 그렇다면 무엇 때문에 고생하며 학문을 하느냐고 들으면 한 마디로 설명할 수가 없다. 앞으로 자신이 어떻게 될지 생각하지 않으니, 명성名을 얻을 생각도 없다. 명성을 얻기는커녕 난학서생이

---

24 天野郁夫, 『増補 試験の社會史』, 平凡社ライブラリー, 2007.
25 宮川康子, 『自由學問都市』, 講談社選書メチエ, 2002.

라고 말하면 세간에서는 나쁘게 말할 뿐이니 이미 포기하고 있다. 오직 밤낮으로 괴로워하며 어려운 원서를 읽으며 즐거워하고 있으니 실로 무엇이 어떻게 되어 가는지 모른다고는 말하는데, 한 걸음 나아가 당시 서생의 마음속을 살펴보면 스스로 즐거워하고 있다. 이를 한 마디로 말하자면 — 매일 진보하는 서양의 책을 읽는 것은 일본 사람에게는 불가능한 일이다, 자신과 자신의 동료들만이 이런 일이 가능하다, 가난하더라도 난삽難澁하며, 너절한 옷을 입고 형편없는 음식을 먹어 쳐다볼 필요도 없는 가난한 서생이지만, 지력과 사상이 활발하고 고상하여 왕후와 귀인조차 내려다 볼 정도라는 생각을 하고 있으며, 어렵지만 흥미롭다, 괴로움 중에 즐거움이 있다, 괴로움이 끝나면 낙이 온다고 말하고 있는 상황이라고 생각된다. (『福翁自傳』)

후쿠자와 유키치가 막말 데키주쿠의 학생들이 왜 열심히 공부했는지 서술한 이 문장은 난학서생뿐만 아니라 사숙에서 학문에 힘썼던 자들에게도 적용되는 말일 것이다.

3. 번사藩士에게 학문을 시키다—번교의 회독 채용

에도 후기 번교들이 안고 있었던 공통적인 과제는 신분제도에 안주하고 있었던 번사들에게 학문할 의욕을 불러일으킬 동기였다. 학문에 대한 동기를 유발하는 가장 일반적인 말은 학문을 하는 것이 주군主君

에 대한 '봉공奉公'이라는 점, 즉 부시로서의 자각이나 충성심에 호소하는 것이었다. 예를 들면 간분, 엔쿄元文, 延享 연간(1736~47)에 조슈 하기번長州萩藩의 닷시達し[26]에는 "문학이란 인륜의 근본을 충실히 하고자 하여 충효를 첫째로 가르친다. 무예와 그 밖의 수련은 모두 봉공하기 위한 것이니, 제 사무라이들은 마땅히 이를 즐겨야 한다"(資料2冊, 665頁) 고 적혀 있다. 그러나 원래 유학 서적을 읽는 학문은 무예의 '수련稽古'과는 달리 그다지 '재미있지' 않았다. 가메이 난메이가 번교 간도칸의 교수였던 무렵의 후쿠오카번에서는 서생들이 드러내놓고 다음과 같이 논하고 있었다.

> 학문은 다른 수련과는 달리 재미있는 것이 아니므로, 자연히 나태해지는 자들도 있다고 들었습니다. 봉공하는 일은 도리에 어두워서는 제대로 하기 어려우므로, 가독을 상속받지 못한部屋住 자들 중 어린 자들은 학문이 곧 봉공이라는 것을 알고 이에 힘써야 합니다. (福岡藩,「天明六年七月, 執政學校社員ニ告テ書生ヲ論サシム其辭ニ云」, 資料3冊, 4頁)

학문을 하는 것이 주군에 대한 '봉공'이라 하더라도 원래 상급 부시의 자제는 아무리 범용하더라도 신분에 맞는 직책에 오르는 것이 가능했기 때문에 일부러 학문을 하지 않아도 상관없었으며, 역으로 하급 부시의 자제는 아무리 학문을 해도 출세할 기회가 없었으므로, 그렇지 않아도 '재미없는' 학문을 할 의욕이 생기지 않았을 것이다. 18세기 말

26 【역주】 에도 시기 로주老中 혹은 상급기관으로부터 하급기관으로 전달되는 명령.

간세이 연간에 구마모토번에서는 "항간에 떠도는 소문에 높은 봉록을 받는 집안에서는 입학을 부끄러워하며, 재능이 있는 자는 입학을 꺼렸다"[27]는 이야기가 떠돌고 있었다고 번교 지슈칸의 훈도訓導였던 와키란시쓰脇蘭室는 전하고 있다. 중국이나 조선처럼 과거가 없는 일본에서는 당연히 일어날 만한 일이었다. 학문이 입신출세와 결부되어 있다면 일은 간단하지만, 누차 서술한 것처럼 그렇지 않았다. 간세이 이학異學의 금 이후에는 도덕적으로 완벽한 인격자인 성인이 되는 것을 지향한 주자학이 교학의 중심이 되어, 어렸을 때부터 사서의 소독素讀을 강제당했으니 학문이 더욱 재미없었을 것이다. 아무리 '봉공'해야 한다며 부시의 자각을 촉구하려고 해도 말로만 끝나버리는 것은 어쩔 수 없는 일이었다.

부시에게 학문을 시키는 법

물론 번藩 당국도 어떻게든 학문을 할 의욕을 불러일으키기 위해 이런저런 문무장려책을 내놓았다. 한 마디로 말하면 그것은 상과 벌이라는 당근과 채찍에 의한 이익유도형 장려책이었다.[28] 간세이 3박사의 한 명인 주자학자 시바노 리쓰잔柴野栗山(1736~1807, 간분元文 1년~분카文化 4년)은 간세이 연간의 막부의 문무장려책에 영향을 끼쳤다고 이야기되는데, 그는 "가르침이란 것은 사람의 눈을 뜨게 하는 것이 그 핵심입

27 脇蘭室, 『學校私設』, 久多羅木儀一郎編, 『脇蘭室全集』, 1930.
28 江森一郎, 『'勉強'時代の幕あけ』, 平凡社選書, 1990.

니다. 사람이 눈을 뜨게 하기 위해서는 상과 벌이라는 두 가지가 없어서는 안 됩니다"(『上書』)라고 주장했다. 그러나 신상필벌이라는 공리적인 방법은 "군자의 덕은 바람과 같으며, 소인의 덕은 풀과 같다. 풀에 바람을 가하면 반드시 드러눕는다君子之德風, 小人之德草. 草上之風, 必偃"(『논어』 顔淵篇)는 유학의 본지로부터 떨어진 것이었다. 윗사람이 학문을 좋아하면 자연히 아랫사람도 학문에 힘쓰게 된다는 것이 유학 본연의 모습이었기 때문이다.

요네자와번의 명군 우에스기 요잔上杉鷹山(1751~1823, 호레키寶曆 1년~분세이文政 5년)은 솔선하여 학문에 힘쓴 모범적인 번주藩主였으나 그것이 아무에게나 가능한 것은 아니었다. 우에스기 요잔에게 빈사賓師로 정중하게 요네자와에 초청되어 이상적인 번주와 유학자의 관계를 구축한 절충학자 호소이 헤이슈細井平洲도 "태내에서부터 다른 사람에게 공경받으며 태어난" "존귀한 자"는 그대로 "엄청난 존경과 숭배를 받으며" 성장해, "그 앞에서 그를 모시는 자들은 숨죽이고 예를 지키며 기분을 헤아려 그에 맞춰 모실" 뿐이며 "항상 신첩臣妾의 보호 아래서만 준비될 수 있다." 이 때문에 "다행히 선량한 성격이라면 설령 그렇다 하더라도 현명한 군주가 될 수도 있으나, 만약 불행히도 그 기상이 교만하고 방자하다면 결국에는 무지하고 어리석은 폭군으로 끝나게 될 것"이라고 주장했다(『嚶鳴館遣草』 卷3). 애지중지 길러져 사치와 향락에 젖은 번주에게 솔선하여 마음을 고쳐먹으라 하는 것은 현실적으로 어려웠다.

그렇다고는 해도 무언가 손을 쓰지 않으면 안 되었다. 특히 신분이 낮아도 자신들의 직장인 번교를 발전시키기를 바랐던 교사들에게 학생들로 하여금 학문에 관심을 갖게 하는 일은 초미의 관심사였다. 그렇다면 무엇이 가능했을까? 그들이 할 수 있었던 것은 번교 내의 커리큘럼과 학습방법의 개혁이었다.

18세기 중반까지 번교에서는 강석講釋 중심으로 커리큘럼이 구성되어 있었다. 그러나 야마자키 안사이류의 교사들로부터 가르침을 얻은 강석에서는 오규 소라이가 "윗사람들에게 학문을 가르칠 때 쇼헤이자카, 다카쿠라 저택高倉屋敷에서 유학자들이 강석을 한다는데, 하타모토들御旗本ノ武士[29]이 와서 듣는 일이 끊이지 않았다"(『政談』 卷4)고 비판한 것처럼 학생의 자발성을 기대할 수 없다. 설령 강석에 출석할 것을 강제하더라도, 학습효과는 기대할 수 없다. 교호의 개혁기[30] 이후, 막부에서는 주자학자 무로 규소 등의 헌책을 얻어 반쯤 의무적으로 강석하는 자리에 각 부서의 당번들로 하여금 출석하게 했는데, 이에 대해 시바노 리쓰잔은 다음과 같이 비판하고 있다.

> 듣는 사람도 모두 힘써야 하는데, 한 자리에서 한 사람씩 나와 줄을 지어 앉아있을 뿐이니 강석講釋을 하며 말을 해도 귀에는 들어오지 않고, (이야기를) 들으면서 세상일을 생각해서는 아무 소용도 없습니다. (『上書』)

29 【역주】 에도 시대에 쇼군에 직속된 무사로서, 직접 쇼군을 만날 수 있는 자격이 있고, 녹봉은 만 석 미만 5백 석 이상의 자를 말한다.

30 【역주】 교호享保 개혁이란 일본 에도 시대 8대 쇼군 도쿠가와 요시무네德川吉宗가 막부 정치幕府 政治를 재정비하기 위하여 실시한 개혁이다. 고리대의 압박으로 궁핍해져 있던 막부 직속 무사들인 하타모토旗本나 고케닌御家人을 구제하는 데 힘썼으며, 인재등용을 위한 다시다카제足高制(녹봉 외의 부족분을 채워주는 제도)를 제정하여 막부 운영이 경직되는 것을 막고자 했다. 도쿠가와 요시무네는 서민들의 요구나 불만을 투서로 받아들여 정치에 반영했으며 종래의 문치정치에서 비롯된 형식주의를 지양하고 실용주의에 바탕을 둔 정치를 해 나갔다. 이 교호개혁은 에도 막부의 3대 개혁 중 가장 먼저 실시되었기 때문에 뒤에 이루어진 개혁들의 모범이 되었다.

강석을 듣는다 하더라도 제대로 들으려 하지 않고 '세상일'을 생각했던 것이 당시 강석의 현실이었다는 것이다. 이래서는 강석을 강제한다 하더라도 아무런 효과도 없다. 이 때문에 대안으로 떠오른 것이 18세기 중엽부터 민간에서 유행했던 회독이었다. 즉 "무슨 말을 해도 듣지 않는" 강석에 비해 가메이 난메이가 "이기기를 원하여, 스스로 떨쳐 일어난다"고 추천한 것처럼, 회독을 하는 과정에서 발생하는 경쟁 심리는 면학 분위기를 조성하기 위한 좋은 동기가 될 수 있었기 때문이다. 실제로 강석과 회독의 교육 효과 차이는 막말幕末 나가오카번長岡藩의 자료를 살펴보면 다음과 같이 인식되고 있었다.

> 1, 6일을 강석講釋하는 날로 정해 강의를 했다(이 날은 중역들이 처음 자리에 앉아 촌부자村夫子의 강증講證을 경청했다. 끝난 뒤 한 두 개의 질의가 오갔다. 학생은 태반이 졸았다. 3, 8일을 회독하는 날로 정해, 구두로 승부를 다투었다. 학생들이(질문은 학생들이 했다) 학문을 연마한 이유가 여기에 있었다. 시간은 오후 4시부터 6시까지 2시간으로 정했다. (舊長岡藩, 遷善閣, 慶應大改革後, 資料4冊, 236頁)

강석講釋에서는 "태반이 자고" 있었던 학생들이 다른 날 행해진 회독에서는 "구두로 승부를 다투었다." 경쟁을 동반하는 회독, 윤강은 학습 의욕을 고양한다는 점에서는 효과가 있는 학습방법이라 인지되고 있었다. 앞서 소개한 것처럼 막말幕末에는 『日本教育史資料』에 보고되어 있는 번교 240여교 중 170여 개 번교가(70%)가 회독, 윤강을 실시하고 있었던 것도 회독을 통한 경쟁이 불러오는 학습 의욕 증진에 주목했기 때문일 것이다.

물론 강講하는 회독 = 윤강이 "독서의 이로움은 오직 회독, 윤강에 있다"(浜松藩, 經誼館揭示, 資料1冊, 340頁), "진학의 이로움은 윤강에 있다"(六浦藩, 明允館學則, 資料1冊, 230頁)고 평가되어 번교에서 채용되어 제도화되었을 때 발생하는 문제는 있다. 카이와가 "놀이는 자유로우며 임의적인 활동이고, 기쁨과 즐거움의 원천이라는 정의에 문제는 없다. 참가하도록 강제되면 놀이는 놀이가 아니게 된다. 거기에서 서둘러 벗어나고 싶다는 구속, 고역이 되어 버린다"[31]라고 주장한 것처럼, 진사이의 고기도古義堂나 소라이학파의 자주적인 회독, 『타펠 아나토미아』를 번역하는 회독, 그리고 다다미 한 첩을 다투는 데키주쿠의 회독 등에서 드러난 '놀이'라는 요소가 희미해져 버린다. 사숙의 경우 퇴학하는 것도 가능했지만, 취학을 강제 받은 번교에서는 퇴학이 허락되지 않았기 때문에 싫어하면서 억지로 하게 되는, 구속되어 고역이 되어버리는 위험성을 내포하고 있었다. 그러나 그렇다 하더라도 실제로 번교에서 무슨 일이 일어났는가를 살펴볼 필요가 있다.

여기에서 간세이 연간(1789~1801)을 경계로 하여 번교의 회독 보급에 대해 살펴보자. 간세이 연간을 경계로 한 이유는 번교에 회독이 보급되는 것이 간세이 연간에 막부의 쇼헤이자카가쿠몬조에서 회독을 채용함에 따라 일거에 가속화되었기 때문이다. 여기에는 전국 제 번에서 우수한 유학생들이 모여든 쇼헤이자카가쿠몬조의 기숙사가 큰 역할을 담당했다는 측면도 있으나, 가쿠몬조에서 회독을 채용하기 전과 후의

---

31 Roger Caillois, 清水幾太郎・霧生和夫 譯, 『遊びと人間』, 巖波書店, 1970.

차이가 큰 것은 사실이다. 우선은 '간세이 이학의 금禁' 이전에 번교에서 이루어졌던 회독에 대해 살펴보자.

구마모토번 지슈칸時習館의 예

번교 교육에서 회독을 채용한 가장 빠른 예는 구마모토번의 지슈칸이었다. 지슈칸은 호레키 4년(1754) 12월, 명군으로 이름 높은 6대 번주 호소카와 시게카타細川重賢가 구마모토 내 니노마루二の丸에 창설한 번교다. 시게카타는 번정을 개혁하면서 유능한 인재를 육성하는 것이 중요하다고 생각하여 호리 헤이타자에몬堀平太左衛門[32]에게 학료學寮를 책임지게 하고, 시코侍講 아키야마 교쿠잔秋山玉山과 함께 학교 설립에 나섰다. 학교의 설립 취지를 알리는 닷시達し에 학교는 "인재를 만들어 내는鎔鑄 곳"이라 밝히며 "학생의 재능에 맞춰 교육"할 것을 목표로 할 것을 선언하고 있다(資料3冊, 196頁). 가메이 난메이는 구마모토번의 풍속을 칭찬하며 『히고모노가타리肥後物語』를 저술하고 있는데, 그 안에 "학교에서 인재를 양성하는 것을 정사의 근간으로 하고 있는 점"(凡例)을 대서특필하며 칭찬했다. 도어에 의하면, '인재'라는 말이 번교 설립과 관련된 문서에서 최초로 나오는 곳이 구마모토 번이었다고 한다.[33] 지금까지의 번교는 부시나 조닌, 백성의 풍속 교화를 목적으로 하는 '사민교도四民教道'(金澤藩明倫堂, 資料2冊, 161頁)를 위한 기관이었으나, 지

---

32 【역주】 호소카와가의 중신 호리 가쓰나堀勝名의 통칭이다.

33 Ronald Philip Dore, 松居弘道 譯, 『江戸時代の教育』, 巖波書店, 1980.

슈칸은 명확히 번사의 양성을 주요 목적으로 하는 학교로서 건설되었던 것이다.

이 당시에는 또한 "성인이 된 자는 회독 등에 나와야 하며, 유관儒官, 문인門人이 아니더라도 사정이 되는대로 지슈칸에 들어올 것"(資料3冊, 197頁)이라고 규정해 회독을 번교 교육에 포함시킬 것을 명문화하고 있다. 지슈칸의 교육과정은 우선 10세 전후에 입학해 번교 내에 설치된 초급 과정인 구독재句讀齋에 들어가 효경, 사서, 오경, 당시唐詩, 문선文選의 소독素讀부터 시작해, 15, 6세까지 끝냈다. 다음으로 중급 과정인 몽양재蒙養齋에 들어가 소독素讀을 계속하는 것과 동시에 회독을 시작해 18, 9세에는 강당尊明閣으로 옮겼다. 이 중 우수한 자를 선발하여 기숙사에 거주할 것을 명하여 상급 과정인 청아재菁莪齋에 들였으며 이에 필요한 돈은 번藩에서 지원했다. 청아재에서는 사서 육경 중 각자 임의로 하나를 선택해 전문적으로 교육시켰으며, 3년을 기간으로 정해 놓고 성적이 우수한 자를 다시 선발해 번藩 밖으로 유학시켰다.

초급 교육인 소독素讀 단계에서는 구독재 학생들과 몽양재 학생의 2등급으로, 상급 교육인 회독에서는 강당생과 기숙사 거주생(청아재 학생)의 2등급으로 나누어 학생의 연령과 학력에 맞춰 등급제를 두어 각자 교육 장소를 달리 했다.[34] 또한 시험은 격년으로 치러지는 것과, 매월 치러지는 것 두 가지가 있었다. 시험을 칠 때에는 교수와 학교의 감시역目付, 훈도가 나란히 앉은 가운데 구독재 학생들에게는 소독素讀을, 기숙사 거주생에게는 윤강을 시켜 평가했다.

34 石川謙, 『日本學校史の研究』, 日本圖書センター, 1977.

이처럼 지슈칸의 번교 교육 과정에서 "토론을 하는"(資料3冊, 203頁) 회독, 윤강이 시험을 통해 등급을 가르는 요소로 작용했다. 특히 역사서의 회독이 의무화되어 있었다는 점은 "학문은 역사에 대한 조예를 넓히는 것"(『徂徠先生答問書』 卷上)이라는 소라이의 영향을 받았다고 추측하게 한다.

> 역사, 제자백가, 시문집 등 모두 넓게 살펴 섭렵하는 것을 방업旁業이라 한다. 낮에 읽는 것 모두를 밤에 깊이 생각하는데, 이때에는 평온하고 차분해야 한다. 방업 중 삼사三史(『사기』, 『한서』, 『후한서』) 오자五子(『老子』, 『莊子』, 『荀子』, 『揚子』, 『文中子』) 등은 경經에 준거하여 회독한다. 육경은 모두 역사서이니 사학史學에 소원하면 경학을 면밀히 살필 수 없다. 이 때문에 경전을 끝내기가 어렵다. 삼도이경三都二京이 오경五經을 고취시킨다는 말은 실로 명언이다.[35] 때문에 역사와 제자諸子는 모두 육경의 우익羽翼이다. 방업이 곧 정업正業이다. (「時習館學規條大意」, 資料3冊, 206頁)

이러한 교육과정의 제도화를 진행했던 것이 초대 교수였던 아키야마 교쿠잔秋山玉山(1702~63, 겐로쿠元祿 15년~호레키寶曆 13년)이었다. 원래 교쿠잔은 하야시가林家의 3대인 하야시 호코林鳳岡의 문하 출신인데, 오규 소라이의 학문도 홀로 배웠다고 이야기된다. 『선철총담先哲叢談』에 의하면, 소라이학파의 핫토리 난카쿠, 핫토리 주에이服部仲英, 다카노 란테

35 【역주】 고취鼓吹란 말의 고사古事이다. 『진서晉書』 卷56, 「손작전孫綽傳」을 보면 진나라 사람 손작孫綽이 후한後漢의 좌사左思와 장형張衡이 지은 삼도부三都賦와 이경부二京賦를 중히 여겨 삼도三都(賦)와 이경二京(賦)이 오경五經을 고취鼓吹시킨다고 말했다고 한 말에서 고취란 말이 유래되었다.

이高野蘭亭, 다키 가쿠다이滝鶴臺 등과도 교류가 있었다(卷8). 또한 지슈칸 건설을 명한 번주 호소카와 시게카타도 "월 6회 근시近侍(측근을 의미)들을 모아 회독을 해" "일생에 회독한 서적, 경서, 사서 등을 모으면 수백 권에 달했으며", 소라이 문하의 핫토리 난카쿠나 다카노 란테이 등을 "선생이라 부르며 존중하며 저택에 초대"했다고 전해진다(熊本藩, 資料3冊, 201頁). 그렇다면 교쿠잔이 번주 시게카타의 지지 아래 소라이류의 회독을 지슈칸의 교육 방법으로 선택해 '인재'를 양성했다고 추측할 수 있을 것이다.

언젠가 시게카타가 아키야마 교쿠잔을 불러 세상 돌아가는 이야기를 하며 "그대는 국가의 대공大工이 아닌가, 달리 부탁할 것은 없는가?"라고 교쿠잔에게 말하며, 내 번藩의 젊은 자제들을 이끌기 위해서는 "다리를 세워 맞은편 강기슭으로 보내주게, 강 위에 있는 자는 강 위의 다리를 건너게 하고, 강 밑에 있는 자는 강 밑의 다리를 건너게 한다면 다들 헤매지 않고 재능을 발휘할 수 있을 것이네. 어떻게든 강 맞은편에 있는 효제충신이라는 길에 다리를 놓아줄 수 있다면, 큰 도움이 될 것이네"라고 논했다고 한다(「銀臺拾遺」, 『藩學史談』). 이 일화는 지슈칸에서 번사 개개의 개성을 중요시하여 유능한 '인재'를 교육고자 한 시게카타의 뜻을 드러내고 있다. 이러한 교육관은 "주문을 받은 대로 찍어낸 것 같은" 평범한 사람이 아니라 "태평한 시기가 지속되는 때"에는 '성격 있는 말' 같은 '불완전한 것'이 오히려 유용하다며, 장점을 키워 개성 있는 재능을 키워내려고 한 소라이의 교육관으로부터 영향을 받았다고 할 수 있을 것이다(『徂徠先生答問書』 卷中).

‘가타오카 슈료片岡朱陵’는 本壓飽田郡에 살며, 매일 회독을 4경(오전 10시)부터 8경(오후 2시)까지 행한 뒤, 끝난 뒤 여름에는 선생도 제자도 함께 옷을 벗고 뒹굴었으며 해가 저물 무렵부터 술을 한 잔 하는 경우도 있었다. 한 번은 시미즈 사이스케志水才助가 집 안의 통로緣側에서 잠을 청하며 그날은 회석에도 나가지 않고 있어, 옆에서 자면 안 되지 않는가 말하니, 너희들의 모임에서 나온 것보다 좋은 것을 생각하려면 역시 뒹굴어야 한다고 말했다. 그러다가 회독도 끝나고, 다들 여느 때와 다름없이 뒹굴고 있는데, 사이스케가 통로에서 말을 걸어오더니, 선생, 우리나라도 제법 책을 읽는 자가 많아졌는데 학교를 세우는 것이 어떻겠는가라고 말했다. 그러자 선생은 벌떡 일어나 자세를 고친 뒤, 실로 지극한 일이니 잘 될 수 있도록 각자 의견을 이야기해보자고 의논한評議 적이 있었다. (宇野哲人他, 『藩學史談』, 文松堂書店, 1943)

회독이 끝나면 “여름에는 선생도 제자도 함께 옷을 벗고 뒹구는” 자유분방한 ‘평의’에서 가타오카 슈료는 에도에 있는 아키야마 교쿠잔에게 학교를 건설하고자 한다는 편지를 보냈다. 이와 비슷한 시기에 에도에서도 번주 시게카타重賢가 교쿠잔玉山에게 학교 건설에 대한 자문을 했었기 때문에, (교쿠잔은) 가타오카 슈료의 편지를 보고 “실로 하늘이 준 불가사의한 기회라고 기뻐했다”고 한다.[36] 너무나 잘 만들어진 이야기이긴 하지만, 설령 풍문이라 하더라도 지슈칸의 창설안이 소라이학을 홀로 공부한 가타오카 료순 등이 회독하는 학습 집단에서 나왔다는 점은 주목할 만하다.

36 宇野哲人 他, 『藩學史談』, 文松堂書店, 1943.

그러나 실제로 지슈칸의 교육도 당초의 생각대로 실현되지는 않았다. 간세이 10년(1789)에 지슈칸의 훈도였던 (1년 뒤 그만두었다) 와키 란시쓰는, 분카 10년(1808)에 지슈칸의 기숙사 제도는 폐지되었으며, 시험도 중단되었고 강석講釋을 비롯한 기타 수련도 반감했다고 전하고 있다(『學校私說』). 란시쓰에 의하면 이미 간세이 10년 시점에 월6회, 3일과 8일에 하는 강석에는 학생들이 모였으나, 그 외 평일 강당에서 행하는 '독간獨看, 회독, 문시文詩' 등에는 "귀족과 많은 녹봉을 받는 집안의 자제는 극히 드물어 실로 샛별과 같았다"고 한다(『學校私說』). 듣기만 할 뿐인 강석에는 출석하나, 학력을 시험받는 회독에는 참가하지 않았다. 란시쓰는 이와 같은 사태를 다음과 같이 한탄하고 있다.

> 이는 실로 가장 불가사의한 일입니다. 3, 8일의 강석講釋에서는 학자와 학자가 아닌 자를 가리지 않고, 뜻이 있고 없음에 상관없이 함께 경서를 강설講說하는 것을 듣기 때문에, 세월이 지나면 자연히 의리에 밝아져 선善으로 나아갈 수 있는 이득이 있지만 한 달에 여섯 번 잠시 듣는 것일 뿐이니, 학문을 수행하려면 평소에 사우師友들과 접하여 강습하고 토론하는 것이 이득이 클 것이라 생각됩니다. (『學校私說』)

교사의 측면에서 보자면 강석보다는 회독이 유익하다고 생각하지만, 학생들은 안이하게 들을 뿐인 강석에 그저 몸을 맡기고 있었을 뿐이었다. 예습과 발표를 강제 받는 연습 세미나를 싫어해 출석해 들을 뿐인 강의를 통해 학점을 취득하고자 하는 현대의 학생과 다르지 않다. 지금도 그러하니 신분제도가 지배하던 시대에 자신에게 학력이 없다는 것을 드러내는 회독 같은 것에 참가하는 "귀족과 높은 봉록을 받는 집안의 자제"가 새벽별처럼 극히 드물었던 것은 이상한 일이 아니었다.

'속성'을 원리로 하는 신분제도와 '실력본위'인 회독과의 모순이 이미 회독을 솔선해 채용한 구마모토번에서 나타나고 있다고 말할 수 있을 것이다. 문제점은 이뿐만이 아니다. 회독이 일으키는 또 하나의 문제는 규슈의 후쿠오카번에서 살펴볼 수 있다.

후쿠오카번 간토칸甘棠館-가메이 난메이 칩거사건

구마모토번의 번교 지슈칸을 본떠 사숙 히에칸에서 회독을 했던 것이 앞서 소개했던 가메이 난메이였다. 덴메이 4년(1784) 난메이의 사숙은 그대로 후쿠오카의 번교 간토칸西學問所으로 바뀌 정식으로 번교로서 승인되었다. 그러나 간세이 4년(1792) 난메이는 돌연 간토칸 교수 지위에서 쫓겨나 칩거를 강제 당했다. 이 난메이 칩거 사건은 회독의 문제점과 관련이 있었다고 생각된다.

통설적으로 이 칩거 사건의 원인은 2년 전 간세이 2년 5월에 마쓰다이라 사다노부로부터 하야시 대학두(하야시 노부타카林信敬)에게 건넨 "학파 유지와 관련한 신달申達",[37] 소위 간세이 이학異學의 금禁과 관련이 있지 않은가 생각되었다. 이학의 금禁이란 도쿠가와 이에야스에게 출사했던 하야시 라잔 이래 주자학을 공식으로 '정학正學'으로 위치지어, 쇼

37 【역주】 상급기관에서 하급기관에 명령을 내리는 공적인 지침, 명령을 가리킨다

헤이코 내부에서 소라이학이나 절충학 등 주자학 이외의 '이학'을 배제한 금령이다. 그러나 이것은 어디까지나 쇼헤이코 내부에 내린 명령으로, 제 번藩의 번교까지 해당되는 것은 아니었다. 그러나 막부의 권위가 있었기 때문에 그 영향력은 무시할 수 없었다. 후쿠오카번에서 난메이가 칩거당한 것도 이와 같은 영향의 일례로 치부되어 "소위 이학의 금禁이 낳은 가장 큰 비극"[38]이라 평가받았다.

이에 대해 야기 기요하루八木清治는 신중하게 돌려 말하고는 있지만, '정학'-'이학'이라는 학문 통제의 틀과는 다른 관점에서 이 난메이 칩거 사건을 해석하고 있다. 야기八木에 따르면 '이학', 즉 소라이학 배척이라는 지금까지의 견해로는 간세이 4년 난메이가 처분당한 이후에도 간토칸西學問所이 즉시 폐지되지 않고 간세이 10년(1798)까지 존속했으며, '이학'인 소라이학을 바탕으로 한 번교 교육이 행해졌다는 사실은 이해할 수 없는 일이었다. 난메이 사건을 풀 열쇠는 오히려 사숙와 번교라는 이중성에 있다고 그는 추측하고 있다.[39]

앞서 서술한 것처럼, 난메이의 사숙 히에이칸과 후쿠오카번 번교 간토칸西學問所은 인접해 있었으며, 난메이는 히에이칸을 주재하면서 간토칸 교수직에 있었다. 이와 같은 형태의 사숙은 『일본근대교육백년사日本近代教育百年史』에 "학자가 사적으로 주쿠塾를 주재하는 경우와 구별하는 의미에서 가숙家塾이라는 범주"로 설명되어 있으며, 에도 시대에 특별했던 것은 아니었다. 그러나 사숙 교사와 번교 교수를 겸임하는 것에는 문제가 발생할 위험성이 있었다.

---

38 和島芳男, 『昌平校と藩校』, 至文堂, 1962.
39 八木清治, 『旅と交遊の江戸思想』, 花林書房, 2006.

번교 간토칸의 입학생은 당연히 후쿠오카번의 번사에 한정되나, 사숙 히에이칸에는 난메이의 높은 명성을 사모하여 다른 지방으로부터 온 유학자들도 입학하고 있었기 때문이다. 야기는 이에 주목하여 난메이를 칩거시킴으로써, 번 당국은 다른 지방 사람들과의 교류를 금해 "사숙의 개방적인 성격, 즉 다른 지방으로부터 유학자를 받아들이는 기능을 빼앗아, 사숙도 번의 통제하"에 두고자 했음을 지적하고 있다. 확실히 간토칸에는 앞서 본 것처럼 학력을 유일한 평기기준으로 하는 경쟁적인 회독이 다른 지방 사람들로 포함하여 대등한 관계에서 행해지고 있었다. 번 당국의 입장에서는 다른 번의 사람들과 교류하는 것이 그다지 좋게 느껴지지 않았을 거라 생각된다. 난메이가 칩거된 이유에 이러한 배경이 있었다는 야기의 주장은 어느 정도 설득력이 있다고 생각된다.

민간의 사숙에서 자발적으로 회독을 했을 때는 문제가 되지 않았던 점이 관립인 번교에서 행해지면서 문제가 현저해졌다고 말해도 좋을 것이다. 히로세 단소에 의하면, 난메이가 교수였던 후쿠오카번 간토칸西學問所 또한 학문에 열심이어서 "상하가 서로 속박하지 않았다"고 한다(『懷舊樓筆記』). 난메이는 호걸이라고 알려져 있으며 한 번은 제사옷褌 한 벌만 걸치고 밖으로 나가 근처 악동들이 모여 있는 곳에 가서 절구 비슷한 그릇으로 함께 마시고 놀며 큰 소리로 노래를 부르고 휘파람을 부는 등 실로 방약무인했다고 전해지고 있다. 이처럼 위아래가 '검속檢束'하지 않은 점은 "여름이 되어 선생도 학생도 함께 옷을 벗고 함께 뒹굴던" 구마모토번의 회독회에서 드러나는 것처럼 회독의 대등성이라는 원리로부터 생겨난 것이며, 그 대등한 상호 커뮤니케이션성은 번藩 내에 그치지 않고 외부에도 개방되어 있었다. 본래 회독의 참가자가 번

藩 내에 국한될 이유는 없었기 때문이다. 회독은 번藩과 번藩 간의 경계를 넘어서는 가능성을 지니고 있었다.

에도 후기에는 각 번藩에서 우수한 번사를 유학시켰다. 유학하는 대표적인 곳이 각 번藩의 번교였음은 말할 필요도 없다. 간기엔이나 데키주쿠가 그 유학을 가는 대표적인 곳이었음은 말할 필요도 없다. 이러한 제 번藩의 부시나 서인庶人이 있는 사숙에서는, 신분 차이나 연령차를 묻지 않고 학력만을 겨루는 회독이 가장 적합한 학습방법이었다고 할 수 있다. 뒤에서 서술하겠지만, 이러한 경쟁 속에서 정치적인 문제를 횡의横議, 횡행하는 현상도 발생했다. 일단 여기에서 주목할 점은 소라이학파라 할 수 있는 난메이의 사숙 히에이칸과 후쿠오카 번교 간토칸에서는 정치를 논하는 것 자체가 금지되지 않았다는 점이다. 히에이칸학규나 간토칸학규에도, 당시 어느 번藩에서도, "시정을 탄의彈議하여 대인大人을 비방하는 것을 금한다"고 규정하고는 있었다. 그러나 난메이는 그렇게 말하면서도 정치를 의논하여 다른 사람을 평가하는 것은 훗날에 도움이 되므로 선정善政이나 위행偉行을 논하는 것은 이 금지사항에 저촉되지 않는다고 부연하고 있다. "정사는 곧 학문, 학문은 곧 정사"(島田藍泉宛書簡, 天明 4年, 『亀井南冥, 昭陽全集』 卷8 上)라고 말한 난메이의 입장에서 보면 당연한 규정일 것이다. 당시 번藩 내부의 정치적인 문제를 논하는 것 자체가 기피되고 있었는데, 회독의 원리 중 하나인 상호 커뮤니케이션성을 살려 다른 번藩의 사람들과 정치적 토론을 행한다면 어떻게 되겠는가? 번藩 당국이 이를 두려워했음은 충분히 상상할 수 있다. 이렇게 생각하면 난메이에 대한 처벌은 번藩을 초월하여 토론이 횡의横議, 횡행하는 당시 상황을 제어하기 위한 사건이라고 할 수 있을 것이다.

4. 간세이 이학의 금禁과 활달한 토론

—쇼헤이자카가쿠몬조昌平坂學問所의 회독

에도 막부는 난메이 칩거사건이 일어나기 2년 전인 간세이 2년(1790) 5월에 반관반민의 성격을 지니고 있었던 하야시가의 사숙에 간세이 이학의 금禁령을 내려 주자학 이외의 학문을 강의하는 것을 금지했다. 로주老中 마쓰다이라 사다노부가 하야시 대학두노부타카에게 보낸 논달論達에서 "주자는 게이초慶長 시기 이래 대대로 신용했던 것"이나 "요즘 세상에 여러 새로운 학설이 나와 이학이 유행하는데 풍속을 해치는 학문"이 있는 이유는 "정학이 쇠하였기" 때문이므로 이후에는 문인들에게 '이학'을 금하고, '정학'을 강구토록 하라고 훈계하고 있다. 또한 지금까지 하야시 가문이 독점하고 있었던 막부의 유관儒官직에 도쿠시마번德島藩의 유학자 시바노 리쓰잔(덴메이 8년 취임), 막부쇼후신구미幕府小普請組[40] 오카다 간센岡田寒泉(간세이 원년 취임), 오사카에서 주쿠를 열고 있었던 비토 지슈(간세이 3년 취임), 사가번佐賀藩 번교교수 고가 세이리(간세이 8년 취임) 등을 등용해 교학의 쇄신을 맡겼다.

또한 막부는 소독음미素讀吟味(15세 미만의 幕臣의 자제를 대상으로 한 素讀 시험), 학문음미學問吟味(15세 이상의 하타모토, 고케닌을 대상으로 하는 유학 시험)를 두는 등 일련의 개혁을 단행하여 간세이 9년(1797)에는 쇼헤이자카

---

40 【역주】 막부의 가신단 조직 중 하나. 석고石高 3천 석 이하의 하타모토旗本와 역役이 없는 고케닌ご家人들로 편성되었으며 하타모토가 고부신시하이小普請支配가 되어 밑의 고케닌들로 구성된 고부신구미小普請組를 감독했다.

가쿠몬조를 완전히 막부 직할로 개편시켰다. 하야시가의 사숙이었던 때에는 우수한 유자儒者(학자)를 양성하는 것이 교육의 목적이었으나, 이 이후 쇼헤이자카하가쿠몬조는 부시나 서민 등 일반 성인을 대상으로 하는 교코몬 일강日講을 행하여 풍속교화 임무를 담당하는 한편(교코몬 日講의 강석에 대해서는 앞서 강석을 설명할 때 서술했으므로, 참조바람), 막부 직속의 하타모토, 고케닌의 자제교육에 주안점을 두게 되었다.

주자학과 회독

간세이 이학의 금禁에 의해 주자학이 막부로부터 관학으로 공인받은 의의는 크다. 이 점에 대해 이학의 금禁에 대한 닷시에는 "주자학은 게이초 이래 대대로 신용해 왔던 것"이라고 되어 있으나, 오해의 소지가 없도록 추가하자면 게이초 연간에 도쿠가와 이에야스가 하야시 라잔을 채용함으로써 주자학이 관학이 된 것은 아니며 이때 처음으로 관학으로 인정받았다. 설령 그렇다 하더라도 막부가 중국이나 조선처럼 과거를 실시한 것은 아니며, '학문음미學問吟味'라 하여 시험을 치렀다 하더라도 그것이 우수한 인재를 등용하는 방법이 아니라 학문장려의 수단에 지나지 않았다는 점은 누차 서술했다. 그렇다 하더라도 왜 이 시점에 막부는 주자학을 관학으로 인정했을까? 이 문제를 본서의 관점인 회독이라는 측면에서 생각해 보자. 환언하면, 소라이학이나 주자학의 사상적인 내용으로부터 고찰하자는 것이 아니라 교육적인 관점에서 고찰해 보자는 뜻이다.

교육적인 관점에서 살펴볼 때 주목할 점은 이시카와 겐이 "쇼헤이자카가쿠몬조가 관영으로 바뀌어 학문을 강구하는 곳으로 변화된 당초부터 강석講釋과 회독 2가지를 중심적인 학습방법으로 중요시했다"[41]고 지적한 사실이다. 학제개혁을 이끈 비토 지슈와 고가 세이리가 입안한 간세이 12년(1800) 4월의 「聖堂御改正教育仕方に付申上候書付」에는 다음과 같이 정하고 있다.

> 강당에 유자儒者들과 견습생見習들이 매일 출석하는 바가 분명치 않은데, 강석講釋, 경서의 회독, 시문과 책의 점삭点削 등은 유자儒者가 해야 하고, 소독素讀, 역사 등은 견습생들이 할 수 있도록 해야 할 것입니다.

이에 의해 강당에서의 '경서 회독'은 '강석'과 함께 고주샤御儒者(쇼헤이자카학문소의 교관)가 출석해야 할 교육의 장이 되었다. 실제로 고주샤御儒者들의 '어좌부강석御座敷講釋'은 매월 4, 7, 9일에 총 9회 열렸는데, 회독 = 윤강은 더욱 빈번히 열렸다. 고주샤御儒者가 회두(학생들의 토론을 심판하나, 토론하는 와중에는 잠자코 듣고 있다)가 되어 출석하는 회독 = 윤강만 보더라도 『시경』, 『서경』, 『춘추좌씨전』의 윤강은 각자 매월 6회, 『육경』과 『주례』는 각각 매월 3회 있으며, 『논어』는 매월 36회(하루에 강석이 3회 있다)에 달하고 있다.[42] 이처럼 간세이 이학의 금禁은 주자학을 '정학'으로 규정했을 뿐만 아니라, 학습, 교육방법을 '강석' 중심에서 '경서 회독' 중심으로 바꾸었다는 점에서 혁신적인 개혁이었다.

---

41 石川謙, 『日本學校史の研究』, 日本圖書センター, 1977.

42 國立教育研究所 編, 『日本近代教育百年史』 3, 教育研究振興會, 1974.

그렇다면 비토 지슈(1747~1813, 엔쿄延享 4년~분카文化 10년)나 고가 세이리(1750~1817, 간엔寬延 3년~분카 14년) 등 간세이 주자학파는 회독에 대해 어떻게 생각했을까? 마쓰다이라 사다노부에게 발탁되어 고주샤御儒者가 된 비토 지슈가 「회업일고제생會業日告諸生」(『靜寄軒集』 卷2)이라 하여 회독을 할 때 주의할 점을 서술한 문장이 있다. 여기에서 지슈는 "무릇 독서는 정밀하게 생각하는 것을 귀히 여긴다. 생각이 정밀하지 않으면, 생각하지 않은 것과 같다"고 말하며 사색이 정밀하지 못한 데도 새롭고 기발한 이야기를 만들려 한다고 비판하고 있다.

> 혹시 아직 생각하지 않은 것은 아닌가 하며 멋대로 옛 사람을 논하거나 혹은 망령되게 새롭고 기이한 말을 만들어내 스스로 일가一家를 이루었다고 하는 것은 예부터 내가 매우 증오하던 것이니, 제군이 하려 하지 않는다면, 반드시 말할 필요도 없는 것이다. (「會業日告諸生」, 『靜寄軒集』 卷2)

사색을 정밀히 하라는 말은 앞서 살펴본 소라이나 슌다이도 주장한 바 있다. 소라이 등은 야마자키 안사이류의 강석에서는 의심을 갖지도 못하고 스스로 생각하지를 않는다. 이에 반해 회독은 의심을 환기시킨다는 점에서 벗과의 '강습 토론'(다자이 슌다이)의 유효성이 제창되었다. 지슈는 소라이, 슌다이의 주장에 어느 정도 동의하면서도 주자학의 입장에서, 신기한 주장을 세우려 하는 소라이, 슌다이를 비판하며 스스로 '일가'를 이루는 것을 부정하며 회독 참가자들을 나무라고 있다.

'생각의 정밀함'을 중시한다는 점과 관련해서는, 막말幕末 시기 쇼헤이자카가쿠몬조의 고주샤御儒者가 되었던 시오노야 도인塩谷宕陰이 덴포 연간에 하마마쓰번의 게이기칸에 게시한 다음과 같은 글을 참고할 수 있을 것이다. 도인에 의하면 "독서의 이득은 오직 회독, 윤강에 있다." 획득하기 쉬운 것은 잃기도 쉬운 것이 세상의 이치이기 때문이다. 강석은 귀로부터 들어와 마음속으로 들어오니 학문을 하는 괴로움을 덜어주며, 들은 것이 바로 도움이 되므로 학문을 하는 지름길이라고 생각된다. 그러나 듣기만 하고 예습, 복습을 해 홀로 살펴보는 것이 적은 자는, 눈이 글자에 익숙해지지 않고 책을 통해 마음을 숙성시킬 수 없으며 귀로 들은 것은 금방 잊어버리고 만다. 설령 잊지 않았다 하더라도 본래의 '성령性靈'을 여는 경우는 거의 없다. 이에 비해 회독, 윤강은 책에 쓰인 이치를 생각하고, 경전을 통해 도道를 논하며, 마음과 눈과 입과 귀를 함께 사용하여 '신지神智'를 여니 학문에 유익하다. 이에 지속적으로 힘쓴다면 효과도 당연히 원대할 것이다.

또한 「회업일고제생會業日告諸生」을 볼 때 주의할 점은 지슈 역시 '회업'의 참가자를 '제군'이라고 부르고 있다는 점이다. 앞서 소라이가 "이 때문에 제군에게 육경을 통해 사자四子를 보기를 원하는 것이다. 사자를 통해 사자를 보기를 원하지 않는다"(『徂徠集』 卷18, 四子會業引)며 '회업' 참가자를 이인칭대명사 '제군'이라고 부른 것을 살펴보았는데, 지슈 역시 마찬가지다. 즉 '제군'이라는 말은 학파를 가리지 않고 회독 참가자의 대등성을 상징하는 이인칭이었다고 해도 좋을 것이다.

단 이 점에 대해 지슈가 반드시 소라이를 참조하고 있다고는 말할 수 없을지도 모르겠다. 주자가 '제군'이라는 말을 이미 사용했기 때문이다. 주자의 「논어과회설論語課會說」에는 다음과 같은 말이 있다.

지금 논어를 가지고 제군들과 학문에 힘쓰고자 한다. 그러나 다만 소위 강講하는 것만으로는 충분하지 않다. 이에 대하여 굳이 구구히 박루薄陋하게 제군에게 고하지 않겠다. 단지 선유先儒의 말을 통해 성인이 되고자 하여 밤낮으로 열심히 생각하며, 물러나서 날마다 생각한들, 반드시 이를 스스로 깨달아 얻을 수는 없다. 그러니 부디 이 희熹(주희를 말함)에게 알려 달라. 알지 못하는 부분이 있다면 희熹에게 청하라. 제군을 위해 이에 대해 말할 것이다. (『朱子文集』 卷74)

또한 노산蘆山의 백록동서원白鹿洞書院을 부흥시키며 학생들에게 보인 「백록동서원게시白鹿洞書院揭示」의 후기에서도 "제군들, 이를 함께 강명講明하고 준수하여 몸에 밸 수 있게 해야 할 것이다. 즉 그와 같이 생각하여 말하고 행동할 때 경계하고 두려워하면 반드시 보다 긴밀해지는 바가 있을 것이다"라고 말한 것처럼, 주자는 '제군'과 함께 강학할 것을 추구하고 있다. "학문이란 강습하고 토론하는 것을 말한다"(『大學章句』 傳二章)고 언급한 것처럼, 개인적인 수양과 함께 "강습하고 토론하는 것, 즉 교실에서 하는 것과 같은, 혹은 연구회적인 학문방법"(島田虔次, 『大學, 中庸』)으로 '제군'과 학문을 하려 했다.

중국 근세 유학사상에서 자유주의Liberalism를 찾는 미국의 중국철학 연구자 드 바리William De Bary는 「백록동서원게시白鹿洞書院揭示」 후기에서 "주희는 학문은 의논하는 것에 의해 진전해야 한다는 것, 또한 그 의논은 학생이 묻고, 교사가 답하는 일방적인 문답형식이 아니라 학생들이 서로 이야기를 주고받는 철저한 토론형식을 띠어야 한다는 점을 두 번에 걸쳐 지적하고 있다"[43]고 논하고 있다. 스승과 제자라는 상하관계가 아님을 보여주는 것이 이 제군이라는 이인칭 복수대명사일 것이다. 주자 자신이 안사이가 행한 것처럼 일방적으로 강석講釋하려 하지 않았다는 점은 주자의 설에 대해 '술이부작述而不作'했던 안사이에게는 참으로 웃지 못 할 일이겠으나, 비토 지슈에게 '정밀하게 생각'해 서로 묻는 학자의 태도는 회독을 할 때에도 기본적인 것이었으며 그는 주자 또한 그러했다고 생각했을지도 모르겠다. 단 주의해야 할 점은 이것이 드 바리의 주자 인식이며, 드 바리가 강조하는 것처럼 주자의 '강학講學'이 "학생들 간에 철저히 토론이 이루어지는 형식"이었는지는 아직 검토하지 않으면 안 되는 과제라는 점이다. 만약 그렇다면 한다면 주자의 '강학'이야말로 회독의 원형이 되며, "책을 회독한다는 것은 중화에는 결코 없었던 것"(『文會雜記』 卷1 上), "중국에서도 학생들을 가르치는데 회독 같은 방식을 사용했다고는 아직 들은 바가 없습니다"(大島桃年上書)라고 말한 에도 사람들의 인식은 틀린 것이 되기 때문이다.

그러나 학생들 간에는 "서로 철저히 토론하는 형식"을 권했다 하더라도, 주자와 제자들 간에 회독 정도의 대등성이 있었다고는 생각하기 어렵다. 『논어』에서 공자와 제자들이 문답한 것처럼 스승과 제자의 문답 형식으로 (강학이) 이루어지는 경우가 많았기 때문이다. 쓰다 소키치는 "제자가 스승에게 배운다는 것은 지식이 없는 자가 있는 자로부터 지식을 전수받는 것이며, 무언가를 스승에게 묻고 대답을 얻으면 그것을 통해 지식이 전수되고, 그렇게 하는 것이 곧 그들의 학문이었다. 일문일답은 그러한 학문의 양상을 공식화한 것으로 볼 수 있으며, 묻고

---

43 William De Bary, 山口久和 譯, 『朱子學と自由の傳統』, 平凡社選書, 1978.

답하는 과정에서 한 번의 문답으로 충분히 지식을 얻을 수 없는 경우에는 더욱 설명을 구하기도 했다"[44]고 지적하고 있다. 주자와 그 제자들이 이와 같은 공자와 제자들의 관계를 넘어 서로 대등한 관계에서 토론했는지에 대해서는 검토의 여지가 있다.

백 번 양보해서 "자발성을 중시한 것과 토론을 통해 교육한 것은 신유학(新儒學)의 초기부터 드러난 중심적인 생각이었다"[45]는 드 바리의 주자학 이해가 옳다고 한다면, 회독에서 대등한 '제군'들에게 '정밀한 생각'을 요구한 지슈는 주자학의 '중심적인 생각'을 파악하고 있었다고 할 수 있다. 또한 회독에서 드 바리가 말하는 "학생이 묻고, 교사가 답한다는 일방적인 문답형식이 아니라, 학생들이 서로 묻고 답하는 철저한 토론 형식"이 주자 이상으로 실현되었다고도 말할 수 있을 것이다. 회독에서는 학생들이 철저히 토론하는 동안에 교사는 침묵을 지켰으며, 토론이 승부가 나지 않을 때에 판정하는 제삼자적 입장을 고수했기 (교사가 없는 경우도 있다) 때문이다. 주자는 과거科擧 중심의 학문을 비판하며 '제군'이라는 호칭을 사용했으나, 처음부터 과거가 없는 근세 일본에서 비토 지슈가 '제군'이라는 호칭을 사용한 것이 좀 더 순수하게 '자신을 위해 (학문을) 하는' 자들이 서로 대등한 입장에서 학문에 임했던 것을 보여주는 사례라고 할 수 있을 것이다.

---

44 津田左右吉, 『論語と孔子の思想』, 巖波書店, 1946.
45 William De Bary, 山口久和 譯, 『朱子學と自由の傳統』, 平凡社選書, 1978.

회독 중의 '허심虛心'

간세이 주자학파와 주자와의 관련성에 대해 조금 더 말하자면, 비토 지슈가 앞서 살펴본 가나자와번 메이린도의 「입학생학적入學生學的」에 "회독의 목표는 도리를 논하여 명백히 낙착落着시키기 위해 서로 허심하게 토론하는 것에 있다"고 말하며 회독을 할 때 '허심虛心'을 유지하는 것이 중요하다고 지적한 부분을 주목할 수 있다. 이 점에 대해 지슈는 주자의 말에 의거해 독서할 때 '허심'할 것을 주장하고 있다.

> 주자는 문인들에게 독서하는 방법을 보이며, 누차 '허심하게 스스로를 갈고 닦을 것虛心切己'을 말했다. 독서하는 사람들은 이 말의 뜻을 알아야 한다. 허심하면 도리를 보는 것이 분명해져 성현의 말이 의미하는 바를 알기 쉽다. 스스로를 갈고 닦고 체찰體察하면 성현의 말씀의 의미가 깊고 장대함을 할 수 있다. 혹시 마음을 허심하게 하지 않고 가슴 속에 먼저 스스로가 옳다 생각해 일설一說을 세우면, 성현의 말씀을 자신의 뜻인 양 보게 되므로 그 본지를 깨닫기 어렵다. 스스로를 갈고 닦지 않고, 범연하게 읽고 지나쳐 버리면 성현의 책은 모두 한낱 종이 위의 헛된 말에 지나지 않으며 조금의 이득도 얻을 바가 없다. 학자가 성현의 책을 대할 때에는 언제나 저 네 마디를 잊지 말아야 한다. (『正學指掌』)

지슈는 주자의 '허심절기虛心切己'라는 말을 인용하고 있는데, 원래 '허심'은 주자가 독서법에 대해 이야기 할 때 언급했던 것이었다.

> 책을 읽을 때에는 모름지기 허심한 가운데 스스로를 갈고 닦아야 한다. 허심하면 능히 성현의 뜻을 얻을 수 있으며, 스스로를 갈고 닦으면 성현의 말이 헛된 말이 되지 않도록 할 수 있다. (『朱子語類』 卷11, 21條)[46]

미우라 구니오三浦國雄에 따르면, "주자가 이와 같은 독서론에서 강조한 것은 '허심'과 '숙독'이었다"[47]고 한다. "주자에게 서적 — 즉 경서는 자신의 삶과 관련된 절실한 문제로 받아들이지 않으면 안 된다. 그 중심은 상대편에 있는 것이 아니라 지금 살아있는 주체에 놓인다. 그러나 그는 자기의 주관에 의해 임의로 경서를 읽어야 한다고는 결코 말하지 않는다. 독서에 대해서도 '사의私意'를 버리고 '허심'해야 한다고 반복해 말하고 있다. 자신을 '허'하게 하면서 일단 공통적인 기반을 동화시키고, 그 기반 — 송학자宋學者의 말을 빌리자면 '공公' — 에 입각해 각자의 삶에 적용시키라 말한 것"[48]이라는 것이다. 단 주자는 '허심'을 말할 때 "옛날에 벗에게 책을 읽을 것을 말하며 그에게 사색하여 의심 가는 바를 물으라고 가르쳤다. 요즘에는 책을 읽는 법을 알았는데, 그것은 단지 마음을 비우고 차례대로 숙독하면 오랫동안 스스로 얻은 것을 또한 허심하게 의심할 수 있다는 것이었다"(『朱子語類』 卷11, 75條)[49]라고

---

46 【역주】 이 부분은 저자가 주자朱子의 원문을 가키쿠다시書き下し로 바꾸어 번역하였으나 원문과 비교해 본 결과 틀린 점이 있어 주자의 원문을 바탕으로 역자가 재해석하였다. (讀書須是虛心切己. 虛心, 方能得聖賢意, 切己, 則聖賢之言不為虛說.)

47 『朱子集 — 中國文明選 3』, 朝日新聞社, 1986.

48 위의 책.

49 【역주】 이 인용에는 대단히 큰 문제가 있다. 저자가 인용한 것은 『朱子語類』 卷11의 "某向時與朋友說讀書, 也教他去思索, 求所疑. 近方見得, 讀書只是且恁地虛心, 就上面熟讀, 久之自有所得, 亦自有疑處" 부분인데 마지막 亦自有疑處 부분을 인용하지 않아 문장의 정확한 의미가 전달되지 않았다. 따라서 역서에서는 뒷부분을 함께 넣어 해석하였다.

하여 벗과 독서하며 '허심'할 필요성을 주장하기도 했는데, 사심을 버리고 성현의 책과 마주하라는 의미가 중심을 이루고 있다고 생각된다.

이에 대해 지슈의 경우, 자신의 편견이나 독단을 물리치고 허심탄회하게 텍스트와 마주하는 것은 물론, 이질적인 타자인 "벗과 책을 읽는 과정" 속에서 자신의 선입견이나 독단을 극복하는 것을 주자 이상으로 크게 고려했다고 생각된다. 아마도 지슈에게는 주자의 '허심'이 회독의 장에서 현실적으로 다가왔을 것이다. 간세이 이학의 금禁 이후, 전국적으로 보급된 번교의 회독에서 중요한 것으로 '허심'이 자주 논해졌기 때문이다. 예를 들면 다음과 같은 주의사항이 있다.

윤강, 회독을 할 때 허심하게 정주程朱의 정학에서 말하는 바를 음미해야 한다. 자신의 선입견을 주장하여 서로 다퉈서는 안 될 것이다. (淀藩明親館, 明親館條令, 資料1冊, 3頁)

윤강, 회독을 할 때 허심하고 평온한 것이 자신에게 도움이 되니 계속 그러해야 한다. 자신의 선입견을 주장하며 목소리를 높여 서로 다퉈서는 안 된다. (神戸藩教倫堂, 條目, 資料1冊, 110頁)

사우師友가 어려울 것을 묻고 답할 때, 허심하고 평온하게 그 뜻을 분명히 밝혀야 한다. 조급하고 망령되게 승리를 탐해서는 안 된다. (前橋藩校, 條約, 資料1冊, 573頁)

회독을 할 때, '선입견'을 강하게 주장하지 말고 타자의 의견을 경청해 "승리를 탐"하여 서로 다투지 말라는 경계는 실로 지슈의 '허심'설과 정확히 겹쳐진다. "허심하지 않으면 이치를 분명히 밝힐 수 없다. 평온하지 않으면 만물과 접할 수 없다. 허심하고 평온한 것을 도道라 할 수는 없다. 그렇기는 해도 도道로 나아가기 위해서는 반드시 허심하고 평온해야 한다"(『素餐錄』)는 것이다. 역으로 말하면, 지슈는 라이 슌스이나 고가 세이리 등의 동지들과 회독을 할 때 주자의 '허심'설을 현실적으로 재해석할 수 있지 않았을까 생각한다.

이러한 '천지공공天地公共의 이치'로서의 '도道'(『素餐錄』)를 분명히 하기 위해서 독단을 물리치고 다른 이야기를 받아들이는 '허심'설은 회독을 단순한 경쟁의 장으로 만들지 않게 하기 위해서였다고 해석할 수 있다. 여기에서 한 가지 재미있는 사례를 소개하겠다. 앞서 본 것처럼 회독에 경쟁의 효과가 있다고 인정했던 것은 가메이 난메이였는데, 같은 후쿠오카번의 번교에서는 전혀 다른 회독이 행해지고 있었다.

후쿠오카번에서는 덴메이 4년(1784)에 성의 동쪽과 서쪽에 두 개의 가쿠몬조學問所가 개교했다. 앞서 본 가메이 난메이가 관장이었던 것이 서학문소西學問所 간토칸이었다. 동학문소東學問所 슈유칸修猷館은 대대로 번 유학자藩儒의 필두 가문인 다케다 사다요시竹田定良가 관장을 맡고 있었다. 다케다 사다요시(1738~98, 간분元文 3년~간세이寬政 10년)는 가이바라 에키켄의 제자 다케다 슌안竹田春庵의 외손으로 에키켄의 학통을 잇고 있었다. 슈유칸에서도 회독이 행해지고 있었는데, 여기에서는 에키켄류의 겸양을 주로 하여 경쟁을 부정한 점이 흥미롭다. 원래 "군자는 예의를 중시하여 다투지 않는다. 다툼은 소인이 하는 것이다", "다투지 않는 사람에게 교우의 길이 있다"(『大和俗訓』 卷8)고 말한 에키켄 또한

"마음을 비울 것"을 주장하고 있다.

> 학문의 도道는 마음을 비우고 겸손하게 하여 잘 아는 것을 알지 못하는 것처럼 하며, 잘 행하는 것을 행하지 못하는 것처럼 하여 자신의 재능과 행동을 자랑하지 않으며, 자신이 아는 바를 앞세우지 말고 다른 사람들에게 물어 간하는 바를 듣고 나의 과過를 고쳐 선善으로 옮겨야 한다. 이와 같이 한다면 학문을 함에 이득이 될 것이다. (『大和俗訓』 卷2)

"잘 아는 것을 알지 못하는 것처럼 한" 에키켄의 겸허함은 『선철총담先哲叢談』의 다음과 같은 일화에도 드러나 있다. 한 번은 에키켄이 배에 타고 있었는데 같은 배에 탄 사람들이 서로 이름도 모른 채 마주해 이야기를 하고 있었다. 이 중에 한 소년이 유학의 경서를 잘 아는 것처럼 "방약무인하게" 강담했다. 에키켄은 입을 다문 채 잠자코 있는 것이 "아무 것도 모르는 사람" 같았다. 마침내 선착장에 도착해 헤어지면서 각자 이름과 고향을 말할 때, 소년은 처음으로 그가 대선생 에키켄이라는 것을 알고 부끄러워하며 이름도 말하지 않고 도망쳤다고 한다(『先哲叢談』 卷4). 이 정도로 겸손하면 뭔가 기분이 나빠지지만, 어쨌든 "자신을 자랑하지 않고 다른 사람에게 우쭐대지 않으며 마음을 비우고 다른 사람에게 묻는"(『大和俗訓』 卷1) 겸손의 덕은 에키켄이 무엇보다도 중요시했던 것이었다.

이 때문에 슈유칸의 학규의 첫머리에는 "에키켄 선생의 주의를 바탕으로 학규를 정하고" 있음을 선언하며 제1조에 "수련稽古하는 자들은 효제충신과 예의염치를 근본"으로 할 것을 내걸면서 회독에 대해 다음과 같이 정하고 있다.

> 회독은 자음字音과 자훈字訓을 바르게 하여, 문구를 분명히 해 뜻을 말하는 것이 중요하다. 의심스러운 것은 그대로 두지 않고 서로 물어 자신이 찾은 것에 다른 사람도 납득할 수 있게 해야 한다. 서로 삼가고 양보해야 하며 말하는데 다툼을 좋아하면 안 된다. 여러 사람이 토의하며 의견을 물을 때 기탄없이 논변해야 한다. 문의文意를 말할 때에는 말을 많이 하지 말고 요령 있게 해야 한다. (資料3冊, 15頁)

"서로 삼가고 양보해야 하며 말하는데 다툼을 좋아하면 안 된다"는 말은 경쟁심에서 동기를 찾는 난메이류의 회독에 대한 비판이라고 할 수 있다. 실제로 서로 "마음을 비우고 겸손하게"(『大和俗訓』) 논의를 하는 것이 가능했는지 문제는 있으나, '허심'과 회독과의 연관성을 확인할 수 있다. 여기로부터 이질적인 타자와의 장, 자신의 편견을 교정하는 장, 뒤에서 살펴볼 "심술心術을 연마하기 위한 방법을 찾는" 도덕적인 수양의 장으로 회독을 간주하는 생각이 발생하게 된다. 이 "심술心術을 연마하기 위한 방법을 찾는" 장으로서의 회독이라는 생각은 지금까지 봐온 소라이류의 경쟁적 회독관과는 다르며, 오히려 진사이의 회독(윤강)관과 유사하다고 할 수 있을 것이다. 흥미롭고 이상적인 가능성이므로 뒤에서 서술하겠다.

이학異學의 금禁의 교육적 배경

간세이 이학의 금禁 때 주자학 이외의 학문을 금했던 것에 대해 생각해보자. 간세이기 쇼헤이자카가쿠몬조의 학제개혁은 기본적으로 막신幕臣의 자제들을 교육시키기 위한 것이었으며, "신기한 말을 만들어 스스로 일가一家를 이루려는 자"(『靜寄軒集』 卷2)는 필요 없었다. 쇼헤이자카가쿠몬조는 인재를 양성하기 위한 교육기관이었지 신기한 학설을 창출하는 연구기관이 아니었기 때문이다.

가쿠몬조에서 신경을 썼던 것은 어떻게 하면 막신의 자제들을 보다 잘 교육시킬 수 있느냐였다. 이 때문에 도입된 회독의 토론에서는 일정한 기준을 둘 필요가 있었다고 생각된다. 이 점에 대해 메이지 시기에 막부의 야쿠닌役人들의 증언을 바탕으로 만들어진 『구사자문록舊事諮問錄』의 다음과 같은 문답을 참고할 수 있을 것이다. 쇼헤이자카가쿠몬조에서 배운 한학자 시마다 주레이島田重禮가 간세이 이학의 금禁 "이전에는 상당히 유명한 사람들이 강석講釋하고 있었으므로, 소라이학도 있었고, 주자학도 있었으며, 양명학도 있었고, 오늘 주자학을 강석하면 내일은 양명학을 강석하는 식이었는데, 듣는 자가 의지하여 따르는 바가 없었으므로 이 때문에 이학금제를 하게 되었습니다"라고 말한 뒤에 "학문소學問所라고 하기엔 적절치 않군요……"라는 말에 대해서 "다른 말이 많아 서생들 간에 싸움을 했던 것 같아 곤란한 상황이었습니다"라고 답하고 있다(第八回, 昌平坂學問所の事). 학생의 교육적인 관점에서 이학의 금禁을 파악한 것은 주목할 만하다. 회독 = 윤강을 통해 토론하는 것을 교육방법의 중심에 두기 때문에, 토론의 장에서 다른 말이 나와 '싸움'이 일어나게 된다. 마카베 진眞壁仁이 소라이학파와 절충학자의 회독에서는 "진리탐구라는 공동의 목적을 잃어버려 제설을 절충하여 새로운 해석을 만들어내기 위해 다투며, 때로는 근거도 없이 멋대로 개인적인 의견을 개진하여 그것이 격앙되면 토론 상대를 박격駁擊해 논쟁에서 이기는 것이 목적이 된다"[50]고 지적한 점은 히라노 긴카와 다자이 슌다이의 다툼을 본 우리들에게는 수긍할 수 있는 말이다. 그렇기 때문에 쇼헤이자카가쿠몬조의 학규(간세이 5년)에 "의리를 토론하고, 정미함을 강講하고 궁리하여 반드시 의거依拠하는 바가 있어야 하며, 무계無稽한 억지 주장을 금한다"고 정한 것처럼, '토론', '강궁講窮'할 때 '의거'할 기준이 될 명확한 정설이 필요했던 것은 아닐까 생각된다.

단 '이학'을 금하고 배척한 것은 어디까지나 교육기관 쇼헤이자카가쿠몬조에 머물렀으며, 그 외에는 다양한 학문의 존재를 용인했다는 것에 주의하지 않으면 안 된다. 이에 대해 미노노쿠니美濃國 이와무라번巖村藩의 번교 지신칸知新館의 규제를 참고로 할 수 있다. 이와무라번은 하야시 줏사이林述齋와 사토 잇사이佐藤一齋를 배출한 번이다. 하야시 줏사이(1768~1841, 메이와明和 5년~덴포天保 12년)는 이와무라 번주 마쓰다이라 노리모리松平乘蘊의 삼남으로 태어나, 간세이 5년(1793)에 하야시가의 양자가 되어 쇼헤이자카가쿠몬조를 설치할 것을 건의한 인물이다. 또한 사토 잇사이(1772~1859, 안에이安永 1년~안세이安政 6년)는 줏사이의 밑에서 막부의 고주샤御儒者가 되었는데, 양명학을 배워 '양주음왕陽朱陰王'이라 평가받은 것은 잘 알려져 있다. 이와무라번에서는 덴포 연간에

50 眞壁仁, 『德川後期の學問と政治』, 名護屋大學出版會, 2007.

잇사이 문하에 있었던 와카야마 부쓰도若山勿堂를 번교 지신칸에 초빙했다. 이 지신칸의 '학교규약'은 다음과 같다.

> 무릇 생도가 된 자는 경서를 공부하는 것에 오로지 힘써야 한다. 경서의 공부는 일가一家의 말을 고수하지 않고 뭇 의견들을 절충해야 함은 물론이나, 처음 학문을 하는 자는 자신의 권도가 아직 정해지지 않아 망령되게 수백 가지 잡설을 섭렵해도 옳고 그름을 잘못 헤아리고 얻는 것과 잃는 것을 알지 못하며, 지리하고 산만해 근거하고 있는 바가 없어 그 폐단의 경중을 나누어 알지 못하니 그 폐해도 결코 적지 않다. 잠시 주자의 정설을 지켜 그 뜻을 얻는 것을 요해야 할 것이다. (巖村藩知新館, 年不詳, 資料1冊, 480頁)

경학의 수업에 대해서는 "일가의 말을 고수하지 않고, 뭇 의견들을 절충해야 함은 물론이나", 견식이 없는 '초학도'들은 "잠시 주자의 정설을 지키는" 것이 간요하다는 것이다. 학력이 있는 자와 '초학도'를 나누어, 전자가 '뭇 의견'들을 절충할 것은 인정하면서 후자는 잠시 "주자의 정설"을 지켜야 한다고 말하고 있다. 이러한 관점에서 본다면 '경학 공부'의 전문가 사토 잇사이가 교육의 장에서 "주자의 정설"에 따르는 한, 개인적으로 '이학'인 양명학을 신봉한다 하더라도 아무런 문제가 없다. 즉 옳고 그름을 스스로 판단하는 것이 불가능한 '초학도'들에게는 교육상 일정한 기준이 필요하다는 것이다.

또한 간세이 이학의 금禁에 대해서 "사람은 그 기질에 따라 각자 좋아하는 바가 같지 않기" 때문에, "학문에 반드시 이락伊洛[51]의 것만 있지는 않으니, 사람들이 좋아하는 바에 맡겨 한위漢魏 이상 당송唐宋 이하 등으로 나누지 않고 수행시켜야 할 것입니다"(「塚田多門上疏寫」)라고 학문의 다양성을 주장하며 이학의 금禁에 반대한 소위 간세이의 오귀五鬼(야마모토 호쿠잔山本北山, 가메다 보사이亀田鵬齋, 쓰카다 다이호塚田大峯, 도지마 호슈豊島豊洲, 이치가와 가쿠메이市川鶴鳴) 중 한 명인 쓰카다 다이호(1745~1832, 엔쿄延享 2년~덴포天保 3년)는 분카 8년(1811)에 나고야번 메이린도의 독학督學에 취임했을 때 주자의 주석을 폐지하고 『총주효경塚註孝經』, 『총주논어塚註論語』 등 자신의 '총주塚註'본을 교과서로 채용했다(資料1冊, 136頁). 다이호 또한 자신이 번교의 책임자를 맡았을 때에는 교육상 일정한 기준을 둘 필요가 있었기 때문에 자신과 다른 학풍을 배척했다. 여기에서도 역으로 이학의 금禁이 주자학이나 소라이학, 혹은 다이호학의 사상적 내용을 문제 삼았던 것은 아니며 어디까지나 교육적 견지에서의 발안이었음을 알 수 있다.

쇼헤이자카가쿠몬조의 회독

그렇다면 회독의 장에서 어떠한 토론이 행해졌는가? 간세이 이학의 금禁은 교육적인 견지에서이기는 했지만 주자학 이외의 학문을 금했기 때문에 이후 소라이학이나 난학과 같은 자유활달함은 사라졌으며, 회독의 양상 또한 달라졌고 토론을 하더라도 별 다른 것이 없었다고 상상할지도 모르겠다. 정말로 그러했는가? 이를 확인할 수 있는 회독 발언

---

51 【역주】 송宋의 유학자 정호程顥, 정이程頤 형제, 이정二程을 가리킨다.

자들의 주장을 기록해 놓은 자료가 있다면 좋겠지만, 관견管見의 범위가 아니다. 이 때문에 실제로 이를 알기는 상당히 어렵다. 그러나 회독할 때의 주의사항은 기록되어 남아있는데 토론내용을 모른다는 것은 실로 화룡정점을 찍지 못하는 일이라 할 수 있다. 그러니 고가 세이리의 아들이자 쇼헤이자카가쿠몬조의 고주샤御儒者가 된 고가 도안(古賀侗庵, 1788~1847, 텐메이天明 8년~고카弘化 4년)의 『중용문답中庸問答』 중 한 구절을 통해 실제로 토론이 어떻게 행해졌는지 추측해 보도록 하겠다.

간세이 이학의 금禁 이후 쇼헤이자카가쿠몬조나 번교의 회독 = 윤강은 기본적으로 "신기한 말을 만들어내 스스로 일가一家를 이루는 것"(『靜寄軒集』)과 같은 독창적인 해석을 만들어내기 위한 것이라 아니라, 주자의 사서집주(『대학장구』, 『논어집주』, 『맹자집주』, 『중용장구中庸章句』)를 '의거' 기준으로 하여 일정한 틀 안에서 이루어진 토론이었다는 점은 분명하다. 단 틀 안에서라고 해도 토론의 여지는 충분히 있었다.

명明, 청淸대에는 주자의 주석에 대한 주석이라는 의미에서 소석본疎釋本이라 불리는 다수의 과거수험용 사서집주의 주석서가 집필되었다. 이 소석본들 사이에는 여러 가지 견해의 차이가 존재했다. 소석본의 독자인 과거수험자들은 많은 수험자들 중 채점자의 눈을 끌 답안을 쓰기 위해 미묘한 차이를 만들어낼 필요가 있었기 때문이다. 예를 들면 사토 잇사이가 쇼헤이자카가쿠몬조의 서생들을 모아 놓은 기숙사에서 유학하고 있는, "유교 경전을 교수教授하려 한" 상급자들을 위해 모아놓은 주자학 계열의 사서소석본만 해도 다음과 같은 것들이 있다(『初學課業次第』). 명明의 호광胡廣 등이 찬撰한 『사서대전四書大全』 36권, 명明의 채청蔡淸이 찬한 『사서몽인四書蒙引』 15권, 명明의 임희원林希元이 찬한 『사서

존의四書存疑』 12권, 명明의 진침陳琛이 찬한 『사서천설四書淺說』 13권, 명明의 장거정張居正이 찬한 『사서직해四書直解』 10권, 청淸의 오전吳荃이 찬한 『四書大全說約合參正解』 30권, 청淸의 이패림李沛霖이 찬한 『사서이동조변四書異同條弁』 40권, 청淸의 육롱기陸隴其가 찬한 『사서송양강의四書宋陽講義』 12권과 『사서강의인면록四書講義因勉錄』 37권, 청淸의 여만촌呂晚村이 찬한 『사서강의四書講義』 8권이다. 이 외에 양명학자인 사토 잇사이답게 "이설異說이 많다 하더라도 취해야 할 것도 적지 않다"며, 양명학 계열의 사서 소석본으로, 명明의 정유악鄭維嶽이 찬한 『사서지신일록四書知新日錄』 32권, 명明의 장정張鼎이 찬한 『사서술四書述』 13권을 추가하고 있다. 이와 같은 강석講釋용 소석본을 바탕으로 쇼헤이자카가쿠몬조에서 토론이 행해졌다. 토론에서는 소석본의 차이를 둘러싸고 어떤 것이 주자의 본의와 가까운가, 더 나아가서는 사서 본문의 본의와 가까운가에 대해 토론이 반복되었다. 아마도 행해졌을 회독에서의 토론 모습에 대해서, 많은 수의 소석본을 인용하며 토론해야 할 논점을 명시하고 있는 고가 도안의 『중용문답』의 일절로부터 예시로 들어보겠다.

사서의 하나인 『중용』에는 "어리석은 부부라도 알 수 있으나, 지극한 것에 이르게 되면 비록 성인이라도 해도 또한 알지 못하는 것이 있다. 불초한 부부라도 능히 행할 수 있으나, 지극한 것에 이르게 되면 비록 성인이라도 또한 능히 행할 수 없는 것이 있다"(『중용장구』 第12章, 2節)[52]라는 일절이 있다. 현대어로 번역하면 어리석은 부부일지라도 군

---

52 【역주】 저자가 인용한 가키쿠다시書き下し의 방점에 잘못된 부분이 있다고 판단되어 원문을 참조하여 표점을 찍은 뒤 다시 번역하였다. (夫婦之愚, 可以與知焉, 及其至也, 雖聖人, 亦有所不知焉. 夫婦之不肖, 可以能行焉, 及其至也, 雖聖人, 亦有所不能焉.)

자가 행해야 할 도道를 가르쳐 알게 하는 것이 가능하나, 그것이 극에 달하게 되면 성인이라도 알지 못하는 부분이 있다. 어리석은 부부라 할지라도 그것을 행하는 것이 가능하나, 그것이 극에 달하게 되면 성인이라도 할 수 없는 부분이 있다는 뜻이다.

토론의 초점이 된 것은 이 어리석은 부부조차 알고 행할 수 있는 것이 무엇이냐는 것이다. 주자는 이를 '부부거실夫婦居室'(『中庸章句』), 즉 남편과 아내가 함께 생활하는 것이라고 풀이하고 있다. 주자의 『중용장구』 주석을 받아들여 그렇다면 이 '부부거실'이란 무엇을 의미하는가에 대한 해석을 둘러싸고 명明, 청淸대의 소석본에는 여러 의견이 제출되어 있다.

우선 여만촌의 『사서강의』에서는 어리석은 부부조차 알 수 있는 '부부거실'이라면 그것은 '남녀의 교감', 남녀 간의 성적인 행위라고 주장하고 있다(제1의견). 그런데 손이중孫詒仲의 『사서서언四書諸言』에는 『중용』에 그처럼 적절치 않은 내용이 있을 리 없다고 생각해 일상생활의 자잘한 내용을 가리키는 것에 지나지 않는다고 되어 있다(제2의견). 도안의 부친인 고가 세이리는 『중용장구제설변오中庸章句諸說弁誤』에서 이 제2의견에 찬동하고 있다. 그러나 도안은 세이리의 설이 '맞지 않는다'며 반대 의견을 서술하고 있다. 도안에 의하면 두 개의 의견은 모두 편향된 의견이다. 원래 부부의 일생생활에는 이런저런 것이 있으며 '남녀의 교감'도 그중 하나에 지나지 않는다. 이를 주학朱學에서 말하는 '부부거실'과 동일하게 보는 것은 불가능하다. 또한 역으로 일상생활 일반으로 해석하면 '부부' 간이라는 『중용』 본문에서 이탈하여 그 부분을 해석하는 것이라 주자의 본의와 배치되어 버리고 만다(제3의견).

세 가지 의견이 제출되었는데 이들 중 어느 것이 주학朱學의 본의, 더 나아가 『중용』 본문의 의미를 바르게 해석한 것일까? 여기에서 토론이 시작되었다. 경문의 한 구, 한 절의 해석을 둘러싸고 쇼헤이자카가쿠몬조나 번교에서 이러한 토론이 반복되었을 것이다. 도안의 제자이며 후에 아베 마사히로阿部正弘에게 발탁되어 후쿠야마 번의 번유藩儒가 된 에기 가쿠스이江木鰐水(1810~81, 분카文化 7년~메이지明治 14년)의 일기 중 덴포 7년(1836) 정월 28일조에는, 그날 밤에 전년 5월부터 월 3회 행했던 "중용의 회독을 졸업"했으며, 청淸의 왕무조汪武曹가 편찬한 『증정사서대전增訂四書大全』을 주 텍스트로 하고 참고서로 청淸의 육롱기가 편찬한 『사서강의인면록』, 『사서송양강의』, 여기에 "선생이 저술한 중용문답"을 사용했음을 밝히고 있다. 유지 16인(이 중에는 도안의 아들이며 후에 쇼헤이자카가쿠몬조의 御儒者가 된 고가 사케이古賀茶溪도 포함되어 있었다)들이 자주적으로 행했던 회독에서 도안의 『중용문답』을 근거로 하여 토론을 거듭했다고 상상된다.

이때 도안 자신이 주자의 "영신佞臣이 되기보다는 쟁신爭臣이 되려 한다"(『大學問答』)고 결의하면서 주자학의 틀 속에 있다 하더라도 시시비비를 따져 부친 세이리의 설과 '맞지 않다'며 반대하는 의견을 제시한 것처럼, 도안의 제자들 중에도 스승의 설과는 다른 의견을 제출한 자도 있었을 것이다. 모토오리 노리나가는 "내가 가르치는 아이들에게 경계해 두려 한다"에서 "나를 따라 공부를 하는 자들도, 내(가 말한) 뒤에 좋은 생각을 떠올렸다면 반드시 나의 말을 고집할 필요는 없으며, 내 말이 나쁜 이유를 말하여 보다 생각을 넓히라"(『玉勝間』 卷2)고 말하고 있는데, 이 '자유토구의 정신'(무라오카 쓰네쓰구)은 도안에게서도 마찬가지로 발견된다. 물론 주자학의 틀 내에서 스승인 도안 이상의 학식을 갖추고 그에 근거해 비판하는 일은 매우 어려웠을 것이다. 그렇기는 해도 가능성은 있었으며, 회독은 장은 이러한 이설異說과 맞부딪치는 토론의 장이었다.

서생료書生寮의 권위자들

원래 쇼헤이자카가쿠몬조는 막신幕臣 자제들을 위한 교육기관이었는데, 교와 원년(1801)에 막신 이외에도 입학할 수 있도록 바뀌었다. 그때까지 쇼헤이자카가쿠몬조의 구내에 저택을 제공받았던 고주샤御儒者들에게는 각자 사적으로 문하생들이 있었는데, 그들을 한 곳에 모아 공영 교사校舍 = 서생료書生寮에서 교육시키는 것이 허가되었다. 정원은 막신幕臣들이 들어오는 기숙료寄宿寮와 마찬가지로 48인이었다고 한다(『舊事諮問錄』). 이에 따라 고주샤御儒者의 문하 제자라는 자격으로 제 번藩의 번사나 처사處士, 로닌浪人, 때에 따라서는 서민들까지도 서생료에 입학하는 것이 가능해졌다.

이 서생료의 창설에 의해 전국 제 번藩으로부터 우수한 학생들이 서생료에 입학하기 위해 고주샤御儒者 밑에 모여들었다. 서생료에 들어온 자가 어느 고주샤御儒者의 제자로 입학했는가를 알 수 있는 단서는 『서생료성명부書生寮姓名簿』다. 고카 3년(1846) 당시의 기숙생부터 게이오 원년(1865) 10월에 이르는 20년간 기숙사에 들어온 자들의 소속 번藩과 소속된 문御儒者門, 연령 등이 기재되어 있다. 이에 따르면, 하야시문

林門(제9대부터 12대)에 들어온 자는 101명, 고가문古賀門(고가 세이리, 도안, 사케이 3대)이 126명, 사토 잇사이문佐藤一齋門이 65명, 아사카 곤사이문安積艮齋門이 106명, 나카무라 게이우문中村敬宇門이 56명, 그리고 시오노야 도인塩谷宕陰이 27명 등이다.

또한 서생료에 번사를 유학시킨 번藩의 수는 모두 합쳐 91개에 달한다. 『서생료성명부』에는 504여 명의 씨명이 기재되어 있는데, 이 중 79인은 처사鄕士, 로닌이며, 소속된 번藩이 불명인 자가 15인 있다. 남은 419명은 모두 번사인데, 전국적으로 분포되어 있다.[53] 그들은 "향리에서 발탁되어 온 사람"들이며 소위 "당시의 양행류洋行類"(『舊事諮問錄』), 즉 당시에는 외국 유학을 하는 것과 마찬가지였다. 앞서 서술한 것처럼 번교에서 다른 번藩의 유학생을 받아들이는 일은 없었으나, 제 번藩의 번사를 받아들인 쇼헤이자카가쿠몬조의 서생료는 그런 의미에서 사숙과는 달리 에도 시대에 유일하게 공식적으로 인정된 관립 '양행(= 유학)'이었다.

이곳의 회독에서 두각을 나타낸 것은 아이즈번會津藩과 사가번佐賀藩의 유학생이었다고 알려져 있다. 와지마 요시오和島芳男에 의하면, 사가번의 고도칸은 "일천 명의 학생들을 가르치는 교수 이하 교사指南役들은 그 수를 다 합쳐도 17인에 불과해 그 숫자가 턱없이 부족했기 때문에, 회독도 학생들 자신이 주도하여 서로 기이한 이야기와 신기한 논의를 주고받는 와중에 자연스레 언외의 진리를 깨닫는 경험을 쌓으므로, 이곳의 출신자는 쇼헤이코의 회독에 나가서도 의논에서 승리하는 경우가

53 國立教育研究所 編, 『日本近代教育百年史』 3, 教育研究振興會, 1974.

많았다고 한다"(『昌平校と藩校』)고 한다. 또한 동쪽에 있는 아이즈번의 닛신칸日新館은 번사의 자제를 강제로 입학시켜 소독素讀, 강서講釋, 회독會讀을 시켜 에도 시대에 "가장 진보한 복합등급제를 편성"하여[54] 학생들 간에 "누구는 몇 세에 몇 등에 급제했다는 등 서로 경쟁심"(資料1冊, 680頁)을 불러일으켜 큰 교육 효과를 거두었다. 쇼헤이자카가쿠몬조에 관비유학 = '양행'을 허락받은 자는 이러한 번藩 내의 경쟁에서 승리한 우수한 엘리트들이었다.

각 번藩의 번사들의 기풍을 엿볼 수 있는 것은 막말幕末 게이오 2년(1866) 14세에 서생료에 들어가 메이지 시대가 되어 대학본교大學本校로 개칭된 뒤에도 재학했던 다카하시 가쓰히로高橋勝弘의 「쇼헤이대학의 총황昌平大學の總況」(『昌平遺響』)이다. 이것은 오쿠보 아키미치大久保利謙가 소개한 것이다.[55] 이에 따르면, 메이지 초기의 대학본교에는 86개 번藩에서 온 400여 명의 서생이 재학하고 있었다. 이 중 사가의 번사는 "근엄하게 옷차림을 가다듬어 대저 비단옷을 입고 센다이히라仙台平[56]와 하카마袴[57]를 착용했으며, 실내에서 움직이는 모습 또한 미려하여 풍채가 화려한 것이 제 번藩 중 제일이었다. 시는 간소공閑叟公[58]이 생각건대 서생의 보기 흉한 모습은 번藩의 수치이니, 학질學質을 두텁게 하기 위함이었다고 한다. (다른 사람을) 응접할 때 엄격하여 한 마디도 함부로 하지 않아 흉금을 살피기가 쉽지 않았으며, 다른 번藩의 사무라이들

---

54 石川謙, 『近代教育における近代化的傾向－會津藩教育を例として』, 講談社, 1966.

55 『大久保利謙歷史著作集 4－明治維新と教育』, 吉川弘文館, 1987.

56 【역주】 센다이仙台 지역(현재 일본 미야기현宮城縣 센다이시仙台市)에서 만들어진 견직물.

57 【역주】 일본 정장正裝을 입을 때 입는 하의下衣의 일종.

58 【역주】 당시 사가번의 번주 나베지마 나오마사鍋島直正를 가리킨다.

과는 터놓고 이야기하지 않는 기풍이 있었다"고 한다. 참고로 "사쓰마薩摩의 사무라이는 가스리絣[59] 단의를 입고, 흰색 헤코오비兵児帯[60]를 맸으며 머리를 늘어뜨려 이를 세게 감아 틀어 올렸는데, 야마모토 곤노효에山本権兵衛, 우에무라 히코노조上村彦之丞 두 사람의 풍채는 지금도 눈에 선하다. 매우 용장하고 질박한 사람들이었는데 그다지 논의를 하지 않으며, 굳이 다른 번藩의 사무라이들과 교류하지 않고 같은 번藩에 소속된 약 40여 명의 사무라이들과만 왕래했다. 다음으로 도슈土州의 번사들은 대체로 천진난만하였으며 멋을 부리는 일에 구애받지 않고 다른 번藩의 사람들과도 잘 어울렸으며, 또한 정담을 몹시 좋아하여 떠들썩했다. 학문은 대체로 통하는 것을 중요시하여 호걸풍의 사람들이 많았다. 다음으로 히고번肥後藩은 사풍士風이 온후하여 학문에 몸을 던지고는 했다"고 한다.

명사들과의 면회, 담론

분큐文久 2년(1862)에 서생료에 들어간 구메 구니타케久米邦武는 "근엄하게 옷차림을 가다듬은" 사가번의 고도칸 출신의 유학생 중 하나였다. 앞서 우리들은 젊은 날의 구메도 참가했던 나베지마 간소의 『당감唐鑑』 회독에서 "서생이 회독에서 잘못 답했다고 해서 사과할 필요는

59 【역주】 일본, 혹은 류큐의 직물을 가리키는 말로 얇은 가로, 혹은 세로 무늬가 있는 것이 특징이다.
60 【역주】 일본 전통 남성 정장에 매는 띠.

없다고" 반론한 호도칸 조교의 말 속에서 회독의 대등성을 보았다. 이와 같은 회독의 장에서 번주와도 대등하게 토론한 구메는 명사들과 논의할 것을 목적으로 에도로 유학했다. 구메에 따르면, 에도에서 "외출하면 유명한 인물을 소개받고자 방문하고, 면회하고, 담론하는 등, 유학의 주요목적이 (공부하는) 과정이 아니라 대가들을 방문하는 것이었으며, 독서보다도 명사들과의 담화를 통해 학문을 진전시킬 수 있다"고 생각해 더더욱 '대가 선생', '명사'들을 찾아 유학이란 명목하에 전국을 '유력遊歷'하여 각지의 '대가 선생' '명사'와의 담론과 '의논'했다고 한다. 또한 "기숙사 내에서도 함께 회독을 해 논의를 다투는 것을 유익하게 생각했으며, 우수한 학우의 탁발卓拔한 의논에는 사람을 계발하는 강력한 힘이 있다고 믿었다"(『久米博士九十年回顧錄』 上卷)고 한다. 도어는 이 구메의 회상을 참고하여 "제 번藩 간에 이와 같이 광범한 학교교류가 가져온 하나의 중요한 효과는 전국적 규모의 지적 공동사회의 형성을 돕는 커뮤니케이션의 접점과 경로를 확립한 것이었다. 커뮤니케이션의 확립은 자각적인 민족의식의 대두를 촉진했으며, 또한 일단 정치적 변동이 발생하면 그 변동이 중앙집권적 국민국가의 성립을 지향하는 것을 확고히 하도록 만들었다"[61]고 지적하고 있다. 이와 같은 "전국적 규모의 지적 공동사회의 형성"에 대한 커뮤니케이션이 발생한 곳이 바로 상호 커뮤니케이션을 원리로 하는 서생료에서의 회독이었다.

뒤에서 서술하겠지만, 이와 같은 유학처에서의 '대가 선생', '명사'와의 담론, '의논'을 실천한 자가 후지타 쇼조藤田省三가 "막말幕末 일본 정

61 Ronald Philip Dore, 松居弘道 譯, 『江戸時代の教育』, 巖波書店, 1980.

치사회에서 이루어진 '횡의, 횡행'의 선구자"[62]라고 평가한 요시다 쇼인이었다고 말할 수 있을 것이다. 쇼인은 에도로 가 쇼헤이자카가쿠몬조의 아사카 곤사이와 고가 사케이, 사토 잇사이 문하의 사쿠마 쇼잔佐久間象山 등 에도의 명사들을 방문하였으며, 도호쿠東北, 간사이關西 지방을 '유력'하여 전국 각지의 '대가 선생'과 "면회하고 담론"했다. 이 중에서는 미토번의 존왕양이사상尊王攘夷思想을 제시한 『신론新論』의 저자 아이자와 세이시사이會澤正志齋도 있었다. 쇼인이 이처럼 번藩이나 신분의 울타리를 넘어 대등한 관계에서 '의논'한 것이 가능했던 것도 어릴 때부터 회독으로 자신을 단련했으며, 에도에 가서도 동지들과 자발적으로 회독을 하고 있었기 때문이었다(이 점은 후술하겠다). 쇼헤이자카가쿠몬조의 서생료의 유학생도 또한 쇼인과 마찬가지로 '횡의, 횡행' 정신으로 무장하여 전국을 '유력'하여, '대가 선생', '명사'와 담론, '의논'하여 "전국적 규모의 지적 공동사회"를 형성했던 것이다.

서생료로부터 전국의 번교로

서생료에는 자유롭고 활달한 분위기가 넘쳐흐르고 있었다. 구메가 서생료 시대를 회상한 바에 따르면, 구메가 기숙사에 들어왔을 때의 서생료는 "50여 년 전에 지어진 건물로, 무성性/精한 학생들이 드나들며 더럽히고 훼손했기 때문에 더러운 것이 많았고 책상은 먼지투성이인데

62 藤田省三, 「書日撰定理由－松陰の精神史的意味に關する一考察」, 『吉田松陰』(日本思想大系), 巖波書店, 1978.

다가 간장통醤油徳利과 기름통油盞이 뒤섞여 있었다"고 한다. 각 학생들은 여덟 첩, 혹은 여섯 첩 방에서 각자 두 첩씩 자리를 배정받아 입학 순서에 따라 어두운 '뒤쪽 자리後巾着'에서 겨울이라도 바깥에서 빛이 들어와 책을 읽을 수 있는 '앞쪽 자리前巾着'로 이동하는 것이 통례였다고 한다. 학생은 교사의 앞에 나설 때조차 복장에 신경 쓰지 않았다. 하루 두 번 먹는 식사는 조악했으며, 매월 학생들 중 한 명 당번을 정해 각자 먹는 회수에 따라 식비를 징수하도록 되어 있었다. 기숙사 내에서는 먹고 마시는 것이 금지되어 있었으나, 실제로는 통용되지 않았다. 기숙사 내에서 술을 마시는 일은 '예기회禮記會'라 불리고 있었다. 진위는 분명하지 않으나 그 말의 유래는 다음과 같이 전해지고 있다. 한 번은 학생들이 술을 마시는 것을 고가 세이리에게 들킨 일이 있었는데, 학생들은 『예기』를 배운 뒤 보충 학습을 밤에 하고 있었다며 궁색한 변명을 했다. 사람 좋은 세이리는 그 변명을 그대로 믿었다고 한다.

구메의 회상을 참조하여 도어는 "학교의 규칙이나 교사의 훈계만으로 상상하면 에도 시대의 교육은 도학자적이고 딱딱한 것 일색이라는 인상을 받으나, 구메의 회고록과 같은 것을 보면 그러한 편파적인 인상이 수정된다. 구메나 그 벗들과 관련된 기록 중 각자 좋아하는 한시漢詩를 남겨놓은 것이 있는데 모두 유명한 유녀遊女의 비극적인 죽음을 노래한 것이었다"[63]고 말하고 있는데, 이는 서생료라는 특별한 공간이었기 때문에 일어날 수 있었던 일이라고 할 수 있을 것이다. 대등한 회독의 장에서 서로 다투며 동지들의 연대감을 다졌던 서생료의 유학생들

---

63 Ronald Philip Dore, 松居弘道 譯, 『江戸時代の教育』, 巖波書店, 1980.

이었기 때문에 이처럼 자유롭고 활달하게 행동할 수 있었을 것이다. 동시대적으로 보면 후쿠자와 유키치가 전하는 오가타 고안의 데키주쿠와 마찬가지로 자유롭고 활달하며, 조금 시대를 건너뛰면 전전戰前의 구제고교舊制高教[64]의 기숙사 생활과도 비슷하다. '양행'한 유학생이라는 엘리트 신분이었기 때문에 얻을 수 있었던 자유였다. 그리고 뒤에 살펴볼 것처럼, 이러한 자유로움과 활달함 속에 처음으로 "연을 떠난" 논의도 가능해졌다.

참고로 서생료가 자유롭고 활달했던 것은 서생료가 제 번藩 엘리트들이 공동생활을 하는 특권적인 공간이었기 때문이었다는 것을 또 하나의 이유로 들 수 있다. 이는 '예기회禮記會' 사건의 주인공인 고가 세이리 이후 서생료를 관리한 그의 아들 도안의 관용 덕분에 가능했다고 생각된다(세이리는 엄격한 사람이었기 때문에, '禮記會' 전설의 주인공은 도안일 수도 있다). 도안 또한 서생료의 학생들을 따뜻하게 대해 주었기 때문이다.

도안은 고가 세이리의 삼남으로 세이리의 뒤를 이어 쇼헤이자카가쿠몬조의 고주샤御儒者가 되었다. 도안은 앞서 소개한 "영신佞臣이 되기보다는 쟁신爭臣이 되려 한다"(『大學問答』)는 말을 제시한 것에서 알 수 있듯이 주자학자로서 높은 식견을 지녔으며 제자백가에도 정통하여 아는 것이 많았다. 『시경』이나 두보의 율시 등은 일생 동안 잊지 않았다고 한다. 또한 문인으로서도 일급이었으며, 뒤에 서술하겠지만 경세經世할 것을 마음속에 품고 있었다. 분카 연간에 일어났던 러시아인들의 에도르프섬エトロフ[65]의 습격 사건으로 대외적인 위기의식을 느껴 영국과 러시아에 대

64 【역주】 메이지 시기 일본 정부가 고등학교령高等學校令을 시행한 이후 전후 1950여 년까지 존재했던 일본의 고등교육기관을 말한다.

한 여러 정보를 난학자들과 교류하며 수집해 이를 근거로 『의극론시사봉사擬極論時事封事』나 『해방억측海防臆測』 등의 해방론海防論을 저술한 에도 시대의 잊힌 유학자였다(마카베 진의 大著 『德川後期の學問と政治』가 출간되어 강호에 널게 살려진 것은 최근의 일이다).

도안의 '관대하고 온후한' 성품을 전하고 있는 자로 막말幕末에 오구리 다다마사小栗忠順와 함께 친불파로 활약한 구리모토 조운栗本鋤雲(1822~97, 분세이文政 5년~메이지明治 30년)이 있다. 조운은 막부의 신하였으므로 덴포 연간에 쇼헤이자카가쿠몬조에 입학해 서생료가 아닌 기숙료에 들어가 있었다. 어느 해 원단元旦에 신년 축하를 하기 위해 학생 30여 명이 도안의 서재 앞을 통해 현관으로 향하고 있었다. 그런데 마침 눈이 온 뒤에 땅이 질퍽거리고 있어서 진흙을 피하기 위해 여기저기를 돌아다니다가 학생 하나가 게타下駄를 신은 채 복도에 올라가 진흙을 피해가는 것을 보고 다른 자들도 남김없이 복도에 뛰어 돌아가 진흙 묻은 신발을 신고 도안 선생의 『역경』 강의를 따라해 "이런 경우에 변통하지 않을 수 없다"며 지나가려 했다. 문득 장지문 틈으로 보니 도안 선생이 씩 웃으며 앉아 있었다. 일동은 크게 두려워하며 도망쳤는데 뒤에 견책당하는 일도 없었으며, 그 다음해부터는 통로에 진흙이 묻는 것을 막기 위해 항상 숯섬炭俵이 깔려 있었다고 한다. 조운은 이 사건 하나만으로도 도안의 '관대함寬量'을 알 수 있었다고 서술하고 있다(『匏庵遺稿』). 이러한 일화를 보면 도안은 이질적인 타자를 받아들여 회독의 '허심'을 체현한 사람이었음을 알 수 있다.

---

65 【역주】 쿠릴 열도(일본어로는 지시마千島 열도) 남쪽에 위치한 섬. 한자漢字로는 択捉島이라고 한다. 아이누어에서 유래했으며 아이누어로는 곶이 있는 곳이란 뜻이다.

서생료에서 이와 같은 교육을 받은 학생들이 각 번藩 번교의 교수가 되어 회독을 확장시켰던 것이다. 이것이 회독의 개방성을 전국으로 확대할 수 있었던 하나의 원인이 아닐까 생각한다. 혹시 쇼헤이자카가쿠몬조가 하타모토, 고케닌에게만 입학을 제한했다면, 도어가 말하는 "전국적 규모의 지적 공동사회의 형성을 돕는 커뮤니케이션의 접점과 경로를 확립한" 서생료가 없었다면, 이 정도의 영향력은 없지 않았을까? 번藩의 경계를 넘어 열심히 공부하는 의욕 있는 학생들이 모여 자유롭고 활달하게 회독을 행한 것이 서생료가 큰 사상사적 의의를 가지는 이유다.

참고로 앞서 "문벌제도는 부모의 적"(부친의 친우, 노다 데키호野田笛浦는 쇼헤이자카가쿠몬조에서 고가 세이리에게 사사받고 있었다)이라고 한 후쿠자와 유키치가 고향 나카쓰中津의 한학숙에서 범용한 상급 부시와 "학교에 가 독서, 회독을 하면, 언제나 내가 이겼다"며 회상했던 것을 소개했는데, 여기서 말하는 나카쓰의 한학숙이란 덴포 14년(1843)에 시라이시 쇼잔白石照山이 에도 유학으로부터 돌아와 연 반코주쿠晩香塾(堂)였다. 시라이시 쇼잔은 덴포 10년에 고가 도안의 무인으로서 쇼헤이자카가쿠몬조의 서생료에 입사했다. 또한 나카쓰에 주쿠를 연 쇼잔은 가메이 난메이, 쇼요의 학문의 영향을 받아 독학을 통해 주자학에서 가메이학으로 전환했다고 평가받는 인물이다.[66] 즉 후쿠자와가 14, 5세부터 19세까지 사사했던 쇼잔은 도안의 밑에 들어가 서생료의 회독을 통해 단련되며 자유롭고 활달한 분위기를 접했으며, 동시에 가메이주쿠의 철저

---

66 小久保明浩, 「塾の構造－中津藩の塾を中心に」, 『講座 日本教育史』 2, 第一法規, 1984.

한 경쟁을 지지했던 유학자였다. 이 때문에 후쿠자와도 '문벌제도'와는 다른 '독서와 회독'의 장에서 자신의 재능을 펼칠 수 있었었다.

더욱 주목해야 할 것은 시라이시 쇼잔이 후쿠자와와 마찬가지로 '문벌제도'의 부조리에 대해 큰 분만憤懣을 지녔던 사람이었다는 점이다. 페리가 내항한 가에이嘉永 6년(1853), 쇼잔은 나카쓰에서 추방되고 말았다. 그 원인이 된 사건은 고카타메반 사건御固番事件이라고 알려져 있다. 고쿠보 아키히로에 따르면, 종래 나카쓰번에서는 보초를 서는 것은 아시가루의 임무였는데 이를 개정해 가시下士의 임무로 바꾸려 했다. 이 때문에 가시였던 쇼잔도 밤에 보초를 서게 되었는데, 가시들의 불만은 쇼잔을 통해 폭발했다. 쇼잔은 "번부藩府는 우리들에게 명해 포관격탁抱關擊柝(보초와 야경)시키려 한다. 이는 우리들을 모욕하는 것이다"라고 주장하며 동료들과 함께 해직시켜 줄 것을 요구했다. 그러나 번藩 당국은 가시들이 도당을 지어 번藩에 요구를 했다는 이유로 그 주모자라 낙인찍힌 쇼잔을 추방했다.[67] 에도의 쇼헤이자카가쿠몬조의 서생료에서 전국의 우수한 유학생들과 대등하게 이야기하며 절차탁마해 서생료의 재장齋長까지 올랐던 천하의 수재가 가시라는 신분 때문에 보초를 서게 된 것이다. 쇼잔의 굴욕감과 분노는 그대로 '문벌제도'를 '부친의 적'이라 한 후쿠자와의 그것과 같았을 것이다. 후쿠자와는 이 사건이 있었던 이듬해인 안세이 원년(1854)에 난학에 뜻을 두고 나가사키로 향했다.

67 위의 글.

5. 전국 번교에 보급되는 회독

에도 후기 번藩 재정이 곤궁해 진데다가 19세기에 들어가면서 대외적인 위기까지 찾아와 전국 어느 번藩이라도 어떻게든 번정藩政을 개혁하지 않을 수 없게 되었다 이때 번藩 재정을 충족시키기 위해 번사들에게 검약을 장려하는 소극적인 정책이나, 영내의 특산물 개발 등 적극적인 정책을 강력하게 추진하기 위해서는 유능하고 수완 좋은 인재가 필요해졌다. 이 때문에 재능이나 능력에 따라 하급 부시라도 번정에 참여시킬 인재를 등용, 발탁하는 것이 절실한 과제로 떠올랐으며, 인재 육성의 방책으로써 학교가 중요한 위치를 점하게 되었다. 이러한 경향이 이미 전 세기에도 출현했음은 앞서 살펴보았다. 학교는 "인재를 만들어 내는鎔鑄 곳"(1754)이라고 한 구마모토번의 번교 설립 취지 닷시를 선구로 하여 1780년대에는 학교의 기능을 "구니國[68]에 쓸모 있는 인재" 육성이라 규정한 번령藩令이 증가했다.[69] 19세기에는 이러한 경향이 더욱 강해져 번정개혁의 일환으로 번교가 새롭게 창설되거나, 혹은 학제개혁이 실행되었다. 번교는 학문을 좋아하는 번주의 장식품으로서가 아니라 국가藩를 위해 유용한 인재를 육성하는 기관으로서, 또한 그것이 불가능하다 하더라도 도덕적인(더욱 비근하게 말하자면, 사치에 빠지는 일 없이 최대한 검약하여 금욕적인 생활을 영위하는 것이 가능한) 번사를 교육하는 기

---

68 【역주】 여기서 구니國란 국가가 아닌 지방의 개념으로 각 번藩을 가리키는 말이다.

69 Ronald Philip Dore, 「徳川期教育の遺産」, M. B. Jansen 編, 『日本における近代化の問題』, 巖波書店, 1968.

관으로 공적으로 위치 지어졌다. 앞서 서술한 것처럼 번교의 약 85%가 호레키 시기로부터 게이오 시기까지(1751~1868) 약 117년 동안 설립되었다.[70]

이처럼 19세기의 번교는 인재육성의 공적기관으로서 위치 지어져 번사 자제들의 자발적인 입학을 기대하는 일은 사라졌으며, 강제 취학이 행해지게 되었다. 우미하라 도오루의 조사에 따르면, 번교로의 강제 취학이 제도화된 것은 대부분 덴포 연간(1830~44) 이후였다. 『일본교육사자료日本教育史資料』 1~3책冊에 수록된 243개 번藩 중 ① 가신단 전원의 출석을 강제한 곳이 67개 번藩으로 31.3%이며 ② 시분士分들만 출석을 강제하고 소쓰분卒分[71]들은 자유롭게 한 곳이 89개 번藩으로 36.6%, ③ 강제 출석을 내세우기는 했지만, 사숙이나 데라코야에서 배우는 것을 허락한 곳이 25개 번藩, 10.3%, ④ 모두 학생 각자의 자유의지에 맡긴 곳이 47개 번藩, 19.3%, ⑤ 상세사항이 불명한 곳이 6개 번藩, 2.5%라고 한다. 약 70% 가까이가 형태는 어찌되었든 번교로의 강제 취학을 실행하고 있었다.[72] 의욕 있는 번사가 공부에 뜻을 두고 입학한 것이 아니라 신분의 고하에, 또한 뛰어난 소질의 소유 여하에 상관없이 일률적으로 입학하게 된 것이다.

---

70 國立教育研究所 編, 『日本近代教育百年史』 3, 教育研究振興會, 1974.

71 【역주】 일반적으로 말에 타는 것을 허락받은 사무라이인 기시騎士와 허락받지 못한 사무라이인 가치徒士를 합쳐 시분士分이라 하며, 전투에 참여하는 최하급 병졸을 가리켜 소쓰卒, 혹은 아시가루足軽라고 말한다.

72 海原徹, 『近世の學校と教育』, 思文閣出版, 1988.

인재육성을 위한 등급제와 교장敎場의 변용

앞서 서술한 것처럼, 이와 같이 강제 취학함으로써 학교가 지니고 있었던 두 가지 원리, 즉 '속성'과 '실적' 원리의 대립이 보다 심각해졌다. 돗토리번鳥取藩의 학관尙德館은 가에이 6년(1853)이 되어서야 겨우 가로家老부터 아시가루에 이르기까지 모든 번사의 자제들을 강제로 취학시켰는데, "경서의 뜻을 듣는" 자리에서 가로 등의 상급 번사의 자제가 섞이면 그들은 격식을 논하여 자리배치에 불만을 표시하며 출석을 거부한 뒤 일치단결하여 등교를 거부했다. 설령 강의에 출석하더라도 가로 등은 교과서도 지참하지 않고 교사인 '고주사御儒者'가 공손히 주는 것을 받았으며, 강의가 끝나면 교사가 다시 공손히 그들로부터 교과서를 받았다고 한다.[73] 번교 내에서 신분에 따르지 않고 '실적'주의를 관철하려 할 때, 집안과 신분의 '속성'에 의존해 왔던 문벌 중신층이 가장 먼저 반대했을 것은 불 보듯 뻔하다.

이처럼 눈에 보이는 충돌 이외에도 제도적으로도 '속성'과 '실적'의 모순을 엿볼 수 있다. '속성'을 근본원칙으로 하는 신분제도 안에 있는 번교에서는 사숙 간기엔의 월단평과 같이 집안, 신분의 고하의 상관없이 "진정한 실력" = '실적'을 기준으로 학생을 평가해 등급을 매기는 방법은 매우 실행하기 어려웠다. 실제로 등급을 전혀 설정하지 않는 번교도 덴메이 원년(1781) 이전에는 90여 교 중 42교, 메이지 원년(1868)부터 메이지 4년간에도 94개 교 중 13개 교가 있었으니 결코 그 수가 적

73 磯田道史, 「幕末維新期の藩校教育と人才登用ー鳥取藩を事例として」, 『史學』 71권 2・3號, 2002.

지 않았다. 또한 등급제를 둔 번藩도 간기엔처럼 아홉 등급으로 학력을 나눈 것이 아니라 두 단계, 혹은 세 단계로 나누었으며 그것조차 연령을 기준으로 하여 나눈 것에 지나지 않았다.[74] 가능한 한 학력의 차를 드러내지 않으려 했던 것이다. 그러나 아무리 학력을 호도하려 해도 유능한 인재의 육성, 등용은 번藩(국가)의 긴급한 과제였기 때문에 등급제는 거부할 수 없는 시대의 흐름이었다. 에도 후기에는 무등급제로부터 2등급제로, 2등급제에서 3등급제로, 점점 단계가 늘어났다.[75] 그중에도 앞서 언급했던 "가장 진보한 복합등급제를 편성"했던[76] 아이즈번의 닛신칸에서는 11세부터 18세까지의 초등교육인 소독素讀을 4개 등급으로 나누었으며, 상급교육인 강석講釋은 3개 등급으로 나누어 모두 합쳐 7단계의 등급제가 있었다.

여기에서 공부에 임할 동기를 부여했던 것, 그리고 객관적인 평정의 잣대가 되었던 것이 회독, 특히 강講하는 회독 = 윤강이었다. 앞서 다케다 간지가 전국의 3분의 1이상의 번교에서 회독 = 윤강이 실시되었다고 지적한 부분을 언급했는데, 이로부터 회독이 공부에 임할 동기를 부여했으며 객관적인 평정의 잣대가 되었음을 알 수 있다. (번교에서) 회독을 적극적으로 채용한 이유는 그것이 학생들의 경쟁심을 자극했기 때문일 것이다. 학문이 '재미' 없다는 것을 인정하면서 학생들의 경쟁심을 이용해 회독을 했던 가메이 난메이를 상기하면 될 것이다. 실제로 사가번의 나베지마 간소가 주도한 고도칸의 개혁에서도, 또한 미토번

74 石川松太郎, 『藩校と寺子屋』, 教育社, 1978.

75 위의 책.

76 石川謙, 『近代教育における近代化的傾向－會津藩教育を例として』, 講談社, 1966.

의 도쿠가와 나리아키徳川齊昭가 창설한 고도칸에서도 인재 육성을 목적으로 회독이 중심적인 학습방법으로 위치 지어졌다. 막말幕末이 되면 "회독의 우열은 술예術藝의 익숙함과 서투름을 바탕으로 등급의 순서를 정해야 하며, 문벌의 존비, 관직의 등급 및 나이가 많고 적음에 준해서는 안 된다"(松代藩兵學寮定則, 慶應三年, 資料1冊, 501頁)고 한 것처럼 "회독의 우열"은 '문벌', '관직', '연령' 이상으로 우선하는 것이라 정해 회독을 장려하는 번藩도 출현했다.

회독 = 윤강이 번교 커리큘럼의 중심이 됨으로서 번교의 건축 구조도 그에 따라 변화했다. 근세 교육사 연구의 거인인 이시카와 겐에 따르면, 강석講釋을 행하는 강당 중심형으로부터 회독이 가능한 소교실형으로 번교가 변화했다고 한다.[77]

이시카와에 따르면, 원래 "인간의 본성을 체득시키는 것을 주로 했던 안사이학파, 강석講釋과 강습을 학습의 제1방법으로 삼았던 안사이 학파가 주도권을 쥐어 번학藩學을 기획하거나 개조했던 때에는 강당형을 채용했던 경우가 많았다"고 한다. "안사이 학파가 번학을 지도했던 때에는 강당형, 무등급제가 많았다는 점, 이 두 가지 사실로부터 안사이 학파의 본질을 강당형 교실로부터 읽을 수 있다." 그런데 "회독이 중심이 되면, 거기에 열석列席하는 학생은 누구라도 독서력과 이해력을 가지지 않으면 안 되며, 독서력의 수준에 따라 회독하는 책을 선택할 필요가 있다. 여기에 '진보'가 예상되어 "저절로 발달하는" 학력의 정도에 즉응卽應할 수 있는 몇 가지 교장이 준비되지 않으면 안 된다. 소라이 학파의 교육

77 石川謙, 『日本學校史の研究』, 日本圖書センター, 1977.

구상 중 중요한 것의 하나로 등급제가 있으며, 학교를 지을 때 다수의 교장을 병치하자는 안이 나오게 된 것은 이 때문이었다"고 한다. 예를 들어 쇼나이번庄内藩의 지도칸致道館의 "교장 배치는 소라이 학파가 주장한 학습방법 — 학력의 진보에 즉응해 교장을 바꾸는 방법, 강석講釋을 배척하며 독서와 회독과 시문연구를 중시한 과업 형태에 가장 적합하다. 이와 같은 구조를 가진 번학은 (…중략…) 지슈칸(구마모토번)을 시작으로 하여 게이코칸稽古館(히코네번彦根藩), 닛신칸(아이즈번) 등 차례차례 출현하는데, 이 지도칸에 이르러 완비되었다고 해도 좋을 것이다"라고 한다.

강석講釋을 주로 하는 강당형으로부터 회독을 하는데 적합한 다수 교장형으로의 변화는 학교에 기대하는 바가 변화했다고 봐도 좋을 것이다. 전자의 경우 상하와 존비의 도덕을 가르치는 풍속교화를 목적으로 한 것에 비해, 후자의 경우에는 인재 양성을 목적으로 했다고 할 수 있을 것이다. 물론 현실적으로는 그렇게 명료하게 구분되지는 않는다. 인재를 양성할 때 그 인재가 갖춰야 할 주요 요소가 되는 것은 충효를 실천하는 도덕적인 인격이므로 인재 양성이라고 해도 도덕적 교화의 가치를 무시할 수는 없기 때문이다. 그러나 크게 구분하자면 두 가지는 별개의 것이라고 해도 좋을 것이다.

사가佐賀 고도칸弘道館의 난문難問, 기문奇問

앞서 본 구메 구니타케가 공부했던 사가번의 고도칸에서는 회독을 통하여 많은 인재가 배출되었다. 그곳은 "철두철미한 자학自學과 자습

주의"(中野禮四郎, 「佐賀の藩學考」, 『漢學史談』)를 채용했다고 이야기되고 있다. 덴포 원년(1830)에 번주 나베지마 간소는 고도칸의 개혁을 단행했으며 덴포 11년(1840)의 대확장 이후에는 자쿠자着座(참정할 수 있는 家格이며, 家老 바로 밑의 위치)는 물론, 신루이親類,[78] 가로 등 모든 집안의 자제들을 강제적으로 입학시켜 "장년壯年이 된 자는 관내에서 생활할 수 있도록" 명하여(資料3冊, 122頁) 기숙시켰다. 또한 가에이 3년(1850)에는 「문무과업법文武課業法」을 정해 성적이 우수한 자는 집안에 상관없이 번藩의 관리로 임용하는 한편, 25세까지 일정 수준의 과업을 마치지 못하면 임용되지 못하고 가문의 봉록이 삭감되는 엄격한 조건을 제시했다.

고도칸의 학생 수는 기숙생, 통학생을 합쳐 약 1천명이었는데, 교사의 수는 교수 한 명(고가 고쿠도), 조교수 1명, 교론教論 5명, 교사指南役 10명에 지나지 않았으며, 대부분은 학생들 중 상급생이 지도했다. 6세부터 12세까지는 소독素讀 단계였으며 그것이 끝나면 강석講釋은 거의 없고 대부분 회독을 했다. 특히 사서를 회독할 때에는 지명된 자를 곤혹스럽게 하는 각종 질문들이 쏟아졌으므로, 고심하여 예습해 두지 않으면 회독의 자리에서 답을 하지 못해 얼굴을 붉히는 일이 많았다고 한다. 질문은 문구나 장구章句의 해석에 그치는 것이 아니라 실제 행동으로 보일 때 어떻게 해야 하는지 묻는 경우가 많았으므로 재능이 있고 기지가 있는 자가 아니면 답을 할 수 없었다. 예를 들면 나이 많은 자長者와는 옆에서 나란히 걸어야 한다雁行는 구절이 있는데,[79] 외나무다리一本橋를 건널

78 【역주】 혼인에 의한 친족 관계와, 혈연에 의한 동족 관계를 포괄한 친족관계를 가리킨다.

79 【역주】 『禮記』 「王制」에 나오는 말이다. 「王制」에는 "길에서 남자는 오른쪽으로 걸어야 하고, 여자(貴人, 주로 결혼한 여성을 가리킴)는 왼쪽으로 걸어야 하며, 수레는 중앙으로 다닌다. 아버지와 같은 연배의 사람은 뒤를 따라 걸어야 하며, 형과 같은 연배의 사람

때에는 어떻게 해야 하는가라는 기발한 질문이 나온다거나, 한신이 漢의 고조에게 말한 내용 중 폐하는 장수를 잘 거느린다는 부분まさに將たり[80]이 있는데, 장수를 잘 거느린다는 것이 어떤 의미인지, 어떻게 하면 장수를 잘 거느리는지 그 방법은 무엇인지 등의 질문을 연발해 지명된 자를 괴롭혔다고 한다. 이러한 질문 공세를 받았기 때문에 이곳에서 쇼헤이자카가 쿠몬조로 유학을 간 자들은 그곳에서의 회독에서 승리하는 경우가 많았다고 이야기된다(中野禮四郞,「佐賀の藩學考」,『漢學史談』). 실제로 이러한 스파르타 교육 덕분에 고도칸에서는 구메 구니타케 외에도 에다요시 신요枝吉神陽, 에토 신페이江藤新平, 오키 다카토大木喬任, 소에지마 다네오미副島種臣, 오쿠마 시게노부大隈重信 등의 영재들이 배출되었다.

그러나 이러한 난문, 기문이 오가는 장은 앞서 본 "재기가 있고, 기지가 넘치는" 후쿠자와 유키치와 같은 자에게는 자신의 역량을 발휘하기에 좋은 곳일지 모르나, 범용한 상급 부시들에게는 견디기 어려운 곳이었을 것이다. 회독의 장은 학력의 차가 너무도 분명히 드러나기 때문이다. 이러한 의미에서 회독은 도어가 말하는 신분제도의 '속성'의 원리

과는 나란히 걷고, 벗과는 너무 거리를 두어 걷지 않는다道路, 男子由右, 貴人由左, 車從中央. 父之齒随行, 兄之齒雁行, 朋友不相逾"는 구절이 있는데 이를 인용한 것이다.

80 【역주】『史記』「淮陰侯列傳」에 나오는 한신韓信과 한漢의 고조高祖 유방劉邦의 고사에서 유래한 말이다. 유방이 한신에게 묻기를 "나는 얼마나 많은 군사를 거느릴 수 있겠는가?"라고 묻자 한신은 "폐하는 10만 이상을 거느리지 못할 것입니다"라고 답했다. 유방이 다시 한신에게 "그대는 어떠한가?"라고 물으니 한신은 "신은 많으면 많을수록 좋을 뿐입니다"라고 답했다. 유방이 웃으려 말하기를, "많으면 많을수록 좋다고 하는데 어째서 나에게 붙잡혔는가?"라고 하자 한신이 답하기를 "폐하는 병사를 능히 거느리지 못하지만, 장수를 잘 거느리니 이것이 제가 폐하에게 붙잡힌 이유입니다. 또한 폐하의 자리는 하늘이 준 것이니, 사람의 힘으로는 어쩔 수가 없습니다"라고 답했다上問曰, 如我能將幾何, 信曰, 陛下不過能將十萬. 上曰, 於君何如, 曰, 臣多多而益善耳. 上笑曰, 多多益善, 何為為我禽, 信曰, 陛下不能將兵, 而善將將, 此乃言之所以為陛下禽也. 且陛下所謂天授, 非人力也. 본문에 나온 まさに將たり란 '而善將將' 부분을 가키오로시로 풀어 해석한 것이다.

와 '실적'의 원리 간의 알력이 현저해지는 장이었다. 이와 같은 현상 때문에 무엇이 문제로 부상했는지 가나자와번의 번교 메이린도를 예로 들어 구체적으로 살펴보고자 한다. 가나자와 번은 『일본교육사자료日本教育史資料』에서 풍부한 자료를 제공하고 있으며, 앞서 소개한 것처럼 번교 메이린도는 회독을 중시하여 상세한 규약을 두었기 때문이다. 앞서 회독의 상호 커뮤니케이션 원리를 예증하기 위해 소개한 「입학생학적」은 메이린도에서 경계하고자 한 것이었다.

가나자와번 메이린도의 사례—덴포의 학제개혁

간세이 4년(1792)에 창설된 가나자와번 메이린도는 처음에는 사민교화를 목적으로 강석講釋을 중시했다. 그런데 덴포 10년(1839)에 학제를 개혁할 때에는 크게 방향을 전환하여 회독을 중심으로 하는 번사 교육에 중점을 두게 되었다. 도시요리年寄[81] 오쿠무라 데루자네奥村榮實가 번정개혁의 일환으로 이를 주도하였는데, 오시마 도넨大島桃年(1794~1853, 간세이寬政 6년~가에이嘉永 6년, 호는 藍涯, 柴垣)은 이 학제개혁의 제창자였다. 도넨은 이에 앞서 쇼헤이자카가쿠몬조에서 공부하다가 분세이 5년(1822)에 번藩으로 돌아와 번교 메이린도의 조교가 된 주자학자다. 쇼헤이자카가문소 유학중에는 후에 센다이번 요켄도養賢堂의 부학두學

81 【역주】 도시요리年寄란 본디 막부의 중신들을 가리키는 말이었으나 일반화되어 각 다이묘의 중신들, 혹은 무라村나 마치町에서 지도적인 위치에 있는 사람들을 가리키는 말로 확대되었다.

頭添役[82]가 된 오쓰키 반케이大槻盤溪(오쓰키 겐타쿠의 아들)와 친했다.

원래 번교 메이린도는 처음에는 '사민교도'를 위한 접점으로써 설립되었다. 그 취지는 다음과 같은 말에 단적으로 드러나 있다.

> 사민교도를 위하여, 泰雲院殿(重教)께서 학교를 허가하실 것을 명하신 그 내의內意를[83]이번에 서거하심에 따라 이제 그 말씀을 이어받고자 학교에서 문무를 갈고 닦게 하고자 합니다. 이에 따라 아라이 하쿠가新井白蛾를 학두에 취임하도록 명하며, 그 외 제 사범들도 이와 같은 뜻을 좇을 수 있도록 명하니, 제 사무라이들은 물론 조町에 있는 자들도 뜻이 있다면 학교에 나와 학습하도록 해야 할 것입니다.[84]

메이린도에서는 "부자유친父子有親, 군신유의君臣有義, 부부유별夫婦有別, 장유유서長幼有序, 붕우유신朋友有信"(明倫堂定, 寛政 四年)의 오륜을 가르쳤으며 '사민교도'라는 도덕적 교화를 위해 강석講釋이 행해졌다. 이 강석講釋은 오규 소라이가 말하는 '강講', 즉 불교의 승려가 하는 설법과 유사한 것이다. 때문에 교도로부터 강의할 책을 저술한 아라이 하쿠가를 초대해 번사의 자제들뿐만 아니라 조닌, 백성들까지도 청강을 허락했다. 그런데 오시마 도넨은 창설 초기의 도덕 교화의 거점이었던 메이

---

82 【역주】 저자의 글에는 學頭副役이라 되어 있는데 일반적으로 學頭添役이라고 표기하므로(발음은 같음) 이에 따라 學頭添役이라 쓰고 부학두라 해석했다.

83 【역주】 저자의 인용문에는 爲四民教導, 泰雲院殿學校可被仰付, 御內意之處라고 되어 있는데 泰雲院殿와 學校 사이에 許可가 빠져있어 이를 포함시켜 泰雲院殿許可學校可被仰付로 하였으며 여기서 끊으면 뒷부분과 연결이 매끄럽지 못하므로 모두 합쳐 泰雲院殿學校可被仰付御內意之處를 한꺼번에 묶어 해석하였다.

84 【역주】 출전이 빠져 있는데 『政隣記』의 「學校開設につき前田治脩親書」인 듯하다.

린도를 번사 자제를 교육시키는 인재 육성 기관으로 전환시킬 것을 제언했다. 도넨에 따르면 "학교에서 교도하는 것의 큰 근본은 오이에御家의 제 사무라이 자제들이 학교에 학생으로 들어올 것을 명령 받아, 각 학문의 본의를 잃지 않도록 가르치는 것에 있기"(『學政私考』, 資料5冊, 552頁) 때문이다. 이러한 생각하에 덴포기의 학제개혁 이후에는 모든 번사의 자제를 강제로 입학시켰다.

에모리 이치로江森一郎가 도넨은 "번교 창립시의 이상을 분명히 부정하고 어디까지나 '제 사무라이'를 위한 교육의 장을 철저히 만들고자 했다"[85]고 지적한 것처럼, 이 제언은 메이린도 창설 시의 목표를 대담하게 부정한 것이었다고 말해도 좋을 것이다. 이 말이 지니는 획기적인 의미는 널리 '사민'을 교화시키는 것이 아니며 번사 교육에 한정시켰다는 것을 지적한 것이 아니라, '사민교도'를 위해서도 강석講釋을 비판한 점이었다. 도넨에 따르면 강석講釋은 사민의 교화를 목적으로 하는 것이므로 본래 번교의 '본무本務'(『學政私考』, 資料5冊)로서 적절치 않다는 것이었다.

> 강석講釋은 교도를 제일로 하며 또한 사민의 교도 등과 같은 말도 나오는데, 학교의 법제에는 이러한 것이 없습니다. 학교에서 사민을 가르친다는 것은 옛 법에도 없던 것입니다. (『學政私考』, 資料5冊)

'사민교도'를 위한 강석講釋을 대신하여 번사 교육의 중심에 놓였던 것이 회독이었다. 그러나 번사의 자제가 강제로 취학하여 그 교육 방법

85 江森一郎, 『'勉強'時代の幕あけ』, 平凡社選書, 1990.

으로 회독이 주로 사용되었을 때, 대등성을 원리로 하는 한 회독은 신분 제도와 충돌을 일으킬 수밖에 없었다. 석고石高 100만 석을 자랑하는 대번大藩 가나자와번에서는 신분과 격식이 중요시되었으므로 이러한 충돌은 심각했다. 도어가 소개한 것처럼 가나자와번에서는 학교에서도 신분과 격식이 중요했다. 간세이 연간에 메이린도가 창설되었을 때에는 "가장 신분이 높은 집안의 자제는 등교할 때 가신 2명, 조리토리草履取[86] 1명, 비가 올 때에는 그 외에 우산 관리인 1명을 동반하도록 정하고 있다. 다음 가는 자는 가신 1명, 조리토리 1명, 우산 관리인 1명, 그 다음 가는 자는 가신 1명, 조리토리 1명을 동반하여 우산을 지참하고, 그 다음 가는 자, 혹은 신분이 낮은 자는 하인을 동반하지 않고 등교하며, 그들의 조리는 학교의 신발 관리인下足番이 함께 모아 관리했다"[87]는 사실에서 알 수 있는 것처럼, 격식에 따라 상세히 법규를 정하고 있다.

덴포 연간의 학제개혁에서는 이러한 신분, 격식과 회독의 대등성 원리의 간극 때문에 여러 가지 개혁이 시도되었다. 우선 조시上士, 헤이시平士, 가시下士의 세 그룹으로 나누어 각 등교일을 달리 하는 한편, '人持子弟共會讀'(上士), '御大小將會讀'(平士), '諸組會讀'(下士)라 하여 가문의 격家格에 따라 회독을 설정했다. 가문의 격에 따라 회독을 정한 다음에 자리 순서는 연령에 따랐으며, 조시, 헤이시, 가시 사이에 존재하는 세세한 신분차를 부정했다. 같은 가문의 격 내라는 조건하에 일정한 수준의 대등성을 담보했던 것이다. 모든 메이린도의 학생들을 일률적으로 '입학생'이라고 칭한 것도 대등성을 지향하기 위한 것이었다.

---

86 【역주】 신분이 높은 사람을 수행하며 주인의 신발草履을 관리하던 사람.
87 Ronald Philip Dore, 松居弘道 譯, 『江戸時代の教育』, 巖波書店, 1980.

가문의 격에 따라 세 그룹으로 나눈 뒤 행해진 회독은 각자의 수준에 따랐으며, 같은 등급에서는 같은 텍스트를 사용했다. 도넨의 상서에 따르면 구체적인 사항은 다음과 같다(이것이 이대로 실행되었는지는 알 수 없다).

下等乙『소학』, 『대학』
　甲『논어』, 『맹자』
中等乙『근사록』, 『대학』
　甲『논어』, 『맹자』
上等乙『중용』, 『시경』
　甲『서경』, 『역경』

상, 중, 하의 3등급에 각자 갑을을 붙임에 따라 실질적으로는 6등급으로 나누어져 있었다. 이 중 초급 단계인 하등을下等乙의 『소학』과 『대학』을 배울 때는 회독이 아니라 강석講釋에 의해 '대의'를 이해시키려 했다. 이들 텍스트의 해석에 대해서는 주자학에 한정하여, "다른 유가儒家에 참가하여 수련하는 것은 무용하다"(『學政私考』, 資料5冊, 554頁)고 정해 다른 학파의 유학자로부터 배우는 것을 금지했다. 앞서 서술한 것처럼, 학습의 수준에 따라 단계를 두는 것은 "진정한 실력"이 드러나므로 기피되는 경향이 있었다. 덴포로부터 가에이에 이르는 기간에 오급 이상의 등급제를 채용한 번교는 4곳뿐이었으므로,[88] 실질적으로 6등급을 채용한 메이린도가 급진적이었음은 분명하다.

88 石川松太郎, 『藩校と寺子屋』, 教育社, 1978.

강제 취학이 이루어지면서 메이린도에 교사보다 신분이 높은 학생들이 입학하게 된 것 또한 문제를 야기했다. 도넨은 그 구체적인 양상에 대해 다음과 같이 전하고 있다.

> 학생들이 서로 이야기할 때에도 우리 같은 사람들은 뒤에서도 어느 분은 이렇게 이야기하셨다, 어느 선생님의 말씀은 이러하다고 말해야 하는데, 당시의 입학생은 어린 자들조차 사람들이 모인 곳에서 공연히 사람들에게 이야기할 때도 아무개가 이렇게 이야기했다, 아무개는 이런 설을 내세웠다 등 소리 높게 평론하고 있는 상황입니다. 입학생은 人持等(上士)이므로 대대로 제 사무라이들의 적자이니 이전의 학생들과는 상황이 다르다고는 하지만, 이미 말씀하신 것을 바탕으로 사제들에게 전한다면 조금도 문제가 될 것은 없을 것입니다. (『今般就被仰渡心之趣書記候條條』, 嘉永元年 11月, 資料5冊, 542頁)

"어느 분은 이렇게 이야기하셨다", "어느 선생님의 말씀은 이렇다"라고 이야기해야 되는데, "아무개는 이렇게 말했다"라고 말하는 등, 교관에게 경어도 쓰지 않고 소리 높게 평론했다고 한다. 이처럼 사제관계를 알지 못하는 자들에 대한 대처방법으로서 교관의 석고를 높여 신분을 높이는 것이 가장 좋은 방법이었다. "제 사무라이의 자제를 교유하므로, 신분이 비천한 자는 가르치지 못했기 때문"(『今般就被仰渡心之趣書記候條條』)이다. 이 점에 대해서 에모리 이치로는 번교 교관의 낮은 지위와 이에 따른 석고 인상의 필요성은 메이린도 창설 시점부터의 현안이었다고 지적하고 있는데, 이외의 방책도 있었다. 공자를 모시는 제사인 석전釋奠의 거행이었다. 석전은 교관의 권위를 높이기 위해 학문을 신성화하려는 의도가 있었던 것은 아니었나 생각된다.

오시마 도넨은 덴포기의 개혁을 맞아 의견서 『어사법장추가御仕法帳追加』(덴포 9년, 1838)를 제출하며, "학정의 근본 대강령"(資料5冊, 546頁)으로 2개 조항을 내걸고 있다. 첫 번째는 '교도하는 자들'을 통괄하는 '도강都講'과 '학교두중學校頭中'을 분리하여 교학의 독립을 모색한 것, 두 번째는 "성사聖祠를 건립하는 일은 설元日에 규격과 격식을 맞추며, 2월 정일丁日에 석전을 할 수 있도록 할 것"이었다. 공자묘를 만들어 2월에 석전을 집행하는 것은 학문을 신성화함으로써 교관의 권위를 높이는 것을 목적으로 했던 것이라 생각된다. 환언하자면, 번藩의 질서와는 다른 차원의 학문세계를 창출함으로써(그것은 석전의 의례에 의해 시각화된 것)이를 주재하는 교관의 권위를 높여 "아무개는 이렇게 말했다, 아무개의 설은 이렇다며 소리 높여 평론"하는 아나키적 상태를 극복하려 했던 것은 아닐까 생각한다.

메이린도의 시험

간기엔의 사례에서 본 것처럼, 등급제와 시험, 평가는 '실적'을 원리로 하는 학교의 중요한 문제였다. 어떻게 객관적으로 공평하게 평가하느냐가 최대의 포인트였다. 이 점에 대해 메이린도에서는 어떻게 대처했을까? 메이린도의 시험제도에 대해 그 시계열時系列을 따라가 보자. 메이린도에서는 분세이 2년(1819)에 시험이 시작되었다. 그 당시에는 봄과 가을에 연 2회 시험이 실시되었다. 시험 내용은 사서, 오경 중 지정된 텍스트의 특정 장에 대해 의견과 자훈字訓, 해의解義, 여론餘論을 기술하는 '변서弁書'를 기술하게 하여 여기에 평가를 매겼다. 이는 쇼헤이자카가쿠몬조의 학문음미에서도 행해졌던 방법인데 여기에서는 간세이 3년 이후에 시행된 기슈紀州 와카야마和歌山의 사례를 바탕으로 그 내용을 설명해 보도록 하겠다.

와카야마 번에서 봄과 가을, 연 2회 실시된 '변서弁書'는 반년간 수학한 텍스트로부터, 한 장, 혹은 한 구절을 뽑아 가나마지리분仮名交じり文[89]으로 기술되었으며, 시험 시에는 텍스트 이외의 참고서는 가지고 입장할 수 없었다. 답안에는 "한 장의 큰 뜻을 해석하는" 장의章意, "글자의 뜻을 해석하는" 자훈字訓, "순서에 따라 전 장章의 취지를 해석하는" 해의解義, "해의解義 이외에 자신의 의견을 논설하는" 여론餘論의 4항목 전부를 기재해야만 했다. 시험이 끝나면 즉시 봉투에 넣어 시험관리자에게 제출했다. 시험관리자는 학생들의 답안을 일괄해 서기에게 넘겼다. 서기는 이를 다른 방으로 가지고 가 모든 답안을 베껴 이름이 없는 익명책자로 유학자에게 교부했다. 이를 받아든 유학자 일동이 협의하여 우열을 평가했다고 한다(資料2冊, 828頁).

'변서弁書'는 객관적으로 공평한 시험을 지향했으나 가나자와번에서는 일이 무난하게 진행되지 않았다. 시험을 시작한 다음 해인 분세이 3년(1820) 정월正月의 의견서에 따르면, 교관 측이 '상중하'의 3등 중, 상등 학생들에 한해 선물을 주려고 했는데, 번藩 당국은 "3년간 정력을 쏟은" 학생들 모두에게 선물을 주려 했다. 여기에서 3년이란 것은 간세이

89 【역주】 한자와 가타가나, 히라가나를 섞은 문체.

4년(1792)에 정한 내용 중 "제 학생들 중 공부한지 3년이 지났는데도 학업이 능숙하지 못한 자는 학교를 떠나야 한다"(資料2冊, 191頁)는 규정에 따라 학업이 부진한 자는 3년 배운 이후에는 학교를 떠나야 한다는 것인데, 번藩 당국은 일단 3년간 수학한 자는 성적과 관계없이 보상을 받아야 한다고 생각했던 것이다.

학문의 수준이 아니라 출석수에 따라 포상이 주어지는 경우는 드물지 않았다. 예를 들어 고치高知에서는 매년 일정한 일수를 출석한 것만으로 충분했다고 한다.[90] 구체적으로는 일 년간 학교에서 학문을 배우는데 100회 이상, 무예를 수련하는데 100회 이상 출석하기를 5년 동안 계속하면 '칭찬 지시褒詞の沙汰'가 있었으며, 5년을 더하면(총 10년) '상금을 하사'했고, 여기에 다시 5년을 더하면(총 15년) '더욱 상금을 하사'했으며, 또 다시 5년을 더하면(총 20년) 주군殿様으로부터 직접 '상금 지시賞の沙汰'를 받는다고 규정되어 있었다(資料2冊, 906頁). 출석 일수만으로 평가하는 것이 악영향을 초래할 수 있다는 점에 대해 구마모토번 시슈칸의 나카야마 쇼레이中山昌禮는 다음과 같이 한탄하고 있다.

> 지금 강당에서 구독 등에 출석하는 자들은 대개 자리만 채우고 있다가 상을 받으려는 경우가 많다. 조금 영리한 자들은 매일 출석을 하며 명패를 걸어둘 뿐, 책을 읽고 뜻을 강講하는 일에 열심이지 않으며 계속 자리를 채웠다고만 자랑할 뿐이다. 학문에 마음을 쓰지 않고 적당히 자리만을 채우고 포상을 받으려 하니 정력을 쏟아 학문에 정진하지 못하는 것도 당연하다. (『學政考』,

---

90 Ronald Philip Dore, 松居弘道 譯, 『江戸時代の教育』, 巖波書店, 1980.

天明 5年, 資料5冊, 613~614頁).

출석일수만을 채우려 하지 진심으로 공부하려 하지 않으며 출석으로만 평가를 받으려 하는 '영리'한 학생들도 나타났던 것이다. 어느 대학의 수업을 연상케 한다.

이와 같은 폐해를 예상하여 메이린도의 교관들은 상중하의 '차별' 없이 보상을 준다면 "(학문의) 진취에 도움이 되지 않을 것"(資料2冊, 181頁)이라며 반대의견을 제시했다. 결과가 어찌되었는지는 모르나, 덴포기의 개혁 전인 덴포 8년(1837) 오시마 도넨이 저술한 『학정사고學政私考』에는 수학한 연수가 아니라, 하등갑을下等甲乙, 중등갑을中等甲乙, 상등갑을上等甲乙의 여섯 단계에서 이수해 온 경서를 텍스트로 하여 '변서弁書'하게 할 것을 제안하고 있다. 그리고 그는 그중 성적이 좋은 자만을 상위 단계로 '전석轉席'시키고 나쁜 자는 그대로 유급시킬 것을 주장했으며, 시험은 어디까지나 학습자 개인의 수학 정도를 파악하는 목적으로 행해져야 하기 때문에 '변서弁書'는 익명으로 채점할 것이 아니라 시험 답안에 이름을 써 넣은 뒤 개별적으로 첨삭하여 돌려줄 것을 제안했다.

지금까지 변서弁書는 익명으로 제출되었는데, 이후로는 이름을 쓰게 하고 순위를 매기지 않으며, 잘못된 부분은 빨간 글씨로 개찬하여 수험자에게 돌려주어야 할 것입니다. 또한 품제를 게시해서는 안 됩니다. 이천伊川 선생이 일찍이 논하기를, 시험을 보는데 그 고하高下를 매기면 사람들로 하여금 다투게 하니 학자를 가르치는 도리가 아니라고 말씀하신 것에 따르고자 하는 것입니다. (『學政私考』, 資料5冊, 555頁)

이는 정이천이 "학교는 예의를 우선하는 곳이므로, 월마다 다투게 하는 것은 또한 교양하는 도道가 아니다. 청컨대, 시험하는 바를 바꾸어 과업을 부여해야 한다. 아직 이르지 못한 부분이 있다면 학관을 불러 가르치게 하며, (성적의) 높고 낮음은 생각하지 않는다"(『小學』 外篇, 實立敎)[91]고 말한 것처럼, 학생들 간에 성적의 고하를 다투지 않게 하기 위한 취지를 살린 것이었다(앞서 본 것처럼, 정이천의 말은 히로세 단소가 간기엔에서 경쟁주의를 채택한 것에 대한 반대하는 자들이 근거로 택한 것이다). 그러나 도넨의 제언은 메이린도의 "의견이 통일된 가운데 이견이" 제시된 것이었으며, 도넨 한 사람의 개인적인 의견으로서 번藩 당국에 제출되어 덴포 10년이 되어서야 수용되었다.

> 학생들이 공부하면서, 봄과 가을에 두 번 시험을 치르게 해야 할 것입니다. 단 한 번 회독을 끝낸 책을 가지고 변서弁書를 하게 해야 할 것입니다. 또한 이를 감독한 조교들로 하여금 갑을甲乙을 매기게 하여 이에 따라 전석轉席시켜야 할 것입니다. (資料2冊, 182頁)

이에 따르면 봄과 가을 두 차례의 시험試業은 하등갑을下等甲乙, 중등갑을中等甲乙, 상등갑을上等甲乙의 6단계에서 시행한 회독에서 사용했던 텍스트, 즉 "이미 읽은 서적"을 사용해 '변서弁書'시킬 것을 권하고 있다. 그러나 이에 대해서도 덴포 10년 9월에는 시험 준비 때문에 "수십

---

91 【역주】 저서에는 가키쿠다시로 되어 있으나 역서에서는 『소학』 원문을 참조하여 번역하였다. 또한 출처가 『小學』 外篇, 立敎로 되어 있는데 잘못되었으므로 『小學』 外篇, 實立敎로 수정하였다. 원문은 다음과 같다. "大槪以爲學校, 禮義相先之地, 而月使之爭, 殊非敎養之道. 請改試爲課, 有所未至, 則學官召而敎之, 更不考定高下."

일 동안 오로지 시험 준비에 힘을 쏟아 무예를 단련하는 일이 어려운 폐단이 있다"(資料2冊)는 이유로, 즉 무술 연습에 소홀해져 문무양도文武兩道가 불가능해진다는 반대론이 발생했다. 이 때문에 결국 덴포 10년 가을의 시험은 봄에 시험을 보지 못한 자들에 한정하여 치르자는 의견이 대두되었고, 결국 이 의견이 수용되었다.

또한 덴포 12년(1841) 정월에는 시험을 가을에 한 번 치르자는 제안이 나와 수리되었다. 회수는 1회로 줄었지만 기본적으로 오시마 도넨이 주장했던 것처럼 학습자의 수학 능력을 시험한다는 생각은 관철되었다고 봐도 좋을 것이다. 덴포 12년에는 학생 개개인의 수학 수준을 무시한 공통 문제, '교수지총품제教授之惣品題'가 폐지되었기 때문이다. 그 결과 학습자의 '평소 회독 능력平生回讀之躰'을 보는 평상점平常点과 '변서弁書' 시험 결과 두 가지를 바탕으로 교수, 조교수가 상담해 '전석'을 정하게 되었다.

그런데 3년 후 고가 원년(1844)에는 다시 상황이 바뀌어 개개인의 성적을 판정하는 것이 번잡하다는 이유를 들어 공통 문제를 제출하는 방식으로 변경되었다. 덴포 14년 12월 13일, 메이린도 독학督學 와타나베 헤이다유渡邊兵太夫의 다음과 같은 의견에 근거해 고카 원년에 '총시험惣試業'이 치러지게 되었다.

> 시험을 출제할 때, 구독사句讀師 및 입학생은 읽은 책의 문장들 중 교수 등이 선택하여 출제하는데, 사람이 많아 심히 번거롭고 복잡하므로 향후에는 총시험惣試業을 실시할 때에는 통일된 문장을 준비하며, 담제談題를 고르는 것도 교수들이 맡는 것은 그만두고 저희들이 신중히 (문장) 2, 3가지를 고른 뒤 그것

들 중에 골라 전달할 수 있도록 해야 할 것입니다. 또한 총시험 문제도 마찬가지로 저희들이 올려야 할 것입니다. (資料2冊, 184頁)

번잡하다고 하는데 과연 얼마만큼의 학생들이 있었을까? 덴포 9년에는 약 200명, 상중하에 각각 66명 정도였으며, 가에이 원년에는 약 260명으로 상, 중등에 130명, 하등에 130명 있었던 것으로 파악된다(資料2冊, 202頁). 이 정도의 수를 처리하는 것이 번잡한 일인가에 대해서는 의견이 갈릴 것이나, 어쨌든 와타나베 헤이다유의 의견이 받아들여져 메이린도에서는 '총시험'이 정례화되었다.

가에이 원년(1844) 도넨이 낸 의견서는 이 '총시험'에 대한 반대론이었다. 그는 일상의 회독 성적과 새삼 문제가 출제되어 '예습과下讀', '초안의 준비下書'가 가능한 '총시험' 성적과의 괴리를 지적하고 있다.

총시험은 제 사무라이들에게 같은 책을 읽히게 하자는 취지라고 생각됩니다. 그런데 그것은 실로 조금의 이득도 없으며 큰 해의 원흉이라 감히 말씀드립니다. 그 이유는 그 이래 총시험으로 인해 독서에 뜻을 둔 자가 한 명이라도 있다는 이야기를 듣지 못했기 때문입니다. 물론 처음 책을 읽는 초년생들은 유가儒家에 의지하여 예습을 준비하고 글을 준비하는 수련을 할 수 있다고 생각됩니다만, 그 다음해부터는 그러한 일은 일절 사라지게 됩니다. 또한 변소에 글을 쓰거나 도시락에 글을 쓰는 등, 근래에 세상에 나쁜 말들이 떠도는데 실로 가당치 않은 일입니다. (『私議』, 資料5冊, 564頁)

도넨은 시험은 "원래 회독의 자리에서 주고받는 것이며, 각자 깨달은 바가 있는지를 시험하기 위해"(『私議』 資料5冊, 542頁) 평상시 회독 자리에서 확인해 봐야 한다고 연래의 주장을 전개하고 있다. 그러나 이러한 도넨의 의견에도 불구하고 가에이 4년의 '총시험'에는 "그해 모두 논어 계씨편季氏篇에서 요왈편堯曰篇에 이르는 내용 중 당일 소고부교惣御奉行[92]의 지시로 전달받은 장과 절을 변서弁書에 출제하게 했으며"(資料2冊, 117頁), 가에이 6년에도 "그해에 모두 맹자 승문공滕文公 상하편 중, 당일 소고부교의 지시로 전달받은 장과 절, 변서弁書에 출제하게"(資料2冊, 185頁) 하여, 시험 범위를 예고했다. 또한 사서집주본은 시험장에 가지고 들어갈 수 있었다(단, 『사서대전』은 불가). 즉 가에이 4년에는 평상시의 회독과는 상관없이 『논어집주』 계씨편 제16부터 요왈편 제20까지, 가에이 6년에는 『맹자집주』 승문공 상하편만 공부하면 됐다. 시험 치고는 너무 간단하게 바뀐 것이다.

지금까지 가나자와번의 시험제도의 시행착오를 구체적으로 살펴보았는데, 여기에서 확인하고 싶은 점은 학력만을 판정하는 시험은 세습제도와는 어떻게 해도 모순되고 만다는 점이다. 도넨이 일률적으로 시험을 내지 않고 개개인의 수학 능력에 따라 개별적으로 시험을 보려 했던 것은 개개인의 입장을 고려했다기보다는 정이천의 말처럼 경쟁을 배척하기 위함이었다고 주장해도 좋을 것이다. 경쟁은 세습제도와 병치될 수 없었기 때문이다. 이 때문에 도넨은 세세하게 대응하려 했으며, 통일된 시험을 치르려 했던 와타나베 헤이다유 또한 시험문제를 간

92 【역주】 각 가문의 가로家老, 혹은 그에 준하는 고위 사무라이들의 영지를 관리하는 최고 책임자 지교쇼부교知行所奉行를 가리키는 것으로 파악된다.

단히 하여 경쟁에 의한 학력차를 드러내지 않으려 했다고 해도 좋을 것이다. 어느 쪽이든 회독에 동반되는 경쟁이라는 요소를 약하게 하려 했던 것이다. 그러나 앞서 간기엔이나 데키주쿠에서 본 것처럼, 대등한 자들끼리 토론하는 회독에 경쟁적인 성격이 있는 이상, 세습제도와의 충돌은 피할 수 없었다. 이 충돌을 돌파하기 위해서는 회독의 장에서 벌어진 경쟁에서 승리한 학력이 우수하고 능력 있는 자를 등용해 입신출세시키는 것 이외에는 없었을 것이다 이러한 길을 닫은 채, 번사 자제 전원을 강제로 취학시켜 경쟁심을 환기시키며 회독시킨다 한들 결국엔 벽에 부딪칠 수밖에 없었다. 이러한 현상을 돌파할 길은 신분제도가 존속하는 한 불가능했으며, 메이지 시기가 되어 처음으로 길이 열리게 되었다. 그러나 이것은 또한 입신출세를 위한 시험과 경쟁이라는 길을 여는 것이기도 했으며, 대등하게 토론하며 배운다는 의미의 회독이 사실상 끝났음을 의미하게 되는데, 이에 대해서는 후술하겠다.

'허심'의 의의

오시마 도넨에게는 경쟁적인 회독과는 또 다른 회독 이념이 있었다는 점을 간과해서는 안 된다. 이 점에 대해 이미 우리는 회독을 할 때 요구되는, 이질적인 타자를 수용하는 '허심'함을 단서로, 주자와 비토 지슈, 가메이 난메이의 니시가쿠몬조 간토칸에 대항한 히가시가쿠몬조 슈유칸을 봐 왔다. 메이린도의 「입학생학적」에 "회독의 방법은 필경 도리를 논하여 명백하게 낙착落着하기 위해, 서로 허심虛心하게 토론해야 한다"는 것과 같은 생각을 도넨도 가지고 있었다.

도넨의 생각에 따르면, 회독은 결코 경쟁의 장이 아니라 어디까지나 '도리'에 근거해 '토론'하는 곳이었으며, 더욱 적극적으로 이질적인 타자를 인정하는 태도를 육성하는 수양의 장이었다.

> 회독을 단지 독서를 통한 수행이라고만 볼 것이 아니라, 벗과 절차탁마하며 마음을 수련하는 길이 여기에 있습니다. 의필고아意必固我로부터 벗어나려면 원래 매일 수시로 마음의 수양을 고민해야 하니 성인의 가르침 중 가장 쉽지 않은 것이기는 하지만, 토론이나 회독 같은 것을 서로 하다보면 이와 같은 마음의 병意必固我이 나타나기 쉬우므로, 이와 같은 마음가짐으로 수행해야 합니다. 그러하다면 책의 의미를 찾는 수행이 될 뿐만 아니라 자연히 심술心術을 연마하는 것도 잘 될 수 있으니, 매사에 임할 때 스스로 받아들이도록 노력해야 할 당면의 과제가 이것입니다. (「入學生學的」 資料2冊, 194頁)

회독의 장을 단순히 "책의 의미를 이해하는 수행"의 장으로 보는 것에 그치지 않고 "심술心術을 연마하기 위한 방법을 찾는" 장이라는 것이다. 이 "심술을 연마하는 방법을 찾는" 와중에 양성되는 도덕적인 자질이 '허심'이다. '서로 오가는' 회독의 토론에서는 자칫하면 자기 멋대로 생각하거나, 반드시 그러하다고 결론을 내거나, 고집을 부리거나, 자신을 내세우는 '의필고아意必固我'(『논어』 子罕篇)라는 '마음의 병'에 걸리기 쉽다. 그 때문에 앞서 본 것처럼 "함부로 자신을 옳다 하고 다른 사람을 그르다 하는 마음이 있는데 실로 보기 흉하다. 또한 자신이 하나를 알았다 하여 이를 자랑스럽게 여기는 기색을 내보이는 것, 다른 사람의 거칠고 엉성함을 함부로 비웃는 것, 자신의 잘못을 꾸며 다른 사람의 말에 부화뇌동하는 것, 함부로 깨달았다는 표정을 지으며 다른 사람의 말을 겉으로 듣고 흘려버리는 것"(『入學生學的』)을 경계하고 있다. 이러한 경계를 지키며 토론하는 것이 가능하다면, 자신의 마음대로 하는 것을 억제하고 다른 '상대'를 받아들이는 미덕이 자연스럽게 몸에 붙게 된다. 이러한 의미에서 회독의 장은 참가자들이 서로 "심술을 연마하기 위한 방법을 찾는" 장이라고 할 수 있을 것이다.

원래 간세이 이학의 금禁 이후 번사 교육을 담당한 주자학자들은, 소라이학에서 지향하는 인재관에 대항하여 자신의 존재의식을 어필할 필요가 있었다. 구마모토번의 번주 호소카와 시게카타가 "한 곳에 다리를 놓지 않도록 해 건너편에 닿도록 해 다오, 시내 위에 있는 자는 시내 위의 다리를 건너, 시내 밑에 있는 자는 시내 밑의 다리를 건너간다면, 그들은 서로 돌아가지 않고 재능을 발휘할 수 있을 것이다"(『銀台拾遺』)라고 말한 것처럼 각자의 개성을 살려 직능적인 인재와는 다른 인간상과 그것을 양성하는 방법을 제시하지 않으면 안 되었다. 그 답 중 하나가 '허심'이라는 덕德이었으며, 회독은 그러한 '허심'을 몸에 익히는 "심술心術을 연마하기 위한 방법을 찾는" 장이었다고 말할 수 있을 것이다. 그것은 교양 있는 통치자로서의 덕이었으며 "좋은 관리의 자질"[93]이라고 할 수 있다. 마카베 진이 에도 후기 쇼헤이자카가쿠몬조와 번교가 담당한 "쇄신된 정치를 담당한 유용한 인재육성, 즉 번藩이나 막부의 문서 행정을 담당하기에 적절한 지식이나 기능을 몸에 익혀 공무를 수

---

93 Ronald Philip Dore, 松居弘道 譯, 『江戸時代の教育』, 巖波書店, 1980.

행하는데 필요한 행동규범을 내면화하는 것"을 "정치적 적정화"[94]라고 정의하면서, 보다 구체적으로는 "자신의 조직이나 파벌의 구역 싸움, 권한 쟁탈의 장이 되어버린 관리들의 세계라는 현실 앞에서, 관료육성에는 눈앞의 '얕은 지식'이 아니라 '큰 이치'에 고착하는 정신"[95]을 도야하는 것이 필요하다고 지적하고 있는데, '허심'은 실로 그러한 눈앞의 '얕은 지식'에 구애받지 않고 상대의 말을 잘 들어 보다 넓은 시야를 통해 판단하고자 한 관료의 정신이라고 할 수 있다.

실제로 회독의 장이 벗들이 서로 절차탁마하는 장이며, 자신을 억제하는 것과 함께 이질적인 타자를 받아들이는 정신을 기르는 "심술을 연마하기 위한 방법을 찾는" 장이었다는 것을 체험한 예도 있다. 막말幕末 야스이 솟켄安井息軒의 산케이주쿠三計塾에서 공부하였으며, 후에 세이난센소西南戰爭 때 구마모토 진타이鎮台[96] 사령관으로서 사이고군西鄕軍과 격투를 벌였던 다니 다테기谷干城(1837~76, 덴포天保 8년~메이지明治 9년)의 젊은 날의 체험담이다.

야스이 솟켄(1799~1876, 간세이寬政 11년~메이지明治 9년)은 쇼헤이자카가쿠몬조의 고주샤御儒者의 자리에 있으면서 사숙 산케이주쿠를 열었다. 쇼헤이자카가쿠몬조의 고주샤御儒者가 동시에 사숙을 연 것은 고가 도안이 규케이샤久敬舍를 연 선례가 있으며 솟켄의 친구 시오노야 도인도 쇼헤이자카가쿠몬조의 고주샤御儒者 자리를 맡으며 사숙 반코도를 운영했다. 이와 같은 예는 이외에도 있다. 히로사키번弘前藩의 번교 게

94 眞壁仁, 『徳川後期の學問と政治』, 名護屋大學出版會, 2007.

95 위의 책.

96 【역주】 메이지 시기 일본 육군의 편성 단위로 폐지되기 전까지 일본 최대의 육군 편성 단위였다.

이코칸稽古館의 교수였던 구도 다잔工藤他山은 시사이도思齋堂를 열었으며, 메이지 시기가 된 이후에도 니쇼가쿠샤二松學舍를 운영하고 있었던 미시마 다케시三島毅는 다이신인大審院[97]의 판사였으며, 쇼세이쇼인紹成書院의 마쓰오카 오고쿠岡松甕谷는 중학사범학과의 교수였다.[98] 이러한 사숙이 막신幕臣이나 번사 이외에도 많은 학생을 모았던 것은 말할 필요도 없다. 막말幕末이 되면 후쿠오카번의 가메이 난메이의 비극은 이미 과거의 일이었다.

솟켄은 산케이주쿠의 「반행산방학규斑竹山房學規」에서 "함께 거하는데, 말이 의義에 닿지 않음은 성인聖人이 우려하는 것이다"라는 관점하에 "서적, 정술政術, 전법과 같은 것은 밤새도록 큰 소리로 논해도 괴롭지 않다"고 말하며 주쿠塾 내에서의 정치적 논의를 적극적으로 인정하고 있다. 솟켄의 전기를 저술한 자가 "많은 수는 청년의 무리들이며, 번藩에서 선발된 학생들이 많으므로 훗날 번藩(國)로 돌아가면 혹은 번횡藩黌(校)의 교수가 되며, 혹은 정치에 참여할 수 있는 지위에 오를 사람들이니 배우는 것도 치국제민과 관련이 있으며, 선생이 말씀하시는 "서적, 정술, 전법과 같은 종류"뿐만 아니라, 천하의 대세에 관해 밤새 큰 소리로 의논하는 것도 드문 일은 아니니, 따라서 산케이주쿠는 정치가의 양성소다"[99]라고 말하는 것은 조금 칭찬이 지나친 감도 있으나, 산케이주쿠에 수많은 젊은 지사들이 모여 의논했던 것은 사실이다. 참고로 솟켄은 쇼헤이자카가쿠몬조에서 고가 도안에게 사사 받았으며, 시오노야 도인

---

97 【역주】 메이지 초기부터 쇼와 시대까지 존재했던 일본의 최고재판소.

98 生馬寬信, 『幕末維新期の漢學塾の硏究』, 溪水社, 2003.
【역주】 원저에는 生沼寬信이라 되어 있는데 오타이므로 고쳤다.

99 若山甲藏, 『安井息軒先生傳』, 蔵元書房, 1913.

(1809~67, 분카文化 6년~게이오慶應 3년)과 가장 친했다. 덴포 2년(1831)에 하마마쓰번 게이기칸에서 유학을 가르치게 된 도인도 회독의 장에서 토론할 때 큰 소리로 말하는 것을 허용하며, "회독, 윤강을 할 때에는 모름지기 힘을 다해 어려운 질문을 하며 논하고 궁구해야 한다. (…중략…) 스승과 제자가 어려운 질문을 주고받으며 토론할 때에는 함께 음색이 거칠어져도 비난할 바가 아니니다. 단 승리를 좋아하는 마음을 버리고, 잘못된 것을 깨달으면 즉시 승복해야 한다. 이것이 실로 군자의 다툼이다"라고 '게이키칸게시經誼館掲示'(「經誼館生徒心得十か條」)에 쓰고 있다.

이와 같이 솟켄의 지도 아래 막말幕末의 산케이주쿠에서는 '의논'이 왕성히 이루어졌다. 안세이 6년(1865)에 산케이주쿠에 입문한 다니 다테기는 그 모습을 다음과 같이 전하고 있다. 산케이주쿠에서는 솟켄이 출석하는 표회表會와 학생들의 내회內會가 있었다. 자주自主 세미나와 비슷한 형태인 내회內會는 "6, 7인이 서로 힐문하며 윤강하는" 것이었다. "표회表會의 윤강은 선생이 옳고 그름을 판단하기 때문에 의논이 적지만 내회內會에서는 의논이 종횡무진하며 굳이 이설異說을 주장하는 자"도 있었으나, 내회內會에서는 "오직 서로 토론, 회의하는 것을 장려"하여 "학생들로 하여금 각자의 지력을 다투게" 했다고 한다(『谷干城遺稿』 卷逸). 이와 같은 정치적인 '토론과 회의'였기 때문에 한층 다른 이론을 허용하는 관용의 정신이 요구되었다고 할 수 있을 것이다. 솟켄은 가나자와번의 메이린도와 마찬가지로 다음과 같은 것을 경계하고 있다.

> 회독하며 논의할 때에는 온화하게 평정을 유지하는 것을 근본으로 하여 지당한 뜻을 구하고자 노력해야 하며, 편견을 주장해 다른 사람의 견해를 억누

르면 학문을 처음 할 때 스스로 의롭지 못한 것에 빠져 본디 그러한 성질을 가진 것처럼 되어 훗날 입관入官한 뒤에 해가 되는 바가 적지 않으니, 독서할 때의 마음가짐이란 대략 이러한 것이다. (安井息軒, 「斑竹山房學規」)

자신의 편견을 완고하게 주장하거나, 역으로 타인의 의견을 억압할 것이 아니라, "온화하게 평정심을 유지하는 것"을 명심하여, "지당한 뜻"을 구한다. 때문에 토론의 과정은 그대로 "편견을 주장해 다른 사람의 의견을 억누르는" 정신을 교정하는 장이 될 뿐만 아니라, 훗날 관리가 되었을 때에도 유익하다는 것이다. 이 과정에서 양성되는 덕성이 바로 '허심'이었다. 실제로 다니 다테기도 이와 같이 이설異說로써 다투는 회독의 장은 스스로의 '거침과 난폭함과 완고함과 어리석음疎暴頑愚'(『谷干城遺稿』 卷1)을 교정하는 인간 수양에 일정한 효과가 있었다고 인정하고 있다. 메이린도의 오시마 도넨이 "심술을 연마하는 방법을 찾는"다고 말한 것은 결코 그림의 떡과 같은 것이 아니었다.

이와 같이 '허심'을 배양하며 "심술을 연마하는 방법을 찾는" 것은 직능적으로 인재의 기능을 육성하는 것과 달리 직접적인 방법은 아니나迂遠, 번교에서 이러한 것이 요구되었다 해도 이상하지는 않다. 앞서 자발적인 결사를 소개한 호프만에 의하면, 18세기 중반에 유럽 세계의 도시에 발생한 자발적인 결사에서는 회칙을 두어 회원은 평등하다는 입장을 취했으며, 그 목표는 도덕의 개선, 즉 "자신의 자아나 이해, 감정을 억누르는 것을 배워야 한다고 생각했고, 더 나아가 자신의 예에 맞춰 사회 전체를 윤리적으로도 정치적으로도 구성해야 한다고 생각했다"[100]고 한다. 이와 같은 유럽 세계의 현상을 감안하면, 간세이 정학파의 주자학자들이 "자신의 조직이나 파벌의 구역 다툼, 권한 쟁탈전이 되어 버리는 관리 세계의 현실"(마카베 진)속에서 "좋은 관리의 자질"(도어)을 가진 인재의 육성을 위한 공적기관으로써 번교를 위치 짓고 회독을 하며 '허심'할 것을 요구했던 것도 하나의 도덕 개선 요구라고 봐도 좋을 것이다. 그들은 장래에 막부의 정치나 번藩의 정치에 참여할 부시들이 '도리'에 근거하여 이질적인 타자와 토론하는 와중에 독선적인 자아나 이해, 감정을 억누를 것을 가르치는 장으로써 회독을 선택했던 것이다. 신분질서 속의 이공간이었던 번교에서 도덕적인 목표를 내걸었던 것은 이러한 의미에서 결코 특별한 것이 아니었다.

물론 번교는 공적 기관이며 자립적인 결사가 아니라는 반론이 있을 수 있을 것이다. 강제로 취학을 당했으며, 번교의 경우에는 일정 수준에 도달하지 못한 번사 자제에게는 정해진 연령이 되어도 녹봉扶持米을 지급하지 않는다던가, 양자로 들어가는 것도 허락하지 하는 등 각종 처벌과 협박이 있었으므로 이를 자발적이라고 할 수는 없다. 확실히 번교의 경우 이러한 측면도 있으나, 도덕적인 수양을 근본에 두는 주자학자가 당시에 요구되었던 인간상과 방법을 제시하려 했다면, 회독의 장에서 '허심'을 함양하는 것이 그 답이 아니었나 생각한다. 또한 뒤에서 서술하겠지만, 여기에는 막말幕末의 정치적인 혼돈 중에 발생한 새로운 사상적 가능성도 담겨 있었다.

100 Stefan-Ludwig Hoffmann, 山本秀行 譯, 『市民結社と民主主義』, 巖波書店, 2009.

제5장
회독의 변모

1. 번정개혁과 회독

19세기 번교의 학제개혁은 번정개혁의 일환으로서 제기되었다. 번藩 재정의 파탄, 부시와 백성의 곤궁함에 대한 개혁의 하나로서, 번藩(국가)에 유용한 인재를 육성하고 등용하는 것이 절실한 과제가 되었으며, 번교는 그 과제를 수행하는 공적 기관으로서 위치 지어지게 되었다. 앞서 살펴본 것처럼, 번교 교육의 목표가 '인재'임을 최초로 내건 곳은 호레키 4년(1754)에 설립된 구마모토번의 지슈칸이었으며, 뒤이어 쇼헤이자카가쿠몬조에서도 '인재' 육성을 목표로 하게 되었다. 직능적이고 재기 있는 인재인가, 그렇지 않으면 교양 있는 '허심'의 덕을 갖춘 '좋은 관리'인가. 어느 쪽이라도 그들에게는 곤궁한 번藩의 재정을 바로 세

우고, 상품경제에 침윤되어 있는 부시의 생활의식과 행동을 바꿔, 잇키一揆[1]나 우치코와시打ちこわし[2]를 일으키는 백성들이나 조닌들을 위무하는 등 해결해야 할 여러 과제들이 많았다.

19세기에 부시들은 이러한 번사 교육기관인 번교에 강제로 입학당해 회독을 하게 되었다. 가나자와번의 사례에서 본 것처럼, 등급제나 시험이 시행착오를 겪으며 정비되었으며, 학문에 대한 동기를 유발하기 위한 수단으로써 회독이 채용되었다. 그러나 회독이 번교 교육에서 중심적인 역할을 담당하게 되었을 때, 그것이 본래 가진 자유, 자발성이 손상되었을 것이라는 점을 쉽게 상상할 수 있다. 예를 들어 회독을 중시한 요네자와번에서도 '복습獨見', '예습下見'도 하지 않고 회독에 출석하고 있었다(오가타 고안의 사숙인 데키주쿠와 선명하게 대비된다).

지금까지 봐 온 것처럼, 번교도 "진정한 실력"을 평가한다는 점에서는 '문벌제도'가 지배하는 신분제 사회와는 이질적인 공간이며 따라서 그 자체가 평가받을 만한 일이라는 점은 아무리 강조한들 지나칠 것이 없다. 그러나 그렇다 하더라도 그곳에 민간에서 자발적인 '샤추社中'를 형성한 난학이나 국학처럼 '발명'하는 창조성은 없었다고 말할 수밖에 없다. 회독해야 할 텍스트는 이미 정해져 있었으며, 자주적으로 난해한 책을 해독하려는 루두스적인 도전심은 기대되지 않았다. 놀이로서의 회독이라는 관점에서 본다면, "놀이는 자유롭고 임의적인 활동이며, 기

---

1 【역주】 어떠한 공동체가 특정 목적을 달성하기 위해 집단을 결성하여 행동에 나서는 것. 일반적으로 기성 지배 체제에 대한 피지배 계층의 폭력적인 저항 운동을 설명할 때 자주 사용되나 이는 잇키의 한 형태일 뿐, 잇키가 반드시 무력 행사를 수반하는 것은 아니다.

2 【역주】 에도 시기 민중 운동의 한 형태로 민중들이 힘을 합쳐 부정을 저지른 자(주로 권력자, 혹은 지방의 유력자)들의 가옥이나 기타 재산을 무력으로 파괴하는 행위를 가리킨다.

뻠과 즐거움의 원천이라는 정의에 문제는 없다. 참가가 강제된다면 놀이는 놀이가 아니게 된다. 그 순간 해방되고 싶은 구속, 고역이 되어 버리기" 때문이다.[3]

정치적 의논의 장으로

그러나 19세기 회독의 장은 놀이의 세계와는 다른(물론 그러한 요소가 전혀 없었던 것은 아니다) 새로운 전개를 맞게 되었다. 한 마디로 말하면 회독의 장이 정치문제를 토론하는 장으로 변화했다. 간세이 5년(1793) 쇼헤이자카가쿠몬조의 다섯 가지 학규 중 제2칙 '행의行儀'에는 "학교는 재능 있는 자를 육성해 선善을 일으키는 곳이며, 이는 교화에 의해 나타나는 것이다. 모쪼록 독실하고 물러날 줄退讓 알아야 하며, 필히 신의와 예의를 지키며, 국정을 논하지 말며, 규칙과 제도를 (지키는 일을) 잃지 말아야 할 것이다"고 정해 가쿠몬조 내에서 '국정'을 논하는 것을 엄히 금지하고 있다. 이는 "그 위치에 있지 않으면, 그 정사를 모의하지 말아야 한다"(『논어』 泰白篇)는 공자의 말을 근거로 하고 있는데, 유학이 본래 수기修己와 치인治人을 학문의 목표로 하고 있는 이상, 정치적 의논을 금지하는 것도 멈추는 것도 불가능했다. 회독의 장에 입각해 본다면, 경서의 본의나 자의字義를 논하는 것뿐만 아니라, '여론余論'으로서 경문과 관련 있는 일들을 끌어들여 이야기할 때 눈앞의 부패, 침체된 정치,

3 Roger Caillois, 清水幾太郎・霧生和夫 譯, 『遊びと人間』, 巖波書店, 1970.

경제 현상을 가져오는 일이 없었다고는 말하기 어렵다.

실제로 쇼헤이자카가쿠몬조 내부에서도 정치를 논하고 있었다. 『구사자문록舊事諮問錄』 제8회 「쇼헤이자카가쿠몬조노코토昌平坂學問所の事」에는 원래 가쿠몬조는 "도덕을 장려하는 것이 목적이므로, 정사를 어떻게 할 것인가에 대한 문제에 대해 조금이라도 입을 놀리면 눈총을 받으므로 고주샤御儒者들 앞에서는 잠자코 있었다"는 옛 학생의 회상이 기재되어 있다. "서생료에서 평소에 격론을 토하며 정사를 논하거나, 혹은 번藩의 실정을 논하거나 하면 어떤 벌이 내려졌는가?"라는 질문에 대해 "벌은 받지 않았으며, 질이 나쁘다고 생각되는 정도였습니다"라고 대답하고 있다. 또한 "당시의 폐정弊政을 도리에 비추어 극론하는 경우는 있었는가?"라는 질문에 대해 "서생료에서는 상당히 법외의 논의도 있었으나 (幕臣들이 들어오는) 기숙료는 조용했다"고 말하며, 다시 "서생료에서는 막정幕政을 비난하는 경우도 있었습니까?"라고 묻자, "모든 고주샤御儒者들 앞에서는 근실했습니다"라고 답하면서 "서생료에 있는 동안에만 그랬으며 번藩에 돌아가서는 난폭한 말을 하지 않았습니다"라고 답하고 있다. 이 회상은 메이지 시기까지 살았던 자들의 기록이므로 막말幕末 서생료의 모습이기는 해도 하나의 예증이 될 수 있을 것이다.

이와 같은 당사자들의 회상 이외에도, 회독의 장이 변모하고 있었다는 점은 19세기가 되면 각지의 번교에서 국정을 논하는 것에 대한 금지령이 빈출하고 있다는 점에서도 살펴볼 수 있다.

국가의 성법成法을 비판誹判하며, 자신이 옳다고 하고 남을 그르다 하며 풍속을 해치는 것은 소인이나 하는 짓이다. 특히 예의禮儀를 충실히 하여 서로

교류하는 것을 간요肝要하게 생각할 것. (鹿島藩, 德讓館學制, 文化 7年, 資料3冊, 186頁)

공의公儀의 정치에 대해서는 언급하지 말며, 제국諸國의 정사라 할지라도 함부로 논평하지 말 것. (白川藩, 修道館行儀規, 文政 8年, 資料1冊, 659頁)

정사의 득실을 멋대로 논의해, 함부로 장상長上의 좋고 나쁨淑慝을 논하는 자는 자신의 처지를 되돌아보지 않는[4] 죄를 범하는 것이다. (中村藩育英館, 學規, 文政 10年, 資料1冊, 665頁)

국가의 성법을 비판하고 자신을 옳다 하고 남을 흐르다 하는 것은 소인이 하는 짓이니, 노인과 젊은이, 어린 아이를 가리지 않고 특히 삼갈 수 있도록 할 것. (佐賀藩弘道館, 學規, 天保 11年, 資料3冊, 122頁)

가쿠몬조에서 정치에 관한 것은 물론이요, 인물의 평판 및 사무라이에게 어울리지 않는 비열한 이야기 등은 결코 있어서는 안 될 것. (高崎藩, 文武館, 慶應 3年, 資料1冊, 583頁)

야학은 사람들 각자의 뜻에 맡기는데, 다만 학교에 와서는 배우는 것만을 허락한다. 시간은 4개 시간(대략 8시간)으로 제한하며, 기름과 석탄은 관으

4 【역주】 원어로는 以って位を出づる라고 되어 있는데 이는 『예기』 「왕제」 편에 나오는 구절에서 비롯된 말로 생각된다. 「왕제」 편에 따르면 "30년 동안 통한 바에 따라, 나라에서 쓸 바를 통제하여, 지출을 헤아린 뒤에 지출할 것을 내어야 한다. 以三十年之通, 制國用, 量入以爲出"는 구절이 있는데 이 중 '量入以爲出' 부분을 인용한 것으로 생각된다.

로부터 지급한다. 때문에 빈궁한 학생은 겨울에는 불 때문에, 또 등화燈火 때문에 위집蝟集(하룻밤에 閣에서 8, 9명, 成章堂에도 8, 9명 모였다. 하지만 요즈음에는 4, 5명 정도로, 매일 밤 모이는 것이 적어졌는데, 이를 나집螺集이라 부른다)하는데, 학문을 꾸준히 하는 것이 아니라, 정사를 의논하거나 세상의 풍속을 이야기하여 헛되이 밤을 보낼 뿐이다. 단지 이를 줄이기 위해 청표지靑標紙[5]가 부족하기를 바라는 마음이 생겼나 하는 억측이 들 정도다. (長岡藩, 遷善閣, 慶應大改革後, 資料4冊, 236頁)

이처럼 번교 내에서 정치적인 의논은 금지되어 있었는데 그중에서 아이즈번의 닛신칸은 다소 특이하다. 언제부터인지는 명시되어 있지 않으나, 『일본교육사자료日本教育史資料』에는 '번주임교藩主臨校' 항목에 번주가 때때로 학교에 찾아와 추첨으로 학생을 뽑은 뒤 강의進講하게 한 뒤, 노직老職[6]이 논제를 두고 대책을 묻는 경우에는 "모두 기휘하는 바를 꺼리지 않고, 시사時事를 절론切論시켰다"(資料1冊, 686頁)고 한다.

참고로 번교에서는 엄히 금지되었던 경서와 시세를 연관시키는 일이 민간의 사숙에서는 가능했다. 오시오 헤이하치로(1793~1837, 간세이寬政 5년~덴포天保 8년)의 사숙 센신도洗身洞를 예로 들 수 있다. 오시오는 덴포 8년(1837) 빈민구제를 위해 오사카에서 제자들과 함께 거병한 양명학자로 알려져 있다. 그의 센신도에서는 수업 중(회독이 행해졌는지는 알 수 없다) "기회가 있을 때마다 텍스트의 본문을 시세와 대비시켜, 예를 들면 "로주老中 누구가 이러한 것은 이 논어의 설과는 한결같이 어긋나는

5 【역주】 에도 시대의 학자 오노 히로키大野廣城가 편찬한 무가의 제규制規, 법령집.

6 【역주】 막부, 또는 각 가문의 가로나 중로中老에 해당하는 직위.

것이 아니다. 조다이御城代[7]가 이러한 것은 이 맹자의 설과는 큰 차이雲泥가 있다" 등 소위 시무론을 마음껏 전개했다.[8] 단 우미하라가 지적하고 있는 것처럼, 오시오의 경우 "반란의 대요大要가 그의 교육 계획에 근거하고 있으며, 주쿠에서의 정치적 의논이 군사적으로 표현되었다는 측면은 희박하다."[9] 그 이유는 센신도의 수업이 교사인 오시오의 일방적인 강의 중심이었다는 점과 관련이 있을지도 모르겠다. 오시오의 센신도가 "극단적으로 말하면, 최고 지도자의 지도력에 의존하고" 있었던 것에 반해 후에 서술할 쇼인의 "정치결사적 사숙"[10]의 경우, 동지들 간에 대등하게 회독을 행했으므로, 그들의 행동도 "주쿠 내부에서 이루어진 정치적 의논의 군사적 표현"[11]이라고 간주할 수 있기 때문은 아닌가 생각한다.

사쓰마번, 근사록쿠즈레近思錄崩れ[12]와 회독

이와 같은 회독의 정치화 속에서 무엇이 발생했는가? 한 마디로 말하면 '도당'화, 즉 정치적 결사로의 변화였다. 원래 회독의 원리 중 하

---

7 【역주】 영지 주변의 성의 관리를 임명받은 가신, 혹은 성주가 부재할 때 대리로 성의 관리를 맡은 가신을 가리킨다.

8 海原徹, 『近世私塾の硏究』, 思文閣出版, 1983.

9 위의 책.

10 위의 책.

11 위의 책.

12 【역주】 1808년부터 이듬해까지 일어난 사쓰마번의 내분お家騷動. 이름의 유래는 이때 처분된 지치부 스에야秩父季保 등 사쓰마의 가신들이 『근사록』의 학습회를 통해 동지들을 모았기 때문이다.

나는 결사성이었으며(이 점은 난학샤추를 상기하기 바란다), 앞서 "관의 회일會日에는 각자 사社를 결성해 강습할 것"(資料1冊, 430頁)이라 소개한 하마마쓰번의 게이기칸처럼 번교 내에서 자주적으로 회독 결사를 만드는 것을 장려한 사례도 있다. 이와 같은 결사가 하이카이俳諧나 교카狂歌와 같은 유예遊藝적인 샤추였다면 근세 일본의 국가에서 별다른 문제가 없었을 것이나, 도당을 조직해 정치적인 토론과 행동을 하게 되면 큰 문제를 일으키게 된다.

19세기가 되면 회독 = 윤강하는 멤버가 결사를 만들어, 회독의 장이 정치적인 토론의 장으로 변모해 간다는 것을 엿볼 수 있는 사건이 일어난다. 그중 하나가 분카 5년(1808) 사쓰마에서 일어난 소위 근사록쿠즈레近思錄崩れ였다.

사쓰마의 번주 시마즈 시게히데島津重豪(1745~1833, 엔쿄延享 2년~덴포天保 4년)는 진취적인 기상이 넘치는 호쾌한 인물이었다고 알려져 있다. 화려한 것을 좋아하는 성격으로 난학을 좋아했으며, 적극적으로 개화 정책을 진행해 번교 조시칸造士館, 엔부칸演武館, 이가쿠칸醫學館, 메이지칸明時館 = 天文館을 설립했다. 그러나 이러한 개화 정책은 시게히데 습봉 이전 호레키치수 사건寶歷治水事件[13]으로 알려진 기소가와木曾川 오테쓰다이후신お手傳い普請[14]에 의해 핍박을 받고 있었던 번藩의 재정을 더욱

13 【역주】 호레키 연간(정확히는 1754~55년 사이에 발생) 도쿠가와 막부가 사쓰마번에 기소산센木曾三川= 기소가와木曾川, 나가라가와長良川, 이비가와揖斐川)의 치수 공사를 명하였는데 이를 집행하는 과정에서 사고, 질병, 혹은 막부에 대한 항의의 의미로 사쓰마번의 사무라이 및 백성들이 사망, 혹은 자해한 사건. 이 치수 공사로 사쓰마번은 막대한 재정 부담을 안게 되었다.

14 【역주】 도요토미 정권, 혹은 도쿠가와 막부가 제 다이묘들에게 명했던 대규모의 토목건축공사. 다이묘들이 자신의 영지와 떨어진 곳에 동원되는 경우가 많기 때문에 도움お手

악화시키는 결과를 초래했다. 시게히데의 뒤를 이은 시마즈 나리노부島津齊宣는 이 때문에 재정을 재건하기 위한 번정개혁에 착수해 가바야마 지카라樺山主税[15]나 지치부 다로秩父太郎[16] 등을 등용했다. 지치부는 시게히데 시대에 오메쓰케大目付[17]의 명령을 거부해 파면된 번사였는데, 조시칸의 가키야쿠書役[18]였던 기토 다케키요木藤武清에게 송대 도학의 시조 주렴계周濂溪의 『태극도설』을 배워 문하생이 되었으며, 가바야마 지카라와 함께 『근사록』의 강구를 중시해 "동지들과 함께 밤낮으로 모여 정치, 경제, 인도人道 등에 대해 토론하여 나리노부에게 등용되었다고 한다."[19]

새로운 번주 나리노부의 밑에서 근사록당이라 불린 지치부, 가바야마 일파는 시문詩文을 존중하는 학풍이 있었던 조시칸의 개혁을 목표로 하였으며, 제 관직의 폐지 및 통합, 인원 정리를 실시해 경비를 삭감하려 했다. 그런데 이러한 정책이 시게히데의 정치를 완전히 부정하는 것으로 인식되어, 은거하고 있었던 시게히데의 역린을 건드리는 결과를 초래했다. 지치부, 가바야마 두 사람은 파면되는 것과 동시에 할복을 명령받았으며, "지치부, 가바야마의 잔당"으로서 합계 11명이 대량으로 처분되었다. 간바시 노리마사芳即正는 이 가혹한 처분의 이유로 "지치부 등이 막법幕法, 번법藩法 모두에서 엄금하고 있는 당류黨類를 결성

傳い라는 말이 붙은 것으로 추정된다.

15 【역주】 에도 후기 사쓰마의 가신 가바야마 히사고토樺山久言를 가리킨다.

16 【역주】 에도 후기 사쓰마의 가로를 역임했던 지치부 스에야스秩父季保를 가리킨다.

17 【역주】 도쿠가와 막부 및 제 번藩의 감찰직. 그 지위는 번마다 달랐다.

18 【역주】 문서의 초안을 작성하거나, 기록, 전사 등을 담당했던 관리.

19 芳即正, 『島津重豪』, 人物叢書, 吉川弘文館, 1980.

해, (시게히데가 총애하는) 이치다市田 이하의 관리들을 총퇴진하게 한 뒤 번정을 농단하려 한 점이 격노를 산 최대의 이유이지 않을까"[20] 추측하고 있다.

간바시는 그 근거로 시게히데파가 부활한 뒤 시달한 내용 중 "이전에는 실학實學이라 말하며 당을 결성했고, 그 후에도 이와 같은 일이 있었다. 또한 최근에는 가바야마 지카라久言가 지치부와 당을 결성해, 밤에 모임을 가져 정도政道를 방해하여 국중國中을 일통하는데 혼잡을 가져와 공변公邊(幕府)에도 그 소식이 들어갈 정도이니, 현명히 생각하시어 조치를 취하라 명령하시어"(集會結黨ニ關シ重豪公論達ノ件, 文化八年三月, 『濟宣, 濟興公史料』)라고 말하여 "실학을 말하며 당을 결성"한 것이 '공변公邊(幕府)'의 귀에 들어가는 것을 경계하고 있다는 것을 알 수 있다. 본서에서 주목하는 것은 "실학을 말하며 당을 결성"해 "여당餘黨을 밤에 모임을 가져 정도政道를 방해"했던 장이 회독이었다는 점이다. 부활 후의 시달 중에는 '회독會續(讀)'이라는 말이 나오고 있다.

> 서로 간절한 뜻을 가진 자들이 이야기를 맞춰 야회夜會 등을 기획해 각자 모여들어 비밀리에 회독續 / 讀 혹은 무술 연습을 하는 일도 있다고 하는데, 그렇게 해서는 국중을 일통하는 것에 이를 수 없으므로 향후 이와 같은 야회는 물론 각자 모이는 것도 엄히 정지해야 하며, 조시칸, 엔부칸 혹은 시게師家[21]에서 공부하거나, 자신의 집에 (다른 사람을) 모으는 일은 일절 없어야 할 것이

---

20 위의 책.

21 【역주】 선종禪宗에서 일정한 수준의 깨달음을 얻어 승당僧堂에서 강의할 수 있는 자, 혹은 승당 건물 자체를 가리킨다. 위 본문에서는 후자의 의미에 가까운 듯하다.

다. (文武ニ關スル件論書, 文化 6年 正月, 『濟宣, 濟興公史料』)

'야회' 등을 열어 "각자 모여 은밀히" 『근사록』을 회독하는 것이 '당을 결성'한다고 비난받았던 것이다. 회독에서의 대등한 토론, 거기서부터 생겨나는 동지들의 결사는, 도당을 금지하는 막법, 번법의 근본 조항, 즉 "봉건 지배 유지의 근간에 관계되는 금제"[22]에 저촉됐던 것이다.

참고로 사쓰마번에서는 막말幕末에도 『근사록』을 읽는 그룹이 생겨났다. 가이에다 노부요시海江田信義(1832~1906, 덴보天保 3년~메이지明治 39년)가 전하는 바에 따르면, 가이에다는 가에이 4년(1851) 20세였을 때 사이고 다카모리西郷隆盛, 오쿠보 도시미치와 『근사록』의 회독에 참여하고 있었다.

俊齋(海江田信義)는 20세에 사이고 기치노스케西郷吉之助 = 西郷隆盛[23] 및 오쿠보 이치조大久保一藏 = 大久保利通 등과 함께 소장少壯 사회에 있으면서 뚜렷이 두각을 드러내 향당鄕黨의 이물異物이라 불린다고 들어, 여러 차례 방문하여 깊은 교분을 쌓았다. 또한 사이고, 오쿠보 및 나가누마 가헤이長沼嘉平 = 長沼嘉兵衛와 약속하여 날을 정해 근사록을 읽었다. 하루는 4명이 서로 만나 논하며 말하기를 지금의 시세는 헛되이 독서하는데 급급해 문장의 자구字句를 토구하는데 시간을 보낼 때가 아니다. 적어도 남아라면 반드시 큰 뜻을 일으켜 신명을 실제로 옮겨야 한다. 그 뜻이란 것이 무엇인가 말하니, 방가邦家에 진심으로 정성

22 芳郎正, 『島津重豪』, 人物叢書, 吉川弘文館, 1980.

23 【역주】 사이고 다카모리의 손자의 이름도 사이고 기치노스케이나 여기에서는 사이고 다카모리를 가리킨다.

을 다하는 것丹誠이라 말했다. 진심으로 정성을 다하는 것이 무엇인가 하니, 자가自家의 정신을 연마하는 것이라 말했다. 무엇이 어떻고, 무엇은 어떻다며 말하는데 그때 오쿠보가 논하는 바가 가장 정밀하고 또 고상했다고 한다.[24]

나마무기사건生麦事件[25]의 장본인인 가이에다답다고 할 수 있으며, 그들은 "헛되이 독서하는 데 급급해 문장의 자구를 토구"하는 것에 만족하지 않고 정치적인 실천으로 옮기려 했다. "자가의 정신을 연마"하는 것으로 '지금의 시세'를 극복하려 했던 것이다.

회독과 도당–가나자와번, 구로바오리당黒羽織黨

또한 회독과 도당을 결부시킨 또 하나의 예가 덴포기의 가나자와번 학제개혁에서 발견된다. 그것은 앞서 서술한 것처럼 도시요리 오쿠무라 히데자네栄実에 의한 번정개혁의 일환으로 행해진 것인데, 쇼헤이자카가쿠몬조 출신인 오시마 도넨이 오쿠무라가 시행하려 한 학제개혁의 제안자로 발탁되었다. 이 번정개혁에 반대했던 것이 지금 소개할 우에다 사쿠노조上田作之丞이다.

우에다 사쿠노조(1787~1846, 덴메이天明 7년~겐지元治 1년)는 『서역물어西域物語』의 저자 혼다 도시아키本田利明에게 사사받은 에도 후기의 독특

24 【역주】 출전은 기재되어 있지 않음.

25 【역주】 무사시노쿠니武蔵國의 나마무기무라生麦村(현재의 요코하마横浜 쓰루미구鶴見區 나마무기生麦 부근)에서 당시 사쓰마의 번주 시마즈 시게히사島津茂久의 아버지 히사미쓰久光의 행렬에 끼어든 영국인을 사쓰마의 번사들이 살해한 사건.

한 경세론자임과 동시에 구로바오리당黒羽織黨이라 불린 가나자와번 개혁파의 중심인물이다. 와카바야시 기사부로若林喜三郎에 의하면 "구로바오리당이란 혼다 도시아키의 학통을 이어받은 우에다 사쿠노조의 문하생들을 중핵으로 하는 일종의 정치결사였다."[26] 오쿠무라 히데자네가 번藩 상층의 개혁파였던 것에 비해, 구로바오리당은 중하층 번사들을 중심으로 한 개혁파였다. 이 구로바오리당을 이끌어 오쿠무라 히데자네의 가나자와 번정을 좌지우지하게 된 것이 사쿠노조의 학설에 경도되어 있었던 가나자와번의 도시요리 조 쓰라히로長連弘였다. 쓰라히로는 구로바오리당의 번사를 번의 요직에 앉혀 번정의 혁신을 꾀했다.

사쿠노조는 번사의 교육활동에 힘을 쏟아, 사숙 = 교유칸據遊館에서는 "학생들에게 가르칠 때에는 무릇 책을 물리치고 토론을 하게 해 시세의 옳고 그릇에 대해 변난辯難하고 문답"케 해 회독을 학습방법으로 채용했다는 점은 야기 기요하루八木清治에 의해 지적되었다.[27] 사쿠노조는 교유칸의 학칙을 다음과 같이 정하고 있다.

> 회독은 도학의 의리를 절차탁마하여 연구하고 궁리하는 것을 제일로 하며, 식견과 도량을 늘리는 기반이다. 따라서 효경, 대학, 중용, 논어, 맹자, 시경, 서경, 좌전, 주역 등의 서목書目은 앞서도 말했지만 그 사람의 재질과 자질에 따라 종류를 나눠 만나는 날을 정해야 하며, 그 목적에 따라 여러 유용한 학문을 할 것. (『據遊館學則』, 天保 3年)

26 若林喜三郎, 『加賀藩農政史の研究』 下巻, 吉川弘文館, 1972.

27 實學史研究會会 編, 「天保期の加賀藩における'實學'と經世濟民」, 『實學史研究』 V, 思文閣出版, 1988.

사쿠노조에 의하면 "회독은 도학의 의리를 절차탁마하여 연구하고 궁리하는 것을 제일"로 한다. 단 책의 '형기문자刑器文字'에 천착하기보다는 '의리'를 절차탁마하는 것을 지향했다. 그에 따르면 "단 하나의 도리"를 분명히 하는 것이 중요하며 "책은 많이 읽을 필요가 없었"던 것이다.

> 서적을 많이 읽을 필요가 없다. 단 하나의 도리를 이해한 뒤에는, 수만 권의 책은 모두 옛 사람이 다 밝혀낸 바糟粕에 불과할 뿐이다. 옛 사람이 다 밝힌 것을 귀히 여겨 밤낮으로 정성과 마음을 쏟아 송독하는 것이 대체 무엇을 위한 것인지를 깨닫는 것이 중요하다. (『據遊館學則』)

많은 서적을 읽을 필요가 없다는 것은 메이린도의 회독에 대한 비판이 포함되어 있다고 생각된다. 다음과 같은 말이 이를 시사하고 있다.

> 耕(上田作之丞)은 항상 이를 앵무새鸚鵡학자라고 말하며 비판했다. 독서하고 회독하는 것의 요는 입만으로 논의하는 것과 문구에 천착하는 것을 버리고, 스스로 마음을 가지고 읽어 스스로의 행동을 끌어들이는 것이 회독 논의의 올바른 형태라 할 수 있다. 이와 같은 마음가짐으로 성경聖經을 섭렵하면 일언반구도 어려운 것이 없을 것이다. 실로 매일 행하는 일에 이와 같은 것이 있다. 도道는 가까이에 있는데 사람들은 이를 멀리서 구한다는 맹자의 말(離婁上篇)[28]이 실로 이와 같다.

---

28 【역주】『孟子』「離婁」上篇에 "도道는 가까이 있는데 멀리서 구하고자 하며, 일이 쉬운 곳에 있는데 어려운 곳에서 구한다道在爾而求諸遠, 事在易而求諸難"는 구절이 있는데 이를 차용한 것이다.

사쿠노조의 관점에서 보자면 메이린도의 회독은 "입만으로 논의하는 것과 문구에 천착"하는 것으로 비춰졌을 것이다. 쇼헤이자카가쿠몬조에서 배운 오시마 도넨이 모델로 삼은 것은 고가 도안의 『중용문답』의 일절을 예로 들어 소개하려 한 '토론'이었기 때문이다. 사쿠노조에서 중요한 것은 "매일 행하는 일"에 유학의 경서를 살리는 것, 보다 간략하게直截的 말하자면, 유학의 경서를 눈앞의 정치적인 제 과제에 활용하는 것이었다.

앞서 본 것처럼, 메이린도에서 학제개혁을 목표로 한 도넨의 구상에서 본다면 회독의 장은 이설異說을 서로 인정하는 '허심'을 익혀야 할 "심술을 연마하는 방법을 찾는" 장이었는데, 사쿠노조는 그와는 다른 회독의 정치화라는 방향성을 지향하고 있었다고 할 수 있다. 이를 가장 민감하게 느끼고 있었던 것은 다름 아닌 도넨이었다. 도넨은 다음과 같은 비판문을 덴포기의 번藩 당국에 올리고 있다.

> 로닌浪人 유학자 우에다 사쿠노조라는 자는 전년부터 학생의 무리에 섞였는데, 그 이래 집을 드나들며 가르치게 되었습니다. 근래에는 다른 의견을 세우며 학문이란 책을 읽고 의리만 강구해서는 실제로 쓸모가 없으니, 주군을 섬기며 직職을 받고 있는 사무라이는 이와 같은 어리석은 것을 배워봤자 아무런 이득도 되지 않으며, 사무라이의 학문을 함에 있어 책을 읽고 의리를 강講하는 것이 아니라 지금 당장의 일을 강구하는 것을 간요하게 생각해야 된다고 말하고 있습니다. 어려운 것을 싫어하고 쉬운 것을 좋아하는 것은 인지상정이니 믿고 따르는 자들도 꽤 많다고 합니다. 그 자세한 곡절은 물어 알지 못하였으며 다만 전해 들어 알고 있을 뿐인데, 샤추社中에 들어오는 자는 모두 서

약을 하여, 회집할 때에는 책 같은 것을 지참하지 않고 다만 빈손으로 와 강론할 뿐이라고 하며, 당세의 정사政事와 같은 일도 각자 의견을 논하게 하는 것과 같은 일도 해야 된다고 들었습니다. 또한 위에 말씀드렸던 것과 같이 이를 믿고 따르는 자들도 이와 같은 거친 풍의風義에 젖어, 그중에는 근래에 요상한 차림으로 길가를 배회하는 자도 있다고 들었습니다. 위와 같이 이설異說을 외치는 자들이 당류黨類를 이루는 것은 소위 처사處士들의 횡의橫議, 사설邪說, 폭행이라 할 수 있습니다. 이러한 사설이 성행하여 학문의 본의가 어떻다, 학교의 가르침을 배운다 한들 무익하다고 하니 실로 기막힌 일이라 할 수 있습니다. (『大島柴垣上書等』, 天保 8年, 金澤市立玉川圖書館近世史史料館所藏)

도넨이 들은 바에 따르면, 사쿠노조의 무리는 '샤추社中'에 들어갈 때 '서약誓詞'을 교환하며, 회독의 장에 책 등을 지참하지 않고 '강론'할 뿐이며, "당세의 정사 등도 각자 의견을 내 논하는" 장이었다고 한다. 그 참가자들은 '샤추社中'를 결성해 함께 구로바오리黑羽織[29]를 입은 '이상한' 모습으로 거리를 배회하고 있으며, 그러한 '당류'가 늘어나는 상황이었다. 도넨은 이러한 사쿠노조들을 '처사들의 횡의, 사설, 폭행'이라 비난하고 있다. 도넨의 입장에서 본다면 사쿠노조들의 '샤추社中' 구로바오리당은 "성왕聖王이 나타나지 않아 제후는 방자하고 처사는 횡의하며聖王不作, 諸侯放恣, 處士橫議", "세상이 쇠하여 도道는 미미해지고, 사설과 폭행이 나타나는世衰道微, 邪說暴行有作"(『孟子』 勝文公下篇) '처사횡의', '사설 폭행'에 불과했다.

29 【역주】 하오리羽織란 길이가 짧은 기모노의 일종이다. 방한이나 예전 등의 목적으로 입었다.

사쓰마번의 근사록당과 가나자와번의 구로바오리당의 사례에서 알 수 있는 것처럼, 회독이 정치적인 토론의 장이 되어 신분에 상관없이 "당세의 정사 등을 각자 의견을 내 토론"하는 것은 비난받았을 뿐만 아니라, 도당을 결성하는 것이 문제시되었다. 사쓰마번의 근사록쿠즈레는 "실학을 말하며 당을 결성"했다 하여 경서를 읽는 야회를 행해 '당을 결성'한 것 자체로 비난받았다. 또한 앞서 본 것처럼 나카쓰번의 시라이시 쇼잔白石照山 또한 분만憤懣함을 품은 가시下士들과 도당을 결성한 것이 추방의 이유가 되었다.

정치적 공공성이 나타나는 초기 단계에는 붕당의 화禍라 불리는 비공식적인 정치집단 문제가 발생하게 된다. 이는 서구 세계의 비밀결사 프리메이슨 운동에 대응되는 현상이라 할 수 있을 것이다. 처사, 횡의가 금지되어 있었던 시점에서 정치적인 의논을 대등한 인간관계하에 행하려 한다면 집회 자체를 비밀리에 할 필요가 있기 때문이다. 하버마스가 말하는 것처럼 "공공성은 또한 큰 폭으로 공개성을 배제하여 선점"당했기 때문에,[30] 대등하게 서로 토론하는 회독의 장이 근세 국가의 정치에 대한 비판적인 공공공간이 되었는지를 검토하기 위해서는 도당 금지라는 근세 국가의 요체要라 부를 만한 금령을 깨부수고 공공연하게 도당을 결성한 것을 적극적으로 긍정하는 논리를 제출하지 않으면 안 된다. 에도 후기 대체 어떠한 혁명적인 논리가 존재했는가?

30 Jurgen Habermas, 細谷貞雄・山田政行 譯, 『公共性の構造轉換』, 未来社, 1973.

2. 후기 미토학水戶學과 의논정치–미토번水戶藩의 회독

이러한 문제의식에서 본다면 후기 미토학水戶學은 주목할 만하다. 미토학이란 미토코몬水戶黃門으로 유명한 미토번 제2대 번주 도쿠가와 미쓰쿠니德河光圀의 『대일본사大日本史』 편찬을 통해 배양된 사상으로, 미쓰쿠니 중심의 전기 미토학과 제9대 번주 도쿠가와 나리아키德川齊昭(1800~60, 간세이寬正 12년~만엔萬延 1년)를 중심으로 하는 후기 미토학으로 이분된다. 이 중 후기 미토학은 19세기 내우외환의 위기에 존왕양이사상을 내걸었던 것으로 알려져 있다. 후지타 유코쿠藤田幽谷, 도코東湖 부자, 아이자와 세이시사이會澤正志齋가 그 대표자다. 특히 아이자와 세이시사이의 『신론新論』(1825)은 도코의 『회천시사回天詩史』(1846)와 함께 막말幕末 지사의 소위 성경과도 같은 책으로 유명하다.

지금까지도 후기 미토학은 막말幕末의 존왕양이사상의 발신원으로서 사상적으로 주목받아 왔다. 저자도 이전에 『신론新論』의 존왕양이사상의 이론적인 틀이 유학과는 대극에 있는 중국의 병서 『손자孫子』에 있다는 것을 지적해 미토학의 특질을 논했다. 즉 서양을 이적으로 간주하고 이를 물리칠 양이책攘夷策은 분세이 8년(1852)의 외국선타불령外國船打払令을 좋은 기회로 삼아, 의도적으로 절체절명의 '사지死地'(『손자』) = 전쟁상태를 연출해 국내의 민심을 통합하는 전술이었으며, 또한 제사제도를 통해 천황을 정점으로 하는 계층 질서를 재편하려는 계책 또한 민심통합을 목적으로 하는 장기적인 전략이었다. 세이시사이는 이 병학적인 전술, 전략에 의해 분산된 '민심'을 통합하고 일본 전체 '팔주八

州를 성'으로 하는 국방국가 건설을 구상했다.[31] 또한 저자는 '무위武威'의 병영국가를 비상시 전시체제하에서 다시 건설하려 한 군사적인 국가구상이었기 때문에 지배층인 부시 계급, 특히 상품경제의 진전에 의해 곤궁해진 중中, 하급下級 부시들 중 동조자들을 모을 수 있었다고 지적했다.[32]

본서에서는 이러한 사상내용의 특질을 검토하고자 하는 것이 아니라 그것을 만들어낸 장에 초점을 맞췄다. 이러한 본서의 시각에서 봐도 후기 미토학은 흥미로운 대상이다. 후기 미토학 또한 회독이라는 공동독서의 장에서 발생했기 때문이다. 이 점은 한우충동汗牛充棟이라 해도 좋을 만큼 많은 종래의 미토학 연구에서 간과되었던 것이므로 좀 더 자세히 보도록 하자.

번교 고도칸의 회독

먼저 주목해야 할 점은 후기 미토학의 출발점이라 평가받는 후지타 유코쿠藤田幽谷(1774~1826, 안에이安永 3년~분세이文政 9년)가 회독을 행하고 있었다는 사실이다. 후지타 유코쿠는 덴메이 8년(1788) 15세 때 쇼코칸彰考館[33] 총재 다치하라 스이켄立原翠軒(1744~1823, 엔쿄延享1년~분세이 6년)의 밑에서 배운 동문 고미야야마 후켄小宮山楓軒(1746~1840, 메이

31 前田勉, 『近世日本の儒學と兵學』 ぺりかん社, 1996.
32 前田勉, 『江戸後期の思想空間』, ぺりかん社, 2009.
33 【역주】 미토번에서 『대일본사』를 편찬하기 위해 설립한 기관.

와明和 1년~덴포天保 11년) 등과 회독을 행하고 있었다(『幽谷先生遺稿』, 與小宮山君). 그 방법은 진사이의 도시카이의 운영방법에 따랐다. 한 달에 6번 날을 정해 강講하는 사람을 바꿔가며 논의하였으며 그 내용에 책문하고 답했다고 한다. 강講하는 회독인 윤강의 방법이다.

이시카와 히사모토石川久徵의 『유곡유담幽谷遺談』(菊池謙二郎 編, 『幽谷全集』)에는 그 모습이 상세히 기술되어 있다. 유코쿠와 회독했던 것은 고미야마야마, 스기야마杉山, 하라原 등이었다. 그때의 텍스트는 중국 전국시대 도가의 『열자列子』라는 마이너한 텍스트였다. 좀처럼 다른 사람들이 읽지 않는 텍스트를 선택하는 것에서, 앞서 핫토리 난카쿠의 사례에서 본 것처럼 어려운 책에 도전하려는 소장 학자의 의기를 엿볼 수 있다.

이 날 유코쿠는 예습 준비를 하지 않았기 때문에(회독 전에는 예습을 하는 것이 필수였다. 슌다이조차 "회독을 할 때에는 반드시 미리 봐 두며, 미리 보지 않은 부분이 있다면 모임도 가지지 않는다"(『文會雜記』 卷3 上)라고 말했다), 오늘은 그대들이 강론하는 것을 듣기만 하겠다고 말했는데 순번에 따라 처음 강론한 자의 말이 끝난 뒤 유코쿠는 "그 해석은 잘못되었다. 그렇지 않은가?"라고 질문했다. 그러자 강론한 자는 "주해대로 강론했다. 또한 누구누구의 설도 이와 같다. 이렇게 해석해도 되지 않겠는가?"라고 반론하며 잠시 문답이 계속되었다. 그러던 와중에 고미야아마 후켄이 "명나라 사람의 수필을 뽑아 텍스트 위에 써 두었다는 이야기가 유코쿠의 말과 같다"고 말하며 그 취지를 파악하니, "그 말에도 나타나 있는 것처럼, 해석이 잘못되었다"고 유코쿠가 말했다. 유코쿠는 또한 "『열자』를 잘 파악하지 못했기 때문에 이러한 잘못이 생긴 것이다"라고 말하며 상세히 변설해 같은 자리에 앉아 있던 사람들을 감복하게 했다. 회독이 끝나고 돌아가는 길에 나(이시카와 히사모토)는 후켄과 함께였는데, 후켄은 다음과 같이 말했다. "후지타는 기재奇才이나 아직 충분히 책을 읽지 않았다. 그래서 나는 유코쿠의 재능에 자극을 받아 그가 책 다섯 권을 읽을 때 내가 열 권을 읽으면 그와 마주 앉아 이야기할 수 있을 것이라 생각했다. 그러나 오늘의 토론을 듣고 알았을 것이라 생각하는데, 우리 당 사람들은 아무리 많은 책을 읽어도 어느 말이 옳고 어느 말이 그른지 분명히 분별할 수 없다. 그런데 뛰어난 재능을 지닌 후지타는 『열자』의 뜻이 무엇인지 처음부터 알고 있었다. 많은 책을 읽으면 그와 '대적할 수 있다'고 생각했으니 얼마나 어리석었는가?"라고 말하고 있다(『幽谷遺談』).

고미야야마 후켄의 말에서 드러난 것처럼 절차탁마하며 서로 경쟁하는 관계가 생생하게 그려져 있다. 물론 이 시점에서는 『대일본사』의 편찬 교정에서 생겨난 다치하라파立原派(후일 후켄은 이 파에 속했다)와 후지타파藤田派의 분열에 따른 당파 간의 싸움은 없었으나, 학문으로 실력을 겨룬다는 진지한 교우관계를 엿볼 수 있다. 유복한 후루기야古着屋[34]의 아들로 태어난 유코쿠는 "진정한 실력"을 겨루는 와중에 두각을 드러낸 것이다. 이와 같은 경험이 있었기 때문에 유코쿠는 언제나 자신의 사숙에서 회독을 할 때 '토론'을 장려했다.

> 선생의 집에 제 학생들이 모여 논어를 강講하는 일이 있었는데 나도 그 자리에 임하였으며 (…중략…) 또한 제 학생들이 토론하지 않는 것을 경계하려는 뜻이었다. (『幽谷遺談』)

34 【역주】 다른 사람이 입었던 중고中古 옷을 주요 상품으로 다루는 옷집.

이러한 유코쿠나 고미야야마 후켄의 회독이 시타지下地[35]에 존재했기 때문에 미토번의 번교인 고도칸에서도 회독이 교육방법의 하나로서 채용되었을 것이다. 젊은 날의 유코쿠가 고미아야마 후켄 등과 행한 회독 = 윤강이 고도칸의 교육방법으로서 제도화된 것이다.

고도칸은 도쿠가와 나리아키가 덴포 11년(1841)에 개설한 번교다. 건학의 취지를 명시한 「고도칸기弘道館記」는 나리아키가 유코쿠의 아들 후지타 도코(1806~55, 분카文化 3년~안세이安政 2년)에게 명하여 작성된 것이다. 충효일치, 문무일치, 학문사업 일치, 신유神儒일치가 그 교육방침이었다. 후기 미토학의 슬로건이 된 '존왕양이'라는 말도 여기에 있다. 초대 교수敎授頭取[36]가 된 것이 유코쿠의 제자 아이자와 세이시사이(1781~1863, 덴메이天明 1년~분큐文久 3년)와 다치하라 스이켄의 제자 아오야마 셋사이青山拙齋[37](1776~1843, 안에이安永 5년~덴포天保 14년)이다.

고도칸에서의 진급은 다음과 같은 단계로 진행되었다. 미토번에서는 번藩 내의 공인된 사숙(후지타 유코쿠, 도코의 세이란샤青藍舍, 아오야마하이겐사이주쿠青山佩弦齋塾,[38] 아이자와 세이시사이의 미나미마치주쿠南町塾 등)에서 소독素讀의 초보교육을 마친 뒤에 15세가 되면 시험을 본 뒤 고도칸으로의 입학이 허가되었다(아오야마 하이겐사이든 아이자와 세이시사이든 고도칸의 교수였

---

35 【역주】 중세의 장원莊園이나 공령公領 중 수익을 올릴 수 있는 곳을 가리키는 말로 사용되었다. 즉 지배권이 미치는 지역을 가리킨다.

36 【역주】 도도리頭取란 어떤 기관의 장長을 가리키는 말이나 현대 일본에서는 주로 은행에 한정되어 쓰인다.

37 【역주】 셋사이拙齋는 호號이며 본명은 아오야마 노부유키青山延于다.

38 【역주】 아오야마 하이겐사이青山佩弦齋는 아오아먀 노부유키의 장남 아오야마 노부미쓰青山延光를 가리킨다. 겐사이佩弦齋는 그의 호號인데 이 호는 자신의 단점을 고치기 위해 노력한다는 뜻의 고사성어 위현지패韋弦之佩에서 유래한 듯하다.

으므로 여기에서 말하는 사숙은 가메이주쿠처럼 가숙家塾이라는 범주에 속해 있다. 이 점은 뒤에서 서술하겠다). 미토학 연구자 스즈키 에이이치鈴木暎一에 의하면 고도칸에 "학생이 입학하게 되면 우선 강습생이라 불렸다. 강습생은 몇 개의 조로 편성되어 회독을 하게 되었는데 이를 회독생이라 한다. 회독을 할 때에는 우선 훈도訓導가 경서를 강의하고 그 뒤에 학생이 조별로 경사經史를 강독했다고 한다. 회독생이 문의文義를 통할 정도로 능숙해지면 윤독생輪讀生으로 진급했다. 윤독생이 된 이후에는 우선 『논어』, 그 다음으로 『맹자』와 『춘추좌씨전』을 학생들이 조별로 나뉘어 각자 조교, 훈도의 지도를 받으며 윤번으로 순서에 따라 강석講釋하는 것이 계속되었다. 윤독생 중 시험을 통해 학력이 우수하다고 인정받은 자는 거학생居學生이 되었는데, 이들에게는 벽장을 포함한 약 3첩의 개인실이 주어졌다"[39]고 한다. 고도칸에서 이루어진 10일간의 과업을 구체적으로 언급하자면, 2일에 '거학생 윤강', 3일에 '공회독公會讀, 강습생 윤강', 4일에 '강습생의 맹자 윤강', 5일에 '강습생 회독', 7일에 '거학생 윤강', 9일에 '강습생 좌씨전 윤강', 10일에 '강습생 회독'이었다. 즉 10일이라는 사이클로 운용되었다. 여기에서 알 수 있는 것처럼, 고도칸 내에서는 거의 매일 어딘가에서는 윤강과 회독이 행해졌다.

39 鈴木暎一, 『水戸藩學問, 教育史の硏究』, 吉川弘文館, 1987.

번주와 번사의 회독

번교 고도칸 이외에도 미토번의 여러 곳에서 회독이 행해졌다는 사실에 주의할 필요가 있다. 그중에서도 번사들뿐만 아니라, 번주 나리아키도 번사들과 함께 회독을 했다는 점은 특필할 만하다.

후지타 도코의 일기에 따르면, 에도의 미토번저藩邸에서는 번주 나리아키와 함께 회독이 실시되었다. 『불식재일록不息齋日錄』[40]의 텐포 3년(1832) 7월 11일조 조條에는, "여느 날과 마찬가지로 회독이 있었다. 찬주후讚州侯(讚岐守)께서 출석하셨다. 야마노베 몬시 세이쿄山邊門子淸虛,[41] 와타나베渡邊, 도모베友部 등이 열석했다"고 한다. 다음 달 11일조에도 "이 날 회독했다. 讚州侯, 대학군大學君, 소부군掃部君 등이 출석했다. 나는 강의 순서에 따라 논어의 교언영색부터 세 장을 강론했다(淸虛가 출근했는데, 뜻 있는 사무라이들이 실망했다)"고 되어 있으므로 매월 11일이 회독일이었던 것 같다. 단 『불식재일록不息齋日錄』에는 이 두 번의 회독밖에 기술되어 있지 않으므로 이후 매월 회독이 잘 행해졌는지는 알 수 없다. 그러나 『정유일록丁酉日錄』의 텐포 8년(1837) 5월 11일조에는 "8시에 지금까지의 예에 따라 회독에 출사했다. 논어를 강론했다. 분가의 가주들支封の君[42] 중에서는 대학두大學頭와 하리마노카미播磨守가 주석이었다. 회독하기 전 저군儲君에게도 가시어 대학의 소독素讀을 하게 하셨

---

40 日本史籍協會 編, 『水戸藩藤田家舊書類一』 수록.

41 【역주】 山野邊를 山邊로 기록한 듯함. 야마노베 씨는 전국시대의 다이묘인 모가미最上 가문의 후손으로 미토번의 핵심 가신이었다.

42 【역주】 에도 시대의 경우 분가를 분봉하는 것을 가리켜 지봉支封이라 표현했으며 이후 이들의 영지를 지번支藩이라 부르게 되었다.

다. 이때 그 나이가 6세셨다"고 하니, 11일의 회독은 덴포 8년까지 지속되었다고 생각된다. 도코의 일기에 기록이 없는 것은 정례화되었기 때문에 굳이 기록하지 않았든가 혹은 도코가 참가하지 않았든가 둘 중 하나일 것이다. 어느 쪽이든 나리아키를 중심으로 회독이 행해졌던 것은 확실하다.

도코의 일기로부터 알 수 있듯이, 나리아키의 회독은 강講하는 회독 = 윤강이었다. 강론하는 것에는 '순번'이 있었으며 특정한 누군가가 일방적으로 강론하는 것이 아니었던 것이다. 또한 "讃州侯가 출석했다. 야마노베 몬시 세이효, 와타나베, 도모베 등이 열석"했다는 부분에서 알 수 있듯이 회독에는 번주의 일문一門뿐만 아니라 상급 가신들도 참석했다. 물론 에도 시대의 번정藩政은 번주의 독재가 아니라 일문이나 가로 등의 중신과의 협의에 의해 이루어졌던 것이 일반적이었으니 나리아키의 회독에 일문뿐만 아니라 중신들이 참가했다 하더라고 이상할 것은 없다. 그러나 회독의 경우에는 번藩의 정사를 돌볼 때 일문, 중신들이 회의하는 것과 달리 도코와 같은 자도 대등하게 참가하는 것을 허락받았다는 점이 중요하다. 또한 단지 참가해서 소극적으로 듣고 있는 것만이 아니라, 도코 자신이 '강講'하는 일원으로서 역할을 담당하는 것이 당연시되었다. 이 점은 대등, 평등이라는 회독의 이점이 잘 드러난 사례이며, 아무리 강조해도 지나칠 것은 없다.

또한 회독의 장에서는 토론이 적극적으로 용인되었다. 회독인 이상 강론하는 자에 대해 참가자가 질문하고 강론자가 토론하는 것이 상상된다. 단 나베지마 간소가 구메 구니타케에게 했던 것처럼 박론駁論을 전개하는 것은 상상하기 어렵다. 나리아키 자신이 순번에 따라 강론을 맡아 거기에 참가자가 질문하는 일이 있었는지는 알기 어렵다. 설령 있었다 하더라도 민감한 것은 건드리지 않는 정형화된 것이었을 것이다. 그러나 토론이 현실적으로는 형식상으로만 이루어졌다 하더라도 그와 같은 가능성이 열려 있었던 것은 중요하다.

유코쿠, 도코의 세이란샤와 같은 사숙, 공적인 교육기관인 고도칸, 그리고 나리아키를 중심으로 하는 번藩 정부政府를 살펴보면 미토번에서는 여러 곳에서 회독이 행해진 것이 된다. 물론 어느 회독에서도 앞서 본 젊은 날의 후지타 유코쿠와 고미야야마 후켄이 회독을 하며 벌인 토론과 같은 것이 펼쳐졌던 것은 아니었을 것이다. 번교 고도칸에서도 건학의 정신과는 반대로 실제로는 "제 학생 다수가 일상생활에 필요성을 느끼지 못하는 전문적인 경서의 강의를 듣고, 또 자구의 세밀한 해석이 요구되는 윤강을 행하는 것에 흥미를 가지지 못했으며, 무엇보다도 제 학생들에게는 그러한 강의나 윤강을 견뎌낼 학력이 부족했다" (『水戸市史』 中卷 (3))는 것이 사실에 가까울 것이다.

군주와 가신의 '의논' 정치

그러나 미토번에서는 회독을 하며 토론할 때 유학 경서의 자구를 해석하는데 그치지 않고 직접적으로 정치적인 의논과 결부시키는 제도가 있었다는 점에 주목할 필요가 있다. 이것은 미토번의 '의논' 정치라고 평가받는다.[43] 미토번에서는 나리아키의 언로 개방洞開 정책에 의해, 가신들에게 상서上書를 적극적으로 권장하는 것과 동시에 나리아키 스스

로 '직접 서한直書'을 빈번히 내려 서간을 통한 주군과 가신과의 '의논'이 정규 결정 시스템의 하나로서 기능했다. 환언하자면, 번사들의 의견을 정치에 반영하는 제도가 있었다. 나리아키의 관점에서 보자면 이러한 언로 개방은 그 개인의 독창적인 것이 아니라 신조神祖 도쇼구東照宮 이에야스家康의 조법祖法이었다. 나리아키는 근신 중에 로주 수석 아베 마사히로阿部正弘에게 쓴 『명훈일반록明訓一斑抄』의 「諫言を用ゆべき事」란 조목에서 다음과 같이 말하고 있다.

> 나리아키가 삼가 염려하건대 도쇼구家康께서 처음 명군明君, 현장賢將이 되셨을 때 밑에서 알려야 할 것을 알리지 않았던 것도 있었을 것이다. 그렇기는 하지만 많은 일 중에는 해와 달을 좀먹듯日月の蝕[44] 잘못한 것도 있으며 또는 밑의 일에 대해서는 알지 못했던 것도 있을 것이니, 넓게 언로를 여는 것이 명군된 자이며 다른 자의 주인이 되는 자는 사람들에 선을 행하는 것을 즐기는 것이 간요하다 하셨다. 소인은 자신의 마음이 그러한 바가 있다 하더라도 다른 사람의 발언을 들으면 아니라고 대답한다. 주군된 자는 누가 하는 말이라도 본문의 명훈明訓에 따라 이치가 당연한 것은 받아들여야 한다. (『明訓一斑抄』 卷上)

'도쇼구' 이에야스가 아래 사람들의 의견을 널리 구한 것을 모범으로 삼아야 한다고 나리아키는 말한다. 나리아키의 주관적인 의도에서 보자면, '도쇼구'의 조법이라 할 수 있는 언로 개방의 이념을 실행한 것이

---

43 三谷博, 「日本における'公論'慣習の形成」, 『東アジアの公論形成』, 東京大學教出版會, 2004.

44 【역주】『논어』「자장편子張編」에 "子貢이 말하기를, 군자의 허물은 일식이나 월식과 같은 것이니, 허물이 있으면 모두가 보게 되고, 이를 고치면 모두가 우러러 본다子貢曰, 君子之過也, 如日月之食焉. 過也, 人皆見之, 更也, 人皆仰之"라는 구절이 있는데 이를 인용한 것이다.

었는데, 이것이 실행 가능했던 것은 번주 나리아키 자신이 회독을 통해 타자의 의견을 듣는 '허심' 정신을 가지고 있었기 때문이라고 말할 수 있을 것이다.

사숙에서의 자유로운 토론과 '오당吾黨'

쇼헤이자카가쿠몬조의 사례에서 본 것처럼, 고도칸에서도 공공연하게 정치를 토론하는 것은 어려웠으나, 회독 = 윤강에서 토론하는 법을 배운 번사들은 동시대의 서생료와 마찬가지로 뒤에서는 정치를 토론하기도 했을 것이다. 이때 후지타 도코의 세이란샤나 아이자와 세이시사이의 미나미마치주쿠와 같은 사숙에서는 공적인 기관인 고도칸과 달리 더욱 자유롭게 토론이 가능했을 것이다. 도코도 참가했던 회독에서는 텍스트의 "책 중 인물의 논평, 정치의 득실 등과 관해 고도의 질의응답이 오가고 갑론을박하면서 종종 열기 띤 논의가 전개되었다"(『水戸市史』 中卷 (3))고 한다.

여기에서 주목해 두고자 하는 것은 아이자와 세이시사이의 미나미마치주쿠의 입문자들이다. 앞서 세이시사이가 번교 고도칸의 교관을 겸임하여 미나미마치주쿠를 주재했다는 점에서, 사숙이라 하더라도 가숙家塾의 범주에 든다는 점을 서술했다. 앞서 가메이 난메이의 처분문제도 이 가숙家塾의 이중성에 원인이 있는 것은 아닌가 하는 야기 기요하루의 설을 소개했다. 다른 번藩의 번사들도 받아들이는 사숙에서 이루어진 회독의 개방성에 그 원인이 있다는 설이다. 흥미로운 점은 가숙家

塾인 미나미마치주쿠도 다른 번藩의 입문자를 받아들였다는 점이다. 세이시사이의 문인들 중에는 이시카와 메이젠石河明善(弘道館助教)이나 나이토 지소內藤恥叟(弘道館教授 이후 帝國大學教授) 등의 미토 번사가 있었는데, 다른 번藩에서 온 사람도 많았다. 지쿠고筑後 구루미久留米의 마키 이즈미眞木和泉, 돗토리의 번사 아다치 세이후安達清風, 가사마笠間 번사 가토 오로加藤櫻老(쇼헤이자카가쿠몬조에서 사토 잇사이에게도 배웠다. 조슈의 번교 메이린칸明倫館에서 강의했다), 사가佐賀의 번사 마스다 히로나가增田廣長 등이 있다. 다른 번의 입문자들 중 성명과 출신지가 판명된 자는 전국 20개 구니國의 약 40인이며, 체재 기간은 마키 이즈미처럼 일주일에 불과한 자도 있었고, 아다치 세이후처럼 2년 정도 머무른 자도 있었다(『水戸市史』 中卷 (3)). 뒤에 서술할 요시다 쇼인도 가에이 4년(1851) 12월부터 이듬해 1월까지 미토에 체재하며 도합 6회 세이시사이의 자택을 방문해 면담하고 있다. 가숙家塾의 이중성을 살려 세이시사이는 고도칸의 교관을 맡으며 미나미마치주쿠에서는 다른 번藩 사람들과 교류했다. 그곳에서는 미토번과 다른 번藩의 경계를 넘어 대등한 입장에서 토론하는 회독을 행했던 것이다. 이것은 번藩의 경계를 넘어 횡의, 횡행했다는 점에서 주목할 만하다.

뒤에서 볼 막말幕末의 요시다 쇼인이 적극적으로 번藩의 경계를 넘어 막말幕末의 지사들을 검토하기 전 다시 한 번 미토번 내의 문제를 돌아보자. 횡의, 횡행은 사쓰마번이나 가나자와번의 사례처럼 도당을 결성한다는 반국가적인 행위로서 엄히 금지되었다. 미토번의 '논의'라 하더라도 군주와 가신의 "상방향의 농밀한 커뮤니케이션"[45]은 이념적으로는 모든 가신들에게 열려 있었으나, 현실적으로는 번주 나리아키와 도코 일파의 결속을 강화하는 방향으로 작용하여 여기에서 배제된 가신上級家臣團과의 알력이 발생한 것도 사실이다. 잘 알려진 것처럼, 덴구당天狗黨이라는 호칭은 그 반대파가 붙인 것이다. 여기에서는 콧대 높고 교만하게 우쭐거리는 자들이라는 비난의 듯이 담겨 있었다. 원래 '黨'은 도당의 당이며 부정적인 가치를 담은 말이었기 때문이다. 예를 들어 동시대의 사토 잇사이는 '당'에 대해 다음과 같이 말하고 있다.

> 삼라만상方은 종류에 따라 모이며, 만물은 무리로 나누어진다方以類聚, 物以群分[46]라는 말이 있다. 임금人君은 나라로서 당을 만드는 자이다. 만일 그것에 능하지 못하면, 밑에서 각자 스스로 당을 만드니, 이것은 필연의 이치이다. 때문에 밑에 당이 있다는 것은 군도君道가 쇠퇴했다는 것이며, 분란의 조짐이다. (佐藤一齋, 『言志錄』)

에도 시대 중반에 오규 소라이의 겐엔샤추가 '오당吾黨'을 결성했을 때부터 가치의 전환이 시작되었다. 처음에는 그러한 '오당吾黨'이라는 호칭은, 소라이가 '오규 소라이'가 아니라 '物徂徠'라고 스스로를 칭했던 것처럼 중국풍으로 부르는 중국적인 취미가 강했던 것일지도 모르겠다. 그러나 그것이 일찍이 야유 받았던 '분노하는攘臂扼腕'(淸田儋叟, 『藝苑談』) 지사들의 '오당吾黨'으로서 자리매김하게 되었다. 이 '오당吾黨'이라는 말을 미토번에서 이른 시기에 사용했던 것은 후지타 유코쿠였다. 소라이학 계열의 오우치 유지大內熊耳에게 배운 다치하라 스이켄(별호는

---

45 三谷博, 「日本における'公論'慣習の形成」, 『東アジアの公論形成』, 東京大學敎出版會, 2004.
46 【역주】『역경』「繫辭上」에 나오는 말이다.

東里)의 밑에서 소라이학의 영향을 강하게 받았을 때, 유코쿠는 '東里의 社'라는 표현으로 다치하라立原 문하門下를 불렀으며, '오당吾黨'이라고 칭하고 있다(『幽谷先生遺稿』, 報川口嬰卿, 寬政 6年). 단 이 '오당吾黨'이라는 표현은 유코쿠가 젊었을 때 쓴 문장에는 나오나 그 이후에는 없다. 또한 유코쿠의 제자 아이자와 세이시사이나 아들 도코의 문장에는 '동지'라는 말은 있어도 '오당吾黨'은 사용되지 않고 있다.

그 이유는 '오당吾黨'이라는 표현이 실질적인 힘을 가지기 시작했기 때문은 아닐까? 즉 동료를 칭하는 문장상의 수사가 아니라, 실질적인 힘을 동반하기 시작했기 때문에 오히려 '오당吾黨'이라는 표현을 꺼리게 된 것은 아닐까 생각된다. 단적으로 말하면, 도당이라는 비난을 받기에 충분할 정도의 힘을 가지기 시작했던 것이다. 함께 회독하는 자들이 정치적인 토론을 시작해, 동지로서 결합해 정치적인 세력을 형성했던 것이다. 이 경우 앞서 서술한 사쓰마번의 근사록당이나 가나자와번의 구로바오리당처럼, 번藩 당국으로부터 탄압의 구실로 작용하기도 했다.

'붕당朋黨의 화禍'

도코가 '도당'이라는 비난에 신경을 쓴 것은 『고도칸기술의弘道館記述義』(初稿, 1864)에서 '붕당의 화'에 대해 비판한 부분에서 살펴볼 수 있다. 「고도칸기弘道館記」에는 "뭇 사람들의 생각을 모으고, 무리의 힘群力을 말함으로써 국가의 무궁한 은혜에 보답한다"는 일절이 있다. 이에 대해 도코는 "뭇 사람들의 생각을 모으고 무리의 힘을 말하는" 것은

"군주人君가 해야 하는 중요한 일"라며 번주 측의 주의를 환기시키기 위한 것으로 해석하면서, 번주가 "크게 염려해야 할 것"으로 두 가지의 폐해를 들고 있다. 하나가 "부화뇌동하는 폐弊"이며 또 다른 하나는 '붕당의 화'이다.

전자에 대해서는, 번주의 뜻에 영합해 아첨하는 '소인'은 일단 변고가 일어나면 적대자에게 빌붙는 자들이므로 그와 같은 '소인'의 부화뇌동을 주의하지 않으면 안 된다고 말한다. 후자에 대해서는, '군자'가 번주를 섬길 때 그들은 기탄없이 직언하므로 '불경'하다 생각될 수도 있다. 그러나 "대의大義, 중대한 사건大節에 임"해서는 '가혹한 형벌刀鋸鼎鑊'[47]을 두려워하지 않으며 그 뜻을 빼앗는 것은 불가능하다. 그 정도로 정의로운 사무라이이므로 역으로 '소인, 간리奸里가 비난하는 말이 '붕당'이다. 때문에 "붕당이라는 말이 한 번 나와 합국闔國 = 全國이 탕연蕩然해져 또 군자가 없어졌다. 이를 붕당의 화라고 이른다"(『弘道館記述義』 卷下)고 도코는 말하고 있다. 여기에서 도코는 정의의 군자가 번주에게 직언해 뜻을 이루는 것 자체를 비난하고 있는 것이 아니다. 오히려 그와 같이 정의로운 사무라이의 행동을 '붕당'이라는 명목으로 억누르는 것을 탄핵하고 있다.

중국에서도 붕당론은 예로부터 의논의 대상이 된 테마이다. 과거 관료간의 붕당은 한정된 자리를 다투는 것이었기 때문에 근세 일본의 신분제도 이상으로 심각했다. 조선에도 '붕당정치'라는 말이 있을 만큼

---

47 【역주】『漢書』「刑法志」에 따르면 도거刀鋸는 이른바 오형五刑 중 3번째인 중형中形을 다스릴 때 사용하며, 정확鼎鑊이란 중국 전국시대에 죄인을 삶아 죽이는 '팽형烹形'에 쓰던 도구를 말한다. 두 단어를 합쳐 가혹한 형벌을 가리키는 단어로 쓰인다.

자리를 둘러싼 양반들 간의 파벌 다툼이 붕당론의 배경이다. 중국에서도 붕당이라는 명목하에 붕당을 부정하는 것이 일반적이었는데, 그 와중에 송대宋代 구양수의 붕당론은 이색적이었다. '군자의 붕당'을 옹호했기 때문이다(『唐宋八代家文讀本』 卷10, 朋黨論). 구양수는 붕당에도 두 종류가 있다고 논하면서 "이해를 같이 하는 것을 붕朋이라 하는" '소인의 붕당'과 "도道를 함께 하는 것을 붕朋이라 하는" '군자의 붕당'을 구별해, 도의道義에 의해 연결된 후자의 이상적인 붕당을 긍정했다. 도코의 붕당론은 이러한 중국적인 문맥에서 본다면 구양수의 계보에 있다 해도 좋을 것이다.

도코에게도 물론 붕당을 긍정적 가치로 전환하는 붕당론은 책상 위의 공론이 아니었다. 도코 일파를 '속되게 보는' 수구파는 "당을 결성해 정사를 비판하는" '덴구天狗'라고 비난했기 때문이다. 도코는 말한다.

> 세상에서 여러 명목을 붙여 혹은 양파兩派, 혹은 江戸登り仲磨, 長刀組, 덴구天狗, 혹은 그 이외의 명칭으로 부르는데, (이를) 속되게 보아 당을 결성해 정사를 비판한다고 주장하며 상上의 총명함을 흐리니 실로 안심할 수 없습니다.(東湖封事, 天保 2年 11月).

그렇기 때문에 '덴구당天狗黨'이라는 비난의 말을 정의의 군자로서의 자부심, 책임감을 동반한 긍정적인 가치로 바꾸고자 했던 것이다.

단 후기 미토학의 단계에서 '붕당'이라는 생각을 정치적으로 실현하고자 할 때 주군과의 개인적인 친밀한 관계가 결정적으로 작용했다는 것은 중요하다. 언로 개방의 이념하에 이루어지는 '의논' 정치에는 주군과 가신 간의 개인적인 연결고리가 결정적으로 작용하기 때문이다. 개개인이 공연히 '당'을 결성해 그 의견을 집약하고, 회독을 통해 정치적 공공성이 드러났다는 획기적인 의미가 있다 하더라도, 그 의견을 실현하기 위해서는 주군에게 그것을 전달할 필요가 있었다. 역으로 주군의 입장에서 본다면, 복수의 가신들의 일치된 의견을 '공론'(중론)으로 채용할 수 있었다. 가신들의 다툼이 일어나는 이유도 여기에 있다. 즉 주군에게 자신들 당파의 의견을 채용하게 만들기 위해 주군과 친밀하고 특별한 관계를 맺을 필요가 있었다. 그 때문에 역으로 그 의견에 반대하는 중신들은 그와 같은 친밀한 관계를 질투해 당파를 결성하는 것 자체를 금지하는 원칙을 내세워 그들을 비난하게 되었다. 이러한 당파 간의 항쟁을 타파하기 위해는 배제되었던 공개성公開性을 한층 강화할 수밖에 없었다. 뒤에서 살펴보겠지만, 요코이 쇼난横井小楠이 말하는 '공공의 정사'는 실로 이러한 공개성을 관철하기 위한 것이었다고 위치지을 수 있을 것이다.

3. 막말幕末 해방론海防論과 고가 도안—반反독선성과 언어 개방

정치문제를 토론의 제재로 삼아 '정의'(『弘道館記述義』 卷下)를 높게 내걸고 도당을 조직하는 것을 적극 긍정하는 이론을 제시한 점에 후지타 도코의 『고도칸기술의弘道館記述義』의 획기적인 의의가 있다. 이 점은 회독이라는 시각에서 처음 살펴본 것이다. 이와는 별도로 막말幕末의 지사들이 후기 미토학에 매료된 최대의 이유가 존왕양이론海防論이었다는 점은 말할 필요도 없다. 19세기 내우외환의 위기에 직면하여 대외적인 양이론海防論과 국내적인 존왕론尊王論을 결부시켜 양자를 한 번에 해결하려는 방향성을 제시했다는 점이 미토학이 막말幕末 지사들을 매료시킨 이유였다. 「고도칸기」의 일구一句인 '존왕양이'는 막말幕末 지사들의 정치적 토론의 중심적인 테마였던 것과 동시에 그들을 일으켜 세우는 행동의 기치가 되었다. 미토학에 선도된 양이론海防論과 존왕론의 구체적인 내용분석은 본서에서 다루고자 하는 내용을 넘고 있으므로 여기에서는 미토학과 대비하여 쇼헤이자카가쿠몬조의 주자학자들이 펼친 해방론에, 회독 경험을 통해 배양된 사고방식이 그들의 생각에 어떻게 반영되었는지를 살펴보고자 한다.

주자학자들의 해방론海防論

막말幕末에 후쿠자와 유키치가 '부랑하는 무리'들이 "곳곳에서 난폭하게 날뛰며 외국인을 암살"하거나 "양학자를 위협하고 요격하는" "소위 양이론이 한창인 와중에", "에도의 노파에게 개국하자고 꼬드기고자" 저술한 『당인왕래唐人往來』에서 야유하고 있는 것처럼 막말幕末 지사의 해방론의 내용은 가당치 못한 것이 많다. "해변에 포대台場를 건설해 큰 대포大筒를 세워 놓고, 나무 그늘에서 작은 대포小筒를 쏜다", "외국인은 배 위에서의 싸움은 능해도, 육지로 올라오면 갓파河伯[48]처럼 힘을 쓰지 못한다. 외국인이 오면 우선 상대하지 말고 육지로 유인한 뒤 우리들이 잘 쓰는 창검으로 그들을 모두 처치해야 한다." 등등. 그러나 꼭 그렇지만도 않다. 당시 통념을 감안하면 탁월한 생각이라 평가할 수 있는 여지가 없는 것도 아니다. 그중에서도 쇼헤이자카가쿠몬조의 고가 도안과 그 주변에 뛰어난 해방론이 생겨났다는 점은 주목할 만하다.

이렇게 말하면 의아하게 생각할 지도 모르겠다. 선진적, 개방적인 해방론은 와타나베 가잔이나 다카노 나가히데高野長英 등 난학자들의 주장이며 주자학의 아성인 막부의 쇼헤이자카가쿠몬조는 그와 같은 난학자들을 탄압한 수구파의 소굴이라는 이미지가 있기 때문이다. 니라야마다이칸韮山代官[49] 에가와 다로자에몬江川太郎左衛門[50](당시에는 英龍)과 대립하여 모리슨호 사건[51] 이후 반샤의 옥蠻社의 獄[52]에서 와타나베 가잔이나 다카노 조에이高野長英 등을 탄압한 도리이 요조鳥居耀藏(하야시 주쓰사이의 차남)는 그 대표적인 예라 할 수 있다. 그러나 정치토론화된 회독을 봐 온 우리들은 막말幕末 주자학에 다소 다른 측면이 있다는 것을 예상할 수 있다. 여기에서는 이에 대해 살펴보자. 우선 쇼헤이자카가쿠몬조에서 배우거나 그 주변에 있었던 주자학자의 해방론을 열거해 보자.

---

48 【역주】 일본 전설에 나오는 요괴 혹은 미확인 동물로 강에 거주한다고 전해진다.

49 【역주】 니라야마다이칸조韮山代官所는 에도 시기 혼슈本州 동부의 막부직할령을 관리하기 위해 설치된 기관. 이곳을 책임지고 있는 것이 니라야마 다이칸이다.

50 【역주】 이즈 지역의 니라야마를 본거지로 한 에도 막부의 세습 다이칸代官.

51 【역주】 1837년에 가고시마만에 나타난 미국 국적의 모리슨호에 사쓰마번이 포격을 가한 사건.

52 【역주】 모리슨호 사건 당시 마카오에 있었던 일본인 표류민들이 모리슨호에 타고 있었던 것이 뒤늦게 밝혀지자 와타나베 가잔 등이 막부의 쇄국 정책을 비난해 처벌받은 사건.

• 고가 도안, 『의극론시사봉사擬極論時事封事』(분카 6년, 1809), 『해방억측海防臆測』(덴포 9~11년, 1838~40)
• 아카이 도카이赤井東海, 『해방론海防論』(가에이 2년, 1849) : 고가 세이리에게 사사받았으며 다카마쓰번의 번유藩儒가 되었다. 와타나베 가잔, 다카노 조에이등과 교류했다. 난학의 필요성을 주장하며 셋째 아들 슈쿠헤이叔平를 오가타 고안에게 보냈다.
• 사쿠마 쇼잔, 『海防に關する藩主宛上書』(덴포 13년, 1842) : 사토 잇사이에게 배웠으며, 난학도 함께 배웠다.
• 사이토 지쿠도齋藤竹堂, 『아편시말鴉片始末』(덴포 14년, 1843) : 고가 도안에게 배웠다.
• 시오노야 도인, 『주해사의籌海私議』(고와 3년, 1846), 『아소용휘문阿芙蓉彙聞』(고와 4년序, 1847) : 쇼헤이자카가쿠몬조의 교수.
• 아사카 곤사이安積艮齋, 『양외기략洋外紀略』(가에이 원년, 1848), 『어융책禦戎策』 : 사토 잇사이의 문하였으며 니혼마쓰二本松의 번교 게이가쿠칸敬學館의 교수, 쇼헤이자카가쿠몬조 교수.
• 하쿠라 간도羽倉簡堂, 『해방사책海防私策』(가에이 2년, 1849) : 고가 세이리의 문하생이며 막신幕臣. 와타나베 가잔의 반샤 그룹 중 한 명.
• 오쓰키 반케이, 『헌근미충獻芹微衷』(가에이 2년, 1849) : 오쓰키 겐타쿠의 차남.
• 후지모리 고안藤森弘庵, 『해방비론海防備論』(가에이 6년, 1853) : 고가 도안, 나가노 부잔長野豊山에게 배웠으며 쓰치우라번土浦藩의 번교 이쿠분칸郁文館의 교수가 되었다.
• 야스이 솟켄, 『정해사의靖海私議』 : 쇼헤이자카가쿠몬조 교수.

이와 같은 다양한 해방책이 나온 배경에는 그들이 회독에서 이론異論과 부딪치며 자기의 견해를 분명히 하려 한 것이 있었다고 상상된다. 그중에서도 고가 도안의 해방론은 주목할 만하다. 도안은 이미 서술한 것처럼 쇼헤이자카가쿠몬조의 고주샤御儒者였으며 서생료에서 제 번藩의 많은 유학생들을 가르치고 있었다. 마카베 진의 대저大著가 나와 연구에 큰 진전은 있었으나 그럼에도 불구하고 그 사상에 대해서는 그다지 알려져 있지 않다. 그 대략의 내용은 '일신一身의 반半에 달하는'(구리모토 조운栗本鋤雲) 방대한 저술을 남겼음에도 불구하고('文詩'를 제외하더라도 일백여 종, 430여 권), 그 초고를 집안사람들이나 제자들에게도 보여주지 않았으며 출판조차 하지 않았기 때문일 것이다. 그러나 경세하는 것에 여느 사람 이상의 뜻을 두고 있었던 도안은 19세기 초두의 러시아 선船의 내항이라는 대외적 위기에 직면해 『의극론시사봉사』(분카 6년)를 저술해 "언로를 여는 것이 백 가지 일의 근본"이라고 주장하며 대내적으로 언로를 개방하고 대외적으로는 정책을 개혁할 것을 주장했고, 서구 제 국가들의 객관적인 정보를 얻기 위해 오쓰키 겐타쿠 등 난학자들과도 적극적으로 교류하며 외국의 정보를 수집했다. 그 성과가 『오로스기문俄羅斯紀聞』(1집은 분카 8년, 2집은 분카 13년, 3집은 분세이 5년, 4집은 덴포 11년), 『오로스정형억도俄羅斯情形臆度』(고카 3년), 『영이신문초역英夷新聞抄譯』(고카 2년) 등의 저서다. 덴포 9년(1838)부터 11년(1840)에 저술된 『해방억측海方臆測』에서는 이러한 외국의 정보를 바탕으로 대외 무역을 적극적으로 용인하는 개국론을 주장하며 막말幕末 일본의 백미라 할 수 있는 해방론을 전개했다.

그중에서도 도안의 해방에 관한 정치적 의식이 선명하게 드러난 것은 1842년의 난징조약 체결 이후에 저술된 『아편양변기鴉片醸變記』(덴포 12년, 1841)이다. 이것은 아편 전쟁이 한창일 때 작성된 책이다. 통설적으로는 아직 해외에 눈을 돌리지 않았던 사쿠마 쇼잔이 아편 전쟁에서 청조淸朝가 패배한 것을 접하고 "당우唐虞(堯舜) 이래 예악의 땅이었던 곳이 구라파주歐羅巴洲의 강도腥穢들에게 변고를 당했다는 있을 수 없는 일을 듣고 그저 탄식할 뿐이었다"(加藤氷谷宛書簡, 天保十三年一〇月)이라고 개탄한 것처럼 주자학자들은 성현의 땅인 중국이 영국에 패배한 사실에 자신의 신조, 가치가 흔들릴 정도로 큰 충격을 받았다고 생각된다. 그러나 모든 주자학자들이 그러했던 것은 아니었다.

도안은 나가사키 데지마로부터 전달되는 오란다풍설서オランダ風說書의 모순을 날카롭게 지적하며 "청淸은 바르며 영국英機黎은 그르다"고 주장해 도의적인 입장에서 영국의 침략 행위를 비난하는 한편 청조淸朝의 독선적인 중화의식에 대해서도 지적하며 서구의 정보를 수집하려 하지 않는 배타주의를 비판했다.[53] 참고로 도안의 제자 사이토 지쿠도의 『아편시말鴉片始末』(덴포 14년)은 『아편양변기鴉片醸變記』의 뒤를 이어 난징조약 체결까지의 경위를 간결하게 서술한 것이다. 지쿠도 또한 거기에서 "아편에 관한 일은 영英이 잘못했으며, 청淸이 바르다"고 도의적으로 영국의 침략행위를 비난하는 것과 동시에 "한사漢士는 항상 스스로 중하中夏에만 있으려 하며", 서구의 군사, 과학기술을 도입하려 하지 않는 청淸의 독선주의를 비판했다. 그러한 의미에서 도안의 『아편양변기鴉片醸變記』는 비밀리에 감춰져 있었으나 막말幕末에 많은 사본이 만들어진

53 前田勉, 『近世日本の儒學と兵學』 ぺりかん社, 1996; 前田勉, 『兵學と朱子學・蘭學・國學』, 平凡社選書, 2006 참조

『아편시말鴉片始末』을 통해 도안의 아편전쟁관은 확장될 수 있었다.

『아편양변기鴉片釀變記』에 드러나는 독선적, 배타적인 중화의식비판은 지금까지 서술해 온 회독과 결부시켜 이해할 수 있을 것이다. 그와 같은 비판은 회독 경험 속에서 배양된 정신, 즉 '도리'에 근거해 자기의 한계를 인식하는 것과 이질적인 타자의 존재를 용인하는 '허심'이 있었기 때문에 처음으로 가능했다고 말할 수 있기 때문이다. 뒷장에서는 도안과 정반대의 입장이었던 후기 미토학의 존왕양이사상을 대비시킴으로써 회독의 '허심' 정신이 실제 정치론에 어떻게 반영되었는지를 살펴보자.

독선성에 대한 비판

후기 미토학과 도안을 대비시킬 때 도안이 독선성을 배척했다는 점이 눈에 띈다. 일반적으로 주자학자라고 하면 '정학正學'을 고집하며 '이단과 사설'을 배척하는 이미지가 있다. 예를 들어 "지금의 서양의 학문 같은 것은 극히 사탄邪誕하니 그러한 사상이 천하에 성행하면 백성들의 이목을 흐리고 사람을 오탁汚濁함에 빠뜨려 자연히 사직의 명맥을 파괴해 성인의 큰 도道를 황량하게榛蕪 한다"(『闢邪小言』 卷1)고 말한 막말幕末의 존왕양이론자 오하시 도쓰안大橋訥庵(1816~62, 분카文化 13년~분큐文久 2년)과 같은 존대한 독선주의자, 고루한 배외주의자라는 이미지가 그것이다. 그러나 모두가 그랬던 것은 아니다. 원래 근세 일본의 중화의식 문제는 중국과는 위상을 달리하는 것이었기 때문이다.

원래 중국의 중화사상은 예교 문명을 기준으로 하여 세계의 중심에 위치하는 중화와 그 주변의 이적夷狄을 판별했다. 예교 문명의 체현자가 천명을 받은 천자, 즉 중국의 황제였다. 그런데 근세 일본의 국가는 예교 문명을 실현하는 중화가 아니었다. 지금가지 봐 온 것처럼 예교를 가르치는 유학은 국교가 아니었으며 과거도 없었다. 그 때문에 유학자들은 자신이 사는 일본을 그대로 중화로 인식하는 것은 불가능했으며, 중화의 예교 문명에 준거하면 자국을 이적이라 단정짓지 않을 수 없었다. 소라이가 '일본국이인물무경日本國夷人物茂卿'(『徂徠集』 卷14)라 칭한 것은 너무도 유명하다.

그런데 근세 일본의 국가의식이 고양되면서 일본을 이적으로 보는 것에 대한 반발이 발생했다. 오히려 일본이 세계의 중심에 위치한다는 것이다. 소위 자민족중심주의Ethnocentrism다. 단 이때 예교 문명을 기준으로 하는 것은 불가능하므로 만세일계의 황통과 무위武威가 대代를 대체하는 근거가 되었다. 중국에서는 혁명이 빈발해서 몇 번이고 왕조가 교체되었으나 일본에서는 신대神代 이래 황통이 변하지 않고 안정되어 있으며 고대 이후 군사력이 뛰어난 무위의 국가로서 세계에 두려움을 안겨 주었다는 것이다. 이 두 가지의 '역사적 사실'을 근거로 하여 일본은 세계에 으뜸가는 자랑스러운 국가라는 소위 일본형 화이관념이에도 후기에 넓게 유통되었다. 후기 미토학의 존왕양이사상은 이러한 일본형 화이관념의 전형이었다. 존왕양이사상의 성경이라고 불리는 아이자와 세이시사이의 『신론新論』의 「국체國體」편에 "신주神州(일본)는 태양이 뜨는 곳, 원기가 시작되는 곳이며 천일天日의 후계는 천자의 자리世宸極에서 통치하는 것이 고대로부터 변하지 않았다. 원래 대지의 원수이며 만국의 강기綱紀이다. 모름지기 우내宇內 = 天下에 보살펴 다스리시니 황화皇化가 미치는 곳에 멀고 가까움이 없었다"며 신화에 근거해 세계에서 으뜸가는 황통이 이어져 왔음을 주장하는 한편 "천조天朝는 무武로 나라를 세웠으니, 이것이 오랑캐들에게 미친 것이 오래되었다"며 무국武國 일본의 전통을 추켜세우고 있기 때문이다.

도안은 이와 같은 독선적인 일본형 화이관념론자와 대극적인 입장에서 있었다. 도안은 중국인의 중화의식을 "중국인의 의견은 착협窄狹하다"(「殷鑒論」)고 비판하는 한편 일본에도 "스스로를 높여 이웃 나라를 멸시하는 잘못이 서토西土(중국)와 대단히 비슷하다"(『新論』)며 스스로의 독선적인 우월의식에도 비판의 화살을 보냈다. 도안에 따르면 아마테라스 오미카미天照大神 = 태양은 세계 어디에나 있는 태양신앙의 일종이며 일본을 세계의 중심에 둘 수는 없다(「崇日論」). 이 점에 대해 쇼헤이자카가쿠몬조에서 배운 구메 구니타케가 메이지 시기에 "신도神道는 제천祭天하는 옛 풍속"이라 논한 것은 신기한 일이 아니다. 또한 일본의 무위에 대해서도 에도 시대 초기에는 네덜란드를 탄복하게 할 정도의 군사력이 있었으나 그것은 과거의 영광이며 현재에는 서양의 과학, 군사기술의 진보에 의해 철포, 전함의 군사력에서 뒤처져 있다고 객관적으로 현상을 인식하고 있다. 도안은 중국뿐만 아니라 일본에 대해서도 "사람의 과악過惡 중 교만함보다 큰 것이 없다"는 입장에서 "스스로 자국의 부유함과 번성함을 자랑하며 정리에 맡겨 뜻을 멋대로 해 오로지 듣기 좋은 말만을 찾아 자신이 하는 것을 옳다 해 조금도 회개하려 하지 않고 다른 나라의 장점을 찾으려 하지 않는"(『海方臆測』) 독선적인 우월의식을 원리적으로 비판했다. 이처럼 "스스로 하는 것을 옳다고 해 조금도 회개하지 않는" 독선에 대한 비판과 "다른 나라의 장점을 찾아" 타자를 용인하려 하는 두 가지 측면은 도안이 쇼헤이자카가쿠몬조에서 지도했던 회독에서 함양된 '허심' 정신 그 자체였다.

언로개방

또 한 가지 도안의 사상 중 회독에서 발생한 정치적인 토론 문제와 관련된 것에 대해 이야기하고자 한다. 그것은 도안이 앞선 본 미토번의 '의논' 정치에 관한 나리아키의 언로개방과 유사한 생각을 가지고 있었다는 점이다. 분명히 국내외의 위기에 대응하여 고가 도안과 아이자와 세이시사이, 도쿠가와 나리아키의 의견은 달랐으나 그들은 언로개방을 추구하고 있었다는 점에서는 동일하다. 이와 같은 의견이 일치가 막부 내에 있었기 때문에 미국 사절 페리의 우라가浦賀 내항 이후에 로주 아베 마사히로는 제 다이묘들에게 자문을 구하는 전례 없는 일을 했다고 생각된다.

로주 아베 마사히로는 페리 내항 직후에 제 다이묘나 막신幕臣들에게 미국의 요구에 어떻게 대처해야 하는지에 대해 기탄없이 의견을 말할 것을 자문했다. 또한 제 다이묘, 막신幕臣들에 그치지 않고 민간으로부터의 상서도 받아들여 그 수는 현존하는 것만으로도 약 800통에 달하고 있다고 한다. 『막말외국관계문서幕末外國關係文書』에 소장된 63인의 다이묘의 답신 중 은거하거나 적자嫡子 등을 제외한 55개 가문의 답신을 분석한 미타니 히로시에 의하면, 대大다이묘들 중 통상의 가부에 대해서는 거절론(45%), 화전和戰 문제에 대해서는 일시 피전론避戰論(32%)이 가장 많았다고 한다. 통상 문제와 관련해서는 거절론에 반대하여 적극 긍정론을 펼친 곳은 히코네, 사쿠라, 후쿠오카 세 가문, 화전론의 경우 주화론에 반대하여 주전론을 펼친 곳은 후쿠이福井, 사가, 구루미, 하기萩, 고치의 다섯 가문에 지나지 않았다고 한다.[54]

비토 마사히데尾藤正英는 이와 같이 넓게 의견을 듣고자 한 자세가 원래부터 막부에 존재했으며 특히 이 시기의 아베 마사히로의 판단에는 도쿠가와 나리아키의 의견이 참고가 된 것은 아닌지 추측하고 있다. 비토에 의하면 페리가 내항하기 9년 전인 고카 원년(1844), 네덜란드 국왕이 세계 정세를 설명하며 개국의 필요성을 권고했을 때, 다수의 의견을 구해야 한다고 주장했던 도쿠가와 나리아키의 의견을 페리 내항 시에 아베가 상기했을 것이라 지적하고 있다.[55] 또한 마카베 진은 나리아키와 함께 "정책 아이디어를 넓게 구하는 의견 청취"뿐만 아니라 "답신을 통해 아이디어를 생각해 내 새로운 시책을 모집"하려고 했던 고가 도안 사후에 쇼헤이자카가쿠몬조의 고주샤御儒者가 된 아들 사케이의 구상을 아베 마사히로가 염두에 두고 있었다고 추측하고 있다.[56] 그렇다고 한다면 아베 마사히로의 배후에는 나리아키와 도안을 계승한 사케이라는 언로개방론자가 있었다고 할 수 있다.

물론 근세 초기부터 군주가 넓게 의견을 구하는 언로의 개방이라는 이념은 존재했다.[57] 아베에게 주의를 준 나리아키 자신도 이러한 전통

---

54 三谷博, 『明治維新とナショナリズム』, 山川出版社, 1997.
55 尾藤正英, 『江戸時代とはなにか』, 巖波書店, 1992.
56 眞壁仁, 『徳川後期の學問と政治』, 名護屋大學出版會, 2007.
57 前田勉, 「諫言の思想」, 笠谷和比古 編, 『公家と武家』 IV, 思文閣出版, 2008 참조.

을 감안하였으며, 앞서 본 아베에게 보낸 『명훈일반초明訓一斑抄』에는 신군神君 이에야스의 고사를 인용하며 언로 개방의 이념을 서술했다. 그러나 근세 초두부터 존재했다고 해도 그와 같은 이념이 반드시 실현되었던 것은 아니다. 유학자들이 반복해 비판했던 것도 신분이 천한 자의 의견에도 귀를 기울였던 고대 중국 성인들의 이상적인 정치 모습과도 겹쳐지는 이 이념이 실제로는 행해지기 않았기 때문이다. 간세이 이학의 금禁 때 주도적인 역할을 담당했던 시바노 리쓰잔도 이러한 유학의 이념을 실현하고자, 어려움 속에 자라난 신분이 천한 자들의 의견을 구하자는 언로 개방 정책을 주장했다(『栗山上書』). 그렇기는 하더라도 18세기 중엽 이후 쇼군이나 다이묘의 요구에 응해 정치에 관한 의견서나 상서를 제출하는 관행이 널리 행해지게 되었던 것은 분명하다. 물론 그 의견을 세간에 공표하는 일이 있으면 처벌을 받을 우려가 있었지만, 내밀하고 직접적으로 주군에게 의견을 제출한다면 아무런 문제 없이 수리되는 것이 일반적이었다.[58] 고가 도안의 『의극론시사봉사擬極論時事封事』 또한 이와 같은 언로개방 이념의 연장선상에 있었다고 말할 수 있다. 도안은 여기에서 10가지 제언을 쇼군에게 하려 했는데(단, 이 제언은 '擬'라는 말에서 할 수 있듯이 실제로는 제출되지 않았다), 첫 번째 제언이 "언로를 열어, 윗사람의 총명을 흐리는 일壅蔽을 막는" 것이었다. 또한 『해방억측海方臆測』에서도 위에 선 자가 '긍과矜誇'를 버리고 넓게 의견을 들으라며 언로의 개방을 주장하고 있다. 도안은 "넓게 많은 사람들의 의견을 취해 참고가 될 만한 것을 자세히 살펴考覈 외이虜를 막을 좋은 방

58 尾藤正英, 『江戸時代とはなにか』, 巖波書店, 1992.

안을 정해 그 좋고 나쁨을 마땅하게 해야" 하며, "혹시 외이의 어려움을 어떻게 대처할지治忽에 대해 막외膜外에 두고 끊임없이 토구하지 않으며 사람들로 하여금 깊이 의논하게 하지 않고, 해방의 병비가 무너졌는데 이를 고치려 하지 않는다면, 훗날 침우侵擾의 화가 이루 말할 수 없을 것이다"(『海方臆測』 32條) 하며 경고하고 있다. 이러한 의미에서 이념으로서만 언급돼 왔던 언로의 개방을 페리 내항이라는 비상상태에서 현실화한 아베 마사히로의 처치는 실로 획기적이었다.

후쿠치 겐이치로福地源一郎의 막부쇠망론

이 점을 지적한 것이 전 막신幕臣 후쿠치 겐이치로(1841~1906, 덴포天保 12년~메이지明治 39년)이다. 후쿠치는 아베의 결정이 막부가 원래 가지고 있었던 외교의 전권을 스스로 방기한 것이라는 점을 의미한다면서, 여기에 막부가 쇠퇴한 원인이 있음을 간파했다.

> 막부가 이 시기에 제 다이묘들에게 처음으로 정치에 관해 입을 여는 것을 허용하는 것을 촉구하자 제 다이묘들은 막부에 대해 논의할 방법을 얻어, 시비를 가리는 것을 일로 삼았으니 결국에는 (막부의) 쇠망의 원인이 되었다는 점은 이론의 여지가 없는 사실이다. (『幕府衰亡論』, 平凡社東洋文庫)

후쿠치에 따르면 "쇼군 전재專載의 정체政體"를 고수하지 않고 조정이나 제 다이묘들에게 외교 문제를 자문한 것이 막부 쇠망의 '일대 원인'이었다. 또한 막부로 하여금 정책 변경을 하게 한 근원적인 '일대 원인'이 있었다. 그것은 "도쿠가와 씨가 당초부터 양성한 한학漢學"이라고 후쿠치는 단정하고 있다. 후쿠치에 따르면, "도쿠가와 막부가 가에이 6년에 외교, 화전和戰의 일을 조정에 상주하고 이를 제후들에게 생각하게 한 것은 문무를 장려한 결과라고 결론지을 수밖에 없다"고 한다. 후쿠치는 그 이유로 "명名을 종宗으로 하고, 이理를 근본으로 하며 실력을 배척하고 정통을 존숭"하는 주자학의 명분론이 '근왕정신'을 배양한 것이라는 점을 들고 있다. 조정에 주문奏聞을 올린 이유로서는 적합하지만, 제 다이묘大名에게 '화전和戰을 평의'하게 한 것에 관해서는 명분론만으로는 설명할 수 없다. 그러나 후쿠치는 이에 대해서도 시사점을 던지고 있다.

후쿠치에 따르면 도쿠가와 초기부터 11대 쇼군 도쿠가와 나리아키의 시대까지는 막부의 정치가들 중 "식견 있는具眼 사무라이"가 있었기 때문인지, 학자를 좋아하지 않았기 때문인지 "학자 중 정치에 참여"한 것은 250년간 아라이 하쿠세키와 오규 소라이 정도밖에 없었다. 그 외에는 "경전을 강론하며 시문을 짓는 것에 지나지 않았으며", "의사, 화가와 같은 종류의 인물들이었을 뿐"이었다. 이와 같은 후쿠치의 인식은 지금까지 우리들이 봐 온 것과 같다. 그런데 마쓰다이라 엣츄노카미越中守 사다노부가 "빈번히 학문을 장려하고, 급제의 법을 두어", 막부의 하나모토, 고케닌에게 "등용될 수 있는 길을 열어" 주어 18세기 말 간세이 연간부터 페리가 내항하는 가에이 연간에 이르는 시대에 "막부의 대소관리들 중에는 성당(쇼헤이자카가쿠몬조) 급제자 출신"인 자들이 출현하기 시작했다. 그 수는 적었으나 가에이 6년의 페리 내항시에 외교 담판 임무를 맡았던 자들은 "막부에 수백, 수천의 사람이 있다 해도 대개 모두 속리俗吏"뿐이었기 때문에 결국 "발탁할 만한 인물은 급제자 출신의 무리"들이었다. 그들은 "일단 중요한 직위要路에 올라 평소 독서로부터 얻은 지식과 재략을 발휘할 기회를 얻어", "쇼군 전재 정체"인 "막부 누대의 정략을 회고할 겨를도 없이, 또한 훗날의 결과를 숙고할 생각도 없이 화전은 일본의 큰일이니 모름지기 제후들의 의견을 넓게 들을 필요가 있다고 논했던" 것이다. "제후의 의견을 넓게 들을 필요가 있다"고 생각한 쇼헤이자카가쿠몬조 출신 막신幕臣들의 생각(앞서 서술한 고가 도안의 아들 사케이의 구상), 또한 미토학의 생각(도쿠가와 나리아키의 언로 개방)이야말로 지금까지 봐 온 것처럼 회독에서 배양된 것이었다. 단 언로 개방의 실현이라고는 해도 실은 나름의 한계도 있었다. 다음에서 논할 막말幕末의 지사 요시다 쇼인이나 요코이 쇼난은 회독의 원리를 보다 철저히 하여 이를 돌파하게 되었다.

4. 요시다 쇼인과 횡의橫議, 횡행橫行

후지타 쇼조는 정부가 주도한 메이지 유신 백년 기념 붐 중에서 다시 한 번 유신의 정신적 계승을 주창한 『유신의 정신維新の精神』(みすず書房, 1969)에서 "유신은 무엇에 의해 유신이 되었는가?"라고 묻고 있다. 후지타에 따르면 유신을 가져온 것은 막부를 보좌佐幕할 것인가 막부를 타도討幕할 것인가, 개국인가 양이인가라는 노선 문제에 있는 것이 아

니라, 한 사람 한 사람 논의하고 행동하여 횡적으로 이어졌을 때 유신이 일어났다고 한다. 후지타는 "횡단적 의논과 횡단적 행동 및 현실적 지위Status에 얽매이지 않고 '뜻'에 의해 모이는 횡단적인 연결 등이 출현할 경우에만 유신은 유신이 된다"고 말하며 '횡의', '횡행', '횡결橫結'에 의해 "막번幕藩체제의 사회적 맥락(커뮤니케이션 형식)은 붕괴되고 새로운 사회적 연결 구조가 발생하기 시작했다"고 논했다. 후지타가 말하는 횡단적 의논, 횡단적 행동, 횡단적 연결이 발생이 발생했던 곳이 지금까지 봐 온 회독의 장이었다.

후지타는 "막말幕末 일본 정치 사회의 '횡의, 횡행'의 선구자"(「書目撰定理由ー松陰の精神史的意味に關する一考察」)로서 요시다 쇼인을 거론했다. 쇼인의 '횡의, 횡행'이란 "단순히 번藩의 경계를 넘어 횡적으로 확장되는 것만을 의미하는 것이 아니라 사회를 상하로 분단해 격절시키는 종적인 '경계의 벽境壁'을 넘어서 자유롭게 교류하는 것을 의미"하며 그것은 "가마駕籠를 지는 인부나 사도佐渡의 광부나 '표류민의 공술서' 등으로부터 세상에 대해 배우는 태도에 나타나" 있는데, 이러한 '횡의, 횡행'이 이루어지는 과정에서 회독이 맡은 역할은 컸다.

쇼인의 회독 수업

쇼인이 쇼카손주쿠松下村塾에서 실시한 교육이 학생 하나하나의 개성을 살리는 것이었음은 잘 알려져 있다. 회독은 그 과정에서 중심적인 위치를 점하고 있다. 그것은 틀에 박힌 번교의 회독 = 윤강과는 그 양상을 달리하는 자유롭고 활달한 회독이었다.

> 그 계절은 매우 더웠는데 그중에서도 매우 심했다. 격일로 좌전左傳과 팔가八家를 회독하였는데 물론 주쿠塾 안에 항상 거주했다. 7경이 지나 회독이 끝났다. 그때부터 밭에 나가거나 쌀을 찧었는데, 주쿠塾 안에 있는 학생들도 그러했다. 쌀을 찧으며 그 묘리를 크게 얻었다. 무릇 3인 정도가 함께 올라와 회독하면서 찧었다. 사기史記 등 스물네, 다섯 장을 읽는 사이에 쌀을 정제하는 것이 끝났는데 이 또한 하나의 기쁨이었다(구치바口羽에게 말하니 평하여 말하기를 이상한 것을 꾸미는 사람이라고 한다). (久坂玄端宛吉田松陰書簡, 安政 5年 6月 28日)

둘러앉기는車座커녕 쌀을 찧으며 회독을 한다니 실로 전대미문의 일이다. 쇼인은 이러한 회독을 쇼카손주쿠에서 처음으로 실시하지는 않았다. 하기萩 교외에서 쇼카손주쿠를 열기 이전부터 동지들을 모아 자발적, 자주적인 독서회를 열어 절차탁마했다.

요시다 쇼인(1830~59, 덴포天保 1년~안세이安政 6년)은 조슈 하기번의 하급 부시(26石) 스기 유리노스케杉百合之助의 차남으로 태어나 5세 때 야마가류山鹿流 병학사범兵學師範 요시다가에 양자로 들어 숙부 다마기 분노신玉木文之進으로부터 엄한 교육을 받았다. 가에이 원년(1848) 2월, 병학사범으로서 독립해 19세 때 '같은 샤의 제 선배' 몇 명과 월 1회 『태평기太平記』 회독을 시작하였으며(『未忍焚稿』「會讀太平記引」), 같은 해 8월 25일부터는 요시다의 가학 후견인이었던 야마다우에몬山田宇右衛門의 자택에서 『전국책』 회독에 참가했다(『未焚稿』). 이후 쇼인은 여러 회독에 출석했을 뿐만 아니라, 스스로 선두에 서 회독 모임을 자주적으로 조직했다. 특히 에도에서 쇼인이 가졌던 회독 모임은 그 횟수에서 압도될 정도다.

쇼인은 가에이 3년(1850) 21세 때 히라도, 다음 해에는 에도로 유학했다. 에도 유학중에는 아사카 곤사이, 야마가 소스이山鹿素水, 사쿠마 쇼잔 등과 사숙에 다녔으며, 에도쓰메번사江戸詰藩士[59]들과 자주적으로 회독을 열어 하루도 빠짐없이 독서회에 참가했다. 형에게 보낸 서간에는 "모임이 많아 곤혹스럽다"고 서술하며 가에이 4년(1851) 5월쯤 회독에 빠져 살았던 일상을 보고하고 있다(兄杉梅太郎宛, 嘉永四年五月二〇日). 이에 따르면 첫째 날에는 "곤사이에게 서경, 홍범구의洪範口義[60]에 대해 들었으며", 셋째 날에는 "무교전서武教全書[61]의 첫 부분을 저택 내의 방유비칸有備館에서", 넷째 날에는 "전과 마찬가지로 중용의 첫 부분을", 다섯째 날 아침에는 "곤사이와 모여 역경의 번사繁辭 상上 부분을", 오후에는 "莊原文介와 중용을", 일곱째 날에는 "林壽, 藤熊와 오자吳子를", 9일에는 "곤사이와 논어의 향당편鄕黨編을" 회독하였으며, 이외에도 열두 번째와 세 번째 날에는 '어전회御前會'를, 2일, 3일 간격으로 "대학의 회독을 中谷松, 馬來小五郎, 井上壯太 등과" 가지는 등 거의 매일 어딘가에서 강석講釋을 듣거나 회독을 했다. 다 합치면 "한 달에 30번 정도 모임이 있었을" 정도였다. 또한 시간이 빌 때에는 구메 구니타케가 회상하고 있는 것처럼 에도의 명사들을 방문했다. 그중 한 사람이 고가 도

59 【역주】 에도 시기의 다이묘들은 산킨코다이參勤交代 제도로 인해 일정 기간 에도에 체류해야 했는데 각 다이묘들이 에도에 머무르는 동안 거주하는 번저藩邸에 근무하는 사무라이들을 가리킨다.

60 【역주】 북송北宋의 학자 호원胡瑗의 저서.

61 【역주】 병학을 주로 연구했던 야마가 소코山鹿素行의 저서로 병법뿐만 아니라 사무라이의 예절과 법도 등까지 함께 다루고 있다.

안의 아들인 고가 긴이치로古賀謹一郎 = 茶溪였으며, "이는 질문을 위한 것이었을 뿐"이었다고 한다. 실로 바쁜 나날이었다.

흥미로운 점은 병서와 경서를 회독하며 쇼인은 '승리'를 추구했다는 점이다. 야마가 소스이주쿠의 병서 회독과 고향 메이린칸의 그것을 비교하여, 쇼인은 형에게 다음과 같이 글을 보내고 있다.

> 우리 구니國의 무교전서를 읽는 법은 조악하고 고루하다고 작년부터 때가 되면 말씀드리려 했는데, 장주張註(요시다 가문에 전해오는 무교전서의 주해)로는 다른 사람들에게 이길 수가 없습니다. (兄杉梅太郎宛, 嘉永 4年 6月 2日)

이 회독에서는 "대의론자이자 호적수"(兄杉梅太郎宛, 嘉永 4年 7月 22日)인 구마모토번의 미야베 데이조宮部鼎藏도 참가하고 있었으므로, 서로 심하게 다투었을 것이다. 그러나 여기에서 "우리 구니에서 책을 읽는 것은 도하都下의 그것에 비하면 조악하고 고루합니다"(兄杉梅太郎宛, 嘉永 4年 7月 22日)라고 한 것처럼 '구니'의 '조악하고 고루함'에 대비되는 에도의 정밀한 독서법을 실감하면 실감할수록 쇼인은 배워야 할 지식의 양에 압도되었다. 예를 들어 경학 하나를 예로 들더라도 다음과 같은 필독서가 있었다.

> 경학, 사서집주 같은 것도 한 번 읽어서는 읽었다고 할 수 없습니다. 송宋, 명明, 청淸의 제 가家에는 능숙한 유학자들이 있는데 그중에서도 주정장주周程張朱[62]와 그 외의 (사람들이 남긴) 어록류, 문집류(가 있으며), 또 명明, 청淸대에도 도道를 밝히려는 사람이 셀 수도 없습니다. 이들의 주장은 육경의 정화精華를

밝히는 것이니 반드시 읽어야 합니다. (兄杉梅太郎宛, 嘉永 4年 8月 17日以後)

앞서 쇼헤이자카가쿠몬조에서의 행한 사서 회독의 일단을 소개했는데, 여기에서 참조해야 할 명明, 청淸의 소석본만하더라도 그 양이 대체 얼마나 많았을까? 이때의 아득한 심경에 대해 그는 다음과 같이 논하고 있다.

> 지금까지 학문을 대체 하나도 이룬 것이 없으며, 약간 글자를 알았을 뿐입니다. 그러니 그 마음속의 착란함이 어땠겠습니까?

쇼인은 회독에서 승리를 얻고 싶었기 때문에 읽지 않으면 안 되는 책이 많은 사실에 압도되었다. 아무리 쇼인이라 해도 이런 상황에서는 독서 의욕이 감퇴되는 것을 한탄하지 않을 수 없었다. 가에이 4년(1851) 12월에 번藩의 허가 없이 결행한 도호쿠 여행은 국방이라는 견지에서 일본 전국을 실제로 조사하려는 목적이었지만, 이와 같이 "약간 글자를 알 뿐"인 독서의 벽을 일거에 넘으려 했던 행동이었다고도 할 수 있을 것이다. 각지의 명사들과 만나 의논함으로써 문자에 급급한 독서 이상의 무언가를 기대했던 것으로 생각된다. 실제로 쇼인은 도호쿠 여행 중 미토번의 아이자와 세이시사이나 도요타 덴코豊田天功 등과 교류하여 문자를 읽는 것만으로는 얻을 수 없는 것을 배웠다. 도쿠토키 소호에 따르면 "여행은 실로 그(쇼인)의 살아 있는 학문"이었다(『吉田松陰』, 1938(初版)).

---

62 【역주】 송대의 유학자 주돈이, 정이, 정주, 장재, 주희를 가리킨다.

옥중의 윤강－『강맹여화講孟余話』

가에이 7년(1845) 3월, 쇼인은 시모다오키下田沖에 정박하고 있었던 페리의 포와탄Pawhatan호에 밀항하려고 하다가 실패해 옥에 갇히게 되었다. 그런데 그 곤란한 상황에서도 쇼인은 많은 책을 발록拔錄하면서 (『노야마옥독서기野山獄讀書記』에 따르면 총 61책 정도) 홀로 책을 읽었을 뿐아니라 회독도 적극적으로 행하고 있엇다. 안세이 2년(1855) 하기 성 밑에 있는 노야마옥 안에서 『맹자』의 강의를 하는 것과 동시에 교대로 강의하는 회독인 윤강 형식으로 『맹자』를 읽기 시작했던 것이다. 노야마옥은 1실 3첩 정도의 작은 방이 좌우로 6개씩 총 12개 방으로 이루어져 있었는데, 한 방에 모여 자유롭게 의논을 다투었던 것 같다.[63] 쇼인의 대표저작 『강맹여화講孟余話』는 이 윤강의 성과였다.

『강맹여화講孟余話』가 흥미로운 것은 여화余話라는 말에서 시사하는 것처럼 윤강에서 말한 '자신의 이야기'가 상당 부분 책의 중핵이라는 점에 있다. 여론余論이란 맹자의 본문의 대의大義와 자의字意를 강론한 뒤에 자신의 의견을 서술하는 부분이다. 쇼인은 본래 회독 = 윤강의 주안점이었던 본의本意나 자의字意에 구애받는 것을 거부하고 굳이 여론余論을 중심으로 했다.

노야마옥에서의 회독은 에도 유학 중에 경험했던 문자의 천착에 급급한 회독과는 전혀 달랐다. 이 점은 다음에 소개할 당대 독서인에 대한 비판으로부터도 알 수 있다. 지금의 독서인은 주자의 집주로부터 일

63 海原徹, 『近世私塾の研究』, 思文閣出版, 1983.

탈하면 '이단잡학'이다, 천하와 국가를 우려해 양이를 논하면 '제멋대로麤豪'라고 비난했다. 그러나 결국은 지나치게 소심한 인물에 지나지 않는다(『講孟余話』 卷4 中). 쇼인이 바랐던 인물은 책벌레가 아니었으며 난폭한 야인도 아니었다. 『맹자』를 눈앞의 정치와 인심과 결부시켜 주체적으로 배워가는 독서였으며 그것을 위한 회독이었다.

예를 들어 『맹자』 모두冒頭에 "왕(양혜왕)께서는 어찌 이로움을 말씀하십니까, 오직 인仁과 의義가 있을 뿐입니다王何必曰利, 亦有仁義而已矣"[64] 라는 일절을 강론하면서, 쇼인은 "지금의 대장부 중 학문에 힘쓰는 자가 혹시 그 뜻을 논하면 이름을 얻기 위한 것과 관직을 얻기 위한 것에 지나지 않는다"(『講孟余話』 卷1)며 당대 독서인들의 타산적인 일면을 비판하는 한편, "계축癸丑, 갑인甲寅 묵로墨露의 변고 때 대체大體를 굽히고 비루한 이적의 소추小醜에게 따르게 된 것은 무엇 때문인가?"라고 물으며 페리, 푸차틴Jevfimij Vasil'jevich Putjatin이 내항했을 때 막부의 결정에 "의리를 버리고 공효功效를 논하는 폐"가 있다고 비난하고 "세도世道와 명교名敎에 뜻 있는 자는 두 번 생각하라, 세 번 생각하라"(『講孟余話』 卷1)며 회독하는 수인들同囚에게 호소하고 있다. 『맹자』 텍스트의 공리 비판은 서적에서 언급한 일이나 지식에 대한 것이 아니라 그것을 그대로 당대 정치를 비판하는 주장으로서 읽게 함으로써 함께 감옥에 갇혀 있던 사람들에게 날카롭게 성찰할 것을 촉구한 것이다.

『강맹여화講孟余話』에는 이와 같은 회독의 멤버(제군)들을 부르는 말이 "어찌 저 야만적인 이들을 두려워 하겠는가? 바라건대 제군들과 여

64 【역주】『맹자』「양혜왕梁惠王」 편에 나오는 구절이다.

기에 힘을 쏟고자 한다", "어찌 즐겁고 즐거운 일이 아니겠는가? 바라건대 제군과 함께 이를 즐기고자 한다", "잘 모르겠는데 제군은 이 말을 옳다 생각하는가, 그르다 생각하는가?"(이상 卷1), "지금 이 장을 잃고 더욱 분발코자 하는데 바라건대 천천히 제군들과 이를 도모하고자 한다"(卷2) 등 빈출한다. 쇼인은 옥중에서 회독 멤버를 '제군'으로 대등하게 부르며 당대의 정치적인 문제를 포함해 시비를 가리는 문제를 제기하여 함께 생각할 뿐만 아니라 행동을 촉구하고자 했던 것이다. 지금까지 '제군'이라는 이인칭 복수대명사는 소라이학파의 시문결사나 간세이 주자학파의 경서 회독 등에서도 사용되었는데 여기에서는 정치적인 문제를 토론하고 행동하는 자들 사이에서 사용되게 되었다. 회독 = 윤강의 장에서 쇼인은 같은 감옥에 있는 사람들을 제군이라 부르고 있는데, 조금 길지만 이 부분을 인용해 보겠다.

지금 잠시 제군과 옥중에서 학문을 강론하고 그 뜻을 논하고자 한다. 속세의 사정을 논할 때에는 지금 이미 옥에 갇혔으니 다시 세상을 접하여 태양天日을 받드는 것을 바랄 수는 없다. 학문을 강론하는 것에 힘을 쏟아 성취하는 바가 있다 하더라도 무슨 소용이 있느냐고 말하는데 이것 소위 이利의 설說이다. 인의仁義의 설說은 그렇지 않다. 사람의 마음의 고유한 부분, 사리事理의 당연한 부분은 하나로 하지 못할 부분이 없다. 사람으로 태어나 사람의 도리를 모르고, 신하로 태어나 신의 도리를 모르며, 자식으로 태어나 자식의 도리를 모르고, 사무라이로 태어나 사무라이의 도리를 모르면 어찌 부끄러운 일이 아니겠는가? 혹시 이를 부끄러워하는 마음이 있다면 책을 읽어 도道를 배우는 것 이외의 방법은 없다. 이미 몇 가지 도道를 알게 되었으니 내 마음이 어찌 기쁘지 않겠는가? 아침에 도道를 들으면 저녁에는 죽어도 좋다朝聞道, 夕死可矣(『논어』 里仁篇)는 말은 바로 이 말이다. 또 어찌 쓸모를 논할 수 있겠는가? 제군들이 혹시 이에 뜻이 있다면 처음으로 맹자를 따르라. 애초에 근세의 문교文教는 날로 융성하여 사대부는 책을 끼고 스승을 구하고자 열심이지 않을 수 없었다. 그러한 풍속은 아름답다 부를 수 있다. 우리들 옥에 갇힌 천한 죄수들은 그동안 입을 열 기회를 얻지 못했다. 그렇기는 하나 지금의 사대부들이 학문에 힘쓰며 그 뜻을 논하는 것은 이름을 얻기 위한 것, 혹은 관직을 얻기 위한 것에 지나지 않는다. 그렇다면 쓸모를 주主로 하는 자는 대부분 의리를 主로 하는 자와는 다르다 생각하지 않을 수 없다. (『講孟余話』 卷1)

여기에서는 '내'가 '제군'들에게 결단을 촉구하고 있다. '내가' '이득'인가 '인의'인가를 결단해야 하는데, '부끄러움'을 아는 "사람으로 태어난" 이상, '인의' '사람의 도道', '사무라이의 도道'에 따라 살아야 한다고 그는 주장한다. 또한 "이름을 얻기 위해", "관직을 얻기 위해" 급급한 "지금의 사대부"와 대비하여 "옥중의 천한 죄수들"인 '나'를 강조함으로써 적대자인 "지금의 사대부"를 설정했다. 그리고 "지금 이미 죄수가 되어 다시 세상을 접하여 태양을 받드는 것을 바랄 수 없는" 비참한 상황이기 때문에 우리들 '죄수'는 공리적인 "지금의 사대부"들과 달리 오히려 '의리'를 주主로 하여 살아가는 것이 가능하다고, 발상을 역전시켜 옥중 '제군'들의 감정을 자극하고 있다. 감정, 정념에 호소하여 행동을 촉구하는 연설의 모범적인 예라 할 수 있는 문장이다.

연설 중의 '제군'

우리들은 회독의 장에서 '제군'이라는 이인칭 복수대명사 존칭이 사용되었던 것을 오규 소라이나 비토 지슈의 예를 통해 살펴봤다. 이것은 대등한 인간관계 아래 행해지는 회독에 적합한 표현이라는 점을 지적했는데 막말幕末의 쇼인에 이르러 '제군'이라는 말은 회독 중의 '도리'에 근거한 탐구적인 토론을 넘어설 가능성을 가지게 되었다고 말해도 좋을 것이다. 단적으로 말하면 메이지 시기에 이르러 성행한 연설의 '제군'이 되었다.

후쿠자와 유키치가 메이지 6년(1873)에 오바타 도쿠지로小幡篤次郎, 고이즈미 노부요시小泉信吉와 함께 『회의변會議辯』을 저술하면서 '스피치'를 연설로 번역했다는 점은 앞에서 언급했다. 이때 처음 메이로쿠샤의 회원 중에서도 모리 아리노리森有禮가 "서양식의 스피치는 서양어가 아니라면 적절치 않으니, 일본어로는 오직 담화談話에 대응시키는 것이 적절하며, 공중公衆을 향해 생각하는 부분을 구술한다는 성질의 말이 아니다"(『福澤全集緒言 會議弁』)라고 반대했기 때문에 후쿠자와는 어느 날 샤의 회원 10여 명이 참가한 메이로쿠샤의 집회에서 "한 방법을 생각했다며 아무렇지도 않게 발언하면서 오늘은 제군들에게 약간 말할 것이 있는데 들어주지 않겠냐고 말하니 모두 흥미롭다며 들어보겠다고 했다." 후쿠자와는 다음과 같이 계속했다고 한다.

> 제군들은 이 테이블 양측에 서 주게. 나는 여기에서 말할 테니 테이블의 끝에 서, 때는 마침 대만 원정을 할 때라 무언가 그에 대해 논의할 만한 것을 이

야기하며 30분에서 1시간 정도 지난 뒤에 지루하지 않도록 말을 끝마친 뒤 의자에 앉아, 자 지금 내가 한 말이 제군들에게 잘 전달되었는가, 어떠한가 물으니 모두 잘 알아들었다고 말하자, 자 보았는가, 일본어로 연설이 불가능하다는 것은 허무맹랑한 망언이든가 겁쟁이들이 억지로 꾸며내는 말이다. 지금 나는 일본어로 변설하고 있으며 나 혼자 변설한 말이 제군의 귀에 들어가 의미가 전달되면 즉 연설이 아니고 무엇이겠는가? 이후 연설을 비방하며 어렵다 하는 것은 쓸모가 없으니 오늘은 우선 연설주창자의 승리로 끝났음을 알았으면 한다. (『福澤全集緒言 會義弁』)

후쿠자와의 의기양양한 얼굴이 떠오른다. 중요한 것은 일본 최초의 연설(?)에서(도자와 유키오戸澤行夫는 이 기사로부터 근세 일본의 스피치 도입이 1874년(메이지 7년) 11월 16일 메이로쿠샤의 모임으로부터라고 특정하고 있다)[65] 후쿠자와는 청중을 '제군'이라고 부르고 있다. 이 문장은 나중에 쓰인 것이므로 실제로 이때에 후쿠자와가 '제군'이라는 말을 썼다고 단언할 수는 없을지도 모르겠다. 그러나 연설을 보급시키는 힘이 있었던 미타三田 연설회[66]의 규칙에는 매월 2회의 연설회가 끝나고 회두는 "제군, 역사, 기행, 그 외 문학, 기술서를 읽고 그 책 중에 회원의 지견을 넓혀 이득이 될 만한 부분을 보지 못했는가?", "제군, 공석에서 지장이 되지 않는 기이한 이야기, 혹은 미담은 없는가?", "제군, 혹시 변론할 좋은 주제가 있다면 나에게 제시해 달라"며 공중에게 묻는 것이 정해져 있었다(附則, 第4章). '제군'이 사용되었던 것이다.

---

65 戸澤行夫, 「明六社」, 福田アジア 篇, 『結衆, 結社の日本史』, 山川出版社, 2006.
66 【역주】 후쿠자와 유키치가 연설의 보급과 확장을 위해 조직한 모임.

상하와 귀천을 따지는 인간관계, 무라의 회합에서 지연, 혈연으로 맺어진 친밀한 관계가 아닌 '나와'와 '제군'의 대등한 관계가 연설의 전제가 되어 있다고 해도 좋을 것이다. '내'가 '제군'을 부르며 대등한 공중에게 진술할 때 연설은 성립된다.

혹시 '제군'이 연설 문체에 불가결한 호칭이었다고 한다면, 쇼인이 노야마옥의 죄수들에게 '제군'이라 부르며 회독 = 윤강을 한 것이 사상적으로 선구적인 것임은 확실하다. 죄수들을 대등한 인격으로 인정하는 쇼인의 인간평등관도 중요하지만, 쇼인의 회독 = 윤강은 연설문체를 탄생시켰다는 의미에서도 특필할 만하다.

쇼인의 회독관 갱신

그런데 노야마옥에서 『맹자』를 '제군'들에게 윤강하고 있을 때 그가 지녔던 독서관에 대해 이야기하자면, 쇼인의 생각은 당시의 통념과 그다지 다르지 않았다고 생각된다. 이는 독서할 때 '허심'의 중요성을 말하고 있는 부분으로부터 살펴볼 수 있다.

> 무릇 독서할 때는 내 마음을 겸허히 하며, 가슴 속에 조금의 의견도 남기지 않고 자신의 마음을 책 속에 밀어 넣어 책의 도리가 어떻게 보이는지 그 뜻을 맞으러 가야 한다. 지금의 사람들은 모두 책(의 내용)을 붙잡아 자신의 마음 속으로 끌어당기고만 있다. 뜻을 맞아들이지는 못하고 있다(이는 또한 어류語類에 근거한 것이다).[67]

이 일절은 할주割註[68]에 '어류語類'라고 명시하고 있는 것처럼 『주자어류朱子語類』의 "이는 다른 사람에게 독서하는 법을 가르쳐주는 것이다. 스스로 마음을 겸허하게 하는 것이 이것이다"(卷58, 10條)라는 말을 참조한 것이며, 지금까지 봐 온 간세이 이학의 금禁 이후 주자학자의 회독효용론 속에서 이야기되어 온 주장이었다. 이 때문인지 『강맹여화講孟余話』에 대한 비평을 요구받은 주자학자 야마가타 다이카山縣太華(1781~1866, 덴메이天明 1년~게이오慶應 2년)는 쇼인의 이 일절을 "독서의 법을 말하는 것이 심히 좋아 가장 경복할 만하다. 단 그 편을 읽고 스스로 말하는 부분에 이르러서는 반드시 그렇지 않은 것도 보인다"(『講孟余話附錄』 下一)라고 평가했다.

그러나 일찍이 가메이 난메이에게 배웠으며, 후에 주자학으로 전향하여 번교 메이린칸에서 윤강을 행한 야마가타 다이카는, 쇼인 자신은 반드시 '허심'하지 않다고 비판하는 것을 잊지 않았다. 이 '경복敬服'이라는 빈정 섞인 비평에 대해 "지금 이를 생각하면, 세상일에 어두운 유학자迂儒의 이야기임을 면할 수 없다"(『講孟余話附錄』 下一)라고 말했기 때문에 쇼인은 스스로의 독서, 회독관에 대해 재차 생각했을 것이다.

지금까지 본서에서 봐 온 독서, 회독관은 회독의 장에서 주관적인 편

---

67 【역주】 이 부분은 『맹자』의 이의역지以意逆志에 대한 주자의 생각이 담긴 내용을 쇼인이 인용한 것으로 파악된다. 『주자어류』 卷58에서 주자는 이의역지에 대하여 "이는 다른 사람에게 독서하는 방법을 가르쳐주는 것이다. 스스로를 허심하게 하는 것이 이것이며, 다른 책의 도리가 어찌되었는지를 보아 장래에 스스로 영접하러 가야 한다. 그러나 지금 사람들이 책을 읽는 것은 그저 다른 사람(의 뜻을) 붙잡으려 할 뿐이며, 스스로 그 뜻을 맞으러 가지는 못하고 있다此是教人讀書之法. 自家虛心在這裏, 看他書道理如何來, 自家便迎接將來. 而今人讀書, 都是去捉他, 不是逆志"고 이야기하고 있다.

68 【역주】 할주란 본문 사이에 두 줄로 잘게 단 주를 뜻한다.

견을 버리고 '허심'을 구하는 것이었다. 한 걸음 더 나아가 같은 시대의 주자학자들은 다른 의견과 의논을 다투는 회독의 장에서 그러한 주관적인 편견이 독선임을 자각하여 관용의 정신을 북돋는 것이 가능했기 때문에 회독은 유익한 교육방법이라 주장했다. 처음 『강맹여화講孟余話』의 원형이 되는 윤강을 했을 때에는 쇼인도 이러한 통설적인 독서관, 회독관을 의심하지 않고 '허심'을 이야기했을 것이다. 그러나 이러한 독서관의 보유자인 다이카가 과하게 반응했을 때, 쇼인은 새삼스레 스스로를 돌아보았다. 그리고 이를 뛰어 넘었다.

다음에 언급할 안세이 5년(1858) 6월에 쓰인 「제 학생들에게 보인다諸生に示す」라는 일문은 쇼인의 독자적인 독서관을 보여주는 단적인 예이다. 조금 길지만 인용해 보겠다.

> 왕양명의 연보를 읽었다. 말하기를 그 문인門人을 깨우치려면 산수와 풍경이 좋은 곳山水泉石에 있어야 한다고. 가만히 그 이치에 탄복했다. 나는 양명(학을 공부하는 사람)이 아니다. 그렇지만 벗과 절차탁마하는 것은 또한 그래야 할 것이다. 이러한 생각으로 회강會講하여 학문에 힘쓰는데 일찍이 승묵繩墨을 두지 않으며, 서로 어울리는데 해학諧謔과 골계滑稽로서 하기를 광추규匡稚圭(前漢 때의 사람)가 시詩를 말하는 것 같았다. 가깝게는 쌀을 찧고 밭을 가는 것과 같은 행동 또한 그러한 뜻을 품고 있을 뿐이다. (…중략…) 학자가 스스로 깨달은 바도 없이 이리저리 말을 많이 하면 이는 성현이 경계하는 바이다. 그렇기는 하지만 이따금 하나를 깨닫고도 스스로 침묵을 지키는 것을 나는 심히 싫어한다. 무릇 독서란 어떤 마음으로 해야 한다고 바라서는 안 된다. 책은 옛 것이며, 하는 것은 지금이다. 지금과 옛날은 같지 않다. 하는 것과

책과는 서로 잘 맞춰야 한다. 맞추지 않고 같게 하지 않는다면 의문과 비판도 좀처럼 생기지 않는다. 깨달음을 얻으려면 어찌 벗과 함께 서로 질문하지 않을 수 있겠는가? 그렇다면 스스로 침묵을 지키는 것은 스스로 깨닫고도 얻을 수 있는 것이 없는 것과 같으니 다른 사람에게 말하는 것만 못하다 할 수 있다. 나의 뜻은 이와 같다. 이미 할 말이 없다면 어쩔 수 없지만, 만일 말할 것이 있다면 우부牛夫와 마졸馬卒이라도 함께 말해야 한다. 하물며 벗과의 사이겠는가? 손주쿠村塾에 오는 제 학생들은 모두 뜻이 있는 사무라이이며 또한 속류에 뛰어나다 하더라도 나는 유감스럽게 생각하지 않는다. 그렇기는 하지만 때때로 느끼는 것이 있어 이에 말하였다. 6월 23일, 21회생에게 썼다. (『戊午幽室文稿』, 諸生に示す)

쇼인은 학생들을 구속하는 규칙을 두지 않고 앞서 소개한 것처럼 "쌀을 찧고 밭을 가는 것 같은" "해학과 골계"가 넘치는 자유롭고 활달한 분위기 속에서 "회강會講하여 학문에 힘쓰는" = 회독을 하는 것은 "스스로 깨달아 얻은 것"을 쉽게 말하기 하기 위함이라고 말하고 있다. 쇼인에 따르면 책(지식)과 행동은 '옛'과 '지금'이라는 차이가 있기 때문에 의심도 생겨난다. 그 의심 속에서 "스스로 깨달아 얻은 것"이 있다면 이를 자신만 알 것이 아니라 다른 사람에게도 이야기해야 한다. 벗과는 물론이요, '우부나 마졸'에게도 이야기해야 한다. 이 「제 학생들에게 보이는」 일문은 회독에 대해 적어도 세 가지 새로운 견해를 포함하고 있다.

첫째로 책을 읽을 때의 의심이 '서書'와 '위爲', 책과 행동 사이에서 나타난다는 점이다. 중국 고대의 책에 쓰여 있는 것이므로 지금 여기에서 행동을 할 때 정말 그래도 좋은지 의심이 생겨날 것이다. 여기서부터 주체적, 능동적인 독서가 발생하는 것이다. 에도 시대에 독서할 때 의심을 품을 것을 중시한 것은 회독을 적극적으로 행했던 고문사학자 오규 소라이나 다자이 슌다이였는데, 그들은 의심이 발생하는 이유를 '서書'와 '위爲' 사이에서 찾지 않았다. 이러한 의미에서 의심이 책과 행동 사이에서 발생한다는 생각은 행동하는 사람인 쇼인다운 독특한 발상이었다.

이와 같은 생각이 나타나는 전제 조건으로 책을 단순한 과거의 사건이나 지식으로 치부할 것이 아니라 현재의 직접 행동과 직접 결부시키는 발상이 있었다는 점에 주의하지 않으면 안 된다. 쇼인에게 "약간 글자를 알기까지의"의 회독은 같은 시대 사쓰마번의 사이고 다카모리나 오쿠보 도시미치 등이 『근사록』을 회독하여 "지금의 시세는 헛되이 독서하는데 급급해 문장의 자구字句를 토구하는데 시간을 보낼 때가 아니다. 적어도 남아라면 반드시 큰 뜻을 일으켜 신명을 실제로 옮겨야 한다"고 말했던 것과 마찬가지로 부정할 만한 것이었다.

두 번째 새로운 견해는 자신이 나름대로 의심을 해결해 "스스로 깨달은" 것이 있다면 '침묵'하지 않고 이를 다른 사람에게 말할 것을 적극 권장했다는 점이다. 쇼인에게 회독은 각자 "스스로 깨달은" 것을 말하는 장이었다. 지금까지 봐 온 것처럼 "배우는 자는 스스로 깨닫는 것을 필요로 하며"(『근사록』 卷3), 학문 = 독서에 "스스로 깨닫는 것"이 중요한 것은 에도 시대에 널리 통용된 말이다. 예를 들어 사토 잇사이는 다음과 같이 말했다.

학문은 스스로 깨닫는 것을 귀히 여긴다. 사람들이 쓸데없이 눈으로 책의 글자를 읽는다. 때문에 글자에 갇혀 통투通透하는 바를 얻지 못한다. 마음으로서 글자에 국한되지 않고 책을 읽는다면 통하여 스스로 깨닫는 바가 있을 것이다. (『言志後錄』)

또한 쇼인 자신도 『맹자』의 "군자가 도道로서 깊이 탐구하는 것은 스스로 깨닫기 위함이다君子深造之以道 欲其自得之也"(離婁下篇)라는 말에 대해 『講孟余話』에서 다음과 같이 주석을 달았다.

스스로 깨닫는 것이란 마음으로 깨닫는 것이지 언어와 동작으로 깨닫는 것이 아니다. 그렇기는 하지만 이미 스스로 깨달았다면, 언어와 동작으로 나타나는 것 또한 스스로 달라질 것이다. (『講孟余話』 卷3 上)

독서가 단순히 피상적인 지식의 차원에 머무르지 않고 자신을 수양하기 위한 방법인 이상, 환언하면 성인이 되기 위한 독서인 이상 당연 "스스로 깨닫는 것"이 요구된다. 문제는 "스스로 깨달은" 성과가 어디까지 자기자신의 것, 자신의 피가 되고 살이 되는 것이냐였으며, 반드시 다른 사람에게 공개할 필요가 없었다는 점이다. 독서가 "자신을 위해 행하는" 도덕적인 수양이며 "남을 위해 하는" 것이 아니라는 유학자의 입장에서 본다면, 자신이 "스스로 깨달은 것"을 다른 사람에게 굳이 이야기하는 것은 쓸데없는 행위일지도 모른다. 그런데 쇼인은 다른 사람에게 말할 것을 권하고 있다. 말하여 깨닫는 것이 아니라 깨달은 것을 서로 말하는 것이다. 단순히 "스스로 깨달은 것"이 아니라 "말하는 것"과 결부시키는 것, 즉 개개인의 도덕으로 종속收束되지 않는 타자와의 작용이 여기에서 생겨난다.

세 번째 새로운 견해는 '말하는' 타자가 벗이나 동지에 국한되지 않는다는 점이다. "우부와 마졸"에게도 말하라는 것, "촌부나田夫 야노野老라 하더라도 이적夷狄이 업신여기는 것을 보고 분개하고 번민하여 절치부심하지 않을 수 없다. 이것이 성선性善이다"(『講孟余話』 卷4 上)라고 말한 것에서 드러난 그의 인간관은 후지타 쇼조가 "가마 끄는 인부나 사도의 광부나 '표류민의 공술서' 등으로부터 세상에 대해 배우고자 하는 태도가 나타나 있다"고 말한 것에서 알 수 있는 것처럼 쇼인 특유의 성선설이 대전제인데, 이것이 노야마옥에서 죄인으로서 수감 생활을 한 경험에서 비롯된 것임을 쉽게 알 수 있다. 그러나 본서의 관점에서 본다면 "우부와 마졸"에게도 이야기하라는 태도는 회독과 강석講釋 사이에 있는 간극을 메우는 독서 방법으로서 주목할 필요가 있다.

그 간극이란 회독의 토론이 원리적으로는 대등, 평등한 것에 비해, 강석講釋에서는 강석講釋하는 자와 청중 간에 상하관계, 지자知者와 우자愚者라는 상하관계가 있다는 것에 기인한다. 안사이학파의 강석講釋은 그 전형이었다. 그런데 쇼인이 "우부와 마졸"에게도 말하라고 한 것은 회독의 장에 국한되었던 대등한 동지들뿐만 아니라 보지도 알지도 못한 불특정 다수의 무지한 자들을 포함하는 것을 의미했다. 학문에 뜻을 둔 동지들과 회독한다는 큰 틀을 넘어선 것이다. 즉 회독과 강석講釋과의 간극은 사라진다. 이러한 의미에서 "제 학생들에게 보이는" 일문은 에도 시대 회독사에서 획기적인 의의를 지닌다고 할 수 있다.

붕당 긍정의 입장

"스스로 깨달은" 내용을 동지 '제군'들에게 말한다. 말하는 대상은 "우부와 마졸"에까지 이른다. 그렇게 함으로써 자신이 "스스로 깨달은" 생각에 찬동하는 사람을 늘린다. 환언하면 같이 행동하는 동지를 늘려 간다. 이러한 행동은 공교롭게도 쇼인의 시대에 엄금되어 있던 도당을 결성하는 것과 연관될 것이다. 그 위험성을 재빨리 깨달은 것은 쇼인의 『강맹여화講孟余話』를 비판한 야마가타 다이카였다. 여기에서 '제 학생들에게 보이는' 글이 나오기 이전 『강맹여화講孟余話』를 둘러싼 쇼인과 다이카의 논쟁 시점으로 돌아가지 않으면 안 된다.

앞서 쇼인의 '허심'에 대한 다이카의 빈정 섞인 비평을 보았는데, 잘 알려진 것처럼 쇼인의 『강맹여화講孟余話』에 대해 다이카가 비판한 것의 핵심은 쇼인의 '국체'론이었다. 쇼인이 '국체'의 '독獨'(특수성)을 주장한 것에 대해 다이카는 '도道'의 '동同'(보편성)을 이야기하며 비판했다(『講孟余話』 卷4 下). 여기에서 주목할 것은 이 '국체'론의 행동 계획, 다카하시 히로후미高橋博文가 말하는 "선각후기先覺後起의 사상"[69]을 주장한 『강맹여화講孟余話』의 다음과 같은 일절이다.

> 이 장(告子上篇, 第18章)에서 큰 뜻을 품은 자는 밤낮으로, 아침저녁으로 암송하여 뜻에 힘써야 한다고 했다. 나는 비록 죄수이나 신주神州로부터 자임하여 네 오랑캐四夷를 달벌撻伐코자 한다. 다른 사람에게 이를 말하면 몹시 놀

69 高橋博文, 『人と思想—吉田松陰』, 清水書房, 1998.

라지 않을 수 없을 것이다. 그렇기는 하나 이 장을 통해 더욱 스스로를 믿고 결코 의심하지 않고자 한다. 지금 신주神州를 흥륭케 하여 네 오랑캐를 달벌하는 것은 인도仁道이다. 이를 방해하는 자는 불인不仁이다. 인仁이 어찌 불인不仁에게 이기지 못하겠는가? 만약 이기지 못한다면 인仁이 아니다. 때문에 우선 일신一身과 일가一家부터 손을 써, 일촌一村 일향一鄕부터 동지들에게 말을 전하게 하여 그 뜻을 함께 하려는 자 점점 늘어나면, 한 명에서 열 명, 열 명에서 백 명, 백 명에서 천 명, 천 명에서 만 명, 삼군으로 점점 나아갈 것이니, 인仁에 뜻을 둔 자 어찌 적겠는가? 그 뜻을 일신으로부터 자자손손 전하면, 그것이 십 년, 백 년, 천년만년 유유히 더욱 번창할 것이다. (『講孟余話』 卷4 上)

쇼인은 여기에서 "신주神州를 흥륭케 하여 네 오랑캐를 달벌하는 인도仁道"를 '동지'들에게 전하여 동지의 수를 늘려 간다고 논하고 있다. 이와 같은 '인도仁道'에 뜻을 둔 동지를 "한 명에서 열 명, 열 명에서 백 명, 백 명에서 천 명, 천 명에서 만 명, 삼군"으로 점차 늘린다는 쇼인의 발상은 다이카로서는 "공명公命에 종사하지 않고" '개인적'으로 군사를 일으키는 것이었다(『講孟余話附錄』 下一).

확실히 다이카의 지적은 근거가 없는 것이 아니었다. "한 명에서 열 명, 열 명에서 백 명, 백 명에서 천 명, 천 명에서 만 명, 삼군으로 점차 나아간다는" 일절은 『손자』 『육도六韜』 『삼략三略』 등과 함께 무경 칠서武經七書의 하나로 꼽히는 『오자吳子』에 근거한 것이기 때문이다. "한 사람이 싸움을 배우면 열 명에게 가르쳐 알게 하고, 열 명이 싸움을 배우면 백 명에게 가르쳐 알게 하고, 백 명이 싸움을 배우면 천 명에게 가르쳐 알게 하고, 천 명이 싸움을 배우면 만 명에게 가르쳐 알게 하고, 만

명이 싸움을 배우면 삼군에 가르쳐 알게 한다一人學戰, 教成十人, 十人學戰, 教成百人, 百人學戰, 教成千人, 千人學戰, 教成萬人, 萬人學戰, 教成三軍는 부분이 그것이다(『吳子』 治兵第三)." 혹시 그렇다고 한다면 다이카가 쇼인에게 "개인적으로 군사를 일으키"려 하는 저의를 알아차린 것도 이유가 없는 것은 아니었다.

원래 '국체'론을 말할 때 쇼인이 영향을 받은 국학이나 미토학은 다이카에 의하면 조정의 권세를 회복시키려 하는 목적이 있는 위험한 학문이었다. 단 미토학자들은 '공연'히 이를 주장할 수 없었기 때문에 막부를 폄하하여 '패자霸者'라 칭하며 '황국'을 일으켜 세워 "점차 동료들을 준비해 두어 때를 기다려 그 일을 하려고 모의"하려는 속마음을 품고 있었다. 쇼엔이 지금 "일촌一村 일향一鄕부터 동지들에게 말을 전하게 하려" 했던 것은 은밀히 동료의 수를 늘리려는 모략이라는 숨겨진 의도가 있다고 다이카는 비난했던 것이다(『講孟余話附錄』 下一).

이에 대해 쇼인은 "공연히 말하지 않을 필요는 없다. 그러나 속사俗士에게 말해봤자 아무런 이득도 없다"(『講孟余話附錄』 下一)고 하여 공연히 '동지'들에게 '말하는' 것을 주저하지는 않았다. 그러나 그렇게 반론하기는 했지만 쇼인은 야마가타 다이카에게 반론했을 때는 확신을 가지지는 못했다. 이 점을 엿볼 수 있는 것이 논쟁이 있었던 이듬해인 안세이 4년(1857)에 쓰인 다음과 같은 글이다.

나는 일전에 강맹여화를 저술한 뒤 일선생一先生(太華)에게 가르침을 청했다. 일선생一先生에게 배운 바가 매우 상세했다. 그러나 내가 생각하는 바와 하나도 맞는 바가 없어 답답하고 즐겁지 않았다. 이에 다시 책 한 권을 지어 이에 대해 변설하고자 한다. 어쩌다가 이 책(四庫全書簡明目錄)을 얻게 되었다. 며칠 동안 이를 읽었는데 아주 즐거웠다. 무릇 이 책의 뜻은 고금의 인물, 도서를 볼 때 단점을 버리고 장점을 취하며, 공을 기록하고 과는 생략하며, 문호를 두지 않고 파벌을 세우지 않으며, 배격하지 않으며, 혐의嫌疑를 꺼리지 말라 하니, 대부분 사리에 바른 것이었다. 무리를 모아 강습하고 성기聲氣가 상통함으로써, 붕당이 점차 화禍와 난亂의 근원이 된다는 부분에 이르러서는 또한 두렵고 당황스러워 속으로 두려워했다. (『丁巳幽室文稿』, 四庫全書簡明目錄を讀む).

여기에서 말하는 '일선생一先生'은 다이카를 가리킨다. 쇼인은 『사고전서간명목록四庫全書簡明目錄』의 공평함과 붕당을 대비하면서 붕당의 화를 비난하고 있다. 아마도 야마가타 다이카로부터의 비판 중 쇼인이 신경 쓰고 있었던 논점은 이 붕당의 화였을 것이다. 공공연하게 동지들에게 '말하여' 동료의 수를 늘리는 것은 결국 붕당을 결성하는 것이 아닌가라는 다이카의 비판은 쇼인의 가슴에 깊숙이 박힌 채였다. 이 시점에서 쇼인 자신이 붕당에 대한 불편한 감정을 강하게 지니고 있었기 때문이다.

원래 쇼인은 다이카와 논쟁하기 이전부터 붕당에 대해 우려하고 있었다. 그는 미토번과 구마모토번의 내부항쟁을 예로 들어 자신의 번藩인 조슈번에서의 붕당으로 인한 다툼을 걱정하고 있었다(桂小五郎宛, 安政二年九月以後). 그런데 미토번의 덴구당과 쇼세이당諸生黨과 같은 번藩의 내분을 회피하려고 했던 쇼인이 안세이 6년(1859) 시점에는 붕당을 두려워하지 않는 경지에 이르렀다는 점은 주목할 만하다.

일본은 원래 유약한 나라다. 크게는 전쟁이 적고, 작게는 살벌殺伐이 적었던 것에서 알 수 있다. 특히 주고쿠(山陰, 山陽지방)가 가장 유약하다. 유약한 일본의 유약한 주코쿠는 이백년간 태평하여 극히 유약해졌으니 뜻 있는 사무라이들은 때를 기다려야 한다든가, 붕당을 만들어서는 안 된다든가, 개죽음은 안 된다든가, 여러 말을 늘어놓는 것이 진흙이 붙듯이 이어지는데, 원숭이에게 나무에 오르는 때를 알려주는 가르침은 없다. (岡部富太郎宛, 安政 6年正月 16, 19日)

아마 가쓰라桂小五郎 = 木戸孝允는 미토의 붕당을 두려워하여, 너무 지나치면 도리어 전철을 밟을까 생각하고 있는 듯하다. 내가 의명사擬明史의 초록[70]의 후문을 동지에게 보이며, 가쓰라에게도 보여주고자 하는 것은 이 때문이다. (入江杉藏宛, 安政 6年 正月 23日).

안세이 6년 시점에서는 똑같이 미토번을 인용하면서도 오히려 "너무 지나치면 오히려 전철을 밟을까 생각해" 주저하는 애제자 가쓰라 고고로木戸孝允를 질책하고 있다. 이 사이에 무슨 일이 있었는가? 물론 쇼인과 일본을 둘러싼 사태가 절박해진 것은 분명하다. 단적으로 말하면 막부의 조약위칙違勅 문제다. 안세이 5년(1858) 6월 19일, 다이로 이이 나오스케井伊直弼에 의해 일미수호통상조약이 칙허를 얻지 못한 채 체결되었다. 쇼인은 이런 사태에 다다른 이상 좌시하고 관망하고 있을 수만은

70 【역주】『의명사열전擬明史列傳』은 淸나라 사람 왕완汪琬이 찬술한 것이다. 여기에서 쇼인이 57명의 열전을 초록한 것이 『의명사열전초擬明史列傳鈔』다. 山口縣教育會 編, 『吉田松陰全集』 第9卷, 巖波書店, 1935, 303쪽 참조

없으며 행동을 일으킬 때라고 비판했다. 오하라 시게토미 서하책大原重徳西下策,[71] 노주 마나베 아키카쓰間部詮勝 습격사건 기획, 후시미요가책伏見要駕策[72] 등등 쇼인은 잇달아 계획을 세워 동지들과 격론을 주고받았다. 이와 같은 절박한 상황 중에서 붕당에 대한 생각도 크게 변화했다.

변화 후 쇼인의 생각을 단적으로 보여주는 문장이, 동지들이나 가쓰라 고고로에게 보여주라 전하고 있는 「의명사열전초 뒤에 쓴다擬明史列傳抄の後に書す」라는 일문이다. 여기에서 쇼인은 다음과 같이 말하고 있다.

> 용인庸人(凡人)이 기로에 서 암아媕婀(우물쭈물하며 결정을 내리지 못함)한 채 비위만 맞추려 한다면 나라에 별일이 없더라도, 한 사람이 이를 공격하고 또 몇 사람이 이를 이으면 용인庸人은 이를 이기지 못한 채 이를 붕당이라 보며 배격하려 한다. 밑에 현재賢材가 있어 위에서 실로 억누르고 버리려 한다면, 즉 나라에 별 일이 없더라도 한 사람이 이를 견제하고 또 몇 사람이 이를 따르면, 속리俗吏는 이를 피하고자 그러한 것을 붕당이라 간주하고 치려 한다. 붕당이라 보는 것을 두려워하는 것은, 공격하여 견제하느니만 못하다. 공격하고 견제하지 않으면 용인庸人과 속리들은 자리와 봉록을 훔치면서 스스로 계획한 대로 되었다 하며, 사람들이 스스로 이를 어쩔 수 없다고 생각하면 결

---

71 【역주】 오하라 시게토미大原重徳는 근왕파勤王派 구게公家 중 한 명으로 오하라 시게토미 서하책이란 근왕파인 그를 조슈번의 중역들과 만나게 하려 했던 기획을 가리킨다. 안세이 5년(1858) 6월 일미수호조약체결되기 전 형식적으로 칙허가 필요했기에 막부 측에서는 조정에 칙허를 타진했다. 그러나 다수의 구게들은 함께 의견을 모아 이에 반대했으며廷臣八十八卿列参事件 오하라 시게토미 역시 그중 하나였다. 결국 막부는 칙허를 얻지 못한 채 조약을 체결했고 이 사건 이후 막부 측에 대한 조정 관리들의 불만이 고조되었다.

72 【역주】 조슈의 번주인 모리 다카치카毛利敬親가 산킨코다이로 인해 후시미 지역을 지날 때 공경 오하라가 후시미까지 나가 그를 맞아 교토로 오게 하여 천황에게 막부의 실정을 탄원하려 기획했던 사건. 번藩 당국에 노출되어 실패로 끝났다.

국엔 국사를 집행할 수 없을 것이다. 그렇다면 어찌 붕당을 두려워하고 염려할 수 있겠는가? (『己未文稿』, 擬明史列傳抄の後に書す)

'붕당'이라 배척하는 것은 '용인속리庸人俗吏'이므로 "붕당을 두려워할" 필요는 없다는 것이다. 여기에서 전개되고 있는 쇼인의 붕당론은 앞서 언급한 군자의 붕당을 옹호한 구양수의 「붕당론」(『唐宋八代家文讀本』 卷10)의 계보에 있다. 흥미로운 점은 쇼인이 57명의 열전을 초록한 발문을 쓴(안세이 6년 정월 9일), 청나라 왕완汪琬의 『의명사열전』에는 명말明末 동림서원東林書院에 결집해 민중의 여론을 배경으로 정치비판을 행한 동림당 관계자가 다수 포함되어 있다는 점이다. 오노 가즈코小野和子에 의하면, "동림당의 사람들은 구양수의 붕당론을 바탕으로 소인이 붕당을 만들어 군자를 배척하려 하는 이상, 이에 대항하기 위해서는 군자도 또한 붕당을 만들 수밖에 없다. 설령 그들이 붕당이라 지탄하더라도 붕당을 해산하는 것은 안 된다는 입장이었"[73]기 때문이다. 쇼인 또한 이러한 붕당론의 입장에서 당시의 권력을 탄핵한 명말明末 동림당의 행동을 지지했던 것이다(『戊午幽室文稿』).

이와 같이 붕당을 긍정하는 쇼인의 입장은 미토번의 후지타 도코의 붕당관을 계승하는 것이었다. 앞서 본 바와 같이 도코는 정의로운 군자가 번주에게 옳은 말을 직언해 뜻을 관철시키는 것 자체를 비난하지 않았으며, 오히려 사무라이들의 그와 같은 정의로운 행동을 '붕당'이라는 명목으로 억누르는 것을 비난했기 때문이다. 쇼인은 「의명사열전초 뒤

73 小野和子, 『明季黨社考－東林黨と復社』, 同朋出版, 1996.

에 쓴다擬明史列傳抄の後に書す」를 쓴 시점에서 후지타 도코의 붕당관을 지지했다. 「의명사열전초 뒤에 쓴다」에는 다음과 같이 기술되어 있다.

> 우리 신주神州는 인물은 충후忠厚하며 정교政教는 너그러웠다. 그러나 상무尙武하는 풍속이 만국을 넘어섰다踰越. 요즈음에 나라의 쇠퇴가 극에 달했는가는 굳이 한漢과 명明을 논할 필요도 없으며 약송弱宋과 아우르더라도 이에 미치지 못한다. 지금을 살아가며 옛날을 돌아보며, 쇠퇴한 것을 돌려 성세하게 하는 것은 이 망망한 팔주八州에 우리 당을 제외하면 그 누구를 바라겠는가? 미토의 제 번사들은 나의 마음을 얻은 자들일까? (『己未文稿』, 擬明史列傳抄の後に書す)

여기에서 미토의 지사들에 대한 칭찬은 일미수호통상조약의 조인에 유감의 뜻을 표명하면서 미토번에 내려진 술오戊午의 밀칙[74]에 대해 대응한 것뿐만 아니라, 도당을 조직해 행동한 것에 대한 찬의를 포함한 것이라고 해석할 수 있을 것이다.

회독의 틀을 넘어서는 언어

마지막으로 쇼인의 소위 초망굴기론草莽崛起論을 회독이라는 관점에서 다루어보고자 한다. 쇼인은 "지금은 막부도 제후도 이제는 사람이

74 【역주】 1858년 고메이천황孝明天皇이 미토번에 내린 밀칙으로 1858년의 간지가 술오戊午였던 것에서 그 이름이 유래했다. 일미수호통상조약의 무단 조인에 대한 질타와 상세한 설명의 요구, 공무합체公武合體 등을 주요 골자로 하고 있다.

다하여碎人 부지할 방법이 없다. 재야草莽에서 두각을 나타내는崛起 사람을 바라는 수밖에 없다"(北山和作宛, 安政六年四月七日), "의경義卿(松陰)은 의義를 알며 때를 기다리는 사람이 아니라 초망굴기하려는데 어찌 다른 사람의 힘을 빌리겠는가?"(野村和作宛, 安政六年四月頃)라고 편지에 써 '재야草莽'에 있는 동지들을 부르고 있다. 이때 쇼인은 동지들의 전인격에 호소하며 사람들의 감정, 정념을 흔들고 있다. 단순히 이성적인 말로 말하는 것이 아니라 자기의 한 몸을 걸고 전인격적으로 호소하는데 비장감마저 느껴진다. 여기에 쇼인의 매력이 있음은 분명하다.

> 내가 다른 사람들보다 앞서 죽는다면 이를 보고 느껴 일어나는 것이 있을 것이다. 그것이 없을 정도라면 어느 때를 기다린들 때는 오지 않는다. 바로 지금 반역의 기운에 내가 아니면 누가 불을 지필 것인가? (某宛, 安政 6年 正月 11日)

> 내가 죽음을 원하는 것은 살아 일을 끝마칠 방법이 없으며, 죽음으로 사람들을 감동시킬 이치가 있으며, 이번의 대사에 한 사람도 죽는 사람 없으니 일본인들이 너무도 겁쟁이가 된 것이 애처롭기 때문이니, 한 사람이라도 죽음으로써 보인다면, 살아남은 옛 친구들도 조금은 힘을 내주지 않을까 생각하기 때문이다. (野村和作宛, 安政 6年 4月 4日)

물론 이것은 아슬아슬하게 궁지에 몰린 상황에서 사용하는 전략이라는 점을 간과해서는 안 된다. 쇼인의 관점에서 본다면 마땅한 계책이 없는 상황에서 자신의 한 목숨 이외에 동지들을 모을 방책은 없었을 것이다. 단 이러한 '죽음'을 각오한 '내'가 '동지'들에게 말을 걸어 분기와 행동을 촉구한다는 점에서 쇼인의 말은 이성적인 회독의 틀을 넘어 불특정다수 사람들의 감정이나 정념에 호소하는 힘을 가지고 있다고 할 수 있다.

5. 요코이 쇼난横井小楠과 공론형성

가에이 6년(1853)의 페리 내항을 계기로 아베 마사히로가 제 다이묘들에게 자문을 구함으로써 번藩의 의견, 개개인의 의견을 막부, 번藩 당국에 전할 수 있는 길이 열렸다. 이러한 호기를 잡은 쇼인은 페리 내항 직후의 『장급사언將及私言』에서 다음과 같이 말하고 있다.

> 군신群臣에게 상서上書와 청대請對를 허락하고, 상서가 있으면 군주 앞에서 펴 보여披封 중론을 거친 연후에 대신이 이를 따라 행하게 하거나, 혹은 상서를 올린 자를 불러 자리에 앉힌 뒤 그 의논을 뜻대로 진술하게 해야 한다. 모든 대사를 거행할 때에는 반드시 뭇 중론을 하나로 귀결시켜 활용해야 하니 이것이 정사를 할 때의 요점이다. (『將及私言』 聽政)

언로 개방에 의해 모인 군신의 상서에 대해 주군 앞에서 '중의衆議'를 거치거나 혹은 상서한 본인을 불러 그 "의논을 뜻대로" 개진시킨다. 대사를 거행할 때는 "중의를 하나로 귀결시키는" 것을 추구했던 것이다. 또한

쇼인은 자신의 회독 경험을 바탕으로 번주 앞에서 '일문御一門' '대신의 자제' 이외에도 '히라자무라이'라 하더라도 '책 관리자書物掛り'라는 명목으로 불러 '매일 밤'의 '회독, 회강'을 행하는 것을 급무라고 생각했다.

군덕君德이란 근정謹政과 강학講學 두 가지에 달려 있다고 삼가 생각됩니다. (…중략…) 끊임없이 젊고 패기 있고 뜻 있는 자들을 정원 없이 불러야 하며, 고쇼小姓나 유관뿐만 아니라 히라자무라이까지도 책 관리를 명해 불러들여 어전에서 매일 밤 회독, 회강 등을 명해 거행토록 해야 할 것입니다. 이리하여 일문一門의 마스다益田 후쿠하라福原 등도 생각에 따라 종종 불러들이며, 그 외의 대신의 자제 또는 재 관리在役 등도 지명하여 불러들일 수 있도록 명하셔야 할 것입니다. (『急務四條』, 安政 5年 7月)

여기에서는 가신의 간언을 받아들여 "언로를 여는 것"이라는 정치적인 이념하에 '어일문御一門', '대신의 자제', '히라자무라이' 간에 대등한 회독의 장을 실현하고자 하는 쇼인의 생각이 드러나 있다. 그러나 미토학에서 본 것처럼 '어전御前' 앞에서의 '매일 밤 회독, 회강'이 군신 간의 친밀한 관계하에서 행해진다고 한다면, 특히 '매일 밤'이라는 사적인 시간에 행해진다고 한다면, 공개성을 가지지 않으므로 붕당이라는 비방을 피할 수 없을 것이다. 그곳에 참여할 수 없는 자의 입장에서 본다면 주군의 총애를 받는 자들의 개인적, 사익적인 것으로 간주될 가능성을 가지고 있었다. 쇼인은 신분이 낮은 "젊고 패기 있고 뜻 있는" 자들이 대등한 인간관계하에서 정치적인 의견을 주고받기 위해서는 "매일 밤의 회독, 회강"이라는 한정된 장이 아니면 불가능하다는 전술적, 현실적인 의도하에 그렇게 주장했을지도 모르나, 비공개성의 위험성은 부정할 수 없다. 이와 같은 '어전御前' 앞에서의 "매일 밤의 회독, 회강"이라는 쇼인의 생각에 큰 영향을 준 것은 구마모토번의 요코이 쇼난이었다.

쇼난과 회독, 학정學政 일치

요코이 쇼난(1809~69, 분카文化 6년~메이지明治 2년)은 150석을 받는 구마모토 번사 요코이 도키나오橫井時直의 차남으로 태어났다. 번교 지슈칸에서 배웠으며 성적이 우수해 청아재菁莪齋의 거료생居寮生이 된 이후 덴포 8년(1837)에 거료장居寮長으로 발탁되었다. 여기에서 당시의 시문 중심적인 지슈칸 교육을 비판하며 학정 개혁 운동을 일으켰으나 보수파의 반발에 부딪쳐 좌절되었다. 덴포 10년(1839) 에도로 유학하여 미토번의 후지타 도코등과 교류하였으나 이듬해 술에 취해 실수를 저질러 귀국을 명받았다. 귀향 후 덴포 14년(1843) 35세 때 쇼난은 차석가로次席家老였던 나가오카 겐모쓰長岡監物(15,000석, 32세), 시모즈 규야下津休也(1,000석, 35세), 모토다 에이후元田永孚(450석, 26세) 등 연령과 신분을 넘어선 5인과 『근사록』을 텍스트로 하여 회독을 시작했다. 이것이 구마모토번 지쓰가쿠당實學黨의 단서가 되었다.

원래 호소카와 시게카타가 창건한 지슈칸은 앞서 본 것처럼 아키야마 교쿠잔 이래 회독을 행했는데 쇼난은 번교 외에서 자주적으로 회독 그룹을 만들었다. 쇼난 등의 회독은 신분이나 연령의 차가 있음에도 불구하고 "모두 벗의 교우로서 사제 관계"를 가지지 않는 대등한 인간관계로 연결되었으며, “강론에 이르러서는 그 잘못됨을 허물하고 충분한 부분을 진행시켜 조금도 사정을 봐주지 않았으며, 눈을 크게 뜨고 목소리를 높여 다투기를 그치지 않으며, 얼음이 녹듯 모든 의심이 풀린 다음에야 멈추고 담소를 나누었다”(『元田永孚文書』 卷1)는 기록이 있을 정도로 목소리를 높여 철저히 토론을 진행했다. 쇼난의 회독에 참가한 적이 있는 안사이학파 주자학자 구스모토 세키스이楠本碩水는 “나도 쇼난의 회독에 참가했던 적이 있다. 논어를 회독하러 모였는데, 그중 한 사람이 본문과 집주를 소독素讀할 뿐이며, 그 뒤에는 토론을 했다”(『過庭余聞』)고 회상하고 있다. 히라도번의 세키스이와 같은 다른 번사의 참가도 허락했다는 것 자체에서, 일찍이 가메이 난메이의 처분사건을 상기하면 격세지감을 느끼지 않을 수 없다. 쇼난의 회독이 ‘토론’을 주로 하는 상호 커뮤니케이션을 관철하는 장이었기 때문에, 개방적인 회독의 원리형原理型이라고도 할 수 있다는 점을 알 수 있다.[75]

쇼난은 이러한 ‘토론’ 주체의 회독을 번교 교육에도 도입했다. 단 자신이 가르친 구마모토번이 아니라 쇼난을 초빙한 후쿠이번에서였다. 페리 내항 전년, 후쿠이 번주 마쓰다이라 슌가쿠松平春嶽로부터 학교 창설의 자문을 받은 쇼난은 『학교문답서學校問答書』(1852)를 써 이에 답했다. 그중 학교와 정치의 일치를 지향하며 다음과 같이 말하고 있다.

> 상上은 군공君公을 시작으로 대부大夫, 사무라이의 자제에 이르기까지 틈이 있다면 함께 학문을 강론하며, 혹은 사람들의 몸과 마음의 병들고 아픈 곳을

---

75 源了圓, 「横井小楠における‘開國’と‘公共’思想の形成」, 『日本學士院紀要』 57卷 3號, 2003.

경계하며, 혹은 당시의 인정人情, 정사政事의 득실을 토론하며, 혹은 이단, 사설의 사장詞章과 기송記誦의 잘못됨을 변명辨明하며, 혹은 독서, 회업, 경사經史를 강습하여 덕의德義를 기르고 지식을 분명히 하는 것을 본의로 해야 하니, 조정의 강학이란 원래 두 가지 길이 아닙니다. (『學校問答書』)

쇼난은 학교는 '강학'하는 곳이며 "상上은 군공君公을 시작으로 대부大夫, 사무라이의 자제에 이르기까지" 신분의 차이에 구애받지 않고 서로 "몸과 마음의 병들고 아픈 곳을" 서로 비판할 뿐만 아니라 "당시의 인정人情, 정사政事의 득실을 토론"하는 곳이 되기를 추구했던 것이다.

주의하지 않으면 안 되는 점은 '조정'과 '강학', 즉 학교와 정치와의 일치, 학정일치學政一致라는 생각은 쇼난의 전매특허가 아니었다는 점이다. 예를 들어 미토번의 고도칸에서도 "학문과 사업은 그 효능을 달리하지 않는다"(「弘道館記」)라고 이야기하고 있다. 그런데 쇼난에 의하면 번藩(국가)에 유용한 인재를 육성하는 것을 목표로 하는 의미에서의 학정일치는 진정한 의미에서 "자신을 위한" 학문이 아니다. 앞서 본 것처럼 전국의 번교에서 최초로 '인재'육성을 목표로 한 것은 일찍이 그가 배웠던 구마모토번의 지슈칸이었는데, 이러한 학교에서는 자신이야말로 정치에 유용한 인재라고 증명하기 위해 경쟁하여 학문의 근본정신을 잃어버리고 말 것이라 걱정했다. 쇼난은 다음과 같이 말하고 있다.

학정일치라 하는 것은 인재를 길러 정사에 유용하게 쓰고자 하는 마음에서 비롯된 것입니다. 오로지 정사에 즉각 유용하게 쓰고자 하는 마음뿐이라, 제 학생들은 다들 유용한 인재가 되기 위해 서로 다투며, 착실히 자신의 근본이 되는 것을 잊고 정사 운용의 끝자락으로 달려가니 그 폐단으로 서로 기휘忌諱 하고 시기질투하게 되니 심한 경우에는 학교가 싸움하는 장소가 되기도 합니다. (『學校問答書』)

쇼난의 입장에서 보면 미토번의 당쟁은 "제 학생들이 다들 유용한 인재가 되기 위해 서로 다투는" 충성 경쟁에 기인한 것이었다.

마쓰다이라 슌가쿠가 쇼난의 협력을 얻어 '학정일치'를 내걸고 안세이 2년(1855)에 건설한 후쿠이번의 메이도칸明道館에서는 회독 중의 정치적인 토론을 인정하고 있었다. 가장 가까운 가숙家塾에서 사서, 오경의 소독素讀 초급단계를 종료한 자들이 입학하는 것을 허락했던 메이도칸에서는 강석일講釋日이 정해져 있었는데 회독 윤강은 정해진 날 없이 "회독, 윤강 등은 날짜에 제한 없이, 연중連中 이야기하여 맞춰 정할 것"(資料2冊, 10頁)이라고 자발적인 유지有志 그룹連中에 맡겼으며, 다케다 간지에 의하면 "오늘의 과외활동", "클럽 활동"[76]으로서 위치 지어져 있었다. "회독, 윤강 등은 강구국講究局에 물어 승인을 받을 것"(資料2冊, 8頁)이라 정해져 있었기 때문에 강구국講究局에 신청만 하면 언제라도 회독을 할 수 있었다(安政二年六月の定). 안세이 3년 6월의 「규정대의規定大義」에서는 "서생들이 야회夜會를 할 때, 회두가 없다면 관에 오는 것을 정지할 것"(資料2冊, 11頁)이라 하여 지도하는 회두가 없는 경우에는 모임이 금지되었으므로 당초에는 서생만이 야회夜會를 열었을 것이라 생각된다.[77] 또한 회독의 지도역인 훈도사訓導師의 보좌역인 '강구사講

76 武田勘治, 『近世日本の學習方法の研究』, 講談社, 1999.

77 위의 책.

究師'의 '직장職掌'[78]에는 다음과 같이 기술되어 있다.

> 사람이 학문을 함에 있어 스승으로부터 엄히 가르침을 받는다 하더라도 벗과 강구하지 않으면 그 전수받는 바가 견고하지 못하다. 시간이 흐르면 잊지 않기가 어렵기 때문이다. 이 때문에 훈도사를 도와 매일 학사學士와 강구하고 절차탁마하여 스스로 이루며 다른 사람이 이루도록 한다. 혹 치사治事와 관련된 것을 강구하고 토론하게 된다면 지극히 마땅한 것을 찾은 뒤에야 그만두고자 하게 하니, 따라서 강구사를 둔다. 단 바쁘고 힘든 업무를 보는 자 및 가신 중 직업이 있는 자, 학사學師의 지도를 받는다고 하더라도, 모든 뜻 있는 자는 본 국局에 들어와 강구하라. (資料2冊, 49頁)

학생뿐만 아니라 바쁘고 힘든 업무를 보는 자劇務나 가신, 직업이 있는 자도 포함해 메이도칸의 '야회夜會'의 회독 중에서 "치사治事과 관련된 것을 강구하고 토론"할 것을 명시하고 있다는 점은 특필할 만하다. 실로 『학교문답서學校問答書』에서 구상하고 있는 것 같은, 학교에 "출석해 배우는 자는 직위가 높은 대부大夫로 처신하지 말아야 한다, 나이가 먹어 몸이 쇠했다고 말하지 말아야 한다. 유사有司는 직무의 번다함을 말하지 말아야 한다. 무인은 학문을 하지 않는다는 불문율暗을 말하지 말아야 한다", "혹은 사람들의 몸과 마음의 병들고 아픈 곳을 경계하며, 혹은 당시의 인정人情, 정사政事의 득실을 토론하고, 혹은 이단, 사설의 사장詞章과 기송記誦의 잘못됨을 변명辨明"하는 '강학'을 하려 했던 것이다.

---

78 【역주】 직무를 뜻함.

실제로 쇼난은 후쿠이의 자택에서 밤에 구마자와 반잔의 『집의화서集義和書』 회독을 행하였으며, 후쿠이번의 "집정, 제 유사有司, 그 외에도 (사람들이) 참가해 종종 토론하였는데, 어느 때나 닭이 울 때까지 의논하였다. 근심과 걱정에 가득 찬 와중에 즐거운 시간이었다"(永嶺仁十郞へ, 安政5年 8月 8日)[79]고 고향 구마모토의 동생에게 근황을 보고하고 있다.

일찍이 사쓰마번에서 "또한 간절한 뜻을 가진 자들이 서로 이야기해 야회夜會 등을 기획해 종종 모여들어 은밀히 회독", 즉 '야회夜會'에서 『근사록』을 회독했던 것이 도당의 금禁을 범했다 하여 처벌된 것, 또한 대부분의 번교가 회독의 장에서 정치를 논하는 것을 엄금했던 것을 상기할 때, 회독을 둘러싼 시대 정황은 크게 변화했다. 물론 이와 같은 제 번교의 규칙은 형식적이었으며 막말幕末에는 전국 어느 곳의 회독에서도 은밀히 정치적인 토론이 행해졌을 것이다. 그러나 겉으로, 공식적으로 인정되지는 않았다. 이러한 의미에서 회독의 장에서의 "치사治事에 대해 강구, 토론"하는 것을 인정한 후쿠이번 메이도칸의 규정은 두드러진다.

그렇다 하더라도 회독, 윤강이 정기적인 수업에서가 아니라 자발적인 유지有志 그룹의 '과외활동'이라고 위치 지어진 점은 흥미롭다. 왜냐하면 정식 수업이 아니라는 것은 앞서 본 가나자와번 메이린도와 같은 성적평가의 장, 환언하면 학력을 다투는 장이 아니라는 것을 의미하기 때문이다. 또한 최초에는 회독할 때 토론을 판정하는 회두도 없었기 때문에 대등한 '서생'들이 서로 절차탁마하는 장으로서 존재할 수 있는 가능성마저 있었다. 이와 같은 정규적인 범위 밖에서 대등한 관계를 유

79 【역주】 원문 오타.

지하며 회독이 이루어졌기 때문에 자유롭고 활달하게 토론하는 것이 가능했으며, "치사治事에 이르기까지 강구하고 토론하는 것도" 가능하지 않았겠는가? 역으로 말하면 자유롭고 활달한 토론을 보증하기 위한 방책이 회독을 '과외활동'으로 위치 짓는 것이 아니었을까 생각된다.

이와 같은 '과외활동'으로서의 회독의 장에서 "치사治事에 대해" "강구, 토론했기" 때문에 "학교는 조정의 출회소"(『學校問答書』)라는 쇼난의 주장이 성립될 수 있었을 것이다. "조정은 직무職掌가 있는 자들에 한정된" 장이었던 것에 반해 "학교는 귀천과 노소를 가리지 않고 학문을 강론하는 곳"이라는 의미에서 "출회소"라고 쇼난은 주장하고 있다. 직접적으로는 정치에 관여하지 않으나, 학교에서는 "귀천과 노소"를 가리지 않고 사람들이 정치를 논하며, 이러한 회독의 정치토론은 소위 공론 형성의 장을 만든다. 쇼난은 이와 같은 학교를 지향하고 있었던 것이다.

천하공공의 정政

일찍부터 요코이 쇼난의 학교론, '공공'사상의 탁월함에 착목한 미나모토 료엔源了圓은 공론에는 두 가지 의미가 있다고 지적하고 있다(「横井小楠における'開國'と'公共'思想の形成」). 첫 번째 의미는 다수 의견으로서의 '중론'이며, 또 하나의 공론은 "철저히 토의公議, 토론을 거쳐 그에 의해 형성된 결론"이라는 의미다. 후자의 공론이 요코이 쇼난의 그것이라는 점은 분명하며, 전자의 '중론'으로서의 공론은 앞서 본 페리 내항 시 로주 아베 마사히로가 전국의 제 다이묘들에게 의견을 구했던 소위 언로

개방과 연관된 것이라 할 수 있을 것이다. 앞서도 시사했던 것처럼 여기에는 언로개방의 한계가 있었다. 그 한계란 넓게 아래층의 의견을 취합하여 공개성을 한 걸음 진보시킬 수 있으나 어느 의견을 채용할지 최종적으로 결정할 수 있는 권리는 어디까지나 주군에게 있으니, 환언하자면 주군 마음대로라는 점이다.

쇼난이 비판했던 것은 이 점이었다. 분큐 2년(1862) 7월, 세이지소자이쇼쿠政事總裁職[80]에 임명된 마쓰다이라 요시나가松平慶永 = 春嶽에게 제출된 소위 「국시칠조國是七條」에서 쇼난은 "크게 언로를 열고, 천하와 공공의 정치를 하라"고 주장하고 있다. 그 구체적인 내용은 막부의 '사私'를 비판한 분큐 2년의 8월 마쓰다이라 요시나가의 건백서建白書에서 살펴볼 수 있다.

> 무릇 권위는 공公적인 것으로 귀속되며, 사私적인 것으로부터 멀어져야 한다는 점이 자연의 이치와 형세인데理勢, 계축癸丑년에 아메리카亞米利迦의 사절이 우라가浦賀에 도래한 것은 개벽 이래 미증유의 일이니, 이는 일본국의 큰일이므로 화전지책和戰之策을 열후에게 묻는 일이 있었는데, 그 의견을 채용하고 버리는 것이 애매모호하여 공연公然히 보여주는 것이 없어 그 나라에 대한 응접은 모두 조당의 밀의에서 은밀히 나오며, 우리나라 사람들이 그것을 묻는 것을 염려했으니, 그 대우가 어떻게 이루어졌는지에 다다라서는, 겁 많고 나약해 큰 굴욕을 받아 천하 모두가 분격하고 꺼리고 싫어하며, 막부의 위력이 주쇠凋衰하여 위신을 세우기 어려움을 추량하여 인심이 각자 좋아하는 곳으

80 【역주】 조정과 사쓰마번의 압박에 의해 에도 후기 신설된 막부의 요직.

로 향하여 각자 멋대로 횡행하며 아래에서는 논의가 어지러이 일어나니, 감히 막부의 제령制令을 가벼이 여겨 받들지 아니하게 된 점은 개탄할 일입니다. 이는 모두 막부의 권세權柄를 사私적으로 잃었으며, 아래에 준 것도 마찬가지이기 때문입니다. (『續再夢紀事 一』, 文久 2年 8月)

페리 내항이라는 "개벽 이래 미증유의 사건", "일본국의 큰일"을 맞아 제 다이묘에게 '화전지책'에 대한 의견을 모으더라도 어느 의견을 취하고 어느 것을 버리는 '용사用捨'는 '애매모호'하며 결국 대외정책은 "조당의 밀의"에 의해 결정되고 말았다. "우리나라 사람들이 그것을 묻는 것을 꺼려", 공개하지 않기 때문의 천하의 사람들이 "분격하고 꺼리고 싫어하며", 결국 "막부의 위력이 주쇠凋衰하여 위신을 세우기 어려움을 추량하여", 모두가 제멋대로 논의를 시작하고 분규를 초래하며, 막부의 명령을 가벼이 여겨 따르지도 않게 되었다.

이와 같은 슌가쿠, 쇼난의 비판은 언로개방을 막는 비공개성을 향해 있었다 할 수 있다. 미토학은 아래의 의견을 넓게 들으려 했던 점에서 획기적인 의의가 있었다. 여기에 후지타 유코쿠 이래 회독이 본바탕이 되었음은 본서에서 분명히 한 바다. 그러나 번주에게 의견이나 상서를 올리는 것은 내밀하게 직접적으로 제출해야 하며 그러한 의견을 공개적인 곳에서 토론한다는 발상에까지는 이르지 못했다. 가신들의 의견을 채용할지에 대한 최종심판을 내리는 번주의 역할을 중시했기 때문이다. 이 때문에 '도쇼구' 이에야스를 모범으로 하는 도쿠가와 나리아키도 찬동했다고 할 수 있다. 그러나 페리 내항을 계기로 미토학의 기만성이 드러났다.

나리아키는 페리 내항 직후 가이보산요海防參與[81]에 참가해 막정幕政에 관여했으며, 『해방우존海防愚存』이라는 장문의 상서를 막각幕閣에 제출했다. 그 내용은 국내에 '대호령大號令'을 포고해 지금이라도 전쟁을 시작할 것 같은 강경한 자세를 보이면서도, 외교적으로는 원만하게穩便 일을 진행시켜야 한다는 내용으로 '내전외화內戰外和'책이라 불리고 있다. 전술한 것처럼 이러한 술책성은 막말幕末 지사들의 성경이라고 할 수 있는 아이자와 세이시사이의 『신론新論』에서 인정받은 것이었다. 세이시사이는 분세이 8년(1852)의 외국선타불령外國船打払令을 계기로 국내를 절체절명의 '사지死地'(『손자』)로 몰아넣어 체제를 바로 세우려 했다. 여기에 『손자』병법에 근거한 술책성이 있었다. 겉과 속을 달리 하는 나리아키의 책략 또한 이와 통한다. 이 때문에 가능한 교섭은 비밀리에 행할 필요가 있었다. 쇼난은 이미 페리 내항시에 이와 같은 책략을 간파하고 있었다.

水府(水戸)의 소위 성의誠意를 안으로 쌓는다는 것은 아마 진정한 의미의 성의는 없다는 것이며, 오직 이해利害라는 한 가지 마음뿐이라 생각됩니다(이해라는 한 가지 마음뿐이라는 것은 일신의 이심利心을 가리키는 것이 아니며, 일의 성부成否를 보는 것입니다. 그러나 이해심이 있다고 한다면 결국 일신의 이해로 귀결됩니다). 이 때문에 일을 함에 있어 모두 겉으로는 싫어하며 반드시 은밀히 손을 쓰려 합니다. 이는 즉 지술智術적인 면이며, 은연隱然히 험조險阻한 모습을 보이고 있음을 천하의 안목 있는 자는 모두 간파하고 있습니다.

81 【역주】 해방海防에 관한 일종의 자문직. 직접 정책 결정에 참여하기보다는 막부幕府의 해방海防에 대한 조언을 주로 담당했다.

당시의 노공老公(齋昭)께서는 천하의 큰 주석柱石으로서 정대하고 명백하지 못하며, 도리어 험조한 지술智術을 운용하려 하시니 실로 웃음을 살 일이라 생각합니다. (立花壹岐へ, 安政 2年 11月 3日).

쇼난에 의하면 미토학은 '성의'를 가지지 않는 '이해심'으로부터 성부成否의 결과만을 추구하므로 공리功利가 된다. 이 때문에 "모두 겉으로는 싫어하며 반드시 은밀히 손을 쓰려 하려" 하고, 정책과정을 공개하지 않고 은밀히 일을 획책한다. 쇼난은 미토학의 그러한 "은험한 지술"의 한계를 간파하고 있었다. 이러한 한계를 돌파하기 위하여 "천하와 공공의 정치"를 추구했던 것이다.

언로개방의 한계는 또한 주군과의 밀접한 관계 속에서 의견이 통할지가 결정된다는 점이었다. 이 때문에 주군의 환심을 사기 위해 충성경쟁이 일어났다. 이 점에 대해 쇼난은 "요즘 제 번藩에서 대저 분당分黨을 걱정하는 듯합니다. 역사상 나라에 분당이 있는 것은 화의 근본이 됩니다. 분당의 염려를 불식하기 위해서는 어떤 방법을 써야 하겠습니까?" 라는 질문에 대해 다음과 같이 답하고 있다.

이는 윗사람 된 자의 분명함明에 달려 있습니다. 윗사람 된 자가 당파의 구별에 눈을 두지 않고 단지 사람의 재능을 세워 발탁한다면 당파는 자연스레 없어질 것입니다. 모든 군자, 소인은 무리를 지어 나뉘니, 이는 술 먹는 자들이 술친구를 만들며, 차를 마시는 자들이 차 마실 사람을 찾는 것과 마찬가지로 반드시 존재하는 것입니다. 단지 윗사람 된 자가 분명히 한다면 붕당의 화는 없을 것입니다. (『沼山對話』)

쇼난은 미토번을 둘로 나눈 당쟁의 원인이 충성을 경쟁하는 번사 당파 중 한 쪽만을 중히 여기는 나리아키의 인재등용에 따른 편애에 있었다고 생각하고 있었다. 앞서 분큐 2년의 「국시7조國是七條」는 종래의 언로개방의 이념을 넘어서 "천하와 공공의 정치"를 추구함과 동시에 "외번外藩과 후다이譜代를 가리지 않고 현명한 자를 선발해 정관政官으로 하여" 공평하게 인재를 등용하라 주장했다는 점에서도 미토학의 한계를 돌파했다 할 수 있다.

공론을 형성하기 위한 제도

그렇다면 어떻게 해야 "천하와 공공의 정치"를 행할 수 있을까? 이 점에 대해 공개의 장에서 토론하는 공론이야말로 쇼난이 추구했던 바였다. 미나모토 료엔이 지적하는 '공론'과는 다른 "철저한 토론(공의), 토론을 거듭하여 형성된 결론"으로서의 공론이다. 쇼난의 생각에 따르면 보편적인 천지공공의 이치에 근거하고 있으므로 공개, 개방할 수 있다. 단 문제는 있다. 이러한 공개토론의 장이 미토번과 같이 도당을 결성한 번사들끼리의 폭력적인 충돌의 장이 아닌 이성적인 토론의 장이 될 수 있는 보장이 어디에 있느냐는 점이다. 여기에서 중요한 것이 '강학'에 의해 함양되는 '성의'라는 점은 말할 것도 없으나, 마음가짐만으로는 위험하며 제도적인 보장이 없어서는 안 된다. 쇼난에게 그 모델은 서구의 의회제였다.[82]

에도 후기에는 서구의 의회 제도에 대한 정보가 난학자들이 번역한 지

리서나 한문 세계지리서를 통해 전달되어 있었다. 일찍이 구쓰기 마사쓰나朽木昌綱의 『태서여지도설泰西輿地圖說』(간세이 원년, 1789)에는 영국이나 네덜란드에서는 "국중의 제 관리들이 모여 정사를 의논하는" '회의당會儀堂'(卷5)이 있다고 전하고 있다. 또한 아오치 린소의 『여지지략輿地誌略』(분세이 9년, 1826)에는 보다 자세히 서구 정치제도가 소개되어 있다. 린소는 앞서 네덜란드 서적을 번역할 때 상세한 규약을 만든 오쓰키 겐타쿠의 제자다. 요한 휴브너Johann Hübner의 「제오가라히ゼオガラヒー, Geographie」[83]의 일본어판이라 칭할 수 있는 『여지지략』에서 린소는 유럽 제국의 '국정'(卷3)을 서술하며 세습 국왕이 통치하는 나라, 국왕이 귀족에 의해 선출되는 나라뿐만 아니라, "나라에 대대로 이어지는 주인 없이, 국중에 세가가 함께 정사를 돌보는" '列玻貌利レポプリーキ, Republic' = '공치국共治國'과 같이 국왕이 없는 나라도 있다고 전하고 있다. 또한 영국에는 "정부를 '把爾列孟多パルレメント, Parliament'라고 말하며, 정신政臣들이 회집하는 곳인데 상, 하의" 이원제의회가 있으며 "권위가 왕가와 정부로 나뉘어, 명령을 내려도 그들이 허락하지 않으면 행해지지 않으며, 왕과 정부가 서로 맞으면 서정庶政이 순조로우며, 맞지 않으면 자칫 관내에 창과 방패를 동원하기도 한다"(卷5)면서 국왕과 정부 간에 긴장관계조차 있었다고 전하고 있다.[84] 단 쇼난에게 영향을 끼친 정보원은 이러한 네덜란드 세계지리서가 아니라 청말 양무파 위원魏源의 『해국도지海國圖志』(60권본은 1847년 간행, 100권본은 1852년 간행)였다.[85]

---

82 苅部直, 「'利欲世界'と'公共之政'－横井小楠, 元田永孚」, 『歴史という皮膚』, 巖派書店, 2011.

83 【역주】 원저명은 *Algemeene Geographie : of Beschryving des Geheelen Aardryks*로 영어로 번역하면 *General Geography : Description of the Whole World*로 변환 가능하다.

84 前田勉, 『江戸後期の思想空間』, ぺりかん社, 2009 참조.

『해국도지』는 아편 전쟁의 패배로 위기의식을 느낀 위원魏源이 저술한 경세警世서이다. 이 책은 기본적으로 세계 지리서임과 동시에 외교전략을 서술한 책이다. 권두의 「주해편籌海篇」에서 "이적의 장기長技를 본받아 이적을 제압한다"는 생각으로 서양의 진보한 포함이나 총포 등 군사기술을 도입할 것과, "이적으로서 이적을 물리치는款する" 통상정책을 제언한 것으로 알려져 있다. 『해국도지』는 가에이 3년(1850)에 나가사키에 3부 수입되었는데, 크리스트교 선전기사가 있다는 이유로 몰수되어 가에이 6년(1853)에 수입된 1책(60권본)을 막부의 개명관료開明官僚 가와지 도시아키라川路聖謨가 시오노야 도인과 미쓰쿠리 겐포箕作阮甫에게 의뢰해 훈점, 루비를 찍어 번각飜刻했다. 시오노야 도인과 미쓰쿠리 겐포는 둘 다 고가 도안의 문하생이었으므로 도안의 『아편양변기鴉片釀變記』, 『해방억측海方臆測』 등을 읽었을 것이다. 훈점을 찍기 위한 세계 지리나 아편 전쟁에 관한 예비지식은 충분히 있었을 것이라고 생각된다.

이야기를 쇼난에게로 돌리면, 그가 『해국도지』로부터 영향을 가장 받은 것은 아메리카편이었다. 그가, 일본을 개국시킨 아메리카는 야만적인 이적의 나라가 아니라 "전국의 대통령의 권병權柄을 어진 이에게 양도하고 자식에게 물려주지 않으며, 군신의 의를 폐하고 오직 공공의 화평을 위해 힘쓰고 있다"(『國是三論』)는, 즉 대통령은 세습이 아니라 어진 이를 선출했으며 유학에서 이상적으로 생각하는 하夏, 은殷, 주周 "삼대의 치교治教에 부합"한다고 높이 평가하게 된 것은 『해국도지』를 읽었기 때문이었다.[86]

---

85 源了圓, 「横井小楠における'開國'と'公共'思想の形成」, 『日本學士院紀要』 57卷 3號, 2003 참조.
86 위의 글 참조.

미나모토 료엔에 따르면 『해국도지』의 아메리카편에는 '공거公擧'와 '공의公議'라는 단어가 빈출한다고 한다. '공거公擧'란 공선公選과 같은 의미로, 선거에 의해 정치를 담당하는 자를 정하는 것을 가리킨다. 4년마다 선출되는 대통령은 "선거를 통해 최고 지도자를 뽑아 총섭하는總攝公擧一大酋總攝之匪" 자이며 의원 또한 '공거公擧'된다. 또한 '공의公議'는 "왕의 선정에 의해 다시 공의를 모은다", "어느 날 어느 곳에서 어떤 일을 공의公議했다", "전량의 세향稅餉을 징수해 국중의 경비를 처리하려 했는데, 공의公議에서 다수를 얻지 못했다"는 말에서 알 수 있는 것처럼 '공의公議'를 통해 무언가를 결정한다는 의미다. 요컨대 미나모토에 의하면 아메리카의 정치가 공공, 공평, 공정을 원리로 뭇 사람들에 의해 '공거公擧'된 사람들의 '공당公堂', '공소公所'에서 열리는 '공회公會'에서 '공의公議'를 거쳐 정책이 결정된다는 것을 전했던 것이다.

이와 같이 『해국도지』에 묘사된 아메리카는 비밀리에 정책을 결정하는 막부의 모습과는 대조적이다. 막부가 언로개방을 통해 아래의 의견을 청취하고 많은 의견이라는 의미에서의 '중론'을 모으기는 했지만, 최종적으로 밀실에서 정책을 결정하는 이상 "천하와 공공의 정치"는 아니었다. 이러한 의미에서 쇼난이 대통령 제도와 의회 제도를 모델로 파악한 것을 납득할 수 있을 것이다. 쇼난은 자신이 이상으로 삼은 요순 삼대의 정치에 부합하는 '공당公堂', '공소公所'에서 열리는 '공회公會'라는 '공의公議'의 장에서 "철저히 토의公議, 토론을 거듭해 이로써 형성된 결론"으로서의 공론에 정치의 근본을 두고 있었기 때문이다.

하시모토 사나이橋本左內, 유리 기미마사由利公正, 5개조의 서문誓文

요코이 쇼난과 함께 하시모토 사나이도 같은 생각을 하고 있었다. 하시모토 사나이(1834~59, 덴포天保 5년~안세이安政 6년)는 후쿠이번의 번의藩醫 출신으로 가에이 2년(1848) 16세 때 오사카로 유학을 가 오가타 고안의 데키주쿠에 2년간 재학하며 의학을 배웠다. 또한 안세이 원년(1854) 에도를 나와 난학자 쓰보이 신료坪井信良의 문하에 들어가 시오노야 도인으로부터 유학을 배웠다. "회독, 윤강은 모름지기 힘을 다해 어려운 것을 물으며 논구論究해야 한다"고 논했던 시오노야 도인 등 네덜란드 서적과 유학 서적의 차이는 있었겠지만 사나이도 또한 회독의 장에서 단련되었을 것이다. 사나이의 경우 학교는 네덜란드 서적이나 유학 서적을 독해하는 곳이 아니라 '국가의 대사'를 '숙의'하는 공개의 장으로 파악했다.

> 국가의 대사大事, 법령을 바꾸고 병혁兵革을 움직여 공작을 일으키는 일은 학교에 하달하여 깊이 의논한 뒤에 횡론鬢論을 정해 정부에 전달하며, 정부에서도 여러 관리들이 거듭 정론訂論하여 중의를 하나로 모은 뒤 행해야 한다. 국왕이라 하더라도 홀로 자신의 뜻대로 대사大事를 결정하는 것은 불가능하기 때문이다. (『西洋事情書』, 安政 2~3年)

또한 요코이 쇼난과 하시모토 사나이 두 사람으로부터 큰 영향을 받은 것이 5개조의 서문을 기안한 사람 중 하나인 유리 기미마사(1829~1909, 분세이文政 12년~메이지明治 42년)였다. 5개조의 서문은 말할 것도 없이 게이오 4년(1868) 3월 14일에 메이지 천황이 천지신명에게 맹세한 메이지 신정부의 기본방침이다. 그것은 유리 기미마사, 후쿠오카 다카치카福岡孝弟, 기도 다카요시 3인의 의해 기안되었는데 이 중 후쿠이번사 유리 기미마사는 후쿠이 번교 메이도칸에 출사해 사나이와 만났으며, 쇼난 문하에 속한 사람 중 하나였다.

유리 기미마사는 게이오 3년(1867) 12월에 조시산요徵士參與[87]에 취임했다. 이때 조시산요에 임명된 자로 이외에 요코이 쇼난과 기도 다카요시가 있었다. 유리는 이와쿠라에게 유신의 방침을 천하에 포고할 것을 강력히 요청했으며, 열후列侯회의의 의사규칙인 '의사지체대의議事之體大義' 제5조에 "모든 일은 공론에 부치며 사적으로 논하지 말 것"이라 적었다. 이 원안을 본 도사번土佐藩의 공의파公議派 후쿠오카 다카치카(1835~1919, 덴포天保 6년~다이쇼大正 8년)는 "열후회의를 열어 모든 일을 공론으로 결정할 것"이라 수정해 제1조로 옮겼다. 또한 메이지 정부의 국시 확립을 주장한 쇼인 문하의 기도 다카요시(1833~77, 덴포 4년~메이지明治 10년)가 이 후쿠오카안의 '열후회의'를 "널리 회의"란 말로 바꿔 제1조 "널리 회의를 열어 모든 일을 공론으로 결정할 것"이라 정했다. 이 같은 경위를 보면 메이지 신정부의 방침으로서 공의, 여론의 이념을 명백히 서술한 서약문의 제1조는 후쿠이 쇼난, 요시다 쇼인 등의 회독을 통해 얻은 값진 성과였다고 할 수 있다.

87 【역주】 조시徵士參與란 메이지 초기의 의정관議政官을 가리킨다.

6. 허심과 평등

여기에서 다시 한 번 막말幕末 회독의 사상사적 의의에 대해 생각하면서 이를 메이지 시대로 잇고자 한다. 막말幕末에 회독이 정치적인 문제를 서술하는 장이 되었다고 하더라도 앞서 가나자와번 메이린도에서 본 것과 같은, 회독이 벗들 간에 절차탁마하여 "심술心術을 연마하기 위한 방법을 찾는" 장이었다는 측면이 사라진 것은 아니다. 오히려 정치적인 대립, 항쟁이 격렬했을 때에 그것이 새로운 의미를 가지게 되었다고도 말할 수 있다. 회독의 장에서 자신과 다른 의견을 접했을 때, 자신의 독단이나 편견을 반성하는 것이 더욱 필요해지기 때문이다. 에도 시대의 회독의 종언을 논하기에 앞서, 여기에서는 막말幕末 회독의 의의를 적극적으로 기술해보고자 한다.

연緣을 떠나 논하는 장

먼저 소개하고 싶은 것은 막말幕末 쇼헤이자카가쿠몬조의 서생료 시대를 회상한 기록이다. 막말幕末이 되면 국정을 의논하는 것을 금했던 쇼헤이자카가쿠몬조에서도 정치적 논의가 은밀히 행해지게 되었다. 단 이 논의는 사적 이해나 감정을 넘어섰다고 한다. 이 점에 대해 사쓰마번의 조시칸에서 유학을 배운 시게노 야스쓰구重野安繹(1827~1910, 분세이文政 10년~메이지明治 43년)는 "연緣을 떠나 논했다"고 절묘하게 표현하고 있다.

• 問 : 유신 이전에 쇼헤이교에 있었던 서생이 어느 정도 여론을 움직였습니다. 대체로 勤王說이었습니까?

重野氏 : 勤王說도 있었고 佐幕說도 있었습니다.

• 問 : 그런 차이가 무엇에 의해 나타났습니까?

重野氏 : 그것은 사람에 따라 달랐으며 모두 緣을 떠나 논했습니다.

• 問 : 서생료에서 싸움은 불가능했습니까?

重野氏 : 그런 일은 없었지만, 의논 등은 있었습니다. (『舊事諮問錄』「昌平坂學文所の事」)

"연緣을 떠나 논했다"는 말은 중세사가 아미노 요시히코網野善彦의 주장을 상기시킨다.[88] 아미노가 강조하는 것처럼 중세사회의 '무연無緣'의 장이 주종관계, 친족관계 등 세속의 '연緣'을 끊은 평등하고 대등하고 자유로운 공간이었다고 한다면, 막말幕末 쇼헤이자카가쿠몬조의 "연緣을 떠나 논했던" 회독의 장은 실로 피비린내 나는 정치투쟁으로부터 떨어진 아질Asyl로서의 무연無緣의 장이었다고 할 수 있을 것이다. 중세에는 '길辻'이 자유로운 공간, 무연無緣의 장소, 즉 아질이었다. 여기에 사람들이 모이고, 교류가 생겨나며, 시장 등이 생겨났다. 이와 마찬가지로 에도 시대 쇼헤이자카가쿠몬조의 서생료는 그와 같은 무연無緣의 장이었기 때문에 여기에서 배운 유학생들은 자기를 절대시하지 않고 상대화해 타자의 이론異論을 수용하는 정신의 수양도 가능했다.

막말幕末 서생료에서 배운 아이즈번사 난마 쓰나노리南摩綱紀도 서생

---

88 網野善彦, 『無緣, 公界, 樂ー日本中世の自由と平和』(平凡社選書, 1978), '增補' 平凡社ライブラリー, 1996.

료에서의 수업은 "주입주의가 아니라 스스로 고안하고 연구하는" 방법을 채용해 "생들이 스스로 수업했으며, 선생에게 배우는 일은 없을 정도"였다고 서술하며 다음과 같이 말하고 있다.

서생료의 학생이 어떻게 학문의 수업을 했냐고 한다면, 서생들끼리 혹은 경서, 혹은 역사, 혹은 제자諸子, 또는 시문 등을 각자 모여 모임을 정해 수련했습니다. 그때에는 교사도 회두도 없었으며 서생들끼리 수련하는 것이었으므로, 그 의논하는 바가 대개 소란스러워 입에 거품을 물며 얼굴이 시뻘갰으며, 당장에라도 서로 맞붙잡고 싸움을 할 것처럼 엄청난 격론이 오갔습니다. 서로 충분히 논한 뒤 자신의 주장이 옳지 않다고 깨달으면, 아아 내 주장이 잘못되었다고 말하며 웃은 뒤 멈추니 조금도 마음속에 두는 일 없이 예전처럼 다시 모임을 진행했습니다. (「書生時代の修學狀態」, 孔子祭典會 編, 『諸名家孔子館』, 博文館, 1910)

격론을 해 자신의 주장이 잘못되었으면 "아아 내 주장이 잘못되었다고 말하며 웃은 뒤 멈추니 조금도 마음속에 두는 일 없었다"며 웃으면서 자신의 의견을 바꾸는 회독 풍경은 앞서 본 "강론에 이르러서는 그 잘못됨을 허물하고 충분한 부분을 진행시켜 조금도 사정을 봐주지 않았으며, 눈을 크게 뜨고 목소리를 높여 다투기를 그치지 않으며, 얼음이 녹듯 모든 의심이 풀린 다음에야 멈추고 담소를 나누었다"고 회상되고 있는 요코이 쇼난의 회독과 유사하다. 또한 후쿠자와 유키치가 배웠던 오가타 고안의 데키주쿠의 풍경 역시 상기된다. 데키주쿠에서도 의논은 했지만, 싸움을 하는 경우는 없었다고 한다.

숙생塾生의 난폭함이라 할 만한 것은 지금까지 말한 대로인데, 그 숙생塾生들의 상호 관계는 지극히 좋았으며, 결코 다투는 일은 없었다. 물론 의논은 한다. 여러 가지에 대해 서로 의논하는 경우는 있어도 결코 싸움을 하는 일은 절대 없으며, 나는 성질 때문에 벗과 진심으로 다툰 적이 없다. 가령 의논을 하더라도 흥미로운 논의뿐이며, 예를 들면 아코赤穗의 의사義士에 대한 문제가 나왔는데, 그들이 정말로 의사義士인지 그렇지 않는지에 대한 논의가 시작되었다. 그러자 나는 어느 쪽도 좋다, 의義와 불의不義를 입으로 자유자재로 말하며, 네가 의사義士라고 한다면 나는 의사義士가 아니라고 하겠다, 네가 의사義士가 아니라고 한다면 나는 의사義士라고 하겠다. 자 와라. 몇 번 하더라도 괴롭지 않다고 말하면서 적이 되었다가 동료가 되었다가 지칠 때까지 논하며 이겼다가 졌다가 하는 것이 재미있었다. 독이 없는 의논은 매번 큰 소리로 진행되었으며, 정말로 얼굴을 붉히고 어떻게든 시비를 가르지 않으면 안 되는 진심 어린 의논을 한 적은 결코 없었다. (『福翁自傳』 緒方の學風)

의논은 하지만, 싸움은 하지 않았으며 미토번의 당쟁처럼 서로 죽이지 않았던 것은 그들이 "연緣을 떠나 논할" 때, "나는 어느 쪽도 좋다"며 의견을 서로 교환하는 것이 가능한 입장에서 토론했기 때문이었다. 이와 같은 '의논'은 "지칠 때까지 논하며 이겼다가 졌다가 하는 것이 재미있었던" 일종의 놀이였다고 할 수 있을 것이다. 카이와가 말하는 "자유로운 활동"으로서의 놀이(아곤)이다. "어떠한 물질적 이해도, 어떠한 효용"도 없는 "자유로운 활동"으로서의 놀이였기에 이와 같은 의논이 가능했던 것이다. 그렇기 때문에 "연緣을 떠나 논"하는 것도 가능했다.

물론 이처럼 놀이 같은 의논은 무책임하고 방관자적인 서생론이라고 비난할 수도 있을 것이다. 그러나 좌막佐幕, 존왕尊王, 개국, 양이攘夷 등 정치적인 항쟁이 한창이었기 때문에 "연緣을 떠나 논"하는 것에 적극적인 의미가 있다. 생각건대, 요코이 쇼난이 "작게는 일관일직一官一職"에서 "크게는 국가들"에까지 존재하는 '할거견割據見'(『沼山對話』 元治元年)으로부터 자유로웠으며, "이치를 밝혀 새롭게 얻어 의심할 여지가 없다고 생각되는 것도 깨닫지 못하는 사이에 사견私見에 빠져, 아직 그 이치를 깨닫지 못하는 경우가 많습니다. 다른 사람들과 이야기하면, 생각지 못했던 이득을 얻을 수 있습니다"(長岡監物へ, 嘉永二年閏四月一五日)고 스스로를 반성하며 '대화'를 통해 공평하고 객관적이고 대국적인 시점에서 방향성을 제시할 수 있었던 것도 "연緣을 떠나 논"했기 때문이었다.

민주주의적 생활양식의 덕과 나카무라 게이우中村敬宇

"연緣을 떠나 논하는" 회독의 장에서 길러지는 관용의 정신은 막말幕末을 넘어서 빛나고 있다. 이것이야말로 근대민주주의를 성립시킨 정신이기 때문이다. 앞서 우리들은 회독이 "심술心術을 연마하기 위한 방법을 찾는" 장이었다는 생각을 살펴보았으나 여기에서 함양되는 '허심'이란 자기의 편견, 독단을 억제하고 타자의 '이견異見'에 귀를 기울이는 "좋은 관리의 자질"[89]이었던 것과 동시에 공개적으로 토론, 토의하는 "민주주의적 생활양식이라는 덕德"(J. Gouinlock)이라 해석할 수 있을 것

89 Ronald Philip Dore, 松居弘道 譯, 『江戸時代の教育』, 巖波書店, 1980.

이다. J. 가우인락Gouinlock은 공개토의를 행하는 사회적 지성을 주장한 미국의 철학자 듀이와 J. S. 밀Mill과의 연관성을 지적하며 다음과 같이 주장하고 있다.[90]

> 밀도 듀이도 커뮤니케이션에 관해 매우 높은 기준을 가지고 있다. 두 사람은 나태함, 공포심과 겁, 허위, 독선, 궤변, 독단, 속단을 매우 혐오했다. 마찬가지로 반대하는 쪽이나 그 옹호자에게 가하는 편견에 찬 공격에 대한 의논도 혐오했다. 밀과 듀이가 탐구에 보인 강한 애정은 다른 사람들에게는 찾아볼 수 없을 정도이다. 또한 다른 사람들의 도움을 일절 받지 않고 자신의 생각을 고립시키는 오만한 태도를 지니지 않았다. 이 두 사람은 독자적인 것이 아닌 대화를 좋아했던 것이다.

여기에서 돌연 밀이나 듀이의 연구를 인용한 것은 견강부회가 아니다. 왜냐하면 밀의 『자유론』을 번역한 것은 다름아닌 쇼헤이자카가쿠몬조의 고주샤御儒者 나카무라 게이우였기 때문이다.

게이우 나카무라 마사나오敬宇中村正直(1832~91, 덴포天保 3년~메이지明治 24년)는 쇼헤이자카가쿠몬조의 고주샤御儒者이며, 야스이 솟켄으로부터 "그 학문이 실사구시를 주로 하며, 허심하게 선善을 살피어 이에 힘쓰고자 했다. 결코 동당벌이同黨伐異하는 법이 없었다"(『敬宇文集』 卷6, 記安井仲平托著書事)는 평가를 받은 인물이다. 게이우는 게이오 2년(1866) 막부의 영국유학생 파견 시 책임자로서 동행해 메이지 초기에 J. S. 밀의 『자유

90 J. Gouinlock, 『公開討議と社會的知性』, 小泉仰藍譯, お茶の水書房, 1994.

론』을 번역한 것으로 알려져 있다. 이 『자유지리自由之理』(明治 5年刊)에는 다음과 같은 부분이 있다.

무릇 사람이 어떤 일에 대해 여차여차하다 판단하고 틀림없다고 스스로를 믿는 것은 무엇에 의해 그렇게 되는 것인가. 이는 다름 아닌 그 사람이 그 마음을 겸허히 하여 자신의 의견, 자신의 행장行狀을 비난하는 자를 받아들여, 널리 그 반대되는 의논을 참작하고 헤아려 자신의 주장에 잘못된 부분을 찾아내 이를 토론하여 다른 사람의 주장에서 공정한 것은 이를 취사선택해 자신에게 도움이 되게 하는 것이다. 무릇 이 사람은 "사람이 어떤 것에 제한받지 않고 한 가지에 일에 있어 그 전체를 알 수 있는 가장 가까운 방법은 이외에는 없다. 그 일에 있어 종종 타인의 의견을 듣고 받아들이며, 각기 다른 인심을 각기 고찰하는 것을 전부로 해야 할 뿐이다"라 생각하고 있을 것이다. 예로부터 총명하고 예지가 있는 사람이라 불린 자들은 이를 제외하고 총명함과 예지를 얻을 수 없었으니 또한 인심의 신묘한 바다. 이를 제외하고 현지賢智로 나아갈 길이 없다. (『自由之理』 卷2)

내 마음을 비우고 진리를 접하고 받아들이는 것에 힘써야 한다. (『自由之理』 卷2)

내 주장에 반대하는 자가 있더라도 구태여 예가 아닌 것으로 이에 대응하지 말아야 하며, 마음을 평온하게 하고 기氣를 고요하게 하여 자신에게 맞서는 사람의 의견을 듣고 진실된 지의 여부를 잘 살펴야 하며, 나의 잘못된 것을 반박하더라도 과격하게 반응하지 말고, 황당해 하지 말아야 한다. 그 강론하는 바는 사실에 지나지 않는다. 다른 사람에게 순편順便하는 말을 하는 일은 있어도, 결코 조금이라도 이를 방해阻礙해서는 안 된다. 이를 논의할 때의 진실된 예법으로 한다. (『自由之理』 卷2)

반대의견을 널리 짐작하여 자신의 주장에서 잘못된 것을 찾아내 "마음을 평온해" 하여 "자신에게 대적하는 사람의 의견"을 보다 잘 들어 혹시 그중에서 '공정'한 것이 있다면 '진리'를 받아들인다. 이러한 관용의 정신이 "마음을 겸허히" 하는 것이다. 생각건대, 게이우의 『자유지리自由之理』 번역은 쇼헤이자카가쿠몬조에서의 회독 체험을 빼고서는 생각할 수 없다. 회독을 하면서 다른 주장을 용인하고 그것과 토론하며 도리를 분명히 하려 했던 태도를 몸에 지니지 않았다면, 밀의 주장은 머나먼 다른 세계의 일이며 번역할 마음도 생기지 않았을 것이다. 아마도 게이우는 "연緣을 떠나 논"했던 자신의 회독 경험 속에서 배양된 정신이, 영국인 밀이 추구했던 이질적인 타자를 받아들인는 태도, 정신, 즉 관용의 정신과 일치하고 있다는 점에 감동했음이 틀림없다. 참고로 게이우의 『자유지리自由之理』 서문 중 하나는, 쇼헤이자카가쿠몬조의 서생료에서 "당장에라도 서로 맞붙잡고 싸움을 할 것처럼 엄청난 격론이 오갔으며, 서로 충분히 논한 뒤 자신의 주장이 옳지 않다고 깨달으면 아아 내 주장이 잘못되었다고 말하고 웃은 뒤 멈추니 조금도 마음속에 두는 일 없었다"고 회상한 아이즈의 번사 난마 쓰나노리가 저술했다. 어쨌든 이러한 관용의 정신은 게이우의 일관된 정신이었다. 메이지 시대가 되어도 게이우는 "이 아득한渺茫 세상은 진리의 대해大海이다. 나의 한 가지 주장을 스스로 옳다 하고 망령되게 다른 사람의 주장이 잘못되었다 생각해서는

안 된다"(「演説の主義を論ず」)라고 독선주의를 비판하면서 다른 사람에 대한 관용을 주장하기를 계속했다.

다른 것을 존중한다—사카타니 로로阪谷朗廬

고가 도안에게 배운 로로 사카타니 시로시郎廬阪谷素(1822~81, 분세이文政 5년~메이지明治 14년) 또한 메이지 시대가 된 이후 다른 의견에 대한 관용에 대해 언급했다. 그 내용은 "우리나라의 교육을 진보시키기 위해", "동지들과 집회를 가져 다른 의견을 교환해 지知를 넓히고 식識을 분명히 하고자 한"(「明六社制規」) 목적으로 결성된 메이로쿠샤의 예회例會 기록 『메이로쿠잡지明六雜誌』에 발표된 「존이설尊異說」(『明六雜誌』 19號, 明治 7年 10月)이라는 논문에 드러나 있다. 사카타니 로로는 나카무라 게이우와 함께 『메이로쿠잡지明六雜誌』의 동인이 된 몇 안 되는 한학자이다.[91] 로로는 나카무라 게이우와 함께 보편주의적인 "유일한 정리正理와 공도公道를 통해"(「尊王攘夷說」, 『明六雜誌』 43號), "화한和漢과 구미歐米가 풍토는 다르나 도리道理는 두 개가 아닙니다"(「民選議院變則論」, 『明六雜誌』 27號)라 하여 '화한和漢'과 '구미歐米'와의 일치를 주장했다. 고노 유리河野有理가 소개하고 있는 것처럼, "치아가 성인이 되었을 때부터 아파 없어져 말도 분명히 하기 어려웠으며"(「民選議院變則論」, 『明六雜誌』 27號), 그 때문에 두부를 무척 좋아했던 로로는 연설이 듣기 어려워 주위로부터 아무리 야유와 냉소를 받든

91 河野有理, 『明六雜誌の政治思想—坂谷素と'道理'の挑戰』, 東京大學出版會, 2011.

"가슴 속에 담을 쌓고 편견을 자중하는 것을 경멸했으며"(「質疑一則」, 『明六雜誌』 10號), 스스로 믿는 바를 행했고, 아첨하거나 영합하는 일 없이 활발하게 사고하여 의논했다.[92] 이와 같은 보편주의자 로로는 또한 게이우와 마찬가지로 타자를 용인해야 한다고 강력하게 주장했다.

로로에 따르면 사물에는 "친화하는 고유의 합동성"과 "구별하는 고유의 분이성分異性"이 있는데, '공용功用'이라는 관점에서 말하면 "다름의 공용功用이 가장 크다"고 한다. 예를 들어 "사제와 벗이 서로 다른" 재지才知와 예능을 절차탁마하는 것처럼, "사람이 업業을 쌓아 공을 세우는 것 또한 그 다름을 포용하고 존중하는 것에 있으며", 서양 제 국가가 발전한 것도 "정교政教와 풍습이 다르지만 서로 갈고 닦아서, 속관屬官이 서로 다른 뜻을 가지고 있어도 연마하고, 서민은 그 주장이 달라도 서로 연마했다. 이와 같이 공평하고 지당한 처치를 통해 국가의 위광을 떨쳐 일으키는 것은 모두 다른 것의 저항을 통해 서로 갈고 닦아 만들어지는 것"이다. 그는 서로 '다른' 자들의 대립은 피해야 할 것이 아니라 오히려 그러한 '다름'을 거부하는 생각이야말로 '야만'적이라고 비판했다.

> 다름을 천히 여겨 거부하는 것은 옛 양이의 야만적인 풍습일 뿐이다. (「尊王攘夷說」)

로로에게는 다른 의견을 인정하지 않는 것이야말로 야만적인 풍습이었다. 이 점에 대해 마쓰모토 산노스케松本三之介가 로로는 주자학의 이

92 위의 책.

일분수理一分殊[93]적인 생각을 매개로 해 이질적인 것에 대해 관용적인 태도와 서로 다른 것의 상호 대립, 긴장을 통해 서로 공통하는 보편적인 것을 석출하는 것도 가능한 "자유로운 지적 사고"에 접근하는 것이 가능했다고 지적한 점은 정곡을 찌르고 있다.[94]

메이로쿠샤의 동인들은 사카타니 로로든 나카무라 게이우든 한학이나 난학을 가르치는 주쿠에서 대부분 회독 경험을 했다는 점을 상기할 필요가 있다. 그리고 무엇보다 회독 경험을 통해 배양된 '허심'은 공개된 곳에서 의논, 토론하는 "민주주의적 생활양식의 덕"(J. Gouinlock)이었다.

"도자屠者도 또한 인간이다"—인간평등관

회독의 장에서 그 구성원들은 대등했다. '문벌제도'와 관계없는 대등한 자들 간의 토론이 반복해서 이루어졌다. 이와 같은 대등한 인간관계 속에서 인간의 평등이라는 관념이 배양된 것이 아닌가 생각된다. 적어도 가장 우수한 자들 간에는 신분제도를 넘어선 인간평등관을 가진 자도 출현했다.

에도 시대에 신분제도의 최하층에 놓여 경멸당하고 있었던 피차별민은 '에타えた,穢多'[95]나 '히닌非人[96]'이었다. 가가번의 번사 센슈 후지마쓰

---

93 【역주】 이치理는 하나이나 그 나누어지는 바는 다양하다는 뜻. 보편적인 원리와 개별적인 원리에 일치성이 있다고 보는 이론이다.

94 松本三之介, 「新しい學問の形成と知識人—阪谷素, 中村敬宇, 福澤諭吉を中心に」, 松本三之介・山室信一 編, 『學問と知識人』, 日本近代思想大系10, 巖波書店, 1988.

千秋藤篤(1815~46, 분카文化 12년~겐지元治 1년, 號는 有磯)는 이 피차별민의 해방론을 전개한 『치예다의治穢多議』의 저자로 알려져 있다. 후지아쓰는 회독을 중심으로 한 가나자와번의 번교 메이린도에서 배운 뒤 에도의 쇼헤이자카가쿠몬조에 유학을 가 사장舍長이 되었으며, 귀국 후 안세이 5년(1859)에 메이린도의 조교가 되었다. 하라다 도모히코原田伴彦에 따르면, 후지아쓰의 『치예다의治穢多議』는 "지배계급 부시의 개량주의적 입장"이기는 하지만 "신분질서의 타파를 근대적인 인간평등의 관점에서 논했다는 점에서 또한 부라쿠部落에 대한 편견이나 미망을 보이지 않았다는 점에서", "근세의 단 하나뿐인, 최초이자 최후의 해방론자였다"[97]고 높게 평가하고 있다.

본서에서 소개하고 깊은 것은 이 후지아쓰의 『치예다의治穢多議』가 아니라 사이토 지쿠도의 「치도자의治屠者議」라는 논문이다.[98] 앞서 본 것처럼, 지쿠도의 『아편시말鴉片始末』은 그의 스승 고가 도안이 저술한 『아편양변기鴉片釀變記』의 영향을 받아 아편 전쟁의 발단부터 난징 조약 체결까지를 간결하게 서술한 것이다. 지쿠도의 「치도자의治屠者議」는 이세 사이스케伊勢齋助가 편수한 『사이토 지쿠도 전집齋藤竹堂全集』(裳華房書店, 1939)에는 수록되어 있지 않으며, 현재 미야기 현립 도서관에 소장되어 있는 사본 『지쿠도 전집竹堂全集』에서 살펴볼 수 있다. 후지아쓰의 『치예다의治穢多議』와 제목과 유사하며 그 내용도 기본적으로 중복되어 있다는 점에서 주목할 만하다.

---

95 【역주】 에타穢多란 말 그대로 더러움穢이 많은多 일을 하는 사람을 가리킨다.
96 【역주】 에도 시대의 천민계층을 가리키는 말.
97 原田伴彦, 『被差別部落の歷史』, 朝日新聞社, 1937.
98 前田勉, 「史料紹介 齋藤竹堂 '治屠者議'」, 『日本文化論叢』 14號, 2006.

지쿠도는 「치도자의治屠者議」의 서두에 "도자屠者도 또한 인간이다"라고 크게 서술하고 있다. 그리고 그럼에도 불구하고 "아직 일찍이 사람들은 그렇게 생각하지 않고 그들을 배척하며 금수처럼 보"는 것이 "천하의 습관"이 되어 있다. 이를 "굳이 괴이하다 하지 않는 것은 어째서인가?"라고 물으며 동시대의 두 가지 차별사상을 부정했다. 그중 하나가 "그 조상이 이만夷蠻의 종"이라 같은 자리에 둘 수 없다는 이민족 기원설, 또 하나는 "황국은 신기神祇를 공경하여 도살하는 것과 같은 더러운 것을 가장 금기시한다. 때문에 에타라 부르며 이를 배척"한다는 직업기원설이다. 이에 대해 지쿠도는 "그들의 옷은 나의 옷, 음식은 나의 음식, 행위는 나의 언어와 동작이며, 그 심지心智가 경영되고 움직이는 것 또한 반드시 나의 밑에서 나오지 않는다"(『治屠者議』)라고 비판한다. 이 점은 "천지에 태어난 만물이 사람이 아니라면 즉 짐승이요 금수요, 풀과 나무요, 흙과 바위일진대 사람의 몸을 하고 어찌 짐승의 성품을 가진 자가 있겠는가?"(『治穢多議』)라고 인간 본성의 평등을 주장하며 이민족 기원설과 직업기원설이라는 두 가지 속설을 부정한 후지아쓰의 논의와 겹친다. 이러한 의미에서 지금까지 후지아쓰의 『치예다의治穢多議』에 대한 높은 평가는 그대로 지쿠도에게도 주어지지 않으면 안 된다. 후지아쓰의 『치예다의治穢多議』가 "단 하나의" 해방론은 아니었기 때문이다.

물론 양자 간에는 차이도 있다. 구체적으로 말하자면 어떻게 피차별민의 해방을 행할지에 대한 방법을 둘러싼 것이다. 후지아쓰의 경우, 피차별민 중 "그 성질이 곧으며 용감한 자, 의로운 자"(『治穢多議』)를 선발하여 점차적으로 가옥을 제공하여 농업에 종사시키며 평민 신분으로 상승시키고자 했다. 이에 반해 지쿠도의 「치도자의治屠者議」는 더욱 규모가 크다. 지쿠도는 대외적인 경비를 위한 에조치蝦夷地[99]개발과 관련해 피차별민의 이주 정책을 제언했다. 이와 관련해서는 동시대 분고노쿠니 히지번日出藩의 번교 교수 호아시 반리帆足萬理(1778~1852, 안에이安永 7년~가에이嘉永 5년)의 『동잠부론東潜夫論』(1844)에서 주장한 에조치 이주정책이 유명한데 이와 유사한 제언이라 할 수 있다. 단 지쿠도는 "도자屠者도 또한 사람이다"라는 인간평등관에 섰던 점에서 피차별민은 "옛날 오우奧羽[100]에 살았던 이인夷人의 후예"(『東潜夫論』 覇府第二)이니 "제후의 성 밑에 이적의 나라가 있는 것과 같다"(『東潜夫論』 覇府第二)고 이민족 기원설을 전제로 했던 반리와 기본적인 발상이 달랐다. 반리의 관점에서 본다면 에조치 이주책은 더러운 이분자를 "빠짐없이 불러 모아 대신사大神祠에서 참배시켜 불제祓除하여 평인平人으로 만든 뒤, 이들을 에조시마蝦夷島의 공광한 땅으로 옮겨 농사와 목축을 하게 해야 한다"(『東潜夫論』 覇府第二)는 말에서 알 수 있듯이 성가신 자들을 쫓아내는 것이었다. 그런데 지쿠도는 "지금 길 가는 행인을 가리키며 '자식은 금수다'라고 말하면 반드시 발끈하여 노할 것이다"라며 피차별민의 굴욕감에 공감하며 그들이 '사람'으로서 살기 위해 에조치로 이주할 것을 권했다. 반리와의 사상적 차이가 극명하게 드러난다.

99 【역주】 에도 시대에 지금의 홋카이도北海道 지역을 부르던 말.
100 【역주】 현재 일본 혼슈의 도호쿠東北 지방을 가리키는 말.

도안의 유녀해방론과 지쿠도, 후지아쓰

사이도 지쿠도와 센슈 후지아쓰는 원래 쇼헤이자카가쿠몬조에서 같은 시대에 수학했으며, 함께 재능으로 이름을 날렸다. 그들의 동공이곡同工異曲이라 할 수 있는 두 개의 논문은 실은 회독을 통해 얻어진 빛나는 성과라고 할 수 있지 않을까? 이것은 상상에 지나지 않으나, 쇼헤이자카가쿠몬조에서는 유자儒者가 '책문策問'으로서 어떤 한문 명제를 두고, 서생이 이에 대답하는 한문 해답문인 '대책對策'으로 답해 유자儒者가 그것을 첨삭, 비평하거나 서생들 간에 서로 비평하는 것이 행해졌다. 후지아쓰와 지쿠도에게 '치예다治穢多'라는 책문이 주어져 '대책對策'으로 각자 해답한 것은 아닐까 생각된다.

그리고 후지아쓰와 지쿠도 두 사람이 신기하게도 동공이곡同工異曲이 되었던 것은 고주사御儒者 고가 도안이라는 존재를 제외하고는 생각할 수 없을 것이다. 도안은 앞서 소개한 눈 오는 날의 일화에서 알 수 있는 것처럼 제자들에게 관대했다. 『아편시말鴉片始末』을 쓴 지쿠도는 그 도안의 제자였다. 센슈 후지아쓰가 누구의 제자였는지는 분명하지 않다. 단 같은 시기에 쇼헤이자카가쿠몬조에서 배웠으며 가까이에 도안이 있었다는 점은 확실하다. "도자屠者 또한 사람이다"라는 지쿠도와 후지아쓰의 평등관은 스승 도안으로부터 큰 영향을 받았던 것으로 생각된다.

도안은 "천하의 지천至賤하며 지고至苦한 자, 기녀보다 심하다 할 수 있는 것이 없다"(「壼範新論」, 1815)라 하며 유녀의 고통과 치욕에 공감하는 입장에서 유녀해방론을 주장한 에도 시기 유일한 인물이었기 때문이다.[101] 도안은 여기에서 "충신은 두 임금을 섬기지 않으며, 정녀貞女

는 두 남편을 두지 않는다"는 정녀관貞女觀을 주장하면서 "남녀는 귀하고 천함에 있어 같지 않다 하더라도, 둘 다 사람이다. 상제上帝로부터 이를 본다면" 천지의 차이가 있는 것이 아니다, 여성에게만 재혼을 인정하지 않는 것과 여성에게만 정조를 요구하는 것은 유학자들의 편파적인 시각이라 비판했으며, 집안의 대를 잇기 위해 일부다처제를 용인하는 생각에 대해서도 "서양의 제 국가들은 위로는 천자로부터 아래로는 서민에 이르기까지 일부일처이다. 이는 좋은 법이다"라고 주장하며 서양의 일부일처제를 높게 평가하고 남성의 제멋대로인 태도를 비난했다. 남녀가 "같은 사람"이라는 평등관을 가진 도안에게 배웠기 때문에 지쿠도나 후지아쓰는 "도자屠者 또한 사람이다"라고 주장할 수 있었을 것이다. 그리고 '상제上帝'로부터 본다면 "같은 사람"이라는 평등 관념은 스승과 제자 사이도 포함한 것이었으며, 이처럼 대등한 자들이 토론하는 회독에서 배양된 정신이었다. 후쿠자와 유키치가 『학문을 권함學問のすすめ』의 서두에 "하늘은 사람 위에 사람을 만들지 않았고, 사람 밑에 사람을 만들지 않았다"고 선언한 시대는 곧 도래했다.

101 前田勉, 『兵學と朱子學・蘭學・國學』, 平凡社選書, 2006 참조.

제6장

회독의 종언

1. 메이지 초기의 회독

회독은 메이지 시대가 된 이후 어떻게 되었을까? 서두에 자유민권결사와의 관련성을 시사했는데, 그 전에 메이지 전기에 회독이 확대된 배경을 살펴보자.

회독의 전성기

이미 소개한 것처럼, 메이지 초기의 한학숙에서는 오다큐전철小田急電鐵의 창시자 도시미쓰 쓰루마쓰가 평한 차좌 '토론회' = 윤강이 일반적으로 행해졌다. 한학숙은 메이지가 되어도 쇠퇴하지 않고 오히려 메이지 10년대까지는 청년교육의 장으로써 명맥을 유지했다. 한학숙인 이상 그 '토론회'에서는 한적漢籍, 역사서가 회독의 텍스트가 되었음은 말할 필요도 없다. 물론 한학숙뿐만 아니라 폐번치현廢藩置縣 전의 번교에서도 회독은 계속되었다. 메이지 2년(1869)의 번교 규칙을 살펴보면

> 절차탁마하고 힘써야 하며, 무릇 학생이 한 자리에서 함께 들으며 가르침을 받고, 5, 6명에서 10명에 이르기까지 과업이 끝난 뒤, 함께 둘러앉아 토론을 해 이치를 추구하여 반드시 의심 가는 바가 없는 다음에야 멈춰야 하며, 만약 의심 가는 바가 있다면, 반드시 그대로 놔두지 않고 질문해야 한다. 무릇 학생의 학문이 족히 진행되면 서로 만나 윤강을 하며, 한 달에 여섯 번 혹은 12번, 십팔사략十八史略으로 시작해 다음으로 좌씨전에 이르게 한다. (舊館林藩, 學館規則, 資料1冊, 608頁)

> 회독은 매월 날을 정해 정각부터 출석하며 교사가 짝을 지어 참석하게 하며, 또한 제 학생들 중 질문자를 정해 책을 읽는 자가 본문을 다 읽으면 질문자가 교사에게 잘 이해했다고 말하며, 질문이 없으면 다음으로 넘어가 계속 읽고 학생들 중 의문이 있는 자가 있다면 기탄없이 할 수 있도록 해야 한다. 물론 서로 자리를 어지럽히거나 도의에 어긋나는 것을 가지고 망령되게 논쟁해서는 안 된다. (舊和歌山藩, 定律(學校揭示), 資料2冊, 821頁)

고 한다.

또한 막부의 쇼헤이자카가쿠몬조는 메이지 정부의 한학 교육 기관이

되어, 쇼헤이학교昌平學校로 개칭했는데, 여기에서는 "윤강, 회독 등은 교수 중 회두를 선발해 바라는 대로 연구하고 궁리할 수 있도록 한다"[1] 고 정해 의연히 회독 윤강을 행했다. 또한 메이지 원년(1868)에 교토에 개설된 고가쿠쇼皇學所는 국학의 네 대인大人 "하네쿠라 도마羽倉東磨,[2] 오카베 마부치岡部眞淵,[3] 모토오리 노리나가, 히라타 아쓰타네를 본종本宗"으로 하는, 주로 구게公家 자제의 교육기관이었는데, 그 학습방법은 강석講釋, 회독, 윤강이었으며, 2, 7일에는 강석講釋, 4, 9일에는 회독을 하기로 정하고 있었다(舊和歌山藩, 定律(學校掲示), 資料2冊).

회독이 행해진 것은 양학숙도 마찬가지였다. 막말幕末 고가 도안의 아들 사케이(1816~84, 분카文化 13년~메이지明治 17년)는 도안의 뒤를 이어 쇼헤이자카가쿠몬조의 고주샤御儒者가 되었는데, 견습 고주샤御儒者 시절부터 가쿠몬조 구내의 관사役宅에서 난학을 배우기 시작했으며, 막부의 요가쿠쇼洋學所(서양 서적의 번역과 양학 연구를 전문적으로 행하는 기관)설립에 진력해 안세이 2년(1855) 초대 도도리頭取가 되었다. 요가쿠쇼는 안세이 3년(1856)에 반쇼시라베쇼蕃書調所가 되는데, "수업은 쇼헤이코나 한학숙 등과 같은 형식으로 행해졌다. 아침 8시부터 오후 4시까지 개강 시간이며, 회독이나 윤강 등의 형식을 통해 연습하고, 소독素讀을 통해 읽는 법을 배우는 것이 중심 교육 방법이었다. 교과서로는 미쓰쿠리 겐포가 번역한 『그라마티카グラマテぃカ』와 『신택시스セインキタス』가 사용되었다"[4]고 한다. 데키주쿠에서 사용된 텍스트와 동일하다. 부언하

1 『明治以後教育制度發達史』 卷1, 教育資料調査會, 1946.
2 【역주】 보통 가다노 아즈마마로荷田春滿라고 더 많이 부른다.
3 【역주】 가모노 마부치加茂眞淵라고 더 많이 부른다.
4 國立教育硏究所 編, 『日本近代教育百年史』, 1974.

자면 『그라마티카』를 번역한 막말幕末의 대표적인 난학자 미쓰쿠리 겐포(1799~1863, 간세이寬政 11년~분큐文久 3년)는 쇼헤이자카가쿠몬조에서 고가 도안에게 배웠으며, 위원의 『해국도지』에 훈점을 찍어 반쇼시라베쇼蕃書調所의 교수가 되었다.

미쓰쿠리 겐포의 손자 미쓰쿠리 린쇼(1846~96, 고카弘化 3년~메이지明治 30년) 또한 회독이나 윤강을 했다. 반쇼시라베쇼는 요쇼시라베쇼洋書調所로 개칭했다가 분큐 3년(1863)에는 가이세이조開成所로 다시 개명했는데, 린쇼는 이 가이세이조의 교수 견습이 되었다. 그는 그 자리에 있으면서 자택에서 사적으로 주쿠塾(가메이 난메이에 대해 언급할 때 기술했던 '家塾'의 범주에 있다)를 열었다. 린쇼는 "아침에 나가 3시부터 4시까지(가이세이조) 교수 일을 본 뒤 집으로 돌아와 곧바로 2, 3시간 회독이나 윤강을 했다. 그중에 가르침을 받으러 오는 제자가 있으면 이에 답하고, 그 뒤로 주쿠에 있는 사람들을 가르쳤다"고 한다.[5] 또한 프랑스 학자 미쓰쿠리 린쇼는 메이지 5년(1872)의 '학제' 초안의 기탁을 한 문부성의 학제 조사팀의 한 사람으로 임명되었다.

후쿠자와 유키치의 게이오기주쿠慶應義塾에서도 회독은 행해졌다. 게이오 4년(1868) 4월의 '일과표'에 따르면 1주간의 과업은 다음과 같이 정해져 있었다.[6]

日課

一. 웨이랜드ウェランド, Francis Wayland 씨 경제경서강의, 후쿠자와 유키치

5 大槻文彦, 『箕作麟祥君傳』, 丸善, 1907.
6 海原徹, 『近世私塾の研究』, 思文閣出版, 1983.

(화, 목, 토요일, 아침 10시부터)

一. 퀘켄보스クエツケンボス, G. P. Quackenbos 씨의 합중국역사강의, 오바타 도쿠지로小幡篤次郎(월, 수, 금요일, 아침 10시부터)

一. 퀘켄보스 씨의 궁리서窮理書 강의, 무라카미 다쓰지로村上辰次郎(월, 목요일, 오후 1시부터)

一. 펄레이パルレイ, Peter Parley 씨의 역사회독, 오바타 도쿠지로(화, 금요일, 오후 1시부터 4시까지)

一. 퀘켄보스 씨의 궁리서 회독, 나가시마 사다지로永島貞次郎(수, 토요일, 오후 1시부터 4시까지)

一. 커밍스コヲミング, B. N. Comings 씨의 인신궁리서 회독, 마쓰야마 도안松山棟庵(월, 목요일 오후 1시부터 4시까지)

一. 코넬コルネル, Sarah Sophia Cornell 씨의 지리서 소독素讀, 오바타 도쿠지로(일요일 외 매일, 아침 9시부터 10시까지)

一. 펄레이 씨 만국역사서 소독素讀, 나가시마 사다지로(일요일 외 매일, 아침 9시부터 10시까지)

一. 스미스スミス, Adam Smith 씨 궁리초보, 무라카미 다쓰지로(일요일 외 매일, 아침 9시부터 10시까지)

一. 문전 소독文典素讀, 오바타 도쿠지로, 마쓰야마 도안, 고이즈미 노부키치小泉信吉(일요일 외 매일, 아침 9시부터 10시까지)

막말幕末의 게이오기주쿠에서도 소독素讀, 강의講釋, 회독이라는 3가지 학습 방법은 변함이 없었다. 이와 같이 한학숙이나 양학숙에서 회독 = 윤강은 메이지 이후에도 일반적인 독서, 학습 방법이었다.

회독의 전성기라 할 수 있는 메이지 초기에는 회독의 유익함이 보다 적극적으로 주장되었다. 회독을 권한 저서들 중 『개화문답開化問答』(1874)의 저자로 알려진 오가와 다메지小川爲治의 『학문지법學問之法』(西山堂, 1874)이라는 저작이 있다. 『개화문답開化問答』은 보수파 舊平와 개화파 開次郎의 의논을 통해 후쿠자와 유키치의 『학문을 권함學問のすすめ』의 내용을 강석체講釋體로 흥미롭게 전하고 있는 책이다. 오가와는 『학문지법學問之法』에서 '회독의 이득'이라는 항목을 만들어 "3, 4인이 사를 결성해 모두 같은 책을 읽고 요약해 함께 모이기로 한 날에 모여 각자 생각하는 곳에 대해 의견을 내, 서로 토구하면, 모두 각자 큰 이익을 얻을 수 있다"(第三冊)고 공동 독서의 효용을 주장하고 있다. 오가와는 말한다.

> "백문이 불여일견"이라 한다. 나는 또한 "백편의 독서가 한 번의 토론만 못하다"고 말하고자 한다. 방 하나에 한거閑居하여 서적에만 탐닉하는 자는 그 식견이 고루하여 결코 실제로 이득이 되지 않는다. 혹시 독서하여 얻은 것을 가지고 사우師友 간에 질문하고 그 진위의 가부를 확정하면 그 논의가 충실實着하니 결코 쓸모가 없는 경우가 없다. 시험 삼아 생각하여 지금 읽고 있는 책의 의미를 곧바로 다른 사람에게 강설講說하는 것이 가능하겠는가? 그렇지 않다. 이를 결코 능히 할 수 없을 것이다. 그렇지만 그 의미를 일단 다른 사람과 토론한다면 언제, 어느 사람에게도 명석하게 이를 누술縷述할 수 있을 것이다. (『學問之法』)

18세기 중엽의 에무라 홋카이의 『수업편授業編』에서는 혼자 읽는 것과 함께 읽는 것 중 어느 것이 나은지 질문 받았을 때 "책을 백편 읽으면 뜻이 절로 통한다"라는 금언을 인용해 홀로 텍스트를 숙독하는 것이 권장되었다. 그런데 오가와는 "백편의 독서가 한 번의 토론만 못하다"며 회독에서 이루어지는 토론의 효용성을 주장하고 있다. 오가와에 따르면, 방 안에서 책을 홀로 읽어도 "그 식견이 고루하여 결코 실제로 이득이" 되지 않는다. 그러나 책에서 얻은 지식을 "사우師友 간에" 질문하여 그 진위를 확정하여 "다른 사람과 토론"함으로써 어느 장소에서도, 어떤 사람에게도 명석하게 설명할 수 있게 되는 "실제의 이득"이 있다고 한다. 더욱 주목할 점은 오가와가 이설異說에 대해 '허심', 즉 관용의 정신을 주장했다는 점이다.

무릇 사람이 어떤 것에도 구애받지 않고 자신의 설을 고집해, 타인의 말을 받아들이지 않고 교만하게 스스로를 옳다 하고 타인을 백안시하는 자는 극히 어리석은 자이며, 그와 같은 무리들은 일의 진면목을 볼 수 없음을 알아야 한다. 원래 학문을 상승上乘시키는 방법은 타인의 의논과 이견을 잘 받아 허심하게 이를 짐작하고 상량하는 것에 있다. 그리 한다면 타인의 의논과 이견이 항상 내가 닿지 못하는 부분을 도와, 나의 식견이 결점을 극복하여 완벽해질 것이다. 이렇게 본다면, 타인의 의논이 자신과 다르다 하더라도 함부로 자신의 일견으로 이를 반박해서는 안 된다. 용인하고 또 용인해야 한다. 또한 다른 사람에게 자신의 의논을 논하며 이견을 말할 때에는 극히 온화하고 유연해야 한다. 결코 나쁜 말을 꺼내거나 격한 말을 마음대로 해서는 안 된다. 말로 다투는 것은 때로는 주먹으로 싸우는 것보다 심하다. 주먹으로 맞은 상처는 낫기 쉽다. 언어로 인한 상처는 낫기 어렵다. 삼가지 않으면 안 된다. 객기와 쟁심爭心으로 타인의 의논을 들으면 오직 다른 부분만 보이고 같은 부분을 깨닫지 못한다. 만일 허심하게 다가가 세심히 배우려體帖 한다면, 처음에는 달라 보이더라도 차차 나와 같음을 깨닫게 될 것이다. (『學問之法』)

여기에서는 쇼헤이자카가쿠몬조의 주자학자이나 나카무라 게이우가 번역한 『자유지리自由支理』와 마찬가지로 "자신의 설에 고집하여 타인의 말을 받아들이지" 않는 '교만함'이 비판을 당하면서, 이설에 대한 '용인', '허심', 즉 "민주주의적 생활양식의 덕"(J. Gouinlock)이 그대로 조술祖述되어 있다. 지금은 회독의 장에서의 '토론', '의논'은 개화파 가이지로가 행하는 바와 같은 문명개화의 상징적인 퍼포먼스로서 파악되게 되었다.

이와 같은 메이지 초기의 회독 전성 시대에 회독은 어떻게 전개되었는가? 메이지 시대의 회독을 교육과 정치의 세계에서 살펴보자. 구체적으로는 메이지의 '학제'와 자유민권운동에서 회독이 어떠한 위치를 점하고 있었는지 살펴보자.

2. 학제와 윤강

근대 일본의 학교제도의 출발점이 된 메이지 5년(1872)의 '학제'는 본서의 회독이라는 관점에서 본다면 주목할 필요가 있다. '학제'의 교육이념은 그 공포公布에 따라 발급된 「피앙출서被仰出書」에 드러나고 있다. 그 머릿글에는 다음과 같은 선언이 있다.

> 사람들이 스스로 그 몸을 세워 치산治産하고 창업昌業하여 삶에 보탬이 되게 하려면 몸을 갈고 닦으며 지혜를 열어 재예才藝에 능하게 해야 한다. 몸을 갈고 닦으며 지혜를 열어 재예才藝에 능할 수 있도록 하는 것은 배움이 아니면 능히 그럴 수 없다. (「學制につき被仰出書」)

교육의 목적은 "그 몸을 세워 치산治産하고 창업昌業하여 삶에 보탬이 되게 한다는" 개개인의 일신 독립, 치산창업을 위한 것이라 간주되었다. 학문은 단적으로 "몸을 세우는 재본財本"이라 하여 개인의 입신출세를 위한 실리적인 목적을 위한 수단으로 변화했다. 이는 에도 시대의 '성인聖人' = 완벽한 인격자가 되기 위한 도덕적인 교육목적, 혹은 18세기 중엽 구마모토번의 지슈칸에서 시작된 번藩(국가)에 유용한 '인재' 육성이라는 교육목적과 명확히 선을 긋고 있다. 실질적으로는 메이지 정부의 의도가 국가를 위한 인재육성이라 했더라도 지향해야 할 이념으로서 이와 같이 개인의 "몸을 갈고 닦으며 지혜를 열어 재예才藝에 능하게 하는" 목적을 위해 교육이 존재한다고 선언된 것의 사상사적 의의는 크다.

또한 교육내용에 있어서도 "사장詞章과 기송記誦에 매달려 공리空理와 허담虛談에 빠져, 그 논의는 자못 고상해 보이나 직접 능히 이를 몸으로 행하지 못하는 경우가 적지 않다"고 하여, 시가, 문장을 암송하는 유학이나 국학 같은 학문은 무용한 학문으로 간주되어 부정되었다. 여기에

"실로 멀어 일용日用에는 맞지 않는" "실없는 학문"을 부정하고, "인간 보편적이고 일용日用에 가까운 실학"을 추구한 후쿠자와 유키치의 『학문을 권함學問のすすめ』의 영향이 있음을 쉽게 간파할 수 있다.

'학제' 하에서의 윤강

그러나 주목하지 않으면 안 되는 점은 '학제' 발포시점에서 유학이나 국학과 같은 "실없는 학문"은 비판 받았으나, 회독 = 윤강이라는 배움의 방법까지 부정되지는 않다는 점이다. 이 점에 대해 교육사가 나카우치 도시오中内敏夫는 "72년의 '학제'는 전혀 새로운 전국일원의 소학교 상像을 만들어냈으나, 그 방법에 대해서는 '구수口授' 혹은 '윤강'이라는 번교, 향학에서 쓰던 방법을 사용했음은 주지의 사실이다"(「近世日本の人間形成論と民衆心理」, 著作集 IV)라고 지적하고 있다. 소독素讀, 회독의 장에서의 시험이나 등급제는 이미 번교에서 행해지던 것이었으며, "막말幕末의 번교는 많은 점에서 구미 근대 국가의 학교의 그것과 많은 차이가 없었기"[7] 때문이다.

사실 메이지 5년의 '학제'에는 교칙에 관한 규칙(第二七章)이 정해져 있다. 이에 따르면 소학교의 교과는 하등소학교과와 상등소학교과로 이분되어, 각 과의 교과목이 열거되어 있다. 하등소학(6세부터 9세까지의 4년)에서는 철자, 습학, 단어, 회화, 독본, 수신, 편지書牘, 문법, 산술, 양

7 勝田守一・中内敏夫, 『日本の學校』, 巖波書店, 1964.

생법, 지학대의大意, 이학대의, 체술體術, 창가의 14과목, 상등소학(10세부터 13세까지의 4년)에서는 하등소학의 제 과목 외에 사학대의, 기하학 괘화罫畫대의, 박물학대의, 화학대의의 4과목을 추가하였으며, 선택과목으로 외국어학, 기부법記簿法, 화학畫學, 천구학天球學을 두었다. 이 '학제'의 규정을 받아들여 메이지 5년 9월에 공포된 문부성의 「소학교칙小學校則」에는 교과목을 각 학년에 어떻게 배당할지, 또한 교과서는 어떤 것을 사용할지, 어떻게 교수해야 할지 그 방법에 대해 기재되어 있다. 거기에는 '윤강'에 의해 텍스트 독해가 예시되어 있다.

구체적으로 말하자면, 독본, 지학, 이학, 사학의 하등 및 상등 교과에 '윤강'이 제시되어 있다. 하등4급의 독본윤강에서 "이미 배운 부분을 암송해 와 한 명씩 일어나 장소를 바꿔가며 그 뜻을 강술한다"고 한 것이 최초의 윤강이며, 이하 상등 1급까지 매 학급마다 윤강이 있었다. 각 급의 윤강을 들어보면 다음과 같다.

> 하등 4급 독본윤강 "이미 배운 부분을 암송해 와 한 명씩 일어나 부분을 바꿔가며 그 뜻을 강술한다."
>
> 3급 독본윤강 "이전 등급前級과 같다."
>
> 지학윤강 "일본국진日本國盡[8]을 강술하게 하는 바 독본윤강과 같다. 또한 일본지도의 용법을 보인다."
>
> 2급 이학윤강 "궁리도해窮理圖解,[9] 서양신서를 주어 강술하게 한다."

---

8 【역주】 1597년에 간행된 왕래물往來物로 일본 국내의 제 구니를 기나이畿內와 칠도七道로 나누어 놓아 기억하기 쉽게 했다.

9 【역주】 후쿠자와 유키치가 미국에 가 서양 학자들의 책을 접한 뒤 이들 내용 중 필요한 부분을 발췌하여 저술한 일본 최초의 과학입문서.

지학윤강 "이미 배운 세계국진世界國盡[10]을 강술하게 한다. 또한 세계지도의 용법을 보인다."

이학윤강 "이전 등급과 같다."

1급 독본윤강 "이전 등급과 같다."

지학윤강 "앞의 책 혹은 지학사시地學事始[11] 등을 통해 세계지도의 용법을 강술 하게 한다."

이학윤강 "이전 등급과 같다."

상등 8급 독본윤강 "서양사정西洋事情[12] 등을 독견한 뒤 돌아가며 강술하게 한다."

이학윤강 "박물신편화해博物新編和解[13] 및 그 보유補遺, 격물입문화해格物入門和解,[14] 기해관란광의氣海觀瀾廣義[15] 등을 홀로 읽고 와 윤강하게 하며 교사들은 기계를 사용해 그 주장하는 바를 실제로 보인다."

지리윤강 "황국지리서皇國地理書[16]를 홀로 읽고 와 강술하게 한다."

7급 이학윤강 "이전 등급과 같다."

사학윤강 "왕대일람王代一覽[17]을 홀로 읽고 와 윤강하게 한다."

---

10 【역주】 1869년 겨울에 발간된 세계지리 입문서.

11 【역주】 마쓰야마 도안이 역술譯述한 지리서로 1870년 겨울 출간되었다.

12 【역주】 후쿠자와 유키치가 당시 구미의 상황을 소개한 책.

13 【역주】 런던 전도회의 의료선교사 벤자민 홉슨Benjamin Hobson이 중국 광저우廣州에서 출간한 『박물신편博物新編』을 번역하면서 약간의 내용을 추가하여 출간된 책. 자연신학自然神學적 관점에서 자연과학 지식을 기술했다.

14 【역주】 미국인 윌리엄 A. P. 마틴William Martin이 정위량丁韙良이란 이름으로 중국에서 출간한 자연과학 개설서 『격물입문格物入門』을 번역, 수정하여 출간된 책.

15 【역주】 아오치 린소가 저술한 지리서 『기해관란氣海觀瀾』을 난학자 가와모토 고민川本幸民이 수정, 증보하여 출간한 책.

16 【역주】 이치오카 마사카즈市岡正一가 편찬한 일본지리서.

지리윤강 "여지지략輿地誌略[18] 등을 사용해 이전 등급과 마찬가지로 한다. 단 지구의를 함께 사용한다."

6급 이학윤강 "이전 등급과 같다."

사학윤강 "국사략國史略[19] 등을 홀로 읽고 와 해설하게 한다."

지학윤강 "이전 등급과 같다."

5급 이학윤강 "이전 등급과 같다."

사학윤강 "이전 등급과 같다."

지학윤강 "이전 등급과 같다."

4급 이학윤강 "이전 등급과 같다."

사학윤강 "만국사략萬國史略[20] 등의 책을 홀로 읽고 윤강하게 하며 (구체적인 방법은) 이전 등급과 같다."

지학윤강 "이전 등급과 같다."

3급 이학윤강 "이전 등급과 같다."

사학윤강 "오주기사五洲紀事[21] 등을 홀로 읽고 와 홀로 읽고 윤강하게 하며 (구체적인 방법은) 前級과 같다."

2급 이학윤강 "이전 등급과 같다."

---

17 【역주】 하야시 가보林鵞峰가 저술한 일본 역사서. 16세기의 약 30년(1557~86)에 이르는 기간의 역사가 기술되어 있다.

18 【역주】 아오치 린소가 독일인 휴브너Johann Hübner의 네덜란드어 번역판 『一般地理書』를 다시 일본어로 번역한 『輿地誌』의 초본.

19 【역주】 고대부터 16, 17세기까지의 일본 역사를 기술한 역사서.

20 【역주】 사료에는 萬國史略이라 되어 있으나 정확히 말하면 1872년에 출간된 것은 『史略』으로 일본, 중국, 서양 제 국가의 역사를 종합적으로 기술하고 있다. 『萬國史略』은 3년 뒤에 출간되었다.

21 【역주】 미국의 학자 굿리치Samuel Griswold Goodrich의 저서 *Parley's Common School History of the World : A Pictorial History of the World, Ancient and Modern, for the Use of Schools*를 데라우치 쇼메이寺內章明가 번안한 책.

사학윤강 "이전 등급과 같다."

지학윤강 "이전 등급과 같다."

1급 이학윤강 "이전 등급과 같다."

사학윤강 "이전 등급과 같다."

지학윤강 "이전 등급과 같다."

하등4급 이상에서는 세 과목에 윤강이 있다. 단 상등8급까지는 독본(국어), 지학(지리), 이학(이과) 3과목에 있었는데, 상등7급부터 1급까지는 독본이 사라지고 사학으로 대체되며, 사학, 지학, 이학의 3과목에 윤강이 있다. 또한 상등이 되면 '독견' 즉 홀로 텍스트를 읽고 예습하게 한 뒤 윤강시켰다. 상등에서 다뤄지는 텍스트는 이학에서는 상등8급, 지학에서는 상등7급, 사학에서는 상등4급까지 예시되어 있는데, 이 중 다수가 "이전 등급前級과 같다"고 하여 정해지지 않았다. 이것은 '학제' 창설 시기이기 때문에 처음에는 모두 하등소학교에 입학하므로 하등소학교칙에 비해 상등소학교칙이 지니는 의의가 적기 때문일 것이다. 어쨌든 윤강이 큰 비중을 점하고 있었다는 점을 확인할 수 있다.

단 메이지 5년 9월 문부성이 발령한 이 「소학교칙」은 반드시 전국에 일률적으로 시행된 것이 아니었다. 각 부현府縣의 실정에 맞춰 교칙은 달랐기 때문이다. 물론 문부성의 교칙을 다소 수정해 윤강을 행했던 부현이 다수를 점하고는 있으나, 이외에도 에도 시대 이래 서민교육의 중심교과였던 읽기, 쓰기, 산술의 세 교과를 기본으로 하여 소학교칙을 편성한 부현, 혹은 뒤에서 서술하겠지만 새롭게 설치된 도쿄사범학교에 전습된 교칙에 의거한 부현도 있어 메이지 14년(1881)의 소학교칙

강령 이후처럼 획일성은 없었다.[22] 그러나 각 부현에서 교칙을 달리 했더라도 윤강이 교육방법의 하나로 중요한 위치를 점하고 있었다는 점은 변함없었다. 예를 들어 3교과식式의 교칙을 실시한 오다현小田縣의 교칙에도 제5급 이상의 (학생이) 독서에는 "이미 배운 책으로 한 주에 한 번 윤강하게 한다"(第五級), "강의, 회독을 주로 한다"(第四級), "홀로 본 뒤 질문, 강의, 회독 등을 하게 한다"(第二級), "각국의 성쇠, 강약, 정체, 풍속 등을 돌아가며 논술하게 한다"고 되어 있다. 사범학교식의 교칙을 실시한 지바현千葉縣의 교칙에도 10세부터 13세까지의 상등소학교에서는 '윤강' '독본윤강' 시간이 있었다.

메이지 초기의 교사들

윤강을 하기 위해서는 이를 지도하는 교사의 역할이 중요하다는 것은 말할 필요도 없다. 여기에서 상기해야 할 점은 메이지 전기 소학교의 교사가 관리와 함께 폐번치현 후에 봉록을 잃은 부시들이 선호하는 직장이었다는 점이다. 이 때문에 경제적으로는 부유하지 못했다 하더라도 "좀처럼 굴하지 않으며 의기가 넘치는 자들, 애국충정에 넘치는 자들國士肌이 있어 사혼師魂이 곧 사혼士魂과 통해 있었"[23]으며, "자주성이 넘쳐 자신의 교육적 소신으로 교육하려 했다"[24]는 평가를 받았다. 그 예로 가

22 海後宗臣, 『明治初期の教育』 評論社, 1973.
23 唐澤富太郎, 『教師の歴史』, 創文社, 1955.
24 위의 책.

라사와 도미타로唐澤富太郎는 사족士族 출신의 교사가 많았던 에히메현愛媛縣의 조토소학교城東小學校의 메이지 12년(1879)경까지의 직원회의 회상록을 인용하고 있다.

> 때때로 밤늦게까지 회의를 열었다. 당시 직원은 기탄없이 자신의 소신을 진술하기를 양보하지 않아 혀끝에서 불을 토할 것 같은 기세였다. 때때로 의논을 하다가 자신의 주장이 잘못되었음을 깨달으면 즉시 취소하고 다른 주장에 찬성하는 경우도 있었다. 안중眼中에 오직 공사公事에 대한 것만 있었으며 당동벌이黨同伐異하는 폐습은 없었다. 소위 화和하되 동同하지 않는 군자의 다툼이었다. (…중략…) 12, 3년경까지는 자유교육적인 풍토가 있어 교원 사이에도 그다지 자격에 따라 계급을 두어 대우하지 않았으므로 교원도 자유롭게 활동하는 것이 가능했다. (『城東教育六十年』)

이와 같이 직원회의를 할 때 "오직 공사公事에 대한 것만 있었으며 당동벌이黨同伐異하는 폐습"이 없는 '의논'이 가능했던 것은 구번舊藩시대의 번교의 회독에서 배양된 정신 덕분이라고 할 수 있을 것이다. 그리고 교사 간에 "그다지 자격에 따라 계급을 두어 대우하지 않았던" 평등한 직원회의에서의 "자유로운 활동"이 있었기 때문에 교사들도 학생들에게 '윤강'을 행하게 할 수 있었을 것이다. 교사 간의 대등성이 없었더라면 교사가 학생들과 대등한 '윤강'을 가르칠 수 없기 때문이다.

대등성 원리의 실현

이와 같이 '학제'를 실시할 때, 그때까지 번교 내에서 행해졌던 회독 = 윤강의 학습방법이 신설된 소학교에 채용된 것은 사상사적으로 보아 획기적인 의의를 지니고 있다. 회독의 대등성 원리가 이 시기에 이르러 겨우 실현가능해졌기 때문이다. 원래 회독이 대등성을 원리로 한다고 하지만 에도 후기에 회독 = 윤강을 채용했던 번교에서 회독의 범위는 부시에게 한정되어 있었다. 번교 입학은 백성, 조닌에게는 허용되지 않았다(도덕적인 교화를 위해 講釋을 청강하는 것은 가능했으나, 부시와 대등하게 토론하는 것은 불가능했다). 그런데 메이지의 사민평등 이념 아래 "무라村에 배우지 않은 집이 없도록 하고, 집에 배우지 않은 사람이 없도록 하기 위해 기획"되어 의무교육화된 소학교에서는 "화華, 사족士族, 농農, 공工, 상商 및 부녀자", 즉 "일반 인민"의 자제는 평등하게 윤강 수업을 들으며 학력을 경쟁할 수 있게 되었다. 그것이 국가의 교육정책으로서 실행되었다. 실제로 메이지 9년(1876) 에히메현의 포달布達에는 "빈부와 남녀의 차별 없이 함께 겨루어 배우고 지식을 갈고 닦는 시세"가 되었다고 서술하면서 취학을 권장하고 있다(『愛媛縣教育史』 卷3). 이토 진사이, 오규 소라이로부터 시작된 회독 = 윤강은 극히 한정된 자들 사이에서 행해진 것에 불과했으나, 메이지의 '학제'에 의해 사농공상, 즉 사민의 자제들이 대등한 입장에서 회독 = 윤강을 행하게 되었다. 에도 시대에 부시와 농민, 조닌의 자제가 하나의 텍스트를 토론하며 읽는 것을 대체 누가 상상했을까?

물론 윤강의 제도화가 다른 한편으로 학생들 간의 경쟁을 도입했다는 점은 유의하지 않으면 안 된다. '학제'의 규정 「생도 및 시험生徒及試驗」에 따르면, 학생은 반드시 등급을 밟아 진급하는 것이 필요했으며 한 급수(6개월)마다 시험을 치러 합격서가 발부되었는데, 이것이 없으면 진급할 수 없었다. 역으로 말하면, 시험에 합격하지 못하면 언제까지라도 원래 급수에 머무르지 않으면 안 되었다. '학제'하에서는 단지 재학하고 있다는 것만으로 자동적으로 진급할 수 없었기 때문이다. 그러나 그렇다 하더라도 "자신의 능력을 시험하는 열린 실력경쟁의 장"인 시험에 의해 "어제까지 책상을 나란히 하고 공부할 수 없었던 농민이나 조닌의 자식들이 부시의 자제와 대등하게 학력을 겨루며, 그들을 물리치는 것도 가능했다. 학교는 실로 '사민평등'의 이념이 최초로 실현된 곳이었다"[25]는 점은 틀림없다. 경쟁과 시험을 도입한 '학제'는 앞서 본 가나자와번 메이린도와 같은 신분제도하의 번교에서는 억눌러지고, 일그러지고, 타협하지 않을 수 없었던 회독 = 윤강의 장에서의 '실력' 원리를 철저하게 해 회독의 대등성 원리를 실현했다는 의미에서 큰 비약이었다.

참고로 메이지 초기의 베스트셀러인 후쿠자와 유키치의 『학문을 권함學問のすすめ』(初編 1872년 간행)과 새뮤얼 스마일즈Samuel Smiles의 『셀프 헬프セルフ・ヘルプ, 自助論』를 번역한 나카무라 게이우의 『서국입지편西國立志編』(第1冊, 1870년 간행) 두 권은 이와 같은 '실력투쟁'에 뛰어들어 입신출세를 노린 사람들을 감동시켰다. 이 두 사람이 지금까지 봐 온 것처럼 막말기幕末期의 회독에서 단련되었음은 우연이 아니다. 나카쓰번의 오사카 구라야시키를 담당하는 관리의 차남이었던 후쿠자와는 시

---

25 天野郁夫, 『增補 試驗の社會史』, 平凡社ライブラリー, 2007.

라이시 쇼잔의 주쿠와 오가타 고안의 데키주쿠에서 교토 니조성二条城의 고반도신交番同心[26]의 자제 나카무라 게이우는 쇼헤이자카가쿠몬조에서 각자 회독을 통해 배우며, 거기에서 실력을 인정받아 재능을 개화한 인물이었다. 그들은 자신의 성공 경험을 바탕으로 자신과 마찬가지로 분기하고 노력하여 공부하면 분명히 입신출신 할 수 있다는, 즉 "하늘은 스스로 돕는 자를 돕는다"(『西國立志編』)고 확신을 담아 (다른 사람들을) 고무시킨 사람들이었다.[27]

'학제' 반대의 이유

그러나 '학제' 플랜이 모두 실현된 것은 아니었다. 근대국가 프랑스의 중앙집권적 학제를 모방한 메이지의 '학제'는 전국을 8개 대학구大學區, 대학구 밑에 32개의 중학구中學區, 중학구 밑에 210개의 소학구小學區로 나누어 전부 53,760개의 소학교를 설치하려 했다. 그러나 전국 각지에서 소학교의 설치를 강력히 진행하려 한 문부성에 대한 반발 소동이 발생했다. 반대의 최대 이유는 학교의 성립과 유지에 따르는 비용, 수업료 등의 교육비를 수익자가 부담하는 것에 있었으나 교육 내용과 방법에 관한 것도 있었을 것이다. '학제'에서 채택된 구미문화 및 사상을 소개하는 계몽서나 번역서는 내용도 어려웠지만, 가르치는 방법

26 【역주】 도신이란 막부의 하급 관리직으로 각종 기관의 서무 및 경비직을 담당했다. 여기서 말하는 고반도신이란 교대로 니조성의 경비를 맡는 자리를 가리킨다.

27 前田愛, 『近代讀者の成立』(有精堂, 1973), 巖波現代文庫, 2001.

에도 문제가 있었다. 단적으로 말하면, 소학생에게 윤강을 하는 것이 어려웠다. 원래 번교에서도 회독 = 윤강은 소독素讀, 강석講釋의 단계를 거친(이것만으로도 상당한 시간이 걸렸다) 상급자들만 행했다. 이것을 소학생들에게 행하려 했으니 그 비현실성은 분명하다. 소학생들에게 가와모토 고민의 『기해관란광의氣海觀瀾廣義』(1851~58)와 같은, 초급이라고는 해도 물리학 서적을 읽히고 천문학, 운동체 역학, 정력학, 유체역학, 대기, 열현상, 전기, 자석, 광학 내용을 '홀로' 예습시키고 그 내용을 학생들에게 강의시킨 뒤 학생들로 하여금 질문을 하게 하여 강의한 학생이 그에 대해 답하는 것은 사실상 그림의 떡과 같은 일이었음을 쉽게 상상할 수 있다.

또한 토론의 어려움도 있었을 것이다. 부시들은 강제로 취학을 당한 번교에서 회독 = 윤강을 경험할 기회가 있었으나, 농민이나 조닌들이 다니는 데라코야에서는 읽기, 쓰기, 주판셈 정도를 가르칠 뿐 회독은 없었으며, 앞서 서술한 것처럼 어른들도 무라의 회합에서 말을 할 뿐 반대의견을 서술하고 토론하는 경험은 없었을 것이다. 미야모토 조이치가 쓰시마의 회합을 사례로 보고하는 데에서 알 수 있는 것처럼, 무라의 회합에서는 가능한 대립을 피하려 했기 때문이다.

'교수'와 '자학자습自學自習'

사실 윤강이 소학교의 교실로부터 사라진 이유는 다른 곳에 있었다. 단적으로 말하면 문명개화를 통해 서구의 교수법을 채용한 것에 있었다. 학생들 간에 토론하며 배우는 윤강은 서구 교육법을 도입하는 과정에서 버려졌다. 큰 계기가 되었던 것은 사범학교의 교수법 도입이었다. 소학교 교원을 양성하는 관립사범학교는 메이지 5년(1892) 5월 도쿄에 창설되었다. 같은 해 8월에 공포된 '학제'에는 사범학교에서는 "소학(교)에서 가르칠 때의 교칙 및 그 교수하는 방법을 교수한다. 당금에 가장 급한 것이다. 이를 성취하지 않으면, 소학이라고는 해도 능히 완비하기 어렵다"(三九章)고 정해 소학교의 정비를 긴급한 과제로 간주했다. 메이지 6년(1873)에는 오사카, 미야기宮城, 다음 해에는 아이치愛知, 히로시마, 나가사키에 사범학교가 설립되었다. "교수방법을 교수한다"는 사범학교의 개설은 회독의 존속 문제와 관련하여 매우 큰 의미가 있다.

원래 지금까지 검토해 온 회독은 스스로 회독, 학습하는 것이었으며 교수법이 아니었기 때문이다. 이 점에 대해 나카우치 도시오는 "막말幕末에 번교, 향학이 만들어지는 숫자는 놀라웠으며, 이에 필요한 교원은 객관적으로는 점차 늘어갔다. 그런데 근세 일본은 구미사회로부터의 충격을 받지 않은 채 학교교육에 관한 대부분의 제도와 개념을 자력으로 창출했지만 단 하나, 교원은 양성되지 않으면 안 된다는 교직의 전문성이라는 개념만은 만들어내지 못했다. 메이지 국가가 만든 교원양성학교, 즉 사범학교야말로 거의 유일하게 순수한 유입물이었다"(「近世日本の人間形成論と民衆心理」, 著作集 IV)고 지적하고 있다. 나카우치에 따르면, 에도 시대에는 학문 각 분야에 전문학자는 있었으나 가르치는 방법과 관련된, 즉 고유한 의미의 교육학자는 배출되지 않았다. 지금까지 몇 번이고 언급한 에무라 홋카이의 『수업편授業編』도 "어떻게 학문을 가르칠 것인가에 대한 것이 아니라, 어떻게 가르침을 받을 것인가에 대한

학습론"이었다.[28] 학생들을 어떻게 가르칠 것인가에 대한 교수법이 일본에 도입된 것은 사범학교가 창설된 때였다. 이러한 의미에서 "사범학교 = 교원양성학교야말로 근대 일본의 순수한 수입품"(『近世日本の人間形成論と民衆心理』, 著作集 IV)이었다.

에도 시대에 어떻게 가르칠 것인가, 즉 교수방법에 관한 전문가가 없었다는 테제는 어떤 의미에서 콜럼버스의 달걀이다. 지금까지 봐 온 유학에서는 가르치는 쪽이 어떻게 가르칠 것이냐가 아니라 학습자가 어떻게 배울 것이냐를 문제시하고 있었다. 이 점에 대해 에모리 이치로江森一郎는 일본교육사의 선구자 하루야마 사쿠키春山作樹가 "우리나라에서는 모든 피교육자에 대한 교훈만 이야기된다. 때문에 교육이라 말하지 않고 학문이라 하며, 훈육이라고 하지 않고 수양이라고 하며, 교수라 하지 않고 독서라고 한다"[29]라고 말한 것과 아베 요시오阿部吉雄가 "유가에서는 고래로 스스로 배우는 것을 가르친다고 하여 교학일치설을 견지한다. 즉 교육법은 위학법爲學法으로서 연구되어 교육의 목적을 항상 자발적 자기도야에 두고 있다. 따라서 학문을 하는 방법이 발달한 것에 비해 교육법은 볼 것이 적으며, 여기에서 단체적, 조직적 교육법이 발달되지 못한 한 가지 요인을 찾을 수 있다"[30]고 주장한 것을 소개하고 있다.[31]

"자발적, 자기도야"적으로 "스스로 배우는 것"은 메이지기에 서구 사상에 의해 이입된 것이 아니라 오히려 '고래'로부터 내려온 유학의 교

---

28 中内敏夫, 『教育評論の奨め』, 國土社, 2005.
29 春山作樹, 『日本教育史論』, 国土社, 1979.
30 「支那教育史に於ける朱子の小學」, 『東方學報』 東京, 第一一冊の一, 1940.
31 江森一郎, 『'勉强'時代の幕開け』, 平凡社, 1990.

설이었다. 지금까지 봐 온 것처럼, 유학에서는 학문을 할 때 '자득自得' 하는 것을 귀히 여겨 자발성을 중시했다. 가르치는 자 = '스승'은 학습자의 자발성을 환기시키는 모범이었으며, 어디까지나 '선각자'(『논어』 憲問編)에 지나지 않았다. 학습자는 앞서 깨달음을 얻은 '스승'을 모방하여 스스로의 의지로 노력하는 것을 요구받았다. 철저히 학습자의 입장에 서 있었던 것이다. 쓰지모토 마사시辻本雅史가 가이바라 에키켄의 교육론을 서술하며 지적하고 있는 것처럼 유학에서 "'스승'은 학습자와 마주하여 말이나 이론을 통해 지식을 '가르치는' 관계가 아니었으며, 좋은 '모범'으로서 학습자를 앞선 간 소위 선행자의 모습이었다. 학습자는 그 뒷모습을 뒤에서 보며 감화와 영향을 받으며 스스로 배우는 것이 바람직하다고 간주되었다."[32] 즉 자학자습이 기본이었다. 이 때문에 역으로 어떻게 가르칠 것인가라는 교수방법은 발달하지 않았다.

구미 교수방법의 섭취

도쿄사범학교에서는 미국인 교사 스콧Scott을 초빙하여 구미의 교수방법을 받아들였다. 스콧은 쓰보이 겐도坪井玄道를 통역으로 두어 학생들을 영어로 가르쳤으며, 당시 미국의 초등학교에서 사용되었던 교과서, 교구, 기계 등을 모두 주문하도록 해 책상과 걸상을 두었던 교실의 풍경을 모두 미국의 초등학교와 마찬가지로 바꾸어 미국식 교수방법을

32 辻本雅史, 『'學び'の復權』, 巖波現代文庫, 2012.

전수했다. 입학생 중 학력이 우수한 자를 선발해 상등생上等生으로 하여 이들을 소학교의 아이들로 간주해 소학교의 교과를 가르쳤으며 상등생은 그 다음에는 스콧을 본받아 다른 학생들에게 이를 전했다. 여기에서 일제 교수방법이 도입되었다. 이는 지금까지 봐 온 번교의 개별지도 방법素讀이나 공동독서 방법(회독)과도, 또한 데라코야의 개별지도법과도 다른 서구의 교수방법이었다.

이 교수방법의 한 가지로 문답 교수가 있다. 이것은 "교사가 교재의 일절을 언급하여 이에 대해 의문을 제기하면 학생들이 한 사람씩 일어나 응답하고 교사는 그때마다 옳고 그름을 분명히 했다. 이것이 일순하면 모든 학생이 일제히 정답을 말하는 방법으로, 이를 반복해 교재의 일정한 내용을 학생들의 두뇌에 기억되게끔 하는 것이었다"[33]고 한다. 형식적인 '질문'과 '대답'이 준비되어 이를 반복하는 주입식 교수법이었다. 또한 이 교수방법과 함께 엄격한 교실 관리 규칙이 정해져, "교실에서 학생의 일거수일투족은 모두 1, 2, 3이라는 교사의 호령대로 이루어졌다고 한다."[34]

페스탈로치Johann Heinrich Pestalozzi주의의 영향을 받은 메이지 초기의 수업방법은 학생의 자기발달을 돕기 위한 개발주의적 교수이론에 입각한 것이었는데, 메이지 20년대 이후에는 형식주의적인 페스탈로치주의 교수이론이 채용되어 수업이 더욱 강석講釋과 비슷한 경향을 보이게 되었다. 이는 본질적으로는 "기송주입記誦注入의 법法"[35]이었으며,

33 佐藤秀夫,「近代教育の發足」,『巖波講座 現代教育學 5―日本近代教育史』, 巖波書店, 1962.
34 위의 글.
35 中内敏夫,『教育評論の奨め』, 國土社, 2005.

소독素讀과 강석講釋의 부활이라고도 할 수 있다.[36] 이것으로 회독의 공동독서가 지닌 자발성은 완전히 사라지고 말았다.

마쓰모토 료준松本良順, 이가쿠쇼醫學所의 선택

'학제'가 반포되기 이전에 막말幕末에 이미 일본 국내에서 회독의 역사에 종지부를 찍은 학교가 있었다. 난학의 총본산이라 할 수 있는 막부의 이가쿠쇼醫學所였다. 마에노 료타쿠, 스기타 겐파쿠의 『해체신서解體新書』 이래, 난학의 주류였던 의학 분야에서 회독은 그 역할을 끝냈던 것이다.

이야기는 막말幕末로 거슬러 올라간다. 막부는 서양의학 교육기관으로 분큐 원년(1861)에 슈토쇼種痘所를 개칭하여 세이요이가쿠쇼西洋醫學所를 설치했다. 이듬해 오사카로부터 오가타 고안을 초빙하여 도도리로 삼았으며, 분큐 3년(1863) 2월에 이가쿠쇼라 이름을 바꾸었다. 오가타 고안의 급사 후 이가쿠쇼의 도도리가 된 것이 마쓰모토 료준(1831~1907, 덴포天保 3년~메이지明治 40년)이었다.

마쓰모토는 사쿠라번의 번의藩醫 사토 다이젠佐藤泰然(준텐도順天堂의 창시자)의 차남으로 태어나 막말幕末 마쓰모토 료호松本良甫의 양자가 되었다. 그는 그 이전인 안세이 4년(1857) 막부의 명령으로 나가사키에 가 네덜란드 해군 3등군의 폼페Johannes Lijdius Catharinus Pompe van Meerdervoort

36 위의 책.

로부터 일본에서는 처음으로 계통적, 조직적인 서양의학 교육을 받았다. 료준은 폼페로부터 서양의학 이외에 화학, 물리학, 생리학 등도 배웠으며, 기초부터 임상의학에 이르는 계통적인 자연과학 강의를 받았을 뿐만 아니라, 실제로 사형수를 해부하여 의료기술을 습득했다. 이 료준이 분큐 3년(1863)에 에도로 돌아와 오가타 고안의 사망 후 이가쿠쇼의 도도리가 되었다.

나가사키로부터 돌아온 료준의 입장에서 본다면, 회독을 통해 네덜란드어 해독을 중심에 둔 이가쿠쇼의 교육, 학습방법은 질릴 만한 것이었다. 이가쿠쇼에서 배운 이케다 겐사이池田謙齋는 그 시대를 회고하며 "회두는 잠자코 말하는 것을 듣고 있으며 먼저 옆으로부터 질문을 시킨다. 잘 모르겠다고 해 토론이 일어났는데 이에 진 자는 흑점, 이긴 자는 백점을 받았다. 그 질문은 우선 문장의 의미를 묻고, 다음으로 성性과 격格에 대해 물으며, 그 이후에는 전치사나 접속사, 감탄사間投詞 등을 물었는데 상당히 면밀했다고"[37] 한다. 오가타 고안의 데키주쿠에서의 회독이 그대로 이가쿠쇼에 옮겨진 것이었다.

료준에 의하면 오가타 고안의 주쿠에서는 지금까지 문법서를 회독하고 서문과 범례의 명문을 강구하는 것에만 힘썼다. 내(료준)가 감독하는 이가쿠쇼에서는 문법을 배우고 어려운 문장을 독해하는 것을 금하며 오직 이화학, 해부학, 생리학, 병리학, 약물학, 내과학, 외과학의 일곱 과목을 정하여 오전에 1회, 오후에 2회 순차적으로 강의하게 할 것이며 다른 책을 금지한다. 혹시 불복하는 자가 있다면 빨리 퇴교하라고

37 入澤達吉 編, 『回顧錄』. 海原徹, 『近世私塾の硏究』, 思文閣出版, 1983 所引.

선언했다. 그러자 이러한 결정에 불만을 가진 학생들이 "의과에서 배우는 내용은 상세하게 책 속에 있는데 독서를 배우지 않는다면 훗날 귀향해 의심가는 부분을 논하여 의리를 강론할 방법이 없다"고 주장했다고 한다. 이에 대해 료준은 "의문醫門의 모든 과목을 공부해 암기하면 반드시 3, 4년 이내에 졸업할 수 있다. 책을 읽는 것은 기억의 혼란을 바로잡기 위한 것이며, 이미 강의를 들어 잊지 않았다면 책이 없어도 괜찮다. 또한 자신이 모르는 부분은 책을 읽어도 결코 이해할 수 없다"고 반론해 책만을 의지하려 하는 학생들을 설유說諭하여 겨우 납득시켰다고 한다.

이와 같은 료준의 결정에 대해 이가쿠쇼의 속리들은 회독이 사라져버려 토론하며 서로 따지는 소리가 들리지 않게 되어 교내가 조용해졌다고 하면서, "예전에 오가타 씨가 교장이었을 때는 밤낮으로 회독, 윤강이 있었다. 우리들은 그 공부하는 것을 칭찬하며 이를 장관에게 보고해야겠다고 했던 일도 있었는데, 요즘 학생들은 침묵하여 책상에서 책을 읽거나, 오전, 오후를 통틀어 총 세 번 강의를 들을 뿐이다. 이는 학문을 열심히 하지 않아서가 아니겠는가?"라고 말하고 있다. 료준은 이를 듣고 웃으며 "경들은 학생들이 소란스러운지 침묵하여 독서하고 공부하는지 모르는가? 혹시 시끄럽기를 원한다면, 매일 청년青年, 사제師弟들로 하여금 큰 소리로 노래 부르고 춤추게 해야 한다. 의학교가 성행하면 학교에서 대의大醫와 명가名家를 배출하는 일이 많아질 것이다. 보건대 수년 내에 반드시 대가가 배출될 것이다. 눈앞에서 시끄럽다고 기뻐할 것이 못 된다"고 반론했으며, 자신의 말이 옳음을 사실을 통해 실증했다(『蘭疇自傳』, 平凡社東洋文庫, 『松本良順傳, 長與專齋自傳』).

체계적인 지식 습득

난방의蘭方醫이자 메이지 시기의 의사, 위생제도의 기반을 만든 나가요 센사이長與專齋(1838~1902, 덴포天保 9년~메이지明治 35년)의 자전(『松香私志(松香私志)』 同右東洋文庫)에도 폼페나 마쓰모토 료준에게 나가사키에서 배웠을 때 필요한 지식은 간단한 구어로 전해들어 알았다는 기술記述이 있다. 나가요 센사이도 데키주쿠에서 네덜란드 원서의 회독으로 단련되어 있었는데, 나가사키에서의 체험은 충격적이었다.

> 유심히 학문하는 것을 관찰했는데 종전과는 크게 달라, 극히 평이한 언어, 즉 문장으로 곧바로 사실의 핵심을 설명하여, 문자, 장구에 천착하는 일은 조금도 없으며 그것을 문제시하지도 않고, 병증, 약물, 기구, 그 외 각종 명물, 기호 등, 일찍이 마음속에서 은밀히 찾으며 세월을 쏟아 부어 의심을 품었던 난제도 실물을 직접 보고 그림으로 보여주어 일목요연하게 손바닥을 보는 듯하니, 자서字書 같은 것은 책상 위의 장식품에 지나지 않았다. 매일의 강의를 잘 이해하고 기억하면, 날로 새로운 것을 알고 새로운 이치를 이해하며, 또한 한 글자 한 절의 의미에 저애되는 일 없이 탄탄대로를 걷는 것 같다. (『松香私志』)

> 이러한 전습 방법으로 난학의 대세가 일변하여, 작은 것에 얽매여 큰 것을 보지 못하는摘句尋章 옛 방법에서 벗어나, 즉시 문장의 대요大要를 영유해 오직 사물의 실리를 연구하는 것으로 나아가, 일취월장의 기세로 오늘날 문명의 세운世運을 열게 되었다. 전년에 오가타 선생이 난학 일변의 시절이 도래했다고 선언하신 것은 실로 달인의 지언知言이었다고 홀로 깊이 감탄했다. (『松香私志』)

『해체신서解體新書』의 번역과 함께 시작된, 읽는 회독의 전형이었던 난학자의 네덜란드 서적 번역은 여기에서 종지부를 찍었다. 책이 아니라 실물에 입각한 실험, 실증과학이 이루어졌을 뿐만 아니라, 계통적인 교수방법이 확립되었다. 회독처럼 가르치는 자도, 배우는 자도 없이 책의 읽기 어려운 부분을 읽는 일이 사라졌다. 가르치는 쪽은 학과를 정해 체계적인 지식을 어떻게 효율적으로, 계통적으로 가르칠까를 문제시하게 되었다. 역으로 배우는 자에게 독서는 기술(마쓰모토 료준이나 나가요 센사이의 경우엔 의료기술)을 습득하기 위한, 더 나아가 정신을 획득하기 위한 수단이 되었다.

여기에서 『학문을 권함學問のすすめ』의 일화가 상기된다. 앞서 주자학자가 회독의 장에서 토론한 일례를 소개했다. 거기에서는 명明, 청清의 소석가疏釋家의 책이 토론의 전제가 되었으며, 그것을 알지 못하면 토론도 할 수 없었다. 그러나 그러한 회독에서는 자신도 알지 못하는 사이에 지식을 쌓고자 책벌레가 될 위험성이 없다고는 할 수 없다. 후쿠자와가 『학문을 권함學問のすすめ』에서 "학문은 단지 독서하는 것에 있지 않다", "학문의 요要는 활용에 있을 뿐이다. 활용할 수 없는 학문은 무학無學과 같다"고 말하며 "주자학 서생"을 야유한 것은 그들이 책에 지나치게 편중했던 자세, 정신에 대한 것이었다.

> 예전에 어떤 주자학 서생이 다년간 에도에서 수행하면서, 학류學流에 대해 이야기할 때 제諸 대가의 설을 베끼기를 밤낮으로 열심히 수년간 하여 그 사본이 백여 권에 달했다. 이제 학문도 성취하였으니 고향으로 돌아가야겠다고 하여 도카이도東海道를 따라 내려갔으며, 사본은 옷농葛籠에 넣어 주요 항구에 정

박하는 배大廻し[38]에 실어 보냈는데, 불행히도 엔슈遠州[39] 앞바다에서 난파하게 되었다. 이 때문에 그 서생은 몸은 귀국했지만 학문은 모두 바다에 흘러내려갔으며 심신에 붙어 있는 것은 아무 것도 없어 소위 본래무일물本來無一物[40]인 것 같으니, 그 어리석음은 실로 훗날 그 이상 가는 것이 없을 것이다. 지금의 양학자들 역시 이렇다 괘념하지 않을 수 없다. 오늘날 도회의 학교에 와 강독, 독서하는 모습을 보면 이를 평하여 학자라 하지 않을 수 없다. 그렇기는 하지만 지금 그 원서를 거둔 뒤 시골로 보내버리면 친척, 벗들과 만나 나의 학문은 도쿄에 두고 왔다는 등의 기담도 나올 법하다. (『學問のすすめ』 第12篇)

여기에서 말하는 "지금의 양학자"는 나가요 센사이가 오가타 고안의 데키주쿠를 나섰을 때에 "책을 읽고 문장을 해석하는 것만 수련하여 의료에 관해서는 완전한 초보와 같으니, 의사의 업무가 무엇인지 깨닫지 않으면"(『松香私志』)이라고 회상하는 모습이다. 그들이 "독서, 윤강하는 모습을 보면", 학자라 하지 않을 수 없다. 그들은 회독의 토론 속에서 단련되었기 때문이다. 이러한 점에서 회독은 "책을 읽고 문장을 해석"하는 것에는 유효했으나 의료기술을 습득하는 것은 또 다른 문제였다. 문자에만 천착하는 '양학자'는 "주자학 서생"과 함께 야유의 대상이 되었던 것이다.

그러나 한편으로 기초지식부터 응용기술까지의 학문체계를 배우기 위해 수단화된 독서에서는 난해한 책을 읽는 즐거움(루두스)이 사라지

---

38 【역주】 여기에서는 주로 에도와 오사카를 잇는 배를 가리키는 듯하다.
39 【역주】 현재의 시즈오카 서부 지역. 과거 율령제하에서는 도토미노쿠니遠江國라 불렸다.
40 【역주】 당唐의 승려 혜능惠能이 지은 「菩提偈」에 나오는 문구를 차용한 것이다.

고, 또한 타자와 토론하는 즐거움도 사라지고 만다. 이질적인 타자와 토론하는 회독의 장에서 얻을 수 있는 자주적인 '납득合点'은 더 이상 쓸모 없게 되어버렸다. 지금의 수업은 일제 수업 방식하에 조직적으로 학문, 과학의 체계를 순서대로 배워 기억할 뿐이며, "책을 읽는 것은 기억의 혼란을 바로잡기"(마쓰모토 료준) 위해서만 필요한 정보 확인 작업에 지나지 않게 되어버렸다.

3. 자유민권운동의 학습결사와 회독

양학 교육의 세계에서 회독이 종언을 맞이한 메이지 초기는, 다른 한편으로 앞서 본 회독의 적극적인 효용성이 주장된 회독 전성의 시대이기도 했다. 이 시대에 회독의 장에서 토론하며 읽었던 책은 유학 텍스트에 그치지 않았으며 서구의 정치, 경제, 사회에 대한 번역서에까지 이르렀다. 또한 "넓게 회의를 열어 만기萬機를 공론으로 결정해야 한다"는 5개조의 서문에서 드러난 공의公議 여론이라는 이념하에 에도 시도에는 엄금되었던 정치적인 토론도 자유롭게 행해지게 되었다. 특히 번역된 서양 서적을 함께 읽는 회독의 장에서는 메이지 전기에 자유민권운동에 큰 역할을 수행한 수많은 학습결사가 탄생했다.

지금까지도 메이지 전기, 각지에 학습결사가 총생叢生했다고 알려져 있다. 히로사키弘前의 도오기주쿠東奧義塾, 모리오카盛岡의 규가사求我社,

후쿠시마 이시카와福島石川의 세키요칸石陽館, 소슈相州 아쓰기厚木의 소아이샤相愛社, 신슈信州 마쓰모토松本의 쇼쿄샤奬匡社, 미야즈宮津의 덴쿄기주쿠天橋義塾 고치高知의 릿시가쿠샤立志學舍 등등. 그중 몇 개는 한학숙이 발전된 것인데(도오기주쿠, 덴쿄기주쿠, 릿시가쿠샤), 이들은 한문 서적에 머무르지 않고 정치, 경제, 법률에 관계된 서양 번역 서적을 읽고 회독을 했다. 앞서 막말幕末의 게이오기주쿠에서 일주일간 이루어진 과업 중에 회독이 있었음을 소개했는데, 매이지 3, 4년경에도 게이오기주쿠에서는 회독을 행하고 있었다.[41] 또한 메이지 14년(1881)경에 발전한 "자유의 진리를 빛내고, 인권의 통의를 창성하게 하는 것"을 모임의 목적으로 한 쇼난강학회湘南講學會라는 학습결사에서는 그 규약에 "매 수, 토요일에 오전 10시부터 12시까지를 원서 윤강시간으로 하며, 오후 1시부터 3시까지를 번역서의 윤강 시간으로 한다고" 정하고 있었다.[42] 이처럼 회독 = 윤강하는 학습결사의 하나로서 여기에는 본서 앞쪽에서 언급했던 구보타 지로의 아메이군에 대해 살펴보고자 한다.

구보타 지로와 아메이군蛙鳴群

오카야마현의 구보타 지로(1835~1902, 덴포天保 6년~메이지明治 35년)는 빈고노쿠니 야스나군安那郡 아와네무라栗根村의 의사 집안에서 태어나,

41 深谷昌志, 『學歷主義の系譜』, 黎明書房, 1969.
42 野崎昭雄, 「政治結社と學習活動—自由民權期における湘南社」, 『東海大學課程資格教育センター論集』 一號, 2002.

교한京坂(京都+大坂)에서 서양의 의학을 배웠으며, 가에이 원년(1848) 14세 때 주자학자 사카타니 로로 밑에서 소독素讀한 후에 후쿠야마의 에기 가쿠스이(사카타니 로로와 함께 고가 도안의 門人)문에 들어갔다. 이러한 의미에서 구보타는 고가 도안의 제자의 제자쯤 된다고 할 수 있다. 이 무렵 에기 가쿠스이는 후쿠야마의 번교 세이시칸의 교관이었는데, 구보타는 세이시칸에 들어가지 않고 가쿠스이가 자택을 개방해 주재한 사숙에서 배웠다고 이야기된다.[43] 이때는 일찍이 히로세 단소가 후쿠야마 번교 간토칸西學問所 교수였던 가메이 난메이의 사숙에서 사사받았던 때와 같다(이와 같은 번교와 사숙의 이중성이 난메이의 처분사건의 원인이 되었다는 점은 이미 서술했다). 또한 난방의학과 관해서는 오가타 고안의 데키주쿠에서 배운 무라카미 다이사부로村上代三郎의 제자라고 할 수 있다.

구보타는 메이지 이후 의료 활동, 민정 활동에 적극적으로 관여했으며, 거촌居村 아와네무라의 대의인제도代義人制度(일종의 公選民會)하에서 적극적인 정치활동을 행했다. 그중에서도 메이지 5년(1872) 9월에 건의된 민선의원 구상안은 "민국의 의향을 철저히 하여 국정에 반영하려 한 독자의 '하의원下議院'(民選議員) 구상"으로 높이 평가받고 있다. 구보타는 "위로부터의" '위정' = 국가권력 행사와 "아래로부터의" '의정' = 민의의 반영은 "천하를 다스리는" 정치의 '성술聖術'이라고 파악하였으며, 후자의 '민정' 제도로서 소구회小區會 ↔ 대구회大區會 ↔ 현회縣會 ↔ 천조하의원天朝下議院이 상하로 연결된 민선의원의 구상을 제시했다. 소구회, 대구회의 멤버는 윤번제이며, 현회와 천조하의원天朝下議院에서는

43 國立教育研究所 編, 『日本近代教育百年史』, 1974.

선거제를 채택, 소구회의 대표자가 대구회를 구성하고, 대구회의 대표자가 현회를 구성하는 형식으로 "서로 연환"하는 것을 추구했으며, "지역주민의 의견이 반영되도록 상정되어"[44] 있었다. 이와 같은 구보타의 민선의원 구상은 막말기幕末期에 "합의의 법"에 의한 정치 구상을 주장한 스승 사카타니 로로와 결부된다는 점에서 흥미로운데,[45] 여기에서는 회독과 관련하여 구보타가 메이지 7년(1874)에 창설한 법률서를 회독하는 학습결사, 아메이군을 살펴보자. 그 규약의 제7조에는 다음과 같이 기술되어 있다.

> 아메이회蛙鳴會는 한 달에 한 번 이른 아침부터 시작해 해가 지기를 기다려 일동 퇴산할 것. 오전 10시부터 정오 12시까지 두 시간은 법률서를 회독하며 나머지는 잡명雜鳴[46]할 것.

아메이회에 참가한 멤버는 20명으로 "1, 2명의 호농층을 포함하고 있기는 했지만, 다수는 야스나군安那郡 내의 소호농층과 신관神官, 승려, 의사 등 소인텔리층으로, 앞서 민선의원과 관련하여 자신들의 요구와 함께 자작농, 소작빈농층의 요구도 대변하여 사족士族층이나 호농(상)층, 특권적 인텔리 층과 대립한 층"이었다.[47] 이 아메이군이 회독하는 독서회였던 것은 단순히 "메이지 신정부에 대항해 이론을 확립하고자 새로이 학습결사를 결성"[48]했기 때문은 아니었다. 좀 더 적극적인, 교

---

44 江村栄一, 『憲法構想－日本近代思想大系 9』, 巖波書店, 1989.
45 河野有理, 『明六雑誌の政治思想－阪谷素と'道理'の挑戰』, 東京大学出版会, 2011 참조.
46 【역주】 여기에서는 정치, 사회 문제를 토론하는 것을 가리킨다.
47 有元正雄 外, 『明治期地方啓蒙思想家の研究－窪田次郎の思想と行動』, 淡水社, 1981.

육적인 의도가 있었다.

이 서문에는 '관官'을 위해, '개인'만을 위해서가 아니라, 보다 고차원적인 '애국'을 위해 우는 것鳴을 선언하고 있다. 단 이제까지 '올챙이蛙兒'였던 자신들은 "예로부터 손을 내리고 허리를 굽혀, 무릎걸음을 하고 엎드려 장상長上을" 숭상했으며, 그 "습관이 오래되어, 마침내 개구리처럼蛙性 되었다"며 비굴한 정신이 몸에 붙었음을 지적하고 있다. 이 때문에 "지금 유신의 봄春田을 만나, 봄볕의 풍광을 맞아, 돌연 독립하고 병행하여 성시盛時를 울리고자" 하는데, "개구리의 행렬이 시작되면, 그 방향을 잃을" 수도 있다. 그러나 지금은 "그 울굴鬱屈함을 소리치고자 해도 衆口가 금을 녹이는 것에는 이르지 못하고,[49] 이해에 대해 토론해도 개구리들이 싸우며 서로 깨물지 못하니", "삼가 그 본 뜻을 지키"고, 농업이 한가할 때 '함께 울면和鳴', "광부狂夫의 말이라도 성인은 이를 살피고, 버드나무 가지에서 뛰노는 날개구리飛蛙라도 신필神筆을 도울 수 있다고 서로 의논하여 약속"했다고 한다. 여기에서는 "각자 작은 논의 개구리임을 잊지 않고"(第一條), 자신들의 비소卑小함을 인정하고 서로 '독립병행'하며, "울굴鬱屈함을 소리치거나", "이해에 대해 토론"하면서 '애국'하기 위해 의견을 내놓을 것을 선언하고 있다.

> 각자 작은 논의 개구리임을 잊지 말고 현청縣廳을 시작으로 구장區長, 호장戶長, 학구學區의 도리시마리取締 및 제 도리시마리 등 우리들을 보호하는 사람들 모두를 존경하여 결코 그 언행의 시비에 대해 이야기하지 않으며, 다만 개구

48 위의 책.

49 【역주】『시경』「周語下」의 衆口鎖金이란 말에서 유래한 것이다.

리가 일반의 감고甘苦와 이해利害에 대해 애국을 주로 해 울어야 한다. 전당의 장려함은 곳집의 충만함에 비할 바가 못 되며, 언론의 문화文華는 행적의 충실함에 비할 바가 못 되며, 겉만 그럴듯한 허명虛名을 탐하는 것은 범용하게 실행하기 위해 힘쓰는 것에 미치지 못한다. 천하의 믿음을 얻으려는 자는 부부와 친자의 교제로부터 삼가며, 사해의 부를 이루고자 하는 자는 의식주의 자본부터 힘써야 하니, 때문에 우리 무리에 들어오는 자는 일의 크고 작음에 상관없이 작문과 구술하는 것을 잘하고 못하고를 구분하지 않고 자세히 따져 묻고 신중히 생각하여 의논하고 궁구해야 한다. 예절을 지켜 오만하게 욕하고 꾸짖는 말을 하지 않으며, 강직하되 관대하며, 조화롭되 부화뇌동하지 않으며, 따르기로 결정한 뒤에는 그 설의 같고 다름을 점검해 깨끗하게 서명을 해 아메이군의 인장을 찍어 일보사日報社에 투고해 사방에 있는 유식자들의 평론을 구하며, 다행히 평론이 있을 때에는 각자 반성하고 더욱 공부하여 담배의 기름을 태우듯 할 것이며 결코 개구리가 물속에 얼굴을 들이밀 듯해서는[50] 안 될 것이다. (第一條)

제1조 맨 앞에 "각자 작은 논의 개구리임을 잊지 말고"라는 구절에서 알 수 있듯이, "무지무식하고 비천한 야인임을 잊고, 잘못하여 작게나마 천지를 주재主宰하는 것을 스스로에게 맡겨 지방관의 자질구레한 일을 묻지 않을 것. 고원高遠하게 생각되었던 말은 대부분 불경했던" 실패의 경험을 술회하면서, 의원議員의 오만함을 경계하고 있다. 어디까지나 "작은 논의 개구리"임을 잊지 않도록 겸허함이 요구되었던 것이다.

50 【역주】'蛙の面に水'라는 일본의 속담으로 개구리는 물속에 얼굴을 집어넣어도 별 문제가 없듯 매사에 평온한 상태를 가리킨다.

이것이 의논, 토론의 전제였기 때문이다.

이와 같은 구보타의 생각은 지금까지 봐 왔던 막말幕末 야스이 솟켄이나 구보타의 스승인 사카타니 로로의 '허심' 정신이었다. 이러한 의미에서 구보타는 막말幕末 회독의 전통을 계승하고 있다고 해도 좋을 것이다. 또한 구보타는 의논, 토론의 성과를 단순히 좁은 그룹에 머무르게 하지 않고, 잡지, 신문에 투고하여 넓게 의견을 구하려 했다. 여기에는 메이지 이후의 정치적 공공권의 성립이 배경이 되었을 것이다. 회독이라는 좁은 독서공간이 아닌, 새로운 미디어인 잡지나 신문이 지금은 공개적인 의논의 장으로서 성립되었기 때문이다.

잘 알려진 것처럼, 메이로쿠샤는 집회에서 이루어진 토론의 성과를 신문이나 잡지로 간행하여 공개하는 방법을 취했다. 모리 아리노리森有禮(1847~89, 고카弘化 4년, 메이지明治 23년)가 제안한 메이로쿠샤는 메이지 6년(1873)에 설립되었다. 「메이로쿠샤제규明六社制規」가 제정되어 본격적으로 활동을 시작한 것은 다음해 메이지 7년 2월부터이다. 그렇다고 한다면 거의 같은 시기에 오카야마의 지방에 아메이군을 설립하여, 자신들의 의견을 잡지에 투고하여 공개하려 하려 했던 구보다 지로가 가지는 선구적인 의의는 분명할 것이다. 역으로 말하면 『메이로쿠잡지明六雜誌』가 전국적인 우편제도를 이용해 지방에 배포되어 지방에서도 많은 독자를 획득하는 것이 가능했던 것도 아메이군과 같은 학습결사가 전국에 있었던 것이 배경에 있었다고 할 수 있을 것이다.

메이지 7년(1874) 이타가키 다이스케板垣退助의 민선의원설립건백서를 계기로 일어난 자유민권운동을 주도했던 민권결사는 단순히 국회개설을 요구하는 정치활동 이외에도 학습운동이나 상호부조, 권업, 권농,

유락愉樂, 향수享受, 교류간친懇親의 기능을 수행했다는 점은 이미 지적된 바 있다.[51] 이 중 민권결사의 학습운동, 구체적으로는 정담연설회, 신문 잡지종람소, 자제子弟의 주쿠塾교육 등의 교육활동과 자학자습, 상호토론, 도시 민권가로부터의 학습, 정례회 등의 자습활동 등과 회독의 문제가 결부되어 있다. 단, 민간결사와 관련해서는 회독의 상호토론 이상으로 연설이 중시되게 되었다. 이 점에 대해 이로가와 다이키치에 의해 발견된 자유민권사상가 지바 다쿠사부로千葉卓三郎를 언급해 보도록 하겠다.

지바 다쿠사쿠로와 '이쓰카이치五日市 학술토론회'

원래 다마多摩 지역은 자유민권운동이 활발했던 곳으로 많은 민권학습결사가 만들어졌는데, 지바 다쿠사부로는 후카사와무라深澤村의 나누시名主[52] 후카자와 곤파치深澤權八 등과 함께 사의헌법私擬憲法『일본제국헌법』, 소위 '이쓰카이치헌법초안五日市憲法草案'을 기탁한 것으로 유명하다.[53]

지바 다쿠사부로(1852~83, 가에이嘉永 5년~메이지明治 16년)는 센다이번의 하급 부시 출신으로 12세부터 17세까지 번교 요켄도의 학두부역學頭副役 / 學頭添役이었던 오쓰키 반케이에게 배웠다. 게이오 4년(1868)의

51 色川大吉,『自由民權』, 巖波書店, 1981.
52 【역주】 에도 시대의 경우에는 지방관리직을 일반적으로 부르는 말로 쓰였다.
53 色川大吉,『明治の文化』, 巖波書店, 1970.

보신전쟁戊辰戰争에 종군하였으며, 메이지 유신 이후에는 도쿄로 가 러시아 정교의 선교사 니콜라이로부터 세례를 받거나 야스이 솟켄에게 입문하는 등 정신적 편력을 거듭했다. 메이지 13년(1880)에는 이쓰카이치의 소학교인 간노학교勸能學校에 부임했으며, 이듬해에는 지바와 마찬가지로 요켄도에서 오쓰키 반케이에게 배운 센다이번 출신의 나가누마 오리노조永沼織之丞의 뒤를 이어 간노학교의 교장이 되었다. 이 간노학교가 몰락한 사족을 모았다는 점은 도시미쓰 쓰루마쓰에 의해 전해지고 있다. 여기에서는 앞선 에히메의 조토 소학교와 같은 자유롭고 활달한 직원회의가 열렸다.

우선 지바 다쿠사부로의 사상편력에 대해 본서의 시점에서 지적하지 않으면 안 되는 점은 그가 센다이번의 오쓰키 반케이와 야스이 솟켄 밑에서 회독을 경험했다는 점이다. 오쓰키 반케이는 오쓰키 겐타쿠의 아들로, 앞서 본 가나자와번 메이린도의 오시마 도넨과 쇼헤이자카가쿠몬조에서 수학한 이래 교류를 가졌으며, 솟켄의 산케이주쿠에 대해서는 도사번의 다니 다테기가 전했던 회독 풍경을 앞서 살폈다. 솟켄이 출석하는 표회表會와 제자들이 자발적으로 행하는 모임이 있었으며, 후자가 자유롭고 활달한 분위기에서 토론을 했다. 솟켄은 이를 금지하지 않았으며 회독의 유익함을 주장했다. 이러한 산케이주쿠에서의 회독은, 최초로 소개한 도시미쓰 쓰루마쓰의 한학숙의 윤강에서 이루어진 차좌의 토론회와 유사했을 것이다.

아마도 지바는 차좌하는 토론회를 경험했으며, 다마 지역에서 서구의 법률, 경제, 정치 등에 대한 번역서를 회독했을 것이다. 다마 지역의 학습결사에서는 회독이 행해졌기 때문이다. 학습결사의 하나인 다마강학회多摩講學會 창립서의 강학회규칙에는 "본회는 정사, 법률, 경제 등의 학과學課를 수련하는 것을 주로 하여 이와 같은 책을 바탕으로 회독, 질의를 하며, 또 학술상의 연설토론을 한다"(明治一六年秋一〇月一〇日)고 정했다. 이와 같은 민권 결사 학습회의 결정이 사의私擬헌법초안이었다고 할 수 있다.

메이지 13년(1880)의 국회기성동맹國會期成同盟 대회에서 헌법초안의 준비, 결의가 행해졌으며, 전국에서 초안이 기초되었다. 현재 그 사의헌법초안은 40여 종 정도 발견되었는데, 지바의 『일본제국헌법초안』(통칭 '이쓰카이치헌법초안')은 인권 규정의 정밀함과 주도함에 있어 우에키 에모리가 기초한 『동양대일본국국헌안東洋大日本國國憲案』과 쌍벽을 이룬다고 평가되고 있다. 예를 들어 제2편 '공법' 제1장 "민국의 권리"에는 "무릇 일본 국민은 족적族籍과 위층位層의 다름을 묻지 않고 법률상에 있어 평등한 권리를 지닌다"(四七), "무릇 일본 국민은 일본 전국에서 동일한 법전을 준용하여 동일하게 보호받으며 지방 및 문벌, 혹은 일인, 일족一族에 특권特權을 주는 것은 없다"(四八), "무릇 일본 국민은 법률 준수함에 있어 만사에 검열을 받지 않고 자유롭게 그 사상, 의견, 논설, 도회를 저술하며, 이를 출판, 반행頒行, 혹은 공중公衆에게 강담, 토론, 연설을 통해 공개적으로 밝힐 수 있다"(五一), "무릇 일본 국민은 결사, 집회를 가질 때 그 회사會社가 사용하는 방법에 있어 국금國禁을 범하거나 혹은 국난을 조장하거나 병기戎器를 소지하지 않는다면 평온하게 결사, 집회할 권리를 가진다"(五八) 등이 있다. 여기에서는 회독의 세 가지 원리(상호 커뮤니케이션성, 대등성, 결사성)인 "토론, 연설", "평등", "결사, 집회"는 "국민의 권리"로서 주장되고 있다.

이 사의헌법초안의 작성에는 "이쓰카이치학술토론회"의 도움이 있었다는 점이 지적되고 있다. 이 토론회는 후에서 서술할 연설 중심의 학예강담회에 질린 소수 정예 멤버가 만든 토론주체의 학습결사이다.[54] 아라이 가쓰히로에 따르면 여기에는 "정치, 법률, 경제, 그 외 온갖 학술상 의의가 심원하여 쉽게 이해할 수 없는 것"이 토론의 주제가 되었다. "곧바로 옳고 그름이 판결나는 단순한 주제가 아니라, 의논이 백중하여 찬부가 반반으로 갈리는 주제를 일부러 골라 철저히 토의한다. 최초로 발의한 자는 반대론자에게 호응하는 듯한 답변을 하면 안 되며, 어디까지나 자신이 최초에 내건 논지를 관철하여 답변했다고 한다. 소위 토론이라는 형식이다. 여기서도 회원 자격에는 엄격한 조건을 걸고 있다. "오직 허심과 평의平意를 주로 하여, 결코 폭만한 행위를 해서는 안 된다"고 자제를 구하며, 그것을 지키지 않는 자는 회원 과반수의 동의하에 퇴출된다"[55]고 한다. 이 '이쓰카이치학술토론회'가 뒤에 간노학교의 교원이 된 도시미쓰 쓰루마쓰가 말한 "차좌의 토론회"에서의 회독 = 윤강 토론형식과 유사함은 분명하다. 여기에서 요구되는 '허심'의 중요성은 회독의 장에서도 언급되었으며, 메이지 이후에도 존 스튜어트 밀이 『自由之理』에서 주장한 이설異說에 대한 관용 정신으로서 추구의 대상이 되었다.

지바 다쿠사부로는 번교 요켄도나 산케이주쿠에서 회독을 경험했다. 그러한 경험을 바탕으로 함께 토론하는 동지라면 조닌이나 백성이라도 상관없다는 의식은 "가마 끄는 인부나 사도의 광부(라도 상관없다는 태도),

---

54 新井勝紘, 「自由民権と結社」, 福田アジア 篇, 『結衆, 結社の日本史』, 山川出版社, 2006.
55 위의 글.

「표류민의 공술서」에서 배우고자 하는 태도"(藤田省三)를 보였던 요시다 쇼인을 상기한다면 이미 막말幕末에는 존재했을 것이다. 때문에 호농들과 함께 헌법을 의논하는 것이 가능했다. 그러나 "일종의 토론 형식"인 회독은 다마 지방의 호농들에게는 매우 참신한 것이었을 것이다. 앞서 미야모토 조이치의 『잊혀진 일본인忘れられた日本人』을 통해 살펴본 것처럼 대립, 토론을 피하는 무라의 회합에서 나누는 것 같은 대화가 일반적이었기 때문이다. 이러한 의미에서 (회독)이 혁신적이었던 것은 틀림없다. 단 이를 지도했던 것이 번교, 한학숙에서 회독을 경험한 지바 등 몰락 사족이었음을 간과해서는 안 된다.

또한 이를 받아들이는 호농들의 소양에도 눈을 돌리지 않으면 안 된다. 앞서 본 것처럼 '학제'에서 지정한 윤강은 소학생들이 행하기에는 너무 요구조건이 많았을 지도 모르겠다. 그러나 막말幕末 이후 일정한 교양을 쌓고 있었던 호농의 자제들은 충분히 (윤강을) 습득할 만한 기초 지식이 있었다. 그들은 지바 다쿠사부로와 같이 번교나 사숙의 토론에서 단련된 사족들의 지도하에 미지의 상호 커뮤니케이션이라 할 수 있는 토론을 배울 수 있었던 것이다. 물론 그것이 쉽지 않았음은 쉽게 상상할 수 있다. 최대의 문제는 쇼헤이자카가쿠몬조의 서생료와 같이 "연緣을 떠나 논하는" 이성적인 토론이 가능한가이다. 이 점을 가장 염려했던 것은 다름 아닌 지바 자신이었다. 지바는 토론을 할 때 다음과 같은 것을 경계해야 한다고 벗들에게 전하고 있다.

> 토론에선 순론順論이 항상 패하고 역론逆論이 승리를 점하며, 어리석은 사람들은 모두 논자의 안색에 관심을 쏟아 정리正理를 버리고 불리不理를 취하며, 이

理와 당黨하려 하지 않고 사람과 당을 결성하며, 이理를 돕지 않고 사람을 도우니, 이비理非가 그 지위가 전도되어 이理는 비非가 되고, 비非는 이理가 되게 되었다. 무릇 토감土勘(土屋勘兵衛)을 제외한 이들은 모두 역론逆論을 좋아하는 자가 많으며, 하물며 군어친자君御親子(深澤名主, 權八 親子)가 함께 솔선하여 불리不理에 찬성하거나 혹은 동의動議를 일으키니, 부디 바라건대 반대론자의 핍박을 근심하지 말며, 반드시 군어친자君御親子가 솔선하여 정리正理에 찬성하고 동의動議를 일으키며, 이로써 뒷사람들이 이를 배워 익혀 잘못을 저지르지 않도록 하기를 바란다. (深澤權八宛書簡, 『三多摩自由民權史料集』 上卷)

'이理'가 아니라 '사람'에게 좌우되지 말라 주의를 주고 있는 것 자체가 '정리正理'에 근거한 성숙한 '토론'의 어려움을 보여주고 있는 것일 것이다. 그것은 현대에도 마찬가지이다. 이러한 의미에서 도리를 바탕으로 이설異說을 용인하며 논의하려 한 에도 시대의 회독은 현대에 이르러 더욱 평가할 만한 것이라 할 수 있다.

회독 / 연설회의 연속과 비연속

"어리석은 사람들이 모두 논자의 안색에 관심을 쏟아", '이理'가 아니라 '사람'에게 좌우되는 위험성은 자유민권기에 유행한 연설회에서는 보다 커졌다. 이 시기의 학습결사는 회독이나 토론회뿐만 아니라 연설회를 중심으로 활동했다.[56] 연설회는 메이로쿠샤의 연설회를 최초로 하고 있는데 그 전사前史로 우리들은 요시다 쇼인의 회독에 연설회의 뿌리가 있음을 검토했다. 그런데 메이지 10년대가 되면 각지에서 연설회가 열리게 되었다. 그중에서도 다마 지방에서는 연설회가 성행했다. 예를 들어 '이쓰카이이치학예강담회'에서는 맹약의 제2조에 "본회는 여러 학예 문제에 관해 강담연설 혹은 토론하여 각자의 지식을 교환하고 기력을 흥분하고자 한다"고 내걸어 매월 5일(5, 15, 25일) 월 3회(회독의 定式과 같다) 정례 연설회나 학습 집회를 열어 여러 가지 의제를 토론했다.

학예강담회에서는 다마 지역의 14개 무라라는 광범위한 지역에서 참가한 70~80명 이상의 회원이 있었다. 현회縣會의 의원을 시작으로 촌정村政의 요직자要職者, 신관, 주조업, 미곡상, 전당포質屋, 재목상 등 무라 산업의 중핵을 담당했던 재지在地 유력자 등이 줄을 이었으며, 나가누마 오리노조나 지바 다쿠사로부와 같은 센다이번 출신의 간노勸能 학교의 교원들 이외에도 후쿠오마, 아키타, 요코야마 등 다른 현에서 온 특이한 개성의 소유자들이 참가했다(『三多摩自由民權史料集』 卷上). 이로카와 다이키치는 이 이쓰카이이치학예강담회가 "열린 결사"라고 평가하고 있는데,[57] 이것은 원래 회독이 지니고 있었던 신분이나 토지를 넘어선, 참가자의 결사성이 완전히 실현된 형태라고 할 수 있다. 연설회는 "청중들 중 2, 3리라는 먼 곳에서 산야를 넘어 참여한 자가 이백 명에 달했으며, 의논이 묘소妙所에 달하면 박수를 보내거나 소리 높여 찬성을 표하는 등, 벽지에서는 드물게 성회盛會했다"[58]고 보도되었다.

앞서 서술한 것처럼 연설은 "나-제군"이라는 관계하에 성립된다.[59]

---

56 稲田雅洋, 『自由民權の文化史ー新しい政治文化の誕生』, 筑摩書房, 2000.
57 色川大吉, 『自由民權』, 巖波書店, 1981.
58 『朝野新聞』, 明治 15年 4月 29日.
59 稲田雅洋, 『自由民權の文化史ー新しい政治文化の誕生』, 筑摩書房, 2000.

이나다 마사히로稲田雅洋는 연설자가 청중을 부를 때 '나'라고 분명히 일인칭 대명사를 쓰고 있는 것에 대해 "자기표현이 서투른 일본인에게 메이지 초기에 "자신은…… 라고 생각한다"라는 형태의 언어표현이 팽배했다는 것은 일본의 문화사상적으로 실로 획기적인 일이었다"[60]고 평가하고 있다. 이를 염두에 두어 다시 '제군'이라는 이인칭복수대명사에 주목하고자 한다. 지금까지 봐 온 것처럼 그것이 상하존비의 인간관계를 함의하는 'きさま貴様'라든가 'あなた'라는 말과도, 또한 친족이나 직업과도 다른 대등한 이인칭이었기 때문이다. 소라이로부터 출발했으며, 쇼인이 옥중의 윤강에서 사용한 '제군'이라는 말은 지금은 "열광의 공간"[61]인 연설회에서 넓게 사용되게 되었기 때문이다. '제군'이라 불린 청중은 변사에게 공감할 때에는 '옳소, 옳소ヒヤヒヤ'라고 외치며, 불만과 분노를 표현할 때에는 '노노ノウノウ'라고 목소리를 높였다.

이로가와 다이키치가 지적하고 있는 것처럼, 이러한 연설회가 매력적인 것은 "연설은 독서와 달리 식자력識字力을 필요로 하지 않는다. 또한 연설가의 정열이 직접 전해지며 회장에서의 열기와 경관의 횡포가 오락거리가 없는 무라에서는 즐거움이었기"[62] 때문일 것이다. 읽는 것으로부터 말하는 것으로의 변화는 요시다 쇼인에게서 보이는 회독과의 연속면을 가지고 있으며, 또한 회독과의 비연속면도 있음을 간과해서는 안 된다. 변사가 청중, 특히 "밀이나 스펜서의 번역서"를 읽는 것은 물론 "자신의 이름조차 만족스럽게 쓰지 못했던 사람들을"[63] 대등한

60 위의 책.
61 위의 책.
62 色川大吉, 『自由民權』, 巖波書店, 1981.
63 위의 책.

'제군'이라 부르며 삿초薩長(薩摩+長州) 번벌정부의 압제를 지탄하면서 '자유'와 '민권'을 부르짖을 때, 정념, 감정을 부채질하는 것에 빠지기 쉽기 때문이다. 이때 회독의 장에서의 '정리正理'에 근거한 토론이라는 이성적인 측면은 사라지고 만다. 이러한 의미에서 연설자의 퍼포먼스나 말이 옳고 그름의 기준이 된 연설회는 회독이라기보다는 오히려 에도기의 강석講釋(오규 소라이가 말하는 승려의 설법), 혹은 강담이나 연예演藝에 가까웠을 것이다. 여기에서도 이성적인 회독의 전통은 사라지고 말았다.

회독의 원리와 민권 결사

그렇다고는 해도 회독이라는 관점에서 본다면 민권결사가 수행한 역할은 크다. 이로가와 다이키치에 의하면 민권결사는 "대개 학습결사를 핵으로 하고 있는데, 그 이전에 그것은 생활결사"였으며, "혈연 동족 집단이나, 지연적, 운명적인 공동체 조직으로부터 일단 분리되어, 의식적, 자각적으로 만들어진 조직", 자발적 결사Voluntary Association였으므로, "신선함과 해방감을 주었다"고 한다.[64] 그 예증으로 이로카와는 고노 히로나카河野廣中와 요시다 고이치吉田光一에 의해 설립된 후쿠시마의 세키요샤石陽社의 취지서에 "재산의 많고 적음을 묻지 않고, 본 사社에 들어오는 것을 허락해야 한다. 또한 입사入社한 뒤에는 존비의 차별

64 위의 책.

없이 동등한 권리를 갖는다"고 적혀 있는 것을 들고 있다. 지금까지 봐 온 것처럼, 이와 같은 민권결사의 "작위적으로 선택된 조직"성[65]과 회원 간의 평등성, 그리고 내부에서의 상호 커뮤니케이션성은 회독의 원리 그 자체였다. 그렇다고 한다면, 메이지기의 민권결사는 에도기의 회독결사의 발전 형태로 파악할 수 있을 것이다. 물론 민권결사의 멤버는 사족에 제한되지 않았으며 호농이나 농민을 포함하고 있었지만, 그것은 "존비의 차별"이 없는 회독결사의 현실화라고 볼 수 있을 것이다. 환언하자면 민권결사는 메이지기가 되어 돌연 분출된 것이 아니라 긴 에도 시대의 회독 역사를 바탕으로 위치 지어진 것이다. 자유민권운동의 민주주의는 에도 시대 회독의 내발적인 발전 형태로서 창출된 것이다.

4. 입신출세주의와 회독의 종언

회독 전성 시대라고 할 수 있는 메이지 초기에 학교나 사회에서 이미 회독은 소멸할 징후를 보였다. 그 이유로 사범학교의 교수법과 연설의 유행이라는 현상을 살펴보았다. 그 이외에도 생각해 볼 수 있는 이유가 있다. 저자의 생각으로는 이것이 좀 더 근원적인 원인일지도 모르겠다. 그것은 단적으로 말하면 학문이 입신출세와 직결되었다는 점이다. 그

65 위의 책.

결과 에도 시대의 학문이 지니고 있었던 유희성, 즉『해체신서解體新書』 번역에 도전하는 것 같은 학문연구 그 자체를 즐기는 '놀이'가 사라지고 말았던 것이다.

'학제' 서두에 학문은 "몸을 일으키는 재본財本"이라고 선언되어 학문이 개인의 입신출세라는 실리적인 목적을 위한 수단이 되었을 때, 회독이 지니는 유희적 성격은 사라졌다고 할 수 있다. 우습게도 '학제'하에서 회독 = 윤강을 채용할 때, 회독이 지니고 있었던 세 가지 원리(토론에 의한 상호 커뮤니케이션성, 대등성, 결사성)를 잃어버렸던 것이다. 학문(회독) 속에서의 경쟁은 경제적 이해와 상관없는 아곤(투쟁)으로서 놀이였기 때문에 서로 토론하여 승부를 다툴 수 있었다. 그러나 학문에 의해 입신출세가 가능한 길이 열려 중국 송대宋代 황제의 권학문에서 알 수 있는 것처럼 사회적 권세와 경제적 이익을 획득하는 것이 가능해 졌을 때, 환언하자면 서로의 이익과 상관없는 놀이가 아니게 되었을 때, 경쟁은 격렬해 진다. 개개인은 입신출세를 위해 보다 높은 곳으로 올라가고자 경쟁하게 된다.[66] 이 때문에 서로 '도리'를 탐구하여 대등하게 토론하는 것도, 서로를 동지라 의식하는 일도 사라지며, 자신의 입신출세를 위해 경쟁 상대를 앞서 가기 위해 비밀리에 독서에 힘쓰게 된다. 이른바 과거에 합격하기 위한 수험 공부처럼 되었던 것이다.

66 竹内洋,『立身出世主義』(增補版), 世界思想社, 2005.

도덕교육으로부터의 토론 배제

이처럼 학문이 입신출세와 결부되는 것이 메이지 정부의 압력과 표리일체였다는 점을 간과해서는 안 된다. 메이지 정부(문교정책을 담당했던 문부성)는 고관을 파견해 '학제' 실시 이후 전국 각지의 현상을 순시했다. 그 고관들 중 한 사람인 구키 류이치九鬼隆一는 메이지 10년(1877) 5월부터 7월까지 간사이關西 지역의 부府와 현縣을 순회시찰하여 보고서를 제출했다. 구키에 따르면 당시의 보통교육 현상은 "각 지역에 성시촌락成市村落이 산간과 해변의 구분이 없으며, 농農, 공工, 상商, 초樵, 어漁 중 무엇을 생산하든 그 차이가 없고, 집의 빈부, 넉넉함과 부족함 등의 구분이 없어", 중앙의 사범학교 부속소학교를 '모방'할 뿐이라 모두 획일적이라고 비판했으며, 특히 지방의 가난한 자제들에게까지 교육을 보급하려면 적당한 교육내용과 방법을 '교칙'으로 만들고자 고려斟酌하고 절충하지 않으면 안 된다고 보고했다. 그중에 흥미로운 것은 '수신학修身學'에 대한 견해다.

> 수신학修身學이란 소년 자제들을 학업에 정진케 하고자 하는 것이다. 때문에 시간을 두어 그 근거할 만한 책을 정해, 주의를 확충하고 적절히 헤아려, 혹은 담화를 활용하여, 혹은 강설講說하여 소년들로 하여금 송연히 학업에 정진하게 할 수 있게 하는 것은 원래 교육을 할 때 긴요한 것인데, 종전의 윤강, 회독처럼 문의文意의 차이와 의의를 깊이 토론하여 그 뜻을 논하는 것에 그치면, 오히려 그 정신을 발기發起하기에 충분치 못하여 도덕을 보완한다고 볼 수 없으니, 유용하게 시일時日을 써 지중至重하게 뇌력腦力을 소모하는 것이 아니

다. 때문에 이 학문(修身學)을 강할 때에는 엄히 이를 방비해 없애지 않으면 안 된다. (九鬼隆一, 「第三大學區巡視報告」, 明治 10年)

여기에서는 "윤강, 회독"과 같은 "문의文意의 차이와 의의를 깊이 토론하여 그 뜻을 논하는 것"이 학생의 수신修身 = 도덕교육에 유효한가라는 의문이 제시되어 있다. '도덕'을 가르치는 교과로서의 수신修身의 필요성과 그 방법의 문제가 부상한 것이다. 구키에 따르면 "소년, 자녀가 강습할 때, 오직 토론을 주로 해서는 안 된다. 함부로 변설하기를 좋아해 논하는 것은 단지 말을 꾸며 이기고자 힘써 오히려 기억을 손상시킨다"[67]며, '토론'이 수신修身 = 도덕교육에는 적당하지 않다고 간주되었다. 이 점에 대해 동시기에 사서, 오경을 권한 니시무라 시게키西村茂樹의 보고 역시 같은 문제의식을 가지고 있었다. 이와 같이 수신修身과 도덕의 문제가 부활하는 와중에 교과내용으로서 유학의 삼강오상三綱五常이 재평가되었을 뿐만 아니라, 회독(윤강)보다 전단계의 소독素讀, 즉 암송을 통한 주입주의注入主義가 다시 주목받기 시작했다. 회독(윤강)은 여기에서도 매장되었다.

학생들의 '정담政談'과 '공예기술백과工藝技術百科의 학문'

이처럼 "변설을 좋아하여 논하는" '토론'을 메이지 정부가 기피하게 된 것은 자유민권운동의 고양 속에서 그러한 '토론'이 '수신학修身學'에

67 九鬼隆一, 「第三大學區巡視報告」, 明治 10年

머무르지 않고 정치적인 테마로 향했던 현상 때문이었음을 쉽게 알 수 있다. 사실 메이지 13년(1880)을 넘기면 겨우 12, 3세의 소년이 행동의 자유, 언론의 자유, 헌법에 근거한 국회를 요구하는 논설을 잡지에 투고해 발표하게 되었다. 메이지 10년대의 소년(주로 상등소학교의 학생)이 투고하는 잡지 『영재잡지穎才雜誌』는 처음에는 부귀를 위한 학교라는 테마가 중심이었는데, 이 시기에는 자유민권운동의 영향으로 정치적인 테마가 주류가 되었다. 14세의 소년이 일본은 외국과의 태환율兌換率이나 부채의 문제를 가지고 조약개정에 진전이 없으므로 이 상태를 개선하기 위해서는 국회의 개설과 애국심이 필요하다는 논설을 투고했다.[68] 또한 메이지기의 사회평론가 다오카 레이운田岡嶺雲은 소학교 재학 중인 12, 3세(메이지 14, 5년) 때 고향 고치의 민권결사에 들어가 "좋아해서 변론을 연습했다. 스스로 나서 연단에 섰다"고 한다. "학교의 학생은 정담 연설을 금지 당했으므로, 학술 연설이라는 명목으로 소학교의 습자교실에서 정기적으로 모임을 열어 책상에 제등을 늘어놓고 연설을 필기하는 3명 정도의 감찰관 앞에서 시험삼아 연설을 해 보았다. 가장 어렸던 레이운은 연단에 서면 머리만 테이블 위에 겨우 보였으며, "삼척동자도 안다"는 말을 득의양양하게 말하니 네가 바로 삼척동자가 아닌가라고 조소를 샀던 일도 있었다"[69]고 한다. 앞서 본 것처럼 이와 같이 학생들을 가르치는 교원들도 활발하게 정치토론을 하고 있었음은 말할 필요도 없다. 지바 다쿠사부로는 "자유민권의 아성"[70] 간노학교의

68 E. H. Kinmonth, 『立身出世の社會史』, 玉川大學出版部, 1955.
69 家永三郎, 『數奇なる思想家の生涯－田岡嶺雲の人と思想』, 巖波書店, 1955.
70 色川大吉, 『明治の文化』, 巖波書店, 1970.

교장이었다. 자유민권운동에 힘쓰는 학생, 교원들의 '정담'으로 인한 위기감은 이토 히로부미의 '교육의教育議'에 드러나 있다.

> 정담을 하는 무리가 과다해지는 것은 국민의 행복에 도움이 되지 않는다. 지금의 시세로 인해 사인士人들 중 연소하고 제법 재기가 있는 자는 앞 다투어 정담을 하고자 한다. 무릇 지금의 서생은 대저 한학 생도의 종자들이다. 한학 생도들이 왕왕 입을 열면 곧 정리政理를 말하며, 팔을 벌려 천하의 일을 논한다. 때문에 이것이 양서洋書를 읽는 것에 이르러서는 또한 정심靜心하게 연마해 자신의 뜻을 굽혀 백과百科에 종사하지 못하고 오히려 구주 정학政學의 아류에 빠져 더욱 공론空論을 좋아하여, 거침없이 바람을 일으켜 정담을 하는 무리들이 도시와 시골 모두에 충만하기에 이르렀다. (伊藤博文, 「教育議」, 明治 12年 9月)

메이지 정부의 입장에서 보자면, '토론'하는 회독(윤강)의 학습방법은 과격하게 "팔을 벌려 천하의 일을 논하는" '정담'을 수반하게 된다. 그렇기 때문에 부정되었다. 또한 이 「교육의教育議」에서 이토가 이러한 '정담' 유행이라는 "폐해를 교정하기 위해서는 공예기술백과의 학문을 넓혀, 자제들 중 고등 학문을 배우고자 하는 자는 오직 실용을 기약하여 정미하고 면밀하게 살펴 오랜 세월 동안 지향하는 바를 오로지 하나로 하여 부박浮薄하고 격앙되게 배우는 일이 없게 해야 할 것이다"(「教育議」)라고 주장하여 "공예기술백과의 학문"을 넓히려 했던 것은 앞서 살펴본 마쓰모토 료준의 회독 비판과 연결시킬 수도 있을 것이다. 즉 「교육의教育議」에서 이토가 주장하고자 했던 바가 학교로부터 정치적인 의논을 배척하고자 하는 것이었음은 분명한데, 사실은 그 이상의 의미를 지니고 있다. 회독(윤강)에 따른 '토론'보다도 체계적인 지식과 이론을 가르치는 것의 중요성을 우위에 둔 마쓰모토 료준의 방향성과 유사하다는 의미이다. 서양과학과 기술을 습득하기 위해서는 단편적인 지식이 아니라 체계적인 지식과 이론으로 구성된 일제 수업이 필요했다. 이토로부터 본다면 '정담' 같은 것을 할 게 아니라 서양과학을 배워 "정미하고 면밀하게 살펴 오랜 세월 동안 지향하는 바를 오로지 하나로" 한다면, '실용'적인 서양과학을 습득할 수 있는 것과 함께 '정담'열에 들떠 "부박浮薄하고 격앙되게 배우는 일을 없게" 할 수 있어 실로 일석이조였다.

벼락치기俄か勉強를 위한 '회독 개최'

메이지 정부는 자유민권운동이 진전되는 가운데 교육현장으로부터 정치적 활동이 발생할 가능성을 배제하기 위해 교원에 대한 단속을 강화했다. 이 시기 자유민권운동이 그다지 왕성하지 않았던 아키타현에서도 아키타현 사범학교의 교원들을 중심으로 호쿠메이샤北溟社라는 결사가 만들어져, 연설회를 열어 민중의 문화, 교양의 계몽을 도모함과 동시에 "국회의 성부", "조약개정의 곤란" 등의 정치적인 주제를 바탕으로 연설하는 교원이 있었기 때문이다.[71] 메이지 정부는 메이지 13년(1880) 4월 집회 조례를 만들어, 교원의 정치집회, 연설회 참가를 금지했으며, 이듬

71 片桐芳雄, 『自由民權期教育史研究』, 東京大學出版會, 1990.

해인 14년에는 교원은 학생들에게 "인륜의 대도大道"를 교육하기 위해 평소 몸과 마음이 모범이 되도록 해야 한다는 「소학교 교원 주의사항」을 연설하였으며, 메이지 19년(1886) 「사범학교령」에서 문부대신 모리 아리노리는 사범학교에 군대식 교육을 도입해 학교교육의 장으로부터 정치적인 토론을 행할 수 있는 가능성을 완전히 배제했다.

이처럼 학교에서 정치적인 토론을 할 수 있는 가능성이 배제되어 학생들은 오직 입신출세를 위한 학문에 전념하게 되었다. 모두 토론하며 함께 독서하는 것보다 홀로 열심히 시험공부에 힘쓰게 되었으며, 조금이나마 남아 있었던 회독 전통도 성적이 좋지 않은 학생들이 시험공부를 하기 위한 벼락치기 수단으로 전락했다. 메이지의 모범문례집에 있는 회독 초대장에는 다음과 같은 예문이 실려 있다.

> 시험 전에 기나긴 밤을 함께 하고자 오늘밤 회독을 개최하려 하니, 제군들은 권유를 받아들여 왕림하기를 바랍니다. (福島順則, 『作文千二白題』, 會讀ヲ催ス文, 明治 12年).

> 전략前略해 죄송합니다.[72] 그렇다면 정기시험도 이미 손에 꼽을 만큼 남아 여유가 없으니, 예습을 하실 생각이 있으시다면, 내일부터 저희 집에 오시기를 바랍니다. 삼가 머리를 조아립니다. (宮本興晃, 『開明雅俗用文』, 會讀に友人を招侯文, 明治 22年)

---

72 【역주】 前略ごめんくださいい라는 말로 편지에서 계절 인사 등을 생략할 때 쓰는 말이다.

메이지 정부는 이처럼 벼락치기를 하지 않을 수 없을 정도로 경쟁심을 부추기는 '장치'[73]로서 시험을 이용했다. 이미 에도 후기에 번교에서 행했던 등급제나 시험을 국가적인 규모로 확장해 제도화했다. 지금까지 봐 온 것처럼, 경쟁심은 에도 시대의 사숙이나 번교에서 그 효용성을 인정받고 있었다. 단 '속성'을 원리로 하는 신분제 사회에서는 실력을 다투는 것을 기피하기 위해 번교 내에서는 타협하지 않을 수 없었다. 메이지 시기가 되어 사민평등 이념하에 그와 같은 질곡이 사라졌을 때, 실력을 다투는 경쟁심은 학문에 대한 동기를 유발한다는 큰 의미를 지니게 되었다. 이 점에 대해 "자신의 능력을 시험하는 열린 실력경쟁의 장"이었던 시험을 통해 "학교가 실로 '사민평등'의 이념이 최초로 실현된 장이 된"[74] 것의 사상적 의의는 아주 크다.

그러나 역으로 '속성'을 원리로 하는 신분제도하에서의 경쟁이었기 때문에, 환언하자면 이겨도 입신출세를 바랄 수 없었기 때문에 경쟁이 놀이의 성격을 지닌다는 것을 간과하면 안 된다. 데키주쿠에서의 회독, 쇼헤이자카가쿠몬조에서의 회독, 쇼카손주쿠에서의 회독, 그곳들이 "연緣을 떠난" 자유로운 공간이었기 때문에 그곳에서의 토론, 경쟁은 직접적으로 경제적 이득이나 사회적 권세와 연결되지 않았기 때문이다. 그러나 오직 입신출세만을 바라고 경쟁에서 이겨 살아남으려 할 때 "성공을 위해 돌진하는 노력주의"[75]가 만연하게 되었다.

---

73 齋藤利彦, 『試驗競爭の學校史』, 平凡社選書, 1995.

74 天野郁夫, 『增補 試驗の社會史』, 平凡社ライブラリー, 2007.

75 堀尾輝久, 『教育入門』, 巖波書店, 1989.

'출세주의자Streber'를 경멸하는 사상을 위해

모리 오가이森鷗外는 『당류비교언어학當流比較言語學』에서 이와 같은 노력 인간을 다음과 같이 비판했다.

"어떤 국민에게는 어떠한 말이 없다. 왜 없는가 생각해 잘 고찰해 보니 그것은 어떠한 감정이 결여되어 있기 때문이다." 오가이는 위와 같이 말하며 그중 하나로 독일어 'Streber'라는 단어를 들고 있다. "Streber는 노력가다. 공부에도 열심이다. 저항을 밀치며 전진한다"고 한다. 그런데 "독일어 Streber에는 조소하는 뜻이 있다. 학생이 학과에 전념하면 홀로 1급, 상위에 있을 수 있게 된다. 시험에서 높은 점수를 얻을 수 있다. 빨리 졸업할 수 있다. 단 1급, 상위에 머무르고, 시험에서 높은 점수를 얻고, 빨리 졸업하고자 노력하고자 하는 마음에 사로잡히는 경우가 있다. 그와 같은 학생은 교사의 마음을 얻고자 한다. 교사에게 영합하고자 한다. 승진을 하고자 하는 관리도 마찬가지이다. 학자를 예로 들면 빈번하게 논문을 쓴다. 예술가는 빈번히 제작품을 내놓는다. 좋은 것도 그렇지 못한 것도 있다. 재능이 드러난 것도 그렇지 못한 것도 있다. 학계, 예술계에서 지위를 얻고자 분골쇄신하는 것이다. 독일인은 이런 인물들을 Streber라고 말한다"고 한다. 그는 지금까지 이와 같은 'Streber'를 다수 봐 왔다. "나는 서생이었을 때 많은 Streber를 동료로 두고 있었다. 교사가 된 이후에도 학생들 중에 Streber가 있음을 안다. 관립학교의 특대생으로 위세를 떨치는 사람들 중에는 이런 자들이 다수 있다. 관리가 된 이후에도 나는 꽤 많은 Streber를 봤다. 상관의 눈에 띄고 싶은 인물에게 그런 성향이 많다. 비서관들 중에는 그런 사람이 많다. 내가 상관이 되어보니 부하들 중 Streber가 많아 놀랐다." 이렇게 말하며 오가이는 계속 말을 잇는다. "Streber는 태만한 자나 기개가 없는 자보다는 낫다. 때에 따라서는 한 사람 몫을 한다. 그러나 신임은 할 수 없다. 학문, 예술로 말하자면 이런 자들은 학문, 예술을 위해 학문, 예술을 하는 것이 아니다. 학문, 예술을 수단으로 하고 있다. 근무로 말하자면 근무를 위해 근무하는 것이 아니다. 근무를 방편으로 하고 있는 것이다. 언제 어느 때 고기를 잡기 위한 통발을 잊을지 모른다. 일본어에는 Streber에 해당하는 말이 없다. 그것은 일본인이 Streber를 멸시하는 사상을 지니고 있기 때문이다"(『鷗外全集』 二六卷). 현재 일본에는 이와 같은 Streber가 사라졌는가?

끝맺으며

본서의 과제는 회독이라는 "자취를 감추고만 관행을 재발견하는 임무"(Chartier)를 수행하는 것이었는데, 지금까지의 서술에서 그 임무를 다소간 달성했다고 생각한다. 물론 에도 후기에는 본서에서 다루지 못했던 번교나 민간의 자발적인 회독회가 몇 가지 더 있었을 것이다. 이는 사료의 발굴과 함께 지금부터도 나타날 것이다. 단 큰 줄기만큼은 서술했다고 생각한다.

그렇기는 하지만 본서의 대전제였던 사실 확인에 문제가 있다. 정말로 메이지 시대에 회독은 "자취를 감추고만 관행"이었을까? 그렇지 않다고 반론이 제기될지도 모르겠다. 일찍이 구제고교舊制高敎의 기숙사에서는 마르크스주의 문헌을 읽지 않았는가? 그렇게 오래까지 거슬러 올라가지 않더라도 훌륭히 공동연구를 추진해 온 교토대학의 인문과학연구소에서는 회독이 지금도 행해지고 있지 않은가라는 목소리도 나올 것이다. 특히 인문과학연구소의 회독회는 최근에 시작된 것이 아니라 그 전신인 1929년에 창립된 동방문화학원 교토연구소 시대로부터 행해지던 것이다. 「인문과학연구소요람人文科學硏究所要覽」(2010)에는 다음과 같이 기술되어 있다.

> 기초적인 문헌자료의 수집과 정리, 그 교정과 색인 작성 등에 착수해 이를 토대로 중요문헌의 회독을 행했다. 여기에서 말하는 회독이라는 복수의 전문가에 의한 높은 수준의 공동연구이며, 그 과정에서 논문이나 연구 보고가 작성되어 회독의 결과 교정과 역주가 생겨났으며, 때에 따라 색인이 만들어졌다. 현재의 동방학연구부의 공동연구반의 다수는 이와 같은 원전회독 방식에 자유토론을 추가한 스타일이다.

인문과학연구소에서는 "역사연구실에서는 은대殷代 갑골문자, 난해한 원대元代의 법전, 행정문서집 『원전장元典章』, 방대한 양의 청대淸大『옹정주비유지擁正硃批諭旨』"가 "공동연구라는 회독 방식"으로 행해졌다. 그 공동연구는 "전문이라는 틀에 얽매이지 않고 자유로운 공동토의를 통해 새로운 문제를 발굴하는 방법"으로서 인문과학 공동연구의 한 모델이 되었다 한다. 과거의 것이 아니라 미래를 향해 열려있는 것이다.

일찍이 미우라 구니오는 인문과학연구소의 『주자어류』 회독에 참가했던 적이 있었다. 참가자는 다나카 겐지田中謙二, 시마다 겐지島田虔次, 후쿠나가 미쓰시福永光司, 우에야마 슌페이上山春平, 야마다 게이지山田慶兒, 아라이 겐荒井健, 이리야 요시타카入矢義高, 야나기다 세이잔柳田聖山, 시미즈 시게루淸水茂 등 쟁쟁한 멤버였다. 미우라 구니오는 그때 의논 중 "어느 선생이 어떠한 해석을 제시했는지 필자는 모든 회독회의 상세한 기록을 가보처럼 소중히 보존하고 있다"[1]고 한다. 그것은 미우라 개인의 '가보'라기보다는 문화사적인 유산이라고 해도 좋을 것이다.

단 문제는 그 회독의 참가자들이 자신들이 현재 행하고 있는 회독이 근세 일본의 역사를 바탕으로 한 것임을 자각하고 있느냐이다. 남의 말을 할 것이 아니다. 스스로를 돌아보며 말하는 것이다. 사실 저자 자신도 도호쿠대학 대학원 재학 중 미나모토 료엔 선생 밑에서 미우라 구니오 선생이나 요시다 고헤이 선생들과 함께 야마자키 안사이의 『문회필록文會筆錄』(1683)의 독서회에 참가해 그곳에서 단련되었기 때문이다. 그 독서회는 "상시 참가자는 10명 전후. 월요일 오후 5시부터 7시까지. 때로 의논이 비등해 (…중략…) 실로 즐거운 독서회였다."[2] 작은 연습실에서 선생들과 우리 학생들이 하나의 주제를 둘러싸고 안사이가 골라낸 『주자어류』나 『주자문집』의 일절을 함께 읽었다. 담당자가 그 일절의 가키오로시문을 받아써서 문장을 작성하고 그 출전을 밝히면서 강술했다. 실로 회독이었다. 그것도 역설적이게도 회독과는 정반대인 강석講釋을 근세 일본사회에 유행시킨 야마자키 안사이의 저서였다. 안사이의 명예를 위해 첨언하자면 『문회필록文會筆錄』은 주자의 진의를 체현하려 한 안사이가 소학이나 사서에 달아놓은 주자의 주석을 이해하기 위해 『주자어류』나 『주자문집』을 발췌한 것이다. 그 방대한 저작(20권 28책)은 안사이의 견실한 학문의 일단을 전하고 있다. 요시다 고헤이 선생이 그 『문회필록』 연구회의 성과를 정리한 『에도의 유학江戸

1 三浦國雄 譯, 『「朱子語類」 抄』, 講談社學術文庫, 2008.
2 吉田公平, 「あとがき」, 源了園 編, 『江戸の儒學－『大學』受容の歷史』, 思文閣出版, 1988.

の儒學』의 부록에서 서술하고 있는 것처럼, 그때 의논을 하며 "주자 한 사람을 선생이라 모시며 그 흐름을 이은 안사이의 탁월한 통찰력과 강인한 사색 능력에 감탄하기를 한 두 번이 아니었다." 그 와중에 주자의 진의를 찾으려 하는 안사이를 본받아 우리들 또한 안사이의 주자학 이해를 함께 연구했던 것이다.

그러나 반복해서 말하지만 그 당시 이와 같은 회독 형식의 독서회가 근세 일본에서 배양되었다는 것을 어느 정도 자각하고 있었을까? 저자를 포함해 모두 자각하지 못한 채 독서회에 참가했다. 은사 미나모토 선생은 앞서 서술한 것처럼 요코이 쇼난의 학교론, 강학론의 공공성이 지닌 의의를 가장 빨리 지적했다. 미나모토 선생이 그와 같은 착상을 할 수 있었던 것도 스스로 많은 공동연구에 참가해 배운 체험이 있었기 때문일 것이다. 다른 분야의 연구자가 모여 같은 텍스트를 읽을 때, 생각지도 못했던 의견이 튀어나오고 스스로의 편견, 독단에 눈뜨는 것은 자주 경험하는 일이다. 저자 또한 그러했다.

이처럼 연구자 간의 전문적인 회독회뿐만 아니라, 좀 더 넓게 말하면 현대 일본에서도 독서회는 행해지고 있다. 인터넷상에서 조조 독서회 안내가 넘치고 있다. 직장에 가기 전 머리가 깨끗한 상태에서 행하는 독서회는 전국 각지에 있다. 일종의 붐이라고 해도 좋을 것이다. 여기에서도 독서회가 에도 시대 이래 긴 역사를 지니고 있다는 것을 의식하고 있을까?

스스로의 역사를 의식하지 않는 이 기묘함은 대체 무엇일까? 전문가들의 회독회나 동호인들이 모이는 독서회의 참가자가 에도 시대에 이와 같이 자발적으로 회독회가 개최되었다는 사실을 의식하는 경우는 없다. 역사가 단절되어 있는 것이다. 그만큼 회독을 매장시킨 메이지 정부의 교육, 정치정책의 힘이 강력했던 것일까, 아니면 좀 더 깊숙한 곳에 있는, 역사를 전통화하지 못하고 끊임없이 새로운 것(그것도 대부분 외래의)을 향하는 일본인의 악폐 때문일까? 그 이유는 몇 가지 더 있을지도 모르며, 또한 그 이유들이 복잡하게 얽혀 있을지도 모른다. 어쨌든 본서에서 분명히 한 회독의 역사로부터 왜 지금 독서회가 번성하고 있는지 또한 그것이 어디로 향할지 보일 것이다. 본서의 관점에 입각해 세 가지 사실을 지적하고 싶다.

첫째로 지금 독서회가 각지에서 행해지고 있는 이유는 독서회가 학교에서의 공부와는 다른 자유로운 학문, 좀 더 쉽게 말하면 재미있고 즐거운 배움이라는 생각이 있기 때문일 것이다. 에도 시대의 사람들도 그러했다. 학문은 입신출세의 수단이 아니며 강제되지 않아 자유롭게 즐길 수 있는 것이었으며, 사람들은 굳이 어려운 책에 도전하려고 했다. 그런데 강제되어 구속되었을 때 그와 같은 놀이의 즐거움은 사라진다.

원래 학교에서의 공부 방법은 근대 일본 이래에는 일제 수업 방식이었다. 근대화를 진행시키기 위해서는 일정의 과학 이론 및 기술을 취득할 필요가 있었으므로, 체계적이고 효과적으로 교육하기 위해서는 그와 같은 방법을 취할 수밖에 없었다는 점은 이해할 수 있다. 나가사키로부터 돌아온 마쓰모토 료준이 후쿠자와 유키치가 공부했던 데키주쿠식의 회독을 이가쿠쇼에서 폐지한 것은 어떤 의미에서는 역사의 필연이라고 할 수 있다. 그러나 그에 의해 모두가 토론하는 회독의 즐거움을 잃어버렸다는 측면도 다른 한 편에 존재했다.

우리들은 근대 이후의 교육방법을 통해 교육을 받았다. 그 때문에 데라코야에서의 개별지도, 학력이나 개성에 맞춘 교육방법, 즉 현대에는 없는 교육 방식에 동경을 품고 있다. 그러나 본서에서 분명히 한 것처럼, 개별지도와는 다르나 데라코야와는 다른 계통인 번교에서 토론하는 독서회가 행해지고 있었다. 그것은 읽기, 쓰기, 주판셈만을 습득하기 위해 수년 동안만 재학하는 데라코야에서는 할 수 없는 고도의 학습이었다. 소독素讀 단계의 취학을 끝낸 다음이기는 했지만, 그 때문에 규칙을 지키며 활발한 토론이 가능한 기반이 조성될 수 있었다.

지금, 회독과 같은 토론 위주의 독서회는 이미 학교에서 강제적으로라도 일정 정도의 학력이 있다면 가능하지 않을까? 데라코야의 개별지도나 개성교육과는 다른 즐거운, 놀이로서의 가능성을 가지고 있지 않을까?

둘째로 회독은 지금부터 이루어질 독서회에 하나의 가능성을 시사하고 있다. 그것은 토론 위주의 독서회가 텍스트의 토론에 그치지 않고 정치적인 테마를 토론하는 장이 될 가능성에 대한 것이다. 자유민권기에 발랄했던 독서회는 자신들의 나라를 만들고자 사의헌법을 작성할 정도로 활기에 넘치고 있었다. 지금 그와 같이 되돌릴 수는 없을까? 이 점에 대해 현대 일본의 뛰어난 사상가 야마무로 신이치가 일본 열도의 하늘을 뚜껑처럼 덮고 있는 폐쇄감을 풀기 위해 "도당의 결성"을 권하는 것이 참고가 될 수 있을 것이다.[3] "민주주의나 사회의 기본은 사람이 모이는 것"이라고 생각한 야마무로는 "큰 이상이나 해결책이 보이지 않기 때문에 오히려 메이지의 결사가 그러했던 것처럼, 처음에는 사

3 『朝日新聞』, 2009.4.1.

적인 흥미나 관심으로부터라도 좋습니다. 이를 함께 하는 자가 모여 도당을 결성해 봅시다. 그와 같은 사적인 관심이 모여 어딘가에서 공적인 것으로 바뀌면 됩니다. 그리고 문제가 발생하면 또한 처음의 의사에 근거하여 다시 이어 봅시다", "사회가 변한다는 것은, 도당을 결성하는 방법이 바뀐다는 것이므로"라고 주장하고 있다. 우리들은 도당을 금지한 근세 국가에서 도당을 결성하는 것으로 가치를 전환한 미토학, 그리고 도당을 만든 요시다 쇼인, 자발적인 결사로서의 민권결사를 검토했다. 그 전통을 계승하는 것이 현대의 폐색상태를 타파하는 것으로 연결되지는 않을까?

셋째로 회독의 장이 이질적인 타자의 의견을 듣고 받아들임으로써 스스로의 독선적인 편견을 자각하는 장이었다는 점은 다시 살펴봐야 할 것이다. 놀이로서의 경쟁도, 또한 정치적인 토론도 자신과 다른 의견이 튀어나와 스스로의 한계를 깨닫고 시야를 넓힐 수 있는 장이었기 때문에 자신의 "심술을 연마하기 위한 방법을 찾는" 장이 될 수 있었다. 그러한 관용의 정신을 가진 자들의 "연緣을 떠나" 토론하는 한 여유를 잃지 않을 수 있었을 것이다. 스스로를 비웃는 유머도 할 수 있다.

일찍이 마루야마 마사오는 후쿠자와의 철학을 논하며 "후쿠자와의 독립자존주의가 '사물의 한 편에 엉겨붙어…… 끝내는 그 사물의 경중을 살피는 분명함을 잃는' 인간정신의 혹닉惑溺 경향에 대한 싸움이었다"는 점을 지적하며 혹닉을 상대화한 것은 "인생을 유희라 보고 내심의 바닥에 이를 가볍게 봄으로써 오히려 '잘 결단하고 활발해질 수 있었으며', 동시에 자기의 편견을 부단히 초월하는 여유도 갖게 되었다"[4]고 주장했다.

인생이 본래 유희라는 것을 알면서도, 일장의 유희를 유희라 하지 못하고 성실히 힘써 빈고貧苦를 물리치고 부락富樂하고자 하는데, 동류同類를 방해하지 않고 스스로 안락을 추구하며, 50, 70세의 수명도 긴 것이라 생각하여 부모를 섬기며, 부부가 서로 친하게 지내면서 자손의 계획을 세우고, 또 바깥의 공익을 도모해 생애에 한 점 과실이 없도록 마음을 쓰는 것이 저충蛆蟲의 본분이다. 아니 저충蛆蟲의 본분이 아니라 만물의 영장으로서 인간이 홀로 자랑하는 것이다.

단지 유희라 알면서 논다면 마음을 평안히 하여 유희의 극단으로 달리는 일은 없을 것이며, 때로 속계의 일백 가지 유희 안에 잡거하면서 홀로 놀지 않을 수도 있을 것이다. 인간의 마음을 평온히 하는 방법이 여기에 있음에 큰 잘못이 없을 것이다. (『福翁百話』 7)

인생을 유희라 인정하면서 그 유희에 진심으로 힘써 싫증내지 않으며, 싫증내지 않아 사회의 질서가 잘 서는 동시에 본래 유희라 인정하니 큰일에 임하여 움직이는 일 없이, 근심하는 일 없이 후회하는 일 없이, 슬퍼하는 일 없이, 안심할 수 있다. (『福翁百話』 10)

인간의 마음가짐은 이 세상을 가볍게 보아 너무 열심히 하지 않는 것에 있다. 이렇게 말하면 천하의 인심이 냉담하게 하여 만사에 진력하는 자가 사라지지 않을까 생각할지도 모르겠지만 결코 그렇지 않다. 세상을 가볍게 보는 것이 마음의 본체다. 이 세상을 가볍게 보며 살아가니 마음이 활발해질 수 있

---

4 丸山眞男, 「福澤諭吉の哲學」, 『福澤諭吉の哲學』, 巖波書店, 2001.

는 것이다. 마음속에서 이를 가볍게 보고 있으므로, 잘 결단하고 잘 활발해 질 수 있다. (『福翁白話』 13)

오직 스스로를 중히 여기는 것만을 중요시하여, 뜻대로 일이 되지 않으면 즉시 다른 사람을 원망하고 세상에 격분하여, 원한과 분노하는 마음이 안에서 끓어올라 안색에 나타나 말로써 표현되어 큰일에 임하여 방향을 잘못 잡는 자가 많다. 단지 본인을 위해서가 아니라, 천하를 위해서도 불행한 일이다. (『福翁白話』 13)

유희를 유희로서 진심으로 행하는 것에서 정신적 여유가 생겨난다는 마루야마의 후쿠자와 이해는 "놀이-진지함이라는 대조관계는 언제나 유동적이다. 놀이의 열등성은 그에 대응하는 진지함이라는 우월성과 끊임없이 경계에 있으며, 놀이는 진지함으로 전환되고, 진지함은 놀이로 변화한다. 놀이가 진지함을 속계에 두고 아름답고 성스럽게 승화하는 것도 있을 수 없는 일은 아니다"[5]라는 하위징아의 놀이론과 유사함과 동시에 회독의 정신 그 자체라 할 수 있을 것이다. 그러고 보니, 구보타 지로는 스스로의 학습결사를 '아메이군'이라 명명하였고, 지바 다쿠사부로는 자신의 이름을 "재패네스국ジャパネス國 법학대박사 다쿠론 지바 씨"라고 서명했으며, 주소를 니시타마군 이쓰카이치초西多摩郡五日市町라 하지 않고 "自由權(縣)下, 不羈君浩然氣村貴重番地"라 적었다. 이와 같은 유머 정신, 이것이야말로 정신적 여유였다. 정치적인 대립, 충

5 Johan Huizinga, 高橋英夫 譯, 『호모 루덴스』, 中公文庫, 1973.

돌 속에서도 유머 정신을 잃지 않는다면 피가 피를 부르는 당쟁도 일어나지 않을 것이다. 또한 입신출세를 위한 경쟁이 자기목적화되어 노력인간이 만연하는 일도 없을 것이다. 독서회의 장에서 이러한 정신을 몸에 익히는 것이 가능하다면 얼마나 멋지겠는가!

역자 후기_ 회독-일본 근대의 독자성을 만든 내재적 동력

일본을 가리켜 흔히 가깝고도 먼 나라라고 한다. 이는 한국이 일본과 지리적으로 가까이 위치하면서 역사적, 문화적으로 밀접한 연관이 있음에도 불구하고 한국 사람들이 일본에 대해 잘 모르기 때문에 나온 말이라고 생각한다.

한국인들이 일본에 대해 잘 모르는 이유 중 하나는 일본의 역사 및 문화에 대한 학술 연구의 저변이 아직 충분치 않기 때문일 것이다. 일본 근세사상사는 특히 그중에서도 한국인 연구자들에게는 낯선 영역이다. 일본의 근세사상사가 일본사상사 전체에서 대단히 중요한 위치를 점하고 있다는 점을 감안한다면 이는 무척 놀라운 일이다.

일본의 근세사상사를 연구하는 한국인 연구자들이 적은 것에는 몇 가지 이유가 있겠지만, 그중에서도 사료 해독 능력의 부족이 가장 큰 이유가 아닌가 생각한다. 일본의 근세사상사를 연구하기 위해서는 기본적으로 일본의 초서와 일본근세문서를 자유자재로 읽을 수 있어야 한다. 이를 위해서는 일본의 고문古文은 물론이요, 한문과 유불도儒佛道에 대한 기초 지식, 조금 더 욕심을 부리면 네덜란드어와 러시아어에 대한 지식과 이해능력까지 필요하다. 이와 같은 사료에 대한 접근성 부족이 한국인 연구자들이 일본의 근세사상사를 공부하기를 꺼려하는 한

가지 요인이 아닌가 생각한다.

역자들도 바로 위와 같은 문제 때문에 골머리를 썩었다. 이 책의 원서는 에도 시대 사상사를 전공한 마에다 쓰토무前田勉 선생님이 기존에 발표했던 연구들을 '회독'이란 테마를 중심으로 수정·보완해 출간한 동명의 저서이다. 역자들은 마에다 선생님이 보여준 박학다식함에 감탄하면서도 다른 한편으로는 수많은 인용 사료를 어떻게 번역해야 할지 고민하지 않을 수 없었다. 역자들도 에도 시대의 난학자蘭學者들이 네덜란드어도 제대로 모르는 상태에서 사전 하나하나를 찾아가며 서양 서적을 번역했듯이, 사전과 책, 인터넷을 뒤지며 씨름하는 나날을 반복했다.

그러나 이 책이 가지고 있는 가치를 감안하면 이 책은 충분히 그와 같은 고통과 인내를 감수하면서 번역할 가치가 있다고 생각한다. 마에다 선생님은 일본이 근대화에 성공할 수 있었던 사상적, 지성적 토대가 에도 시대의 회독 문화였다는 가정 아래, 일본의 근세로부터 근대로 이어지는 사상적 발전의 흐름을 에도 시대 이래 지속된 일본인들, 특히 그중에서도 사무라이 계층과 조닌町人 계층의 독서량 증가에서 찾고자 하였다. 이는 19세기 말 일본이 아시아의 제 국가들보다 왜 더 빨리 근대화에 성공할 수 있었는지에 대한 하나의 해답이라고도 볼 수 있을 것이다.

토론 및 토의 형식의 기본 정신 및 차이에 대해 언급하면서, 그 형식이 일본 근대의 동력이 되었다고 보는 시각도 주목할 만하다. 우리나라에서는 아직도 토의와 토론을 구별하지 않고 '토론'을 넓은 개념으로 사용한다. 그렇기 때문에 '토의'는 토론에 포함되어 뚜렷하게 차별화

되어 있지 않다. 대학 중에서도 토의와 토론을 구별하여 교육하는 곳은 명지대가 유일하다고 알고 있다. 토의와 토론이 집단적 말하기라는 점에서는 동일하지만, 토의가 '협력적 말하기'라면 토론은 '경쟁적 말하기'라는 점에서 아주 다르다. 토의가 '상호협력'하여 '협상'을 통해 합의하여 가장 바람직한 해결책을 도출해 내는 구조라면, 토론은 '찬/반'으로 나뉘어 대결·경쟁하면서 '더 논리적'인 쪽의 의견을 바람직하다고 봄으로써 결론으로 삼는 '승자독식'의 구조를 취하고 있다. 즉 토의가 '상생'의 정신으로 '윈-윈' 하는 구조라면, 토론은 '더 논리적'인 쪽이 '양육강식'하는 구조이다. 즉 토의와 토론은 기본 정신 및 이념적 구조, 형식면에서 거의 극과 극이다.

마에다 선생님은 토의와 토론을 구별하면서, 이미 에도 시기부터 시작된 '토론'이 일본의 근대를 만든 동력이었다고 강조한다. 지금까지는 후쿠자와 유키치 등이 중심이 된 메이지 초기에 토의 및 토론이 시작되었다고 보았으나, 마에다 선생님은 "'디베이트라는 일종의 형식'의 토론회가 정말로 메이지 시기로부터 시작된 것일까"라고 반문하면서 그 연원을 추적한다. 그 결과 에도 시대의 번교藩校나 사숙私塾에서 융성했던 '회독'으로부터 민주적인 토론회가 발생하였으며, 메이지 10년대에는 회독이 매우 보편적인 독서법으로 정착되었다고 보았다. 민주, 평등주의의 가능성이 이미 에도 시기에 번교와 사숙에서 발생했다고 보는 것이며, 그것도 서구로부터 일방적으로 유입된 것이 아니라 유학의 학습 방법 중 소독素讀과 강석이 지닌 문제점에 대한 대안인 회독으로부터 열렸다고 본다. '자유' '민주' '평등'의 사상을 실천한 회독이 서구사상으로부터 형성된 것이 아니라 유학의 학습방법의 변화를 모색하는 과정에서 자발적으로 형성되었다고 보고 있다는 점에서 '서구 이식론'을 배격한다. 일본 근대화의 내재적 동인을 설정하고 있다는 점에서 근대화와 관련한 일본의 독자성이 강조되고 있다.

회독에서 토론회로 연결되는 이러한 방법은 '학습열의 시대'라고 불려지는 메이지의 자유민권운동 시기에 이르면 부시나 조닌, 농민들까지 적극적으로 참여하여, 서구 근대의 자유나 평등사상 및 새로운 국가의 방향에 대해 서로 의논하며 미래를 기획하고자 했다고 보고 있다. 부시들이나 조닌, 농민들도 독서회, 연설회, 토론회에 참여하여 의견을 개진하면서 새로운 나라 건설에 이바지하였다고 하니 듣기만 해도 '민주'의 의미가 깊이 있게 느껴진다. 일본의 근대가 당대 지배층이었던 학자, 정치가의 학문적 정치적 네트워크로부터 기획 · 창출되었다고만 보는 것이 아니라, 피지배층이었던 농민, 조닌, 무사들이 자발적으로 참여하여 이룩된 것이라고 보는 관점이다. 수십만의 부시가 존재하는 막말기의 일본에서 '근대화'라는 대규모의 '질서재편'이 '회독'으로부터 이루어졌다고 보는 것은 정말 흥미로운 일이다.

저자는 상호 커뮤니케이션성, 대등성(평등성), 결사성의 성격을 지닌 회독-토론으로부터 근대화의 동력이 확대되었으며, 신분과 권력이 개입되지 않고 실력으로 승부하는 장이 펼쳐졌다고 보았다. 독서-회독-토론의 장은 서로 대등한 입장에서 텍스트를 읽는 것으로서 문벌제도와 달리 실력으로 승부할 수 있는 장이었고, 그 덕분에 계몽사상가인 후쿠자와 유키치처럼 신분은 낮으나 머리가 뛰어난 사람도 일본 근대를 좌우하는 인물로 거듭날 수 있었다고 보는 부분은 현재 우리에게도 시사하는 바가 크다. 입신출세와 상관이 없기 때문에 '자신을 위해 하는' 학문이 가능했으며, 퍼즐처럼 풀어나가는 회독이 '놀이(agon, ludus)'로서 존재할 수 있었다고 보는 부분도 신선하다. 마에다 선생님은 '경쟁적'인 회독 이념 외에 '허심'이라는 회독의 이념이 있었다는 점도 간과해서는 안 된다고 함으로써, 회독의 성격이 '경쟁' 일방으로 이해되는 것도 경계한다. 이질적인 타자를 수용하려면, 서로 '허심'하게 토론할 수 있어야 한다는 것이다. 회독은 이질적인 타자를 인정하는 태도를 육성하는 수양의 장이기도 하였다.

회독이라는 공동 독서 방법이 에도 시대의 번교나 사숙에서 융성하였으며, 토론이 민주적으로 활발하게 행해졌다는 사실은 일본에서도 의외로 잘 알려져 있지 않다고 한다. '읽는 회독'에는 난학과 국학이라는 두 가지 방향성이 있었는데, 전자가 네덜란드어 원서를 회독했던 데 반해 후자는 주로 고대 일본의 텍스트를 회독했다고 한다. 『해체신서解体新書』를 번역하면서 '코'를 설명한 부분을 보면, 카이와가 말한 '곤란을 해결한 기쁨' 즉 '루두스'가 피부에 와 닿듯이 느껴진다. 회독이 지닌 자유토구의 정신이란, 스승의 말에 집착하지 않고 공동으로 검증되는 '발명=진리'를 발견하는 기쁨이었다고 한다. 네덜란드어 번역에서 보는 것처럼 이 책은 이처럼 회독이라는 관점으로부터 의학, 천문학, 물리학, 화학 등 자연과학뿐 아니라 측량술, 포술 등의 제 기술 및 서양사, 세계지리 등의 번역을 통해 일본 근대를 이끌어내고 있으며, 회독이 에도에서 메이지로 이어지는 정치·교육사상사에서뿐 아니라 사상적으로도 큰 역할을 수행했다고 보고 있다.

회독은 마루야마 마사오가 '근세 일본 사회의 논리의 전형'이라 부른 '그러한 것(속성)' 및 실적에 얽매이지 않으면서 '경쟁심에 호소하는 진검 승부의 장'이었다고 한다. 질문과 답변을 이어나가면서 어떻게 경쟁하는지, 어떨 때 비점과 권점을 받는지, 어떻게 하면 자리를 빼앗기는지, 신분이 낮아도 발전을 시키기 위해 부시에게 학문을 시키는 법을 강구하면서, 강석講釋에 그저 몸을 맡겨버리려는 부시들에게 회독을 권면하는 구체적인 방법 등을 소개하는 부분에서는 회독을 왜 '지력'에 의한 '진검승부의 장'이라 언급했는지 의문이 싹 풀린다.

19세기에 이르면 회독이 '정치적 의논의 장'으로 변질되면서, 번교 내에서의 정치적인 의논이 금지되고 도당 결성 또한 금지되게 된다. 회독의 개방성과 공공성은 군주와 가신의 의논 정치를 가능케 했으며, 사숙에서의 자유로운 토론으로 '오당吾黨'을 만들게 했다. 이 오당이란 표현이 실질적인 힘을 가지기 시작하면서 '붕당의 화禍'가 비롯되기 시작했으며, 그 결과 '공공성' 대신 '독선성'을 드러내는 사례가 속출하였던 것이다. 메이지 정부에서 보자면 토론하는 회독의 학습방법은 과격하게 "팔을 벌려 천하의 일을 논하는 '정담'을 수반"하는 것이었고, 체계적인 지식과 이론으로 구성된 일제수업을 필요로 하는 관점에서 부정되기에 이른다. '체계적인' 서양과학과 '실용'에 밀려 회독은 '종언'을 맞이하게 된다. 하지만 '유신은 무엇에 의해 유신이 되었는가'라는 질문 앞에서 회독의 횡의, 횡결(횡단적인 연결)에 의해 '막번 체제의 사회적 맥락이 붕괴되고 새로운 사회적 연결구조가 발생하기 시작했다'는 점, 회독이 '자유민권운동의 학습결사' '문명개화의 퍼포먼스'였다는 점은 현재에도 유효한 관점이라고 마에다는 주장한다.

다만 회독 문화가 중국이나 조선에는 없는 일본 고유의 문화였다는 전제하에 전개된 마에다 선생님의 주장은 이론의 여지가 있다. 선생님은 일본 근세의 독서 모임을 일종의 결사로 파악하면서 상호 대등한 관계하에 진행되었다는 점, 독서 모임이 입신출세를 목적으로 한 것이 아니며 이러한 문화가 당시 조선이나 중국에는 없는 일본의 독특한 문화라는 점을 강조하였는데 과연 그러한 지는 의문이 있다. 도쿠가와 막부德川幕府는 과거제를 채택하지 않았으며 철저한 신분제 사회를 고집했기 때문에 열심히 공부를 해도 출세와 큰 상관이 없었던 것은 사실이지만, 그렇다고 해서 중국이나 조선에 결사적 성격을 띤 순수한 학문 서클이 없었는가라고 묻는다면 선뜻 그렇다고 대답하기는 어렵다. 다산 정약용이 금정찰방金井察訪 시절 '서암강학회西巖講學會'에서 성호 이익의 저서 등을 놓고 토론하고 교열 작업도 하였음은 다산이 남긴 『서암강학기西巖講學記』 등을 통해서도 알 수 있다. 사상의 발전은 필연적으로 정치적, 경제적, 문화적인 발전과 함께 이루어지므로, 근세 일본의 회독 문화가 메이지 유신의 원동력이라는 점을 좀 더 확실하게 증명하기 위해서는, 근세 일본의 정치적, 경제적, 문화적 양상과 그 발전 과정을 조선이나 중국과 비교하여 좀 더 자세히 살펴볼 필요가 있을 것이다.

추후 고민해 볼 여지가 남아 있기는 하지만, 그것을 차치하고서라도 본서가 근세 일본사상사를 공부하는 데 중요한 지침서 중 하나라는 사실에는 의심의 여지가 없다. 역자들은 이처럼 큰 학술적 의의를 가진 책을 번역하게 된 것을 큰 영광으로 생각한다. 이 책이 우리나라의 독자들과 만날 수 있게 도움을 아끼지 않으신 소명출판의 박성모 사장님과 전체 기획을 총괄해 준 공홍 편집장님, 숫자 하나의 오류도 용납하지 않고 꼼꼼하게 교정을 봐 주신 편집부 여러분들께 이 지면을 통해 감사의 인사를 드린다. 이 책을 통해 독자 여러분들이 일본 근세사상사에 대해 조금이나마 관심을 갖고 이해할 수 있게 되었다면, 역자들에게 이보다 더 큰 기쁨은 없을 것이다.

2016년 1월

조인희 · 김복순

찾아보기

/ ㄹ /

/ ㅁ /

/ ㅂ /

/ ㅅ /

/ㅇ/

/ ㅈ /

/ ㅊ /

/ ㅌ /

/ ㅎ /